ALEXANDRA BRACKEN

Furchtlose Liebe

GOLDMANN
Lesen erleben

Buch

Nachdem Ruby das Virus überstanden hat, behält sie eine Gabe zurück, die sie sich selbst niemals gewünscht hätte. Sie kann Gedanken lesen und manipulieren. Deshalb hat sie schon ihre Eltern verloren, viele Freunde und zuletzt sogar ihre große Liebe Liam. Jetzt muss sie für die Children's League arbeiten, die versucht, Kinder mit übersinnlichen Kräften vor der Regierung zu schützen. Dort erfährt sie auch von einer Studie, an der die Regierung arbeitet. Sie soll aufdecken, woher der Virus überhaupt kommt. Ausgerechnet Liams Bruder Cole sollte diese Informationen für die Children's League sichern. Doch aus Versehen gelangen sie in Liams Hände. Ruby hatte gehofft, dass Liam in Sicherheit ist, aber nun muss sie mit ansehen, wie er sich in viel größerer Gefahr befindet als je zuvor. Doch wie soll sie an ihn herankommen, wenn er sie nicht einmal erkennen wird? Schließlich hat sie dafür gesorgt, dass er sich nicht mehr an sie erinnern kann. Ruby begibt sich auf eine gefährliche Mission, bei der sie sich einerseits vor den Häschern der Regierung in Acht nehmen und andererseits die Children's League auf Abstand halten muss. Denn wenn diese herausfinden, dass Liam die Informationen hat, die sie suchen, werden sie nicht lange zögern und alles tun, um diese so schnell wie möglich sicherzustellen, egal, was mit Liam dabei passiert …

Weitere Informationen zu Alexandra Bracken
sowie zu lieferbaren Titeln der Autorin
finden Sie am Ende des Buches.

Alexandra Bracken

Furchtlose Liebe

Die Überlebenden

Roman

Band 2

Aus dem amerikanischen Englisch
von Marie-Luise Bezzenberger

GOLDMANN

Die Originalausgabe erschien 2013 unter dem Titel
»Never Fade« bei Hyperion,
an imprint of Disney Book Group, New York.

Dieses Buch ist auch als E-Book erhältlich.

MIX
Papier aus verantwortungsvollen Quellen
FSC® C014496

Verlagsgruppe Random House FSC® N001967
Das FSC®-zertifizierte Papier *Pamo House* für dieses Buch
liefert Arctic Paper Mochenwangen GmbH.

1. Auflage
Deutsche Erstveröffentlichung März 2015

Umschlaggestaltung: UNO Werbeagentur, München
Umschlagmotiv: Joana Kruse / Arcangel Images; FinePic®, München
Redaktion: Kerstin von Dobschütz
NG · Herstellung: Str.
Satz: DTP Service Apel, Hannover
Druck und Bindung: GGP Media GmbH, Pößneck
Printed in Germany
ISBN: 978-3-442-47909-2
www.goldmann-verlag.de

Besuchen Sie den Goldmann Verlag im Netz

In Erinnerung an meinen Dad,
dessen Liebe und dessen unverzagter Mut
mich bis heute jeden Tag inspirieren

Prolog

Zum ersten Mal tauchte der Traum während meiner zweiten Woche in Thurmond auf, und dann schaute er mindestens zweimal im Monat vorbei. Es ist wohl logisch, dass er dort geboren wurde, hinter dem summenden Elektrozaun des Lagers. Alles an diesem Ort ließ einen verkümmern, bis nur noch das Schlimmste in einem übrig war, und es war gleich, wie viele Jahre vergingen – zwei, drei, sechs. In jener grünen Uniform, in denselben monotonen Abläufen erstarrt, stotterte und stoppte die Zeit wie ein verendendes Auto. Ich wusste, dass ich älter wurde, erhaschte in den Metalloberflächen der Tische im Speisesaal kurze Blicke auf mein sich wandelndes Gesicht, doch es fühlte sich gar nicht so an. Wer ich war und wer ich gewesen war, das hatte plötzlich nichts mehr miteinander zu tun, und ich war irgendwo in der Mitte gestrandet. Ich fragte mich, ob ich überhaupt noch Ruby war. Im Lager hatte ich außerhalb meiner Hütte keinen Namen. Ich war eine Nummer: 3285. Ich war eine Datei, auf einem Server oder irgendwo in einem grauen Aktenschrank eingeschlossen. Die Menschen, die mich vor dem Lager gekannt hatten, kannten mich nicht mehr.

Es begann immer mit demselben Donner, derselben Lärmexplosion. Ich war alt – krumm und gebeugt –, und mir tat alles weh. Ich stand mitten auf einer belebten Straße. Vielleicht hätte es irgendwo in Virginia sein können, wo ich herkam, aber ich war so lange nicht mehr daheim gewesen, dass ich es nicht mit Sicherheit sagen konnte.

Autos kamen zu beiden Seiten an mir vorbei, fuhren in entgegengesetzte Richtungen eine dunkle Straße hinunter. Manchmal hörte ich das Donnergrollen eines herannahenden Gewitters, dann wieder Autohupen, die näher kamen, lauter, lauter, lauter. Manchmal hörte ich auch überhaupt nichts.

Abgesehen davon jedoch war der Traum immer gleich.

Zwei identische schwarze Wagen hielten mit kreischenden Bremsen an, als sie mich erreichten, und dann rollten sie in die Gegenrichtung davon, sobald ich aufsah. Alles bewegte sich rückwärts. Der Regen löste sich von dem klebrigen schwarzen Asphalt und schwebte in vollkommenen, funkelnden Tropfen wieder in die Luft empor. Die Sonne wanderte rückwärts über den Himmel, folgte dem Mond. Und mit jedem ihrer Zyklen spürte ich, wie sich mein uralter, buckliger Rücken Wirbel um Wirbel streckte, bis ich wieder aufrecht stand. Als ich die Hände vor die Augen hob, verschwanden die Falten und die blauvioletten Adern, als würde das Alter von mir abschmelzen.

Und dann wurden diese Hände immer kleiner und kleiner und kleiner. Ich sah die Straße aus einem anderen Blickwinkel; meine Kleider schienen mich fast zu verschlucken. Alle Geräusche waren ohrenbetäubend laut, greller und verwirrender. Die Zeit jagte immer schneller rückwärts, riss mich von den Beinen, donnerte durch meinen Kopf.

Früher habe ich davon geträumt, die Zeit zurückzudrehen, mir die Dinge zurückzuholen, die ich verloren hatte, und den Menschen, der ich einmal gewesen war.

Aber jetzt nicht mehr.

1. Kapitel

Mein gebeugter Arm hakte sich um den Hals des Mannes, schloss sich immer enger um seine Kehle, während die Gummisohlen seiner Stiefel auf den Boden trommelten. Seine Fingernägel bohrten sich in den schwarzen Stoff meines Hemdes und meiner Handschuhe, rissen verzweifelt daran. Sein Gehirn bekam keinen Sauerstoff mehr, doch das verhinderte das Aufblitzen seiner Gedanken nicht. Ich sah alles. Seine Erinnerungen und Gedanken brannten glühend heiß hinter meinen Augen, doch ich ließ nicht los, nicht einmal, als der Verstand des Wachmanns in Todesangst ein Bild von ihm selbst heraufbeschwor, wie er mit offenen Augen an die Decke des Flurs starrte. Vielleicht tot?

Doch ich würde ihn nicht töten. Der Soldat war fast zwei Köpfe größer als ich, und ein Arm von ihm war so dick wie eins meiner Beine. Ich hatte ihn nur deshalb überrumpeln können, weil er mit dem Rücken zu mir dagestanden hatte.

Ausbilder Johnson nannte diesen Griff die Halsklemme, und er hatte mir noch ein ganzes Sammelsurium andere beigebracht. Den Dosenöffner, das Kruzifix, den Genickhebel, den Doppelnelson, den Drehgriff, den Polizeigriff und den Rückenbrecher, um nur ein paar zu nennen. Alles Methoden, mit denen ich, ein Mädchen mit eins fünfundsechzig, jemanden in Schach halten konnte, der mir körperlich überlegen war.

Inzwischen halluzinierte der Mann halb. In seinen Kopf zu

schlüpfen war leicht und schmerzlos; sämtliche Erinnerungen und Gedanken, die an die Oberfläche seines Bewusstseins stiegen, waren schwarz verfärbt. Die Farbe lief durch sie hindurch wie ein Tintenklecks auf nassem Papier. Und erst dann, als ich ihn am Haken hatte, ließ ich seinen Hals los.

Das war wahrscheinlich nicht das gewesen, was er erwartet hatte, als er aus dem verstecken Nebeneingang des Ladens getreten war, um eine zu rauchen.

Der Frost in der Luft von Pennsylvania hatte die Wangen des Mannes unter den hellen Bartstoppeln knallrot gefärbt. Ich blies hinter meiner Skimaske einen einzigen heißen Atemstoß aus und räusperte mich, war mir der zehn Augenpaare, die auf mir ruhten, voll bewusst. Meine Finger zitterten, als sie über die Haut des Mannes glitten; er roch nach abgestandenem Rauch und dem Pfefferminzkaugummi, mit dem er seine eklige Angewohnheit zu verbergen suchte. Ich beugte mich vor und drückte die Finger gegen seinen Hals.

»Aufwachen«, flüsterte ich.

Der Mann öffnete mit Gewalt die Augen, sie waren groß und kindlich. Irgendetwas in meinem Bauch krampfte sich zusammen.

Rasch blickte ich über die Schulter zu dem Einsatzteam hinter mir, das all dies schweigend beobachtete, die Gesichter hinter den Masken unsichtbar.

»Wo ist der Gefangene Nr. 27?«, fragte ich.

Wir befanden uns außerhalb des Überwachungsbereichs der Kameras – das war wohl der Grund, weshalb sich dieser Soldat hier getraut hatte, sich ein paarmal außer der Reihe hinauszuschleichen und Pause zu machen –, doch ich war sehr darauf erpicht, diesen Teil hinter mich zu bringen.

»Mach schon, verdammt noch mal!«, knurrte Vida mit zusammengebissenen Zähnen neben mir.

Die Hitzewelle in meinem Rücken ließ meine Hände zittern, als der Teamführer von hinten zu mir trat. Das hier tat nicht mehr so weh wie früher. Es machte mich nicht völlig fertig, wand meinen Verstand nicht mehr zu Knoten aus Schmerz. Doch es machte mich empfänglich für starke Gefühle jedes Menschen in meiner Nähe – auch für den Abscheu dieses Mannes. Für seinen schwarzen, schwarzen Hass.

Robs dunkles Haar tauchte am äußersten Rand meines Blickfelds auf. Der Befehl, ohne mich vorzurücken, lag ihm auf den Lippen. Von den drei Einsätzen, die ich unter seinem Kommando mitgemacht hatte, hatte ich nur einen zu Ende bringen können.

»Wo ist der Gefangene Nr. 27?«, fragte ich noch einmal und versetzte dem Verstand des Mannes einen kleinen Stups mit meinem.

»Der Gefangene Nr. 27.« Sein dicker Schnurbart zuckte, als er die Worte wiederholte. Das Grau darin ließ ihn sehr viel älter wirken, als er in Wirklichkeit war. In der Einsatzakte, die wir vom Hauptquartier bekommen hatten, waren auch Kurzinfos zu sämtlichen Soldaten gewesen, die in diesem Bunker Dienst taten, einschließlich diesem hier – Max Brommel. Einundvierzig, ursprünglich aus Cody, Wyoming. War wegen eines Programmiererjobs nach Pittsburgh, Pennsylvania, gezogen, hatte den verloren, als es mit der Wirtschaft bergab ging. Eine nette Frau, gegenwärtig arbeitslos. Zwei Kinder.

Beide tot.

Ein Sturm aus düsterten Bildern durchtoste sämtliche dunklen Winkel und Ritzen seines Verstandes. Ich sah ein Dutzend weitere Männer aus einem Kastenwagen springen, alle in denselben leichten Tarnuniformen, und noch mehr kamen aus den Humvees, die das größere Fahrzeug vorn und hinten blockierten – voller Krimineller, mutmaßlicher Terroristen und, wenn die Info, die die Children's League bekommen hatte, zutraf, einem unserer Top-Agenten.

Plötzlich vollkommen gefasst sah ich zu, wie dieselben Soldaten ein … zwei … nein, drei Männer von der Ladefläche des Lasters führten. Das waren keine Psi Special Forces oder FBI-Agenten, keine Leute vom CIA und definitiv kein SWAT- oder SEAL-Team, die wahrscheinlich alle unseren kleinen Trupp mit einem einzigen Schlag hätten plattmachen können. Nein, die hier gehörten zur Nationalgarde, sie waren wegen der schlimmen Zustände wieder in den aktiven Dienst einberufen worden. Wenigstens was das anging, waren unsere Informationen korrekt gewesen

Die Soldaten hatten den Gefangenen Kapuzen über die Köpfe gezogen und sie dann mit Gewalt die Stufen des verlassenen Ladens hinunterbugsiert, zur silbernen Schiebetür des darunter liegenden Bunkers.

Nachdem ein großer Teil von Washington, D.C., durch Angreifer zerstört worden war, bei denen es sich laut Präsident Gray um eine Gruppe gestörter Psi-Jugendlicher handelte, hatte er dafür gesorgt, dass überall an der Ostküste diese sogenannten Mini-Festungen errichtet wurden, für den Fall, dass es noch einmal zu einem Notstand dieser Größenordnung kam. Manche waren unter Hotels eingebaut worden, andere in Berghänge hinein, und andere, so wie dieser hier, waren vor aller Augen mitten in Kleinstädten versteckt, unter Geschäften oder Behörden. Sie waren zu Grays Schutz gedacht, für den Schutz seines Kabinetts und wichtiger Militärs. Und anscheinend dazu, Personen einzusperren, die eine »Hochrisiko-Bedrohung für die nationale Sicherheit« darstellten.

Einschließlich unseres Gefangenen Nr. 27, dem allem Anschein nach eine Spezialbehandlung zuteilwurde.

Seine Zelle befand sich am Ende eines langen Korridors,

zwei Stockwerke tiefer. Ein einsamer Raum mit niedriger, dunkler Decke. Die Wände schienen um mich herum herabzutropfen, doch die Erinnerung blieb stabil. Sie hatten ihm die Kapuze nicht abgenommen, dafür aber seine Füße an den Metallstuhl in der Mitte der Zelle gefesselt, im Lichtkreis einer nackten Glühbirne.

Ich zog mich aus dem Verstand des Mannes zurück, löste sowohl meinen physischen als auch meinen mentalen Klammergriff. Er rutschte an dem Graffito an der Wand des aufgegebenen Waschsalons hinunter, noch immer im Nebel seines eigenen Hirns gefangen. Die Erinnerungen an mein Gesicht und an die Männer in der Gasse hinter uns zu entfernen war, als fische man Steine vom Grund eines klaren, flachen Teichs.

»Zwei Stock tiefer, Raum 4B«, verkündete ich und wandte mich zu Rob um. Wir hatten eine ungefähre Vorstellung vom Bauplan des Bunkers, wussten jedoch keine genaueren Details. Blind waren wir nicht, aber wir schossen in Sachen Präzision auch nicht gerade den Vogel ab. Der wesentliche Grundriss der Bunker war allerdings immer fast derselbe. Eine Treppe oder ein Fahrstuhl führte an einem Ende des Gebäudes hinunter, und auf jedem Stock ging von dort ein langer Flur ab.

Rob hob eine behandschuhte Hand und würgte den Rest meiner Anweisungen ab, dann winkte er dem Team hinter ihm. Ich gab ihm den Code aus dem Gedächtnis des Soldaten: 689999*, trat zur Seite und zog Vida mit. Mit einem Knurren stieß sie mich weg, gegen den nächsten Soldaten.

Hinter seinem Nachtsichtgerät konnte ich Robs Augen nicht sehen, während das grüne Licht blinkte, doch das brauchte ich auch nicht, um seine Gedanken zu lesen. Er hatte nicht um uns gebeten und hatte uns ganz sicher nicht dabeihaben wollen, da doch er – ein ehemaliger Army-Ranger, wie er uns so gern erinnerte – dies hier mit ein paar von seinen Männern mit Leichtigkeit hätte erledigen können. Am meisten, glaube ich, ärgerte es ihn, dass er hier überhaupt aktiv werden musste. Eigentlich war man bei der League draußen, wenn man erwischt wurde. Niemand kam einen holen.

Wenn Alban diesen Agenten wiederhaben wollte, dann hatte er einen guten Grund dafür.

Die Uhr tickte in dem Moment los, als die Tür aufglitt. Fünfzehn Minuten, um reinzukommen, uns den Gefangenen Nr. 27 zu schnappen, und dann nichts wie raus und weg. Aber wer konnte sagen, ob wir überhaupt so viel Zeit hatten? Rob schätzte doch lediglich, wie lang es dauern würde, bis Verstärkung eintraf, wenn der Alarm ausgelöst worden war.

Die Tür führte in ein Treppenhaus am hinteren Ende des Bunkers. Die Treppe wand sich Stück für Stück abwärts in die Finsternis; nur einige wenige Lampen entlang der Metallstufen wiesen uns den Weg. Ich hörte, wie einer der Männer das Kabel der Überwachungskamera kappte, die hoch über uns angebracht war, fühlte, wie Vidas Hand mich vorwärtsschubste, doch es dauerte eine Weile – zu lange –, bis meine Augen sich an die Düsternis anpassten. Spuren von den Chemikalien des Waschsalons hingen in der recycelten Luft und brannten mir in der Lunge.

Dann setzten wir uns in Bewegung. Rasch und so leise, wie eine Gruppe in schweren Stiefeln eben eine Treppe hinunterzupoltern vermag.

Das Blut hämmerte in meinen Ohren, als Vida und ich den ersten Treppenabsatz erreichten. Sechs Monate Training, das war nicht lange, aber lange genug, um mich zu lehren, den vertrauten Konzentrationspanzer enger um mein Innerstes zu ziehen.

Etwas Hartes krachte gegen meinen Rücken, dann etwas noch Härteres – eine Schulter, ein Gewehr, dann noch eins und noch eins, bis die Stöße einen so stetigen Rhythmus annahmen, dass ich mich gegen die Tür drücken musste, die vom Treppenabsatz in den Bunker führte, um ihnen zu entgehen. Vida gab einen scharfen Laut von sich, als der Letzte des Teams an uns vorbeirannte. Nur Rob blieb stehen. »Gebt uns Deckung, bis wir durch sind, dann behaltet den Eingang im Auge. Genau da. Bleibt *auf jedem Fall* auf eurem Posten.«

»Wir sollten doch …«, setzte Vida an.

Ich trat vor sie, schnitt ihr das Wort ab. Nein, das hier war nicht das, was die Einsatzparameter vorgegeben hatten, aber es war besser für uns. Es gab keinen Grund, warum eine von uns beiden in den Bunker hinabsteigen und sich möglicherweise umbringen lassen sollte. Und sie wusste genau – das war uns immer wieder eingehämmert worden –, dass Rob heute Nacht der Teamführer war. Und die allererste Regel, die einzige, die zählte, wenn man zu den Augenblicken zwischen den verängstigten Herzschlägen kam, war, man folgt immer dem Anführer, selbst im Angesicht von Feuer oder Tod oder Gefangennahme, *immer*.

Vida war hinter mir, nahe genug, dass ich ihren heißen Atem durch die schwarze Strickmaske fühlten konnte. Nahe genug, dass die Wut, die sie erfüllte, die kalte Luft von Philadelphia durchdrang. Vida strahlte ständig eine Art blutgierigen Eifer aus, noch mehr sogar, wenn Cate uns bei einem Einsatz anführte. Die freudige Erregung, sich unserer Betreuerin gegenüber zu beweisen, ließ sie stets vergessen, was sie im Training gelernt hatte. Für sie war das hier ein Spiel, eine Herausforderung, um mit ihrer Treffsicherheit anzugeben, mit ihrer Nahkampfausbildung, ihren ausgefeilten Fähigkeiten als Blaue. Für mich war so etwas eine weitere erstklassige Gelegenheit, mich umbringen zu lassen. Mit siebzehn mochte Vida ja die perfekte Schülerin sein, das Vorbild, an dem die League den Rest ihrer

Jungfreaks maß, aber das Einzige, was sie nie in den Griff hatte kriegen können, war ihr eigener Adrenalinhaushalt.

»Fass mich ja nicht noch mal an, Schlampe«, fauchte Vida wütend. Sie machte Anstalten zurückzutreten, um den anderen die Treppe hinunterzufolgen. »Bist du etwa so ein Scheißfeigling, dass du dir das einfach so gefallen lässt? Dir ist es egal, dass er uns gerade voll gedisst hat? Du …«

Der Treppenschacht hob sich unter meinen Füßen, als würde er tief Atem holen, nur um ihn dann wieder hervorbersten zu lassen. Der Schock schien selbst die Zeit zu verlangsamen – ich hing in der Luft, wurde so hart gegen die Tür geschleudert, dass ich zu spüren glaubte, wie sie sich unter meinem Schädel eindellte. Vida krachte auf den Boden, hielt sich schützend die Arme über den Kopf, und erst dann erreichte uns das Krachen der Handgranate, die unten den Eingang aufsprengte.

Die qualmgeschwängerte Hitze war so dicht, dass sie mich mit einem Würgegriff packte, die Orientierungslosigkeit jedoch war viel schlimmer. Meine Augenlider fühlten sich an, als wären sie wundgescheuert, als ich sie zwang, sich zu öffnen. Ein rotes Licht pulsierte durch die Finsternis, drängte sich durch die Zementstaubwolken. Dieses gedämpfte Dröhnen in meinen Ohren – das war nicht mein Herzschlag. Das war der Alarm.

Warum hatten sie eine Granate benutzt, obwohl sie doch wussten, dass der Code für die Tür unten derselbe sein würde wie für die Außentür? Es waren keine Schüsse gefallen – wir waren nahe genug dran, dass wir gehört hätten, wie das Team zurückfeuerte. Jetzt wussten alle, dass wir hier waren – das ergab doch für ein Profiteam überhaupt keinen Sinn.

Ich riss mir die Maske vom Gesicht und tastete wild nach meinem rechten Ohr. Ein scharfer, stechender Schmerz, und das Headset löste sich, zerfiel in Stücke. Ich drückte die behandschuhte Hand gegen das Ohr, während ich taumelnd auf die Füße kam und blinzelnd eine Übelkeitswoge nach der anderen niederkämpfte. Doch als ich mich zu Vida umdrehte, um sie die Treppe hinaufzuschleifen, hinaus in die eisige Nacht, war sie verschwunden.

Zwei angstvolle Herzschläge lang hielt ich durch das klaffende Loch in dem Treppenabsatz Ausschau nach ihrem Leichnam und sah zu, wie das Team unten durch die Tür strömte. Ich lehnte mich an die Wand und gab mir alle Mühe, auf den Beinen zu bleiben.

»Vida!« Ich spürte, wie das Wort aus meiner Kehle kam, doch es ging in dem Pulsieren in meinen Ohren unter. »Vida!«

Die Tür auf meinen Treppenabsatz war verbogen, eingedellt, versengt – doch anscheinend funktionierte sie noch. Sie ächzte und glitt langsam auf, nur um auf halbem Weg mit einem grässlichen Knirschen stecken zu bleiben. Wieder drückte ich mich rücklings gegen die Wand, stieg zwei der geborstenen Stufen hinauf. Die Dunkelheit nahm mich von Neuem in ihre schützende Deckung auf, gerade als der erste Soldat sich durch die Öffnung quetschte; seine Pistole fuchtelte suchend in dem beengten Raum herum. Leise holte ich tief Luft und kauerte mich hin. Ich musste dreimal blinzeln, bis ich wieder klar sehen konnte, und als es so weit war, drängten sich bereits Soldaten durch die Tür, sprangen über das zackige Loch im Boden und hasteten die Treppe hinunter. Ich sah vier vorbeieilen, dann fünf, dann sechs, vom Rauch verschluckt. Eine Serie merkwürdiger surrender Knallgeräusche folgte ihnen, und erst als ich aufstand und mir mit dem Arm übers Gesicht wischte, wurde mir klar, dass dort unten Schüsse fielen.

Vida war fort, das Team steckte jetzt tief in einem selbst fabrizierten Wespennest, und der Gefangene Nr. 27 …

Verdammt noch mal, dachte ich und stieg wieder auf den

Treppenabsatz hinunter. Diese Bunker waren stets mit über zwanzig oder dreißig Soldaten bemannt; sie waren zu klein, um mehr darin unterzubringen, nicht einmal vorübergehend. Doch nur weil der Korridor jetzt leer war, hieß das noch lange nicht, dass die Schießerei dort unten alle abgelenkt hatte. Wenn ich geschnappt wurde, war's das. Ich wäre erledigt, tot, auf die eine oder andere Weise.

Aber da war dieser Mann, den ich gesehen hatte, der mit der Kapuze über dem Kopf.

Ich empfand der Children's League gegenüber keine besondere Loyalität. Zwischen uns gab es eine Übereinkunft, eine merkwürdige verbale Abmachung, ebenso geschäftsmäßig wie blutig. Außerhalb meines eigenen Teams gab es keinen Menschen, aus dem ich mir etwas machte. Und ganz sicher gab es niemanden, der sich mehr um mich scherte, als absolut nötig war, damit ich am Leben blieb und verfügbar war, um wie ein Virus auf ihre Ziele losgelassen zu werden.

Meine Füße rührten sich nicht, noch nicht. Irgendetwas war an jener Szene, die wieder und wieder in meinem Kopf ablief. Die Art und Weise, wie sie ihm die Hände gefesselt, wie sie den Gefangenen Nr. 27 in die unbekannte Finsternis des Bunkers hinabgeführt hatten. Es war das Schimmern der Gewehre, die Unwahrscheinlichkeit des Entkommens. Unvermittelt fühlte ich, wie Verzweiflung in mir aufstieg, sich in meinem ganzen Körper ausbreitete.

Ich wusste, wie es sich anfühlte, gefangen zu sein. Zu spüren, wie die Zeit stockte, weil man jeden Tag ein bisschen mehr Hoffnung verlor, dass sich etwas ändern, dass jemand kommen und einem helfen würde.

Und ich dachte, wenn einer von uns nur an ihn herankäme, ihm zeigen könnte, dass wir da waren, ehe der Einsatz scheiterte, dann wäre es den Versuch wert.

Doch es gab keinen sicheren Weg dort hinunter, und die Schießerei unter mir tobte so wüst, wie es nur mit automatischen Waffen möglich ist. Der Gefangene Nr. 27 würde wissen, dass jemand hier war – und dass sie nicht zu ihm durchkamen. Ich musste mich dieses Mitgefühls entledigen, ich musste aufhören zu denken, dass diese Erwachsenen irgendwelches Mitleid verdienten, vor allem Agenten der League. Für mich stanken selbst die frischen Rekruten nach Blut.

Wenn ich hierblieb, genau da, wo Rob mich hinbeordert hatte, würde ich Vida vielleicht nie finden. Aber wenn ich meinen Posten verließ und ihm nicht gehorchte, würde er wütend sein.

Vielleicht wollte er ja, dass du bei der Explosion da stehst, wisperte eine kleine Stimme ganz hinten in meinem Kopf. *Vielleicht hat er ja gehofft …*

Nein. Das würde ich jetzt nicht denken. Vida war meine Aufgabe. Nicht Rob, nicht der Gefangene Nr. 27. Die verdammte Vida, die Viper. Wenn ich hier raus war, wenn ich Vida gefunden hatte, wenn wir wohlbehalten wieder im Hauptquartier waren, dann würde ich die Situation im Kopf noch einmal durchspielen. Nicht jetzt.

In meinen Ohren hämmerte es noch immer, zu laut, als dass ich die schweren Schritte hätte hören können, die von dem Posten im Waschsalon herbeikamen. Wir krachten im wahrsten Sinne des Wortes zusammen, gerade als meine Hand die Eingangstür berührte.

Der Soldat war jung. Wäre ich nur nach dem Äußeren gegangen, hätte ich gedacht, er sei bloß ein paar Jahre älter als ich. Ryan Davidson, meldete mein Gehirn, das mit allen möglichen unnützen Informationen aus der Einsatzakte aufwartete. In Texas geboren und aufgewachsen. Nationalgardist, seit sein College dichtgemacht hatte. Hauptfach Kunstgeschichte.

Die Lebensgeschichte von jemandem schwarz auf weiß vor

sich zu haben war eine Sache. Dem Betreffenden von Angesicht zu Angesicht gegenüber zu stehen, in Fleisch und Blut, war etwas ganz anderes. Den heiße Gestank seines Atems zu spüren und den Puls in seinem Hals zucken zu sehen.

»Hey!« Er griff nach der Pistole an seiner Seite, doch ich trat nach seiner Hand, sodass die Waffe über den Treppenabsatz schlidderte und die Stufen hinabkullerte. Wir hechteten beide hinterher.

Mein Kinn knallte gegen das silberne Metall, und der Aufprall erschütterte tatsächlich mein Gehirn. Eine grelle Sekunde lang sah ich nur makelloses Weiß vor meinen Augen aufblitzen. Und dann verwandelte sich alles in leuchtende Farben. Der Schmerz kam als Nächstes; als der Soldat mich niederriss und ich auf dem Boden landete, gruben sich meine Zähne in meine Unterlippe, und diese platzte auf. Blut sprühte durch den Treppenschacht.

Der Mann drückte mich mit seinem ganzen Gewicht zu Boden. Als ich fühlte, wie er sich herumdrehte, war mir sofort klar, dass er nach seinem Funkgerät tastete. Ich konnte eine knisternde Frauenstimme hören, hörte sie »Sofort Statusmeldung« und »Ich komme rauf« sagen. Und die Erkenntnis, wie absolut ich geliefert sein würde, wenn eins von diesen beiden Dingen tatsächlich geschah, versetzte mich in jenen Zustand, den Ausbilder Johnson gern als kontrollierte Panik bezeichnete.

Panik, weil die Situation anscheinend rasch eskalierte.

Kontrolliert, weil ich in dieser Situation das Raubtier war.

Meine Hand war unter meiner Brust eingeklemmt, die andere steckte zwischen meinem Rücken und seinem Bauch. Das war die Hand, für die ich mich entschied. So gut ich konnte, ballte ich seine Uniform zusammen und suchte nach nackter Haut. Die umherstreifenden Finger meines Gehirns griffen nach seinem Kopf und drängten sich hinein, einer nach dem anderen. Sie kämpften sich durch die Erinnerung an mein erschrockenes Gesicht hinter der Tür hindurch, durch dunkelblaue Bilder von Frauen, die auf schwach beleuchteten Bühnen tanzten, eine Wiese, ein anderer Mann, dessen Faust auf ihn zukam …

Dann war das Gewicht fort, und Luft strömte wieder in meine Lunge, kalt und muffig. Ich rollte mich auf Hände und Knie hoch, japste nach mehr. Die Gestalt, die über mir stand, hatte den Mann die Treppe hinuntergeschleudert wie ein zerknülltes Stück Papier.

»Los! Wir müssen …« Die Worte hörten sich an, als würden sie unter Wasser übertragen. Wären die grellvioletten Haarsträhnen nicht gewesen, die unter der Skimaske hervorragten, hätte ich Vida wahrscheinlich nicht erkannt. Hemd und Hose aus dunklem Stoff waren zerrissen, und sie schien irgendwie zu hinken, doch sie war am Leben, und sie war hier, mehr oder weniger in einem Stück. Ich hörte ihre Stimme durch das gedämpfte Dröhnen in meinen Ohren.

»Herrgott, bist du langsam!«, schrie sie mich an. »Los jetzt!«

Sie wollte die Treppe hinunterrennen, doch ich packte sie am Kragen ihrer Kevlarweste und zerrte sie zurück. »Wir gehen raus und überwachen von da aus den Eingang. Funktioniert dein Headset noch?«

»Da unten kämpfen sie noch!«, rief sie. »Die brauchen uns! Er hat gesagt, wir sollen unseren Posten …«

»Dann betrachte das jetzt eben als Befehl von *mir*!«

Und das musste sie tun, denn so lief das nun einmal. Das war ihr an mir, an alldem hier am meisten verhasst – dass meine Stimme den Aussachlag gab. Dass ich hier bestimmen konnte.

Sie spuckte mir vor die Füße, doch ich spürte, wie sie mir die

Stufen hinauffolgte und dabei vor sich hinfluchte. Mir kam der Gedanke, dass sie mit Leichtigkeit ihr Messer ziehen und es mir ins Rückgrat rammen könnte.

Der Soldat, den ich draußen antraf, hatte eindeutig nicht mit mir gerechnet. Ich hob die Hand, griff nach der ihren, um sie wegzubeordern, doch das Knallen von Vidas Pistole, die über meine Schulter feuerte, ließ mich viel schneller zurückschnellen, weg von dem Soldaten, als das Blut, das aus seinem Hals spritzte.

»Fang bloß nicht mit diesem Scheiß an!«, knurrte Vida, nahm die Pistole, die irgendwie immer noch an meiner Seite hing und drückte sie mir in die Hand. »Los!«

Meine Finger schlossen sich um den vertrauten Gegenstand. Es war eine typische Dienstwaffe, eine schwarze SIG Sauer P229 DAK, die sich nach Monaten des Übens – wie man damit schoss, sie reinigte und zusammensetzte – für meine Hände immer noch zu groß anfühlte.

Wir stürzten in die Nacht hinaus; abermals versuchte ich, Vida zurückzuhalten, ehe sie blind in eine unbekannte Situation hineinrannte, doch sie schüttelte meine Hand heftig ab. Wir rannten die schmale Gasse hinauf. Ich erreichte die Ecke gerade rechtzeitig, um zu sehen, wie drei Soldaten, angesengt und blutend, zwei Gestalten mit Kapuzen über dem Kopf aus einem Loch zerrten, das aussah, als wäre es nicht mehr als ein großer Gully. Dieser Zugang war definitiv nicht in der Einsatzakte verzeichnet gewesen, die wir bekommen hatten.

Nr. 27? Ich konnte es nicht mit Sicherheit sagen. Die Gefangenen, die sie da in den Kastenwagen luden, waren Männer, ungefähr gleich groß, aber möglich war es. Und diese Möglichkeit war gerade im Begriff, für alle Zeiten in einem Kastenwagen davongekarrt zu werden.

Vida drückte die Hand ans Ohr und presste die Lippen zusammen, sodass sie weiß wurden. »Rob sagt, wir sollen wieder reinkommen. Er braucht Verstärkung.«

Sie wandte sich bereits um, als ich sie abermals packte. Vielleicht zum allerersten Mal war ich ein winziges bisschen schneller.

»Unser Auftrag ist der Gefangene Nr. 27«, flüsterte ich und versuchte, das Ganze so zu formulieren, dass sich ein Bezug zu ihrer hirnrissigen Gefolgschaftstreue der Organisation gegenüber ergab. »Und ich glaube, das da ist er. Deswegen hat Alban uns hergeschickt, und wenn er uns durch die Lappen geht, ist der ganze Einsatz zum Teufel.«

»Der …«, begehrte Vida auf, dann verbiss sie sich, was immer ihr auf den Lippen lag. »Ich geh nicht mit dir unter, wenn du uns hier versenkst. Nur damit du's weißt.«

»Das ist dann ganz allein meine Schuld«, versicherte ich. »Da bleibt nichts an dir hängen.« Kein Minuspunkt in ihrer makellosen Einsatzbilanz, keine Beeinträchtigung des Vertrauens, das Alban und Cate in sie setzten. Sie konnte bei dieser Geschichte nur gewinnen – entweder erntete sie den »Ruhm« für einen erfolgreichen Einsatz, oder sie durfte zusehen, wie ich bestraft und gedemütigt wurde.

Ich hielt den Blick auf die Szene vor uns gerichtet. Es waren drei Soldaten – mit Waffeneinsatz machbar, damit sie jedoch wirklich nützlich wären, müsste ich nahe genug heran, um sie zu berühren. Das war die einzige, ätzende Grenze meiner Fähigkeiten, die ich noch immer nicht hatte durchbrechen können, ganz gleich, wie viele Übungen die League mir aufzwang.

Die unsichtbaren Finger, die in meinem Schädel hausten, klopften ungeduldig, als widere es sie an, dass sie nicht mehr auf eigene Faust ausbrechen konnten.

Ich starrte den nächsten Soldaten an, versuchte, mir vorzustellen, wie sich die langen Schlangenfinger über den Boden ausstreckten, nach seinen unbewachten Gedanken griffen. Clancy konnte das, dachte ich. Er brauchte andere Menschen nicht zu berühren, um sich ihres Verstandes zu bemächtigen.

Ich schluckte einen Aufschrei hilfloser Wut hinunter. Wir brauchten etwas anderes, eine Ablenkung, etwas, das …

Vida war kräftig gebaut, mit breitem Rücken und muskulösen Gliedmaßen, die selbst ihre gefährlichsten Handlungen leicht und anmutig aussehen ließen. Ich sah, wie sie die Pistole hob und zielte.

»Kräfte!«, zischte ich. »Vida, nicht schießen; das hören die anderen doch!«

Sie schaute mich an, als sähe sie gerade mein wirres Hirn aus meinen Nasenlöchern quellen. Die Männer abzuknallen war eine schnelle Lösung, das war uns beiden klar, doch wenn sie sie verfehlte und einen der Gefangenen traf, oder wenn die Soldaten anfingen zurückzuschießen …

Vida stieß beide Hände in die Luft hinaus. Die drei Nationalgardisten wurden mit solcher Genauigkeit und solcher Wucht erfasst, dass sie den halben Block hinuntergeschleudert wurden, gegen die dort geparkten Autos. Es war nämlich nicht genug, dass Vida die Schnellste oder die Stärkste oder die Treffsicherste von uns allen war – sie musste auch noch am meisten Kontrolle über ihre Fähigkeiten haben.

Ich ließ zu, dass der fühlende Teil meines Gehirns sich abschaltete. Das Wertvollste, was mir die League beigebracht hatte, war, sich aller Angst zu entledigen und sie durch etwas zu ersetzen, das unendlich viel kälter war. Nennt es Ruhe, nennt es Konzentration, nennt es innere Taubheit – es stellte sich ein, auch wenn das Blut in meinen Ohren sang, als ich auf die Gefangenen zurannte.

Sie rochen nach Erbrochenem, nach Blut und Fäkalien. So ganz anders als die sauberen, ordentlichen Linien des Bunkers und dem Bleichegestank dort drin. Mir drehte sich der Magen um.

Der Gefangene, der mir am nächsten war, kauerte neben dem Gully, die gefesselten Arme über dem Kopf. Sein Hemd hing ihm in Fetzen von den Schultern, bildete einen Rahmen für Striemen und Brandmale und blaue Flecken, die seinen Rücken eher wie eine Platte voll rohem Fleisch aussehen ließen als wie menschliche Haut.

Der Mann drehte sich nach dem Geräusch meiner Schritte um, hob das Gesicht aus den schützenden Armen. Ich riss ihm die Kapuze vom Kopf. Eigentlich hatten mir tröstende Worte auf der Zunge gelegen, doch sein Anblick hatte meinen Mund von meinem Gehirn abgekoppelt. Blaue Augen blinzelten mich unter einem wirren blonden Haarschopf hervor an, doch ich konnte nichts tun, nichts sagen, als er sich weiter ins blassgelbe Licht der Straßenlaterne beugte.

»Mach schon, du Idiotin!«, brüllte Vida. »Warum dauert das denn so lange?«

Ich spürte, wie jedes einzelne Quäntchen Blut auf einen Schlag aus meinem Körper wich, als hätte mich ein Schuss mitten durchs Herz getroffen. Und plötzlich war mir alles klar – ich begriff, warum Cate sich ursprünglich so sehr bemüht hatte, mich für einen anderen Einsatz einteilen zu lassen, warum man mich angewiesen hatte, den Bunker nicht zu betreten, warum ich keine Informationen über den Gefangenen bekommen hatte. Keinen Namen, keine Beschreibung und ganz bestimmt keinerlei Vorwarnung.

Weil das Gesicht, dass ich jetzt vor mir sah, zwar schmaler war, verhärmt und zerschunden, doch es war ein Gesicht, das ich kannte … eins, das ich … das ich …

Nicht das, dachte ich und fühlte, wie die Welt seitlich unter meinen Füßen wegrutschte. *Nicht er.*

Als er meine Reaktion sah, stand er langsam auf; ein Gaunerlächeln kämpfte sich an der Schmerzgrimasse vorbei. Mühsam kam er auf die Beine und taumelte auf mich zu; er sah aus, dachte ich, als wäre er hin- und hergerissen zwischen Erleichterung und Dringlichkeit. Doch der Südstaaten-Singsang seines Akzents war so warm wie eh und je, auch wenn seine Stimme tiefer war, rauer, als er endlich etwas sagte.

»Seh ich … so klasse aus, wie ich mich fühle?«

Und ich schwöre – ich schwöre es! –, ich spürte, wie die Zeit unter mir davonglitt.

2. Kapitel

So findet man die Children's League: gar nicht.

Man fragt nicht herum, weil keine lebende Seele in Los Angeles jemals die Existenz der Organisation dort zugeben und Präsident Gray einen Anlass geben würde, aktiv zu werden. Die Federal Coalition war schon schädlich genug fürs Geschäft. Die Menschen, die einem den Weg zur League verraten *könnten*, würden damit nur gegen einen Preis herausrücken, der für die meisten zu hoch wäre. Es gab keine Politik der offenen Tür, keine Laufkundschaft; der Dauerbefehl lautete, jeden zu beseitigen, der einen Agenten auch nur schief ansah.

Man *wurde* von der League gefunden. Wenn man wertvoll genug war, holten sie einen. Wenn man kämpfen würde. Das war das Erste, was ich erfuhr, als ich auf dem Weg dorthin neben Cate saß – oder zumindest war es der erste richtige Gedanke, der sich in meinem Kopf verfestigte, als unser Geländewagen den Freeway hinunterraste, geradewegs ins Herz der Stadt.

Ihre Hauptoperationsbasis – von allen HQ genannt – war zwei Stockwerke tief unter einer Plastikflaschenfabrik begraben, die noch halbwegs in Betrieb war und ihren Teil zu dem braunen Dunst beitrug, der sich hartnäckig über dem Lagerhausviertel der Innenstadt von Los Angeles hielt. Viele der Agenten und leitenden Mitglieder der League »arbeiteten« auf dem Papier für P&C Bottling, Inc.

Ich hielt die Hände im Schoß zu Fäusten geballt. In Thurmond hatten wir wenigstens den Himmel sehen können. Ich hatte durch den Elektrozaun hindurch die Bäume gesehen. Jetzt würde ich nicht einmal mehr das haben – bis die League beschloss, dass ich nach oben steigen durfte.

»Die Fabrik gehört Peter Hinderson. Wahrscheinlich lernst du ihn irgendwann kennen, er hat die League von Anfang an nach Kräften unterstützt.« Cate strich sich das Haar wieder zum Pferdeschwanz zurück, als der Wagen in ein Gebäude einbog, das aussah wie ein weiteres Parkhaus. Das war diese Stadt – verblassende Farbe in Sonnenuntergangstönen und Beton.

»Sie haben das HQ mit seiner Hilfe gebaut. Es liegt genau unter seiner Fabrik, wenn also Satelliten nach uns suchen, lässt sich die Wärmesignatur von unserem Belüftungssystem ganz leicht erklären.«

Es hörte sich an, als wäre sie so ungeheuer stolz darauf, und mir war das ehrlich gesagt vollkommen egal. Der Flug von Maryland aus hatte mit der Übelkeit durchs Autofahren und dem unerbittlichen Benzingestank der Stadt darum gewetteifert, was mir die meisten, furchtbarsten Kopfschmerzen bescheren würde. Alles an mir sehnte sich schmerzhaft nach der süßen, klaren Luft von Virginia.

Die anderen Agenten kletterten aus ihren Autos; ihr Gerede erstarb augenblicklich, als sie uns sahen. Während des ganzen Fluges hatte ich gespürt, wie sie mich angestarrt hatten. Anscheinend hatten sie keinerlei weiterer Unterhaltung bedurft; zu versuchen herauszubekommen, warum ich wichtig genug war, dass Cate eine solche Suchaktion nach mir angeleiert hatte, reichte vollkommen. Sie ließen Worte über mich hinwegsegeln wie Spielzeugboote auf einem Teich – *Spion, Flüchtling, Rot.* Alles falsch.

Wir blieben zurück, als die anderen auf den silbernen Fahrstuhl am anderen Ende des Parkhauses zustrebten; ihre Schritte hallten auf dem gestrichenen Beton. Cate ließ sehr deutlich erkennen, dass sie Zeit brauchte, um unsere Sachen aus dem Kofferraum zu holen; jede Bewegung war quälend langsam, perfekt choreografiert, um ihnen einen Vorsprung zu lassen. Ich presste Liams Lederjacke an die Brust, bis wir an der Reihe waren.

Cate drückte irgendeine Kennkarte gegen einen schwarzen Sensor neben den Fahrstuhltüren. Brummend kam der Fahrstuhl wieder herauf. Ich trat hinein und hielt den Blick fest an die Decke gerichtet, bis die Türen fauchend wieder aufglitten und eine Wand aus schwerer, feuchter Luft gegen uns prallte.

Früher musste das hier einmal ein Abwasserkanal gewesen sein – na ja, nein, den Ratten, dem ätzenden Geruch und der dürftigen Belüftung nach zu urteilen war es mit an Sicherheit grenzender Wahrscheinlichkeit entweder ein Abwasser- oder ein Regenwasserkanal gewesen. Wir lösten irgendeinen Bewegungsmelder aus, als wir aus dem Fahrstuhl traten, und die klägliche Kette aus winzigen Glühbirnen, die sie an beiden Wänden entlanggezogen hatten, flammte auf und beleuchtete grellbunte Graffiti-Explosionen und die Pfützen aus Kondenswasser, das sich mit lautem Tropfen auf dem Betonboden sammelte.

Ich starrte Cate an und wartete auf die Pointe; das hier war offenbar ein fürchterlich schlechter Witz. Doch sie zuckte lediglich die Achseln. »Ich weiß, es ist nicht gerade … schön, aber du wirst schon … na ja, niemand findet es toll. Ein paarmal rein und raus, dann gewöhnt man sich dran.«

Super. Was richtig Tolles, worauf man sich freuen konnte.

Einen Block weit zu marschieren und dabei die feuchte, modrige Luft der Röhre zu atmen reichte, um einem den Magen umzudrehen; vier Blocks weit, das ging an die Grenze dessen, was ein Mensch ertragen konnte. Die Decke war gerade hoch genug, dass die meisten von uns aufrecht gehen konnten, allerdings mussten etliche der größeren Agenten – Rob eingeschlossen – unter jedem stützenden Metallträger den Kopf einziehen. Die Wände bogen sich um uns wie Lachfalten um einen Mund, umgaben uns mit Finsternis. Die Röhre hatte null Luxus zu bieten, doch sie war breit genug, dass man zu zweit nebeneinander gehen konnte. Man hatte Platz zum Atmen.

Cate schaute hoch und winkte zu einer der schwarzen Kameras hinauf, als wir darunter durchgingen und auf die silbernen Türen am anderen Ende der Röhre zuhielten.

Ich weiß nicht, was an diesem Anblick mich zurückzucken ließ. Vielleicht das Endgültige daran. Die vollständige Erkenntnis, wie sehr ich mich würde anstrengen, wie achtsam und geduldig ich würde sein müssen, damit Liam Zeit hatte, einen Ort zu erreichen, wo sie nicht an ihn herankamen, bis ich von hier würde türmen können.

Das Sensorpad piepte dreimal, ehe es grün aufleuchtete. Cate klippte ihre Kennkarte wieder an ihre Gürtelschlaufe; ihr erleichtertes Aufseufzen ging fast in dem Zischen künstlich aufbereiteter Luft unter, die aus der Tür quoll.

Ich trat zur Seite, ehe sie meinen Arm nehmen konnte, krümmte mich innerlich angesichts ihres freundlichen Lächelns. »Willkommen im HQ, Ruby. Bevor ich dich herumführe, möchte ich dich ein paar Leuten vorstellen.«

»Schön«, nuschelte ich. Mein Blick blieb an der langen Wand des Korridors hängen, wo Hunderte von vergilbenden Blättern Papier angepinnt worden waren. Sonst gab es nichts zu sehen; die Fliesen waren glänzend schwarz, die Beleuchtung bestand lediglich aus langen Leuchtröhren über unseren Köpfen.

»Das sind die Einberufungsbefehle sämtlicher Agenten«, erklärte Cate. Die Wehrpflicht, die Gray als Folge der Krise eingeführt hatte, bedeutete, dass jeder, der vierzig oder jünger war, irgendwann eingezogen wurde, um dem Land zu dienen, sei es in der Nationalgarde, als Grenzschützer bei der Border Patrol oder als PSF-Babysitter für jugendliche Freaks in den Lagern. Die erste Welle unfreiwilliger Rekruten hatte aus denen zwischen zwanzig und dreißig bestanden – zu alt, um von IAAN betroffen zu sein, und zu jung, um selbst Kinder verloren zu haben.

»Viele von den Agenten hier waren früher beim Militär, so wie Rob«, meinte sie. »Noch mehr von uns sind Zivilisten, die sich der League angeschlossen haben, weil wir an Albans Wahrheitsmission geglaubt haben, oder um mehr darüber zu erfahren, was mit unseren Kindern oder Geschwistern passiert. Es gibt über dreihundert aktive Agenten, und ungefähr hundert beaufsichtigen im HQ die Einsätze, bilden aus oder arbeiten im Technikbereich.«

»Und wie viele Kinder?«

»Sechsundzwanzig, wenn man dich und Martin dazuzählt. Sechs Viererteams, jedes ist einem Agenten zugewiesen – einem Betreuer, so nennt Alban uns. Du wirst mit dem Rest von meinem Team trainieren, und irgendwann wirst du auf Einsätze geschickt.«

»Und die League hat die alle aus Lagern rausgeholt?«, wollte ich wissen.

An der nächsten Tür musste sie wieder ihre Kennkarte vorzeigen. »In den fünf Jahren, die die League existiert, vielleicht vier, höchstens. Du wirst sehen, diese Kids kommen von überall her. Manche, wie Vida und Jude – die wirst du gleich kennenlernen –, sind hergebracht worden, als die Einsammelaktionen losgingen. Ein paar hatten Glück und sind auf den Transporten in die Lager entdeckt worden, oder als die PSFs gekommen sind, um sie abzuholen. Und dann haben wir noch ein paar komische Vögel wie Nico, der andere aus meinem Team. Der hat eine interessante Lebensgeschichte.«

Ich konnte nicht erkennen, ob das ein Köder sein sollte. »Interessant?«

»Du weißt doch noch, was ich dir über die Leda Corporation erzählt habe, oder? Dass die von der Regierung Forschungsmittel bekommen haben, um den Ursprung von IAAN zu untersuchen? Nico war …« Sie räusperte sich zweimal. »Nico war eine von ihren Testpersonen. Er ist vor ein paar Wochen gekommen, ihr könnt also zusammen lernen, wie es hier läuft. Ich wollte dich nur warnen, er ist immer noch ein bisschen zerbrechlich.«

Ich konnte auf Anhieb sehen, dass der Korridor keinen akkuraten Vorgeschmack darauf bot, wie der Rest des Gebäudes aussehen würde. Es war, als hätten sie den Eingang fertiggestellt, und dann sei ihnen entweder das Geld ausgegangen, oder sie hatten beschlossen, dass es keinen Sinn hatte, so weiterzumachen. Im Großen und Ganzen entsprach das Aussehen dieser Einrichtung dem, was man erwarten würde, wenn man über eine halb fertige Baustelle spaziert. Die Wände bestanden aus nackten grauen, von Metallträgern abgestützten Betonblöcken. Der Boden war aus gestrichenem Beton. Alles war aus Beton, überall, immer. So anheimelnd, wie es hier aussah, hätte ich genauso gut wieder in Thurmond sein können.

Die Decken hingen tief über unseren Köpfen, dicht an dicht mit Rohren und grellbunt isolierten Elektrokabeln bedeckt. Und auch wenn es im HQ nicht annähernd so dunkel war wie draußen in der Röhre, warf das flackernde Neonlicht einen bleichen, blutleeren Schein über alles, weil nirgendwo Tageslicht einfiel.

Das Interessanteste am HQ war der Grundriss; die Eingangstür öffnete sich direkt vor einem großen, kreisrunden Raum, der von gebogenen Glaswänden eingeschlossen war. Der Korridor, in dem wir standen, bildete einen Ring darum herum, allerdings konnte ich mindestens vier verschiedene Flure ausmachten, die schnurgerade von diesem Ring abzweigten.

»Und was ist er?« Mein Blick huschte beim Gehen immer wieder nach rechts, zu den Personen, die in dem großen Raum durcheinanderwuselten. Dort drin war eine Handvoll Fernseher an den Wänden angebracht, darunter standen runde Cafeteriatische, und mehrere League-Agenten saßen daran und spielten Karten, aßen oder lasen.

Der gebogene Korridor war nicht eng, sehr breit jedoch war er auch nicht. Wenn uns mehr als eine Person entgegenkam und an uns vorbeiwollte, musste einer von uns sich zurückfallen lassen, um ihm Platz zu machen.

Die ersten beiden Agenten, denen wir begegneten, junge Frauen in Army-Uniform, bestätigten einen weiteren Verdacht: Meine Geschichte war mir hierher vorausgeeilt. Sie lächelten ganz freundlich, als ihr Blick dem von Cate begegnete, doch als ihre Augen sich auf mich richteten, bogen sie um uns herum und gingen schnellen Schrittes weiter.

»Was ist er?«, wiederholte ich. Als ich die Verwirrung in Cates blauen Augen sah, setzte ich hinzu: »Was für eine Farbe?«

»Oh. Nico ist Grün – hat ein unglaubliches Händchen für technische Dinge. Es ist, als ob er alles als Programm verarbeitet. Vida ist Blau. Jude ist Gelb. Wir sind das einzige Team mit gemischten Kräften. Die anderen sind jeweils ganz streng eine einzige Farbe, und sie haben bei Einsätzen verschiedene Unterstützungsfunktionen.« Die Deckenbeleuchtung färbte ihr blondes Haar perlweiß. »Du bist jetzt hier die einzige Orangene.«

Na toll. Wir waren die gottverdammte Rainbow Connection. Fehlte nur noch ein Roter, damit die Palette vollständig war. »Dann hast du also die Reste gekriegt, als die anderen Teams zusammengestellt worden sind?«

Cate lächelte. »Nein. Ich suche mir meine Leute nur sorgfältig aus.«

Schließlich verließen wir den Außenring und bogen in einen der geraden Flure ab. Sie sagte kein Wort, nicht einmal zu den Agentengrüppchen, die uns entgegenkamen und sich an uns vorbeiquetschten. Deren Blicke folgten uns bis zu einer Tür, auf der Cates Name stand, und jeder Blick fühlte sich an wie ein Fingernagel, der an meinem Rückgrat hinabgezogen wurde.

»Bist du bereit?«, fragte sie.

Als ob ich dabei etwas zu sagen hätte.

Es hat etwas echt Persönliches, das Schlafzimmer eines anderen Menschen zu sehen, und damals – selbst jetzt noch – fühlte ich mich unbehaglich, als ich die kleinen Extras sah, die sie hier hereingeschmuggelt hatte. Das Zimmer war klein, aber bewohnbar – kompakt, doch überraschenderweise nicht beklemmend. Ein Feldbett war in eine Ecke gerückt worden, und dahinter hatte Cate eine schmutzige Patchworkdecke an die Wand gepinnt. Das Muster aus knallroten und gelben Blumen sprang einen selbst durch die schlimmsten Flecken in dem Stoff an. Auf einem kleinen Tisch, der ihr als Schreibtisch diente, standen ein Computer und eine Lampe, außerdem lagen dort zwei Bücher und eine Handtasche.

Und überall waren Bilder.

Mit Fingerfarben gemalte Bilder, Menschengestalten, von kleinen Fingern ins Leben geschmiert. Bleistiftporträts von Menschen, die ich nicht kannte. Mit Kohle gezeichnete Landschaften, die genauso karg aussahen wie das Leben unter der Erde. Fotos von warmen Gesichtern und schneebedeckten Bergen waren in ordentlichen Reihen an die Wand geklebt, zu weit weg, als dass ich jedes glänzende Detail hätte erkennen können. Von den drei menschlichen Körpern, die im Weg waren, ganz zu schweigen.

Ein hochgewachsener, dürrer Junge schaffte es irgendwie, auf dem halben Quadratmeter freiem Raum zwischen Schreibtisch und Feldbett auf und ab zu tigern, bei unserem Eintreten jedoch blieb er mit einem Ruck stehen, und sein rotbraun gelockter Kopf fuhr zu uns herum. Sein ganzes Gesicht leuchtete auf, als er sich auf Cate stürzte und ihr die dünnen Arme fest um die Schultern schlang.

»Ich bin ja so froh, dass du wieder da bist!« Seine Stimme kiekste vor Erleichterung.

»Ich auch«, erwiderte sie. »Jude, das ist Ruby.«

Jude bestand nur aus Haut und Knochen, und es sah aus, als wäre er in fünf Tagen so um die fünfzehn Zentimeter gewachsen. Dabei sah er durchaus nicht schlecht aus; es war nur sehr deutlich, dass er noch nicht fertig gebacken war. Er würde Zeit haben, in seine lange, gerade Nase hineinzuwachsen, aber diese großen braunen Augen – die waren wie etwas aus einem Cartoon.

Dem Aussehen nach war er dreizehn, vielleicht vierzehn, aber er bewegte sich, als sei es ihm noch immer ein Rätsel, wie er seine seit Neuestem ellenlangen Gliedmaßen beherrschen sollte.

»Freut mich!«, sagte er. »Seid ihr gerade erst zurückgekommen? Wart ihr die ganze Zeit in Virginia? Cate hat gesagt, ihr habt euch aus den Augen verloren, und sie hatte solche Angst, dass irgendwas …«

Der Junge sprach nicht ein einziges Wort richtig zu Ende, bevor er das nächste anfing. Ich blinzelte und versuchte, mich seiner Umarmung zu entwinden.

»Judith, deine Freundin sieht aus, als wäre ihr gerade das Kuscheln vergangen«, ließ sich eine leise Stimme irgendwo hinter seiner Schulter vernehmen. »Loslassen.«

Sofort wich Jude zurück und lachte nervös auf. »Entschuldigung, tut mir leid. Freut mich aber, dich kennenzulernen. Cate hat uns eine Menge von dir erzählt – dass du im selben Lager warst wie Martin?«

Ich nickte; er wusste also, was ich war. Und trotzdem hatte er mich angefasst. Was für ein tapferer, dummer Junge.

»Das da drüben ist Vida«, verkündete Cate und schob mich sachte auf das andere Mädchen zu.

Ich hatte wohl einen Schritt rückwärts gemacht; unter der Wucht ihres Blickes fühlte es sich an, als wäre ich in die nächste Ecke gestoßen worden. Ich hatte gar nicht gesehen, dass sie auf dem Feldbett saß, die Arme verschränkt und die Beine übereinandergeschlagen, beides mit totaler, vollendeter Gleichgültigkeit. Jetzt jedoch, da ich sie sah, merkte ich, wie ich ein ganz kleines bisschen zurückwich.

Sie war wirklich und wahrhaftig bildhübsch, irgendeine perfekte ethnische Mischung – die Haut von einem strahlenden Braun, das mich an einen warmen Herbstnachmittag erinnerte, mit mandelförmigen Augen, das Haar grellblau gefärbt. Ihr Gesicht war eins von der Sorte, die man in Zeitschriften zu sehen erwartet: hohe, ausgeprägte Wangenknochen und volle Lippen, die stets zu einem höhnischen Feixen verzogen waren.

»Hi. Nett von dir, dass du deinen Arsch endlich hier reinschleifst.« Ihre Stimme war laut und voll, und jedes Wort fühlte sich an, als würde es von einer Ohrfeige unterstrichen. Als sie aufstand, um Cate zu umarmen, kam ich mir vor, als wäre ich zehn Zentimeter groß und ungefähr so stabil wie ein Lüftchen.

Anstatt ihren Platz wieder einzunehmen, blieb sie stehen und schob sich langsam vor Cate, sodass sie zwischen uns stand. Diese Körperhaltung kannte ich. Wie oft hatte ich diese

Position vor Zu oder Chubs oder Liam eingenommen? Wie oft hatten sie das für mich getan?

Sie musterte mich eingehend. »Du armes Ding. Richte dich einfach nach mir, dann wird alles gut.«

So läuft das also?, dachte ich – innerlich empört über ihren Ton.

Als sie sich zu Cate umdrehte, war sie wieder ganz das liebe Mädchen. Ihre dunkle Haut leuchtete vor unverkennbarer Freude.

»Das da in der Ecke ist Nico«, übernahm Vida das gegenseitige Vorstellen. »Alter, kannst du dich mal zwei Sekunden ausstöpseln?«

Nico saß auf dem Boden, den Rücken an Cates winzige Kommode gelehnt. Irgendwie fand ich, dass er klein aussah, und ich erkannte sofort, was Cate gemeint hatte, als sie das Wort *zerbrechlich* gebraucht hatte. Es war nicht sein zierlicher Körperbau, sondern die angespannten Linien seines Gesichts. Eine rabenschwarze Strähne löste sich aus dem Klammergriff des Gels, mit dem sein nach hinten gekämmtes Haar zementiert war, als er sagte: »Hi. Nett, dich kennenzulernen.«

Und dann schaute er wieder auf das kleine schwarze Gerät in seinen Händen hinunter, seine Finger flitzten über die Tasten. Das Ding strahlte seine gebräunte Haut unnatürlich weiß an, betonte seine fast schwarzen Augen.

»Also, was hast du für 'ne Geschichte?«, wollte Vida wissen.

Ich verspannte mich, verschränkte in einer Imitation ihrer Haltung die Arme. Und ich wusste ohne jeden Zweifel, wenn das hier klappen sollte – wenn ich mit diesen Kids zusammenwohnen und mit ihnen reden und trainieren sollte –, dann würde Abstand notwendig sein. Eine Erkenntnis hatte sich mir die letzten paar Wochen wieder und wieder eingehämmert: Je mehr man über jemand anderen erfuhr, desto wichtiger wurde der Betreffende einem irgendwann unweigerlich. Die Grenzen zwischen einem selbst und dem anderen verwischten sich, und wenn die Trennung kam, war es qualvoll, sich aus jenem Leben zu lösen.

Selbst wenn ich ihnen von Thurmond hätte erzählen wollen, es gab keine Möglichkeit, derartigen Schmerz in Worte zu fassen. Keine Möglichkeit, ihnen das verständlich zu machen, nicht, wenn allein der Gedanke an den Garten, an die Fabrik, die Krankenstation ausreichte, dass ich vor Wut fast erstickte. Das Brennen blieb in meiner Brust hängen und hielt sich dort tagelang, so wie die Bleiche in der Wäscherei uns früher Blasen an den Händen beschert hatte.

Ich zuckte die Achseln.

»Und was ist mit Martin?«, fragte Jude. Seine Finger wanden sich umeinander, bis seine Hände ganz rosa waren. »Sind wir dann in unserem Team zu fünft?«

Cate antwortete, ohne zu zögern. »Martin ist nach Kansas versetzt worden. Er wird mit den Agenten dort arbeiten.«

Vida fuhr abermals zu ihr herum. »Echt?«

»Ja«, sagte Cate. »Ruby übernimmt seinen Posten als Teamführer.«

Und so schnell war es vorbei. Was immer Vida an falschen Freundlichkeiten für Cate hatte aufbringen können, war mit einem einzigen scharfen Ausatmen dahin, und in diesem kurzen Augenblick sah ich den Vertrauensbruch aufblitzen. Ich sah, wie sie die Worte regelrecht hinunterwürgte und nickte.

»Moment, was?«, brachte ich mühsam hervor. Ich wollte das nicht – ich wollte nichts von alldem.

»Cool! Gratuliere!« Jude knuffte mir freundschaftlich gegen die Schulter und riss mich aus meiner Benommenheit.

»Ich weiß, ihr werdet alle dabei helfen, dass Ruby sich hier wohlfühlt, und ihr zeigen, wie es hier läuft«, verkündete Cate.

»Klar«, erwiderte Vida mit zusammengepressten Lippen. »Sicher doch. Alles, was sie möchte.«

»Gehen wir zusammen zum Abendessen«, schlug Jude mit fröhlicher Stimme vor, in seliger Unkenntnis der Tatsache, dass sich Vidas Hände krampfhaft neben dem Körper ballten und öffneten. »Heute ist Pasta-Abend!«

»Ich muss zu Alban, aber ihr vier solltet gehen – dann könnt ihr Ruby zeigen, wo die Betten sind, und dafür sorgen, dass sie sich häuslich einrichtet«, meinte Cate.

Kaum war ich aus der Tür getreten und hatte sie hinter mir zugemacht, als ich fühlte, wie jemand meinen Pferdeschwanz packte, mich herumriss und gegen die nächste Wand schleuderte. Schwarze Sterne barsten vor meinen Augen.

»Vida!« Jude schnappte nach Luft. Sogar Nico blickte bei ihrem Ausbruch auf.

»Wenn du auch nur eine Sekunde lang glaubst, ich wüsste nicht, was wirklich passiert ist, dann irrst du dich«, zischte Vida.

»Lass mich in Ruhe«, fauchte ich.

»Ich weiß genau, dass das Blödsinn ist, von wegen, Cate hätte dich aus den Augen verloren. Ich weiß, dass du abgehauen bist«, sagte sie. »Ich reiß dich in Stücke, ehe du sie noch mal so kränkst.

»Du weißt überhaupt nichts über mich«, gab ich zurück und übernahm ihren Zorn auf eine Art und Weise, mit der ich nicht gerechnet hatte.

»Ich weiß alles, was ich wissen muss«, spie Vida mir entgegen. »Ich weiß, was du bist. Wir alle wissen das.«

»Das reicht!« Jude nahm mich am Arm und zog mich weg. »Wir gehen essen, Vi. Komm mit, oder lass es.«

»Na, dann guten Scheißappetit«, erwiderte sie mit ihrer liebenswürdigsten Stimme, doch die Wut, die Vida ausströmte, durchschnitt die Luft und schloss sich um meinen Hals wie eine Faust. Wie ein Versprechen.

Ich weiß nicht, warum der Ring aus leeren Tischen um uns herum mir so zu schaffen machte. Vielleicht aus demselben Grund, aus dem Jude das Gefühl hatte, er müsse während des ganzen Abendesssens reden, um ihr Schweigen wettzumachen.

Wir hatten uns gerade erst an einen der kleineren runden Tische gesetzt, als eine ganze Anzahl Agenten und Jugendliche von ihren aufstanden. Sie nahmen entweder ihre Tabletts mit und verließen das Atrium, oder sie quetschten sich an einen der bereits besetzten Tische, die weiter entfernt standen. Ich versuchte, mir einzureden, dass es nicht an mir lag, doch es gibt Gedanken, die leben in deinem Verstand wie eine chronische Krankheit. Man denkt, man hätte sie endlich ausgemerzt, nur um festzustellen, dass sie sich gerade in etwas Neueres, Düstereres verwandeln. *Natürlich stehen sie auf und gehen weg*, flüsterte mir eine vertraute Stimme ins Ohr. *Wer würde denn schon in der Nähe von jemandem wie dir sein wollen?*

»… zum Essen her und zum Abhängen, wenn wir mal freihaben. Nach der Essenszeit räumen sie hier alles weg, man kann also herkommen und Karten spielen oder Tischtennis oder auch einfach bloß fernsehen«, verkündete Jude, den Mund voller Salat. »Manchmal bringt uns ein Agent einen neuen Film mit, aber ich bleib meistens unten im Computerlabor …«

Es war bizarr und irgendwie schwindelerregend, sich in dem runden Raum aufzuhalten, und das Gefühl wurde noch dadurch verstärkt, dass man die ganze Zeit zehn Fernseher in Sichtweite hatte. Jeder war entweder auf den einzigen Nachrichtensender eingestellt, der überlebt hatte – wie sich herausstellt, findet man einen ganz schönen Batzen Kohle in der Tasche des Präsidenten, wenn man bereit ist, da reinzuspringen –, oder präsentierte uns faszinierendes lautloses Bildschirmflimmern. Mir war nicht nach dem, womit die Nachrichtensprecher als Grauenhaftigkeit des Tages aufwarteten, was immer es sein mochte. Zu schauen, welcher Neuankömmling im Atrium zu welchem Tisch abschwenkte, war ein viel interessanteres Spiel. Die Jugendlichen scharten sich um andere Kids, wenn sie sich ihr Essen vom Buffet geholt hatten. Die muskulöseren Typen, die wahrscheinlich früher beim Militär gewesen waren, setzten sich zu all den anderen Kerlen, die genauso aussahen; nur einige wenige Agentinnen waren darunter, um für ein bisschen Vielfalt zu sorgen.

Ich war so darauf konzentriert, die Frauen zu zählen, dass ich Cate gar nicht bemerkte, bis sie direkt hinter Jude stand.

»Alban möchte dich sprechen«, sagte sie schlicht und streckte die Hand aus, um mein Tablett zu nehmen.

»Was? Wieso denn?«

Jude hatte meine angewiderte Miene wohl als Ausdruck der Angst missverstanden, denn er streckte den Arm aus und tätschelte mir die Schultern. »Oh, nein, nicht nervös werden! Er ist echt nett. Bestimmt … bestimmt will er sich nur ein bisschen unterhalten, da heute doch dein erster Tag ist. Das ist wahrscheinlich alles. Eine einmalige Sache.«

»Ja«, brummte ich halblaut und achtete nicht auf den Unterton der Eifersucht, den ich in seiner Stimme entdeckte. Zu Alban zitiert zu werden war anscheinend nicht üblich. »Sicher.«

Cate führte mich aus dem Atrium wieder in den Flur hinaus, wobei sie mein Tablett auf einem Karren neben der Tür stehen ließ. Statt nach rechts oder links abzubiegen, lotste sie mich zu einer Tür in der gegenüberliegenden Wand, die ich noch gar nicht bemerkt hatte, und zerrte mich halb die Treppe dahinter hinunter. Wir gingen an der zweiten Ebene vorbei, wanden uns abwärts zur dritten. Ich fühlte mich wohler, sobald sie mit der

Schulter die Tür aufdrückte. Hier war es wärmer, trockener als in der durchdringenden Feuchtigkeit der oberen Ebenen. Nicht einmal der Geruch von Statik und heißem Plastik störte mich, als wir an dem großen Computerraum vorbeigingen, der sich auf dieser Ebene dort befand, wo oben das Atrium war.

»Entschuldige«, sagte Cate. »Ich weiß, du bist bestimmt erschöpft, aber er möchte dich unbedingt kennenlernen.«

Ich schlang die Hände hinter dem Rücken ineinander, um zu verbergen, dass sie angefangen hatten zu zittern. Während des Fluges hierher hatte Cate sich bemüht, Alban als sanftmütigen, wahrhaft intelligenten Menschen darzustellen – ein redlicher amerikanischer Patriot. Was sich irgendwie nicht ganz mit allem anderen vertrug, was ich über ihn gehört hatte: dass er ein Terrorist sei, der im ganzen Land mehr als einhundert Attacken gegen Präsident Gray koordiniert und dabei eine ganze Anzahl Zivilisten getötet hatte. Die Beweise waren überall – Agenten hatten Zeitungsartikel und Nachrichtenfotos an die Wände gepinnt, als wären Tod und Zerstörung etwas, das es zu feiern galt.

Folgendes wusste ich aus eigener Erfahrung über John Alban: Er hatte eine Organisation namens Children's League gegründet, holte jedoch nur Jugendliche aus den Lagern, die seiner Ansicht nach über starke Kräfte verfügten. Die er für nützlich hielt. Und wenn dieser Mann nachtragend war, dann war es gut möglich, dass ich dafür bestraft werden würde, ihm dies so schwer wie möglich gemacht zu haben.

Wir gingen zur anderen Seite der Flurschleife. Dort hielt Cate ihre Kennkarte vor das schwarze Pad und wartete auf das Piepsen. Ein Teil von mir wusste bereits genug, um zu hoffen, dass der Sensor nicht grün aufleuchten würde.

Es war keine Spur von Wärme mehr vorhanden, als wir die Betonstufen hinunterstiegen. Die Tür knallte von selbst hinter uns zu, schloss sich mit einem saugenden Geräusch hermetisch. Erschrocken drehte ich mich um, doch Cate drängte mich sanft vorwärts.

Wieder ein Korridor, aber anders als die, die ich oben auf der ersten Ebene gesehen hatte. Die Lampen hier waren nicht so hell und schienen auf Dauerflackern eingestellt zu sein. Ein Blick war alles, was ich brauchte, um zurückzufahren, während mir das Herz in die Kehle stieg. Das hier war Thurmond – war ein Stück dessen, was das Lager für mich gewesen war. Rostige Metalltüren, feste Betonsteinwände, nur von kleinen Beobachtungsfenstern durchbrochen. Doch dies hier war ein Gefängnis mit zwölf Türen anstelle von Dutzenden, mit zwölf Insassen anstelle von Tausenden. Der ranzige Gestank mit einem Hauch Bleichegeruch darin, die kahlen Wände und Fußböden – der einzige Unterschied bestand darin, dass die PSFs uns bestraft hätten, wenn wir versucht hätten, so gegen die Türen zu trommeln, wie es die Gefangenen gerade taten. Gedämpfte Stimmen flehten, man möge sie herauslassen, und ich fragte mich zum ersten Mal, ob sich manche von den Soldaten wohl so gefühlt hatten, wie ich mich jetzt fühlte – elend, als zöge sich meine Haut über der Schädeldecke immer mehr zusammen. Ich merkte es genau, als ihre Gesichter die Sichtfenster fanden und ihre blutunterlaufenen Augen uns bis zum Ende des Korridors folgten.

Cate hielt ihre Karte vor das Schloss der letzten Tür auf der linken Seite, wandte das Gesicht in den Schatten. Die Tür ging auf, und sie drückte dagegen, deutete auf den nackten Tisch und zwei Stühle. Die herabhängende Glühbirne war bereits an und schwankte. Ich stemmte die Absätze gegen den Fliesenboden, zerrte von ihr fort.

»Was zum Teufel ist das hier?«, fragte ich.

»Es ist alles gut«, beteuerte sie mit leiser, beruhigender Stimme. »In diesem Flügel halten wir wichtige Personen oder abtrünnige Agenten fest, die wir ins HQ gebracht haben, um ihnen Fragen zu stellen.«

»Du meinst, sie zu verhören?«, fragte ich.

Nein, dachte ich, während die Erkenntnis wie schwarze Punkte vor meinen Augen erblühte. *Martin hat sie verhört. Ich werde sie verhören.*

»Ich …«, setzte ich an. Ich traue mir nicht, Ich will das nicht tun. Ich will nichts von alldem hier.

»Ich bin die ganze Zeit dabei«, versicherte Cate. »Dir passiert nichts. Alban möchte nur sehen, auf welchem Level deine Kräfte sind, und das hier ist eine der wenigen Möglichkeiten, wie wir ihm das zeigen können.«

Fast hätte ich gelacht. Alban wollte sich vergewissern, dass er einen guten Deal gemacht hatte.

Cate schloss die Tür und zog mich auf einen Stuhl an dem Metalltisch. Ich hörte Schritte und machte Anstalten aufzustehen, nur um sanft wieder niedergedrückt zu werden. »Es dauert nur ein paar Minuten, Ruby, ich versprech's dir.«

Warum bist du denn so überrascht?, fragte ich mich selbst. Ich wusste doch, was die League war, um was es ihnen ging. Cate hatte mir einmal erzählt, sie sei gegründet worden, um die Wahrheit über die Jugendlichen in den Lagern ans Licht zu bringen; dann war es ja schon komisch, wie weit sich die Organisation von ihrem Ziel entfernt hatte. Ich war noch nicht einmal einen halben Tag hier, und sogar ich konnte sehen, dass sie hier in fünf Jahren nicht mehr zuwege gebracht hatten, als aus ein paar Kids Soldaten zu machen, Menschen gefangen zu nehmen und zu verhören und ein paar wichtige Gebäude zu zerstören.

Dank der Größe und der Form des Türfensters konnte ich nicht viel mehr erkennen als Albans dunkles Gesicht, als er dort erschien, flankiert von einem halben Dutzend anderer Männer. Seine Stimme drang durch eine knisternde Gegensprechanlage. »Können wir anfangen?«

Cate nickte, dann trat sie zurück und sagte halblaut: »Tu einfach, was dir gesagt wird, Ruby.«

Etwas anderes habe ich doch nie getan.

Die Tür ging auf, und drei Personen erschienen. Zwei Agenten in grüner Uniform, geradezu aberwitzig fit, und eine kleine Frau zwischen ihnen, die ins Zimmer gezerrt und mit Kabelbindern an den anderen Stuhl gefesselt werden musste. Sie hatte eine Art Jutesack über dem Kopf, und nach dem protestierenden Grunzen und Ächzen zu schließen, hatte sie darunter einen Knebel im Mund.

Ein stechendes Kribbeln der Furcht machte sich an meiner Schädelbasis bemerkbar und wanderte ganz langsam im Zickzack mein Rückgrat hinunter.

»Hallo, meine Liebe.« Wieder Albans Stimme. »Ich hoffe, es geht dir gut.«

John Alban war Berater in Präsident Grays Kabinett gewesen, bis sein eigenes Kind Alyssa an IAAN gestorben war. So wie Cate es mir erklärt hatte, waren die Schuldgefühle deswegen einfach zu viel für ihn geworden. Als er versucht hatte, sich mit der Wahrheit – und *nicht* mit der zuckrigen Hochglanzversion der Lager – an die großen Zeitungen zu wenden, war niemand bereit gewesen, seine Geschichte zu drucken. Nicht wenn Präsident Gray mit eiserner Faust über sie herrschte. Das war das Vermächtnis der Bombenanschläge auf Washington: Gute Menschen fanden kein Gehör, und schlechte Menschen nutzten alles und jedes zu ihrem Vorteil.

Seine dunkle Haut sah von den Jahren ziemlich verwittert aus, und die schweren Tränensäcke unter den Augen ließen sein ganzes Gesicht schlaff wirken. »Es ist natürlich eine

Freude, dich hier zu haben. Meine Berater und ich würden sehr gern das Ausmaß deiner Kräfte kennen und sehen, wie sie für unsere Organisation von Nutzen sein können.«

Ich nickte; die Zunge klebte mir am Gaumen.

»Wir glauben, dass diese Frau Informationen an Grays Männer weitergegeben und die Einsätze, auf die wir sie geschickt haben, zu seinen Gunsten sabotiert hat. Ich hätte es gern, dass du ihre jüngsten Erinnerungen erforschst und mir sagst, ob das stimmt.«

Ach, für so leicht hielt er das also? Einmal kurz reingucken, und da sind die Antworten. Ich straffte die Schultern und sah ihn durch die Glasscheibe hindurch an. Er sollte wissen, was ich wusste – dass mir sehr klar war, dass er hinter dieser Tür nicht vor dieser Frau Schutz suchte, sondern vor mir.

Alles, was ich tun musste, war, sein Vertrauen zu gewinnen, mir ein winziges bisschen Freiheit zu verschaffen. Und wenn der richtige Zeitpunkt gekommen war, würde er es bereuen, mir jemals etwas gegeben zu haben, woran ich meine Fähigkeiten üben konnte. Eines Morgens würde er aufwachen, und ich würde verschwunden sein; sämtliche Spuren von mir in diesem Loch im Boden würden ausgelöscht sein. Das hier war für mich ein Spiel des Abwartens. Wenn ich mich erst vergewissert hatte, dass die anderen außer Gefahr waren, würde ich mich absetzen. Das Abkommen brechen.

»Sie müssen mir einen spezifischen Einsatz geben, nach dem ich suchen kann«, sagte ich und überlegte, ob er mich überhaupt hören konnte. »Sonst könnten wir die ganze Nacht hier sitzen.«

»Ich verstehe«, knisterte seine Stimme. »Es sollte ja wohl selbstverständlich sein, dass es sich bei dem, was du hören und sehen wirst, wenn du dich auf diesem Level aufhältst, um vertrauliche Informationen handelt, zu denen deine Mitstreiter niemals Zugang haben werden. Sollten wir herausfinden, dass irgendetwas davon weitergegeben wurde, wird das … Folgen haben.«

Ich nickte.

»Ausgezeichnet. Diese Agentin hat sich vor Kurzem mit einer Kontaktperson getroffen, um von ihr Informationsmaterial entgegenzunehmen.«

»Wo?«

»Außerhalb von San Francisco. Genauer kann ich nicht werden.«

»Hatte die Kontaktperson einen Namen?«

Eine lange Pause entstand. Ich brauchte nicht von dem verhüllten Gesicht der Frau aufzublicken, um zu wissen, dass die Berater sich untereinander berieten. Schließlich drang seine Stimme abermals herein. »Ambrose.«

Die beiden Soldaten, die die Frau hereingebracht hatten, gingen wieder hinaus. Sie hörte, wie sich die Tür schloss, doch erst, als ich die Hand ausstreckte, um ihr gefesseltes Handgelenk zu berühren, versuchte sie zurückzuzucken.

»Ambrose«, sagte ich. »San Francisco. Ambrose. San Francisco …« Immer wieder diese Worte, während ich in ihre Gedanken hineinsank. Der Druck, der stetig gewachsen war, seit ich in Maryland ins Flugzeug gestiegen war, löste sich mit einem leisen Seufzen. Ich merkte, wie ich mich dichter zu ihr hinüberbeugte, während sich ein rauschender Gedankenstrom durch ihren Verstand ergoss. Sie waren blendend hell – hatten etwas schmerzhaft Intensives, als wäre jede einzelne Erinnerung in pures Sonnenlicht getaucht.

»Ambrose, San Francisco, das Informationsmaterial, Ambrose, San Francisco …«

Das war ein Trick, den Clancy mir beigebracht hatte – jemandem gegenüber ein ganz bestimmtes Wort oder eine ganz bestimmte Phrase oft genug zu wiederholen, damit das Gesagte in den Gedanken des Betreffenden ganz nach vorn rückte.

Die Frau entspannte sich unter meinen Fingern. Jetzt hatte ich sie.

»Ambrose«, wiederholte ich leise.

Es war Mittag, oder kurz davor; ich war die Agentin, und sie war ich, und wir schauten rasch zur Sonne hinauf, die direkt über uns stand. Die Szenerie flimmerte, als ich durch einen verlassenen Park rannte, schwarze Turnschuhe glitten durch das hohe Gras. Vor mir war ein Gebäude – eine öffentliche Toilette.

Da überraschte es mich nicht, dass plötzlich eine Pistole in meiner rechten Hand erschien. Je besser ich hierin wurde, desto mehr Sinneseindrücke kamen mit den Bildern – ein Geruch hier, ein Geräusch da, eine Berührung. Ich hatte das kalte Metall von dem Moment an im Bund meiner Laufshorts gefühlt, als ich in diese Erinnerungen eingetreten war.

Der Mann, der hinter dem Gebäude wartete, hatte nicht einmal Zeit, sich umzudrehen, ehe er auf dem Boden lag, mit einem Loch von der Größe einer Dollarmünze im Hinterkopf. Ich schrak zurück und ließ das Handgelenk der Frau los. Das Letzte, was ich sah, ehe ich die Verbindung löste, war ein blauer Aktenhefter und dessen vom Wind verstreuer Inhalt, der in einen nahe gelegenen Teich hinabschwebte.

Ich öffnete die Augen, obwohl das Licht der Glühbirne das Pochen dahinter so viel schlimmer machte. Wenigstens war es keine Migräne – die Schmerzen wurden vielleicht jedes Mal weniger, wenn ich so etwas machte, aber die Orientierungslosigkeit war immer noch genauso heftig. Ich brauchte zwei Sekunden, um mich zu erinnern, wo ich war, und noch einmal zwei, um meine Stimme wiederzufinden.

»Sie hat sich mit einem Mann in einem Park getroffen, hinter einer öffentlichen Toilette. Sie hat ihm in den Hinterkopf geschossen, nachdem sie von hinten an ihn herangetreten war. Die Informationen, die er bei sich hatte, waren in einem blauen Hefter.«

»Hast du gesehen, was damit passiert ist?« Erregung schwang in Albans Stimme mit.

»Das Zeug liegt im Teich, auf dem Grund«, antwortete ich. »Warum hat sie ihn erschossen? Wenn er ihre Kontakt…«

»Das reicht, Ruby«, ging Cate dazwischen. »Bitte schicken Sie die Männer rein.«

Die Frau hing schlaff da, war noch immer halb benommen von meinem Einfluss. Sie wehrte sich nicht, als sie ihre Fesseln kappten und sie vom Stuhl hoben. Aber ich glaubte … ich glaubte, sie weinen zu hören.

»Was passiert jetzt mit ihr?«, wandte ich mich hartnäckig wieder an Cate.

»Das *reicht*«, sagte sie noch einmal. Ich zuckte bei ihrem Ton zusammen. »Haben wir Ihre Erlaubnis zu gehen? Sind Sie mit ihren Resultaten zufrieden?«

Diesmal erwartete Alban uns an der Tür, doch er ließ immer diesen kleinen Restabstand zwischen uns. Sah mir nicht ein einziges Mal in die Augen. »O ja«, sagte er leise. »Wir sind mehr als zufrieden. Das ist etwas sehr Besonderes, was du da kannst, mein Liebes, und du hast keine Ahnung, wie sehr uns das helfen kann.«

O doch.

Liam hatte mir nicht besonders viel von der Zeit erzählt, die er bei der League verbracht hatte; sie war kurz und brutal gewesen und so verheerend, dass er bei der erstbesten Gelegenheit abgehauen war. Doch ohne dass es einem von uns beiden klar gewesen wäre, hatte er mich auf die neue Wirklichkeit meines Lebens vorbereitet. Hatte mich einmal, zweimal, dreimal gewarnt, dass die League jede meiner Bewegungen kontrollieren, dass sie von mir erwarten würde, jemand anderen zu töten, nur weil es ihnen in den Kram passte und sie es so wollten. Er hatte mir von seinem Bruder Cole erzählt und was unter dem Einfluss und der Anleitung der League aus ihm geworden war.

Cole. Von dem her, was in der League so getratscht wurde, wusste ich, dass er ein Überflieger war – ein beängstigend effektiver Undercover-Agent an vorderster Front. Von Liam wusste ich, dass der Machtschub beim Abfeuern einer Waffe ihn beflügelte.

Doch niemand, nicht einmal Liam, war auf die Idee gekommen zu erwähnen, wie ungeheuer ähnlich sie sich sahen.

3. Kapitel

Aus unerfindlichen Gründen hatte Jude sich selbst zum Ein-Mann-Begrüßungskomitee des Teams ernannt. Als ich nach meinem ersten Einsatz für die League wieder im HQ ankam, war es seine schlaksige Gestalt gewesen, die am Ende der Eingangshalle auf mich wartete, die auf mich zuschoss und mich unter einer Fragenlawine begrub. Sechs Monate später war er immer noch der Einzige, der dort auf uns wartete und unsere wohlbehaltene Rückkehr mit einem Lächeln belohnte, das sein ganzes Gesicht in zwei Hälften teilte.

Ich wappnete mich, während Vida ihre Kennkarte an die Tür hielt. Rob und die übrigen Teammitglieder hatten Cole Stewart vor ein paar Minuten ins Gebäude gebracht, doch ich hatte dafür gesorgt, dass wir zurückblieben und uns auf dem Weg durch den Tunnel Zeit ließen. Es war wichtig, dass Rob die gesamten Lorbeeren für diesen Einsatz einheimste. Wir hatten den Jubel gehört, der aufgebrandet war, als sie durch die Tür kamen, hatten gesehen, wie sie triumphierend die Fäuste reckten, als sie hereinmarschiert kamen und Cole in seinem Rollstuhl fast hinter sich zurückließen.

Jetzt war niemand mehr in der Eingangshalle. Die Agenten hinterließen eine Spur aus freudigem Lärm. Mit jedem Schritt, den sie machten, wurde diese Spur schwächer, bis ich nur noch meinen eigenen Atem hören und nur noch die leere Stelle am Ende des Flurs sehen konnte, wo Jude hätte sein sollen.

»O Gott, ich danke dir«, brummte Vida und reckte die Arme über den Kopf. »Wenigstens einmal brauche ich mir nach seinem Klammergriff nicht den Rücken einrenken zu lassen. *Adiós*, Bubu.«

Ich glaube, manche Leute benutzten den Spitznamen »Bubu« als Ausdruck der Zuneigung. Vida benutzte ihn, damit man sich vorkam wie einer von diesen winzigen Hunden, deren Gehirn die Größe eines Daumens hat und die sich immer von oben bis unten vollpinkeln, wenn sie sich zu sehr aufregen.

Ich ließ sie wortlos gehen und bog nach links ab, auf Cates Quartier und das der anderen ranghöheren Agenten zu, um Bericht zu erstatten. Nach fünf Minuten vergeblichen Klopfens steckte ich den Kopf ins Atrium, um zu sehen, ob sie vielleicht dort war. Wahrscheinlich ist sie bei den anderen, dachte ich und ließ den Blick durch den fast leeren Raum wandern. Und obgleich ich ihr weißblondes Haar an keinem der Tische entdecken konnte, erkannte ich doch den rotbraunen Lockenkopf, der vor einem der Fernseher aufragte.

Ich hatte nicht das Glück, einen sauberen Rückzug hinlegen zu können – diese zwei Sekunden des Anstarrens hatten ausgereicht, dass er meinen Blick gespürt hatte. Jude schaute kurz auf seine alte Plastikarmbanduhr, dann blickte er entsetzt wieder zu mir auf.

»Ruby!«, rief er und winkte mich heran. »Entschuldige! *Entschuldige!* Ich hab total die Zeit vergessen. Ist alles glattgegangen? Seid ihr gerade erst zurückgekommen? Wo ist Vida? Ist sie …?«

Ich bin kein so guter Mensch, dass ich behaupten würde, kein einziger Teil von mir wollte kehrtmachen und hinausrennen, ehe er ankommen, sich unterhaken und mich durch den Raum schleifen konnte.

Erst als ich besagten Raum durchquerte, bemerkte ich, dass

Nico dort war; er saß am anderen Ende des Tisches. Eine der Betonsäulen hatte mir von der Tür aus die Sicht auf ihn versperrt, doch es half auch nicht, dass sich der Junge anscheinend nicht rührte. Überhaupt nicht. Ich folgte seinem versteinerten Blick zu dem Gerät vor ihm auf dem Tisch. Ein Chatter.

Das Ding war so groß wie ein Handy und hätte leicht als ein solches durchgehen können, wenn man nicht allzu genau hinsah. Eine ältere Handygeneration war gerettet worden – die mit einer richtigen Tastatur anstelle eines blanken Touchscreens. Die neuen Gehäuse, die sie für die Dinger geschaffen hatten, waren oval und so dünn, dass man sie während des Unterrichts in die Gesäßtasche oder den Ärmel schieben konnte.

Ein paar Grüne hatten dieses kleine Sahneteilchen entwickelt, mit dem Hintergedanken, dass Agenten so digitale Botschaften, Fotos und kurze Videos nach Hause schicken könnten, ohne ein Wegwerfhandy nach dem anderen zu verheizen. Die Technik dahinter war größtenteils ein Mysterium für mich, doch mir war klar, dass sie auf irgendeinem Netzwerk basierte, das die Grünen geschaffen hatten und das nicht gehackt werden konnte. Man konnte damit nur andere Chatter kontaktieren, und das auch nur, wenn man die geheime PIN des anderen Geräts kannte. Sie taugten nicht dazu, große Bilder oder Videodateien zu verschicken, die länger waren als dreißig Sekunden. Aus diesem Grund hatte Alban sie nicht auf Einsätze mitschicken wollen; er hatte sie als Projekt irgendwelcher gelangweilten Kids abgetan. Soweit ich wusste, benutzten die Grünen sie jetzt normalerweise bloß dazu, im HQ untereinander zu chatten, wenn sie gerade unterschiedliche Trainings-Sessions hatten, oder auch abends nach dem Löschen des Lichts.

»… wirklich zurückgekommen? Bist du dem Agenten begegnet? War der wirklich so knallhart, wie alle sagen? Können wir …?«

»Was ist denn los?«, fragte ich und schaute von Nico zum Fernseher und zurück. Sie hatten sich den Kanal ausgesucht, der nur Lokalnachrichten und Wetterberichte für Kalifornien zeigte.

Es war, als hätte ihm ich auf einen Schlag sämtliche Worte ausgesaugt. Jude verspannte sich auf seine ganz spezielle Art, mit weit aufgerissenen Augen, ehe er ein Lächeln aufblitzen ließ, das einfach zu bemüht war.

»Was ist los?«, wiederholte ich.

Jude schluckte und schielte kurz zu Nico hinüber, ehe er sich zu meinem Ohr herabbeugte. Sein Blick huschte durch das Atrium, als suche er nach dunklen Ecken, die gar nicht existierten.

»Sie haben Blake Howard auf einen Einsatz geschickt«, sagte er. »Wir haben nur …«

»Blake Howard? Der kleine Grüne aus Team eins?« Der, der so aussah, als könne man ihn mit einem einzigen gut gezielten Niesen umhauen?

Jude nickte und warf abermals einen schnellen, nervösen Blick hinter mich. »Ich mach mir einfach Sorgen, weißt du? Nico auch.«

Na, das war ja der Hammer. Nico war für jede gute Verschwörungstheorie zu haben, besonders wenn es um die League ging. Jeder Agent war ein Doppelagent. Alban arbeitete in Wirklichkeit mit Gray zusammen, um die Federal Coalition fertigzumachen. Irgendjemand vergiftete unsere Wasservorräte mit Blei. Ich weiß nicht, wo er das herhatte, oder ob sein Gehirn einfach nur all die Informationen, die er aufnahm, so verarbeitete und er nicht wusste, wie er das abstellen sollte.

»Die tauschen ihn bestimmt gegen irgendwas ein«, stieß Nico hervor und umklammerte den Chatter. »Gegen Informationen? Um einen anderen Agenten zurückzukriegen? So verrückt ist das doch gar nicht, oder? Hier gibt's doch schon so viele Grüne. Die finden's zum Kotzen, dass so viele von uns hier sind. Die können uns nicht ausstehen.«

Ich gab mir alle Mühe, nicht die Augen zu verdrehen. »Geht's bei dem Einsatz auch um was Technisches?«, wollte ich wissen.

»Na ja, schon, aber«, antwortete Jude, »wann haben sie denn je einen von Team eins rausgeschickt? Die sollen doch nur im HQ eingesetzt werden.«

Da lag er nicht falsch. Vida nannte sie Quietscheentchen, und der Name war hängen geblieben. All die Grünen mit Wahnsinnsfähigkeiten in Sachen logisches Denken, die die League dafür einsetzte, Codes zu entschlüsseln und Computerviren zu basteln, die diese abgefahrenen Geräte konstruierten. Sie hatten alle denselben tapsigen Gang, Nico auch. Machten so komische halbe Schritte, bei denen sie die Füße über die Bodenfliesen zogen, sodass ihre Turnschuhe Quietschgeräusche machten. Bestimmt hatten sie sich das unbewusst voneinander abgeguckt; sie bewegten sich immer synchron, wie es bei den Teilen einer funktionierenden Maschine sein sollte.

»Er ist volljährig und hat die nötigen Fähigkeiten, um ihnen zu helfen«, gab ich zu bedenken. »Ich weiß ganz sicher, dass die anderen Grünen-Teams diese Woche beschäftigt sind. Vielleicht war er ja die letzte Möglichkeit.«

»Nein«, wehrte Jude ab. »Wir glauben, sie haben ihn mit Absicht ausgesucht. Die wollten *ihn*.«

Es dauerte eine Weile, bis Jude den nötigen Mut zusammengekratzt hatte, um mich wieder anzusehen. Als er es tat, machte er dabei ein so offenkundig beschämtes und verängstigtes Gesicht, dass ich spürte, wie ich weich genug wurde, um zu fragen: »Gibt's da was, was ihr mir nicht erzählt? Was kriege ich hier gerade nicht mit?«

Jude ballte den überdehnten Saum seines Shirts zu einem

Knoten zusammen. Nico starrte einfach nur geradeaus, ohne zu blinzeln, den Blick fest auf den Chatter geheftet.

»Nico, ich und … Blake«, fing Jude an, »wir haben vor ein paar Tagen hier unten so rumgemacht. Wir haben versucht, aus übrig gebliebenen Computerteilen ein ferngesteuertes Auto zu basteln.«

»Okay …«

»Nico musste rauf und mit Cate reden, aber ich und Blake wollten mit dem Auto unten eine Probefahrt machen. Es war zwei Uhr nachmittags, und unten war niemand, also haben wir gedacht, es wär in Ordnung und wir würden niemanden stören. Aber du kennst doch die Räume, in denen wir die Sachen für die Einsätze aufbewahren? Die Westen und Reservemunition und so?«

Ich nickte.

»Aus einem davon haben wir Stimmen gehört. Ich dachte, vielleicht spielen die da drin einfach bloß Karten oder so was – manchmal machen sie das da unten, damit sie über Alban oder einen von den Beratern herziehen können«, erklärte Jude, der mittlerweile sichtlich zitterte. »Aber als ich gehört hab, was die gesagt haben – Ruby, die haben über uns geredet. Die haben immer wieder Sachen gesagt wie ›die Freakdichte reduzieren‹ und ›Alban wieder in die Spur bringen‹, und dass sie beweisen würden, was wir für eine … für eine Zeit- und Materialverschwendung wären.«

Er war ein Frösteln, das mir bis in die Knochen drang. Ich zog den nächsten Stuhl näher zu Nico heran. Jude tat es mir nach, seine Hände wanden sich krampfhaft umeinander.

»Und die haben euch beim Lauschen erwischt?«

»Ich weiß, es ist blöd, aber als ich das gehört hab, bin ich voll ausgetickt – war nicht Absicht, aber ich habe das Auto fallen gelassen. Wir sind weggerannt, bevor die Tür aufgegangen ist, aber ich bin mir ganz sicher, dass die uns gesehen haben. Ich hab gehört, wie Rob meinen Namen gerufen hat.«

»Und was dann?«, drängte ich. Mein Verstand stellte inzwischen Verbindungen her, gefährliche Verbindungen.

»Dann ist Blake für diesen Einsatz eingeteilt worden, obwohl er doch zu Team eins gehört. Jarvin hat gesagt, sie brauchen einen Grünen, der sich in den Serverraum der Firma einhacken kann, und ihm ist nichts anderes übrig geblieben.«

Langsam lehnte ich mich zurück. Die Freakdichte reduzieren. Mein Ohr, das, das am meisten von der Granatenexplosion abbekommen hatte, schien einen ganz eigenen Puls zu haben.

Das war ein Versehen, dachte ich. *Rob hat einfach nur leichtsinnig dahergeredet.* Doch die zweite Lüge hörte sich weniger überzeugend an als die erste. Die Freakdichte reduzieren. Wie? Indem man sie bei Einsätzen in lebensgefährliche Situationen brachte, die sich als Unglücksfälle abtun ließen? Rob hatte schon früher Jugendliche getötet – ich wusste nur von den zweien, die ich ganz kurz in seinen Erinnerungen gesehen hatte, aber woher sollte man wissen, ob es nicht mehr waren?

Großer Gott. Eine gewaltige Woge der Übelkeit schwappte aus meinem Magen empor. Hatte er die beiden umgebracht, um die Anzahl der Kids hier geringer zu halten?

Nein … nein, ich musste damit aufhören. Meine Gedanken drehten sich in einer Spirale und gerieten außer Kontrolle. Das hier waren Nico und Jude, zwei Jungs, die zu viel Zeit hatten. Die beiden machten ständig Ärger, und dann taten sie schockiert, wenn ihnen besagter Ärger um die Ohren flog.

»Das ist Zufall«, meinte ich. Bestimmt hatte ich noch ein Argument parat, doch das klinkte sich aus meinen Gedankengängen aus, als ich jemanden von der anderen Seite des Raums aus meinen Namen rufen hörte. Einer von Albans Beratern, der gute alte Eulenauge, stand in der Tür des Atriums.

»Er möchte dich in einer Stunde in seinem Büro sprechen.«

Dann machte er auf dem Absatz kehrt und war weg, eindeutig verärgert, dass er als Laufbursche abkommandiert worden war.

»Was will er denn?«, fragte Jude sichtlich verwirrt.

Man sah die Anzugträger so gut wie nie weiter als einen Meter von Alban entfernt; es hätte mich nicht überrascht, wenn sie sich jede Nacht in sein Quartier geschlichen und sich dabei abgewechselt hätten, ihm Pläne und nette Belanglosigkeiten ins Ohr zu flüstern.

Insgesamt waren es zehn Männer, alle über fünfzig, die Albans Themenbereiche aufgeteilt und über jeden davon die Herrschaft übernommen hatten. Sie koordinierten und genehmigten Einsätze, beschafften Vorräte und neue Kontaktpersonen, rekrutierten neue Ausbilder, managten die Finanzen der League. Alles, damit Alban sich auf Ziele konzentrieren konnte, bei denen es um »das große Ganze« ging.

Jude behauptete, sie wären nur hier, weil Gray aus irgendwelchen Gründen ihren Tod wollte und ihnen nichts anderes übrig geblieben war, als abzutauchen. Ich kannte noch immer nicht einmal die Hälfte ihrer Namen, da die meisten sorgfältig darauf achteten, nie direkt mit den Psi-Freaks zu tun zu haben. Es war einfacher, sich auf ihre äußerlichen Merkmale zu konzentrieren und ihnen entsprechende Spitznamen zu verpassen. Eulenauge, Affenohr, Pferdegebiss und Froschlippe waren diejenigen, die ich am häufigsten zu Gesicht bekam.

Was den Namen an Kreativität fehlte, das machten sie durch Präzision wieder wett.

»Eine Nachbesprechung? Jetzt schon?«, fragte Jude und schaute rasch wieder zu dem Fernseher hinüber.

Ich streckte die Hand aus und schaltete das Gerät ab.

»Hey!«

»Du bist spät dran«, bemerkte ich und zeigte auf die Uhr an der Wand. »Noch zwei Minuten, und Ausbilder Johnson verpasst dir einen Strafpunkt.«

»Na und?«, schoss Jude zurück. »Das hier ist doch wichtiger.«

»Wichtiger, als irgendwann aktiviert zu werden?«, fragte ich. »Als ich nämlich das letzte Mal nachgesehen habe, warst du zwei Strafpunkte davon entfernt, für alle Zeiten im HQ festzusitzen.«

Das war eine gemeine Taktik; Nicos wütender Blick ließ mich das deutlich wissen. Doch er wusste wahrscheinlich besser als ich, dass eine Zukunft, in der Jude niemals bei Einsätzen dabei sein durfte, eine Zukunft war, die Jude um jeden Preis vermeiden wollte – dafür hätte er beide Arme verkauft.

Ich ging mit ihnen hinaus und folgte ihnen bis zum Trainingsraum, für den Fall, dass sie auf die Idee kamen, sich heimlich abzusetzen. Die Teams, mit denen sie normalerweise trainierten – zwei, drei und vier –, waren bereits da, wärmten sich auf, verdunkelten die Spiegelwand. Dies hier war der einzige Teil im ganzen HQ, der wirklich absolut menschlich roch. Der Mief nach Schweiß und warmen Leibern verlieh dieser Halle einen Schuss reales, greifbares Leben. Wenigstens war er besser als der Schimmelgeruch.

Ausbilder Johnson nickte in meine Richtung, als ich die Tür aufhielt; das Neonlicht bleichte sein ohnehin schon blondes Haar. Sowohl Vida als auch ich waren für heute vom Training und vom Unterricht befreit; morgen jedoch würde für uns alles wieder losgehen. Ich würde mich wieder ins Muster dieses Ortes einpassen, dankbar dafür, über nicht viel mehr nachdenken zu müssen als darüber, mich von einer Stunde zur nächsten fortzubewegen, von Tür zu Tür. Eine lebenswichtige Lektion darin, eine Situation zu meistern, die ich Thurmond zu verdanken hatte.

Jude und Nico konnten mich beide hierfür hassen, das war mir egal. Ich konnte es mir einfach nicht leisten, ihre Angst zu übernehmen und sie meine eigene Furcht beeinflussen zu lassen. Ich hatte mir solche Mühe gegeben, mich diesem Ort gegenüber abzustumpfen, und das würden sie mir nicht kaputt machen. Sie bekamen meine Aufmerksamkeit, mein Mitgefühl – aber meinen Schutz würde ich ihnen nicht zugestehen.

Ich hatte geduscht, gegessen, mich umgezogen und meine Gedanken geordnet und war somit bereit, John Alban gegenüberzutreten. Doch er war nicht bereit für mich.

Man konnte über den Gründer der League eine ganze Menge sagen, und vielleicht zwei Worte davon wären schmeichelhaft. Er war ein kluger Mann, niemand würde das leugnen. Die League war seinetwegen das, was sie heute war. Manche fanden lediglich, es sei an der Zeit, dass er seine Angriffe gegen Gray »auf ein neues Level« steigerte, und andere drängten ihn, Kurs zu halten, schließlich funktioniere es doch.

Im Stillen dachte ich, dass es sein gutes Recht sei, über eine so schwerwiegende Entscheidung noch weiter nachdenken zu wollen, doch ich verstand die Ungeduld der anderen. Ich wusste, dass sie aus der wachsenden Unzufriedenheit und dem anschwellenden Protestgemurmel, das wir aufmerksam verfolgt hatten, Kapital schlagen wollten.

Ich hörte Stimmen auf der anderen Seite der Tür, zuerst leise, dann vehement genug, um mich aufhorchen zu lassen. Jegliche Absicht anzuklopfen verflüchtigte sich, je länger ich dort stand und zuhörte.

»Nein!«, sagte Alban gerade. »Mein Gott, nein! *Nein!* Wie oft muss ich dieses Wort noch wiederholen, damit es in euer Vokabular aufgenommen wird? Das war die Antwort, als ihr das dem Führungsstab zum ersten Mal vorgelegt habt, als ihr Jarvin überredet habt, die Idee den Beratern vorzutragen, und jawohl, jetzt auch.«

»Sie denken das nicht zu Ende …«

Instinktiv fuhr ich vor Robs schroffem Ton zurück.

»Sie glauben, wir können so weitermachen, ohne ein deutliches Statement abzugeben? Wie viele von diesen Kreaturen sitzen hier einfach im HQ herum und verschwenden unsere Zeit und unsere Energie?«

Alban fuhr ihm ins Wort. »Das sind keine *Kreaturen*, wie Sie sicher sehr gut wissen. Das ist nicht verhandelbar. Der Zweck wird niemals die Mittel heiligen, ganz gleich, wie ihr das Ganze anzupreisen versucht. Niemals. Das sind *Kinder*.«

Ganz hinten in meinem Kopf begann sich ein Gedanke mit einem anderen, finstereren zu verschlingen, doch ich zwang mich, mich auf das Hier zu konzentrieren. Auf das Jetzt.

»Sie sind doch derjenige, der immer sagt, *Hauptsache, Gray verschwindet, egal wie*, oder? Die Ablenkung wäre mehr als groß genug, dass wir losziehen und die Lager auflösen, die Botschaft im ganzen Rest des gottverdammten Landes verkünden könnten. Anders kommen wir jetzt nicht mehr rein, die haben das mit unseren gefälschten Ausweisen inzwischen auf dem Zettel. Wir können nicht mal mehr die Agenten rausholen, die wir in die Lager eingeschleust haben. Die warten auf uns! Wir warten alle darauf, dass Sie *irgendwas* unternehmen! *Irgendwas* entscheiden!«

Ein langes, bitteres Schweigen schloss sich an. Nach welchen Worten Alban auch suchte, er fand sie nicht. Ich konnte meine eigenen Gedanken nicht im Zaum halten. Was für ein Plan konnte ihn derart in Rage bringen?

»Ich will Sie nur warnen«, fuhr Rob fort; er klang jetzt ruhiger. »Sogar ich habe mitbekommen, wie Agenten sich gefragt haben, auf was für eine Politik wir zusteuern. Eine ganze Menge glaubt, dass Sie sich letzten Endes wieder mit Gray zusammentun wollen. Dass Ihnen Ihr Freund fehlt.«

Ich schloss die Augen. Es war ein unausgesprochenes Gesetz, dass wir Albans frühere Freundschaft mit Präsident Gray und der First Lady niemals erwähnten, egal, aus welchem Grund. Cate hatte mir mal erzählt, dass Alban nicht einmal auf die Arbeit angesprochen werden mochte, die er als Minister für Heimatschutz getan hatte. Ich konnte mir also vorstellen, dass er nicht sonderlich erfreut darüber war, daran erinnert zu werden, dass er früher einmal zu einem kleinen Personenkreis gehört hatte, der in den Genuss privater Dinner-Einladungen im Weißen Haus gekommen war.

Eine neue Stimme meldete sich zu Wort. »John, lassen Sie uns das doch nicht gleich vollständig ausschließen. Das ist eine Taktik, die schon früher zum Einsatz gekommen ist, und sie ist durchaus wirksam. Sie würden es doch nicht erfahren. Wir haben Möglichkeiten, den Mechanismus zu verbergen …«

Ich war so auf das Gespräch konzentriert, dass ich denjenigen, der von hinten auf mich zuhumpelte, gar nicht hörte. Erst als er direkt hinter mir stand und mir auf die Schulter tippte.

»Das würde ich für mich behalten, Lauscherin an der Wand«, bemerkte Cole. »Oder musst du unbedingt den alten Spruch von der Katze und ihrer Neugier hören?«

Es war zu spät, um einen Satz zurückzumachen und so zu tun, als hätte ich gar nicht gelauscht, und jetzt war ich zu durcheinander, um es auch nur zu versuchen.

Der Sani von Robs Team hatte die tieferen Platzwunden in Coles Gesicht recht ordentlich zusammengeflickt und den Dreck von seiner Haut entfernt. Er trug ein weites Hemd und eine Hose, die ihm etliche Nummern zu groß war, aber wenigstens steckte er nicht mehr in seinen alten, von Erbrochenem verkrusteten Klamotten. Er sah aus wie ein ganz anderer

Mensch, und dafür war ich dankbar. So war es leichter, ihn anzusehen.

Und endlich kam ich dazu, ihn mir genau anzusehen.

Als Liam gesagt hatte, er hätte einen älteren Bruder, hatte ich mir den *viel* älter vorgestellt – fünfundzwanzig oder sechsundzwanzig, so alt wie Cate. Doch auf dem Rückflug hatte ich ein paar Leute aus Robs Team über ihn schimpfen hören, über seine rotzige Art, und dass er doch erst einundzwanzig sei, aber Alban ihm trotzdem all die guten Einsätze zuschustern würde. *Der kleine Goldjunge.*

Drei Jahre – das war alles, was ihn von Liam trennte. Von IAAN. Cole gehörte zu jenen wenigen Jahrgängen, die gerade alt genug gewesen waren, um der Krankheit zu entgehen.

»Im Flieger sind wir ja nicht so richtig zum Reden gekommen, wie?«, fragte er, und seine bandagierten Finger strichen mir das feuchte Haar über die Schulter nach hinten.

Er war mehrere Zentimeter größer als sein Bruder, was mir sehr bewusst wurde, als er sich herabbeugte, um mein Gesicht eingehend zu betrachten, während sich auf seinem eigenen ein Piratenlächeln breitmachte. Cole hatte vielleicht nicht ganz so breite Schultern und eine schmalere Taille, aber irgendetwas an seiner Körperhaltung war vertraut …

Ich schüttelte den Kopf und versuchte, die Röte aus meinen Wangen zu vertreiben, während ich an die Tür klopfte. Das ließ das Streitgespräch dort drinnen schlagartig verstummen. Alban erhob sich hinter seinem Schreibtisch aus dunklem Holz, klappte seinen Laptop zu und stellte das leise Brabbeln der Funkscanner auf einem Beistelltisch ab. Rob und sein Berater mit den Froschlippen waren bereits auf den Beinen, beide waren ganz rot im Gesicht. Als er uns erblickte, verdrehte Rob die Augen und lehnte sich an eines von Albans Regalen mit allem möglichen Krimskrams aus seinem früheren Leben.

»Sir«, sagte ich, »Sie wollten mich sprechen?«

»Meine Güte, setzt euch, setzt euch doch.« Alban deutete mit einer Hand auf zwei Klappstühle ihm gegenüber. »Ihr seht beide vollkommen erledigt aus.«

»Mir fehlt nichts«, beteuerte ich und fügte dann als Nachsatz noch ein Danke hinzu. Ich fand es zum Kotzen, wie zaghaft meine Stimme in seiner Gegenwart wurde. *Zum Kotzen.*

Alban ließ sich wieder auf seinem Stuhl nieder, seine Lippen verzogen sich zu einem Lächeln aus zumeist gelben Zähnen. Der Mann kam nicht viel an die Öffentlichkeit – nicht bei dem saftigen Kopfgeld, das auf ihn ausgesetzt war. Wenn er eine Videobotschaft veröffentlichen musste, retuschierten sie nach dem Filmen immer seine aknenarbige Haut und hellten sie auf. Außerdem stellten sie ihn gern mithilfe von Photoshop vor Bilder von amerikanischen Landschaften oder Städten, um den Eindruck zu erwecken, dass er sich viel mutiger und freier draußen bewegte, als es in Wirklichkeit der Fall war.

»Ich hätte gern einen ganz formlosen Bericht über den Rettungseinsatz für Agent Stewart gestern Abend, wenn es euch dreien recht ist. Ich denke, das kann nicht warten.«

Er wartete, bis Cole vorsichtig auf dem Stuhl neben mir Platz genommen hatte, bevor er den Arm über den Schreibtisch streckte und seine Hand umfasste. »Ich kann Ihnen gar nicht sagen, wie schön es ist, Ihr Gesicht wiederzusehen, mein lieber Junge.«

»Na, haben Sie ein Glück.« Cole zog die Worte in die Länge, mit reichlich Bitterkeit darin. »Sieht aus, als würden Sie diesen hübschen Jungen hier von jetzt an oft zu Gesicht kriegen.«

Hör auf, wies ich mich an, ehe ich mich verspannen konnte. Cole war nicht Liam, ganz gleich, wie ähnlich sie sich sahen. Ganz gleich, wie ähnlich ihre Stimmen klangen. *Konzentrier dich auf die Unterschiede.*

Cole war drahtiger gebaut als Liam und sah auch ordentlicher aus. Er hatte sich das Haar kurz geschoren, seit ich ihn zuletzt gesehen hatte, sodass es zwei Schattierungen dunkler aussah als das Blond, das ich kannte. Der Liam, den ich gekannt hatte, war ein bisschen verwahrlost gewesen, warm in jeder nur erdenklichen Hinsicht. Und hier saß sein Bruder, steif und halb totgeprügelt, und sah aus, als wäre er aus Eis gehauen. Gar nicht so anders als der Zustand, in dem ich Liam zurückgelassen hatte. Und es war so schrecklich, so grauenhaft, wie schnell mein Verstand einen Bruder gegen den anderen austauschte. Wie sehr es meine Stimmung hob und die Enge in meiner Brust linderte, mir vorzustellen, dass Liam wieder hier neben mir saß.

Hör. Auf.

Froschlippe schloss die Bürotür und zog sich in eine Ecke des kleinen Raums zurück, schlich sich in Albans Schatten.

»… würde Ihre Genesung normalerweise auf keinen Fall stören«, sagte Alban gerade, »aber nachdem ich den mündlichen Bericht von Agent Meadows gehört habe, scheint es, als hätte es da, sagen wir mal, einige Verwirrung gegeben. Mich würde es interessieren, die Ereignisse aus deiner Perspektive geschildert zu bekommen, Ruby.«

Ich merkte gar nicht, dass er mit mir gesprochen hatte, bis Rob sich von dem Bücherregal abstieß; seine breiten Schultern dehnten sich noch weiter, als er tief Luft holte. Bevor er zu dem Einsatz aufgebrochen war, hatte er sich das dunkle Haar wieder ganz kurz geschoren. Das ließ die Knochen seines Gesichts deutlicher hervortreten, die Schatten fielen anders auf seine Haut.

Mein Gott, warum machten wir das hier? Wo war Cate? Ich erstatte nie ohne sie Bericht und niemals hier, in Albans Büro, hinter verschlossener Tür. Es überraschte mich, wie ängstlich

ich war; ich traute ihr nicht, aber irgendwann hatte ich mich wohl an ihre stumme, beständige Gegenwart gewöhnt, die darauf wartete, mich bei einem Fehltritt zu erwischen.

»Warten wir noch auf jemanden?«, fragte ich und achtete sorgsam darauf, dass meine Stimme nicht zitterte.

Alban verstand meine Frage. »Das hier ist nur eine ganz zwanglose Unterhaltung, Ruby. Der Grad der Sicherheitsmaßnahmen rund um diesen Einsatz bedeutet, dass wir die Nachbesprechung nicht vor der ganzen Organisation abhalten können. Du sollst dich ganz frei äußern können.«

Ich drückte die Hände auf die Knie, damit sie nicht zitterten.

»Agent Meadows«, fing ich an, und meine Stimme klang zu laut in meinen Ohren, »ist während des Flugs die Einsatzparameter mit uns durchgegangen, er hat das Ziel definiert und das, was wir über den Grundriss dieses speziellen Bunkers wussten. Außerdem hat er uns an die Notfallpläne erinnert, die wir vor der Abfahrt besprochen haben.«

Albans Mund war breit und ziemlich ungeschickt darin, seine Gefühle zu verbergen. Ein Mundwinkel zuckte aufwärts. »Und hat es zu einem von diesen Notfallplänen gehört, dass du und Vida den Bunker verlasst?«

»Nein, Sir«, antwortete ich. »Agent Meadows hat uns befohlen, unsere Stellung im Treppenhaus zu halten und dem Team von dort aus Deckung zu geben.«

Alban stützte die Ellenbogen auf den Schreibtisch und lehnte das Kinn gegen die Finger. »Kannst du mir dann erklären, warum ihr von da weg seid?«

Ich drehte mich nicht nach Rob um, doch ich wusste, dass er mich ansah. Alle sahen mich an, und aus der Intensität ihrer Blicke schloss ich, dass »Meadows« diese Frage bereits selbst beantwortet hatte.

Wenn Rob meinetwegen Ärger bekommt, dachte ich, *wie viel Ärger kriege* ich *dann?* Er war jähzornig; mir war klar gewesen, dass er sauer sein würde, schon als ich die Entscheidung getroffen hatte, mit Vida draußen zu bleiben. Doch das wäre gar nichts im Vergleich zu seiner Wut, wenn ich ihn ans Messer lieferte und den anderen erzählte, was auf der Treppe passiert war. Ich durfte sie den Verdacht nicht in meiner Miene sehen lassen, ich durfte die Fragen nicht stellen, die ich stellen wollte. *Warum hast du uns nicht gewarnt?* Da hatte mein Headset doch noch funktioniert; ich hätte ihn gehört.

»Das Treppenhaus war … kompromittiert. Ich habe Vida den Befehl gegeben hinauszugehen, damit wir die Situation von draußen überwachen konnten.«

»Und das hast du mir nicht gesagt, weil …?« Robs Zorn war ihm bereits anzumerken.

»Mein Headset war kaputt«, sagte ich. »Wie Sie ja gesehen haben, als wir uns wieder gesammelt haben.«

Er knurrte.

»Schön«, sagte Alban nach einem Augenblick des Schweigens. »Das Treppenhaus war kompromittiert. Inwiefern?«

Es hat eine Granatenexplosion gegeben. Rob hat eine Granate hochgehen lassen. Elf Worte. Eine vollendete Methode, dafür zu sorgen, dass Rob jedes Quäntchen bitteren Tadel würde schlucken müssen, das er verdiente. Alban würde mir glauben. Er hatte noch nie an meinem Wort gezweifelt, kein einziges Mal – hatte es sogar seinen Beratern gegenüber verteidigt, nachdem ich irgendwelche unerwünschten Neuigkeiten aus dem Verstand irgendeines Unglücklichen zutage gefördert hatte. Elf Worte, um ihm die Wahrheit zu sagen: Dass Rob seinen Einsatz vergeigt hatte, durch schiere Blödheit oder mit Absicht, und Vida und ich deshalb um Haaresbreite draufgegangen wären.

Ich weiß nicht, woher ich das wusste, oder auch nur, wieso ich mir dessen so sicher war; es war so gewiss wie das Blut, das in meinen Ohren dröhnte. Wenn ich ihn wegen dieser Geschichte festnagelte, würde er nicht danebenschießen, wenn er mich das nächste Mal im Fadenkreuz hatte.

»Es war … nicht stabil gebaut, und es ist eingestürzt«, erklärte ich. »Es konnte uns nicht alle auf einmal tragen. Schlecht konstruiert.«

»Na schön«, meinte Alban und zog die Worte in die Länge. »Agent Stewart hat berichtet, du und Vida seien es gewesen, die ihn geborgen hätten. Wie ist es dazu gekommen?«

»Sie und die anderen haben meinen Befehl, in den Bunker zurückzukehren, komplett ignoriert, so ist es dazu gekommen!«, sagte Rob. »Ich weiß genau, dass sie ihn gehört hat. Ich weiß, dass *du* diejenige warst, die sich geweigert hat zurückzugehen.«

Alle vier Männer hatten sich mir zugewandt. Mein Blickfeld verengte sich, Schwärze kroch wieder in die Ränder hinein. Ich presste die Hand an den Hals, zerrte an dem engen Kragen, versuchte, den Atemzug zu befreien, der dort festsaß.

Ich wollte Liam wiederhaben. Alles, was ich wollte, war, dass Liam genau hier war, nahe genug, dass ich den Geruch nach Leder einatmen konnte, nach Rauch, nach süßem Gras.

»Ruby«, sagte Alban, und seine Stimme war so ruhig und tief und geduldig wie die See. »Würdest du bitte die Frage beantworten?«

Ich wollte nur, dass das hier vorbei war. Ich wollte in den Schlafsaal zurückgehen, in der kalten Dunkelheit in meine Koje kriechen und ins Nichts davontreiben.

»Er hat recht. Ich habe Vida gesagt, sie soll die Befehle nicht beachten. Als wir draußen waren, haben wir gesehen, wie die Nationalgardisten die Gefangenen aus einem Eingang geführt haben, von dem wir nichts gewusst hatten. Ich habe nicht um Erlaubnis gebeten zu handeln. Mir ist klar, dass ich das hätte tun sollen.«

»Weil du gottverdammt noch mal genau weißt, dass du nichts anders tun sollst, als den Befehlen deines Anführers zu folgen!«, bellte Rob. »Glaubt du, wir hätten so viele Leute verloren, wenn du da gewesen wärst, um unseren Rückzug zu decken?«

Die Fernseher hinter Alban waren aus, doch ich schwöre, ich konnte hören, wie ihr statisches Atmen immer lauter wurde, je länger der Mann schwieg. Er drückte die eine Hand auf den Scheitel, wandte jedoch nicht ein einziges Mal den Blick von mir ab.

Und dann ertönte Coles Stimme, der Südstaatenakzent wie süßer Tee: »Na, Gott sei Dank hast du *nicht* gehorcht, sonst wäre ich jetzt schon auf halbem Weg zur Hölle.«

Es war eindeutig, dass ich unterschätzt hatte, wie viel Einfluss Cole innerhalb der Organisation tatsächlich hatte. *Einfluss* war nicht der richtige Ausdruck dafür. Macht vielleicht, die größtenteils aus Charme bestand, untermauert mit tödlichen Resultaten. Albans Augenbrauen zuckten, doch er bedeutete Cole nur mit einem Nicken, dass er fortfahren dürfe.

»Ich meine, nennen wir das Kind hier doch mal beim Namen«, meinte Cole und lehnte sich zurück. »Sie ist diejenige, die mich rausgeholt hat. Warum soll sie Ärger kriegen?«

»Sie hat meine eindeutigen Befehle missachtet!«

Cole tat Rob mit einer gelangweilten Handbewegung ab. »Ich meine, Herrgott noch mal, schaut euch das arme Mädchen doch an! Sie hat meinetwegen Wahnsinnsdresche bezogen. Wenn ihr glaubt, ich halte die Klappe und lasse zu, dass sie die Arschkarte für einen Einsatz verpasst bekommt, der übrigens kein Fehlschlag war, dann seid ihr auf dem Holzweg.«

Niemand sagte etwas; ich starrte unverhohlen erst in Coles selbstgefälliges und dann in Robs wütendes Gesicht. Der schmale Raum zwischen ihnen war von mehr als nur Misstrauen und Verdruss erfüllt – da ruhte eine jahrelange Vergangenheit, gefärbt von einem Hass, den ich nicht verstand.

Die Spannung in Albans Gesicht zerrann wie Regenwasser, bis er lächelte.

»Ich bin geneigt, Agent Stewart da zuzustimmen, Ruby – danke, dass du so schnell geschaltet hast.« Alban sortierte ein paar Papiere auf seinem Schreibtisch. »Agent Meadows, ich sehe mir Ihren vollständigen Bericht heute Abend an. Fürs Erste dürfen Sie wegtreten.«

Als sich die ranghohen Agenten erhoben, tat ich es ihnen nach und drehte mich zur Tür, um schnell die Flucht zu ergreifen. Stattdessen hielt mich Albans Stimme zurück. »Nur eins noch, Ruby, wenn du nichts dagegen hast. Ich würde gern mit dir und Cole etwas besprechen.«

Lass mich gehen, lass mich gehen, lass mich gehen ...

Rob gefiel das nicht, das war deutlich zu sehen, doch ihm blieb nichts anderes übrig. Die Tür schloss sich so heftig hinter ihm, dass die alten Colaflaschen auf dem Bord darüber tatsächlich klirrten.

»Also, um zu etwas anderem zu kommen ...« Alban sah mich an. »Ich sollte damit anfangen, dir zu sagen, dass du hier ein Vertrauen genießt, mein Liebes, das weit über deine Sicherheitsstufe hinausgeht. Wenn ich höre, dass auch nur ein Wort dieser Unterhaltung außerhalb dieses Büros wiederholt wird, wird das Konsequenzen haben. Hier gelten dieselben Regeln wie unten.«

Nein, bitte nicht das. Bitte lass es nicht das sein. »Ja, Sir.«

Zufriedengestellt wandte er sich an Cole. »Ich habe das vorhin ernst gemeint, es tut mir leid, das tun zu müssen, bevor Sie sich vollkommen erholt haben. Aber wie Sie sehr wohl wissen, wir müssen das Material wiederhaben, das Ihnen abgenommen worden ist.«

»Natürlich weiß ich das«, erwiderte Cole, »aber ich habe Ihnen doch gesagt, ich weiß nicht, wer es hat. Die haben mich niedergeschlagen, und ich habe gesehen, wie jemand das Material genommen hat, aber ganz ehrlich, Sir, ich weiß nicht mehr viel von dem, was passiert ist, nachdem sie mich in den Bunker geschafft haben. Ich bin mir nicht sicher, ob es mein Kontaktmann war, der sich das Material geschnappt hat.«

Ich sah, wie er sich mit einer bandagierten Hand über das kurze blonde Haar fuhr, und fragte mich, ob es für Alban auch so offensichtlich war wie für mich, dass er nicht die Wahrheit sagte.

»Und das ist in Anbetracht der Umstände ja auch ganz verständlich«, meinte Alban und lehnte sich auf seinem Stuhl zurück. Er faltete die Hände und ließ sie auf der Wölbung seines Bauches ruhen. »Hier kommt Ruby ins Spiel. Sie hat entscheidend dazu beigetragen, dem Gedächtnis von Personen von Interesse auf die Sprünge zu helfen. Sie hat uns geholfen, mehr als eine Information wiederzubeschaffen, die abhandengekommen war.«

Bitte, bitte, bitte, nicht er. Ich wollte nicht in seinen Kopf schauen. Ich wollte keine Bilder von Liam sehen. Ich wollte nur weg von ihm, bevor mein immer enger werdender Brustkorb mir das Herz zerfetzte.

Cole wurde unter seiner Sonnenbräune blass, von der Furche zwischen seinen Augenbrauen bis hinunter zu den Fingern, die die Armlehnen des Plastikstuhls umklammerten.

»Ach, kommen Sie schon«, lachte Alban. »Ich habe mir sagen lassen, es tut überhaupt nicht weh – und wenn doch, lassen wir sie sofort aufhören.«

Daran zweifelte ich nicht. Selbst wenn ich über die Stränge schlug und Coles Verstand nicht freigab, trugen doch sämtliche Berater und hochrangige Agenten diese kleinen Handlautsprecher bei sich, die wie Weißrauschen-Maschinen im Miniaturformat funktionierten.

»Sie sind doch der Erste, der freiwillig von Brücken springt und sich bei den PSFs einschleicht, und Sie können sich nicht mal schnell von einem Mädchen ins Gedächtnis schauen lassen, zum Wohle Ihrer Familie hier – zum Wohle Ihres Landes?« Albans Lächeln ließ nicht nach, trotz seiner Sticheleien.

Clever, dachte ich. Die Rede »Tu's Für Dein Ruhmreiches Heimatland« war eine Stufe über einem direkten Befehl, und Cole war klug genug, um zu erkennen, wie viel besser es aussehen würde, wenn er »freiwillig« zustimmte.

»Na gut«, sagte Cole und wandte sich endlich zu mir um. »Was muss ich tun?«

Es dauerte mehrere Augenblicke, bis ich meine Stimme wiederfand, doch ich war stolz darauf, wie stark sie klang. »Gib mir deine Hand.«

»Sei vorsichtig mit mir, Liebling«, bemerkte Cole; seine Finger zuckten ein wenig, als sie meine berührten. Alban lachte über diese Bemerkung, doch Cole stieß einen zittrigen Atemzug aus und schloss die Augen.

Seine Hand war eiskalt. Ich versuchte, nicht auf den hartnäckigen Druck seines Daumens gegen meinen zu achten. Bei Liams Hand hatte ich immer das Gefühl gehabt, sie würde meine verschlucken, wenn er sie hielt. Doch diese hier war irgendwie noch größer, die Handfläche rau, die Sorte Schwielen, die man nur von Jahren des Scheuerns an Waffen und Hanteln und durchs Kämpfen bekommt. Wie die Finger seiner Hand alle paar Minuten immer wieder zuckten.

Über all das wollte ich nicht nachdenken. Ich hielt den Blick fest auf seine linke Hand gerichtet, auf die beiden Finger, die hin und wieder zuckten, während er schweigend gegen die Schmerzen seiner Verletzungen ankämpfte.

»Versuch, dich zu entspannen«, meinte ich. »Kannst du mir sagen, wonach ich suche? Was war es, wie groß, welche Farbe – so detailliert, wie du nur kannst.«

Coles Augen waren noch immer geschlossen. »Ein ganz normaler USB-Stick, so ein kleines schwarzes Teil, ungefähr so lang wie mein Daumen.«

Ich hatte das hier im Laufe der letzten sechs Monate so oft gemacht, dass ich keinerlei Schmerz mehr verspürte, doch ich wappnete mich trotzdem. Seine Hand zitterte leicht – oder war es meine? Ich schloss die Finger fester um seine, um uns beide zur Ruhe zu bringen. »Denk an den letzten Moment, an den du dich erinnern kannst, als du ihn noch hattest. Versuch, dir das ins Gedächtnis zu rufen, wenn du kannst.«

Der Atem wich in zwei kurzen Stößen aus Coles Brust.

Es fühlte sich an, als würde man unter die stille Oberfläche eines sonnenwarmen Flusses gleiten. Trotz all der Mühe, die es kostete, seine natürliche Abwehr zu durchbrechen, war nichts Kaltes oder Stilles an den Farbschlieren und undeutlichen Umrissen, die an mir vorbeiströmten. Aber sie bewegten sich so schnell. Hier und da sah ich Gesichter oder Gegenstände – ein grüner Apfel, eine einsame Schaukel, ein kleiner Teddybär, der in verdorrendem Gras verbrannte, eine Tür mit einem krakeligen Schild »Kein Zutritt«, fast so, als versuche er, an alles *andere* zu denken als daran, worum ich ihn ganz spezifisch gebeten hatte.

Cole war auf seinem Stuhl praktisch erschlafft, sein Kopf sackte langsam auf meine Schulter zu. Ich glaubte zu fühlen, wie er ihn schüttelte, sein Haar streifte meinen Hals.

»Zeig mir, wo du die Speicherkarte verloren hast«, sagte ich leise. »Den schwarzen USB-Stick.«

Die Erinnerung stieg so schnell empor, als hätte ich sie aus dem Wasser gefischt. Ein kleiner Junge in Latzhosen, nicht älter als zwei oder drei, saß mitten in einem graubraunen Teppichmeer und brüllte aus vollem Hals.

»Der USB-Stick«, sagte ich noch einmal. Die Szene verschwamm und verschwand, wurde durch einen Nachthimmel und ein knisterndes Lagerfeuer ersetzt, das einen warmen Schein über das in der Nähe stehende Zelt und die dunklen Silhouetten warf, die sich darin regten.

»*Philadelphia!*«, hörte ich Alban hinter mir sagen. »Philadelphia, Cole. Das Labor!«

Cole musste die Stimme des Mannes registriert haben, denn ich spürte, wie er neben mir zusammenfuhr. Ich drängte heftiger, tauchte die Hände in den Strom, hatte plötzlich Angst, was mit mir passieren würde, wenn ich nicht mit den Ergebnissen aufwarten konnte, auf die Alban aus war. *Der USB-Stick*, dachte ich. *Philadelphia.*

Die Erinnerung flimmerte, hing schwarz und still in der Luft, wie ein Tropfen schwarze Tinte an der Spitze eines Füllfederhalters. Und dann, mit einem letzten Beben, löste sie sich endlich.

Die Szene um mich herum veränderte sich, schleuderte mich in eine regnerische Nacht hinaus. Ein Lichtschein zuckte über eine Backsteinmauer zu meiner Linken, dann noch einer – Autoscheinwerfer. Ich konnte das Quietschen der Bremsen oder das Aufheulen des Motors nicht hören, doch ich war Cole, sah die Dinge so, wie er sie sah – und Cole war auf der Flucht.

Schmutzwasser und verstreuter Müll flogen um meine Knöchel herum empor; ich behielt eine Hand an der Ziegelmauer, tastete mich durchs Dunkel. Der Beton blitzte auf, als hätte etwas Funken daran geschlagen, und dann noch einmal und noch einmal, bis mir vollkommen klar war, was geschah. Auf mich wurde geschossen, und sie zielten immer besser.

Ich nahm Anlauf, sprang ab und bekam eine schwarze Feuerleiter zu fassen, zog sie auf den Boden hinunter. Meine Hände waren steif und eiskalt, so sehr, dass ich sie beim Klettern kaum um die Sprossen biegen konnte. Und noch immer hörte das Schießen nicht auf, erst als ich mich auf den rauen Belag des Daches rollte und Staub und Gipsbrocken ins Haar bekam. Dann war ich auf den Beinen und rannte abermals los, sprang von einem Dach zum nächsten. Den Boden sah ich in der Sekunde, die ich brauchte, um darüber hinwegzufliegen. Das rotblaue Licht der Polizeiwagen folgte meinem Weg über die Hausdächer wie ein höhnischer Schatten. Über mir regte sich der Wind, zupfte an dem weiten Hemd, das ich trug.

Ich ließ mich über den Rand des nächsten Gebäudes fallen und würgte bei dem überwältigen Gestank nach verrottendem Müll ein wenig. Meine Füße landeten auf dem Gummideckel eines Müllcontainers, und der Aufprall ließ meine Knie einknicken und schleuderte mich kopfüber auf den Boden.

Einen Herzschlag lang, vielleicht auch zwei, war ich zu betäubt vom Schmerz, um mich überhaupt zu rühren. Gerade hatte ich die Hände unter den Körper gezogen, als die Gasse von reinweißem Licht überflutet wurde.

Wenn man hinkt, kommt man nicht sehr schnell vorwärts, und mit einer Sackgasse im Rücken kommt man nicht sehr weit. Doch ich mühte mich trotzdem auf die Beine, hastete auf die zerschrammte Tür links von mir zu und ließ die Polizisten und Soldaten hinter mir brüllen, was sie wollten. Meine Schritte waren langsam, aber zielsicher – ich wusste, wo ich hinwollte, und ich vergewisserte mich, dass die Tür hinter mir einrastete.

Es dauerte zwei kostbare Sekunden, bis sich meine Augen an den düsteren Korridor gewöhnten. Ich stolperte die Treppe zu Apartment 2 A hinauf und drückte die Tür mit der Schulter auf.

In dem Apartment brannte Licht – auf dem Küchentresen lief noch Kaffee durch die Maschine, doch hier drin war niemand. Ich sah in jedem Zimmer nach, unter dem Bett, in den Schränken, ehe ich wieder in den Flur hinaustrat und nach der schwarzen Jacke griff, die dort hing.

Das Gebäude schien unter der Wucht der Stiefel in dem engen Treppenhaus zu erbeben. Meine Hände zitterten, als sie die Jacke packten, das Innenfutter abtasteten, ungläubig immer wieder den Saum entlangfuhren.

Neben mir barst die Tür nach innen auf, und es gab keine Gelegenheit, mich zu rühren, mich zu wehren, zu fliehen. Ich wurde zu Boden gerissen, die Arme wurden mir hinter den Kopf gezerrt und dort festgehalten. Ich sah, wie ihre Stiefel über mich hinwegstiegen, auf die anderen Zimmer zustrebten, die Gewehre schussbereit erhoben, als sie jedes überprüften. Und erst danach, als sie wieder auftauchten, wurde ich die Treppe hinuntergeschleift. Vorbei an den erschrockenen Gesichtern meiner Nachbarn, durch die zerbeulte Außentür und wieder in den Regen hinaus, wo ein schwarzer Lieferwagen darauf wartete, mich wegzuschaffen.

Dort standen PSFs, Nationalgardisten, Polizisten. Es gab keinen Ausweg; ich wehrte mich nicht, als sie mich hinten in den Lieferwagen hoben und meine Handschellen festmachten. Es waren noch andere in dem Wagen, aber keiner davon war mir bekannt. Keiner davon war er.

Ich weiß nicht, wieso ich dann aufblickte – Instinkt vielleicht oder Verzweiflung. Die Tür knallte zwischen mir und meinem Leben zu, und trotzdem, das Wichtigste war jenes ganz kurze Bild von Liams entsetztem Gesicht unter der flackernden Straßenlaterne ganz in der Nähe, das in die Finsternis abtauchte.

4. Kapitel

Wie konnten Sie nur?«, ertönte Cates schrille Stimme. »Sie hat die letzten zwei Tage nicht geschlafen, und Sie muten ihr *so was* zu?«

Ich hielt den Blick fest auf eine kleine Gartenstatue gerichtet, die einen hüpfenden Jungen darstellte und halb von der amerikanischen Flagge verdeckt wurde, die von Albans Schreibtisch herabhing. Ich lag auf dem Boden, flach auf dem Rücken, doch ich hatte keinerlei Erinnerung daran, dort hingeraten zu sein.

»Sie ist doch kein abgerichtetes Schoßhündchen, das Ihnen auf Befehl mal eben so Tricks vorführt!« Cate hatte so eine Art zu brüllen, ohne auch nur die Stimme zu heben. »Sie ist ein *Kind*. Bitte nehmen Sie ihre *Dienste*, wie Sie es so eloquent ausdrücken, nicht in Anspruch, ohne das vorher mit mir abzusprechen.«

»Ich glaube«, war Albans gepresste Antwort zu vernehmen, »das ist so ungefähr alles, was ich heute an Belehrungen von Ihnen ertragen kann, Agent Conner. Dieses *Kind* ist mittlerweile alt genug, um selbst zu entscheiden, und auch wenn sie Ihnen unterstellt sein mag, Sie sind mir unterstellt, und ich brauche mich nicht – *in keinem Fall* – mit Ihnen abzusprechen oder meine Entscheidungen von Ihnen gutheißen zu lassen. Und jetzt bitte ich Sie sehr freundlich, mein Büro zu verlassen, bevor Sie noch etwas sagen, das Ihnen hinterher leidtut.«

Ich stemmte mich mühsam vom Boden hoch und wieder auf den Stuhl. Cate schnellte vor, um mir zu helfen, doch ich saß schon, wehrte sie ab. Sie sah aus, als hätte sie ebenfalls nicht geschlafen – ihr Haar war verklebt und strähnig, ihr Gesicht so fahl, wie ich es noch nie gesehen hatte. Vor fünf Minuten war sie hier hereingefegt gekommen wie ein Tornado und hatte seitdem nicht einmal innegehalten, um Luft zu holen. Ich weiß nicht, wer ihr Bescheid gesagt hatte – vielleicht Rob –, doch das Einzige, was sie in dieser Zeit erreicht hatte, war, dass ich mir vorkam wie eine gedemütigte Fünfjährige.

»Mir fehlt nichts«, versicherte ich ihr, doch sie sah nicht überzeugt aus.

»Ich warte draußen«, verkündete sie.

»Dann werden Sie eine ganze Weile warten. Wir haben unten einen Gast, den ich Ruby gern vorstellen würde.«

Natürlich. Warum sollte ich auch einen Tag davon freigestellt werden, die »Gäste« zu unterhalten?

»Ach?« Coles Blick huschte zwischen uns dreien hin und her. »Bin ich zu dieser Party auch eingeladen?«

Endlich erhob sich Alban und kam um seinen Schreibtisch herum, sodass er zwischen Coles Stuhl und meinem stand. Behutsam ließ er sich auf der Tischkante nieder, und dies war das erste Mal, dass ich ihm nahe genug war, um zu merken, dass er nach dem Schimmel roch, den wir nie richtig aus den Duschen herausschrubben konnten.

»Wir sehen uns bei der Führungskräftebesprechung, Agent Conner.« Und dann mit leiserer Stimme: »Seien Sie gut vorbereitet, Agent Meadows bringt seinen Vorschlag wieder zur Abstimmung.«

Cate fuhr auf dem Absatz herum, die Hände halb erhoben, als könnte sie den Gedanken daran abwehren. Sie zitterte noch immer, als Froschlippe sie hinauseskortierte.

Alban zuckte nicht einmal, als sie die Tür hinter sich zuknallte. »Du hast also unseren vermissten kleinen Schatz gefunden, nicht wahr?«

Cates Hereinplatzen hatte mich aus meinem Nebel der Wut gerissen, doch ehe ich michs versah, stürzte ich schon wieder im freien Fall mitten hinein, verbog die Hände unter dem Schreibtisch, damit sie sich nicht um Coles Hals legten.

Letzten Endes hatte es überhaupt nichts geholfen, dass ich die League dazu gebracht hatte, Liam gehen zu lassen. Allem Anschein nach hatte sein Bruder es irgendwie fertiggebracht, ihn wieder mitten in das Ganze hineinzuziehen. Mir war nicht wirklich ganz klar, was ich gesehen hatte – wobei es sich nicht, wie Alban glaubte, um den USB-Stick handelte –, doch mir war klar, dass Liam irgendwie damit zu tun hatte.

»Also, spann uns nicht auf die Folter«, drängte Alban. »Wir müssen so schnell wie möglich jemanden schicken, der den Informanten schützt.«

Oder ihr müsst jemanden schicken, der ihn wegen des Sticks umbringt.

»Ich glaube einfach …«, begann Cole.

Das Einzige, das Thurmond mir geschenkt hatte, war die Fähigkeit zu lügen, und zwar ohne eine Miene zu verziehen.

»Ich habe die Person nicht erkannt«, sagte ich, »also kann ich Ihnen keinen Namen nennen. Vielleicht kann Agent Stewart Ihnen ja einen geben, wenn ich sie beschreibe?«

Alban machte eine ungeduldige Geste, die dunklen, schlammtrüben Augen fest auf meine gerichtet.

»Es war eine Frau«, erklärte ich. »Ich konnte sie neben dem PSF-Wagen stehen sehen. Sie hat nervös gewirkt und sich immer wieder umgeschaut, bis sie irgendwas auf dem Gehsteig gesehen hat – da muss sie den Stick gefunden haben. Ende vierzig, ein bisschen untersetzt. Sie hatte lange dunkle Haare und eine Brille mit grünem Gestell. Ihre Nase war ganz am Ende ein bisschen schief.«

Und außerdem war sie in der ersten Klasse meine Klassenlehrerin gewesen, Mrs Rosen.

Alban nickte bei jedem noch so kleinen Detail, dann wandte er sich an Cole. »Sagt Ihnen das was?«

»Ja.« Coles Finger trommelten auf die Armlehne. »Damit kann ich arbeiten. Ich schreibe Ihnen einen vollständigen Bericht.«

Alban nickte. »Den will ich heute Abend um acht auf dem Schreibtisch haben.«

»Ja, Sir«, sagte Cole und mühte sich wieder auf die Beine. Ich hatte Angst, dass ich mich verraten würde, wenn ich ihn ansah. Er zögerte noch einen Moment lang an der Tür, ehe Froschlippe auch ihn hinauskomplimentierte.

Alban richtete sich auf und ging zu der Reihe zerkratzter Aktenschränke hinter seinem Schreibtisch hinüber. Dann holte er einen kleinen Schlüsselbund aus der Brusttasche seines Hemdes und zwinkerte mir verstohlen zu. Ich konnte es kaum fassen – jedes Mal, wenn ich in sein Büro gekommen war, hatte ich diese hässlichen Dinger angestarrt und mich gefragt, was da wohl drin sein mochte, und jetzt wollte er tatsächlich einen davon öffnen?

Er tippte mit dem Finger auf die Schublade, die ihm am nächsten war. »Die Berater finden, es ist veraltet und rückständig, dass ich die hier behalte, da wir doch auf der Höhe unserer digitalen Fähigkeiten sind. Stimmt's, Peters?«

Der Berater lächelte verkniffen.

Ganz egal, was sie wirklich dachten, für mich war das Albans einziger Trick aus der »alten Schule«, der tatsächlich so funktionierte, wie er sollte. Die Unterlagen oder Akten oder was immer er da drin aufbewahrte, würde nur eine einzige Person jemals zu Gesicht bekommen: er. Es war nicht möglich, dass irgendjemand sich dort hineinhackte oder irgendein Datenklau-Programm installierte und sich die Inhalte herunterlud. Er hatte darauf bestanden, sowohl einen Hornhautscanner als auch eine Digitaltastatur an seiner Bürotür anbringen zu lassen – die beiden teuersten technischen Geräte im ganzen HQ. Wenn jemand an diese Akten heranwollte, dann brauchte er seine Erlaubnis, oder er musste *sehr* kreativ sein.

Alban zog einen roten Aktendeckel aus dem verbeulten schwarzen Schrank ganz rechts und schob die Schublade mit der Hüfte zu, als er sich wieder zu mir umdrehte. »Mir ist gerade etwas eingefallen, Ruby. Ich bin noch gar nicht dazu gekommen, dir für die ausgezeichnete Arbeit zu danken, die du geleistet hast, als du das Informationsmaterial über die Lager zusammengestellt hast. Ich weiß, das hast du mir schon vor ein paar Monaten gegeben, aber ich hatte nur ein paar Minuten Zeit, es mir anzuschauen. Man merkt, dass da viel Mühe und Denkarbeit drinsteckt, und das bewundere ich.«

Ich weiß nicht, ob er mich bis zu diesem Moment jemals wirklich überrascht hatte. Die Hoffnung, dass diesem Aktendeckel jemals seine Aufmerksamkeit zuteilwerden würde, hatte ich schon vor Wochen aufgegeben, als ich nur ein winziges Eckchen davon unter einem Papierstapel auf seinem Schreibtisch hatte hervorschauen sehen, der genauso hoch war wie ich. Das war meine letzte Hoffnung, dachte ich damals, das weiß ich noch, und daraus wird nichts.

Wieso nennt man eine Organisation Children's League, wenn man die ganze Zeit nur so tut, als würde man Kindern und Jugendlichen helfen? Diese Frage beschäftigte mich jeden Tag, in jedem Unterricht, bei jedem Einsatz. Jedes Mal, wenn ich weggeschickt wurde, ohne dass man noch einen zweiten Blick auf mich warf, spürte ich, wie sich ihre Zähne fester um meinen Nacken schlossen. Sie hatte zugepackt und ließ mich und mein Gewissen nicht los. Den meisten Agenten, vor allem den Militärtypen, waren die Lager vollkommen egal. Sie hassten Gray, hassten die Zwangseinberufung, die Abänderung ihrer Dienstanweisungen, und dies hier war die einzige Organisation, die öffentlich sichtbar war und tatsächlich versuchte, etwas zu erreichen, außer alle paar Monate vage Drohungen auszustoßen. Die dazu zu bringen, etwas zu *unternehmen*, um den Kids zu helfen, war, als brülle man in einem Raum, in dem alle anderen bereits aus vollem Hals schrien. Niemand wollte zuhören, weil sie alle eigene Pläne hatten, eigene Prioritäten.

Seit dem ersten Abend im HQ wusste ich, dass ich in Zukunft nur mit mir selbst würde leben können, wenn ich mich mit aller Kraft darum bemühte, dafür zu sorgen, dass die Mittel der League dafür eingesetzt wurden, die Kinder zu befreien, die noch in den Lagern saßen. Im Laufe der vergangenen Monate hatte ich Pläne geschmiedet, Zeichnungen gemacht und alles niedergeschrieben, was ich noch über Thurmond wusste, angefangen davon, wie die PSFs Patrouille gingen, über ihr Rotationsverfahren bis hin zu den beiden Stellen, die von den Kameras nicht erfasst wurden und die wir damals entdeckt hatten.

In gewisser Weise wurde das Ganze zu einer Sucht; jedes Mal, wenn ich mich hinsetzte, war es, als wäre ich am Lagerfeuer in East River und hörte Liam leidenschaftlich darüber reden, dass wir uns selbst helfen müssten, dass keine Organisation jemals über ihre eigenen Bedürfnisse oder ihr eigenes Image hinauswachsen würde, um uns beizustehen. Natürlich hatte er recht – das war für mich in den letzten sechs Monaten mehr als offenkundig geworden.

Ich glaubte ihm. Glaubte *an ihn*. Doch ich hatte ihn auch von seinem Weg abgebracht, als wir uns getrennt hatten, und jetzt musste ich diejenige sein, die auf diesem Weg weiterging.

»Ich verstehe, Sir.«

»Ich habe Kopien davon machen lassen«, sagte er. »Wir reden später in unserer Führungsbesprechung darüber. Versprechen kann ich nichts, aber nach allem, was du in den letzten paar Monaten für uns geleistet hast, hast du …«

Ich hatte keine Ahnung, wo dieser Satz hinführte, und ich würde es auch nie erfahren. Ohne sich die Mühe zu machen anzuklopfen, streckte Pferdegebiss den silberhaarigen Kopf durch die Tür und machte den Mund auf – nur um ihn wieder zuzuklappen, als er mich dort sitzen sah. Froschlippe stieß sich von der Wand ab, an der er gelehnt hatte, und fragte schlicht: »Snowfall?«

Pferdegebiss schüttelte den Kopf. »Das, was wir befürchtet haben.«

»Verdammt«, fluchte Alban und erhob sich von Neuem. »Ist der Professor am Leben?«

»Ja, aber ihre Arbeit …«

Alle drei Augenpaare richteten sich plötzlich auf mich, und mir wurde klar, dass ich schon vor dreißig Sekunden hätte gehen sollen.

»Ich bin dann im Atrium«, murmelte ich, »falls Sie mich noch brauchen.«

Es war Alban, der mir mit einer Geste bedeutete zu gehen, doch es war die Stimme von Froschlippe, die mir aus dem Büro folgte, die durch die Tür drang, als diese sich hinter mir schloss. »Ich habe das Ganze *nie* für eine gute Idee gehalten. Wir haben sie doch gewarnt!«

Neugier hielt mich dort fest; ich wartete auf irgendeinen Hinweis darauf, wovon sie sprachen. Der Mann spie vor Wut praktisch Feuer; die Worte quollen in einem wilden Strom über seine dicken Lippen. Ich versuchte, mich daran zu erinnern, wann ich das letzte Mal einen von ihnen so aufgeregt erlebt hatte, aber vergeblich – Jude behauptet immer scherzhaft, die Berater wären zum Teil Roboter und darauf programmiert, ihre Aufgaben mit so wenig Herzblut wie möglich zu erledigen.

»Sie hat doch Vorkehrungen getroffen, es ist nicht alles verloren«, wandte Alban ruhig ein. »Es soll bloß niemand sagen, die Frau ließe sich von Liebe blenden. Kommt mit – Jarvin ist bestimmt schon zurück, und ich muss ihn auf den neuesten Stand bringen. Möglicherweise muss er mit einem Team nach Georgia fahren und die Schweinerei da regeln …«

Ich brauchte nur die Schritte zu hören, die von der anderen Seite her auf die Tür zukamen, um zu begreifen, dass ich sämtliche dürftigen Informationen abgestaubt hatte, die sie liefern würden. Ich machte kehrt, gerade als eine Schar Kids auf dem Weg zum Atrium an mir vorbeikam, und ließ mich bis in die hinterste Reihe der Gruppe zurückfallen.

Als ich kurz zurückblickte, stand Alban in der Tür seines Büros und ließ die Berater wie wild auf ihn einreden. Er nahm mich nicht zur Kenntnis, doch ich spürte, wie sein Blick mir den ganzen Weg folgte, als brächte er es nicht fertig, mich aus den Augen zu lassen.

Ein paar Stunden später war ich noch immer im Atrium. Wartete nach wie vor auf eine passende Lücke in Albans Zeitplan, damit ich irgendjemandem das Gehirn durchquirlen konnte. Nico war vor ein paar Minuten aufgetaucht und hatte ein Sandwich an meinen Tisch mitgebracht, doch ich weiß nicht genau, wer von uns beiden weniger Interesse am Essen hatte.

Snowfall. Die League achtete sorgsam darauf, jeden Agenten und jeden Einsatz mit einem Codenamen zu versehen. Inzwischen kannte ich den Dienstplan der League gut genug, um zu wissen, dass wir hier in Los Angeles keinen »Professor« hatten. Aber *Snowfall* … Mein Gehirn drehte und wendete diesen Begriff, so wie es ein Fremdwort untersuchen würde. Ganz langsam. Methodisch. Ich hatte durch die Drecksarbeit, die ich für die da unten machte, die Namen von Geheimeinsätzen und -projekten erfahren, über die ich angesichts meines Sicherheitsstatus in der League gar nichts hätte wissen dürfen, aber dieser gehörte nicht dazu.

»Hey«, sagte ich und schaute zu Nico hinüber, der auf den Bildschirm seines Laptops starrte. »Wenn ich dir einen Einsatznamen sage, könntest du dann die Server danach durchsuchen?«

»Die Geheimserver?«, fragte er. Alles, was weniger gesichert war, wäre für die Grünen Zeit- und Talentverschwendung. »Klar. Wie ist der Name?«

»Snowfall. Ich glaube, der zuständige Agent heißt Professor – hört sich an, als wär's eine Frau, die möglicherweise vom Hauptquartier in Georgia aus operiert hat.«

Nico sah mich an, als hätte ich mein Plastiktablett genommen und es ihm ins Gesicht geworfen.

»Was ist denn?«, fragte ich. »Hast *du* schon davon gehört?«

Die Agenten, die in der Nähe gesessen hatten, waren aufgestanden und gegangen, als ich mich hingesetzt hatte, sodass ich in der runden Halle meinen eigenen Privatbereich hatte. Ich hatte den Tisch voller Blauer finster angestarrt, bis die ebenfalls das Weite gesucht hatten. Es war also still genug, dass ich tatsächlich hören konnte, wie er schluckte, während er auf seine Tastatur starrte und dann wieder mich ansah.

Außerdem bedeutete es, dass es ruhig genug war, um Jude keuchen zu hören, als er durch die Tür des Atriums gestürmt kam.

Er ließ die Agenten und Kids an den anderen Tischen links liegen und kam geradewegs auf uns zu. Ihn nicht zu beachten würde ihn nicht verschwinden lassen – er war wie ein Hautausschlag, der immer wiederkam, auch nach sechs verschiedenen Schweigebehandlungen.

»Hey«, sagte Nico, »was machst …«

Ich hielt den Blick fest auf mein unberührtes Sandwich gerichtet und blickte erst auf, als er uns beide je an einem Arm packte und uns von unseren Stühlen hochziehen wollte.

»Kommt mit«, sagte er mit gepresster Stimme. *»Sofort.«*

»Ich hab zu tun«, wehrte ich ab. »Such Vida.«

»Du musst mitkommen.« Seine Stimme war hart, leise. Ich erkannte sie kaum wieder. »Jetzt. Gleich.«

»Warum denn?«, fragte ich.

»Blake Howard ist von seinem Einsatz zurückgekommen.«

»Und?«

Seine Finger schienen meine Haut zu verbrennen. »Er ist in einem Leichensack zurückgekommen.«

Als wir die Eingangshalle erreichten, strömte die kleine Menschenmenge aus Zuschauern, ranghohen Agenten, Alban und seinen Beratern bereits in einer langen Reihe aus verkrampften Gesichtern und wild geflüsterten Fragen ein Stockwerk tiefer zur Krankenstation.

»Bist du sicher?«, fragte ich Jude, als wir der Menge folgten. »Ganz sicher, dass es das war, was du gesehen hast?«

Er atmete tief ein und aus. Aus dieser Nähe sah ich seine rot geränderten Augenlider, und ich überlegte, ob er wohl geheult hatte wie ein Schlosshund, bevor er mich holen gekommen war.

Judes Hand hob sich, um den flachen, silbernen Kompass zu umfassen, den er an einer Schnur um den Hals trug. Alban hatte ihn ihm überreicht, aus seiner privaten Nippes-Sammlung, zusammen mit der ganz persönlichen Vorhersage, dass Jude ein »großer Entdecker« werden würde, und ein »Reisender allererster Güte.« Der Kleine nahm das Ding nie ab, obgleich seine Kräfte das kleine Gerät weitgehend unbrauchbar machten. Als Gelber war Judes Berührung stets ganz schwach elektrisch geladen, wodurch der Magnet in dem Kompass durcheinandergeriet. Das führte dazu, dass die rote Hälfte der Nadel immer auf Jude zeigte und nicht in die Richtung, in die er unterwegs war.

»Ich hab sie reinkommen sehen, dann hat Cate mich weggeschickt. Aber ich habe gehört, wie Alban Agent Jarvin gefragt hat, wie das passieren konnte, und Rob hat gesagt, es war ein Unfall.« Jude sah sich um, um sich zu vergewissern, dass niemand nahe genug war, um ihn zu hören. »Ruby, ich glaube nicht, dass das ein Unfall war.«

Als wir den Treppenabsatz der zweiten Ebene erreichten, lief Nico einfach an uns vorbei, weiter zur dritten, untersten Ebene.

»Hey!«, rief Jude. »Nico!«

»Lass ihn«, sagte ich und wünschte mir halb, ich könnte ihm folgen und mir das Ganze ersparen.

Die Krankenstation befand sich direkt unter dem Atrium, sie war in dem großen, kreisrunden Raum auf der zweiten Ebene untergebracht; das Computerlabor lag auf der dritten genau darunter. Trotz ihrer Größe war sie fast immer mit Geräten, Betten und den paar Krankenschwestern und Ärzten regelrecht vollgestopft, die die League für Notfälle und Trainingsunfälle beschäftigte. Ich hatte mehr als einmal dort hingemusst, um mich zusammenflicken zu lassen, und mir war nicht entgangen, dass Ärzte und Schwestern spezielle, dickere Gummihandschuhe anzogen, um mich anzufassen.

Jetzt trugen sie die normalen durchsichtigen Dinger, als sie Jarvin und seine Teamgefährten hereinholten, um sie zu untersuchen. Jude wollte auch hinein, sein Atem geriet ins Stocken, als er nach der Türklinke griff. Ich zerrte ihn weg, zum

Sichtfenster hinüber, wo sich ein paar andere Agenten drängten und zusahen, wie eine Bahre zwischen den Betten und Medikamentenwagen hindurchmanövriert und auf einen Wandschirm ganz hinten im Raum zugeschoben wurde. Darauf lag ein schwarzer Leichensack mitsamt Inhalt.

Ich quetschte mich mit Jude gerade noch rechtzeitig ganz nach vorn zum Fenster durch, um zu sehen, wie sie den Reißverschluss des Sacks aufzogen und Blake Howard auf einen Metalltisch hoben. Ein weißer Turnschau baumelte von seinem rechten Fuß herab, und das Blut, das seine Kleider durchtränkte, war von dort aus, wo wir standen, gut zu sehen – und dann nichts mehr. Alban trat mit Jarvin und Cate und Rob hinzu, und der Wandschirm wurde wieder davorgeschoben, sodass nur schattenhafte Umrisse blieben.

»O mein Gott, o mein Gott«, flüsterte Jude und krallte die Finger in seine rotbraunen Locken. »Er ist es wirklich.«

Unwillkürlich streckte ich die Hand aus, um ihn am Ellenbogen zu fassen, als er schwankte. Ich kannte keins der Kids, die nicht in meinem Team waren, abgesehen von ihren Namen, und meine einnehmende Persönlichkeit garantierte, dass sie mich nie kennen würden. Aber Jude und Blake waren unzertrennlich gewesen, die beiden und Nico verbrachten den größten Teil ihrer Freizeit zusammen, alberten im Computerlabor herum oder spielten irgendwelche Spiele. Das einzige Mal, dass ich ein Lächeln auf Nicos Gesicht gesehen hatte, war, als er mit Blake zusammen gewesen war und der mit blitzenden Augen und fuchtelnden Händen irgendeine Geschichte zum Besten gegeben hatte, bei der Jude vor Lachen praktisch geflennt hatte.

»Wir sollten … wir sollten Nico suchen gehen, glaube ich. Ich glaube, der wollte was überprüfen«, brachte Jude schließlich hervor.

Ich lotste ihn von der Tür weg und den Flur hinunter auf die Treppe zu. Wir mussten uns an den Agenten vorbeiquetschen, die den Korridor hinuntergejoggt kamen, um das Gerücht zu bestätigen, das sich bestimmt wie ein Lauffeuer im HQ verbreitete.

»Ich muss dir was sagen«, flüsterte er, als wir die Treppe erreichten. »Du musst das verstehen, ich ... ich glaube nicht, dass es ein Unfall war. Ich glaube ... ich glaube, das war ich.«

»Mit dir hat das überhaupt nichts zu tun.« Ich hörte mich so viel gefasster an, als mir zumute war. »Unfälle passieren doch andauernd. Der Einzige, dem man Vorwürfe machen kann, ist Jarvin. Der war's doch, der sich jemanden ausgesucht hat, der für den Außeneinsatz nicht voll ausgebildet war.«

Jude ließ mir keine Chance zu kneifen. Er packte mein Handgelenk und zerrte mich die ganze Treppe zur dritten Ebene hinunter hinter sich her. Ich sah, wie die spitzen Ecken seiner Schulterblätter unter seinem zerschlissenen Bruce-Springsteen-Shirt arbeiteten, und bemerkte zum ersten Mal, dass er ein Loch in den Kragen gepult hatte. Er wusste ganz genau, wo Nico hingegangen war.

Unsere offizielle Computerlabor-Trainingszeit war schon seit etlichen Stunden vorbei, doch ich war trotzdem verblüfft, den Raum so leer vorzufinden. Normalerweise trieben sich hier jede Menge Grüne herum, tippten vor sich hin und perfektionierten alle möglichen Programme oder Viren. Wäre nicht gerade Essenszeit gewesen, so hätte Nicos Gesichtsausdruck allein wohl schon ausgereicht, alle anderen zu vertreiben.

»Ich hab's gefunden«, verkündete er.

»Und?« Das Wort kam bebend aus Judes Mund.

»Es war kein Unfall.«

Nico war anfällig für hässliche Emotionen, mit denen er sich innerlich auseinandersetzte, auf bestimmt hässliche Art und

Weise. Doch er belastete mit diesen bitteren, giftigen Gedanken niemals uns andere. Bis zu diesem Moment.

»Was hast du gefunden?«, wollte ich wissen. »Einer von euch muss mir jetzt mal *sofort* erklären, was hier abläuft.«

»Du hast gesagt, es wäre nichts«, sagte Nico. »Du hast gedacht, es wäre Zufall. Du hättest uns glauben sollen.«

Seine Stimme wirkte wie Säure auf meine bereits blank liegenden Nerven. Ich hielt den Blick auf den Bildschirm gerichtet, während er eine Videodatei anklickte. Der Player fuhr hoch und ging auf, um einen Schwarz-Weiß-Film zu zeigen. Winzige menschenförmige Gestalten wuselten in einem Raum voller langer Maschinen umher. Von solchen Dingern hatte ich genug gesehen, um sie mit einem einzigen Blick identifizieren zu können – ein Serverraum.

»Was ist das hier?«, fragte ich. »Bitte sagt, dass ihr nicht blöd genug wart, die Überwachungsaufnahmen der Firma runterzuladen, bei der Blake und Jarvins Team eingebrochen sind.«

»Und Jarvin oder einem von seinen Freunden die Gelegenheit geben, alle Beweise ferngesteuert zu vernichten?«, schoss Nico zurück.

Der Clip war dreißig Sekunden lang; mehr brauchte er nicht. Ich wollte ihm sagten, dass er mit dem Download ein fürchterliches Risiko eingegangen war – dass die Computerfirma diesen zu uns zurückverfolgen könnte –, aber Nico war nicht unvorsichtig.

Dreißig Sekunden. Doch es geschah in weniger als fünfzehn.

Blake war in den Serverraum getreten, in der üblichen schwarzen Einsatzkluft, und hatte sofort das fragliche Gerät ausfindig gemacht. Das plötzliche Auftauchen eines Wachmanns ließ mich zusammenfahren; eine nächtliche Patrouille, die derjenige, der den Einsatz geplant hatte, unachtsamerweise nicht gecheckt hatte. Blake huschte hinter den nächstbesten

Serverturm und in den nächsten Quergang dahinter, um nicht gesehen zu werden. Der Wachmann hätte vielleicht gar nicht gemerkt, dass etwas nicht stimmte, wenn Jarvin und ein weiteres Teammitglied nicht wild feuernd hereingestürmt gekommen wären.

Ich beugte mich näher zu dem Bildschirm vor und staunte, wie scharf die Aufnahmen waren. Deutlich konnten wir sehen, wie die beiden Agenten in Deckung gingen, wie sorgsam Jarvin seine Waffe von dem Wachmann wegschwenkte und sie auf Blakes ungeschützten Rücken richtete. Der Lichtblitz, als er auf den Jungen zielte und feuerte.

Jude wandte sich ruckartig ab und presste die Hände aufs Gesicht, um es nicht mit anzusehen.

Scheiße, dachte ich. *Scheiße, Scheiße, Scheiße.*

Nico hatte sich das Video eindeutig angesehen, bevor wir gekommen waren, doch er drückte wieder und wieder und wieder auf »Play«, bis ich es übernehmen musste, das Fenster wegzuklicken. Er sagte nichts, seine Miene war vollkommen ausdruckslos. Seine Augenlider waren halb geschlossen, und ich konnte fast fühlen, wie er sich zurückzog, weg von hier, an jenen Ort, der ganz allein ihm gehörte.

»Das ... ich kann nicht ...« Judes Stimme wurde mit jedem Wort lauter, er drückte die flache Hand fest auf seinen Kompass. »Das sind doch nur diese Typen da – die sind die Bösen. Die anderen Leute hier, die mögen uns, und wenn sie rausfinden, was passiert ist, dann werden sie sie bestrafen. Die werden für uns einstehen. Das da ist doch nicht die League, das ist doch nicht ... das ist nicht ...«

»Auf *keinen Fall*«, sagte ich, »erzählst du *irgendjemandem* hiervon. Hörst du? Niemandem.«

»Aber, Ruby.« Jude sah mich entsetzt an. »Wir können die doch nicht einfach damit davonkommen lassen! Wir müssen es Cate sagen, oder Alban, oder irgendjemandem! Die können das in Ordnung bringen.«

»Cate kann auch nichts machen, wenn du dann schon tot bist«, gab ich zurück. »Ich mein's ernst. Nicht ein einziges verdammtes Wort. Und du gehst nirgends allein hin – du bleibst bei mir oder Vida oder Nico oder Cate. Versprich mir das. Wenn du einen von denen kommen siehst, dann musst du kehrtmachen und weggehen. Versprich's mir.«

Jude schüttelte immer noch den Kopf; seine Finger hantierten mit dem Kompass herum. Ich versuchte, mir etwas Tröstendes einfallen zu lassen, was ich ihm sagen könnte. Und es war so seltsam, wie hin- und hergerissen ich war. Zwischen dem Wunsch, sie vor der Wahrheit zu schützen – was die League in Wirklichkeit war und was für eine Art gemeine Grausamkeit man brauchte, um Agent zu sein –, und der kleinen Befriedigung darüber, dass ich die ganze Zeit recht gehabt hatte, was diese Leute betraf. Dies hier war kein sicherer Ort. Vielleicht war es das für Kids wie uns früher mal gewesen – aber jetzt bröckelte das Fundament, und ein falscher Schritt konnte das ganze HQ über uns zusammenstürzen lassen

Rob und Jarvin waren keine geduldigen Seelen. Sie schlossen ihre Einsätze stets innerhalb des vorgegebenen Zeitrahmens ab. Hier würde es nicht anders sein, da war ich mir sicher. Cate und ein paar andere Agenten mochten uns ja wohlgesinnt sein, aber wie lange? Wenn wir zu einer Belastung wurden, wenn es so aussah, als wären wir nichts weiter als Probleme, die es zu beheben galt, würden sie dann immer noch zu uns halten?

Wieder und wieder kehrten meine Gedanken zu der Granate zurück, wie sie genau unter unseren Füßen explodiert war. Wie Rob uns befohlen hatte, genau dort stehen zu bleiben.

Ich hatte die Macht, das hier in Ordnung zu bringen, das wusste ich. Dafür kam es nur darauf an, nahe genug an Rob und all seine Kumpels heranzukommen. Und unglücklicherweise würde das der schwierigste Teil sein.

»Kein Wort«, wiederholte ich und wandte mich zum Gehen. »Ich regele das.«

Und das würde ich auch tun. Ich war die Anführerin. Jegliche Gedanken daran abzuhauen, sobald ich über Liam und die anderen Bescheid wusste, verflüchtigten sich wie ein Traum am Morgen.

Jude war am Leben, und Nico war am Leben, und ich war am Leben – und fürs Erste musste ich meine ganze Energie darauf verwenden, dass es so blieb.

5. Kapitel

Anstatt ins Atrium zurückzukehren, stieg ich die Treppe zum nächsten Level hinauf und folgte der Biegung des zweiten Stocks zum Umkleideraum, um zu duschen und mich umzuziehen. Das HQ war kalt und schmuddelig wie immer, aber jeder Quadratzentimeter von mir fühlte sich klebrig und heiß an, als wäre ich kurz davor, Fieber zu bekommen. Ein paar Minuten unter eiskaltem Wasser würden mir helfen, einen klaren Kopf zu kriegen. Ich könnte die seltene Ruhe nutzen, um einen Plan zusammenzuschustern, dass immer einer von uns bei Jude war.

Das Licht war bereits an, als ich eintrat. Es funktionierte über automatische Bewegungssensoren, das hieß, dass irgendjemand entweder gerade hereingekommen oder hinausgegangen war. Ich stand ganz still, den Rücken an die Tür gedrückt, und lauschte auf das stetige Tropfen eines Wasserhahns irgendwo auf der anderen Seite des Raumes. Niemand war in den Duschkabinen; die gelben Vorhänge waren alle aufgezogen, und ich hörte keine Wasserhähne quietschen oder das übliche explosive Zischen von unter Druck stehendem Wasser.

Was ich hörte, war leise – wegen des Tropfens fast unhörbar. Ein stetiges Klopfen, wie ein Stiefel auf Beton, und ein Rascheln, als wenn eine Seite umgeblättert würde.

Ich nahm den Umweg um die Spinde herum, kreuzte einen Fuß über den anderen, als ich geduckt um die Ecke schlich und in die andere lange Reihe aus silbern schimmerndem Metall einbog.

Cole schaute nicht von der Bank auf, auf der er saß, einen Aktendeckel in den Händen. Ich erhaschte einen kurzen Blick auf eine vertraute Zeichnung des Elektrozauns von Thurmond, als er umblätterte.

»Glaubst du, Caledonia war so ähnlich?«

Jeder Muskel in meinem Rücken spannte sich an, zwang mich, mich aufzurichten, da doch schon sein Anblick ausreichte, dass ich am liebsten im Boden versunken wäre. Ich bog die Hände neben dem Körper zu Fäusten und atmete tief durch.

»Nein«, antwortete ich. »Caledonia war kleiner. Da haben sie eine alte Grundschule umgebaut. Aber ein paar von den Details sind dieselben.«

Er nickte geistesabwesend.

»Thurmond, Mann«, meinte er und zeigte mit dem Finger darauf. »Ich hab vor ein paar Jahren mal ein paar rudimentäre Zeichnungen gesehen, aber nichts Genaues. Die Agenten, die wir da drin hatten, haben nicht mal die Hälfte von alldem hier zu sehen gekriegt – nicht mal Conner.«

Ich blieb genau da stehen, wo ich war, bei den Spinden, und wartete, dass er sich verzog.

»Alban hat diese praktischen Kopien heute Abend bei unserem Führungstreffen verteilt«, sagte Cole. »Aber Cate ist mittendrin rausgegangen. Hast du eine Ahnung, warum?«

Ich schwieg. Tatsächlich hatte ich sehr wohl eine Ahnung. Cate hatte seit Monaten versucht, mich davon abzubringen. Ich hatte Alban den Aktendeckel geben müssen, als sie gerade nicht da gewesen war.

»Und ich dachte, du wärst Gedankenleserin«, bemerkte er mit einem kurzen Auflachen.

Coles Muskeln waren immer noch steif, und es war ganz

offensichtlich, dass er heftige Schmerzen hatte, als er aufstand. Er neigte den Kopf in Richtung der Duschkabinen.

Ich folgte ihm in eine davon. Die Vorhangringe kreischten, als er den billigen Plastikvorhang hinter uns zuzog, sodass ich zusammenzuckte und mich mit dem Rücken an die Betonwand drückte. Es war eng hier drin, und ich fühlte mich ohnehin schon unbehaglich, als er auch noch um mich herumgriff, das blau geprügelte Gesicht wenige Zentimeter von meinem entfernt, und die Dusche voll aufdrehte.

»Was machst du denn?«, fragte ich und wollte mich an ihm vorbeidrängen.

Er packte meine Schulter und hielt mich neben sich unter dem Wasserstrahl fest. Wir waren klatschnass, bevor Cole zu reden begann.

»Die Duschkabinen sind der einzige Ort im HQ, wo nicht gefilmt wird. Ich möchte es nicht darauf ankommen lassen, dass die anderen Kameras hier drin unsere kleine Plauderei aufzeichnen.«

»Ich habe dir absolut nichts zu sagen«, entgegnete ich und machte mich von ihm los.

»Und dabei habe ich *dir* so viel zu sagen.« Cole streckte beide Arme aus, um mir den Weg zu versperren, und verlor dabei fast das Gleichgewicht. Unsicher auf den Beinen, nicht im Vollbesitz seiner Kräfte, übermüdet – ein leichter Gegner. Ich rammte ihn mit der Schulter, doch ich hatte mir wohl anmerken lassen, was ich vorhatte. Er bekam einen meiner Arme zu fassen und drehte ihn herum, bis die Muskeln aufschrien und es sich anfühlte, als würden sämtliche Gelenke ausgerenkt. Seine Haut war heiß, als versuche er, das Feuer, das in seinem Blut loderte, in meins zu übertragen.

Er ist einer von denen, er ist einer von denen, er ist einer von denen …

»Reg dich ab!«, fauchte er und schüttelte mich einmal heftig. »Reiß dich zusammen! Ich tu dir nichts! Ich will mit dir über Liam reden!«

Cole löste seinen eisernen Griff um meinen Arm, dann trat er einen Schritt zurück und hob die Hände. Ich atmete immer noch schwer, als ich mich umdrehte. Das Wasser fungierte als Barriere, die keiner von uns beiden überschreiten wollte. Dampf wallte um meine durchweichten Turnschuhe, und ich atmete die heiße, feuchte Luft in meine wie zugeschnürte Brust.

»Welcher Liam?«, fragte ich, als ich mich wieder im Griff hatte.

Cole bedachte mich mit einem gereizten Blick, und ich wusste, dass das Spiel gelaufen war.

»Du hast ihn wieder da reingezogen«, sagte ich scharf. »Ich hab *alles* getan, damit ihm nichts passiert.«

»Damit ihm nichts passiert?« Cole lachte ohne jeglichen Humor. »Du glaubst, diesen Idioten in die Welt hinauszuschicken, damit er geschnappt oder umgebracht wird, war eine gute Tat? Der kann von Glück sagen, dass ich immer noch nachsehe, ob unser Kontaktprozedere angelaufen ist, sonst hätte der Skiptracer, den er am Arsch hatte, ihn nämlich mit Vergnügen im Lager abgeliefert.«

Ich konnte nicht anders, ich ballte die Fäuste. »Wie hast du ihn gezwungen, dir zu helfen?«

»Wieso gehst du davon aus, dass ich ihn zu irgendwas gezwungen habe, Schätzchen?«

»Untersteh dich«, knirschte ich mit zusammengebissenen Zähnen, »mich so zu nennen.«

Cole zog die Augenbrauen hoch. »Das beantwortet ja wohl meine Frage, wieso du Alban angelogen hast. Möchtest du mir vielleicht erklären, woher du meinen Bruder eigentlich kennst?«

Jetzt war ich an der Reihe, verblüfft zu sein. »Hat Cate dir das nicht erzählt?«

»Ich hab da so einen Verdacht, aber in deiner Akte wurde er nicht erwähnt.« Cole legte den Kopf schief, eine Geste, die Liam absolut genauso draufgehabt hatte. Der zweite und dritte Finger seiner linken Hand klopften gegen sein Bein – vielleicht ein nervöser Tick. »Alban scheint ein bisschen was zu wissen, aber die anderen nicht.«

Er bog sich aus dem Dampf heraus und stützte sich dabei an die Wand der Duschkabine. Fühlte sich noch immer miserabel, aber er trieb auf einer Welle aus Stolz dahin, der ihn daran hinderte, es zu zeigen. Die klassische Stewart-Nummer. »Hör zu, er hat überhaupt nicht mit mir zusammengearbeitet. An dem Abend – an dem, den du gesehen hast – hab ich ihn zum ersten Mal gesehen, seit er vor Jahren aus der League abgehauen ist. Wir haben ein Kontaktprozedere verabredet, für Notfälle, und er hat es angewendet. Ich dachte, es ginge um Leben und Tod, sonst hätte ich ihm *nie* gesagt, wie er mich finden kann.«

»Weil du auf einem Undercover-Einsatz warst?«, fragte ich. »Was zum Teufel ist auf diesem USB-Stick? Ich habe Alban noch nie so außer sich gesehen.«

Cole sah mir unverwandt ins Gesicht, und ich glaubte, ich konnte seinem Blick endlich standhalten, weil ich so unheimlich wütend war. »Sag schon.«

Er stieß einen langen Seufzer aus und rieb sich mit den verbundenen Fingern den Scheitel. Jeden einzelnen der linken Hand hatten sie ihm gebrochen, um etwas aus ihm herauszubekommen. Das hatte Alban mir erzählt, und zwar mit nicht geringer Befriedigung.

»Ich nehme mal an, dein Einsatz, was immer das für einer war, ist kompromittiert worden, und deswegen haben sie deine Wohnung gestürmt?«

Cole machte bei dieser Vermutung ein entrüstetes Gesicht. »Verdammt, nein. Meine Tarnung war einwandfrei. Ich hätte bis in alle Ewigkeit da drin bleiben können, und die hätten verdammt noch mal nichts geahnt. Ich bin nur geschnappt worden, weil der Skiptracer, der Lee auf den Fersen war, gesehen hat, wie er in meine Wohnung gegangen ist und mich angezeigt hat, weil ich einem flüchtigen Psi geholfen hätte. Das wäre alles nicht passiert, wenn er nicht aufgekreuzt wäre – in *drei Stunden* sollte ich da rausgeholt werden!«

»Schön, aber du hast mir immer noch nicht erzählt, was zum Teufel du in Philadelphia zu suchen hattest. Ich will wissen, was auf dem USB-Stick war und warum du den am Schluss nicht finden konntest. Danach hast du doch gesucht, oder?«

»Ja«, antwortete er endlich. »Danach habe ich gesucht. Dieser Volltrottel hat ihn mitgenommen und hat's noch nicht mal gemerkt.«

Ich fuhr zurück. »Was?«

»Ich war undercover bei der Leda Corp, hab als Labortechniker an ihren Psi-Forschungen gearbeitet, die Gray in Auftrag gegeben hat. Du hast doch von dem Programm gehört, oder?« Er wartete, bis ich nickte, ehe er fortfuhr. »Meine ursprüngliche Aufgabe war es, einfach nur ein Auge darauf zu haben, wie's da läuft. Alban wollte wissen, was für Tests die machen und ob sie irgendwas rausgekriegt hätten, aber ich sollte auch berichten, wenn ich dachte, dass es vielleicht möglich wäre, irgendwelche Kids aus dem Programm rauszuholen.«

»Und das hast du auch getan.« Ich erkannte die Verbindung so schnell, dass es sogar mich selbst überraschte. »Nico – das war das Testprogramm, an dem er beteiligt war.«

Cole zog unter dem Wasserstrahl schützend die Schultern hoch. »Er war die einzige Testperson, die stabil genug war, um herausgeholt zu werden. Die anderen waren einfach nur … Ich kann dir das nicht beschreiben, ohne dass es sich wie ein Horrorfilm anhört.«

»Wie hast du ihn da rausgekriegt?«

»Vorgetäuschter Herzstillstand und Tod«, antwortete er. »Sie haben den ›Entsorgungsdienst‹ angerufen, der für das Labor gearbeitet hat, aber die League hat ihn sich zuerst geschnappt.«

Mein Gehirn ratterte im Schnelldurchlauf, beschwor eine grauenvolle Möglichkeit nach der anderen herauf. »Diese Daten auf dem USB-Stick – dann waren das also Forschungsergebnisse, die du geklaut hast?«

»Ja, so was in der Art.«

»So was in der Art?«, wiederholte ich ungläubig. »Ich darf nicht mal wissen, was auf dem dämlichen Ding drauf ist?«

Er zögerte lange genug, dass ich mir schon sicher war, er würde nicht antworten. »Denk doch mal nach – was wollen die Eltern jedes toten Kindes wissen? Was ist die eine Antwort, hinter der die Wissenschaftler seit Jahren her sind?«

Die Ursache der Psi-Krankheit.

»Machst du …« Nein. Er machte keine Witze. Nicht über so was.

»Ich kann dir keine Einzelheiten verraten; ich hatte nicht viel Zeit, mir die Sachen anzusehen, bevor ich alles heruntergeladen habe. Aber ich habe das Gerede im Labor gehört, an dem Nachmittag, als sie ihre Experimente abgeschlossen hatten. Die hatten den Beweis dafür, dass die Regierung an alldem schuld ist. Allerdings sollte die Tatsache, dass sie an dem Tag, nachdem ich von den PSFs einkassiert worden bin, das Labor dichtgemacht und sämtliche Wissenschaftler endgültig zum Schweigen gebracht haben, für die meisten Leute Beweis genug sein.«

»Hast du's Alban gesagt?«, wollte ich wissen. Kein Wunder, dass der so verzweifelt war.

»Erst als ich zurückgekommen bin, und ich musste mir eine

Ausrede einfallen lassen, wieso meine Tarnung aufgeflogen ist. Ich hab ihm erzählt, ich hätte das Ganze heruntergeladen, aber dabei wäre ein stummer Alarm ausgelöst worden. Mein Stolz hat das in so ungefähr tausend Jahren bestimmt verkraftet.« Cole seufzte. »Ich hatte Angst, wenn ich ihm sage, was ich habe, hätten die Agenten hier schon eine Möglichkeit gefunden, wie sie das Ganze ausnutzen können, ehe ich damit überhaupt wieder da gewesen wäre.«

Coles Finger tippten gegen seinen Schenkel. »Ich konnte es ihm nicht vorher sagen und riskieren, dass die Nachricht vor mir hier ist. So abgekoppelt ich auch vom HQ gewesen bin, ich hab trotzdem mitgekriegt, wie sich hier alles verändert hat. Leute, die ich kannte und denen ich vertraut habe, sind auf andere Basen abgeschoben worden, und auf Leute, denen ich nicht vertraut habe, hat Alban plötzlich gehört. Das war genug, dass man sich dabei ein bisschen unwohl fühlt, weißt du?«

Ich nickte.

»Ich wusste, wenn ich Alban was Handfestes bieten kann«, fuhr Cole fort, »dann besteht eine gute Chance, dass wir die Agenten ausmanövrieren könnten, die die League verändern wollen. Aber wenn sich hier herumgesprochen hätte, was das für Daten waren, dann hätten sie anfangen können, Pläne zu schmieden, wie sie das ausnutzen könnten. Diese Informationen sind die Kohle, die wir brauchen, um den Laden hier von den schwarzen Schafen zurückzukaufen, um Alban dazu zu bringen, uns die Stange zu halten. Das ist die einzige Möglichkeit, sie am Besprechungstisch zu übertrumpfen, wenn es allmählich so aussieht, als seien ihre Pläne die einzige echte Option, die wir noch haben.«

Unzusammenhängende Fetzen des Streits zwischen Rob und Alban dröhnten in meinen Ohren. *Deutliches Statement. Kinder. Lager.*

»Wenn diese Daten so wichtig sind, wie hast du sie dann überhaupt aus Leda rausschmuggeln können?«

»Ich hab den verdammten USB-Stick in mein Jackenfutter eingenäht. Bin damit einfach so aus dem Gebäude rausmarschiert, weil ich im Security-Team war, und meine Kumpels da haben's nicht für nötig gehalten, mich zu filzen. Ich habe gewusst, dass es jemand merken würde, wenn ich die Dateien herunterlade, aber ich habe die Netzwerk-ID von einer von den Wissenschaftlerinnen benutzt«, berichtete er. »War verdammt noch mal das Leichteste, was ich je gemacht habe. Bis die herausgefunden hätten, dass sie unschuldig ist, wär ich längst weg gewesen. Bis mein *geliebter* kleiner Bruder gesehen hat, wie die PSFs auf meine Wohnung zugekommen sind, während ich draußen war und uns was zu essen besorgt habe. Er hatte es eilig und sich aus Versehen meine Jacke gegriffen statt seiner.«

Hätte Cole wegen alldem nicht so wütend ausgesehen, ich weiß nicht, ob ich ihm geglaubt hätte. Ich war hin- und hergerissen zwischen dem Verlangen zu lachen und dem, seinen Kopf gegen die Betonwand hinter uns zu rammen.

»Wie konntest du nur so blöd sein?«, fragte ich. »Wie konntest du so einen bescheuerten Fehler machen? Du hast sein Leben in Gefahr gebracht.«

»Das Wichtigste ist, dass wir uns das Datenmaterial immer noch zurückholen können.«

»Das Wichtigste …« Ich war fast zu empört, um einen verständlichen Satz zustande zu bekommen. »Liams Leben ist ja wohl wichtiger als dieser blöde USB-Stick!«

»Junge, Junge.« Ein raubtierhaftes Grinsen machte sich auf Coles Gesicht breit. »Mein Brüderchen küsst bestimmt unheimlich gut!«

Die Wut loderte so schnell in mir auf, so heftig, dass ich tatsächlich vergaß, ihn zu ohrfeigen.

»Geh doch zum Teufel«, fauchte ich und versuchte, an ihm vorbeizustürmen.

Cole bekam mich abermals zu fassen und stieß mich mit einem leisen Auflachen zurück. Meine Hand zuckte neben mir. Mal sehen, wer hier lachen würde, wenn ich ihm jeden einzelnen Gedanken aus dem Hirn grillte.

Dasselbe musste ihm ebenfalls durch den Kopf gegangen sein, denn er ließ mich los und trat einen Schritt zurück.

»Hast du wenigstens Kontakt mit ihm aufnehmen können, seit du wieder hier bist?«, erkundigte ich mich.

»Er ist abgetaucht«, sagte Cole und verschränkte die Arme vor der Brust. Die Finger seiner linken Hand klopften gegen seinen rechten Arm. »Das Komische an dem Ganzen ist, dass er nicht merkt, was für eine Goldmine er da mit sich herumträgt. Ich kann nicht vorhersagen, wo er damit hingeht oder es versucht. Das heißt, es ist so gut wie unmöglich, den kleinen Scheißer ausfindig zu machen, abgesehen von der Annahme, dass er immer noch versucht, unsere Mom und unseren Stiefvater zu finden. Chaostheorie vom Feinsten.«

»Und wieso erzählst du mir das?«

»Weil du die Einzige bist, die deswegen etwas unternehmen kann.« Der Dampf hüllte seine Gestalt ein, und er verschwand darin. »Nein, hör mir zu. Ich bin verbrannt, die League lässt mich nicht aus dem HQ. Nicht mal bei simplen Einsätzen werde ich mitmachen können, geschweige denn die Ostküste nach einem Flüchtling absuchen. Wenn denen erst klar ist, dass es unsere kleine fiktionale Informantin gar nicht gibt, dann fangen sie an, die anderen Optionen durchzugehen. Sie werden sich fragen: Wer ist der Einzige, den diese zwei Personen, die sich völlig fremd sind, beide kennen? Sie werden fragen: Für wen würde dieses Mädchen alles tun, um ihn zu schützen?«

Ich fuhr wütend auf und verschränkte meinerseits die Arme.

Coles Blick huschte von meinem Gesicht abwärts, dorthin, wo mir das Hemd an der Brust klebte, und ich hob die Arme ein kleines Stück höher. Er gab ein nachdenkliches Summen von sich, und ein geistesabwesendes Lächeln stahl sich von Neuem auf sein Gesicht. »Ich muss ja sagen, eigentlich bist du gar nicht sein Typ. Meiner dagegen …«

»Weißt du, was ich denke?«, fragte ich und trat einen Schritt näher.

»Eigentlich nicht, Schätzchen, aber ich hab das Gefühl, ich werd's gleich trotzdem erfahren.«

»Du machst dir in Wirklichkeit sehr viel mehr Sorgen um Liam als um dieses Datenmaterial. Du willst, dass ich ihn finde, damit du weißt, dass er okay ist. Das ist der wahre Grund, wieso du mich fragst und nicht jemand anderes.«

Cole lachte spöttisch auf. Sein Hemd war ihm schlaff gegen die Haut geklatscht, und es war unmöglich, die kräftigen Linien seiner Schultern nicht zu betrachten, als er sie straffte. »Klar, okay. Bleib ruhig bei dieser Theorie, aber kannst du mal zwei Sekunden aufhören, an die verträumten Augen meines Bruders zu denken, und vernünftig sein? Hier geht's nicht um ihn oder mich – es geht darum, dass *wir* die Kontrolle über das Material haben, damit *wir* es zu Alban bringen und Meadows und seine kleinen Freunde kaltstellen können. Du hast ja keine Ahnung, was für Scheiße die die Organisation abziehen lassen wollen – was sie mit euch Kids anstellen würden, wenn sie ihren Willen kriegen. Und das *werden* sie, wenn wir uns nicht was überlegen, wie wir sie austricksen können.«

Sie glauben, wir können so weitermachen, ohne ein deutliches Statement abzugeben? Robs Worte hallten mir durch den Sinn. »Was haben die vor? Hat es irgendwas mit uns und den Lagern zu tun?«

Der Wasserstrahl zwischen uns stotterte; der Timer, den sie

installiert hatten, um den Warmwasserverbrauch zu begrenzen, schaltete sich ab. Das Wasser floss noch immer, doch es kühlte auf seine übliche eisige Temperatur ab. Und keiner von uns rührte sich von der Stelle.

»Seine Superidee«, begann Cole mit spröder Stimme, »besteht darin, die Infos, die du über die Lager geliefert hast, und ein paar von den ›nicht essentiellen‹ Kids hier zu nutzen. Du weißt schon, die, die zu jung sind, um aktiv eingesetzt zu werden, ein paar von den Grünen.«

»Wozu?«, wollte ich wissen.

»In deinem Bericht hast du gesagt, sie durchsuchen die Kinder nicht, die angeblich bereits als Grüne eingestuft worden sind, sie tasten sie nicht ab, stimmt's?« Er wartete, bis ich nickte, ehe er fortfuhr. »Einer von den anderen, die wir aus einem kleineren Lager rausgeholt haben, hat das bestätigt. Meadows glaubt, ihre Sicherheitsmaßnahmen sind im Laufe des letzten Jahres bei Neuzugängen laxer geworden – weil's außerhalb der Lager so wenig Jugendliche gibt, bringen sie normalerweise immer nur ein paar auf einmal rein. Deswegen, und außerdem sind die PSFs in den größeren Lagern unterbesetzt.«

»Das stimmt«, meinte ich. Mir war aufgefallen, dass die Anzahl der Soldaten in Thurmond im Laufe der Jahre abgenommen hatte, als das Lager seine Maximalkapazität erreicht hatte und für weitere Neuzugänge geschlossen wurde. Doch weniger Leute vor Ort bedeutete lediglich mehr Waffen vor Ort, und die Bereitschaft, uns mit Weißrauschen plattzumachen, wenn irgendjemand nur so aussah, als wolle er über die Stränge schlagen.

»Er denkt …« Cole räusperte sich, drückte die unverletzte Hand gegen die Kehle. »Meadows will den Kids Sprengstoffgürtel umschnallen. Sie den PSFs übergeben und dann die Bomben zünden, wenn sie in die Lager gefahren werden. Er glaubt, das wird genug Angst und Unfrieden unter den PSFs auslösen, dass sie den Dienst verweigern.«

Den letzten Teil hörte ich nicht, nicht ganz. In meinen Ohren herrschte statisches Rauschen, das brannte und brannte und jeden Gedanken, jedes Geräusch wegsengte, alles außerhalb meiner eigenen, sich überschlagenden Gedanken.

»Wenn du das Gefühl hast, du kippst gleich um, dann setz dich auf deinen Hintern«, befahl Cole. »Ich hab dir das erzählt, weil du ein großes Mädchen bist und weil ich deine Hilfe brauche. Ich weiß, du wolltest nicht, dass das passiert, aber du steckst da nun mal drin. Knietief. Du bist genauso verantwortlich dafür, diese Geschichte in Ordnung zu bringen, wie wir alle.«

Ich setzte mich nicht, doch die dunklen Flecken auf meinem Gesichtsfeld wuchsen, dehnten sich aus, verschluckten sein Gesicht. »Die anderen Agenten … Wollen die das auch?«

»Nicht alle«, antwortete er, »aber genug, dass es überhaupt keine Frage wäre, wenn Alban nicht da wäre. Lies mal zwischen den Zeilen.«

O mein Gott. »Cate weiß Bescheid, aber … sie ist immer noch mit ihm zusammen? Wieso sollte sie mit jemandem zusammenbleiben, der an so etwas auch nur *denken* kann?«

»Conner ist eine kluge Frau. Wenn sie mit ihm zusammen ist, dann hat das einen Grund, und wahrscheinlich nicht den, an den du denkst. Wir haben doch beide gesehen, wie Meadows die Dinge regelt.«

»Dann weißt du auch, dass Jarvin das mit Blake Howard ›geregelt‹ hat?«, fragte ich. »Den Jungen, dem er bei dem Einsatz gestern Abend in den Rücken geschossen hat?«

»Weißt du das ganz sicher?«, wollte er wissen. »Hast du irgendwelche Beweise dafür?«

»Überwachungsaufnahmen. Sind runtergeladen worden, bevor jemand sie von hier aus löschen konnte.«

»Behalt das erst mal für dich. Wenn du das Datenmaterial zurückbringst, gehen wir auch damit zu Alban. Und nageln Meadows und die anderen in ihre Särge.«

»Noch hab ich nicht Ja gesagt, zu gar nichts.«

»Du machst mich fertig, Kleine.« Wieder verdrehte er die Augen. »Du gehst Liam suchen. Du holst das Datenmaterial zurück. Da hatte ich nie irgendwelche Zweifel. Ich weiß nämlich, Zuckerschnecke«, erklärte Cole und lächelte, als ich bei diesem neuen Kosenamen meinerseits die Augen verdrehte, »dass du nicht willst, dass Alban rausfindet, was wirklich passiert ist und dass Liam was damit zu tun hat, und ich weiß, dass du ihm keinen Grund geben willst, in Meadows Plan zu investieren. Und ich sorge dafür, dass Alban sich wirklich damit befasst, die Lager zu befreien – und zwar auf die *richtige* Art und Weise, so, wie du es in deinem Bericht vorgeschlagen hast. Das war's doch, was du die ganze Zeit wolltest, stimmt's? Der Grund, warum du das ganze Infomaterial für ihn zusammengestellt hast? Ich weiß, dass du nicht vorhattest, Meadows die Möglichkeit zu geben, es gegen uns zu verwenden.«

Du kannst ihn suchen gehen. Sehnsucht überwältigte den cooleren, ruhigeren, rationelleren Teil meines Gehirns. *Du kannst ihn wiedersehen. Du kannst dafür sorgen, dass er diesmal sicher nach Hause kommt. Und du kannst all den anderen Kindern helfen. Allen.*

»Wenn ich dabei mitmache«, fing ich an, »dann musst du mir garantieren, dass ich mir keine Abmahnung für diesen kleinen Ausflug einfange, wenn ich zurückkomme. Und du musst schwören, dass du dich an die Bedingungen hältst, denn wenn du dein Wort brichst, reiße ich dir jeden einzelnen Gedanken aus dem Kopf, bis du nichts weiter bist als eine sabbernde Rotzpfütze. Kapiert?«

»Braves Mädchen«, sagte Cole. »Das ist meine Zuckerschnecke. Ich schau mal, ob ich dich in den nächsten Einsatz im

Osten reinkriege. Du wirst dir was einfallen lassen, wie du den Betreuer abhängst, den sie dir mitschicken, aber ich glaube, dieser Herausforderung bist du gewachsen. Die Adresse ist 1222 West Bucket Road, Wilmington, North Carolina. Kannst du dir das merken? Fang da an. Lee ist ein Gewohnheitstier, er wird versuchen, sich nach Hause durchzuschlagen und nachzuschauen, ob unser Stiefvater einen Hinweis hinterlassen hat, wo sie hinwollten.«

Ich atmete tief durch. Mein Körper war vollkommen still, in meinem Innern jedoch schien alles zu galoppieren – mein Herz, meine Gedanken, meine Nerven.

»Du schaffst das«, sagte Cole leise. »Ich weiß, dass du's schaffst. Ich stehe hinter dir, die ganze Zeit.«

»Ich brauche deinen Schutz nicht«, erwiderte ich. »Aber Jude.«

»Die Bohnenstange? Klar, ich werde ein Auge auf ihn haben.«

»Und auf Vida und Nico.«

»Dein Wunsch ist mir Befehl.« Cole machte eine kleine Verbeugung, während er sich rückwärts durch den Vorhang schob. Ich schloss die Augen, versuchte, dieses vertraute schiefe Lächeln auszuschließen, und die Art und Weise, wie sich meine Brust dabei anfühlte, als würde sie gleich explodieren. »War mir ein Vergnügen, mit dir Geschäfte zu machen.«

»Hey«, sagte ich plötzlich. Wenn irgendjemand Bescheid wüsste, dann ein anderer Undercover-Agent. »Hast du schon mal von einem Einsatz namens Snowfall gehört? Von einem Agenten, den sie Professor nennen?«

»Ich glaube, von Snowfall hab ich gehört, aber nur, dass es ein Projekt in Georgia ist. Wieso? Soll ich das für dich überprüfen?«

Ich zuckte die Achseln. »Wenn du Zeit hast.«

»Für dich hab ich alle Zeit der Welt, Zuckerschnecke. Verlass dich drauf.«

Ich stand noch immer da, als die Tür der Umkleide zuschlug und das letzte Wasser um meine Füße herum abfloss.

Zwei lange, quälende Wochen vergingen, bevor ich den roten Aktendeckel in meinem Spind fand. Ich fühlte jeden Tag verstreichen, absolvierte die sorgfältig strukturierten Abläufe, Training, Essen, Training, Essen, Schlafen. Dabei bemühte ich mich, nicht aufzufallen, meine Gedanken jedoch waren ständig in Gang. Ich hatte zu viel Angst, irgendjemandem ins Gesicht zu sehen, für den unwahrscheinlichen Fall, dass er oder sie das schlechte Gewissen wegen dem, was ich vorhatte, bemerken würde. Fast hätte ich losgeheult, halb vor Erleichterung, halb in Panik, als ich die Einsatzakte auf meinem kleinen Bücherstapel liegen sah.

Um mich herum wurde im Umkleideraum wild spekuliert; eine Stimme verschwamm mit der nächsten. Irgendjemand war während des Unterrichts so mutig – oder so dämlich – gewesen, Ausbilder Johnson zu fragen, was sie mit Blakes Leichnam gemacht hätten und ob es eine Gedenkfeier für ihn geben würde. Nico war ein bisschen grün im Gesicht geworden, doch Johnson hatte die Frage lediglich mit einer Handbewegung beiseitegewischt.

Die Anführerin von Team zwei, eine Blaue namens Erica, tat lautstark ihre Ansicht kund, dass er noch immer unten in der Krankenstation untersucht würde, doch eine andere, eine Grüne namens Jillian, behauptete hartnäckig, sie hätte vor ein paar Tagen gesehen, wie sie einen Leichensack durch den Tunnel nach draußen geschafft hätten.

»Offensichtlich haben sie ihn begraben«, meinte sie.

Ich stand vor meinem Spind und las hinter der Tür versteckt

die Akte. Ein Stück entfernt konnte ich Vida laut über irgendetwas lachen hören, was eine andere Blaue gesagt hatte. Als ich mich umdrehte, reckte ich den Hals und versuchte, in ihren Spind zu spähen. Gut. Nichts außer dem unordentlichen Haufen Shirts, die sie dort hineingeknüllt hatte. Sie würde hier sein, ich konnte Jude und Nico anweisen, in ihrer Nähe zu bleiben – niemand würde irgendetwas versuchen, wenn sie dabei war, nicht einmal Jarvin. Dieses süße Honigbienchen konnte einfach zu fest zustechen.

Ich schlug den Aktendeckel abermals auf und ließ den Blick an jeder einzelnen Spalte hinabwandern. Bitte Ostküste, dachte ich, bitte weit im Osten ... Von Connecticut aus würde ich einfach so viel leichter nach North Carolina kommen als von Texas oder Nordkalifornien aus.

Einsatznummer: 349022-A
Einsatzzeit: 15. DEZ. 13:00
Einsatzort: BOSTON, MA.

Massachusetts. Damit konnte ich etwas anfangen. Ein paar Züge fuhren noch.

ZIEL: Dr. P.T. Fishburn, Leiter des Administration Department of Genetics and Complex Diseases Harvard School of Public Health in Gewahrsam nehmen, Labor stilllegen.

Ich spürte, wie sich mein Magen verkrampfte. »In Gewahrsam nehmen« hieß, ich würde ihn verhören, entweder vor Ort in Boston in einem sicheren Unterschlupf der League, oder wir würden ihn zur nächsten Basis schaffen, falls er sich als unkooperativ erwies. Das war mein Job. »Stilllegen« hieß kurzschließen, zerstören, demolieren. Das war der Job des Teams.

Team: Beta-Gruppe
Psi: Tangerine, Sunshine
Betreuer: steht noch nicht fest

»Oh«, flüsterte ich und spürte, wie jegliches Gefühl aus meinen Händen wich. »Verdammt, nein.«

Ich ließ den Aktendeckel in meinem Spind liegen und knallte die Tür zu, dann schlang ich mein nasses Haar zu einem lockeren Knoten und war draußen, bevor irgendjemand bemerken konnte, dass ich weg war. Es war drei Uhr nachmittags – wenn Cate nicht in irgendeiner Besprechung war, würde sie höchstwahrscheinlich in ihrem Zimmer oder im Atrium sein.

Ein Wassertropfen fiel aus meinem Haar auf die Wange, und ich wischte zornig danach, rammte durch die herabhängenden Plastikstreifen, die theoretisch helfen sollten, das bisschen Wärme zu halten, das es im HQ gab. Dabei sah ich zur niedrigen Decke hinauf, um jeglichen Blickkontakt mit einer weiteren Agentenschar zu vermeiden, und trat zur Seite, um sie vorbeizulassen.

Mein Nackenhaar stellte sich mit jedem Schritt, der hinter mir hallte und mit dem meinen mithielt, mehr auf.

Jemand war hinter mir. Seit ich aus dem Umkleideraum getreten war.

Die schweren Schritte und das kehlige Keuchen ließen mich annehmen, dass es ein Mann war. Ich schaute rasch nach oben, als ich an einem der Stahlträger über mir vorbeikam, doch derjenige, der mir folgte, tat dies genau im richtigen Tempo. Ich konnte sein Spiegelbild nicht sehen, aber ich konnte ihn hinter mir spüren. Konnte jedes Quäntchen Widerwillen gegen mich fühlen, der durch die feuchte Kälte des Flurs drang und meine Wirbelsäule packte.

Nicht umdrehen, dachte ich und biss die Zähne zusammen.

Geh einfach weiter. Es war nichts, mein Verstand spielte mir einen Streich, wie er es so gern tat. *Es ist nichts. Es ist niemand.*

Doch ich konnte ihn hinter mir lauern fühlen, als versuchten seine Finger, die Gänsehaut glatt zu streichen, die meinen Körper überzog. Das jähe Schnellerwerden meines Herzschlags war nicht aufzuhalten. Ich wusste, wozu ich in der Lage war, und hatte genug Training gehabt, um jemanden abzuwehren, doch alles, woran ich denken konnte, war Blake Howards Schuh, wie er in der Krankenstation von seinen blassen, steifen Zehen herabgebaumelt hatte.

Ich fand die Doppeltür, die ich gesucht hatte, und stürmte ins Atrium, fast außer Atem.

Sie waren gerade dabei, die runden Tische und Klappstühle wieder herzurichten und den Raum erneut zu dem Aufenthaltsraum zu machen, als der er für gewöhnlich diente. Hier und dort sah ich Agenten in ihren besten Trainingsanzügen, die Spielkarten austeilten oder sich im Fernsehen die Nachrichten ansahen oder sogar mit einem aus Einzelteilen zusammengewürfelten Schachspiel zugange waren.

Cate kam durch die gegenüberliegende Tür; ein auffallendes Bild in ihrem ungewöhnlich eleganten dunkelblauen Kostüm. Ihr blondes Haar war zu einem festen Knoten zurückgesteckt. Sie rempelte geistesabwesend einen Agenten an, der an einem Tisch ganz in der Nähe saß, und entschuldigte sich halblaut. Mir war gar nicht klar, dass sie nach jemandem Ausschau hielt, bis ihr Blick auf meinem Gesicht landete.

»Da bist du ja«, sagte sie und kam herübergeeilt, so gut sie es auf ihren hohen Absätzen zuwege brachte. Ich öffnete den Mund, doch sie hob die Hand, um mich zum Schweigen zu bringen. »Ich weiß. Es tut mir leid. Ich hab getan, was ich konnte, um Alban davon abzubringen, aber er hat darauf bestanden.«

»Er ist doch noch nicht sechzehn!«, stieß ich hervor. »Er ist noch nicht so weit – das *wissen* Sie doch, wir alle wissen das! Wollt ihr etwa, dass er der nächste Blake Howard wird?«

Genauso gut hätte ich ihr ins Gesicht schlagen können. Cate fuhr zurück, und ein Ausdruck des Grauens drang durch ihre übliche Maske ruhiger Gefasstheit. »Ich hab's auf einen Streit ankommen lassen, damit er da nicht mitmuss, Ruby. Ich hatte Vida dazu eingeteilt, aber irgendjemand hat Alban eingeredet, dass Jude frühzeitig aktiviert werden sollte. Sie brauchen einen Gelben für das Alarmsystem, und Alban hat gesagt, es hätte keinen Sinn, zwei verschiedene Teams auf einen simplen Einsatz zu schicken.«

Wir zogen ein paar verirrte Blicke auf uns. Cate nahm mich am Arm, lotste mich zu einem leeren Tisch hinüber und zwang mich, mich hinzusetzen.

»Dann müssen Sie sich eben noch mehr Mühe geben«, beharrte ich.

Unser kleiner Sunshine kam mit Stresssituationen nicht gut zurecht, und er neigte dazu davonzuschlendern, um irgendwelche glänzenden Gegenstände näher in Augenschein zu nehmen, wenn er eigentlich Wache halten sollte. Das Einzige, was er über den Umgang mit Schusswaffen wusste, war, dass er das Ende mit dem Loch drin von seinem Gesicht weghalten musste.

»Er wird in ein paar Wochen fünfzehn.« Cate hatte eine Hand auf meine gelegt. »Bestimmt … bestimmt geht alles gut. Das ist ein guter, einfacher Einsatz, um mal die Zehen ins Wasser zu tauchen.«

»Das kann ich doch machen. Wenn's darum geht, irgendwelche elektronische Ausrüstung zu sabotieren, dann kann ich doch …«

»Mir sind die Hände gebunden, Ruby. Ich kann mich nicht

andauernd gegen Alban auflehnen, sonst fängt er an, mich als Problem zu betrachten. Und …« Sie holte tief Luft und strich sich geistesabwesend erst das Haar und dann den Rock glatt. Ihre Stimme klang kräftiger, als sie weitersprach, doch jetzt sah sie mich nicht mehr an. »Mein einziger Trost bei dem Ganzen ist zu wissen, dass er mit dir zusammen sein wird und dass du auf ihn aufpasst. Kriegst du das hin?«

Unter ihren hohen Wangenknochen war die Haut eingefallen, als hätte sie sich gerade erst von einer langen Krankheit erholt. Ich beugte mich vor; jetzt fiel mir auf, wie sich ihr Make-up in den neuen, feinen Falten um ihre Augen abgesetzt hatte – wie dunkel die Ringe unter diesen Augen waren. Sie war erst achtundzwanzig und sah allmählich bereits älter aus, als meine Mutter es getan hatte, als ich sie verließ.

Manchmal fühlte es sich so an wie jetzt, wenn ich auf die echte Cate stieß. Ich würde unser Verhältnis nicht als »gut« bezeichnen, denn es war auf einer Lüge aufgebaut, noch dazu auf einer ziemlich gemeinen. Sie konnte etwas sagen und dabei etwas vollkommen anderes meinen. Aber genau in diesem Moment, als sie sich der Stille ergab, verriet ihr Gesicht mir alles. Ich sah die Anstrengung in ihren Zügen und wusste, dass das, was immer sie als Nächstes sagen würde, mehr den Agenten um uns herum gelten würde als mir.

»Ich muss rauf nach Norden«, sagte sie mit ruhiger Stimme. »Wegen einem Auftrag.«

»Rauf nach Norden«, das hieß die Straßen von Los Angeles. Was bedeutet, dass es wahrscheinlich etwas mit der Federal Coalition zu tun hatte. Cate war jetzt eine Agentin in leitender Funktion. Sie hatte sich ihren Rang verdient. Wenn sie sie da raufschickten, dann, damit sie für Alban etwas Wichtiges erledigte.

»Dann kommen Sie also nicht mit?«, fragte ich.

Cate warf einen raschen Blick hinter mich, auf irgendjemand, den sie dort stehen sah. Ich spürte, wie mir etwas kalt den Nacken hinunterrann, obgleich mein Haar fast trocken war.

»Da bist du ja«, sagte Cate. »Ich wollte Ruby gerade sagen, dass sie bei dem Einsatz in guten Händen ist. Du wirst doch ein wachsames Auge auf meine Kleine haben, nicht wahr?«

»Hab ich das nicht immer?«, fragte Rob mit einem leisen Auflachen.

Cate stand auf; ihr mondbleiches Gesicht leuchtete im künstlichen Licht. »See you later, Gator.«

Das war ihr dämlicher, kindischer Abschiedsspruch, der, den sie uns gegenüber immer brachte, wenn sie fortging. Die anderen hätten nicht gezögert, ihren kleinen Reim zu vollenden; Jude hatte sich dieses kleine Lebwohl ausgedacht, als Wortspiel um ihr Rufsignal. Jetzt brachte ich die Worte kaum heraus.

»In an hour, Sunflower.«

Sobald sie davonging, sah ich Cole am anderen Ende des Raums sitzen, ein Buch vor sich auf dem Tisch aufgeschlagen. Seiner finsteren Miene nach zu urteilen hatte er eindeutig das ganze Gespräch mit angehört.

Du hast gesagt, du würdest ihn beschützen. Gab es denn in der ganzen League wirklich niemanden, dem ich trauen konnte? Auf diese Leute konnte man sich nie verlassen; all ihre Versprechen verschwammen zu Lügen.

Cole schüttelte den Kopf und drehte die Handflächen auf dem Tisch nach oben. Es war eine dürftige, stumme Entschuldigung, aber wenigstens verstand er. Diese eine Figur auf dem Brett zu verschieben reichte aus, um das ganze Spiel zu verändern.

6. Kapitel

Sie schmuggelten Jude und mich am helllichten Tag nach Boston, auf den Passagiersitzen eines bauchigen Transportflugzeugs. Es war ein älteres Modell als das, in dem wir von Philadelphia zurückgeflogen waren, und der Geruch ließ Judes Theorie durchaus möglich erscheinen, dass damit früher einmal Kadaver transportiert worden waren.

Ich betrachtete die gewaltigen Kisten vor uns und versuchte, nicht darauf zu achten, wie sie unter dem Druck der Gurte knarrten, die sie an Ort und Stelle hielten. Alle waren mit dem eleganten goldenen Schwan der Leda Corporation gekennzeichnet; es fühlte sich an wie eine Art grauenhaftes Augenzwinkern des Universums. Der vernünftige Teil von mir wusste genau, dass das nichts zu bedeuten hatte – dass das kein schlimmes Vorzeichen war. Wir flogen andauernd mit Flugzeugen der Leda Corp. Denen war klargeworden, wie nützlich es war, sich sowohl mit Gray als auch mit der Federal Coalition gut zu stellen, was bedeutete, dass sie besondere »Privilegien« bei Reisen von und nach Kalifornien genossen, um ihre Waren zu befördern. So unkooperativ wie eh und je, war Gray auf die geniale Idee gekommen, die Federal Coalition in Kalifornien auszuhungern, indem er dem Bundesstaat sämtliche Im- und Exporte verbot. Unglücklicherweise gab es in Kalifornien das meiste frische Obst und Gemüse, und der Staat hatte leichten Zugang zu dem Öl, das in Alaska gefördert wurde.

Die Federal Coalition jedoch war unser Kuppler. Wir durften auf Flüge wie diesen als Gegenleistung dafür aufspringen, dass wir als ihr Dolch im Finstern fungierten. Alban betrachtete dies als »fairen Tausch« für die Informationen, die wir ihnen im Laufe der Jahre beschafft, und für die unzähligen Einsätze, die wir für sie durchgeführt hatten. Obgleich ich genau wusste, dass er mehr wollte. Um es genau zu sagen: Respekt, Geld und das Versprechen, dass man ihm einen Posten in der neuen Regierung geben würde, wenn Gray erst weg war.

Auf der anderen Seite der in Plastikfolie verpackten Kisten saß Team Beta und lachte über irgendeinen Witz, der im Grollen der Motoren untergegangen war.

Ich drückte die Rücken meiner eiskalten Hände gegen die Augen und versuchte, das Pochen dahinter zu lindern. Das bisschen, was an Hitze im Frachtraum zirkulierte, musste sich unter der Decke festgesetzt haben, denn ich fühlte präzise gar nichts davon. Ich sank tiefer in meinen Sitz und zog den schwarzen Steppmantel so fest um meine Mitte, wie es angesichts des störenden Sitzgurtes ging.

»Tief einatmen«, intonierte Jude, »tief ausatmen. Und tief einatmen, und tief ausatmen. Du sitzt nicht in einem Flugzeug, du schwebst durch den Himmel. Tief einatmen …«

»Ich glaube, man muss auch wirklich atmen, damit das funktioniert«, meinte ich.

Die Maschine sackte durch, nur um einen Moment später wieder in die Höhe zu schnellen.

»Ist das …« Seine Stimme kiekste. »War das normal?«

»Bloß eine kleine Turbulenz«, erwiderte ich und versuchte, mich aus seinem Klammergriff zu lösen. »Das passiert auf jedem Flug.«

Jude hatte sich den Helm eines Teammitglieds auf dem Kopf festgezurrt und trug eine Schutzbrille. Ich brachte es nicht über mich, ihm zu sagen, dass sein Kopf die kleinste Sorge sein würde, wenn das Flugzeug abstürzte.

Großer Gott. Er kam nicht mal mit dem Stress klar, *in einem Flugzeug zu fliegen.*

Das hier war ein Fehler. Ich hätte mir mehr Mühe geben sollen, hätte widersprechen, irgendjemanden überreden sollen, Jude von diesem Einsatz abzuziehen. Im HQ war der Gedanke, ihn auf die Suche nach Liam mitzunehmen, frustrierend gewesen, eine lästige Realitätsdosis, die es zu schlucken galt, jetzt jedoch … jetzt hatte ich einfach nur Angst. Wie sollte er mit dem Druck zurechtkommen, Rob und dem Team Beta zu entwischen, wenn er nicht mal fünf Minuten lang still sitzen konnte? Wenn seine Fantasie bereits seinen Mut gestohlen und sich damit davongemacht hatte?

Vielleicht finde ich ja eine Möglichkeit, ihn bei Barton zu lassen, dachte ich und rieb mir die Stirn. Das Problem war nur, woher wollte ich wissen, dass Barton nicht einer von den Agenten war, die auf Robs Seite standen und sich dafür aussprachen, die Lager anzugreifen? Woher wollte ich wissen, dass nicht jeder seiner Teamgefährten Jude mit Freude eine Kugel in den Kopf jagen würde – als saubere und einfache Lösung?

»Das wird ganz toll. Das wird so was von cool.« Judes Einsatzakte war mit Spritzern dessen gesprenkelt, was er gestern Abend gegessen hatte, und er sah ein bisschen aufgeweicht auf.

Am liebsten hätte ich geschrien. *Geschrien.* Das hier war ein weiteres Maul, das es zu stopfen, ein weiterer Rücken, dem es Deckung zu geben galt. Jude war eine lebendige, menschgewordene Ablenkung. Aber was war die Alternative? Ihn in dieses miese Loch zurückzuschicken und zu hoffen, dass er noch da war, noch am Leben war, wenn ich zurückkam und Cole seinen Plan in die Tat umsetzte?

Nein. Jude war Ballast, Ballast, den ich die ganze Zeit auf

den Schultern würde tragen müssen, aber ich war jetzt stärker. Ich konnte das schaffen. Ich würde Liam finden, und ich würde dafür sorgen, dass beiden nichts zustieß – weil das die einzige Option war. Die einzige, die ich zu akzeptieren bereit war.

»Bartlett. Was glaubst du, was macht der?«, fragte Jude. Die Akte war unter seinen Fingern aufgefächert. »Die anderen Namen kenne ich. Frances ist nett – die hat mir mal einen Schokoriegel geschenkt. Lebrowky kann ich gut leiden, Gold und Fillman auch. Voll coole Typen. Haben mir gezeigt, wie man Solitär spielt. Und den Anführer mag ich auch. Ich bin froh, dass Barton befördert worden ist. Aber wer zum Teufel ist Bartlett?«

»Weiß nicht, ist mir auch egal«, erwiderte ich und blickte unverwandt auf die Medizinkisten vor mir. Ehrlich gesagt wusste ich, wer Bartlett war – irgend so ein Neuer, der sich von der Basis in Georgia hierher hatte versetzen lassen. Ich hatte ein paar Mädchen, Grüne, in der Umkleide darüber reden hören, was für ein »tolles Exemplar« er sei, doch sie hatten mich bemerkt und waren gegangen, ehe ich irgendetwas Nützliches herausfinden konnte.

Jude summte jetzt vor sich hin; einer seiner Füße klopfte einen hektischen Rhythmus auf die Bodenmatten. Der Kompass, der um seinen Hals hing, war aus seiner Jacke gerutscht und pendelte im Takt hin und her. Ich glaube, er hatte während der ganzen fünf Stunden, die wir jetzt in der Luft waren, nicht einmal still gesessen.

»Bartlett ist in West Point ausgebildet worden – glaubst du, das heißt, er ist gut?«

»Wenn du die ganze Personalakte auswendig gelernt hast, wieso fragst du mich dann?«

»Weil Menschen doch mehr sind als das, was auf einem Stück Papier oder in einer Computerdatei über sie steht. Mir ist es eigentlich egal, ob Bartletts Spezialität jetzt Messerkampf ist oder nicht – ich meine, versteh mich nicht falsch, *meine Fresse,* aber ich wüsste eben lieber, warum er sich der League angeschlossen hat, wie er jetzt über diese Entscheidung denkt. Sein Lieblingsessen …«

Bei diesem Wort drehte ich mich zu ihm um, halb erstaunt, halb entgeistert. »Findest du es wichtiger zu wissen, was er am liebsten isst, als wie er dich im Kampf am liebsten umbringt?«

»Na ja, irgendwie ist das doch …«

Ich konnte nichts dagegen machen, und ich konnte es nicht erklären, wieso die Wut mich so schnell und so heiß durchzuckte. »Du willst was über Team Beta wissen?« Ich konnte mein Herz in meinen Ohren hämmern hören. »Die nächsten zwölf Stunden sind das die sechs einzigen Menschen, die dich nicht umbringen wollen. Aber sie müssen dich auch nicht beschützen, vor allem, wenn das den Einsatz stören würde. Also befolg einfach die Befehle des Anführers, und halt den verdammten Ball flach. *Das* ist alles, was du wissen musst.«

»Mann«, antwortete Jude blinzelnd. »Nicht jeder Erwachsene auf der ganzen Welt ist darauf aus, uns zu begraben.«

Meine Zunge saß hinter meinen zusammengebissenen Zähnen fest. *Glaubst du etwa, dich umzubringen ist das Schlimmste, was sie dir antun können?*

»Ich möchte die Leute einfach kennen«, erklärte er. »Was ist verkehrt daran?«

»Na ja, tut mir leid«, erwiderte ich. »Die meisten Leute wollen dich aber nicht kennen.«

»Nein, ich meine …« Er fuchtelte mit den Händen in der Luft herum, als würde er damit das Mysterium dessen offenlegen, was er zu sagen versuchte. »Es ist nur, heutzutage wird man so schnell auf ein paar Basisinfos runtergekocht und in irgendein System hochgeladen, weißt du? Und ich glaube, man kann einen anderen Menschen nie wirklich kennen, wenn man nicht genau hinschaut.« Er hielt inne, reckte den langen Hals und sah sich um, doch unser Einsatzbetreuer spielte gerade Karten mit Frances.

»Schau dir zum Beispiel mal Rob an. Seine Akte ist perfekt. Er war in Harvard, war ein Army-Ranger und dann eine Weile FBI-Agent. Er ist genau eins achtzig groß und wiegt zweiundneunzig Kilo. Er kennt sich mit Schusswaffen aus und spricht ganz passabel Spanisch. Aber dass … Da steht nirgends etwas, das darauf hindeutet, dass er …« Jude ließ den Satz unvollendet. »Ich will nicht einfach nur jemandes Gesicht sehen, ich will auch seinen Schatten kennen.«

Ich glaube, Jude hatte vor Blake noch nie jemanden verloren. Er hatte von Agenten gehört, die bei diesem Einsatz oder jenem Überfall oder jener Explosion umgekommen waren – aber wenn man sich mal in der ganz besonderen Art Schmerz eingelebt hat, die daher rührt, von jemandem getrennt zu sein, den man bis ins Mark seiner Knochen kennt, dann lernt man, es gar nicht erst zu versuchen.

»Ach ja?«, fragte ich. »Und, kennst du meinen Schatten?«

Jude sah weg, dorthin, wo die Absätze seiner geradezu lächerlich großen Stiefel auf der Bodenmatte hopsten. »Nein«, sagte er so leise, dass es fast in den Tausenden von Kilometern kristallblauer Luft unter uns verloren gegangen wäre. »Manchmal glaube ich, ich hab noch nicht mal dein Gesicht wirklich gesehen.«

Das machte mir nichts aus. Das Gefühl wich aus meinen Händen, aber das kam nur von der Kälte, nicht von dem Eis, das irgendwie binnen Sekunden zwischen uns erschienen war. Mein Kiefer verkrampfte sich nur, um meine Zähne am Klappern zu hindern, nicht um irgendeinen hässlichen, hilflosen Laut zurückzuhalten. Ich hatte es nicht nötig, gemocht oder geschätzt oder geliebt zu werden. Ich brauchte keine Freunde, und ganz sicher hatte ich es nicht nötig, dass der Bengel, der einmal das gesamte Computernetzwerk der League hatte abstürzen lassen, weil er über seine eigenen Riesenfüße gestolpert war, versuchte, mich durch Schuldgefühle dazu zu bringen, jemand anderes zu sein als der Mensch, der ich war. Mir fehlte nichts. Mir war nur ein bisschen kalt.

Ich wühlte mich ein klein wenig tiefer in meinen Mantel hinein und sah aus dem Augenwinkel, wie er unruhig umherrutschte. Er wand die Hände umeinander, bis sie ganz rot waren.

»Team Beta ist eine gute Gruppe«, meinte ich schließlich. »Sie behandeln einen anständig, solange man ihre Befehle befolgt. Alpha ist alles egal, also sieh zu, dass du mit einem anderen zusammenkommst, der dir den Rücken decken kann. Delta wird von Farbringer geleitet, und der mag Kids gern.«

»Echt?«, fragte Jude, doch in seiner Stimme war keine Lebendigkeit mehr. Er betrachtete den schwarzen Stoff, der sich über seinen Knien spannte. »Ruby«, sagte er so leise, dass ich ihn im Dröhnen der Maschine fast nicht gehört hätte. »Hat Rob mich für diesen Einsatz ausgewählt, damit er mich umbringen kann?«

Ich war Rob zum ersten Mal begegnet, als Cate mich gerade aus Thurmond herausgeholt hatte. Die beiden League-Agenten hatten verabredet, sich in einer aufgegebenen Tankstelle zu treffen und die Jugendlichen mitzubringen, die sie hatten befreien können. Er hatte behauptet, er hätte seine Kids nicht herausholen können und hätte allein fliehen müssen, um nicht von der Lagerleitung entdeckt zu werden. Cate, die so sehr mit ihm verstrickt war, hatte ihm sofort geglaubt. Aber ein Ausrutscher, eine unachtsame Berührung, und seine Gedanken hatten sich meinen geöffnet. Ich hatte die Wahrheit gesehen.

In jenen Nächten, in denen ich nicht wach lag und von den

Gedanken daran gepeinigt wurde, was wohl aus Liam und Chubs und Zu geworden war, und aus den Mädchen, die ich in Thurmond zurückgelassen hatte, wanden sich Robs Erinnerungen in meinem Kopf. Dann sah ich den Jungen mit der Kapuze über dem Kopf auf dem Boden liegen, wie sein ganzer Körper krampfhaft zuckte, als der Agent aus nächster Nähe auf ihn schoss. Ich sah das Gesicht des Mädchens, sah, wie sich ihre Lippen bewegten, um Gnade flehten, und hörte, wie der Müllcontainer schepperte, als Rob ihren Leichnam hineinwarf. Und am Schluss wachte ich auf, und mir war schlecht, nicht nur wegen der verlorenen Leben, sondern weil es sich anfühlte, als hätte ich sie selbst getötet. Von wegen jemandes Schatten kennen – versucht mal, dieser Schatten *zu sein*.

»Ich muss die ganze Zeit an Blake denken. Ich denke jeden Tag an ihn, andauernd. Wir hätten es jemandem sagen sollen«, meinte er. »Jarvin und die anderen wären rausgeflogen – und die League wäre wieder so geworden wie früher, bevor das passiert ist. Die sind doch die Bösen. Wenn man die loswird …«

So liefen Infektionen nicht immer ab. Manchmal breitete sich die Fäulnis zu weit aus, um sie mit einem einzigen Schnitt zu entfernen. Rob und Jarvin und die anderen waren vielleicht nur einige wenige von vielen. In diesem Moment war ich so sehr versucht, ihm die Wahrheit zu sagen, alles, was Cole mir erzählt hatte, aber ihn in Panik zu versetzen, nur um zu beweisen, dass ich recht hatte, war bei Weitem das Dümmste, was ich tun konnte. Wenn das hier funktionieren sollte, dann durfte er vorher nicht wissen, was geplant war. Ich durfte ihm keine Gelegenheit geben, sich zu verplappern und uns Rob und den anderen gegenüber zu verraten.

»Dir passiert schon nichts«, versicherte ich ihm. »Ich bin die ganze Zeit dabei.«

Er zitterte; ich glaube nicht, dass er auch nur ein einziges

Wort hörte, das aus meinem Mund kam. »Wie konnten die so was machen? Was haben wir ihnen denn getan – warum hassen sie uns so?«

Ich schloss die Augen, als Robs dröhnendes Gelächter die Luft durchschnitt.

»Warum versuchst du nicht, ein bisschen zu schlafen?«, schlug ich vor. »Wir fliegen noch ein paar Stunden. Es gibt doch keinen Grund, dass wir beide müde sein müssen.«

»Okay«, sagte er. »Ich würde nur gern …«

»Was würdest du gern?«

»Können wir lieber weiterreden?«, fragte er, während er unbeholfen die Füße auf den Sitz zog.

»Du hältst es wirklich nicht aus, einfach nur still dazusitzen, nicht wahr? Das macht dich wirklich fertig, stimmt's?«

Es dauerte lange, bis er antwortete, als versuche er, mir zu beweisen, dass ich falschlag. »Nein«, sagte er. »Es ist nur, ich mag Stille nicht. Ich mag das nicht, was ich darin höre.«

Frag nicht. Frag nicht. Frag nicht. »Was denn … zum Beispiel?«

»Meistens höre ich sie streiten«, flüsterte er. »Ich höre, wie er sie anbrüllt und wie sie immer geweint hat. Aber es ist … Ich höre das durch geschlossene Türen. Meine Mom, die hat mich immer in ihren Kleiderschrank gesteckt, weißt du, weil er nicht so jähzornig war, wenn ich nicht zu sehen war. Ich weiß gar nicht mehr, wie sie sich angehört hat, wenn alles normal war, nur noch, wie sie sich dann angehört hat.«

Ich nickte. »Das passiert mir auch manchmal.«

»Ist das nicht so was von irre? Das ist jetzt acht Jahre her, und ich höre sie und denke daran, wie dunkel und eng es war, und es fühlt sich an, als ob ich keine Luft kriege. Andauernd höre ich sie, als würden sie mich verfolgen, und ich kann ihnen nicht entkommen, niemals. Sie lassen mich einfach nicht los.«

Ich wusste, dass er erschöpft war, und ich wusste aus erster Hand, was Erschöpfung mit dem Verstand anstellt. Was für Streiche sie einem spielte, wenn die Abwehrmechanismen einer nach dem anderen ausfielen. Es sind nicht Gespenster, die den Menschen heimsuchen – es sind ihre Erinnerungen.

»Kannst du reden, bis ich einschlafe? Ich meine, bloß bis ich einschlafe. Und kannst du vielleicht niemandem davon erzählen, ich meine, nie?«

»Klar.« Ich lehnte den Kopf gegen die Rückenlehne und überlegte, was in aller Welt ich sagen könnte, um ihn zu beruhigen.

»Da gibt's so eine Geschichte, die mochte ich als Kind total gern«, fing ich leise an, gerade laut genug, dass er mich trotz der Flugzeugmotoren hören konnte. »Von Kaninchen. Vielleicht hast du die ja schon mal gehört.«

Ich begann am Anfang, mit der Flucht. Durch den Wald fliehen und an jeder Ecke neuen Gefahren begegnen, die Verzweiflung, die es mit sich brachte, alle beschützen zu wollen, wenn man sich kaum um sich selbst kümmern konnte. Der Junge mit den bodenlosen schwarzen Augen, der Verrat, das Feuer, der Rauch. Und als mir schließlich klar wurde, dass ich ihm meine eigene Geschichte erzählt hatte, schlief Jude tief und fest, sicher in seinen Träumen geborgen.

Mit Orten wie Boston ist es so: Egal, wie sie vorher waren, egal, was für Firmen dort einst floriert haben, egal, was für eine berühmte Persönlichkeit dort geboren worden war, die Stadt, die die Leute kannten, war verschwunden. Sie waren der geliebte Mensch, den man im Rückspiegel sah, wurden kleiner und kleiner, je mehr Zeit und Abstand man zwischen sie und sich selbst brachte, und sogar ihr Umriss war schließlich nicht mehr wiederzuerkennen.

Rote Ziegelgebäude standen noch immer, doch die Fenster waren eingeschlagen. Das Gras im Stadtpark war an etlichen

Stellen abgestorben, hatte an anderen wild gewuchert und war dort, wo einst Bäume gestanden hatten, schwarz verbrannt. Prachtvolle Villen waren verriegelt und verrammelt; Eis und alter Schnee klebten an ihrem dunklen Mauerwerk. Auf jeder Straße war eine überfüllte Spur, auf der Autos und Fahrräder sich langsam dahinschoben, aber viele der alten, ineinander übergehenden Straßen waren voller behelfsmäßiger Zelte und Menschen, die darin kauerten.

Es war bizarr, hier und da die leuchtend bunten Farbtupfer alter Regenschirme und Kinderbettwäsche zu sehen, die als provisorische Zuflucht aufgespannt waren. Einige der größten Pechvögel waren der eisigen Luft schutzlos ausgesetzt und hatten nicht mehr als einen Schlafsack oder eine Wand zum Anlehnen.

»Das kapier ich nicht«, sagte Jude und starrte durch die getönten Fenster. Keine der Straßenlaternen war an, doch es brannten genug Feuer, dass wir die Szene – und die ersten Schneeflocken – durch die Heckscheiben des Krankenwagens deutlich sehen konnten, den irgendein Krankenhaus so was von hilfsbereit gegen die Leda-Corp-Vorräte eingetauscht hatte, die wir dort abgeliefert hatten.

»Viele Leute haben ihr Zuhause und ihre Wohnung verloren, als der Markt zusammengebrochen ist«, erklärte ich und versuchte, Geduld mit ihm zu haben. »Die Regierung konnte ihre Schulden nicht zurückzahlen, deshalb haben diese Leute ihre Jobs verloren und konnten das, was ihnen gehört hat, nicht mehr behalten.«

»Aber wenn es allen so geht, überall, warum haben die Banken dann nicht einfach alle da bleiben lassen, wo sie waren, bis es wieder besser wird? Sollten wir nicht irgendwas tun, um den Leuten zu helfen?«

»Weil die Welt eben nicht so funktioniert«, rief Rob vom

Fahrersitz her. »Gewöhn dich dran.« Er trug eine dunkelblaue Rettungshelferjacke und schien große Freude daran zu haben, dass er Sirene und Blaulicht einschalten konnte, wenn die Leute auf der Straße ihm nicht schnell genug Platz machten. Neben ihm saß das Mitglied von Team Beta, das dazu eingeteilt worden war, bei unserer Hälfte des Einsatzes zu helfen. Der Mann hieß Reynolds, und ich brauchte bloß einen einzigen Blick auf Judes Gesicht zu werfen, als Rob und Reynolds sich gegenseitig auf den Rücken klopften, um zu wissen, dass er einer der Agenten war, die Jude Pläne gegen uns hatte schmieden hören.

Der Rest des Teams war drei Block vor uns; sie hatten sich alle sieben hinten in einen alten Pick-up gequetscht. Sie waren als Demonstranten verkleidet – Straßenkleidung, struppiges Haar, Baseballkappen, Jacken, die dick genug waren, um die Waffen darunter zu verbergen.

Der Professor, hinter dem wir her waren, wohnte in Cambridge, gleich auf der anderen Seite des Charles River. Harvards medizinische Fakultät, wo er forschte, lag glücklicherweise mitten im Stadtgebiet von Boston. Rob hatte in seiner zweifelhaften Weisheit beschlossen, den Einsatz zu einem Simultanangriff an zwei Fronten aufzuteilen: Team Beta würde sich darum kümmern, das Labor »stillzulegen«, und Jude und ich würden ins Haus der Zielperson einbrechen und ihn zum Verhör »in Gewahrsam nehmen.«

Zumindest dachte Rob sich das so.

Wir fuhren zurück zur Longfellow Bridge und überquerten den Fluss unter Judes eifrigen Fragen über Baseball, was das für ein klebriges Zeug auf dem Boden des Krankenwagens sei und wie wir wieder nach Hause kommen würden, bis Barton sich endlich in unseren Headsets meldete.

»Hier Teamführer, in Position, bereit, Einsatz um zweiundzwanzig Uhr dreißig zu starten. Wie ist Ihr Status, Betreuer?«

»Fünf Minuten bis zum Vogelnest«, antwortete Rob, und ich spürte, wie der Krankenwagen unter mir beschleunigte. Meine Angst suchte sich genau diesen Moment aus, um zu erwachen. Ich setzte mich ein wenig gerader auf, zog die Knie an die Brust und schlang die Arme darum.

»Haben wir Verbindung zur Heimatfront?«

»Hier Heimatfront. Leitung ist sicher, haben beide Einheiten auf dem Schirm. Okay für Start um zweiundzwanzig Uhr dreißig. Satellitenaufnahmen zeigen minimale Störungen bei Ziel Nummer zwei. Betreuer, wir haben erhebliche Aktivitäten in Ihrem Sektor.«

Ich bin mir nicht sicher, wer es mehr zum Kotzen fand zu hören, wie man ihn »Betreuer« nannte, Rob oder ich. Ihm war kein Team aus Kids unterstellt wie Cate, doch jeder, der bei einem Einsatz die Aufsicht über einen jugendlichen Freak hatte, bekam diesen Titel aufgedrückt.

»In der Old Man's Road gibt's eine Protestdemonstration«, sagte Rob. Ich schaute hoch und krabbelte auf allen vieren zum Heckfenster. Er hatte recht. Wir kamen gerade an einem der von Bäumen gesäumten Parks der Universität vorbei. Hunderte, vielleicht sogar Tausende von Leibern drängten sich um ein großes Lagerfeuer herum und achteten nicht auf den Schneeregen, der auf sie niederging. Schilder und Trommeln lagen auf den nahen Schneeflecken verstreut, das Einzige zwischen den Protestierenden und dem kleinen Ring aus mürrischen Polizisten, die sie umstellt hatten. Menschen schienen am Rand des kleinen Parks zu lauern, als hielten sie nach einer Möglichkeit Ausschau, die Linie aus Uniformen und Gewehren zu durchbrechen.

»Wogegen protestieren die denn?«, flüsterte Jude. Sein Atem ließ die Scheibe beschlagen.

Ich antwortete nicht, sondern bedeutete ihm lediglich, sich

zu ducken. Dann begann ich, die Häuserblocks zu zählen, an denen wir vorüberkamen – eins, zwei, drei, vier, fünf.

Der Krankenwagen kam vor dem hübschen kleinen weißen Haus des Professors mit dem grauen Schrägdach ruckelnd zum Stehen. Rob löste seinen Sitzgurt und stand auf; er reckte sich ein wenig, als er nach hinten geklettert kam.

»Wir sind in Position«, verkündete er und drückte die Hand ans Ohr.

Ich merkte, wie sein Blick zu mir herüberhuschte, hielt meinerseits jedoch die Augen fest auf Jude gerichtet, der von Neuem anfing zu zittern.

Der Kleine geht noch drauf, dachte ich und presste Daumen und Zeigefinger gegen die Nasenwurzel.

»Sie haben Startfreigabe«, sagte die Agentin, die den Einsatz im HQ überwachte. »Grünes Licht für Operation Vogelei.«

»Roger«, antwortete Barton, und Rob tat es ihm nach.

Rob sah ein wenig mitgenommen aus, ein dunkler Bart spross entlang seines kantigen Unterkiefers, doch seine Augen waren hellwach. Er warf dem Jungen die zweite Rettungshelferjacke und eine Mütze zu – als könne das die Tatsache verbergen, dass Jude ungefähr zwei Jahre jünger aussah, als er ohnehin war.

»Sag keinen Ton, halt dich an mich, und dann schaff deinen Arsch wieder hierher«, wies er ihn an. Anschließend wandte er sich an mich und setzte hinzu: »Du weißt, was du zu tun hast?«

Unbeirrt erwiderte ich seinen Blick. »Ja.«

Rob braucht Jude, um die Alarmanlage des Hauses lahmzulegen und die Trage zu schieben, um den Professor hinauszubringen, für den Fall, dass irgendwelche Nachbarn neugierig wurden und im falschen Moment die Vorhänge aufzogen. Wir sollten eine lange Fünfzehn-Minuten-Runde durch die Stadt mit ihm drehen, damit ich ihn in einen kooperativen Zustand versetzen konnte, und ihn dann wieder auf dem Gehsteig absetzen, nachdem die Begegnung aus seinem Gedächtnis gelöscht worden war. Falls er sich als schwerer zu knacken erwies, hatte Rob ein sicheres Haus in petto, wo wir ihn hinbringen konnten, um … nun, um schmerzhaftere Überredungsmethoden anzuwenden, nehme ich an.

Rob öffnete die hintere Tür und ließ einen eisigen Luftzug herein. Er und Reynolds zogen die Trage heraus, zusammen mit einer Sporttasche. Jude wand schon wieder die Hände ineinander.

Ich packte ihn am Arm, kurz bevor er hinter Rob aus dem Wagen sprang. »Sei vorsichtig.«

Jude bedachte mich mit einem kleinen Salut und biss die Zähne zusammen, als versuche er sich entweder an einem aufmunternden Lächeln oder gebe sich alle Mühe, sich nicht von oben bis unten vollzukotzen. »Later, Gator.«

Die Tür knallte hinter ihnen zu. *In an hour, Sunflower.*

In all den wilden Fantasien über den Tag, an dem ich endlich meine Siebensachen packen und verschwinden würde, war nichts diesem Moment auch nur annähernd ähnlich gewesen. Ich hatte nicht damit gerechnet, so ruhig zu sein, wie ich mich jetzt fühlte. Als ich das erste Mal vor Rob und Cate davongelaufen war, war die Angst rasch und echt aufgeflammt, hatte meine Füße in Bewegung gesetzt, ehe mein Gehirn sie einholen konnte. Ich hatte nicht gewusst, wo ich hinwollte oder wie ich dort hinkommen sollte. Ich war einfach abgehauen. Es war ein reiner Glücksfall gewesen, dass ich Zu und die anderen gefunden hatte.

Diesmal konnte ich mich nicht auf das Glück verlassen. Ich hatte keine Zeit, Angst davor zu haben, was passieren würde, wenn ich geschnappt wurde. Mit der ruhigen Gefasstheit, die ich empfand, fühlte ich mich so viel stärker als mit irgendeiner jener wilden, ungebändigten Emotionen, denen ich auf der Tankstelle nachgegeben hatte. Ich hatte etwas zu erledigen und Menschen, die ich beschützen musste, und niemand – erst recht nicht Rob Meadows – würde mich davon abhalten, solange Leben und Atem in meinem Körper waren.

Das Licht in der Veranda ging an, als die drei darunter hindurchgingen. Jude schaute rasch über die Schulter zu mir herüber, dann verschwand er um die Veranda herum zu dem kleinen Elektrokasten, der den Strom des Hauses regelte.

Als das Verandalicht ausging und Rob sich über das goldene Türschloss beugte, streifte ich den schweren schwarzen Mantel der League ab, zog ein Feuerzeug und das Taschenmesser heraus, die ich in einer der Taschen versteckt hatte und schob sie in meine Stiefel. Liams alte Lederjacke würde die Kälte nicht lange abhalten, aber da war kein Peilsender drin.

Ich kletterte auf den Fahrersitz und drückte die Tür auf. Meine Stiefel waren gerade im Schnee gelandet, als Jude ums Heck des Krankenwagens kam.

»Was machst …?«

Ich schoss vor und hielt ihm den Mund zu. Seine Augen wurden groß vor Panik, bis ich einen Finger auf die Lippen drückte. Jude war zu durcheinander, um zu begreifen, was vorging. Ich musste ihn am Handgelenk packen und ihn im Schutz des Krankenwagens hinter mir herziehen.

»Wir sind drin«, ertönte Robs raue Stimme in meinem Ohr. »Status, Teamführer?«

»Alles nach Plan, Betreuer.«

Hastig schaute ich zu dem Straßenschild hinauf – Garfield Street – und versuchte, mich zu orientieren. Ich musste so viel Abstand wie möglich zwischen mich und Rob bringen, bevor er merkte, dass wir weg waren. Zu Fuß konnte ich ihn abhängen, ein Auto jedoch konnte ich nicht abhängen – schon gar nicht mit Jude. Wenn wir es zu der Demonstration zurückschafften, konnten wir ihm und Reynolds vielleicht in der Menge entkommen. Rob würde nicht auf die Idee kommen, genau dort nach uns zu suchen, wo es durchaus möglich war, dass wir geschnappt würden. Er war ein Schlägertyp, und zwar ein bösartiger, aber sehr viel Fantasie hatte er nicht.

Jude keuchte neben mir; er sah ein bisschen gestresst aus, ansonsten aber ganz okay. Der Wind riss ihm fast die Mütze weg und zerrte an meiner. Ich zog mir die schwarze Strickmütze fest über die Ohren, bändigte mein langes Haar und dämpfte die Geräusche von beiden Angriffsfronten des Einsatzes.

So etwas wie diese Kälte hatte ich in Virginia nie erlebt. Sie war scharf, ein beharrliches Reißen an jedem Quadratzentimeter entblößter Haut. Ich bemühte mich, schneller zu rennen, blinzelte Tränen und kleine Schneewolken weg, doch Jude konnte ohnehin schon kaum mithalten. Eisplacken knackten unter meinen Füßen, unter dem alten Schnee verborgene Äste brachen, als ich durch die Bäume zwischen den Häusern und Gebäuden stapfte. Nach Süden, nach Süden, nach Süden – ich musste nur immer weiter nach Süden marschieren, dann würde ich Harvard Yard und die Demonstranten finden und entkommen.

»Zielperson in Gewahrsam. Tangerine, ist das Gebiet sicher?«

Jude drängte in wilder Angst mit einen Ruck auf mich zu, doch ich schüttelte warnend den Kopf.

Robs Stimme fuhr an meinem Rückgrat hinab wie ein Streichholz an einer Streichholzschachtel. Das Feuer, das sie entzündete, war klein, doch es brannte sich durch den festen Griff, in dem ich meine Stimme hielt. »O ja«, sagte ich, nachdem ich den Finger gegen das Headset gedrückt hatte. »Die Luft ist rein.«

Ich wusste genau, wann Rob die Tür des Krankenwagens

öffnete, wusste, wann er feststellte, dass wir fort waren. Totenstille herrschte plötzlich an seinem Ende der Leitung, obwohl HQ und Barton Updates verlangten. Ich sah es vor mir, wie sein kalkweißes Gesicht vor Anstrengung, seine Wut im Zaum zu halten, rasch dunkelrot anlief. Ein leises Lächeln bog meine Mundwinkel nach oben. Er konnte nicht nach mir rufen, ohne zu offenbaren, dass ich ihm abhandengekommen war. Die allerwichtigste Aufgabe eines Betreuers war, auf die Freaks in ihrer Obhut aufzupassen.

»Tang…«, setzte Reynolds an, nur um abrupt abgewürgt zu werden.

»Hey, Rob«, sagte ich mit leiser, ruhiger Stimme. Ich sah das Licht des Lagerfeuers im Park vor mir, den orangeroten Schein am Himmel. Jude bekam mich hinten an der Jacke zu fassen, seine langen Finger krallten sich in das Leder, während er sich abmühte, mit mir Schritt zu halten. Es schneite jetzt heftiger. Ich zog mir die Kapuze des Fleecepullis, den ich unter der Jacke trug, über den Kopf, steckte die Hände in die Taschen und überquerte die letzte Straße. »Ich hab mal eine Frage an dich.«

»Ruby«, flüsterte Jude. »Was machen wir eigentlich? Wo gehen wir hin?«

»Tangerine, keine nicht einsatzrelevanten Funkübertragungen«, ließ sich Bartons Stimme vernehmen.

Gut. Ich wollte, dass er das hörte. Ich wollte, dass sie alle es hörten.

Der Ring aus Polizisten und Nationalgardisten war aufgebrochen worden, und die Demonstranten, die sich darin versammelt hatten, strömten an ihnen vorbei, mit Schildern in den Händen und dröhnenden Trommeln. Ein Mitternachts-Protestmarsch, nahm ich an, allerdings hatte ich keine Ahnung, um was es ging. Und nach den unterschiedlichen Schildern zu urteilen, die ich dort sah, wussten sie auch nicht so recht, gegen was sie eigentlich protestierten. Gegen die Einberufung, die sie zum Dienst bei den PSFs zwang? Gegen Präsident Grays mangelnde Bereitschaft, mit der West-Coast-Regierung zu verhandeln? Gegen diesen Allgemeinzustand der Schrecklichkeit, der sich wie Gift über das ganze Land ausbreitete wie die Luftverschmutzung über Los Angeles?

Die meisten der Gesichter um uns herum waren jung, doch es waren keine Teenager. Ein erheblicher Anteil der Colleges und Universitäten des Landes war wegen fehlender finanzieller Mittel geschlossen worden, doch wenn ein paar noch Geld übrig hatten, dann war Harvard wohl eine davon.

WIR SIND EURE MÜDEN, EURE ARMEN, EURE GEKNECHTETEN MASSEN, stand auf dem Schild direkt neben mir.

Ich ließ sie vorausgehen, blieb zurück, damit die anderen die Sprechchöre nicht so leicht über Funk hören konnten. Dann wartete ich, bis sie den Platz verlassen hatten, ehe ich das Headset abermals berührte, um das Mikrofon zu aktivieren.

»Ich will nur wissen – wie hießen die beiden eigentlich?«

»Tangerine.« Robs Stimme klang gepresst und ein wenig außer Atem. »Ich hab keine Ahnung …«

»Tangerine, keine nicht einsatz…« Die Frau im HQ schien auch nicht besonders erfreut über mich zu sein.

»Was ist da los, Betreuer?« Barton hörte also noch zu.

»Die beiden Kids, die du aus dem Lager geholt hast, an dem Abend, bevor wir uns kennengelernt haben«, sagte ich und blickte unbeirrt geradeaus, auf einen jungen Mann mit Dreadlocks, der uns alle voranwinkte. »Der Junge und das Mädchen. Du erinnerst dich doch bestimmt noch an sie – hat sicher eine Menge Mühe gemacht, sie rauszuholen und ihnen dann noch so die Hände und Füße zu fesseln.«

Jude starrte mich an, die dunklen Brauen verwirrt zusammengezogen.

»Für mich ergibt das einfach keinen Sinn. Du hast sie rausgeholt, und dann hast du sie da in der Gasse umgebracht und sie dagelassen – warum? Was sollte das? Was haben sie gesagt oder getan, das dich so wütend gemacht hat? Das Mädchen hat dich angefleht. Sie wollte nicht sterben, aber du hast sie aus dem Lager geholt, und du hast sie exekutiert. Dem Jungen hast du nicht mal die Kapuze abgenommen.«

Ich ballte die Hände zu Fäusten, damit sie aufhörten zu zittern. Und in jenem kurzen Augenblick war es plötzlich Albans Stimme, die knisternd in meinem Ohr ertönte. »Was geht da vor?« Er holte tief Luft. »Ich will, dass ihr euch beide mit dem Teamführer trefft. Wenn ihr nicht mit dem Betreuer ins HQ zurückkommen wollt …«

»Wir kommen erst ins HQ zurück«, verkündete ich, »wenn er weg ist, und zwar für immer.«

Es war ein gefährliches Spiel; wenn Alban den Köder schluckte und Rob rausschmiss, war es trotzdem durchaus möglich, dass andere aus seinem mörderischen Rudel sich an den Jugendlichen im HQ rächten. Aber – *aber* – jetzt, da Alban wusste, dass Rob den Kids feindlich gesinnt war, würden er und die Agenten, denen wir trauen konnten, auf der Hut vor dergleichen sein, zumindest die nächsten paar Wochen. Jarvin und die anderen Verschwörer würden sich jetzt sicherer fühlen, da sie wussten, dass Jude fort war und sie nicht verpfeifen konnte. Und ich brauchte ja keine Ewigkeit – ein paar Wochen, und ich würde wieder da sein, mit allem, was wir brauchten, um sie zu vertreiben.

»Hör zu, Rob, ich will nur ihre Namen wissen. Ich will wissen, ob du dir überhaupt die Mühe gemacht hast, sie danach zu fragen, bevor du sie umgebracht hast.«

»Hältst du das hier für ein Spiel? Hör auf zu lügen, verdammt noch mal! Wenn ich dich finde …«

»Du solltest lieber hoffen, dass du mich nie findest«, erwiderte ich; jedes Wort war in Eis gehüllt. Ich brauchte nicht einmal die Augen zu schließen, um das Gesicht jenes Mädchens vor mir zu sehen. Ich fühlte sie neben mir, die Augen offen und für alle Zeit auf den Pistolenlauf und die Hand gerichtet, die ihn so ruhig hielt. »Denn das, was ich dann mit dir mache, wird viel schlimmer sein, als eine Kugel in den Kopf zu kriegen.«

Ich wartete die Antwort nicht ab, sondern riss mir das Headset herunter und ließ es fallen, ließ es von den Füßen hinter mir in Stücke zertreten und verstreut werden. Dann winkte ich Jude, mir zu folgen, und joggte los, um zu den Demonstranten aufzuschließen. Wir wurden in die Menschenflut hineingezogen, die sich die breite Massachusetts Avenue hinunter ergoss. Von allen Seiten wurde ich angerempelt – Arme fuchtelten, Menschen schrien und brüllten, und sicherer war ich seit Monaten nicht mehr gewesen. Rasch warf ich einen Blick nach hinten, als ich vorwärtsmarschierte, suchte nach Judes blassem Gesicht – dort war er, die Augen weit aufgerissen, Wangen und Nase rosig von der gnadenlosen Kälte. Ich trieb auf einer Welle brodelnder Energie und Kontrolle dahin; ich hatte uns beiden die Flucht ermöglicht, und jetzt sah uns niemand auch nur genauer an.

Ich fühlte, wie Jude mich abermals an der Jacke packte und uns mit dem Strom der Menge voranschob. Die Trommeln vor uns hämmerten einen wilden Rhythmus, und zum ersten Mal verspürte ich ganz leise Panik. Mir war, als riefe jemand hinter mir meinen Namen, doch selbst die Sprechchöre wurden von der Wut übertönt, die meinen Verstand erfasst hatte.

Die Menge um mich herum wuchs noch immer an, und je weiter sie die Straße hinunterzogen, desto mehr gerieten sie anscheinend in Rage. Derselbe Chor sang in ihrem Blut. *Mehr, mehr, mehr, mehr.* Das war das Einzige, was sie gemeinsam hatten. Das Einzige, was sie alle wollten. Mehr zu essen, mehr Freiheit, mehr Geld, mehr …

Fast augenblicklich wurde mir klar, wohin wir marschierten: zurück ins Herz von Boston. Die Massachusetts Avenue Bridge war direkt vor uns – und auch die vertrauten rotblauen Lichter der Polizeiwagen, die sie blockierten.

Die Demonstranten hielten nicht an.

Polizisten in Kampfmontur standen dort; Nationalgardisten zielten auf die Menge, und nicht einer der Demonstranten hielt im Vorwärtsmarschieren inne. Ich wurde von der Wucht der zermalmenden Woge hinter mir vorangeschoben.

Der Polizist im Zentrum dieses Aufmarschs, ein grauhaariger alter Mann, der uns ungerührt entgegenstarrte, hob ein Megafon. »Hier spricht Sergeant Bowers vom Boston Police Department. Sie verstoßen gegen das Gesetz, Mass General, Paragraf 266, Absatz 120, was eine Verhaftung rechtfertigt. Dies ist eine widerrechtliche Versammlung, und ich fordere Sie auf, sofort friedlich auseinanderzugehen. Wenn Sie nicht sofort friedlich auseinandergehen, werden Sie verhaftet. Dies ist Ihre einzige Warnung.«

Ich sah nicht, wie der erste Stein geworfen wurde. Ich sah nicht einmal den zweiten und dritten. Doch ich hörte das Klappern, mit dem sie gegen die Schilde der Einsatzkräfte prallten.

»Dann schießt doch!«, brüllte jemand. »Schießt doch! Schießt doch! *Schießt doch!*«

Die Mädchen um mich herum griffen die Worte auf und fingen an, sie gellend hinauszuschreien. »Feuer! Feuer! Feuer!«, war der einzige Rivale dieses Sprechchors.

Ich trat einen Schritt zurück, bahnte mir mit den Ellenbogen einen Weg durch das vibrierende Gedränge. Die wollten, dass die Polizei das Feuer auf sie eröffnete? Um etwas zu beweisen, oder …

Um es auf Video festzuhalten. Ich sah die Handkameras, die sie mit steifen, halb erfrorenen Fingern umklammerten. Die Schneeflocken blieben an den gläsernen Augen der Kameras hängen, die der Flugbahn jedes Steins, Schneeballs und Ziegelbrockens folgten, der auf die Männer und Frauen in Uniform geschleudert wurde. Ich duckte mich, die Arme über dem Kopf, während ich mich nach hinten durchkämpfte. Ein verirrter Ellenbogen knallte gegen meinen Hinterkopf, und das war genug, um mich aus meiner Benommenheit zu reißen.

Ich griff hinter mich und packte Judes Arm, während ich mich umdrehte – doch die Hand, die meine Jacke festhielt, gehörte einer kleinen Asiatin mit dicker schwarzer Brille, die anscheinend ebenso verblüfft war, mich zu erblicken, wie ich sie.

»Entschuldigung!«, schrie sie. »Ich dachte, du wärst meine Freundin.«

Verdammt. Ich wirbelte herum und ließ den Blick über die Menge in der Nähe wandern. *Wo steckt er?*

Der Schuss war das Einzige, das laut genug war, um die Sprechchöre zu übertönen, das Einzige, das stark genug war, sie zum Schweigen zu bringen. Das Mädchen und ich sprangen beide zurück, wurden aber von den Menschen, die hinter uns immer noch vorwärtsmarschierten, grob beiseitegestoßen. Vielleicht hatte der Polizist oder Soldat gedacht, die Drohung würde die Menge auseinanderstieben lassen, doch der Schütze hatte die Wut, die diese Menschen antrieb, ernsthaft unterschätzt.

Die Demonstranten in den vordersten Reihen waren offensichtlich an solche Einschüchterungsversuche gewöhnt. Ich schaute über die Schulter; sie rempelten gegen die durchsichtigen Schilde, die ihnen den Weg versperrten, schwärmten über die Kühlerhauben der Polizeiwagen. Diejenigen, die Pech hatten, wurden zurückgerissen und mit Schlagstöcken niedergeknüppelt.

»Jude!«, rief ich, und das schlechte Gewissen ließ mich fast zusammenbrechen. *»Jude!«*

Die erste Tränengaspatrone entleerte sich mit unheilvollem Zischen, doch das reichte nicht, um die Menge auseinanderzutreiben. Sie stürmten im Laufschritt auf die Polizisten zu. Ich spürte, wie jemand versuchte, mich am Arm zu packen und mich wieder herumzuzerren, damit ich mich mit ihm zusammen dem Angriff stellte, doch ich riss mich los.

Mieser Plan, dachte ich und würgte in der vergifteten Luft. *Ganz, ganz mieser Plan, Ruby.*

Dann war es reines Glück, dass ich ihn erblickte; ich hatte mich gerade in die Gegenrichtung wenden wollen und erhaschte aus dem Augenwinkel einen flüchtigen Blick auf einen lockigen Haarschopf.

Die blaue Rettungshelferjacke flatterte im Wind, der eine Ärmel war eingerissen. Jude stand auf Zehenspitzen und hielt sich mit einer Hand an der nächsten Straßenlaterne aufrecht, die andere hatte er um den Mund gelegt, während er wieder und wieder *»Ruby! Ruby!«* brüllte.

Jetzt sah ich, wie Furcht die Angst in Chaos verwandelte. Judes Gestalt verschwand aus meinem Blickfeld, verhüllt von einer Tränengaswolke, verborgen hinter einer jähen Masse fliehender Leiber, die versuchten, den Gewehren und dem Rauch zu entkommen, von der Brücke zu flüchten. Menschen schrien, und das Schießen hatte nicht aufgehört. Es war auch neuer Lärm zu hören – ein Hubschrauber, der über uns schwebte und mit einem Scheinwerfer auf uns herableuchtete. Seine wirbelnden Rotorblätter vertrieben einen Teil des Qualms, machten den Weg für die Nationalgarde frei, um auf uns loszustürmen. Zum ersten Mal bemerkte ich mehr als eine schwarze Uniform in dem Gemenge.

Wäre es ein wolkenloser Abend gewesen, hätten meine Augen nicht wie wild geträn, hätte ich außer dem Donnern meines eigenen Herzens noch irgendetwas hören können, so hätte ich es früher gemerkt. Die Luft schien an meiner Haut zu vibrieren, und ich roch einen Hauch Ozon, eine Sekunde zu spät, um etwas dagegen unternehmen zu können.

»Jude, nicht!«

Die Laternen entlang der Straße begannen zu summen; ihr orangegelbes Licht wurde zu grell glühendem Weiß, kurz bevor sie alle auf einmal explodierten und einen Schauer aus Glasscherben und Funken auf die ohnehin schon verängstigten Demonstranten niederregnen ließen.

Ich weiß nicht genau, ob irgendjemand begriff, was Jude war, jedenfalls nicht bevor in den nahe gelegenen Gebäuden nach Jahren der Finsternis sämtliche Lichter auf einmal angingen.

Ich erreichte ihn einen halben Augenblick vor dem Nationalgardisten und seinem Gewehr, rammte ihm die Schulter gegen die Brust und riss uns beide zu Boden. Der Aufprall presste mir die Luft aus der Lunge, doch ich kam hastig wieder hoch, schützte ihn mit dem Körper vor dem Gewehrkolben des Soldaten. Mit einem Schlag krachte er gegen meinen Schädel und ließ mich in Dunkelheit hinabtrudeln.

7. Kapitel

Der Boden unter meiner Wange brummte, ein gedämpftes Rumpeln, das den dumpfen Schmerz in meinem Gehirn noch unterstrich. Ganz allmählich kehrte das Gefühl in meine Glieder zurück. Ich holte tief Luft, versuchte, mir den Geschmack von Eisen und Salz von der Zunge zu schlucken. Verfilztes Haar klebte mir in dicken Klumpen im Nacken. Ich wollte die Hand heben und es wegschieben, stellte jedoch fest, dass meine Hände hinter mir festsaßen; etwas Scharfes grub sich dort in die Haut.

Meine Schulter tat weh, als ich mich auf dem schmutzigen Boden des Lieferwagens herumdrehte. Es war dunkel hier hinten, doch hin und wieder drang ein bisschen Licht durch das Drahtgitter, das die Vordersitze vom Rest des Fahrzeugs trennte. Gerade genug, um erkennen zu können, dass der uniformierte Fahrer und der Mann auf dem Beifahrersitz beide Schwarz trugen.

Verdammt. Mein Herzschlag dröhnte mir in den Ohren, doch ich empfand keine Furcht, erst als ich Jude bolzengerade auf einer der Bänke sitzen sah, die Hände gefesselt und mit einem Knebel im Mund.

Obwohl die PSFs mich gefesselt hatten, hatten sie mich nicht geknebelt, aus welchen Gründen auch immer – wahrscheinlich weil ich bereits bewusstlos gewesen war. Dafür war ich dankbar. Galle stieg mir in die Kehle, brannte hinten im Rachen, und die einzige Möglichkeit, das Ganze noch schlimmer zu machen, wäre, an meinem eigenen Erbrochenen zu ersticken. Ich konnte spüren, wie die Angst in meinem Inneren anwuchs, zu einem langsamen, stetigen Takt wurde. *Nicht wieder ins Lager, nicht wieder ins Lager, ich kann da nicht wieder hin, nicht wieder ins Lager.*

Krieg dich ein, befahl ich mir. *So nützt du niemandem was. Reiß dich zusammen.*

Ich konnte meinen Kiefer nicht dazu bringen, sich zu bewegen, etwas zu sagen, um Jude auf mich aufmerksam zu machen. Mehrere kostbare Augenblicke vergingen, bis er überhaupt merkte, dass ich wach war, und als er das sah, fuhr ein gewaltiger Ruck der Überraschung durch seinen ganzen Körper. Er versuchte vergeblich, sich mit der Schulter den Stoffknebel aus dem Mund zu reiben. Ich schüttelte den Kopf. Wenn wir irgendetwas unternehmen wollten, dann mussten wir dabei leise sein.

Judes Angst war etwas Reales, Lebendiges. Schwarz und drohend hing sie über seinen Schultern. Er fing an, heftig zu zittern, warf den Kopf hin und her, rang verzweifelt nach Luft.

Er hat eine Panikattacke. Der Gedanke war ruhig und gewiss, und ich war überrascht, wie viel Entschlossenheit er durch meine Adern strömen ließ.

»Es ist alles okay«, flüsterte ich und hoffte, dass die Typen da vorn mich bei dem Gebrabbel ihrer Funkgeräte nicht hören konnten. »Jude, sieh mich an. Du musst dich beruhigen.«

Er schüttelte den Kopf, und ich konnte seine Gedanken so klar und deutlich lesen, als wäre ich tatsächlich in seinem Kopf. *Ich kann nicht, nicht hier, nicht jetzt, o Gott, o Gott, o Gott.*

»Ich bin ja bei dir«, versicherte ich ihm und zog die Knie hoch an die Brust. Es tat weh, aber ich schaffte es, meine Arme über die Beine zu ziehen, sodass meine gefesselten Hände vor mir waren.

»Hol Luft durch die Nase, ganz tief«, wies ich ihn an. »Und lass sie wieder raus. Du bist okay. Uns passiert nichts. Du musst dich nur beruhigen.«

Und zwar bald. Meine Gedanken liefen im Kreis, überlegten krampfhaft, wo das nächste Lager war. Upstate New York? Gab es da nicht eins in Delaware, weit draußen, in der Nähe einer ganzen Stadt aus aufgegebenen Bauernhöfen? Wo waren wir gerade?

Ich hielt Judes Blick mit meinem fest. »Ganz ruhig«, sagte ich. »Du musst dich konzentrieren. Du musst den Wagen anhalten. Erinnerst du dich noch an Saratoga?«

Wenn ich über die Trainingsmethoden der League etwas Gutes sagen konnte, dann, dass die Ausbilder kreativ waren. Oft hatten sie ein übernatürliches Gespür dafür, in was für Situationen wir uns irgendwann einmal wiederfinden würden, und dazu hatte auch ein Übungsdurchgang in fast exakt diesem Szenario gehört. Bei dieser Simulation waren Vida, Jude und ich auf einem Pseudo-Einsatz in Saratoga gewesen und waren als Geiseln genommen worden. Vida und ich hatten uns den Weg aus dem Lieferwagen freigekämpft und waren am Schluss beide »tot« gewesen, auf der Flucht erschossen. Ausbilder Fiore erklärte uns alles, was wir hätten machen sollen, dazu gehörte auch, dass Jude etwas anderes tat, als hinten im Wagen zu kauern.

Ich sah, wie er tief durchatmete und nickte.

Als ich mit Zu unterwegs gewesen war, hatte die größte Hürde für sie darin bestanden, ihre Gelb-Kräfte unter Kontrolle zu bekommen. Den größten Teil unserer gemeinsamen Zeit hatte sie Gummihandschuhe getragen, um nicht irgendwelche Maschinen oder unser Auto lahmzulegen, aber wir hatten zweimal erlebt, wie sie ohne diesen Schutz gegen ihre aufgeladene Berührung die Kontrolle verloren hatte. Jude dagegen – der war gut ausgebildet. Er hatte davon profitiert, andere Gelbe um sich zu haben, die bereit waren, ihm zu helfen, etwas zu lernen. Obgleich er in einem Tempo operierte, das zehnmal schneller war als das aller anderen um ihn herum, behielt er seine Kräfte im Griff. Die Szene dort draußen auf der Demonstration war das erste Mal gewesen, dass ich ihn hatte entgleisen sehen, und auch noch auf so gewaltige, schreckliche Art und Weise.

Er schloss die Augen, und ich rollte mich auf die Knie und versuchte, mich einzustemmen.

Ich spürte die gewaltige Elektrizitätswoge, fühlte, wie sie über die Härchen an meinen Armen waberte. Sie knisterte in meinen Ohren, erhitzte die Luft, bis sie weiß glühte.

Das war zu viel für die Batterie des Lieferwagens. Das Fahrzeug bebte nicht einmal, als es abstarb; es war, als wäre es gegen eine unsichtbare Mauer gekracht. Ich rutschte durch den Ruck auf das Gitter an der Vorderseite zu. Die beiden PSFs schrien verblüfft auf.

Doch ich hatte das Ganze nicht zu Ende gedacht. Autos waren an der Ostküste dank der aberwitzig hohen Benzinpreise und der Unterhaltskosten selten. Ich war einfach davon ausgegangen, das niemand sonst hier unterwegs sein würde, dass der Lieferwagen einfach anhalten und ich eine Möglichkeit finden würde, die PSFs einen nach dem anderen auszuschalten.

Ich sah das grellweiße Licht im selben Moment heranfluten wie die PSFs. Die Wucht, mit der der Schwerlaster den Kühler streifte, riss unseren Lieferwagen schnell und unkontrolliert herum. Die Airbags gingen auf, mit einem Geruch, als brenne irgendetwas. Ich knallte gegen die Bank gegenüber von Jude, der auf den Boden kugelte.

Der Lieferwagen kippte auf die beiden rechten Räder, und den Bruchteil einer Sekunde lang war ich mir sicher, dass wir uns gleich überschlagen würden, und das wäre dann das Ende der Geschichte. Stattdessen krachte der Wagen wieder auf alle vier Reifen hinunter. Durch das Zischen des qualmenden Motors und die Flüche, die der eine PSF brüllte, hörte ich die Reifen des Lasters kreischen, als er schliddernd zum Stehen kam.

»Flowers, Flowers!«

Ich schüttelte den Kopf und versuchte, die Doppelbilder zu vertreiben, während meine Hände den Boden nach Jude abtasteten. Sie hielten erst inne, als sie auf seinen knochigen Fuß stießen und ich spürte, wie er daraufhin zuckte. Am Leben. Es war zu dunkel, um zu sehen, ob er unversehrt war.

»Flowers! Verdammt noch mal!«

Wäre es irgendjemand anderes gewesen als die PSFs, so hätte mir der Ärger, den wir ihnen beschert hatten, vielleicht leidgetan. Einer der uniformierten Männer – Flowers, nahm ich an – war in seinem Sitz nach vorn gesackt; sein Airbag, aus dem langsam die Luft entwich, war blutverschmiert.

»Scheiße!« Der Fahrer drosch auf das Lenkrad ein. Dann tastete er auf dem verzogenen Armaturenbrett herum, bis seine Finger sich um das Funkgerät schlossen. Doch Jude hatte ganze Arbeit geleistet. Sämtliche Elektronik im Umkreis von fünfzehn Metern war verschmort. Der Mann versuchte immer wieder, das Gerät einzuschalten, sagte immer wieder: »Hier ist Moreno, hört ihr mich?«

Dann erinnerte sich der PSF wohl wieder an die Vorschriften, denn er griff hinüber und drückte mit Gewalt die Tür auf, sprang in den Schnee hinaus. Er musste dafür sorgen, dass wir in sicherem Gewahrsam waren, sich vergewissern, dass uns nichts passiert war.

Ich war bereit für ihn.

Meine Beine zitterten wie die eines Fohlens, als ich über Judes lang ausgestreckten Köper hinweghechtete und vor dem Soldaten an der Tür war. Er hielt seine Pistole in der einen Hand, doch die andere brauchte er, um die hintere Tür zu entriegeln. Ich hielt sein Gesicht zwischen meinen Händen, noch ehe er überrascht nach Luft schnappen konnte.

Der Soldat namens Moreno war so durcheinander, dass sein Gehirn sich nicht allzu sehr zur Wehr setzte. Die Kontrolle zu übernehmen war leicht, es ging ganz glatt, ohne das leiseste Schmerzwimmern meines Verstandes.

»Nimm uns die Handschellen ab«, befahl ich ihm. Dann wartete ich, bis er hinaufgriff, um genau das zu tun, und riss ihm dann die Pistole aus der Hand. Jude stöhnte selig auf, als das Metall der Handschellen sich löste.

»Dreh dich um, und geh wieder in Richtung Boston. Bleib nicht stehen, bis du den Fluss erreicht hast. Verstanden?« Mein Finger bog sich um den Abzug der Pistole.

»Nach Boston zurückgehen«, wiederholte er. »Nicht anhalten, bis du am Fluss bist.«

Ich spürte Jude hinter mir, fühlte, wie er schwankte, doch ich hielt die schwarze Pistole weiter auf den Kopf des PSFs gerichtet, als dieser in die Nacht hinein davonging und in den wirbelnden Schneewolken verschwand. Meine Arme begannen zu zittern, sowohl von der eisigen Luft als auch vor Anstrengung, mich aufrecht zu halten.

Der Lastwagenfahrer ließ sich Zeit, doch schließlich tauchte er neben dem Fenster der Fahrertür auf und klopfte dagegen. »Alles okay? Ich hab Hilfe gerufen.«

Ich bedeutete Jude mit einer Geste zurückzubleiben. Der PSF war immer noch zu sehen, während er den Highway hinunterging, trotz seiner dunklen Uniform und der schwarzen Straße. Der Lastwagenfahrer erblickte ihn sofort. Ich zählte seine Schritte, als er hinter ihm herrannte und rief: »Hey! Wo wollen Sie denn hin? Hey!«

Beim Anblick des Lastwagenfahrers streifte Jude sich die Handschellen von den zitternden Händen, und sie klapperten, als sie zu Boden fielen. Als der Mann herumfuhr, wartete ich bereits auf ihn, die Pistole erhoben und fest im Griff. Das Gesicht des Lastwagenfahrers wurde kalkweiß unter dem dunklen Bart. Einen Augenblick lang taten wir nichts anderes, als einander anzustarren, während Schnee in seinem langen Haar hängen blieb. Seine Jacke war leuchtend rot kariert und passte zu der Strickmütze, die er sich tief über die Ohren gezogen hatte. Langsam hob er die Hände.

»Kinder«, setzte er mit zitternder Stimme an, »o mein Gott – seid ihr …«

Judes Hand fasste meine Schulter fester. »Ruby …«, begann er unsicher.

»Verschwinden Sie«, sagte ich und deutete mit einem Kopfnicken auf die Pistole in meinen Händen.

»Aber die nächste Stadt ist doch kilometerweit weg.« Ich sah, wie sich der Mann entspannte; seine Hände sanken jetzt, da der Schreck sich gelegt hatte. Er dachte eindeutig, dass ich nicht fähig oder gewillt sein würde, auf ihn zu schießen, wenn es darauf ankam. Ich wusste nicht, ob ich deswegen wütend oder dankbar sein sollte. »Wo wollt ihr denn hin? Braucht ihr eine Mitfahrgelegenheit? Ich hab nicht viel zu essen, aber … aber es wäre warm, und …«

Vielleicht dachte der Lastwagenfahrer ja, er wäre freundlich. Jude war ganz offensichtlich dieser Meinung; ich bekam ihn gerade noch hinten an der Jacke zu fassen, damit er nicht aus dem Lieferwagen sprang und dem Mann in rührseliger Dankbarkeit um den Hals fiel.

Oder vielleicht wollte der Lastwagenfahrer auch die zehntausend Dollar pro Nase, die er bekommen würde, wenn er uns auslieferte.

»Ich will, dass Sie *verschwinden*«, sagte ich und entsicherte die Pistole. »Hauen Sie ab.«

Ich merkte, dass er noch etwas sagen wollte, doch die Worte blieben ihm im Hals stecken. Der Mann schüttelte den Kopf, einmal, zweimal, und nickte mir schwach zu. Jude gab einen erstickten Protestlaut von sich und streckte die Hand in seine Richtung, als könne er ihn zwingen, stehen zu bleiben. Der Lastwagenfahrer drehte sich langsam um und ging noch langsamer davon.

»Warum hast du das gemacht?«, rief Jude. »Er wollte uns doch nur helfen!«

Ich hatte keine Zeit für Erklärungen, nicht wenn der Drang zu fliehen in meinen Adern sang. Die Nacht war lang, und die Schneewehen in dem dichten Wald um uns herum waren makellos. Wir würden schnell sein und unsere Spuren verwischen müssen.

»Wir helfen uns selbst«, sagte ich und führte ihn in die Dunkelheit.

Die fernen Lichtpunkte der Autoscheinwerfer auf dem Highway trugen nicht dazu bei, die Kälte zu lindern. Ich hoffte immer noch, auf ein brauchbares Auto zu stoßen, doch bei jedem Wagen, der an diesem Teil der Straße stehen gelassen worden war, war die Batterie tot oder der Tank leer. Nach fünf Minuten im Laufschritt durch den knietiefen Schnee im nahe gelegenen Wald, immer entlang der Straße, die ich für die Mautstraße hielt, tauchte schließlich ein Ausfahrt-Schild für Newton, Massachusetts, auf, und dann noch eins, das mir verriet, dass es noch dreiundsiebzig Kilometer bis Providence, Rhode Island, waren.

Folgendes war mir über den Bundesstaat Rhode Island bekannt: Er lag südlich von Massachusetts. Also nach Providence. Und dann würde ich nach einem Schild Ausschau halten, auf dem stand, wo es nach Hartfort ging, der einzigen Stadt in

Connecticut, die ich kannte, und dann nach einem, auf dem New Jersey stand. Und so würden meine vier Jahre Schulbildung mich die Ostküste hinunterbringen, zumindest bis ich ein gottverdammtes Auto und eine gottverdammte Karte auftreiben konnte.

»Warte doch mal«, japste Jude und schnappte nach Luft. »Warte, warte, warte.«

»Wir müssen uns mehr beeilen«, warnte ich. Ich hatte ihn hinter mir hergeschleift, aber wenn's sein musste, würde ich ihn tragen.

»Hey!« Er ließ seinen ganzen Körper erschlaffen und fiel auf die Knie. Der plötzliche Ruck brachte mich fast aus dem Gleichgewicht.

»Komm schon!«, fauchte ich ihn an. »Steh auf!«

»Nein!«, rief er. »Nicht bevor du mir sagst, wo zum Teufel wir hinwollen! Barton sucht wahrscheinlich schon die ganze Nacht nach uns!«

Der Highway wurde auf beiden Seiten von Hügeln und dichten Baumgruppen gesäumt, doch wir waren immer noch viel zu ungeschützt. Jedes Mal, wenn uns ein vorbeifahrender Laster mit weißem Scheinwerferlicht überflutete, musste ich mich von Neuem zusammenreißen.

Ich holte tief Luft. »Hast du deinen Panikknopf noch? Jude, sieh mich an. Hast du das Ding noch?«

»Wieso?«, fragte er zurück und klopfte seine Hosentaschen ab. »Ich glaub schon. Aber …«

»Schmeiß ihn weg.«

Seine dichten Brauen waren zusammengezogen, seine lange Nase war rot und lief vor Kälte. Er wischte sie mit dem einen Arm ab. »Ruby, was ist eigentlich los? Bitte, sag's mir doch!«

»Schmeiß das Ding weg«, wiederholte ich. »Wir gehen nicht zurück nach L. A.. Jedenfalls jetzt noch nicht.«

»Was?« Judes Stimme klang ganz klein und weit weg. »Ist das dein Ernst? Wir hauen ab?«

»Wir gehen schon zurück – irgendwann«, erwiderte ich, »aber zuerst haben wir noch einen anderen Einsatz, einen ganz besonderen. Wir müssen weiter, bevor uns jemand suchen kommt.«

»Und wer hat das angewiesen?«, wollte Jude wissen. »Cate?«

»Agent Stewart.«

Jude sah nicht überzeugt aus, aber jetzt war er auf den Beinen.

»Ich muss Informationsmaterial von einem seiner Gewährsmänner zurückholen«, erklärte ich und versuchte, das Ganze so geheimnisvoll und gefährlich klingen zu lassen wie möglich. Und es funktionierte. Der nervöse Ausdruck auf seinem Gesicht verwandelte sich in Interesse. Und in ein kleines bisschen knisternde Erregung.

»Das ist von entscheidender Bedeutung für die Mission der League, aber ich durfte Barton nicht wissen lassen, warum wir uns wirklich abgesetzt haben. Ich musste eine Möglichkeit finden, dafür zu sorgen, dass Rob weg ist, wenn wir zurückkommen.«

»Du hättest es mir sagen sollen!«, beschwerte sich Jude. »Gleich von Anfang an – ich wäre schon damit klargekommen.«

»Es ist geheim. Ein Einsatz nach dem Prinzip ›Kenntnis bei Bedarf‹«, erwiderte ich und legte noch nach: »Ein gefährlicher Einsatz.«

»Und warum zum Teufel nimmst du mich dann mit?«, wollte er wissen.

»Weil sie dich umbringen, wenn du jetzt zurückgehst, genauso, wie sie Blake umgebracht haben.«

Ich schämte mich – die Scham überkam mich hinterrücks, packte mich bei der Kehle. Ich hatte ihn mitgenommen, ohne ihm irgendeine Wahl zu lassen, und dann hatte ich die Wahrheit vereinfacht, damit diese Realität leichter zu schlucken war. Hatte ich Cate nicht dafür gehasst, dass sie genau dasselbe mit mir gemacht hatte? War sie genauso verzweifelt bemüht gewesen, mich dazu zu bringen, dass ich zustimmte, wie ich es jetzt bei Jude war?

Jude wurde abermals langsamer; er schaute mich an, als hätte er mich noch nie gesehen. »Ich hatte recht«, flüsterte er. »Deswegen haben sie mich ausgewählt. Ich hatte *recht*.«

»Ja«, sagte ich. »Du hattest recht.«

Jude nickte und bewegte den Unterkiefer vor und zurück, versuchte, die Worte herauszubringen. Schließlich griff er in seine Rettungshelferjacke, zog den wohlbekannten schwarzen Knopf hervor und warf ihn weg.

»War sowieso im Eimer«, brummte er und machte sich aus meinem Griff los. »Ich hab schließlich das Auto kurzgeschlossen, und alles, was da drin war.«

Richtig. Natürlich. Die Peilsender in seinen Klamotten waren sicher auch hinüber.

»Schön«, sagte er, und seine Stimme klang kräftiger. Das hier war der Jude, auf den ich gezählt hatte – der, der glaubte, alle Einsätze würden genauso cool sein wie die Videospiele, die er mit Blake und Nico spielte.

Ich streckte die Hand aus und wischte ihm den Pulverschnee aus dem Haar und von den Schultern. »Du musst genau das tun, was ich sage, verstehst du? Wir klinken uns vollkommen aus, und niemand darf wissen, wo wir sind. Cate nicht, Vida nicht, nicht mal Nico. Wenn sie uns finden und uns zurückholen, versauen wir uns sämtliche Chancen, die wir bei diesem Einsatz haben – dafür zu sorgen, dass die League eine sichere Zuflucht ist.«

So schnell und so simpel, wie es mir möglich war, erläuterte ich ihm den Einsatz. Alles, angefangen damit, wo wir als Erstes hingehen würden, bis zu dem, was Rob und die anderen vorhatten. Ich gab ein kleines Stückchen der Wahrheit preis – dass ich eine Zeitlang mit Liam herumgezogen war, dass wir uns aber getrennt hätten, bevor Cate mich zur League gebracht hatte, und dass ich ihn aus den Augen verloren hätte.

Wäre es wirklich so schrecklich, ihm die ganze Wahrheit zu sagen? Es überraschte mich, dass es einen Teil von mir gab, der auch nur in Versuchung war, von jenen kostbaren letzten Momenten in dem sicheren Haus der League zu sprechen. Es brachte nur einfach nichts, alles noch komplizierter zu machen, indem ich ihn an diesem Augenblick des Abschieds teilhaben ließ. Ich wollte, dass ich die Einzige war, die in diesem Augenblick lebte, daran dachte, davon träumte. Und um ehrlich zu sein, er musste mir jetzt vollkommen vertrauen, mehr als je zuvor, wenn das hier klappen sollte. Wenn ich ihm erzählte, was ich Liam angetan hatte, würde jeder Blick, mit dem Jude mich von jetzt an ansah, von der Angst getrübt sein, dass ich mit ihm dasselbe machen könnte. Falls er es überhaupt über sich brachte, mich je wieder anzusehen.

Das hier war der Junge, der bei jeder Mahlzeit neben mir gesessen hatte, während sich die halbe League nicht traute, mir in die Augen zu sehen. Er zuckte nicht zurück, wenn ich ihn berührte, er wartete auf mich, wenn ich von Einsätzen zurückkam, um sich zu vergewissern, dass mir nichts fehlte. So lästig ich das damals auch gefunden hatte, hatte ich doch nie darüber nachgedacht, was es bedeuten würde, das zu verlieren. Ihn zu verlieren.

Jude hörte sich das alles für seine Verhältnisse merkwürdig ruhig an. Er zeigte keinerlei Reaktion, als ich ihm erzählte, was auf dem USB-Stick war, den Liam bei sich trug. Zuerst dachte ich, er höre nicht mehr zu, doch als ich geendet hatte, nickte er nur und sagte schlicht: »Okay.«

»Was ist los?«, fragte ich. Mir war vollkommen klar, wie dämlich diese Frage war. Was war denn *nicht* los? »Bist du okay? Nichts angeschlagen, verknackst oder gebrochen oder?«

»Oh, äh, nein. Alles okay, wenigstens alles noch heil.« Er klopfte sich mit den Fingerknöcheln auf den Schädel. »Es ist nur, ich hab überlegt …«

»Was hast du überlegt?«, hakte ich nach.

»Wie es wohl vorher war. *Vor* dem Vorher, meine ich.« Er sah mich an. »Hattest du in deinem Lager viel mit den PSFs zu tun? Es ist nur, du warst eben so was von ruhig. Versteh mich nicht falsch, das war voll der Hammer, als du da gerade so auf ›Hauen Sie ab!‹ gemacht hast, aber du hast nicht ausgesehen, als hättest du, du weißt schon, als hättest du Angst.«

»Du glaubst, ich hatte keine Angst?«

»Ich hatte auch keine!«, fügte Jude schnell hinzu. »Ich hab mir bloß überlegt, was war, bevor du ins HQ gekommen bist.«

»Versuchst du gerade, mich zu fragen, was ich gemacht habe, bevor Cate mich geholt hat?«

»Na ja, ja!«, antwortete Jude. »Das haben wir uns alle gefragt – da gab's so Gerüchte, aber die waren irgendwie echt schwer zu glauben.«

»Echt.«

»Echt.« Da er merkte, dass diese Fragen eine Einbahnstraße ins große Schweigen waren, wechselte er das Thema, so ungeschickt, wie er nur konnte.

»Glaubst du, die Wissenschaftler haben wirklich herausgefunden, woher das kommt? Dieses Idiopathische Ado-Irgendwas?«

»Idiopathische Adoleszente Akute Neurodegeneration«, half ich ihm aus. Auch bekannt als der Grund dafür, warum die meisten von uns starben und der Rest zu Freaks wurde. Wie hatte er je vergessen können, wofür diese Buchstaben standen?

»Schön, von mir aus«, sagte Jude. »O Mann, kannst du dir vorstellen, was die League damit *ausrichten* könnte?«

Ich konnte die Hoffnung hören, die unterschwellig in seiner Stimme mitschwang, und fühlte, wie mir das Herz brach, nur ein ganz kleines bisschen. Wie konnte ich ihm sagen, dass es eigentlich ein Wunder wäre, wenn wir Liam überhaupt fanden, und erst recht, wenn er dann noch im Besitz des USB-Sticks war?

»Ich denk da oft drüber nach«, meinte er. »Du nicht? Da gibt's viel, was ich nicht verstehe, und Cate und die anderen geben mir nichts, womit ich arbeiten könnte, aber eigentlich ist es ja cool zu denken, dass unsere Gehirne irgendwie mutiert sind. Ich meine, es wär noch ein bisschen cooler zu wissen, wie und warum das passiert ist, aber cool ist es trotzdem.«

Ich hatte früher auch darüber nachgedacht, als ich in Thurmond gehockt hatte und es außer meinem eigenen Elend nur sehr wenig anderes gegeben hatte, womit ich mich hätte befassen können. Ich hatte unzählige Tage damit zugebracht, die Unterseite von Sams Bett anzustarren und mich zu fragen, wieso und warum das mit uns passiert war. Warum manche von uns Grüne waren und andere Orangene und wieder andere tot. Doch fast von dem Augenblick an, als Cate mich dort herausgeholt hatte, hatte ich mich gezwungen, mich nicht mehr damit zu beschäftigen. Es gab Wichtigeres, worauf es sich zu konzentrieren galt – zum Beispiel zu überleben. Sich nicht wieder schnappen zu lassen. Liam, Chubs und Zu.

»Ich weiß, es ist blöd, aber ich habe versucht, da durchzusteigen. Manchmal glaube ich wirklich, es ist ein Virus, und dann wieder … Ich meine, wie kann es denn ein Virus oder eine Krankheit sein, wenn es sich außerhalb der Vereinigten Staaten kaum verbreitet hat?«, meinte Jude gerade. »Was war denn anders bei uns als bei den anderen, bei denen, die gestorben sind?«

Alles gute Fragen. Alles Ablenkungen. »Lass uns hier mal den Ball flach halten. Zuerst müssen wir Coles Bruder finden.«

Jude nickte. »Mann, das wird ja so was von abgefahren. Dem zu begegnen, meine ich. Ich weiß noch, wie er damals abgehauen ist. Niemand hat überhaupt gemerkt, dass er weg ist, bis sie am Ende der Simulation durchgezählt haben.«

Ich schaute zu ihm hinüber. »Du hast Liam gekannt?«

Jude sah auf, und seine goldbraunen Augen wurden ein wenig größer. »O nein, also, nicht irgendwie persönlich. Ich hatte von ihm *gehört*. Er war zur Ausbildung im HQ in Georgia, und Vida und ich, wir waren immer in L. A. Aber Liam ist der Grund, warum sie das ganze Psi-Training nach Kalifornien verlegt haben. Es kommt wohl nicht so leicht einer abhanden, wenn alle unter der Erde hocken.«

Richtig. Natürlich. Liam war bestimmt nicht in Kalifornien gewesen. Ich war verblüfft, wie viel besser ich mich bei diesem Gedanken fühlte, mit dem Wissen, dass er nicht gezwungen gewesen war, in diesem feuchten Loch in der Erde zu hausen.

»Ist Liam einer von denen, nach denen du jede Woche im PSF-Netzwerk suchst?«, wollte Jude wissen. »Nico hat das mal erwähnt. Suchen wir auch nach den anderen?«

Ich spürte, wie mein Geduldsfaden riss wie die Grashalme in der dünnen Eisschicht, durch die wir stapften. Gegen diese Nacht hatte er wohl von vornherein keine Chance gehabt.

»Das geht dich nichts an! Du wärst gar nicht hier, wenn du dich nicht so tief in die Scheiße reingeritten hättest!«

»Ich weiß, okay? Ich weiß!« Jude riss die Hände hoch. »Du magst uns nicht, du magst die League nicht, du willst nicht Teamführerin sein, du willst nicht über dich reden oder über Cate oder übers Training oder über dein Lieblingsessen oder deine Familie oder deine Freunde. Schön. *Schön!* Moment – was machst du denn?«

Beim Gehen hatte ich gedacht, ich würde sie mir nur einbilden; es waren nicht mehr gewesen als ferne, undefinierbare Umrisse. Doch als ich uns den nächsten Hügel hinabführte, wich der Waldrand plötzlich zurück, und eine enge Wohnstraße wurde sichtbar.

Ich hörte, wie Jude rutschend am Rand der vereisten Straße zum Stehen kam, als er sah, dass in diesen Häusern Licht brannte. Dass Autos in den Einfahrten standen und Menschen hinter den Vorhängen der Fenster hin und her gingen, bereit, einen weiteren Mittwoch als erledigt abzuhaken.

Ein Mann versuchte, mit einem arg mitgenommenen Pickup die Straße zu räumen und wühlte sich durch die dicke Schneedecke. Ich schob Jude hinter mich, den Blick auf das Haus direkt gegenüber auf der anderen Straßenseite gerichtet, während sich eine Idee durch den Nebel meiner Erschöpfung wand. Ein silberner Kombi parkte in der Einfahrt, doch was noch wichtiger war, ich hatte durch das kleine Fenster in der Haustür eine verschwommene Gestalt gesehen.

Tatsächlich. Kaum war der Schneepflug vorbei, kam eine Frau heraus und drehte sich um, um die Tür hinter sich abzuschließen. Ihr Haar war aschblond, von silbernen Strähnen durchzogen. Es schaute zwischen der smaragdgrünen Strickmütze und dem schwarzen Mantel hervor. Ich sah ein Kleid aufblitzen, als sie den Mantel darüber zuknöpfte. Schnitt und Stoffmuster sahen aus wie etwas, das eine Kellnerin in einem Diner tragen würde.

Sie schlenkerte beim Gehen ihre Autoschlüssel am Finger und schaute zum nächtlichen Himmel und zu dem Schnee hinauf, der sanft niederrieselte. Ich wartete auf das Piepsen, mit dem die Autotüren entriegelten, ehe ich mich in Bewegung setzte.

»Komm«, sagte ich und packte Jude am Arm.

Die Frau hörte uns kommen. Ihr Rücken versteifte sich vor Panik, als sich mein Gesicht in der dunklen Autoscheibe hinter dem ihren spiegelte. Ich sah, wie die Furcht in ihren Augen der Verwirrung wich, und nutzte die Gelegenheit, um meine bloßen Hände in ihren Mantelärmel zu schieben, auf ihre warme, unbedeckte Haut. Sie roch nach Ananas und Sonnenschein, und ihre Gedanken waren auch genauso hell. Es war eine kurze Berührung, es ging nicht anders – so kurz, dass ich nicht einmal die übliche Erinnerungsflut erlebte. Ich war mir nicht einmal sicher, ob ich sie wirklich hatte, bis sie mich ansah, langsam blinzelte und ihre Augen glasig wurden.

»Steig ein«, sagte ich zu Jude und schaute über die Schulter dorthin zurück, wo er mit offenem Mund stand. »Wir haben eine Fahrerin.«

Jemanden dazu zu nötigen, uns zu fahren, war von zweifachem Nutzen: Die Frau konnte das Auto nicht als gestohlen melden und die Kennzeichen durchgeben, und was noch besser war, sie konnte die Maut bezahlen und uns durch die Checkpoints bringen, die die Nationalgarde oder die Polizei an den Stadtgrenzen eingerichtet hatten. Nachdem ich mir zwei Sekunden Zeit genommen hatte, das Ganze wirklich zu Ende zu denken, brachte ich sie dazu, uns zum nächsten Verkehrsknotenpunkt zu bringen. In einer perfekten Welt hätte es noch all die vielen Zugverbindungen gegeben, doch die Wirtschaftskrise hatte Amtraks viele Mängel so gründlich ans Tageslicht gebracht, dass das Unternehmen nur ein Jahr durchgehalten hatte, bevor es zusammengebrochen war. Jetzt unterhielt die Regierung zwei elektrische Züge, die jeden Tag zwischen den größeren Städten an der Ostküste hin- und herpendelten, hauptsächlich, um Nationalgardisten, PSFs und Senatoren durch die Gegend zu karren. Den Elite Express nannten sie das, und die Ticketpreise waren dem Namen angepasst worden.

Auf einen Zug aufzuspringen würde *viel* gefährlicher sein als mit dem Auto zu fahren, doch ich wurde die Albtraumvorstellung nicht los, dass wir alle fünfzehn Kilometer würden haltmachen und irgendwo Benzin aus einem Tank saugen müssen. Das würde jede kostbare Stunde aufzehren, die wir brauchten. Wir könnten ja Glück haben und einen fast leeren Zug erwischen, wenigstens ein paar Städte weit. Wenn das Ganze zu gefährlich aussah oder uns der Zug allmählich vorkam, als seien dort zu viele unerwünschte Augen, dann konnten wir ja jederzeit frühzeitig aussteigen. Ich hatte da so eine Methode, uns verschwinden zu lassen.

»Machen Sie bitte das Radio an«, sagte ich. »Einen von den Nachrichtensendern.«

Jude und ich hockten hinter den Vordersitzen, hatten uns zwischen Lehnen und Rücksitz in den Fußraum gekauert. Es war unbequem, so zu sitzen und trotzdem hinüberzugreifen, um die Frau zu berühren und die Verbindung zu halten. Ich atmete tief durch und nahm ganz langsam die Hand weg, konzentrierte mich jedoch weiter auf jene schimmernde Verbindungslinie zwischen ihrem Verstand und meinem. Vielleicht hatte Clancy ja genauso darauf hingearbeitet, keinen direkten physischen Kontakt mehr zu benötigen, um eine mentale Verbindung mit einem Menschen herzustellen – indem er jedes Mal ein wenig länger losgelassen hatte.

Die Frau gehorchte, und die Lautsprecher hinter meinem Kopf erwachten mit einem eingängigen Werbe-Jingle jäh zum Leben. Erstaunlich – die machten immer noch Werbung für Pool-Ausrüstung, obgleich doch ein großer Teil der Amerikaner ihre Häuser verloren hatten.

Die Frau schaltete sich durch die verschiedenen Sender,

durch Musik und statisches Rauschen, bis sie eine eintönige Männerstimme fand.

»*... der Gipfel der Gemeinsamkeit, wie das Treffen genannt wird, wird in Austin, Texas, auf neutralem Boden stattfinden. Der Gouverneur des Bundesstaates, der vor Kurzem Andeutungen, er würde sich mit der Federal Coalition in Kalifornien absprechen, zurückgewiesen hat, wird die Gespräche zwischen den sieben Schlüsselpersonen aus Präsident Grays Stab und der Coalition moderieren, um zu sehen, ob rechtzeitig für den Baubeginn am neuen Kapitol in Washington am Weihnachtstag eine gemeinsame Plattform zwischen den rivalisierenden Regierungen gefunden werden kann. Präsident Gray hatte zu diesem historischen Ereignis Folgendes zu sagen.*«

Die Radiostimme wechselte abrupt vom ernsten Ton des Reportes zum seidigen des Präsidenten. »*Nach fast einer Dekade der Tragödien und des Leidens hoffe ich aufrichtig, dass wir jetzt zusammenkommen und erste Schritte zur Wiedervereinigung machen können. Meine Berater werden im Laufe des Gipfels Stimulationspläne für die Wirtschaft vorlegen, einschließlich Programme, um das Baugewerbe wiederzubeleben und die Amerikaner in jene Häuser zurückkehren zu lassen, die sie in dem wirtschaftlichen Desaster der letzten Jahre möglicherweise eingebüßt haben.*«

Desaster. Stimmt.

»Glaubst du, Gray gibt das Präsidentenamt endlich auf, wenn die sich auf seine Bedingungen einlassen?«, fragte Jude.

Ich schüttelte den Kopf. Zwar kannte ich Gray nicht persönlich, aber ich kannte seinen Sohn Clancy. Und wenn der Sohn seinem Vater auch nur im Mindesten ähnelte, hatte Gray definitiv noch ein anderes Motiv dafür, dass er diesen Gipfel unbedingt wollte. Das Letzte, was er wollen würde, wäre, die Kontrolle zu verlieren.

Clancy. Ich presste die Finger gegen die Nasenwurzel, verdrängte den Gedanken an ihn mit aller Gewalt.

Der nächste Amtrak-Bahnhof erwies sich als der in Providence, Rhode Island – ein gewaltiges Betongebäude, das früher vielleicht einmal schön gewesen sein mochte, ehe die Zeit und die Graffiti-Künstler sich darüber hergemacht hatten. Ich warf einen raschen Blick auf die Uhr, die in die Vorderseite des einsamen Turms eingelassen worden war, doch die funktionierte entweder nicht, oder es war seit vier Minuten – der Uhr auf dem Armaturenbrett zufolge – 11 Uhr 32. Auf dem nahe gelegenen Parkplatz standen ein paar Autos, doch mindestens drei Dutzend Menschen quollen aus einem Bus, der gerade in die Haltespur gerumpelt kam.

Ich berührte die Frau an der Schulter und war überrascht zu spüren, wie sie zusammenfuhr. Ihr Verstand war jetzt sehr still, so milchig wie der Himmel draußen. »Sie müssen uns Zugkarten kaufen, mit denen wir nach North Carolina kommen – so nahe an Wilmington heran wie möglich. Verstehen Sie?«

Die schlaffen Wangen der Frau bebten ein wenig, als sie nickte und ihren Sicherheitsgurt löste. Jude und ich sahen zu, wie sie durch den frisch gefallenen Schnee stolperte und auf die automatischen Schiebetüren zuhielt. Wenn das gut ging …

»Wieso versuchen wir denn, den Zug zu nehmen?«, wollte Jude wissen. »Wird das nicht gefährlich?«

»Aber das wird's wert sein«, erwiderte ich. »Mit dem Auto brauchen wir doppelt so lange, wenn wir immer wieder anhalten und Benzin besorgen müssen.«

»Und was ist, wenn uns jemand sieht, oder wenn in dem Zug PSFs sind?«, fragte er weiter.

Ich zog mir die Strickmütze vom Kopf und warf sie ihm zu, zusammen mit dem dicken weißen Schal, den ich mir um den Hals gewickelt hatte. Wenn wir im Zug saßen, würde ich ihn mit meiner Jacke zudecken können, aber bis dahin … Wir würden uns eben eine dunkle Ecke suchen müssen.

Die Frau kam schneller zurück, als ich erwartet hatte, den Blick auf den Boden geheftet, etwas Weißes in den Händen. Sie öffnete die Fahrertür, rutschte auf den Sitz und ließ dabei einen eisigen Luftzug herein.

»Danke«, sagte ich, als sie mir die Fahrkarten reichte. Und dann, während Jude ausstieg, fügte ich hinzu: »Das alles tut mir wirklich leid.«

Ich schaute mich nur ein einziges Mal nach dem Wagen um, als wir in den Bahnhof gingen; ich hatte sie angewiesen, zwei Minuten zu warten und dann nach Hause zu fahren. Die Frau ... Vielleicht täuschten mich ja meine müden Augen oder die Schneewirbel zwischen uns ... Doch als das Scheinwerferlicht eines vorüberfahrenden Autos durch ihre Windschutzscheibe leuchtete, sah ich Tränen auf ihren Wangen schimmern, ich schwör's.

Sie hatte uns Tickets nach Fayetteville, North Carolina, besorgen können; nach allem, was ich wusste, hätte das von Wilmington aus auf der anderen Seite des Bundesstaates liegen können. Und schlimmer noch, der Zug würde morgen früh um Viertel vor acht zum Einsteigen bereit sein, in gut zehn Stunden. Zu viel Zeit, die wir totschlagen mussten, zu viele Gelegenheiten, geschnappt zu werden.

Innen war der Bahnhof nicht annähernd so prunkvoll wie außen; es war zu viel Beton überall, als dass er wirklich schön gewesen wäre. Ich fand eine Bank in einer Ecke, gegenüber einer Wand voller abgeschalteter Spielautomaten, und wir setzten uns dort hin und rührten uns nicht wieder weg. Die Nachtzüge kamen und fuhren wieder ab, Füße schlurften hinter uns vorüber, die Ankunft- und Abfahrt-Anzeigetafeln klickten und surrten und piepsten.

Ich war müde und hungrig. Beim Fahrkartenschalter hatte

noch ein mobiler Kaffeekiosk offen, das Einzige, was zwischen den Angestellten dort und dem Tiefschlaf stand, doch ich hatte kein Geld, und ich war nicht verzweifelt genug, um meine Fähigkeiten bei dem armen Kerl an dem Kioskkarren einzusetzen.

Jude döste an meiner Schulter. Hin und wieder ertönte eine automatische Ansage aus den Lautsprechern, lieferte ein Update zur Uhrzeit oder zu verspäteten Zügen. Doch die Pausen zwischen den Ansagen schienen mit jeder Stunde, die wir warteten, länger zu werden, und allmählich bereute ich meine Entscheidung immer mehr. Irgendwann gegen vier Uhr früh, als ich gerade am Rand der völligen Erschöpfung stand, fielen die Zweifel über mich her. Wenn wir dort unten ankamen, grübelte ich, würde Liam dann überhaupt noch in North Carolina sein? Er konnte durchaus findig sein, wenn es sein musste. In der Zeit, die wir hier herumsaßen, könnte er eine gewaltige Entfernung zurücklegen – in der Zeit, die wir brauchten, um dort hinzugelangen.

Auf dem Parkplatz hatten doch Autos gestanden. Vielleicht wäre es das Klügste, eins davon zu klauen und zu versuchen, die Mautstationen und die Checkpoints der Nationalgarde, die um die größeren Städte herum eingerichtet worden waren, zu meiden? Nein, denn das würde gleichzeitig bedeuten, von den zigtausend Highway-Kameras erfasst zu werden, die die Regierung zu genau diesem Zweck installiert hatte – um nach Kids wie uns Ausschau zu halten.

Es war nicht das Zischen, mit dem sich die Schiebetüren öffneten, das mich aufhorchen ließ, sondern die schweren Schritte. Hin und wieder kamen ein paar Leute in den Bahnhof und verließen ihn wieder, und vielen Obdachlosen war gestattet worden, in dem beheizten Gebäude zu übernachten, vorausgesetzt, sie taten es in einer Ecke und nicht auf einer Bank. Das hier jedoch hörte sich nach einer ziemlichen Anzahl Füße an; die Gummisohlen ihrer Schuhe quietschten auf den Steinfliesen. Aus dem Augenwinkel sah ich, wie sich der Fahrkartenverkäufer aufrichtete.

Ich brauchte nur einmal kurz über die Schulter zu schauen, um meinen Verdacht zu bestätigen. PSFs.

Hastig packte ich Jude und zerrte ihn mit von der Bank, sodass diese zwischen uns und den ungefähr ein Dutzend zählenden Soldaten stand, die sich in der Mitte der Bahnhofshalle sammelten.

»Heiliger Scheißdreck«, flüsterte Jude. »Heiliger, heiliger Scheißdreck.«

Ich legte ihm die Hand auf die Schulter, hielt ihn neben mir fest. Mir war klar, was er dachte – dieselben Fragen rasten auch durch meinen Kopf. *Wie haben die uns gefunden? Woher haben sie gewusst, dass wir hier sein würden? Wie kommen wir hier raus?*

Nun, die Antwort auf die letzte Frage war: nicht ausrasten und in Panik geraten. In einem jener seltenen, flüchtigen Momente, in denen ich für das, was die League mich gelehrt hatte, dankbar war, atmete ich tief durch und machte mich daran, die Situation neu zu bewerten.

Elf PSFs in Uniform nahmen auf Bänken in der Nähe eines der Tore zum Busbahnhof Platz. Zwei waren Frauen, und beide standen auf, um einen Blick auf die Monitore zu werfen. Ihr Haar war ordentlich geflochten oder zurückgekämmt, das der Männer jedoch sah aus, als wäre es gerade erst ganz kurz geschnitten worden. Und was noch wichtiger war, zu ihren Füßen lagen elf Tarnfleck-Sporttaschen, keine Gewehre.

Ein Mann in der Mitte der Gruppe erhob sich und lachte laut, während er zu den Snack-Automaten hinüberging. Die anderen riefen ihm ihre Bestellungen nach, Chips oder Kaugummi oder Kekse. Sie sahen sich nicht in der Halle um, sie stellten dem Mann am Fahrkartenschalter keine Fragen. Sie trugen Uniform, aber sie waren nicht im Dienst.

»Das sind frische Rekruten«, sagte ich zu Jude. »Hey, schau mich an, nicht die. Die wollen einen von den Bussen nehmen, um sich irgendwo zum Dienst zu melden. Die suchen gar nicht nach uns – wir brauchen uns bloß ein ruhiges Plätzchen zu suchen, wo wir sitzen können, bis unser Zug kommt. Okay?«

Damit wandte ich den Soldaten den Rücken zu und suchte mit dem Blick unseren Teil der Halle nach einer Tür ab, die vielleicht nicht abgeschlossen war, oder nach einem Flur, der mir vorher nicht aufgefallen war. Ich spürte kaum, wie Jude neben mir erstarrte, allerdings bekam ich sehr deutlich mit, wie er an meinem Zopf ruckte und meinen Kopf wieder zu den Schiebetüren herumzog, gerade als Vida Barton und den Rest des Teams in das Gebäude führte. Alle trugen Straßenkleidung und beäugten die PSFs, die sie anscheinend gar nicht bemerkt hatten.

Was macht die denn hier? Was macht überhaupt einer von denen hier? Sie konnten uns unmöglich aufgespürt haben …

»Heiliger Scheißdreck, heiliger Scheißdreck, heiliger Scheißdreck«, flüsterte Jude und klammerte sich an mich. Wenigstens erkannte er die Gefahr, ins HQ zurückgebracht zu werden. Ich brauchte ihm nicht zu erklären, dass Vida nicht hier war, um uns zu helfen. Verzweifelt blickte ich von den Spielautomaten zum Fahrkartenschalter hinüber und dann zur nahe gelegenen Damentoilette. Das hier war so viel schlimmer, als selbst ich es mir hätte ausmalen können. Halb wollte ich mich einfach hinsetzen und dem überwältigen Drang nachgeben, hemmungslos in Tränen auszubrechen.

Jude sah aus, als würde er nach dem, was er gerade gesehen hatte, ebenfalls gleich anfangen zu heulen. Ich nahm mir keine Zeit, ihm den Plan zu erläutern; eigentlich gab es gar keinen

Plan. Ich zerrte ihn hinter mir her – schleifte ihn im wahrsten Sinne des Wortes mit – in die kleine Damentoilette.

Die Tür quietschte, als ich sie mit der Schulter aufstieß. Es gab keine Fenster hier drin, keine Lüftungsschächte, die groß genug wären, dass wir hätten hinausklettern können. Es gab eine Toilette, ein Waschbecken und keinen Weg nach draußen, außer dem, auf dem wir hereingekommen waren. Ich griff nach oben und machte das Licht aus, ehe ich das Schloss zudrehte. Gerade mal eine Sekunde später klapperte die Tür, weil jemand am Türgriff zog.

Ich setzte mich auf den Boden, zog die Knie an die Brust und versuchte, meinen Atem zur Ruhe zu bringen. Jude sackte neben mich. Ich drückte einen Finger an die Lippen.

Wir konnten uns nicht bis in alle Ewigkeit hier drin verstecken – irgendwann würde jemandem auffallen, dass die Toilette doch eigentlich nicht abgeschlossen sein sollte, und er würde mit einem Schlüssel anrücken. Also zählte ich. Ich zählte im Kopf vier Minuten herunter, hielt jedes Mal inne und begann von vorn, wenn ich irgendjemandes Stiefel vorbeitrampeln hörte.

»Komm«, flüsterte ich und zerrte Jude mit Gewalt auf die Beine. »Wir müssen abhauen.«

Wir kamen nicht einmal einen Meter weit.

Vida stieß sich von der Wand direkt gegenüber ab, wo sie gelehnt hatte. Ihre Augenbrauen hoben sich, genau wie die Pistole in ihrer Hand.

»Hallo, *Freunde*«, sagte sie zuckersüß. »Habt ihr mich vermisst?«

8. Kapitel

Jedes der Worte, die mir durch den Kopf gingen, war extrem unflätig. »Was machst du denn hier?«

Das triumphierende Lächeln, das ich zu sehen erwartet hatte, blieb aus. Stattdessen musterte sie mich von oben bis unten und schnaubte.

»Mann, dein Instinkt für Gefahr ist echt in höchster Scheiß-Alarmbereitschaft, wie? Und die haben gesagt, es würde schwer sein, dich zu finden.«

Langsam zog ich die Pistole aus dem Hosenbund und zielte sorgfältig. Dann erlaubte ich den unsichtbaren Händen in meinem Kopf, sich zu entfalten, stellte mir vor, wie sie auf sie zuschnellten, in ihre Gedanken vorstießen. Aber nichts. Überhaupt nichts.

»Wie süß«, meinte sie. »So eine hab ich auch.«

Einen Herzschlag lang rührte sich keine von uns von der Stelle; der Blick ihrer dunklen Augen huschte an mir hinab, genau wie im Training, wenn wir gegeneinander antraten. Schätzte mich ein. Fragte, ob ich es wirklich tun würde.

Keine von uns beiden sah, wie er sich in Bewegung setzte; eben duckte Jude sich noch furchtsam hinter mir, und dann war er plötzlich zu Vida hinübergetreten, die eine Hand auf ihrer Schulter. »Das tut mir jetzt echt unheimlich leid.«

Ein winziger blauer Elektrizitätsfunke zuckte von dem Funkgerät empor, das an ihren Gürtel geklippt war, liebkoste sanft

Vidas Haut, wie die forschende Zunge einer Schlange. Bestimmt hatte sie im selben Moment wie ich begriffen, was er vorhatte, doch sie kam nicht schnell genug weg. Ihre Augen verdrehten sich nach hinten, als sie zu Boden sackte.

»O mein Gott«, stieß ich hervor und fiel neben ihr auf die Knie, um an ihrem Hals nach einem Puls zu tasten.

»Ich hab ihr nur einen ganz kleinen liebevollen Schlag verpasst«, beteuerte Jude, dem sämtliche Haare zu Berge standen. »Sie … sie ist gleich wieder wach, aber, Ruby, bitte sag, dass das gerade richtig war. Ich will sie nicht hierlassen. Ich finde, wir sollten nicht ohne sie gehen, aber sie hätte uns nicht geholfen, und wir müssen doch Liam finden, und sie hätte uns verraten, und es ist doch wichtig …«

»Es war richtig«, versicherte ich. »Danke, Jude. Danke.«

»Und was machen wir jetzt?«, flüsterte Jude und folgte mir den Flur hinunter zu einem Raum, an dessen Tür »Zutritt nur für Personal« stand.

Ein schneller Rundblick verriet mir, dass sich das Team aufgeteilt hatte – die eine Hälfte war oben, man konnte sie in den verglasten Büros über uns sehen. Die anderen waren auf dem Weg zum Bahnsteig. Diejenigen PSFs, die nicht regungslos am Boden lagen, waren zu einem widerwilligen schwarzen Haufen aneinandergefesselt.

Wir folgten dem langen Flur bis ans Ende und entgingen nur ganz knapp einem Bahnhofsangestellten, der gerade in den Aufenthaltsraum des Personals trat. Ich schaute starr auf die Doppeltür am Ende des Gangs; ich hatte zu viel Angst davor, was ich sehen würde, wenn ich den Blick davon losriss.

Ich drückte den rechten Türflügel so leise wie möglich auf und winkte Jude, mir zu folgen. Die Tür schloss sich mit einem leisen Klick. Ich brauchte zwei kostbare Sekunden, um mir darüber klar zu werden, dass wir den Busbahnhof vor uns hatten, und dann noch mal zwei, um den alten Mann in der dunkelblauen Uniform um die Ecke kommen zu sehen. Ein riesiger Kaffeefleck zog sich über seine ganze Brust.

Jeder einzelne Knochen in meinem Körper war plötzlich hohl, als ich Jude am Arm packte und ihn näher zu mir heranzog. Der Mann blieb ein kleines Stück vor uns stehen, und seine bereits angstvoll aufgerissenen Augen wurden noch ein kleines bisschen größer, als er uns musterte. Einen schrecklichen Augenblick lang sagte niemand etwas. Nur das Knattern von Schüssen im Bahnhof und das Kreischen von Autoreifen auf dem Parkplatz auf der anderen Seite des Gebäudes waren zu hören.

Instinktiv streckte ich die Hand nach dem Mann aus, doch Jude bekam sie zu fassen und drückte sie herunter.

»Sind das …« Der Mann – »Andy« stand auf seinem Namensschild – hatte Mühe, die Worte herauszuwürgen. »Sind das Soldaten?«

»Die wollen uns mitnehmen«, sagte Jude. »Bitte, können Sie uns helfen?«

Und dann tat Andy das absolut Letzte, was ich von ihm erwartet hatte.

Er nickte.

Die ersten zwanzig Minuten der Fahrt verbrachten wir im Gepäckraum unter dem Bus, bis der Bahnhof und die PSFs und Vida zu weit weg waren, um noch in seinem Rückspiegel aufzutauchen. Es war eiskalt, und es war unbequem, da unten umhergeschleudert zu werden; bei jeder Kurve rutschten wir über das kalte Metall, kauerten völlig desorientiert auf den Knien. Ich ließ es zu, dass Jude sich bei mir einhakte, tat mein kleines bisschen Körperwärme mit seiner zusammen.

Er brummelte irgendetwas vor sich hin, und ich fühlte, wie

er den Kopf schüttelte; seine Locken streiften meine Schulter. Endlich, als die Straße weniger holprig war, verstand ich, was er sagte. »Das verzeiht sie uns nie.«

»Wer?«, fragte ich und drückte seinen Arm. »Cate?«

»Nein. Vida.«

»Jude …«, setzte ich an. Das schlechte Gewissen hatte sich in Rekordzeit eingestellt.

»Wir haben dasselbe mit ihr gemacht wie ihre Schwester«, schnitt Jude mir das Wort ab. »Wir haben sie einfach zurückgelassen. Sie wird uns bis in alle Ewigkeit hassen.«

»Wovon redest du überhaupt?«

Jude wandte sich wieder zu mir um und rieb sich mit dem Handrücken die Augen. »Na ja, du weißt das doch von Cate, oder? Dass sie unsere Fürsorgerin war?«

Etwas Schweres, Glitschiges tauchte in meinem Magen empor.

»Du weißt schon«, erklärte er rasch. »Vom Kinderschutzdienst? Okay, vielleicht auch nicht.«

»Vida und du, alle beide?«

»Ja«, antwortete er. »Das hast du echt nicht gewusst? Cate hat dir nie erzählt, was sie früher gemacht hat?«

Nein, aber andererseits hatte ich auch nie gefragt. »Also, was hat sie getan, euch aus Pflegefamilien rausgeholt und euch zur League gebracht?«

»Irgendwie schon.« Er lehnte sich mit dem Rücken gegen die Tür und rutschte bei der nächsten Kurve gegen mich. Jetzt musste ich mich anstrengen, damit ich ihn verstand. »Als das mit dem IAAN passiert ist, sind viele Kinder aus ihren Pflegefamilien geflogen – die, die nicht gestorben sind, du weißt schon. Es war einfach eine ganz schlimme Situation, in jeder Hinsicht, weil, es hat ja niemanden gegeben, der auch nur die Toten zum Beerdigen oder so abgeholt hätte. Cate hat gesagt, viele von den Sozialarbeitern hatten echt Mühe herauszufinden, was aus den Kids geworden war, für die sie zuständig waren. Mich hat sie gefunden, weil mich jemand ausgeliefert hatte, wegen der Belohnung, oder weil ich bei einer von den Einsammelaktionen einkassiert worden bin.«

Bei den Einsammelaktionen waren die IAAN-Überlebenden, die nicht bereits in die Lager geschickt worden waren, scharenweise zusammengetrieben worden. Eltern, die das Gefühl hatten, nicht länger für ihre »entarteten« Kinder sorgen zu können, oder wollten, dass sie am »Rehabilitationsprogramm« teilnahmen, brauchten sie nur zur Schule zu schicken, und die PSFs kamen vorbei und nahmen sie mit. Das waren die ersten groß angelegten Abholaktionen. Der nächste Schritt bestand darin, die Kids in die Lager zu schaffen, ob die Eltern sie nun loswerden wollten oder nicht. Unfreiwillige Einsammelaktionen.

»Das muss echt gruselig gewesen sein.«

Ich fühlte, wie er die Achseln zuckte, doch er hatte Mühe, die nächsten Worte herauszubringen. »Es … na ja, es ist ja vorbei. War auf jeden Fall besser als zu Hause. Dad war echt voll der Hammer.«

Ich zwang mich, ihn nicht anzusehen. Wie er das sagte, so gezwungen fröhlich …

»Und Vida?«

Es war, als hätte ich einen Schlüssel in seinem Innern umgedreht, oder vielleicht war er auch zu erschöpft, um das alles für sich zu behalten. »Ich weiß nicht, was mit ihrer Familie ist. Sie hat eine ältere Schwester, Nadia, die hat sich eine Weile um sie gekümmert. Cate hat sie aus den Augen verloren – die beiden haben wohl in irgendeinem verlassenen Gebäude gewohnt. Eines Morgens ist Vida aufgewacht, ihre Schwester war weg, und die PSFs waren da. Sie glaubt, ihre Schwester hat sie verpfiffen, um die Belohnung zu kriegen.«

»Und wie ist Cate dann an sie rangekommen?«, wollte ich wissen.

»Die PSFs haben so an die zehn Kids in einen Bus gepackt, um sie nach Osten zu karren, in das Lager in Wyoming, aber die League war zuerst da. Die Geschichte kennst du doch, oder?«

Ja, die kannte ich. Die League hatte plötzlich fünf Jugendliche in ihrem Besitz gehabt und keinen blassen Schimmer, was sie mit ihnen anstellen sollten, also hatten sie ein Ausbildungsprogramm gestartet. Ich hatte gewusst, dass Vida schon lange bei der League war, doch ich hatte keine Ahnung gehabt, dass sie eine der Wyoming Five war.

»Wow.«

»Ich weiß.«

Ich wusste nicht, was ich sagen sollte, also entschied ich mich für: »Es tut mir leid.«

Jude verzog das Gesicht. »Was tut dir leid? Du hast doch nichts gemacht. Und außerdem, wir hatten noch Glück. Cate ist diejenige, für die das alles am schwersten ist. Ich glaube, sie ist nie über die Kinder wegekommen, die sie verloren hat. Besonders die, die bei dem Brand umgekommen sind.«

»Was?« Ich stieß die Luft aus.

»Das war in so einem Gruppenwohnheim, das sie beaufsichtigen sollte«, erklärte Jude. »Ein paar von den Kids da haben angefangen, Anzeichen von Psi-Kräften zu zeigen, und die Heimleiterin ist voll ausgeflippt. Cate weiß nicht, ob einer von den Jugendlichen das Feuer aus Versehen angezündet hat, oder ob die Heimleiterin es selber gelegt hat – die war wohl wirklich echt *voll* religiös, aber, na ja, verrückt religiös eben. Als die Polizei sie gefunden hat, hat sie immer wieder gesagt, sie hätte Gottes Werk getan.«

»Das ist ja …« Es gab kein Wort dafür, wie grauenvoll das war, also versuchte ich es gar nicht erst.

»Jedenfalls, das ist die Geschichte.« Jude zuckte die Achseln. »Zumindest der Anfang.«

Ich hielt den Atem an, als der Bus anhielt – wie ich annahm, an einem Checkpoint –, und jemand einstieg, wahrscheinlich ein PSF. Das Gespräch konnten wir nicht hören, nur die schweren Schritte, die den Mittelgang im Bus über unseren Köpfen hinauf- und hinuntertrampelten. Ein gründlicherer Soldat hätte Andy gezwungen, auch den Gepäckraum zu öffnen, doch wir wurden durchgewinkt, und bald war das einzige Geräusch das Grollen der Straße unter uns.

Trotzdem entschuldigte sich Andy immer wieder, als er anhielt, um uns herauszuholen. Ich hatte eigentlich vorgehabt, seine Erinnerungen zu löschen und abzuhauen, doch es waren keine Autos in Sicht – an diesem Stück Highway gab es außer Bäumen und Schnee *gar nichts*. Also entweder Andy oder ein oder zwei weitere spaßige Winteridyll-Wandertage mit Jude auf der Suche nach der Zivilisation.

»Sind Sie sicher, dass das okay ist?« Jude und ich hatten uns ganz nach vorn gesetzt, um einen besseren Blick auf die Straße zu haben. »Können wir Sie irgendwie dafür bezahlen?«

»Versteht mich nicht falsch«, antwortete Andy. »Das hier ist eine *wahnsinnige* Benzinverschwendung, aber ich hab nichts dagegen, meinem geschätzten Arbeitgeber hin und wieder eins auszuwischen. Die haben mir die Bezüge gekürzt, kaum dass alles den Bach runtergegangen ist, also bin ich denen gegenüber auch nicht gerade großzügig eingestellt. Außerdem ist es auf der Fahrt hier runter normalerweise eh ziemlich leer, und ich muss den Bus nun mal nach Richmond bringen, ob ich nun Fahrgäste habe oder nicht. Auf der Rückfahrt ist es meistens ziemlich voll. Manche Leute glauben anscheinend, oben im Norden gibt's mehr Arbeit als im Süden, und diese dämlichen Züge kann sich ja kaum einer leisten.«

Jude hatte mir im Laufe des letzten Tages ungefähr ein halbes Dutzend Mal bewiesen, wie naiv er war, also war es ein Wunder, dass er mich mit seiner Unvorsichtigkeit noch immer überraschen konnte. Nach ein paar Minuten sank er in gelösten, vertrauensvollen Schlaf. Als bestünde keinerlei Gefahr, dass dieser Busfahrer uns über Funk meldete oder uns zur erstbesten besetzten Polizeiwache karrte, an der er vorbeikam.

»Du siehst aus, als würdest du gleich vom Sitz kippen, junge Lady«, bemerkte Andy und schaute in dem großen Rückspiegel über seinem Kopf zu mir hinüber. »Vielleicht solltest du mal überlegen, ob du dir nicht ein Beispiel an deinem Freund nehmen und ein bisschen schlafen solltest?«

Ich wusste, dass ich unhöflich und irrational und so unfreundlich war wie nur was, doch ich starrte mit gerunzelter Stirn das Funkgerät des Busses an. Andy senkte den Blick und folgte meinem, dann begann er zu schmunzeln.

»Du bist ganz schön schlau«, meinte er. »Muss man wohl heutzutage sein, um frei rumzulaufen. Oh, da kommt eine Mautstelle, duck dich lieber.«

Ich rutschte zwischen die Haltestange und den Sitz und zog die Decke über Judes schlafender Silhouette zurecht. Andy winkte demjenigen, der ihn durchgelassen hatte, freundlich zu.

Endlich konnte ich es nicht mehr aushalten. »Warum helfen Sie uns?«

Wieder schmunzelte Andy. »Was glaubst du denn?«

»Ganz ehrlich?«, fragte ich und beugte mich vor. »Ich glaube, weil Sie uns ausliefern wollen, wegen der Belohnung.«

Daraufhin stieß der Busfahrer einen langen, leisen Pfiff aus. »Ist ein ganz schöner Batzen Kohle, das geb ich zu. Komisch, dass die Regierung für so was Geld auftreiben kann, aber irgendwelche Lebensmittelhilfen kriegen sie nicht hin.« Er schüttelte den Kopf. »Nein, Süße, ich hab einen Job. Ich komme zurecht. Ich brauche das schlechte Gewissen nicht und das Blutgeld auch nicht.«

»Und warum dann?«, wollte ich wissen.

Andy streckte die linke Hand aus und nahm etwas vom Armaturenbrett. Das Klebeband darum herum löste sich widerstandslos, als wäre es daran gewöhnt, abgeschält und wieder angeklebt zu werden. Er hielt es mir hin, wartete darauf, dass ich es nahm.

Ein kleiner Junge lächelte mich von der Hochglanzoberfläche des Fotos an, sein dunkles Haar schimmerte. Er sah aus, als wäre er zehn, vielleicht zwölf, höchstens. Ich erkannte die gedämpften Farben des Hintergrundes wieder – ein Schulfoto.

»Das ist mein Enkel«, erklärte Andy. »Er heißt Michael. Vor vier Jahren haben sie ihn aus seiner Schule geholt. Als ich versucht habe, mich deswegen mit der Polizei in Verbindung zu setzen, mit der Regierung, mit der Schule, da wollten die mir alle nichts sagen. War überall dasselbe. Ich konnte damit nicht online gehen, ohne dass mein Internetzugang gekappt wurde. Konnte mich nicht ans Fernsehen wenden oder an die Presse schreiben, weil Gray da auch überall die Finger drinhatte. Aber ein paar von den Eltern in seiner Schule, die sagten, sie haben ein paar PSFs von einem Ort namens Black Rock reden hören.«

Ich wischte die verschmierten Fingerabdrücke von dem Foto und reichte es ihm zurück.

»Du hast recht«, sagte er. »Ganz selbstlos bin ich nicht. Ich hoffe wohl, dass du vielleicht irgendwelche Informationen für mich hast. Vielleicht weißt du ja, was oder wo dieses Black Rock ist, und wir sind quitt?«

Es war sein flehender Tonfall, der mir den Rest gab. Ich konnte das hier nicht von dem Gedanken an meine eigene Großmutter trennen, die nicht wusste, was mit mir passiert war. Meine Haut spannte sich eng um meine Brust.

»Ja, das weiß ich. Black Rock ist ein Lager in South Dakota.«

»South Dakota!« Andy klang erstaunt. »So weit draußen? Bist du sicher?«

Ich war mehr als sicher. Die League hatte eine Liste von allen fünfzehn Lagern, auf die die überlebenden Psi-Kids aufgeteilt worden waren. Manche waren winzig – ein paar Dutzend Jugendliche. Manche bestanden aus umgebauten Schulen, in denen ein paar Hundert Platz hatten. Und dann gab es Lager wie Black Rock und Thurmond, die aufgrund ihrer abgelegenen Lage Tausende aufnehmen konnten.

Das Lager in South Dakota war für die League von besonderem Interesse, wegen der Gerüchte, die sich darum rankten. Seit IAAN offiziell anerkannt worden war, mussten sämtliche Geburten in einer speziellen Datenbank erfasst werden. Diese Kinder sollten jeden Monat zu jeweils ortsansässigen Ärzten oder Fachleuten gebracht werden, um getestet zu werden, damit jegliche »Anomalien« protokolliert werden konnten. Jedes Kind, das vor seinem zehnten Lebensjahr Psi-Fähigkeiten entwickelte, kam in ein besonderes Studienprogramm, das in Black Rock durchgeführt wurde. Wenn die anderen Jugendlichen IAAN überlebten und ihre Kräfte innerhalb des normalen Zeitplans entwickelten, wurden sie abgeholt und in die »normalen« Rehabilitationslager gebracht.

»Vielleicht haben sie ihn ja irgendwann verlegt«, sagte ich. »Wissen Sie, was er ist?«

»Wie meinst du das, was er ist?«, fragte Andy und drehte sich ein wenig zu mir herum. »Er ist mein Enkel, das ist er!«

Ich hatte nur herausfinden wollen, ob er einer von den Gefährlichen war – ein Roter oder ein Orangener wie ich. Ob er möglicherweise schon aussortiert worden war, und zwar endgültig.

»Diese Lager …«, fing Andy an und schirmte die Augen mit

der Hand gegen die Scheinwerfer eines entgegenkommenden Lastwagens ab. »Weißt du, was die da drin machen? Hast du schon mal eins gesehen?«

Ich warf einen Seitenblick auf Jude. »Ja.«

»Und die haben dich rausgelassen, weil sie dich geheilt haben?«, fragte er, und die Hoffnung in seiner Stimme brach mir das Herz. »Du bist jetzt wieder gesund?«

»Die können das nicht heilen«, antwortete ich. »All die Kids, die sie geholt haben tun nichts anderes als arbeiten und warten. Ich bin nur rausgekommen, weil mir jemand geholfen hat.«

Andy nickte, als hätte er sich so etwas schon gedacht.

»Das sind schreckliche Zeiten«, stellte er nach langem Schweigen fest. »Und du hast recht, keinem von uns ist zu trauen. Was wir getan haben … was wir die mit euch haben machen lassen, das ist eine Schande. Ein richtige, wahrhaftige Schande, und dieses Wissen werden wir mit ins Grab nehmen. Aber ich möchte, dass du weißt, dass es für jeden, der aus Angst oder für Geld ein Kind ausliefern würde, Hunderte und Tausende andere gibt, die mit Zähnen und Klauen darum gekämpft haben, ihre Familien zusammenzuhalten.«

»Das weiß ich.«

»Es ist nur … Es war so schlimm damals, und die Regierung hat immer wieder gesagt – die haben die ganze Zeit davon geredet, dass die Kinder sterben würden wie all die anderen, wenn ihre Eltern sie nicht zur Behandlung schicken. Und dann hatte man gar keine Wahl mehr. Die wussten genau, dass wir nichts machen konnten, um sie zurückzuholen, und das macht mich fertig. Das macht mich *total* fertig.«

»Haben die Leute wirklich geglaubt, dass die Rehabilitationsprogramme etwas bringen?«, fragte ich.

Jude bewegte sich auf seinem Sitz, versuchte, eine bequemere Lage zu finden.

»Ich weiß nicht, Süße«, erwiderte Andy, »aber ich glaube, sie haben mit aller Kraft gehofft, dass es so ist. Plötzlich hat man nichts mehr – kein Geld, keine Arbeit, kein Zuhause –, und Hoffnung ist meistens das Einzige, was einem bleibt, und auch dann ist das etwas Seltenes. Ich glaube, heutzutage glaubt kaum einer all die Lügen, aber was können wir dagegen machen? Wir haben doch keinerlei Informationen, mit denen wir arbeiten könnten, bloß Gerüchte.«

Da wurde mir schlagartig klar, dass es genauso wichtig war, Coles USB-Stick ausfindig zu machen, wie Liam zu finden. Die ganze Zeit hatte ich den Stick als so ein kleines Plastikteil betrachtet und nicht viele Gedanken auf den Wert dessen verschwendet, was sich darauf befand. Liam zu suchen war wichtig für *mich*, bedeutete *mir* alles, aber Coles Daten … damit wäre allen geholfen. Das hatte das Potenzial, Familien wieder zusammenzubringen, Menschen, die einander liebten.

»Ich werde alle rausholen, aus sämtlichen Lagern«, verkündete ich. »Ich werde nicht aufhören, bis alle nach Hause können.«

Andy nickte und hielt dabei den Blick auf die Straße gerichtet. »Dann sind wir mehr als quitt.«

Das Gespräch endete, und das Radio ging an. Ich sah dem Sonnenaufgang zu, sah, wie die Farben den Horizont in weichem Rosa aufleuchten ließen, und mir war fast schlecht vor Müdigkeit. Aber trotzdem konnte ich nicht einschlafen.

Ich zog Liams Lederjacke über mich wie eine Decke und spürte, wie etwas an meiner Hand vorbeirutschte, aus einer der Taschen glitt. Die beiden Zugfahrkarten, die die Frau gekauft hatte, flatterten gemächlich zu Boden, die eine mit der Schrift nach oben, die andere mit der Rückseite.

ALLES

Das Wort war mehrmals mit Kugelschreiber auf die Rückseite der einen Fahrkarte gekritzelt worden; die Buchstaben waren krakelig und zackig, und jeder Strich war dunkler und tiefer.

Ich hob die Karten auf, drehte die andere um. GUTE.

ALLES GUTE.

Anscheinend hatte ich die Frau doch nicht so fest im Griff gehabt, wie ich gedacht hatte. Es war blöd von mir, so erschrocken zu sein, da sie doch Hunderte von Kilometern weit weg war, doch ich konnte nicht anders, ich malte mir das Allerschlimmste aus. Dass sie alle und jeden vor dem Grauen dort hinten in ihrem Wagen hätte warnen können. Sie hätte in den Bahnhof gehen und abhauen oder uns jedem Skiptracer melden können, der gerade in der Nähe war. Sie hätte die Belohnung einsacken können, hätte die befriedigende Gewissheit gehabt, dass wir von der Straße weg waren und dass sie uns los war.

Stattdessen jedoch hatte sie *das hier* getan. Andy hatte *das hier* getan.

Ich zerriss die Fahrkarten, ehe Jude aufwachen und sie sehen konnte. Ich wollte nicht, dass er die falsche Hoffnung hegte, diese Leute wären irgendetwas anderes als einsame Kerzenflammen in einem Meer aus unendlicher Schwärze.

Jude sang noch immer – im wahrsten Sinne des Wortes – in höchsten Tönen das Loblied auf seinen neuen Helden Andy, als wir die ersten Schilder erblickten, auf denen Wilmington stand. Gleich nachdem er uns in der Nähe von Richmond abgesetzt hatte, hatte er uns genau erklärt, welche Highways wir auf dem Weg hier herunter meiden sollten. Ich war zu durcheinander gewesen und zu genervt wegen der Verzögerung, um mich gleich bei ihm zu bedanken. Jetzt erfüllte mich jede freie Straße, die unser geklautes kleines Auto hinuntersauste, mit schmerzlicher Reue.

Wilmington küsste auf einer Seite den Atlantik und auf der anderen einen Fluss. Ich war überrascht zu sehen, wie sehr es jenen Teilen Virginias ähnelte, die ich kannte – die Bauweise der Häuser, wie die Wohnviertel angeordnet waren. Selbst die Art und Weise, wie sich der Himmel über den Dächern grau färbte und immer dunkler wurde, bis die Wolken schließlich aufrissen und es zu regnen begann.

Die Adresse, die Cole mir gegeben hatte, 1222 West Bucket Road, Wilmington, North Carolina, befand sich in einem kleinen Wohnviertel namens Dogwood Landing, nicht weit von einer Anlage, die ich für einen Universitäts-Campus hielt. Es war ein ruhiger Stadtteil, umgeben von frostigen Waldstreifen und mit einer erklecklichen Anzahl unbewohnter Grundstücke und verbogenen Verkaufsschildern. Ich suchte mir ein solches Grundstück aus und parkte den VW Käfer davor, den wir gestohlen hatten, nachdem wir uns von Andy getrennt hatten.

»Sind wir da?«, fragte Jude und betrachtete eingehend das nächste Haus.

»Nein, es ist noch ein Stück da runter, glaube ich.« Ich holte tief Luft und fragte mich, wie es möglich war, im selben Atemzug Freude und Furcht zu empfinden. »Ich will von hinten an das Haus ran, für den Fall, dass jemand die Vorderseite beobachtet.«

Es hatte doch einen Grund dafür gegeben, dass Liam und die anderen sich nicht sofort auf den Weg nach Hause gemacht hatten, nachdem sie aus Caledonia getürmt waren, oder? Albans Berater erinnerten uns immer wieder daran, wie unterbesetzt die PSF-Truppen seien, Liam jedoch war ein Fang von hoher Priorität. Wie groß war die Chance, dass die Regierung hier noch immer jemanden postiert hatte, der Liams Eltern beobachtete, gut neun Monate später?

O Gott. Liams Eltern. Was zum Teufel sollte ich denen sagen?

Ich winkte Jude, mir um eines der Häuser herum zu folgen. Die meisten waren eher klein, mit grauen Schrägdächern, Ziegelfassaden und weißen Zierkanten. Ich zog Jude dicht hinter mir her, als wir uns einen Weg zwischen den Bäumen hindurch suchten und einer schmalen ungepflasterten Zufahrtstraße folgten, die sich hinter den Gärten der Häuser entlangzog.

Liams Haus lag tief zwischen den Bäumen, ein Stück von den anderen Häusern des Blocks entfernt. Es hatte große Ähnlichkeit mit den anderen, mit hübschen blauen Fensterläden und einer langen Auffahrt, die zur Garage führte. Was ich wirklich brauchte, war ein Blick auf die Vorderseite.

Ich hielt Jude zurück und zwang ihn, sich neben mir hinzukauern, und wir hielten Ausschau. Nach Überwachungskameras, nach Fuß- und Reifenspuren, nach einem Undercover-PSF, der auf Patrouille vorbeigeschlendert kam.

»Sieht irgendwie …«, begann Jude.

Leer aus, vollendete mein Verstand den Satz. Es sah aus, als wäre niemand zu Hause, und da die Regenrinnen mit Blättern und Dreck verstopft waren, glaubte ich nicht, dass die Bewohner in letzter Zeit mal zurückgekommen waren.

»Vielleicht sind sie nur mal schnell raus, was erledigen?«, meinte Jude

»Am Donnerstagnachmittag um vier Uhr? Scheint mir eher unwahrscheinlich«, ließ sich eine neue Stimme vernehmen.

Das Mädchen war eine Schlange. Das war die einzige Erklärung dafür, wie lautlos sie durchs Laub auf uns zugeglitten kam.

»Teamleiterin«, sagte Vida und nickte uns zu, während sie sich hinter uns duckte. »Judith.«

Jude fiel tatsächlich um.

»Was machst du …«, stammelte ich. »Wie hast du …« Sie konnte doch nicht erraten haben, wo wir sein würden. Gut war sie ja, aber *so* gut nun auch wieder nicht. Ich musste einen Peilsender übersehen haben, *irgendetwas* …

»Der Kragensaum von deinem Unterhemd«, meinte Vida und deutete mit einer Kopfbewegung auf Jude. »Wenn du das nächste Mal beschließt abzuhauen, dann achte darauf, dass du *alle* verdammten Peilsender erwischst.«

»Peilsender?«, wiederholte Jude und sah mich an.

»Jude hat doch das Auto lahmgelegt«, wandte ich ein, »und alles, was an Elektronik da drin war.« Einschließlich, davon war ich ausgegangen, der Peilsender in seinen Kleidern.

»Bestimmt überziehen sie deshalb die Peilsender für die Gelben alle mit Gummi«, bemerkte Vida kopfschüttelnd. »Mein Gott, das *wusstet* ihr nicht?«

Sie war eindeutig stolz auf sich, obwohl sie aussah, als hätte sie einiges hinter sich. Ihr blaues Haar ringelte sich wieder in seinen Naturlocken.

Ich zog Jude dichter zu mir heran, öffnete den Reißverschluss seiner Jacke und tastete den Saum seines Unterhemds ab. Tatsächlich fühlte ich einen kleinen Knubbel, nicht größer als ein Getreidekorn, der in den Saum am Ausschnitt eingenäht war. Ich schnitt ihn mit meinem Taschenmesser heraus und hielt ihn ihm hin, damit er ihn sehen konnte. Ehe er danach greifen konnte, zerquetschte ich das Ding mit dem Messergriff.

»Die nähen Sender in unsere Klamotten?« Ungläubig schaute Jude von Vida zu mir und zurück, obwohl es ganz klar war, dass er mit sich selbst sprach. »Warum denn? Das kann doch nicht …«

Vida sah aus, als wäre sie drauf und dran, in ihr ganz spezielles boshaftes Gelächter auszubrechen, doch ihre Miene veränderte sich – wurde irgendwie schmaler. Ihre gesamte Aufmerksamkeit richtete sich auf irgendetwas hinter uns, und mit einer einzigen geschmeidigen Bewegung war sie wieder auf den Beinen und zog ihre Pistole. Ich fuhr herum, und das Haar fiel mir übers Gesicht, als ich hastig auf die Knie hochkam, um besser sehen zu können.

Die Welt brach zusammen.

Ich spürte richtig, wie sie unter mir wegbrach, spürte, wie jeder Knochen und jeder Muskel in meiner Brust mit ihr nachgab. Wie ich es schaffte, mich hochzustemmen, oder wie es kam, dass ich aufrecht dastand, weiß ich nicht mehr, aber ich war zu betäubt vom Schock, um mich darum zu scheren, dass ich für jeden, der das Grundstück vielleicht beobachten mochte, deutlich zu sehen war.

Und dann war ich in Bewegung und rannte. Ich hörte Vida und Jude hinter mir rufen, doch der Wind und der Regen trugen ihre Stimmen davon, und ich hörte nichts außer dem Rauschen des Blutes in meinen Ohren. Ich hastete den sanften Abhang hinunter, drängte mich durch das Gewirr der Äste, durch den baufälligen Zaun, zu ihm durch.

Er stieg aus dem Fenster, kroch durch das zerrissene Fliegengitter, ein Bein nach dem anderen, bis seine Schuhe endlich in dem Matsch darunter einsanken. Sein Haar war länger, als ich es in Erinnerung hatte, die Knochen seines Profils traten deutlicher hervor. Er war auch größer geworden, oder ich kleiner, oder Erinnerungen waren wirklich eine Lüge – es war egal. Er hörte mich kommen und fuhr herum, die eine Hand griff nach etwas in seiner dicken Tarnjacke, die andere nach irgendetwas im Bund seiner Jeans. Ich merkte es genau, als er mich erblickte – alles an ihm erstarrte.

Doch dann begannen seine vollen Lippen zu arbeiten, stumm, bis sie sich schließlich für ein winziges Lächeln entschieden. Meine Füße wurden langsamer, blieben jedoch nicht stehen.

Ich atmete schwer. Mein ganzer Brustkorb pumpte vor Anstrengung, die Luft in Bewegung zu halten. Heftig drückte ich eine Hand gegen mein Herz. Erschöpfung, Erleichterung und dieselbe bittere Todesangst, die ich an jenem Nachmittag empfunden hatte, als ich ihn verloren hatte, brandeten in mir empor. Ich hatte einfach nicht mehr die Kraft, sie zurückzudrängen.

Ich brach in Tränen aus.

»Ach, Herrgott noch mal!« Chubs schüttelte den Kopf und seufzte, doch ich hörte die Zuneigung in seiner Stimme trotzdem. »Ich bin's doch nur, du Dumpfbacke.«

Und ohne ein weiteres Wort trat er die letzten beiden Schritte vor, die zwischen uns lagen, und nahm mich ganz fest in die Arme.

9. Kapitel

Das Problem war, nachdem ich einmal angefangen hatte, konnte ich nicht mehr aufhören. Ich fühlte, wie alles an mir gegen ihn sackte, brauchte die Bestätigung, dass er wirklich da war und dass das Herz, das da an meinem Ohr schlug, seins war. Chubs klopfte mir verlegen auf den Rücken, während ich das Gesicht in seiner Jacke vergrub und völlig aus den Fugen ging.

»Wie?«, brachte ich erstickt hervor. »Wieso bist du hier?«

Das Rascheln zwischen den Bäumen hinter uns drang kaum zu mir durch, doch Chubs schaute auf und rief: »Ach, komm schon, Lee – ich weiß doch, dass du auch geknuddelt werden willst.«

Es geschah zu schnell, als dass ich ihn hätte warnen können – als dass ich irgendetwas hätte verhindern können. Chubs ließ mich los, drehte mich mit einem Ruck herum, sodass ich hinter ihm stand, und brachte mich damit noch mehr durcheinander. Bestimmt gaukelte mir mein Verstand etwas vor, dachte ich, denn es sah so aus, als hätte er ein langes Jagdmesser aus dem Hosenbund gezogen. Es sah so aus, als ziele Vida mit ihrer Pistole auf ihn und entsichere die Waffe gerade.

»Es ist …«, begann ich und fühlte, wie sein Arm sich unter meinem Griff anspannte. »Chubs …«

»Wer zum Teufel seid ihr?«, wollte er wissen.

»Jedenfalls nicht derjenige, der mit einem Messer bei einer

Schießerei aufläuft«, antwortete Vida und wedelte zur Betonung mit ihrer Pistole.

»Moment, Moment!« Jude tauchte hinter dem Baum zu ihrer Rechten auf. Er rutschte teilweise den schlammigen Abhang hinunter und warf sich zwischen die beiden. »Nicht Liam«, sagte er und zeigte auf sich selbst und dann auf Vida. »Auch nicht Liam.« Dann wandte sich Jude wieder zu Chubs um, und seine dichten Brauen zogen sich zusammen, als er den Finger auf uns richtete. »Und auch nicht Liam?«

Daraufhin starrte Vida ihn ungläubig an. »In welchem Universum sieht dieser Volltrottel auch nur *annähernd* aus wie Cole Stewart?«

Judes Stimme wurde immer ganz hoch, wenn er sich verteidigte. »Ich weiß nicht! Halbbruder, andere Mutter? Es gibt schließlich so was wie Adoption.«

Chubs ließ das Messer sinken. Ich konnte sehen, wie der Verstand hinter seinen Augen arbeitete, von einer grauenvollen Möglichkeit zur nächsten sprang, als er die Fremden, meine Tränen und Liams Abwesenheit zur Kenntnis nahm.

»O mein Gott«, stieß er hervor und wurde ganz grau im Gesicht. »O mein Gott.«

»Nein, nein«, stammelte ich rasch. »Er ist nicht tot!«

Soweit du weißt, flüsterte mein Verstand.

»Wieso seid ihr nicht zusammen?« Jetzt sah es aus, als wäre er selber den Tränen nahe. Chubs üblicher ordentlicher Kurzhaarschnitt war ausgewachsen, und mit der Brille mit dem silbernen Gestell, die tatsächlich zu seinem Gesicht passte, sah er so viel reifer aus, als ich ihn in Erinnerung hatte. Eigentlich sah er gar nicht aus wie er selbst, erst als ich sah, wie die Angst über ihn hereinbrach – das war der Chubs, an den ich mich erinnerte, immer zwischen einem Panikanfall und dem nächsten. »Er hätte dich doch nie verlassen, niemals!«

Ich schaute weg. Nicht zu Vida und Jude hinüber, die uns schweigend zusahen, sondern auf den weichen Matsch, der zu unseren Füßen Kuhlen für die Regenpfützen bildete.

»Ruby«, begann Chubs mit angespannter Stimme. »Was ist passiert?«

Ich schüttelte den Kopf und presste meine eiskalten Hände vors Gesicht.

»Du hast ihn verlassen?«, riet er. »Ihr hattet Krach? Ihr habt euch getrennt, für ein paar Tage?«

Indem ich sie flüsterte, hoffte ich, der Wahrheit ein wenig von ihrer Schärfe nehmen zu können, doch dem war ganz und gar nicht so. Chubs machte einen erschütterten Schritt rückwärts; Entsetzen blitzte in seinen Augen auf.

»Nein!«, keuchte er und packte mich an den Schultern. »Das war der einzige Grund, warum ich gedacht habe, ihr wärt okay! Ich dachte, ihr beide würdet zusammenbleiben!«

»Was hätte ich denn tun sollen?«, fragte ich, und es war mir egal, dass meine Stimme lauter wurde. »Du warst … du warst tot, und die haben uns mitgenommen, und ich hab einen Deal gemacht, und ich wusste, *ich wusste* genau, anders würde er nicht gehen. Was zum Teufel hätte ich denn machen sollen?«

Chubs schüttelte den Kopf. »Und die beiden hier, die sind von der League? Die gehören zu dir?«

»Sie …«, setzte ich an.

»… stehen immer noch hier und warten auf eine Erklärung, wer zum Teufel das ist«, fuhr Vida dazwischen. Jede Spur von Belustigung war aus ihrer Miene verschwunden.

Mein Gehirn machte sich endlich daran, sich wieder in Betriebsbereitschaft zu versetzen, und mit dieser Bereitschaft kam neue Angst.

Vida war hier, Vida, die uns gejagt und gestellt hatte, um uns zur League zurückzubringen. Vida, die jetzt Chubs gesehen hatte und ihn für die League würde identifizieren können, falls es dazu kam. Die vielleicht sogar versuchen würde, ihn ins HQ zu schaffen.

Ich schob ihn zurück, um vor ihm zu bleiben. »Er ist niemand«, sagte ich. »Er geht dich nichts an.«

»Äh, doch, das tut er verdammt noch mal sehr wohl, wenn er mit uns Stewart suchen geht«, erwiderte Vida.

»Was hast du gesagt?«

»Schalt doch mal dein leeres Gehirn ein«, knurrte sie. »Ich bin nicht hier, um euch zurückzubringen, ich bin hier, um euch zu helfen.« Sie starrte Jude an. »War nett von dir, mich dafür unter Strom zu setzen, du kleiner Scheißer.«

»Wenn du nicht mit dem Beta-Team und Barton da warst, um uns zurückzuholen, warum dann?«

Vida verdrehte die Augen, antwortete aber schließlich doch – und sah dabei so selbstgefällig aus, wie es überhaupt nur möglich war. »Ich wusste von eurem romantischen kleinen Kreuzzug. Die einzige Möglichkeit, aus dem HQ rauszukommen, ohne dass es verdächtig aussah, war vorzuschlagen, dass ich nach euch beiden Blödsäcken suchen gehe, da ich doch eure beschissenen Persönlichkeiten angeblich so gut kenne.«

»Und was war mit dem Beta-Team?«, wollte Jude wissen.

»Ist ins HQ zurückgerufen worden. Hat Order, Rob mitzubringen oder so was – ihr beiden Hübschen habt mit eurer kleinen Nummer einen Riesenaufstand ausgelöst.« Sie warf ihr Haar zurück. »Alban hat mir zwei Wochen Zeit gegeben, euch zu finden. Also bringen wir diese Horrorshow mal in Gang.«

Kopfschüttelnd starrte ich sie an. »Du redest *so* einen Scheiß. Glaubst du etwa, wir wandern einfach so mit dir in den Sonnenuntergang?«

»Nein«, antwortete Vida. »Ich erwarte, dass ihr *tanzt*, verdammte Scheiße, und zwar mit einem Lächeln und so wenig

Zickenalarm wie möglich, sonst hält sich Cole nämlich nicht an eure dämliche Abmachung, dass die League die Lager befreit.«

Also stimmte es – sie sagte die Wahrheit, dass sie hier sei, um uns zu helfen. Sonst hätte Cole sie nicht eingeweiht. Das Ziel war zu wertvoll. Es überraschte mich, wie sehr es meinen Stolz verletzte zu wissen, dass er dachte, ich könnte diesen Einsatz nicht allein bewältigen. Dass er glaubte, ich bräuchte Verstärkung.

Jude sah mich völlig verständnislos an.

»Okay, *vámonos*!«, sagte Vida und klatschte in die Hände. »Wenn ihr das Haus checken wollt, dann macht schnell.«

»Ich gehe mit dir nirgendwo hin«, fuhr Chubs dazwischen. Ich kannte den Ausdruck auf seinem Gesicht – wie oft hatte ich den gesehen, nachdem die anderen mich aufgenommen hatten, bevor er die Tatsache, dass ich bei ihnen bleiben würde, allmählich akzeptiert hatte? Chubs hatte aus seinen Gefühlen noch nie ein Geheimnis gemacht, ob es nun Zorn oder Angst oder Misstrauen war. Er und Liam waren sich in dieser Hinsicht ähnlich, nur lag das bei Liam in seiner Natur, und bei Chubs war es Absicht. Ich weiß nicht recht, ob er einen Sinn darin sah, so zu tun, als sei er irgendetwas, das er gar nicht war.

»Doch«, sagte ich und nahm Chubs abermals am Arm. Ich spürte, wie sich die Muskeln dort unter meinen Fingern anspannten. »Komm mit, wir müssen reden. Ich erklär dir alles.«

Chubs schaute mit unwirscher Miene auf mich herunter. »Dann aber nur wir beide. Ich will nicht …«

Wir hörten es alle vier sofort. Zuschlagende Autotüren. Eine, zwei, drei.

Ich zerrte Chubs rückwärts, sodass wir an der Hauswand standen, und bedeutet Jude mit einer Geste, zu uns zu kommen, und zwar schnell. Vida schlug einen Haken um die nahe stehenden Bäume; ihre Stiefel machten kein Geräusch auf dem weichen Mulch. Ihr greller Haarschopf war das Letzte von ihr, das im Regen verschwand.

Rasch blickte ich zu dem Fenster hinauf, aus dem Chubs geklettert war; meine Hand streckte sich nach dem lockeren Fliegengitter aus, dann wieder nach den Bäumen. Vielleicht könnten wir abhauen, vielleicht. Versuchen, in der Wildnis zu verschwinden und sie so abzuhängen.

»Ist das Barton?«, flüsterte Jude.

Chubs und ich brachten ihn mit einem Zischen zum Schweigen. An der Rückseite von Liams Haus gab es fünf Fenster mit weißem Rahmen und eine entzückende kleine Fliegentür, die mit stabilen Brettern vernagelt worden war. Ein Backsteinquadrat war liebevoll verlegt worden, um vor der Hintertür als kleine Terrasse zu dienen. Jetzt war im Regen grünes Gras aus den Fugen gesprossen.

Ich ging auf den feuchten Ziegeln auf alle viere nieder und kroch langsam an dem Haus entlang, bis die Stimmen lauter wurden. Meine Nägel gruben sich in den Stoff meiner Hose, während ich angestrengt lauschte. Zwei Männer. Eine Frau.

Als ich mich schließlich umdrehte, um den Jungs dies mitzuteilen, war Vida bereits da, kauerte zwischen Chubs und Jude. Als sie meinen Blick spürte, schaute sie auf und ruckte ungeduldig mit dem Kinn.

»Es sind insgesamt vier«, flüsterte sie. »Eine Frau, drei Männer. Sehen aus wie PSFs.«

Ich hielt Jude den Mund zu. »Sind sie bewaffnet?«

Sie nickte. »Das Übliche. Was ist denn mit diesem Haus? Warum ist es so wichtig, dass sie hier Bewegungsmelder installiert haben?«

»Bewegungsmelder?«, fragte Chubs.

»Sie haben die Dinger an allen vier Ecken unter den Dachüberhang gepackt«, erklärte sie eindeutig genervt, dass er ihre Worte nicht sofort als Evangelium der Wahrheit anerkannte.

Ich wechselte einen Blick mit Chubs und ließ es zu, dass Jude meine Hand von seinem Gesicht schälte. Natürlich hatten sie *irgendwas* installiert, um das Haus zu überwachen. Wenn nicht wegen Liam, dann wegen Cole. Interessant, dass Cole sich nicht die Mühe gemacht hatte, ihr irgendwelche Hintergrundinformationen zu seinem Bruder zu geben. Vielleicht war ja einfach nicht genug Zeit gewesen.

Die Stimmen waren verstummt, doch ich hörte ihre schweren Schritte durch den überwucherten Garten auf der rechten Seite des Hauses trampeln. Jetzt würden sie zu nahe sein, als dass wir versuchen könnten, in den Wald zu türmen. Unmöglich, dass sie uns nicht sehen würden.

Mit einem Seufzer, der seine ganze hochgewachsene Gestalt erzittern ließ, stand Chubs auf und schob die baumelnden Bahnen des Fliegengitters zur Seite. Seine Schultern sanken resigniert herab.

»Vertraust du mir?«, fragte er, als er mein Gesicht sah.

»Natürlich.«

Jude gab hinter mir ein leises Geräusch von sich, doch ich achtete nicht darauf.

»Dann sag deinen Freunden, sie sollen da reinklettern«, mit einer Kopfbewegung deutet er auf das nunmehr offene Fenster, »und aufstehen. Ich muss dir Handschellen anlegen.«

Das war das Gute daran, vor Schreck wie besinnungslos zu sein: Ich brauchte nicht so zu tun, als hätte ich fürchterliche Angst. Ich stand da, fühlte, wie die scharfen Ränder der Plastikbänder um meine Handgelenke das Blut abschnürten und ließ sie jeden einzelnen Gedanken in meinem Kopf abkoppeln.

Wer ist dieser Mensch?, dachte ich und betrachtete ihn jetzt genauer. Er trug die Tarnjacke mit Kapuze, die ich vorhin schon vage wahrgenommen hatte, einen Rollkragenpullover aus grauer Wolle und ausgeblichene Jeans, staubig und abgetragen. An seiner Hüfte war etwas befestigt, das aussah wie ein kleines Handy, und außerdem eine Ledertasche. Als wir damals zusammen unterwegs gewesen waren, hatte er seine sämtlichen Besitztümer in einer zerschrammten Aktentasche aus Leder aufbewahrt, die er irgendwo gefunden hatte. Das hatte so viel besser zu ihm gepasst als diese komische Imitation dessen, wie seiner Meinung nach ein Jäger aussehen sollte.

Es hätte tröstlich sein sollen, ihn so bereit und gut ausgerüstet zu sehen, doch irgendwie machte mir das noch mehr Angst.

Chubs' Hand war ganz ruhig, als er mich am Kinn fasste, mein Gesicht hin und her drehte und missbilligend die Schrammen und blauen Flecken von gestern Abend musterte. Die anderen standen hinter dem geschlossenen Fenster und sahen zu; Judes Gesicht war so nahe, dass es sich fast an die Fensterscheibe presste.

»Es ist vielleicht besser, wenn du so tust, als ob du ohnmächtig wirst«, meinte er.

Der Vorschlag kam gerade noch rechtzeitig. Als ich auf dem Boden aufschlug, sah ich Schwarz aufblitzen, als die PSFs um die Ecke kamen.

Vier. Vida hatte recht gehabt. Die brünette Frau war die Größte der Gruppe, sie überragte die Männer um etliche Zentimeter. Der eine Mann war schon älter, sein Haar umgab seinen Kopf in einem flaumigen graublonden Kranz. Die beiden anderen waren jünger und sahen sich ähnlich genug, um Brüder zu sein. Alle waren mit Gewehren ausgerüstet – der Standardausführung –, Handschellen, das volle Programm.

»Kann ich Ihnen helfen?«, erkundigte sich Chubs.

Die Soldaten wussten nicht, was sie von uns halten sollten,

doch sie senkten ihre Waffen auch nicht. Mir jedoch ging allmählich ein Licht auf, lange bevor Chubs sich wieder zu Wort meldete.

»Wie, seid ihr etwa hier, um mir meinen Fang vor der Nase wegzuschnappen? Versucht ihr, euch davor zu drücken, mich zu bezahlen?«

Der alte Soldat zog eine buschige Augenbraue hoch. »Sie sind Skiptracer?«

Hab ich mir auch gerade gedacht. Wenn das die List war, die wir hier anwandten, dann saßen wir tiefer in der Tinte, als ich gedacht hatte. An guten Tagen war Chubs ungefähr so bedrohlich wie ein Zimmerkaktus.

»Hier!« Er griff in die Ledertasche an seinem Gürtel und streckte dem PSF etwas hin. Es sah aus wie ein kleines Büchlein, ungefähr so groß wie ein Reisepass.

Der alte Mann trat vor, wandte sich jedoch zu der Frau um. »Dreht mal eine Runde um das Grundstück. Vergewissert euch, dass sie allein war.«

Chubs wedelte abermals mit dem Büchlein, als die anderen drei zu ihrer Runde aufbrachen. Der alte Mann seufzte, und sein Blick huschte zwischen Chubs' Gesicht und dem, was dort stand, hin und her.

»Na schön, Mr Lister«, sagte er und reichte ihm das Büchlein zurück. »Haben Sie die da schon durch die Datenbank gejagt?«

»Sie ist nicht drin«, erwiderte Chubs. »War wahrscheinlich eine ganze Weile unterwegs. Es gibt keinen Eintrag zu ihr.«

»Haben Sie sie getestet?«, erkundigte er sich. »Wenn sie Blau oder Gelb ist, dann brauchen Sie …«

»Sie ist Grün«, fiel Chubs ihm ins Wort. »Wieso? Möchten Sie eine Demonstration?«

»Wir könnten sie mitnehmen«, erbot sich der Mann. »Dann sparen Sie sich die Mühe mit dem Transport.«

»Ich hab Ihnen doch gesagt, sie ist nicht im System«, erwiderte Chubs, und die unangenehme Schärfe in seiner Stimme war jetzt deutlicher. »Ich weiß, wie so was läuft. Sie können mir meine Prämie nicht auszahlen, wenn sie nicht registriert ist. Dann muss ich auf die nächste Wache und den Papierkram erledigen, wenn ich das Kopfgeld haben will.«

Der Mann schnaubte, versuchte jedoch nicht, das abzustreiten. »Das Auto da an der Straße, war das Ihres?«

»Nein«, gab Chubs zurück und verdrehte die Augen. »Ich bin auf einer Wolke hier eingeflogen und dann wie ein Blitz aus heiterem Himmel auf die Kleine niedergefahren.«

»Hey, ist ja gut«, kam die mürrische Antwort des PSFs. »Ich kann sie mitnehmen, und Sie könnten verdammt noch mal gar nichts dagegen machen. Also sehen Sie sich mit Ihrem Ton vor, Junge.«

Genau dieser Ton war es, was mich ebenfalls stutzig machte. Chubs war nicht von Natur aus mutig. Mut pflegte sich bei ihm zu zeigen, wenn er das Gefühl hatte, dass seine Freunde bedroht wurden, das stimmt, doch das hier war gar nicht so sehr Tapferkeit, sondern eher Leichtsinn. Und das war das Letzte – das Allerletzte –, was ich mit ihm assoziierte.

Ich weiß nicht, wie viel Zeit zwischen diesem Moment und jenem verstrich, als das Funkgerät des PSFs schnarrte. Eine Minute. Zehn Jahre. Eine Ewigkeit.

»Hier ist Jacobson, hören Sie mich?«

Der Mann hakte das schwarze Walkie-Talkie von seinem Gürtel los. »Ich höre. Habt ihr was gefunden?«

»Nein, nichts Ungewöhnliches. Lässt sich schwer was sagen, bei dem Regen. Fußspuren wären bestimmt weggewaschen, over.«

»Sie ist allein, da bin ich mir sicher«, sagte Chubs gerade. »Ich bin ihr gefolgt.«

»Na schön«, knurrte der Mann.

Ich sah, wie seine Stiefel noch ein wenig tiefer in das tote, matschige Gras einsanken, als er zwei Schritte auf mich zu machte. Rasch kniff ich die Augen zu, und es war fast unmöglich, meinen Körper zu zwingen, vollständig schlaff zu bleiben, wenn er so nahe war. Ich wollte nicht, dass er mich anfasste. Panik flammte auf, so hell wie das Morgenlicht, als sein Stiefel mich in die Rippen stupste.

Das kalte, nasse Leder seines Handschuhs schloss sich um meinen Oberarm, und er riss mich vom Boden hoch. Mein Arm wurde verdreht, und scharfe, stechende Schmerzen schossen bis in die Schulter hinauf.

»Lassen Sie das!«, fauchte Chubs. »Fassen Sie sie nicht …«

Der Griff des PSFs lockerte sich nicht.

»Ich meine«, setzte Chubs von Neuem an, diesmal in neutralem Tonfall, »die ziehen die Behandlungskosten von der Belohnung ab, wenn die Kids verletzt sind. Ich komm dann schon klar, Sir.«

»Das ist schon besser«, erwiderte der Mann und ließ mich bäuchlings in den Dreck fallen. »Nehmen Sie sie mit, und machen Sie, dass Sie wegkommen. Sie betreten unbefugt ein Privatgrundstück, und wenn ich Sie noch mal hier erwische, nehme ich Sie höchstpersönlich fest.«

Das Regenwasser sammelte sich in meinem Ohr, rann ungehindert über meine Wange und durchtränkte Liams alte Jacke. Ich wartete darauf, dass es auch meine Angst fortschwemmte, in den Boden hinein, wo sie nicht mehr an mich herankonnte. Vorsichtig sog ich einen großen Schluck feuchte Luft ein und hielt sie an.

In der Ferne sprang ein Automotor an. Ich öffnete die Augen wieder und sah, wie Chubs auf mich zukam. Er kniete nieder, strich mir mit einer Hand den wirren Haarwust aus dem Gesicht. Wir lauschten auf das Mahlen der Reifen im losen Kies der Auffahrt, beide stumm und regungslos.

»Entschuldige«, sagte Chubs endlich. »Ist alles okay? Hat er dir etwa die Schulter ausgerenkt, weil, dann …«

»Alles gut«, versicherte ich, »aber könntest du jetzt bitte die Kabelbinder abmachen?« Ich war entsetzt darüber, wie sehr meine Stimme zitterte, doch zusätzlich zu allem Ungemach fing mein Gehirn auch noch an, alte Erinnerungen heraufzubeschwören, die besser ganz tief begraben bleiben sollten. Die Busfahrt nach Thurmond. Das Testen. Sam.

Sobald ich das Plastik unter seinem Messer zerreißen hörte, stemmte ich mich auf die Knie hoch und achtete nicht auf den Schmerz in meiner rechten Schulter. Chubs wollte die Hand ausstrecken, um sie abzutasten, doch ich bog mich weg, gerade außer seiner Reichweite.

Wir saßen da und starrten einander an, ließen den Raum zwischen uns mit Regen und Schweigen volllaufen. Schließlich streckte ich die Hand aus, und ohne ein Wort drückte er das schwarze Büchlein hinein.

Der Einband war aus festem Kunstleder, und ich hatte nicht ganz falschgelegen, als ich gedacht hatte, es wäre ein Pass. Auf den ersten Blick sah das Ding ganz genauso aus – mit dem blassblauen Papier und dem schillernden Siegel »United States of America« darauf.

AGENT DER FAHNDUNGSSTELLE FÜR FLÜCHTIGE PSI. Großer Gott, es gab einen offiziellen Titel für so etwas?

»Joseph Lister«, las ich. »Vierundzwanzig, eins einundachtzig, siebenundsiebzig Kilo, aus Penn Hills, Pennsylvania.« Rasch schaute ich zu ihm hinüber. Er hatte genau dieselbe finstere Miene aufgesetzt wie die auf seinem offiziellen Foto. »Weißt du, das ist echt witzig. Das Unglaubwürdigste an all dem hier ist dein Gewicht.«

»O ja, zum Brüllen«, maulte er und riss mir das Büchlein aus der Hand, ehe ich die anderen Seiten durchblättern konnte. Das war so original Chubs – der Chubs, den ich kannte –, dass ich lächelte. Er gab sich alle Mühe, die Lippen weiter zu einem strengen Strich zusammenzukneifen, doch ich sah, wie sie anfingen, sich zu wölben.

»Ich hab wirklich gedacht, du wärst tot«, sagte ich leise. »Ich hätte nicht zulassen dürfen, dass sie dich mitnehmen.«

Er hob eine Hand an die Schulter und drückte zu, als kehrten auch seine Gedanken gerade zu jenem Moment zurück. »Du hast den Panikknopf gedrückt, stimmt's?«

Ich nickte.

»Ich hätte dasselbe getan«, sagte er. »Genau dasselbe. Na ja …« Er hielt inne und dachte nach. »Wahrscheinlich hätte ich ein bisschen gleichmäßiger auf die Wunde gedrückt, aber abgesehen davon, ja. Also …«

»Du solltest jetzt lieber aufhören«, meinte ich trocken. »Bevor du uns noch unseren rührseligen Augenblick verdirbst.«

Plötzlich ging das Fenster über uns auf, und Judes Lockenschopf erschien. »Ruby, bist du okay? O mein Gott, Vida wollte mich nicht zuschauen lassen, aber ich hab versucht, vorn rauszukommen, doch die Fenster waren alle mit Brettern vernagelt und hier drin ist nichts, also hab ich einfach …«

Chubs half mir hoch und bedachte mich mit einem Blick, der eindeutig besagte: *Was für eine brandneue Hölle ist das jetzt wieder?*

»Ich erzähl dir später alles, und du wirst genau dasselbe tun. Aber fürs Erste müssen wir sehen, ob wir irgendeinen Hinweis finden, wohin Lee unterwegs sein könnte.«

Chubs Brauen zogen sich zusammen, und er senkte die Stimme. »Hat Lee dir nicht erzählt, was für ein Kontaktverfahren er mit Harry abgesprochen hat?«

»Ich wusste, dass es eins gab, aber nicht, was es war«, erwiderte ich. »Aber dir hat er's erzählt?«

Er nickte und drehte sich so, dass er dem Fenster den Rücken zukehrte. Und den Menschen im Haus, ging mir auf. »Wir müssen los. Sofort.«

»Warte«, begann ich, doch er hatte sich bereits bei mir untergehakt.

»Sie beobachten das Haus, wir *müssen* weg«, drängte er. »Und, tut mir leid, aber ich hätte die League lieber nicht dabei.«

Ich machte meinen Arm von seinem los und trat einen Schritt zurück. »Ich kann sie doch nicht hierlassen.«

»Du gehörst *nicht* zur League«, beharrte er. »Du bist keine von denen. Du bist eine von *uns*.«

»Denk doch nicht *die* und *uns*«, flehte ich. »Wir können hierbei doch erst mal alle zusammenarbeiten. Du brauchst ja nicht mit uns nach Kalifornien zurückzukommen, wenn wir Liam gefunden haben, du musst nur jetzt bei uns bleiben.«

Aus dem Augenwinkel konnte ich durch das Fliegengitter Vidas grellblaues Haar erkennen. »Damals wolltest du auch nicht, dass ich bleibe, weißt du noch?«

»Ja, aber das war was anderes«, antwortete er mit leiser Stimme. »Und das weißt du auch.«

»Aber *du* wusstest das damals nicht.«

Ich hatte ihn richtig eingeschätzt; ich sah es in seinem Gesicht, in der starren Haltung seiner verkrampften Schultern.

»Du hast mich gefragt, ob ich dir vertraue«, flüsterte ich. »Vertraust du denn mir?«

Er blies einen tiefen Atemzug aus, die Hände in die Hüften gestemmt. »Gott steh mir bei«, knurrte er endlich. »Ja, das tue ich. Aber ich vertraue *dir*, nicht denen. Ich weiß ja nicht mal, wer die sind.«

Ich streckte bloß die Hand aus und wartete darauf, dass er

sie ergriff. Ich musste spüren, wie sich seine langen Finger um meine schlossen, wollte diesen letzten Beweis, dass seine Vernunft und seine Vorsicht jenem Glauben nachgegeben hatten, den er früher in mich gesetzt hatte. Ich wartete darauf, dass er mitkam, dass er akzeptierte, dass wir jetzt wieder gemeinsam hier drinsteckten, dass Zeit und Entfernung und Unsicherheit nicht ausgereicht hatten, um *uns* ins Wanken zu bringen.

Und das tat er auch.

10. Kapitel

Der braune Geländewagen stank nach künstlichem Waldaroma. Der Lufterfrischermief war so überwältigend, dass ich mein Fenster herunterlassen musste, um frische Luft zirkulieren zu lassen.

»Wenn du dabei gewesen wärst und den Kerl gerochen hättest, von dem ich das Ding gekauft habe, würdest du dich nicht beschweren«, bemerkte Chubs und reichte mir eine Sonnenbrille. »Also, schnall dich bitte an.«

Vida und Jude saßen bereits angeschnallt auf dem Rücksitz, allerdings hatten sie sich nicht ohne Widerspruch gefügt. Mein Lieblings-Teammitglied hatte einen Blick auf das Metallgitter zwischen Vorder- und Rücksitz geworfen und hätte mir bei dem Versuch, mich vom Vordersitz zu zerren, beinahe sämtliche Haare samt Wurzeln ausgerissen.

»Fahren wir so langsam, weil du keine Ahnung hast, wo es hingeht?«, erkundigte sich Vida. »Oder weil du hoffst, wir springen aus dem Wagen und erlösen uns von unserem Elend?«

Erschrocken setzte Jude sich auf. Diesen Tonfall kannten wir beide. Wenn sie sich langweilte, fing Vida Streit an, und wenn sie gestresst war, richtige Schlachten. Wenn Letzteres der Fall war, würde nur einer der beiden diese Fahrt lebend überstehen. Wir würden wochenlang Blut von den Scheiben putzen.

»Damit würdet ihr diesen Psychopathen, die euch an der Leine haben, einen Gefallen tun.«

Zum ersten Mal war ich froh über das Metallgitter zwischen uns. »Das *sind* keine Psychopathen, du überheblicher Arsch!«, fauchte sie.

»Ich bin überheblich?«, gab Chubs zurück. »Weißt du überhaupt, was das Wort bedeutet?«

»Du Riesenstück …«

»Also«, unterbrach Jude mit hoher Stimme. »Ruby, woher kennst du Chubs eigentlich?«

»Charles«, knirschte Chubs. »Mein Name ist Charles.«

»Findest du das etwa besser?« Vida lachte geringschätzig.

Chubs ließ den Wagen vor einer roten Ampel ausrollen und drehte sich zu mir um. Feuer loderte hinter seinen Brillengläsern.

»Jep«, sagte ich. »Sie ist immer so.«

Die Spannung, die sich im Auto aufbaute, hing zwischen uns. Ein Wort, eine falsche Bewegung, und sie würde sich entladen. Jude trommelte mit den Fingern auf die Armlehne.

»Hör auf mit dem Scheiß, du Idiot, bevor ich sie dir abhacke«, knurrte Vida.

»Idiot?«, schoss er zurück, und seine Stimme klomm eine Oktave in die Höhe. »Du brauchst echt nicht so fies zu sein.«

Ich presste die Hand gegen die Stirn. »*Deswegen* regst du dich auf? Wegen so einem blöden Wort? Sie hat dich monatelang Judith genannt.«

Chubs lachte, doch das Lachen verwandelte sich in ein Husten, als er mein Gesicht sah.

»Tja, na ja«, schmollte Jude und zog die knochigen Knie an die Brust, »ich seh wohl einfach nicht ein, was so beleidigend daran sein soll, mit einem Mädchennamen angeredet zu werden. Ihr beide scheint doch ganz gut klarzukommen, wenn ihr euch nicht gerade gegenseitig den Kopf abreißt oder so tut, als wäre ich fünf Jahre alt.«

»Anstelle von was?« Chubs setzte den Blinker, um auf den Highway zu fahren. »Als wärst du zehn, wie in Wirklichkeit?«

»Hey«, warnte ich. »Lass den Quatsch. Er ist fast fünfzehn.«

»Ruby.« Judes Augen leuchteten. »Danke.«

»Du warst genauso trottelig, als ich dir begegnet bin«, fuhr ich fort und stupste Chubs an. »Und da warst du achtzehn.«

»Ist doch egal«, brummelte Jude.

»Du warst die Trottelige«, korrigierte er mich. »Lee war der Leichtsinnige, Zu war die Niedliche, und ich war der Kluge.«

Es klopfte hinter uns ans Gitter. Judes Gesicht hing dort; seine dunkelbraunen Augen starrten uns durch das Metallgeflecht an. »Es wär ja schön«, meinte er, »wenn wir wüssten, worüber ihr da redet. Wer ist zum Beispiel diese Zu?«

Chubs' Blick glitt zu mir hinüber. »Wie viel genau hast du ihnen erzählt?«

»Ganz genau überhaupt nichts«, sagte Vida. »Und wenn's so bleibt, sorge ich dafür, dass euch das leidtut.«

Diesmal verdrehte ich die Augen. »Soll mir recht sein.«

Ich spürte das vertraute warme Kribbeln im Zentrum meiner Brust und hatte gerade noch Zeit, nach Luft zu schnappen, als mich eine unsichtbare Hand vorwärtsriss, sodass ich mit der Stirn aufs Armaturenbrett knallte, hart genug, dass es mir die Sprache verschlug.

Chubs trat mit aller Kraft auf die Bremse und zwang meinen Sitzgurt, seinen Dienst zu tun und über meinem Brustkorb einzurasten. Ich wurde in meinen Sitz zurückgeschleudert; Farben explodierten vor meinen Augen.

»Ach, verflucht, nein!«, brüllte Chubs und drosch mit der Hand aufs Lenkrad. »Das reicht! Wir setzen unsere Kräfte *nicht* gegeneinander ein, verdammt noch mal! *Benehmt euch!*«

»Reg dich ab, Großmütterchen«, brummte Vida. »Du verpasst dir noch einen Schlaganfall!«

»Man kann sich doch nicht selbst …«, begann Chubs grollend, riss sich dann aber zusammen.

Jude lachte hinter uns nervös auf, doch ich drückte lediglich die Hand gegen meine schmerzende Stirn. Sie hatte ihren Standpunkt deutlich gemacht.

»Zu war eine Freundin von uns«, sagte ich. »Wir sind eine Weile zusammen herumgezogen.«

»Aber ich dachte, Cate hätte euch rausgeholt?«, fragte Jude. »Seid ihr getrennt worden oder so? Scheint doch gefährlich zu sein, einfach so draußen herumzulaufen.«

»So war's doch gar nicht«, sagte Chubs. »Nachdem wir drei aus dem Lager ausgebrochen waren …«

Ebenso gut hätte er den anderen erzählen können, er wäre ein Zauberer. Sogar Vida beugte sich vor, war plötzlich sehr viel interessierter. »Du?«, fragte sie. »Du bist aus einem Lager ausgebrochen?«

»Liam hat's geplant«, knirschte Chubs mit zusammengebissenen Zähnen. »Aber, ja, ich bin ausgebrochen.«

»Glaubt der Kerl etwa, er wäre so eine Art Fluchtexperte?«, brummelte Vida vor sich hin. »Verdammt.«

Judes Augen leuchteten vor Neugier. »Wie war's da drin?«, wollte er wissen. »Hattest du dein eigenes Zimmer, so was wie eine kleine Gefängniszelle? Haben die euch Schwerarbeit machen lassen? Ich hab gehört …«

Die Jugendlichen in der League wussten Bescheid über die Lager – vage. Nur einige wenige von uns hatten tatsächlich mal in einem davon gesessen und das Leben dort am eigenen Leibe erfahren, doch es galt die unausgesprochene Regel, dass wir nicht darüber sprachen. Jeder kannte die Wahrheit, doch die Wahrheit lebte nicht so in ihnen wie in uns. Sie hatten von den Einstufungsscannern gehört, von den Hütten, den Tests, doch die meisten dieser Geschichten waren Klatsch und Tratsch, stimmten vorn und hinten nicht. Diese Kids hatten nie stundenlang an einem Fließband gestanden. Sie wussten nicht, dass Furcht die Gestalt einer kleinen schwarzen Kameralinse annehmen konnte, ein Auge, das einem überallhin folgte, andauernd.

Die Brust wurde mir eng vor Anstrengung, den Mund zu halten. Einer nach dem anderen krallten sich meine Finger um das silbrige Material des Sitzgurts, bis ich ihn beinahe würgte.

»Erinnerst du dich nicht mehr daran, oder was?«, fragte Jude. »Warst du nur ganz kurz da – kannst du deshalb nicht darüber reden, weil's nichts zu sagen gibt?«

»Ich würde lieber die Klappe halten«, riet Chubs ihm.

»Komm schon«, jaulte Jude. »Wenn sie bloß mit uns *reden* würde …«

»Was?« Das Wort brach mit voller Wucht aus mir hervor. »Was soll ich dir erzählen? Willst du hören, wie sie uns gefesselt haben wie Tiere, um uns ins Lager zu schaffen? Oder, hey – wie wär's damit, dass ein PSF mal so sehr auf den Schädel von einem Mädchen eingedroschen hat, dass sie ein Auge verloren hat? Willst du wissen, wie es ist, einen ganzen Sommer lang fauliges Wasser zu trinken, bis endlich die neuen Rohre geliefert worden sind? Dass ich jeden verdammten Tag morgens beim Aufwachen Wahnsinnsangst hatte und abends mit Wahnsinnsangst ins Bett gegangen bin, sechs Jahre lang? Herrgott noch mal, lass mich doch in *Ruhe*! Warum musst du ständig bohren und bohren, obwohl du doch genau *weißt*, dass ich nicht darüber reden will?«

Ich bereute meinen Ausbruch, noch ehe ich halb zu Ende war, doch die Rede quoll aus mir heraus, ein grässliches, verräterisches Wort nach dem anderen. Chubs schaute bloß kurz auf die blau leuchtende Uhr und dann wieder auf die nasse Straße. Auf dem Rücksitz war Jude so stumm wie Schnee, der auf

Asphalt fällt; sein Mund öffnete und schloss sich, als versuche er, das Brennen seiner Worte zu fühlen, nachdem sie über seine Lippen gekommen waren.

»Ich weiß ja nicht, wie's euch geht, aber ich würde mir die Geschichte von der Einäugigen glatt anhören«, meldete sich Vida zu Wort.

»Du bist echt der mieseste Mensch, der mir je begegnet ist«, sagte Chubs.

»Und Typen wie du sind der Grund, warum wir Mittelfinger haben.«

»Leute …«, setzte ich an.

Cate hatte vor langer Zeit mal gesagt, die einzige Möglichkeit, die Vergangenheit zu überleben, sei, eine Methode zu finden, sie hinter sich wegzuschließen. Eine Tür zuzumachen, ehe man ein anderes, helleres Zimmer betrat. *Das* war die Wahrheit. Ich hatte schreckliche Angst vor den Schuldgefühlen und der Scham, die über mich hereinbrechen würden, wenn ich meine Schritte zurückverfolgte, die Tür aufschloss und das Mädchen fand, das ich zurückgelassen hatte. Ich wollte nicht wissen, was die Finsternis dort ihr angetan hatte, ob sie sich in meinem Gesicht überhaupt wiedererkennen würde.

Ich wollte nicht wissen, was Chubs von mir halten würde, wenn er erst wusste, was ich für die League getan hatte.

Ich wollte nicht wissen, was Liam von mir halten würde, oder von dem Rauchgeruch in meinem Haar, der nicht wegging, egal, wie oft ich es wusch.

»Erzähl uns wenigstens, wie es kam, dass du und Liam getrennte Wege gegangen seid«, sagte Jude. »Wenn ihr zusammen herumgezogen seid, warum habt ihr, äh, damit aufgehört? Cate ist dich holen gekommen, als du den Panikknopf gedrückt hast, das weiß ich, aber war Liam da schon weg? Und was ist mit ihm?« Er zeigte auf Chubs.

Diese Erinnerungen waren nicht weniger schmerzhaft, aber sie waren wichtig.

»Schön«, sagte ich. »Ihr wisst, dass wir zusammen unterwegs waren, Liam, Chubs, Zu und ich. Was ihr aber nicht wisst, ist, dass wir nach einem sicheren Zufluchtsort gesucht haben, einem Zufluchtsort namens East River. Damit ihr versteht, warum ich das getan habe und wie es kam, dass er am Ende allein war, muss ich da anfangen.«

»Okay«, sagte Vida und lehnte sich von dem Gitter zurück. Ihr Blick wanderte zu dem Fenster rechts von ihr. Erste Schneeflocken trieben in unseren rauschenden Fahrtweg.

Ich erzählte ihnen von East River, dass sich alles dort angefühlt hatte wie ein Traum, bis wir aufwachten und merkten, dass wir in einem Albtraum gefangen waren. Von Clancy, was so viel schwerer war, als selbst ich es erwartet hatte. Wie wir geflohen waren, wie Chubs angeschossen worden war und dass nur wir beide in dem sicheren Versteck gewesen waren. Jude machte Anstalten, mich zu unterbrechen; seine Augen waren weit aufgerissen, ob vor Angst oder Verwirrung, konnte ich nicht sagen. Ich spürte, wie mein eigenes Herz immer höher und höher emporklomm, bis ich es hinunterschlucken musste, um zu überstehen, was als Nächstes kam. *Mein Entschluss und Cates Deal.* Was ich in Coles Erinnerungen gesehen hatte und seine eigene Erklärung dafür.

Auf ganz merkwürdige Weise fühlte ich mich Liam dabei näher. Er war in meinen Gedanken, lebendig und ganz deutlich. Der beständige, warme Liam, die Sonnenbrille auf der Nase, das Sonnenlicht in seinem Haar und den Text seines Lieblingssongs auf den Lippen. Halb rechnete ich damit, ihn auf dem Fahrersitz zu erblicken, wenn ich aufschaute.

Niemand sagte etwas. Ich brachte es nicht über mich, nach hinten zu blicken; ich spürte, wie Judes und Vidas widerstreitende Gefühle an meiner Haut klebten, so wie sich Kondenswasser an den Fensterscheiben niederschlug.

Dann fühlte ich eine leichte Berührung an der Schulter. Langsam drehte ich mich um und sah, wie Jude seinen Finger wieder durch das Gitter zog. Seine Unterlippe war weiß, wo sie zwischen seinen Zähnen klemmte. Doch er sah mich an – nicht voller Angst oder einem ihrer hässlichen Verwandten. Einfach nur voll tiefer, aufrichtiger Traurigkeit.

Er konnte es immer noch ertragen, mich anzusehen.

»Ruby«, flüsterte er. »Es tut mir so leid.«

»Ich hab nur eine Frage«, meldete sich Chubs, nachdem ich geendet hatte. Seine Stimme klang gepresst. »Was hast du mit dem USB-Stick vor?«

»Ich wollte ihn Cole zurückbringen«, antwortete ich. »Wir beide haben eine Abmachung – wenn ich ihm das Material wiederbeschaffe, wird das ausreichen, damit es für die League wieder Priorität hat, die Kinder aus den Lagern zu befreien und die Lügen der Regierung öffentlich zu machen.«

Chubs rieb sich die Stirn. »Und du glaubst ihm? Das Einzige, was Liam je von ihm erzählt hat, war, dass er früher seine Spielsachen angezündet hat, wenn er seinen Willen nicht gekriegt hat.«

»Ich glaube ihm«, erwiderte ich. »Er wird uns nichts tun. Anscheinend ist er einer der wenigen, die uns nicht loswerden wollen.«

»Loswerden?«, fragte Chubs erschrocken.

Ich überließ es Jude, das zu erklären; seine holprige Erläuterung war von unverbrämtem Kummer umhüllt, deshalb war es noch grauenvoller, seine Schilderung zu hören.

»Nein, nein«, stieß Chubs hervor. »Und ihr wollt zurück und hofft, dass die es schaffen, sämtliche schwarzen Schafe auszumerzen?«

»Sag das doch nicht so«, rief Jude. »Es wird besser werden; Rob ist doch weg, oder? Cate wird uns wissen lassen, wann wir zurückkommen können.«

»Du und Liam, ihr werdet in Sicherheit sein – zumindest was die League angeht«, sagte ich zu Chubs. »Die werden nicht hinter euch her sein. Das verstehst du doch, oder? Du verstehst doch, warum ich Cole gesagt habe, ich mache das.«

»Klar. Ich verstehe«, antwortete er, und seine Stimme war so kalt, dass selbst durch meine Adern ein Frösteln zog. Und wieder las ich die Frage, die er eigentlich stellte, in dem Schweigen, das er den Raum zwischen uns ausfüllen ließ. Ich wusste, was er fragen wollte, weil nämlich derselbe Gedanke schon seit Tagen in meinem Inneren kreiste.

Wenn dieses Datenmaterial so wichtig ist, wieso willst du es dann der League aushändigen?

Alles Training, sämtliche Einsätze und von der League gesponserte Explosionen, die ich mitzuerleben das Pech gehabt hatte, schienen nicht halb so dramatisch gewesen zu sein wie Chubs' spannende Fluchtgeschichte.

Wir machten auf einem alten Campingplatz halt, um dort zu übernachten, ganz in der Nähe einer Stadt namens Asheville im Westen von North Carolina. Ich hatte es geschafft, den größten Teil der fünfstündigen Fahrt mit Erklärungen zuzubringen, und das hatte mich völlig ausgelaugt. Also sträubte ich mich nicht, als Chubs und Jude dafür plädierten anzuhalten.

Wir erforschten das Gelände rasch zu Fuß, um uns zu vergewissern, dass keine anderen Besucher da waren, ehe wir zu dem Geländewagen zurückkehrten, um unsere Sachen herauszuholen. Ich ließ die Heckklappe aufschnappen und trat einen Schritt zurück, als sie aufschwang.

»O mein Gott«, brachte ich gerade noch heraus.

Das Ganze war so dermaßen … beeindruckend. Eine Wand aus kleinen Plastikkästen und -schubladen, alle mit praktischen Bezeichnungen beschriftet wie »Erste Hilfe« und »Angelhaken«. Die Umsicht und der Vorbedacht, die nötig gewesen waren, um all das zusammenzustellen, waren beeindruckend, wenn nicht sogar in ihrer rücksichtslosen Gründlichkeit absolut beängstigend.

Jude musterte Chubs eingehend. »Du hattest früher bestimmt eine Unterhose für jeden Wochentag, stimmt's?«

Chubs schob lediglich seine Brille hoch. »Ich wüsste nicht, was dich das anginge.«

Er erzählte mir die ganze Geschichte, während wir das Zelt aufstellten, das ordentlich zusammengefaltet unter dem Rücksitz gelegen hatte. Wenigstens gelang es Vida, mit einem Feuerzeug ein kleines Lagerfeuer in Gang zu bringen.

»An das meiste erinnere ich mich eigentlich gar nicht mehr«, sagte Chubs und mühte sich mit dem Zeltgestänge ab. »Die League hat mich ins nächste Krankenhaus geschafft, das war zufällig das in Alexandria.«

»Nicht in Fairfax?«, fragte ich und strich mir das feuchte Haar aus dem Gesicht.

Jude und Vida gaben sich alle Mühe zu lauschen und dabei so zu tun, als hörten sie uns nicht zu.

Chubs zuckte die Achseln. »Ich hab so vage Erinnerungen daran, dass ich ein paar Gesichter gesehen habe, aber – ich hab dir doch erzählt, dass ich aussehe wie mein Dad, nicht wahr?«

Ich nickte.

»Also, eine von den Ärztinnen hat mich erkannt. Sie hat früher mal mit Dad gearbeitet, hat sich aber versetzen lassen. Jedenfalls, das ist nicht weiter wichtig. Die haben es geschafft, mich zu stabilisieren, aber diese Ärztin und ihre Leute, die wussten, dass ich in ein besser ausgerüstetes Krankenhaus gehöre. Also haben sie sich ans Telefon gehängt und Dad ausfindig gemacht. Der wollte sich doch in dem Restaurant von meiner Tante mit uns treffen, weißt du noch?«

»Ja, das weiß ich noch.«

»Er hat es geschafft, den Krankenwagen abzufangen, als der im Fairfax Hospital angekommen ist. Sie hatten schon gefälschte Papiere für mich vorbereitet, also haben sie mich unter dem falschen Namen aufgenommen. Dabei hatte ich die ganze Zeit eine Sauerstoffmaske auf dem Gesicht. Bin durch zwei Sicherheitschecks durchgeschoben worden, und keiner von den Wachleuten hat auch nur zweimal hingeguckt.«

»Und sie haben den Agenten, die dich gebracht hatten, nichts davon gesagt«, beendete ich seine Schilderung. »Die League hat keine Ahnung, was aus dir geworden ist. Du wirst in allen relevanten Einsatzakten noch immer als verschollen geführt.«

Chubs schnaubte. »Sie haben versucht, den Agenten weiszumachen, ich hätte einen Herzstillstand gehabt und wäre gestorben, aber das haben die ihnen nicht abgekauft. Einmal sind an ein und demselben Tag sechs verschiedene Leute zu Dad gekommen und haben versucht, was rauszufinden, aber sie haben kein Wort aus ihm herausgekriegt.«

Der eigentliche Trick war gar nicht gewesen, ihn unter falschem Namen in dem neuen Krankenhaus aufzunehmen. Die Kliniken waren inzwischen sehr geübt in einer Politik des »Ihr fragt nicht, und wir sagen nichts«, wenn es um Anfragen der Regierung ging, so sehr, dass sie schon ein halbes Dutzend Mal fast endgültig dichtgemacht worden wären. Dr. Marcus Meriweathers Geniestreich hatte darin bestanden, seinen Sohn »Marcus Bell« zur Behandlung in einem Isolierzimmer auf der Entbindungsstation zu verstecken. Als er wieder gut genug beieinander gewesen war, war er in einen Leichensack gesteckt und in einem angemieteten Leichenwagen aus dem Krankenhaus abtransportiert worden. Die Agenten der League fanden die Verlegungsunterlagen und versuchten, aus dem Ganzen schlau zu werden, doch Chubs war in dem Augenblick, als er ins Fairfax Hospital gerollt worden war, zu einem Geist geworden.

Von da an war es darum gegangen, einen Ort zu finden, wo Chubs sich erholen und wieder zu Kräften kommen konnte.

»Ich überlasse es dir, dir vorzustellen, wie es war, vier Monate in einem baufälligen Stall in Upstate New York zu hausen«, meinte er und verzog das Gesicht, während er seine Schulter nach hinten kreisen ließ. »Ich werde bis an mein Lebensende jedes Mal Heu und Mist riechen, wenn ich die Augen zumache.«

Der alte Stall gehörte einer engen Freundin der Familie in den Adirondacks – und so wie es sich anhörte, war es abgelegen, kalt und einsam gewesen. Seine Eltern konnten ihn nur zweimal besuchen kommen, ohne Verdacht zu erregen, doch die alte Frau, der die Farm gehörte, war zweimal am Tag da, um ihm bei seiner Physiotherapie zu helfen und ihm Essen zu bringen. Die meiste Zeit jedoch hatte er sich fast zu Tode gelangweilt.

»Ich bilde mir ja gern ein, dass ich mit alten Leuten ganz gut auskomme, aber die Frau hat ausgesehen, als hätte sie sich jeden Morgen aus der Gruft geschleppt.«

»Ja, um *dich* zu versorgen und gesund zu pflegen«, erinnerte ich.

»Die einzigen Bücher, die die hatte, waren Geschichten über so eine alte Jungfer, die Verbrechen aufklärt und die Leute in ihrem kleinen Dorf nervt«, sagte er. »Es steht mir ja wohl zu, angesichts dieser Erfahrung ein bisschen verbittert zu sein.«

»Nein«, wiedersprach ich. »Ehrlich gesagt bin ich mir ziemlich sicher, dass dir das nicht zusteht.«

»Und wie hast du am Schluss das alles hier auf die Reihe gekriegt?«, wollte Jude wissen.

Chubs seufzte. »Das war eigentlich Mrs Berkshires Verdienst. Sie hat da was gesagt, nachdem ich ihr erzählt habe, wie ich aus Virginia rausgekommen bin – dass die Leute den Gejagten normalerweise überall suchen, außer unter den Jägern. Natürlich ist sie dabei mitten im Satz eingenickt. Ich musste stundenlang warten, ehe mir der Segen der zweiten Hälfte ihrer Altfrauen-Mystik zuteilgeworden ist.«

Ich hielt mir mit einer Hand die Augen zu.

»Nur damit du's weißt, ich habe *nicht ein einziges Mal* Verdacht erregt«, verkündete er ein wenig zu selbstgefällig. »Meine Eltern haben die getürkte Geburtsurkunde besorgt, das war das Schwerste. Eigentlich ist es gar nicht so schwierig, sich offiziell als Skiptracer registrieren zu lassen. Man muss nur die richtigen Unterlagen einreichen und sich etablieren.«

Das Feuer knackte laut, und der kleine Holzstoß, den wir zusammengesucht hatten, brach in sich zusammen. Dies schien der richtige Moment, um eine kurze Erzählpause einzulegen. Ich stand auf und zog Chubs vom Boden hoch, damit er mitkam. Jude machte Anstalten, sich zu erheben, doch ich bedeutete ihm sitzen zu bleiben.

»Wir gehen nur was zu essen holen«, sagte ich. »Wir sind gleich wieder da.«

»Keine Angst«, erwiderte Vida zuckersüß. »Wir haben es schon mal zwei ganze Minuten ohne dich ausgehalten.«

Ich gab mir große Mühe, nicht beleidigt zum Auto zu stampfen.

»Ich trau diesem Mädchen wirklich nicht über den Weg«, bemerkte Chubs und schaute rasch über die Schulter zu Vida zurück, die immer noch mit ausgestreckten Beinen dasaß. »Halbwüchsige, die sich die Haare färben, haben immer mit Minderwertigkeitskomplexen zu kämpfen. Oder sie verbergen Geheimnisse.«

Ich zog eine Braue hoch. »Halbwüchsige?«

Er war so auf sie konzentriert, dass er fast mit dem Gesicht gegen die Heckklappe des Geländewagens gelaufen wäre. Chubs' Hand zuckte wie schützend zu seiner rechten Schulter empor.

»Lass mal sehen«, sagte ich und hinderte ihn daran, nach dem Kasten mit dem Etikett »Proteinriegel« zu greifen. Er seufzte und zog den Arm aus dem Jackenärmel. Der Stoff seines Shirts war dehnbar genug, dass er den Kragen über die linke Schulter herunterziehen konnte, wo sich ein wulstiger rosa Fleck von der ansonsten dunklen Haut abhob.

»Haben sie …« Meine Kehle fühlte sich plötzlich ganz trocken an. »Haben sie sie rausgekriegt? Die Kugel?«

Er zog sein Shirt zurecht und strich es wieder glatt. »War ein glatter Durchschuss. Für eine Schusswunde war's gar nicht so fürchterlich.«

Es war gar nicht so fürchterlich. Ich schluckte, ein dürftiger Versuch, nicht loszuheulen.

»O Mann, nicht schon wieder«, sagte er. »Mir geht's *gut*. Ich bin doch noch am Leben, stimmt's?«

»Warum bist du zurückgekommen?«, flüsterte ich und hörte meine Stimme brechen. »Warum bist du nicht dort oben geblieben, da war es doch sicher.«

Chubs streckte einen Arm aus, um die Heckklappe zuzuschlagen, die Essensvorräte an die Brust gedrückt. »Und euch zwei Idioten hätte ich einfach allein abhauen lassen sollen?«

Ich sah zu, wie er zweimal tief Luft holte und sie in einer weißen Wolke ausstieß.

»Ich bin so *dermaßen* sauer auf dich«, sagte er schließlich mit leiser Stimme. »Ich bin *stinkwütend*. Ich weiß, warum du dich selbst gelöscht hast, ich versteh's, aber ich möchte dich einfach nur schütteln, bis du wieder halbwegs bei Verstand bist.«

»Ich weiß«, antwortete ich. »Ich weiß, okay?«

»Ach ja?«, fragte er. »Du willst die beiden nicht abhängen, obwohl sie mich – und Lee – der League melden könnten. Du hast dich selbst in die Schusslinie gebracht, beim *allerschlimmsten* Verein, und das, ohne dass jemand da ist, der auf dich aufpasst. Was glaubst du, wie Lee reagieren wird, wenn er erfährt, was du getan hast?«

Der Knoten in meinem Innern zog sich so fest zusammen, dass es fast wehtat. Er war wirklich wütend; die Kraft des Zorns, die ihn antrieb, war für meinen Verstand wie ein Leuchtfeuer. Der Zorn machte ihn verwundbar, schutzlos.

»Er wird es nicht erfahren«, sagte ich. »Ich hab's dir doch gesagt, ich wollte nur den USB-Stick besorgen und mich vergewissern, dass es ihm gut geht. Ich hatte nicht vor … ich hatte nicht vor, mich irgendwo einzumischen.«

»Das ist das Dämlichste und das Feigste, was ich je von dir gehört habe«, gab er scharf zurück. »Damals hast du uns angelogen, als es darum ging, was du bist, und das hab ich verstanden. Ich verstehe, warum du das gemacht hast, aber jetzt … Du bist draußen, und wir können wieder alle zusammen sein, und du entscheidest dich für die einzige Option, bei der wir am Ende wieder getrennt sind? Vielleicht kann Liam dir ja verzeihen, was du getan hast, aber wenn du wieder zu denen zurückgehst, nach Kalifornien, dann verzeihe *ich* dir das nie.«

Damit wollte er sich schon zum Feuer und zu dem dunkelgrünen Zelt umwenden, drehte sich dann aber wieder zu mir herum. »Weißt du noch, wie sich das angefühlt hat, als East River angegriffen wurde und wir uns im See versteckt haben? Die ganze Nacht habe ich immer wieder gedacht, also, das ist das Schlimmste, das mir je passieren wird. Dasselbe habe ich gedacht, als wir aus Caledonia getürmt sind und wir die anderen Jungs aus unserer Hütte zurücklassen mussten, während sie im Schnee verblutet sind. Und dann wieder, als ich angeschossen wurde – aber die Sache ist die, ich hab mich geirrt. Ruby, das Schlimmste – das, was sich am allerschlimmsten angefühlt hat –, war, da oben sicher in dem Stall zu hocken und sechs Monate lang nicht zu wissen, was aus dir und Liam und Suzume geworden war. Zu sehen, wie eure Namen im Skiptracer-Netzwerk auftauchen, mit immer höheren Belohnungen und potenziellen Aufenthaltsorten, und monatelang *keinen* von euch finden zu können.«

Manchmal – eigentlich meistens –, war es unmöglich, bei Chubs Wut und Angst voneinander zu unterscheiden. Beides ging ineinander über.

»Und dann tauchst du plötzlich überall auf – in Boston, auf einem Bahnhof in Rhode Island. Du warst echt unvorsichtig, weißt du das?« Er bedachte mich mit einem missbilligenden Blick. »Liam ist sogar noch schlimmer. Monatelang gar nichts, dann ein Tipp, dass er in Philadelphia gesehen worden wäre. Ich musste Beweise türken, dass das eine Ente wäre, damit der Tipp aus dem Netzwerk gelöscht wird.«

Die League hatte geheimen Zugang zu den Kinder-Datenbanken sowohl der PSFs als auch der Skiptracer, doch in beiden sah Liams Profil aus, als wäre es schon seit Monaten nicht mehr upgedatet worden. Das wusste ich genau – ich überprüfte es zweimal die Woche. Kein Wunder, dass es unverändert ausgesehen hatte, als ich das letzte Mal nachgesehen hatte.

»Woher hast du gewusst, dass du zu ihm nach Hause gehen musst?« Das Timing konnte doch kein Zufall gewesen sein.

»Ich hab mir gedacht, das hat bestimmt was mit dem Verfahren zu tun, das Harry sich ausgedacht hat, damit sie sich wiederfinden können – in Anbetracht der Meldungen dachte ich, ihr beide seid vielleicht auf dem Weg zu seinem Haus, um zu sehen, ob sein Stiefvater das angewendet hat.«

»Und was war das?«

»Als Cole und Liam sich der League angeschlossen haben, hat Harry gesagt, wenn er und ihre Mom das Gefühl hätten, sie müssten weg, würde er Koordinaten unter dem Fenstersims von Liams altem Zimmer hinterlegen.«

»Und, hast du die Koordinaten?«, wollte ich wissen.

»Nein«, sagte er. »Da war nichts.«

»Bestimmt ist er deswegen nach Philadelphia gefahren, um Cole zu suchen – um zu sehen, ob der irgendetwas wusste.«

Chubs rieb sich mit dem Fingerknöchel über die Lippen und nickte. »Das glaube ich auch. Hilft uns aber nicht weiter, wenn Cole auch keine Ahnung hatte.«

»Ich weiß«, pflichtete ich ihm bei. »Blindflug, wie in den guten alten Zeiten.«

Chubs seufzte, und ich neigte mich zu ihm und lehnte die Stirn gegen seinen Oberarm.

»Wir beobachten das Skiptracer-Netzwerk, mal sehen, ob er noch irgendwo gesichtet wird.« Chubs verlagerte sein Gewicht, hievte die Konservendosen höher gegen seine Brust. »Er hat schon früher ein paarmal Mist gebaut. Gut möglich, dass er's wieder tut.«

Das war ein beängstigender Gedanke. Vielleicht fanden wir ja hier und da Hinweise auf ihn, doch es war durchaus möglich, dass wir zu weit weg sein würden, um ihm zu Hilfe zu kommen, wenn er geschnappt wurde. Er hatte einen ausreichend großen Vorsprung, um ordentlich Strecke machen zu können. Und es überwältigte mich geradezu, das zu wissen; urplötzlich erschien alles so viel schwerer und unmöglicher als noch vor ein paar Minuten. Es kam mir alles so sinnlos vor.

»Ich habe das alles so satt«, sagte ich zu ihm. »Ich weiß, ich habe überhaupt kein Recht dazu; ich weiß, ich hab uns das eingebrockt, hab's mir selbst eingebrockt, aber ich will einfach nicht mehr kämpfen. Ich bin alles so leid, all das hier, und zu wissen, dass es nie besser werden wird – dass nichts, was ich tue, jemals irgendwas besser machen wird. Ich habe das alles so satt.«

Chubs verschob die Dosen in seinen Armen und beugte sich herab, um mir besser ins Gesicht sehen zu können. Ich weinte nicht, aber meine Kehle schmerzte, und mein Kopf hämmerte.

»Nein, du bist total erschöpft«, sagte er. »Depression, Angst, Konzentrationsstörungen – du bist ein klassischer Fall. Komm, wenn du was gegessen und geschlafen hast, geht's dir besser.«

»Das ändert doch auch nichts.«

»Ich weiß«, erwiderte er. »Aber es ist immerhin ein Anfang.«

Ich hatte schon vor langer Zeit gelernt, dass es möglich war, so weit über den Erschöpfungspunkt hinaus zu sein, dass Schlafen anscheinend keine Option mehr war. Mein Magen schmerzte vor Verlangen nach Schlaf, und mein Kopf fühlte sich schwer an, doch ich merkte, wie ich auf irgendetwas wartete; meine Muskeln waren verspannt, und mein Gehirn kam nicht zur Ruhe. Es war, als kehrten meine Gedanken immer wieder zu jener Nacht zurück, die wir in dem aufgegebenen Walmart verbracht hatten, egal, wie sehr ich mich bemühte, mich auf die Spitze des Zeltdachs zu konzentrieren oder Schafe zu zählen. Zu den Jungen, von denen wir so sicher gewesen waren, dass sie uns auf die allerübelste Art und Weise bescheißen würden.

Irgendwann bin ich wohl eingenickt, denn das Nächste, was ich mitbekam, war, dass mich ein kalter Luftzug aufschreckte. Vida war an der Zeltöffnung, zog, so langsam und leise sie konnte, den Reißverschluss auf und kroch hindurch. Mein

Kopf tauchte nur langsam aus dem Nebel des Schlafs empor, doch ich war wach genug, um Verdacht zu schöpfen, ganz gleich, wie gern ich wieder ins Land der Träume zurücktreiben wollte.

Ich zählte bis dreißig, bis sechzig und lauschte auf ihre Schritte, die immer leiser wurden. Hielt Wache, wartete, dass sie zurückkam.

Sie kam nicht zurück.

Was hast du vor?, dachte ich und kroch über Chubs' lange Beine hinweg zum Zelteingang. Wenn sie ein wenig frische Luft hatte schnappen wollen oder pinkeln gehen wollte, wäre sie doch jetzt wieder da.

Trotz der völligen Finsternis erblickte ich sie sofort. Sie zitterte, rieb sich in dem Versuch, den eisigen Griff der Nacht abzuwehren, die Arme. Ich sah, wie sie sich einmal nach dem Zelt umblickte, und wich zurück, hoffte, dass der Mond nicht hell genug war, dass sie meinen Umriss hinter der dünnen Zeltplane ausmachen konnte.

Vida schlich um Chubs' braunen Ford Explorer herum, umkreiste ihn zweimal, bis sie auf der Fahrerseite stehen blieb.

Ganz schöne Scheiße, wie?, dachte ich ein wenig selbstgefälliger, als es wahrscheinlich nötig war. Ich hatte Chubs extra ermahnt, den Wagen abzuschließen, und da die Pistole im Handschuhfach lag, würde sie sich einen Stein oder etwas anderes suchen müssen, das schwer genug war, um die Scheibe einzuschlagen, wenn sie da ranwollte – etwas, das sich nur schwer leise bewerkstelligen lassen würde.

Wäre ihr leuchtend blaues Haar nicht gewesen, hätte ich sie in der Dunkelheit verloren, als sie sich vom Weg abwandte und in den Wald hineinmarschierte. Ich stand auf und schlüpfte hinaus, folgte ihr um den Wagen herum, wollte sehen, wie weit sie gehen würde. Meine Zehen waren ganz steif gefroren, blieben an dem Reif auf dem ungemähten Gras und am Matsch kleben. Vida ging weiter, und ich schlich vorwärts, weiter und weiter, bis sie so weit entfernt war, dass ihr Haar vollständig zwischen den in Nacht gehüllten Bäumen verschwand – aber nicht weit genug, um den blauweißen Schein des Geräts in ihren Händen zu verbergen, der durch die Finsternis drang.

11. Kapitel

Warte, bis sie zurückkommt, riet mir mein Verstand. *Überrumpele sie hier.*

Doch ich rannte bereits, noch bevor der Gedanke in meinem Kopf ganz Gestalt angenommen hatte. Alles, was die League mir anzutrainieren versucht hatte, jegliche Einsicht, jegliche Logik war mit dem ersten Aufleuchten jenes seltsamen Lichtscheins wie weggeblasen. Wenn sie sich bei Cole meldete, warum sollte sie das vor uns geheim halten? Warum sollte sie ihm heimlich eine Nachricht schicken?

Weil sie sich gar nicht bei Cole meldet.

Ich glitt um den Wagen herum. Die dünnen Schichten aus Eis und Reif, die die Grasbüschel bedeckten, brannten höllisch unter meinen Füßen, doch das war gar nichts, verglichen damit, mich durch das Dickicht aus abgestorbenen Sträuchern zu kämpfen.

Ich war überrascht, wie viel Krach ich machte. Dabei legte ich es gar nicht darauf an, sie zu überrumpeln, es war unmöglich, sich an Vida heranzuschleichen. Ich wollte einfach nur so viel Schwung haben wie menschenmöglich, wenn ich sie zu Boden riss.

Sie hielt noch immer das Gerät umklammert, als ich den Kopf senkte und sie mit der Schulter rammte. Vida hatte gerade genug Zeit, um ein Knie hochzureißen, genau gegen meine Brust. Unter der Wucht meines ganzen Gewichts, und mit nur einem Fuß auf dem unebenen Abhang, fielen wir beide zu Boden.

Ich hakte ein Bein um ihre, und sie griff nach oben, um meinen Nacken zu fassen zu bekommen, und keine von uns beiden war bereit loszulassen, nicht einmal, als wir den Hang hinunterrollten, durchs Gebüsch krachten und auf jeden einzelnen Stein auf dem ganzen verdammten Berg knallten. Wir hielten nicht an, konnten nicht anhalten, bis wir gegen einen Baum prallten, woraufhin ein Schauer aus braunen Blättern auf uns niederging.

Ich sah alles nur verschwommen, vom Rollen und von den Stößen, aber ich lag oben – ich war im Vorteil, und ich nutzte ihn. Ein warmer Atemstoß von Vida wölkte in die Luft. Ich hatte die Beine fest um ihre Mitte gehakt, versuchte, sie festzuhalten, während ich mich anschickte, nach dem schwarzen Gerät zu greifen, das neben ihrem Hals lag.

Noch nie in meinem Leben hatte ich solche Angst in Vidas Augen gesehen.

Sie bäumte sich unter mir auf, bekam einen Arm frei, der unter ihr eingeklemmt gewesen war, und schlug mir so fest ins Gesicht, dass vor meinen Augen einen Moment lang alles weiß wurde. Mit einem Ächzen holte sie abermals mit der flachen Hand aus, knallte sie mir aufs Ohr und kippte mich so von sich herunter.

Vida sprang auf, und ich kam kurz nach ihr taumelnd auf die Beine. Mein Gesichtsfeld teilte sich, und ich war mir nicht sicher, welcher ihrer Füße tatsächlich auf meinen Bauch zugeschnellt kam, bis er traf. Dann riss ich die Arme vors Gesicht, um den nächsten Tritt abzuwehren.

»Wie konntest du …«, brachte ich japsend hervor.

Meine Finger bekamen ihr Handgelenk zu fassen, doch sie riss sich los. Wieder holte ich mit der Faust aus und sah dann wie betäubt zu, wie sie gut acht Meter weit rückwärts durch die Luft flog, bevor ich sie auch nur berühren konnte.

»Aufhören! Hört auf!«

Ich keuchte heftig und konnte mich nur noch einen Moment länger auf den Beinen halten. Dann sackte ich seitwärts in die kratzige Umarmung eines Baumes und rutschte auf die Knie hinunter. Die Worte waren ganz leise, hinter dem Rauschen des Blutes, das in meinen Ohren pulsierte. Ich drehte mich um und sah Jude den Abhang herunterstolpern, durch das dichte Geäst und das nasse Laub, bis er neben Vida auf die Knie fiel.

Chubs stand ein kleines Stück entfernt, die Arme noch immer in die Richtung ausgestreckt, in die er sie geschleudert hatte. »Was zum Teufel«, rief er, »ist hier los?«

»Sie … sie …«, stammelte ich und wischte mir mit einer zitternden Hand über den Mund. Chubs kam auf mich zu, richtete seine Taschenlampe auf mich. »Sie hat … so ein Gerät … hat … Washington verständigt.«

Als er mich schließlich erreichte, packte er mich am Arm. Ich wandte mich von dem grellen Licht ab, mit dem er mir direkt ins Gesicht zu leuchten versuchte, taumelte von ihm weg. Der Boden kam mir entgegen. »Siehst du es?«, hörte ich mich fragen. »Kannst du's sehen? Gib mir … gib mir die Lampe.«

»… *sie* fragen!«, brüllte Vida. »Sie ist auf *mich* losgegangen!«

Chubs leuchtete beflissen mit der Taschenlampe dorthin, wo ich hinzeigte. »Du musst dich hinsetzen. Hey! Hörst du mir überhaupt zu?«

Wild tappte ich auf der Erde herum, meine Finger tasteten über Mulch, Steine und Wurzeln. Ich wusste sofort Bescheid, als ich es fand; die schwarze Außenschale war unnatürlich glatt und fühle sich noch immer warm an. Bei der Keilerei war es mit dem Display nach unten zu Boden gefallen, sodass der Lichtschein nicht zu sehen war.

»Was ist das?« Chubs hockte sich neben mich. »Ein Handy?«

Fast, aber nicht ganz.

»Ein Chatter?«, ertönte Judes verdatterte Stimme. »Wo hast du denn den her?«

Er stand hinter uns und stützte die schwankende Vida. Nein – er stützte sie nicht. Er hielt sie mit einem Arm über der Brust zurück, damit sie mir nicht an die Kehle ging.

Du dummer, tapferer Bengel, dachte ich zum tausendsten Mal. Dann blickte ich auf das Display hinunter und klickte es an.

Ich hatte sie beim Tippen einer Nachricht unterbrochen. Gut. Ich hob den Chatter dicht vor die Augen und betrachtete blinzelnd die Reihe unverständlicher Zahlen und Buchstaben. Die kurze schwarze Zeile blinkte noch immer, wartete darauf, dass sie sie vollendete.

ICH HAB SIE // PHASE II INSTRLWJERL: KS SLKJDFJ

»Du Miststück«, sagte ich und schaute auf. »Hast du wirklich gedacht, du kannst uns austricksen? Uns an die League ausliefern? Was hat Alban dir versprochen – dass du Teamführerin wirst?«

Ich war blind vor Wut, viel zu zornig, um sie antworten zu lassen; ich stand auf und pfefferte das Gerät auf den Boden. Sowohl Vida als auch Jude machten einen großen Schritt rückwärts. Mein Gehirn summte vor Gier, vor nichts anderem als dem Verlangen, in ihres vorzustoßen und es vernichtet zurückzulassen. Mein Zorn verlieh meinen Fähigkeiten zusätzliche Kraft, und ich dachte wirklich, wenn ich sie jetzt losließ, würden jene unsichtbaren Hände sie diesmal packen, ohne dass ich sie anzufassen bräuchte. Ich drehte mich um, bereit, sie vorschnellen zu lassen.

Stattdessen spürte ich, wie sich eine Hand um mein Handgelenk schloss und mich zurückzerrte. Chubs war ebenfalls wieder auf den Beinen, den Blick fest auf das Display gerichtet. Ich hörte, wie er auf einen Knopf drückte, und dann war der Chatter direkt vor meinem Gesicht, und ich las eine alte eingegangene Nachricht.

FAHRT NACH SÜDEN AUF DER 40 // ADRESSE WIE BESPROCHEN // ERKLÄR EINSATZ-UPDATE SOFORT NACH KONATKTAUFNAHME // SAG IHR, ES TUT MIR LEID

»Sag ihr, es tut mir leid?« Ich wandte mich an Vida, die mit versteinertem Gesicht dastand. »Von wem ist das? Von Cole?«

Vidas geschwollene Lippen machten ihre Worte schwer verständlich, und als sie sprach, tat sie es so leise, dass ich mich anstrengen musste, sie zu verstehen. Ihr Widerstreben bestätigte die Theorie, die in meinem Kopf aufkeimte – schließlich gab es nur einen einzigen Menschen, den sie derart schützte.

»Nein«, sagte sie. »Von Cate.«

Ich war bereit, das Ganze jetzt und hier zu regeln, doch Chubs bestand darauf, dass wir zum Lager zurückkehren und das Feuer wieder anzünden sollten. »Ich ziehe es vor, schlechte Nachrichten nicht bei Eiseskälte mitten in der Nacht serviert zu bekommen, vielen Dank auch«, sagte er scharf.

Er lotste mich auf die eine Seite des gelöschten Lagerfeuers und ging zu seinem Auto. Wie aus weiter Ferne hörte ich das Piepsen, mit dem die Türen entriegelten, und dann, wie eine davon zugeschlagen wurde. Nachdem er sich neben mich gesetzt hatte, machte Chubs sich daran, ohne jegliches Mitgefühl die Schrammen in meinem Gesicht und auf meinen Armen zu säubern.

»Irgendjemand sollte jetzt mal lieber anfangen zu reden«, knurrte er. »Ihr wollt nämlich ganz bestimmt nicht hören, was ich zu alldem hier zu sagen habe, glaubt mir. Schon gar nicht um ein Uhr morgens.«

Vida schniefte und zog die Knie an die Brust. Die rechte Hälfte ihres Gesichts lag vollständig im Dunklen. Oder war von einem riesigen blauen Fleck gezeichnet.

Ich hielt den Chatter ins schwache Licht des Feuers und drehte ihn hin und her. »Wer hat dir den gegeben? Nico?«

Sie wartete so lange mit ihrer Antwort, dass ich überzeugt war, sie würde gar nichts sagen. Alles, was ich bekam, war ein Achselzucken. Ihre Nägel kratzten im Erdreich herum, wühlten ganze Klumpen in ihre fest geballten Fäuste.

»Der und Cate stecken da also auch mit drin?«, fragte ich. »Wer noch?«

Vida verschränkte die Arme vor der Brust und starrte in die dunkle Ferne.

»Wieso verheimlichst du uns das?«, wollte Jude wissen. »Hat sie dich darum gebeten? Das ist doch vollkommen unlogisch, und es ist *echt* unlogisch, dass du immer noch nicht darüber reden willst. Du bist erwischt worden, und jetzt ist der Einsatz kompromittiert. Und was soll man tun, wenn das passiert?«

Akzeptieren, anpassen, agieren. Und zwar schnell. Die Worte hatten an einer der Wände des Trainingsraums gestanden. Ebenso gut hätten sie uns direkt aufs Gehirn tätowiert sein können.

»Na schön«, sagte sie und rollte die Schultern nach hinten, wie um Verspannungen dort zu lösen. *Sie ist sauer*, ging es mir auf. Vita war wütend – auf sich selbst. Die perfekte kleine Soldatin hatte ihren eigenen Einsatz vermasselt, die ganz besondere Aufgabe, mit der Cate sie betraut hatte. Sie atmete schwer, sog die Luft zwischen zusammengebissenen Zähnen hindurch.

Cate war der allerwichtigste Mensch in ihrem Leben, vielleicht der einzige Mensch, der ihr wirklich etwas bedeutete. Ich hatte eine Ahnung, wieso sie uns diese Information vorenthalten hatte, doch ich wollte hören, wie sie es zugab.

»Cate und Cole haben diese ganze Nummer geplant, so ziemlich von dem Augenblick an, als wir seinen Arsch ins HQ zurückgeschafft haben«, sagte Vida. »Sie kennen sich schon lange. Als er gerade neu eingetreten war, hat sie sich um ihn gekümmert, hat bei seiner Ausbildung mitgeholfen. Er hat ihr die Wahrheit über deinen bescheuerten Märchenprinzen und den USB-Stick erzählt, und du warst die Lösung, auf die sie gekommen sind. Aus irgendeinem unerfindlichen Grund traut Cate dir dämlicherweise zu, dass du mit allem möglichen Scheiß klarkommst.«

»Und wieso sollte mir dann Cole die Geschichte erzählen?«

»Sie überwachen sie. Rob und die anderen. Sie hat gewusst, wie er drauf war, oder zumindest hat sie's vor ein paar Monaten kapiert, aber sie hat versucht, dicht an seinem gruseligen Arsch dranzubleiben, um aufzupassen, dass er nicht auf uns losgeht. Zu Alban oder einem von den Beratern konnte sie nicht gehen, sie hatte Angst, dass sie von uns abgezogen wird, wenn die denken, sie wäre ›schwierig‹. Nico hat Cole, Cate und mir das Video gezeigt, auf dem Blake kaltgemacht wird, und sie ist total ausgerastet.«

»Wann war das?«

»Kurz nachdem du aus dem HQ weg bist.« Vida schob sich eine Haarsträhne hinters Ohr und schaute kurz zu mir herüber. »Nico hat gemeint, du hättest gesagt, er soll das nicht tun, aber wegen irgendwas, was du zu Cole gesagt hast, hat der Druck gemacht. Sie halten das Video unter Verschluss, bis wir die Daten zurückbringen.«

Natürlich – weil es oberste Priorität hatte, die League zusammenzuhalten. Nicht die Kinder zu schützen. Nicht die Psychopathen auszumerzen.

»Lass mal sehen, ob ich das richtig verstehe«, meinte Chubs. »Cate wusste von Anfang an Bescheid, hat das aber verschwiegen? Sollte das eine Art Absicherung sein?«

»Gar nicht schlecht, Großmütterchen«, meinte Vida. »Cole hat gesagt, Cates Rolle bei dem Ganzen müsste geheim gehalten werden, sogar vor dir. Wenn ihr Flachpfeifen erwischt und zum Verhör geholt werdet, solltet ihr sie nicht belasten können – wenn er dran glauben müsste, dann wäre wenigstens Cate noch auf unserer Seite. Sie fand das zum Kotzen, aber ich hab ihr gesagt, sie muss zustimmen, sonst würde ich dir nicht helfen. Sie hat erst Ja gesagt, als ihr klar wurde, dass es keine Möglichkeit gab, Jude von dem Einsatz abzuziehen, ohne dass jemand Verdacht schöpft. Rob hat ihn persönlich angefordert.«

Jude sah aus, als wäre er nur einen Atemzug davon entfernt, sich von oben bis unten vollzukotzen. Der Feuerschein betonte die dunkle Röte der Panik auf seinen Wangen.

Vida warf ihm einen aufrichtig mitfühlenden Blick zu. »Cate hat gesagt, er ist abgehauen, nachdem du ihn auffliegen lassen hast. Ist vollkommen vom Scheißradar verschwunden, bevor Barton ihn zum Verhör einkassieren konnte.«

»Dann ist er also nicht mehr da, wenn wir zurückkommen«, sagte Jude und seufzte erleichtert auf.

Nein, aber das hieß, dass ich ein blindwütiges Ungeheuer auf die Welt losgelassen hatte, um sie in Stücke zu reißen und nach seinem Geschmack neu zu erschaffen.

»Das ist alles, was ich weiß«, sagte Vida. »Ende der Geschichte. Aber ich sag's euch gleich, wenn ihr auch nur ein Wort – ein einziges gottverdammtes Wort – über Cate sagt, dann mach ich euch so rund, dass sie noch ein ganzes Scheißjahrhundert lang Hurrikane nach mir benennen werden.«

Ich öffnete den Mund, um zurückzuschießen, besann mich dann aber eines Besseren. Solange ich Vida kannte, hatte ich wegen der offensichtlichen Verehrung, die sie Cate entgegenbrachte, stets Mitleid empfunden. Ich dachte, ich hätte einen kurzen Blick auf die echte Cate werfen können, die unter dem makellosen Äußeren hauste. Jetzt jedoch war es immer schwerer zu glauben, dass eine von uns beiden vollständig richtig damit lag, wer sie eigentlich war. Mir war ihr Glaube an die League immer naiv vorgekommen – ich hatte wirklich gedacht, sie sei für alles, was um sie herum geschah, blind geworden, um weiter in der heilen Welt zu leben, die nur in ihrem Kopf existierte. Vielleicht hatte Jude ja wirklich recht, und die League von heute hatte keinerlei Ähnlichkeit mehr mit der, der sie vor Jahren bereitwillig beigetreten war.

Warum enthüllte sie mir das dann alles stückchenweise? Und warum hatte ich so lange gebraucht, um diese Stückchen zu einem halbwegs vollständigen Bild zusammenzusetzen?

»Ich nehme an, du hast direkt mit Cate kommuniziert?« Jude nahm mir den Chatter aus der schlaffen Hand und drehte ihn um. »Sie hat dich angeleitet?«

»Ja«, bestätigte Vida. »Sie hat mir die Routen hier runtergeschickt. Schade, dass sie seinen Arsch nicht einfach bei Google Maps eingeben konnte. Nicht mal Nico hat ihn finden können.«

Das Display erwachte zwischen Chubs' Fingern zum Leben und gab ein leises, vibrierendes Brummen von sich. Das Licht, das es ausstrahlte, war so hell, dass wir alle sehen konnten, wie sich seine Augenbrauen stetig zusammenzogen.

»Na ja, vielleicht kann sie keine exakten Koordinaten schicken«, bemerkte er und drehte das Display herum. »Aber sie hat eine Idee, wo wir anfangen könnten.«

12. Kapitel

ZIELPERSON NAHE NASHVILLE GESICHTET // FEINDSELIGE HORDE BLAUE IN DIESEM GEBIET // VORSICHT

»Im Skiptracer-Netzwerk steht nichts davon«, meinte Chubs. Sein Finger tippte gegen den Bildschirm eines kleinen Tablets, das ich aus dem Handschuhfach gefischt hatte, und scrollte abwärts. »Das ist aber nicht weiter überraschend. Ich hatte seit ein paar Tagen keinen Internetempfang, um Updates herunterzuladen.«

»Was ist das für ein Ding?«, fragte ich.

Ganz oben auf dem Farbbildschirm war Liams zerschlagenes, finsteres Gesicht zu sehen – das war wohl das Foto, das sie gemacht hatten, als er nach Caledonia gebracht worden war. Daneben war eine Liste derselben Informationen, an die ich auch im PSF-Netzwerk herangekommen war – das einzige Update war, dass die Belohnung für ihn auf zweihunderttausend Dollar erhöht worden war, und das letzte Mal war er laut den Angaben hier in der Nähe von Richmond, Virginia, gesehen worden.

»Das Teil hat direkten Zugriff auf das Skiptracer-Netzwerk«, erklärte Chubs. »So eins kriegt man, wenn man sich hat registrieren lassen und von der Regierung zugelassen worden ist. Die Informationen da drin werden gut gehütet – die PSFs kommen da nicht dran, damit sie nicht aufkreuzen und einem den Fang wegschnappen können.«

Das Teil hatte einen Touchscreen; es war ganz leicht, die verschiedenen Einträge darunter durchzuscrollen. Ein Skiptracer namens P. Everton hatte ihn in der Nähe von Richmond gesehen – er hatte Folgendes in Liams Akte gepostet: *Stewart fährt roten Chevy Truck, gestohlene Kennzeichen. Zielperson trägt Jeans und schwarzes Kapuzensweatshirt. Wagen bei Verfolgung aus den Augen verloren.*

»Wieso teilen die solche Informationen miteinander?«, fragte ich. »Wenn nur einer die Belohnung kriegt?«

»Weil man hochgestuft wird, wenn sich ein Tipp als wahr erweist. Bei jedem Fang, vor allem bei den ganz dicken Fischen, gibt es zusätzlich zum Geld Punkte – aber man kann sich auch Punkte verdienen, indem man Tipps gibt oder die PSFs unterstützt, wenn sie versuchen, jemanden ausfindig zu machen.« Chubs zuckte die Achseln. »Die zwanzig Skiptracer mit den meisten Punkten bekommen von der Regierung mehr Vorräte, ganz zu schweigen von besserer Ausrüstung – und einfachen Internetzugang. Das allein macht schon einen Riesenunterschied. Ich kann dir gar nicht sagen, wie viele dämliche Kids wegen der Fotos und Postings gefunden worden sind, die ihre Angehörigen online gestellt haben. Ich glaube, so haben die PSFs mich das erste Mal gefunden. Mom hat vergessen, dass sie ein Album von unserem Ferienhaus auf irgendeiner Website hochgeladen hatte.«

Ich nickte und fuhr fort, die Liste durchzuscrollen. Es gab nur ungefähr eintausend aktive Einträge zu Jugendlichen, viele davon ohne Foto. Das waren wohl jene Glücklichen, die von ihren ahnungslosen Angehörigen ins Online-IAAN-Register eingegeben worden waren, um Updates und Instruktionen von der Regierung zu erhalten, die es aber hatten vermeiden können, einkassiert und ins Lager geschafft zu werden. Entweder sie hatten ein tolles Versteck gefunden, oder sie hatten die Kunst gemeistert, nicht aufzufallen. Ich scrollte weiter.

Dale, Andrea. Dale, George Ryan. Daley, Jacob Marcus.

Daly, Ruby.

Das Foto zeigte mich mit zehn Jahren, die Augen unter einem Gewirr aus nassem, dunklem Haar weit aufgerissen. *Stimmt*, dachte ich. *Es hat geregnet, als sie uns ins Lager gebracht haben.*

»Was ist *das* denn?« Ich hielt das Tablet hoch, damit er es sehen konnte. »Vierhunderttausend Dollar Belohnung?«

»Was? Ach, das.« Chubs nahm mir das Tablet aus der Hand und sagte grimmig: »Gratuliere, du bist jetzt offiziell ein ganz dicker Fisch.«

»Das ist doch … Ich hab doch … Warum?«

»Muss ich dir das wirklich erklären?«, fragte er und seufzte. »Du bist mithilfe der *League* aus *Thurmond* abgehauen und bist übrigens außerdem eine *Orangene*.«

»Was sind das alles für Einträge?«, fragte ich. »Ich war doch noch nie in Maine oder Georgia.«

Er hielt mir den Bildschirm hin. »Schau mal genauer hin.«

Nahe Marietta, Georgia, gesichtet, unterwegs in Richtung Westen. J. Lister.

Mindestens fünf der Einträge waren von J. Lister, auch als der Teenager neben mir auf dem Fahrersitz bekannt.

»Ich hätte noch mehr getan, aber man wird bestraft, wenn man das Netzwerk mit falschen Tipps zuspamt. Ich versuche, das bei dir und Lee zu tun, so oft ich kann, um die anderen Skiptracer in die Irre zu führen.«

»Und was ist mit Zu?«

»Bei der ist es dasselbe«, erwiderte er. »Aber lange nicht so viel. Es sieht nicht gut aus, wenn man immer nur für dieselben

Kids updatet und nicht an die Entfernungen und all so was denkt. Ich kann doch nicht posten, dass ich dich in Maine gesehen habe und dann zwei Minuten später online behaupten, ich hätte sie in Kalifornien gesehen. Aber ich hab mir eine Geschichte für sie ausgedacht. Soweit die Skiptracer wissen, ist sie irgendwo in Florida.«

»Glaubst du, sie und die anderen haben es tatsächlich nach Kalifornien geschafft?«, fragte ich. »In dem PSF-Netzwerk, zu dem die League Zugang hat, gab es keinerlei Updates. Letzte Woche habe ich noch mal nachgeschaut, immer noch nichts.«

»Ich ...« Chubs räusperte sich. »Ich möchte gern glauben, dass sie's geschafft hat. Wenn wir Lee gefunden haben, müssen wir eben selbst nachsehen gehen.«

Wir konnten die beiden anderen durch die Windschutzscheibe deutlich sehen. Vida versuchte, das Zelt abzubauen, indem sie es niederprügelte. Jude hatte sich rücklings auf einem Grasflecken ausgestreckt und starrte in den Himmel; der Kompass ruhte auf seiner Brust. Es war kalt, doch die Sonne schien zum ersten Mal seit Tagen. »Was glaubst du, guckt er sich da an?«, fragte Chubs und reckte den Hals übers Lenkrad, um Judes Blick folgen zu können. »Ist der Junge ... geistig intakt?«

»Ich würde sagen, sein Gehirn ist zehntausend Kilometer weit weg von hier und bastelt gerade an der Geschichte von seinem heldenhaften Abenteuer«, meinte ich. »Aber, ja. Er ist ein lieber Kerl. Hyperaktiv, absolut nicht bereit, die Realität zu akzeptieren, aber lieb.«

»Wenn du es sagst«, brummte Chubs.

Vida stieß einen erstickten Schrei aus und riss eine der Stangen heraus, die das Zelt aufrecht hielten. Dann griff sie nach unten, kippte das ganze Gebilde auf die Seite und trat sicherheitshalber noch einmal kräftig mit dem Fuß hinein. »Wieso bin ich eigentlich die Einzige, die hier arbeitet?«, schrie sie. »Hallo?«

Chubs war bereits aus der Tür, ehe ich auch nur die Hand an meine gelegt hatte. »Könntest du *mein* Zelt bitte *nicht* kaputt machen, du inkompetente, undankbare Kröte?«, brüllte er.

»*Ich* bin inkompetent?« Vidas Stimme wurde heiser. »Welches blöde Arschloch hat denn die Bedienungsanleitung weggeschmissen?«

Ich vergewisserte mich mit einem schnellen Blick, dass Vida Chubs nicht mit der Stange aufspießen würde, die sie in der Hand hielt; dann griff ich nach dem Tablet und schaltete es wieder ein.

Drei oder vier quälende Sekunden lang sah ich nur das langsame Drehen eines grauen Kreises, während das Gerät hochfuhr. Mit einem kurzen Piepsen schaltete es auf die Skiptracer-Seite; ein winziges Menü reichte von *Notfall* über *Datenbank* bis zu *Updates*. Darüber befand sich eine digitale Karte der Vereinigten Saaten, die aussah, als könne man sie tatsächlich zum Navigieren benutzen.

Dafür brauchte ich sie nicht.

Mein Magen krampfte sich zu einer Angstfaust zusammen, doch meine Finger zitterten nicht, als ich den Namen eintippte.

Gray, Clancy

Und dann löste sich der Schmerz mit einem einzigen, langen Atemzug.

Keine Einträge gefunden.

Wir brauchten weitere vier Stunden bis nach Nashville; Chubs und ich fuhren abwechselnd. Ihn hinter dem Lenkrad zu sehen anstatt auf dem Sitz neben mir war schon merkwürdig genug, doch seine entspannte, selbstsichere Haltung dort ließ ihn wie einen ganz anderen Menschen erscheinen. Ich zwang mich, mich anzupassen, gab mir alle Mühe, mich mit der Tatsache abzufinden, dass dieser Chubs nicht derselbe war, der mir weggenommen worden war. Wie könnte er auch, nach allem, was passiert war?

Abgesehen von seiner Reaktion auf Vidas Sticheleien und Beleidigungen war er ruhiger – äußerlich. Hin und wieder blickte ich zu ihm hinüber und sah einen Schatten über seine scharf geschnittenen Züge huschen. *Erzähl es mir*, dachte ich dann, doch dann zogen die dichten Wolken über uns hinweg, um die Straße in helles Sonnenlicht zu tauchen, und er war wieder er selbst. Zumindest bis es Zeit zum Essen war.

Früher hatte Chubs sich beschwert und allein schon gegen den *Gedanken* gewütet anzuhalten, damit einer von uns in einem Laden oder einem Restaurant etwas zu essen kaufen konnte. Es war stets Liam gewesen, der losgezogen war, um Essbares zu besorgen, während Chubs' laute Proteste ihm folgten wie ein lästiger Schatten.

»Ach, kommt schon. Es wird schon nichts passieren«, sagte er, als er darauf bestand, an einer Raststätte zu parken, auf der bereits eine Handvoll Menschen herumwuselte.

Allmählich war es sehr deutlich, dass er seinen Skiptracer-Ausweis einsetzte wie einen kugelsicheren Schild und ihn jedem vor die Nase hielt, der ihn genauer ansah. Ein Teil von mir fragte sich, ob er sich zu sehr daran gewöhnt hatte, diese Rolle zu spielen, oder ob sich in seinem Inneren wirklich etwas verschoben hatte.

Wir anderen warteten und rutschten so tief wie möglich in unsere Sitze, während Chubs sich Zeit damit ließ, auf die Toilette zu gehen, die Snack-Automaten abzugrasen und frische Winterluft zu schnappen.

»Du hast doch gesagt, der Kerl hat was im Kopf!«, zischte Vida.

»Hat er auch.« Ich beobachtete ihn über die Wölbung des Armaturenbretts hinweg.

»Dann ist er einfach scheißunhöflich«, gab sie zurück. »Oder er legt's drauf an, dass wir geschnappt werden.«

Nein – das war es nicht. Chubs hatte seine Macken, aber er war nicht gemein genug, um jemanden auflaufen zu lassen, der seine Hilfe brauchte.

Ach, wirklich?, meldete sich die kleine Stimme in meinem Hinterkopf. *Hat er nicht genau das bei dir versucht?*

Ich schüttelte den Kopf, als er wieder in den Geländewagen stieg und mir seine Ausbeute an Chips und Süßigkeiten in den Schoß schmiss. Chubs warf mir einen kurzen Blick zu und schaute dann noch einmal hin. »Was denn?«

Verblüfft öffnete ich den Mund. »Was glaubst du denn? Jeder von denen da draußen hätte uns melden können!«

Chubs furchte die Stirn, als ihm dies endlich auch klar wurde. Er drehte sich nach den anderen um, die noch immer geduckt hinten im Wagen kauerten. Jude hatte die Arme fest um die Knie geschlungen; er hockte tief im Fußraum zwischen Gitter und Rücksitz.

»Jep«, bemerkte Vida an niemand Bestimmtes gerichtet, »einfach nur ein Scheißvollidiot.«

»Ist schon okay«, meinte Jude mit gezwungener Fröhlichkeit. »Die hätten uns schon nicht gemeldet. Haben sowieso nicht ausgesehen wie Skiptracer oder PSFs.«

Skiptracer sahen nicht *aus* wie Skiptracer – Chubs war der Beweis dafür. Er war vielleicht entsprechend angezogen, aber er war keiner von ihnen. Er hatte nicht jene unbeteiligte Kälte, die von anderen Kinderjägern auszugehen schien. Angesichts seiner jetzigen Reaktion, wie er den Schlüssel ins Zündschloss rammte, fragte ich mich, ob er bis zu diesem Moment überhaupt gemerkt hatte, wie unverantwortlich er sich verhielt.

Das wurde erst zu einem wirklichen Problem, als wir den Stadtrand von Nashville erreichten und die Straßensperre erblickten, die die Nationalgarde errichtet und mit ein paar Dutzend ihrer Leute bemannt hatte.

»Stadtgebiet gesperrt«, las Jude das mit Sprühfarbe geschriebene Schild vor, an dem wir vorbeifuhren. Es war eine ganze Schilderserie, eins nach dem anderen. »Überschwemmungsgebiet. Langsam fahren. Stadtgebiet gesperrt. Bitte wenden. Durchfahrt nur für Nationalgarde. Stadtgebiet gesperrt.« Bei jedem, das er vorlas, wurde Judes Stimme ein bisschen leiser, doch der Geländewagen fuhr immer schneller. Der behelfsmäßige Kontrollpunkt war zuerst eine dunkle, verschwommene Linie am Horizont der schneeglatten Straße und nahm dann Gestalt an, ein Stacheldrahtgewirr und ein Zaun nach dem anderen.

»Langsamer«, sagte ich zu Chubs. »Halt mal kurz an.«

Er ignorierte beide Aufforderungen.

Vida schaute nicht mal von dem Chatter auf, da sie gerade eine weitere Nachricht an Cate tippte. »Ach ja. Cate sagt, die Stadt ist seit dem Sommer gesperrt. Irgendwas davon, dass ein Fluss die Innenstadt überschwemmt hat, und irgendwelche Leute haben angefangen zu rebellieren, als sie keine Hilfe bekommen haben.«

Ich seufzte und drückte das Gesicht in die Hände. »Diese Info wäre vor zwanzig Minuten echt hilfreich gewesen.« Als wir gerade darüber diskutiert hatten, wie man, ihr wisst schon, am besten in die Stadt käme.

Vida zuckte die Achseln.

»Äh«, setzte Jude an, in seiner Stimme lag ein eindeutig panischer Unterton. »Da kommt so ein Typ auf uns zu. Und zwar echt schnell.«

Tatsächlich hatte einer der Nationalgardisten sich von dem Maschendrahtzaun und den schmutzigen gelben Tonnen gelöst, mit denen sie die Durchfahrt versperrt hatten, und kam auf uns zugejoggt. Sein Gewehr und seine Ausrüstung hüpften bei jedem Schritt. Eiskalte Panik schoss mein Rückgrat hinauf.

Der Mann blieb stehen, seine Hand senkte sich zu der Pistole an seiner Seite.

Dann fragte Chubs: »Sind alle angeschnallt?«

»Das soll wohl ein Witz sein«, begann ich. Das war doch unmöglich. Er würde doch nie im Leben.

Vida blickte endlich doch von dem Chatter auf.

Jude quiekte auf, als der Wagen mit einem Satz vorwärtsschoss. Chubs hatte das Gaspedal durchgetreten.

Ich griff hinüber und riss am Lenkrad, sodass der Wagen scharf nach links schwenkte. Chubs versuchte, mich wegzustoßen, doch ich lenkte den Geländewagen weiter herum und verfehlte dabei knapp den Soldaten, der uns entgegengekommen war. Chubs nahm sofort den Fuß vom Gas, doch wir fuhren bereits wieder in die richtige Richtung – weg von der Sperre, den Soldaten und der Gefahr. Vida klatschte die flache Hand gegen das Gitter, und das Gaspedal wurde unter der Wucht ihrer Kräfte bis zum Boden durchgedrückt, klebte fest an dem schmutzigen Fußraumteppich des Explorers. Chubs versuchte zu bremsen, und der Wagen schien protestierend aufzukreischen.

Als die Straßensperre schließlich ein kleiner Fleck im Rückspiegel war, nahm Vida die Hand weg, und Chubs rammte den Fuß aufs Bremspedal. Die Sitzgurte rasteten hart über unserer Brust ein.

»Ich …«, fing ich an, als ich endlich wieder zu Atem gekommen war. »Warum … Du …«

»Verdammt noch mal!« Chubs fing an, mit der flachen Hand aufs Lenkrad einzudreschen. Dabei klang er gar nicht wie er selbst; er hatte mich schon oft angebrüllt, schon unzählige Male, aber das hier … Ich spürte tatsächlich, wie ich immer kleiner wurde. »Wie *kommst* du dazu, so was zu machen? Was bildest du dir eigentlich ein!«

»Wenn ihr euch streiten wollt, könntet ihr das draußen tun?«, erkundigte sich Vida. »Ich hab schon so genug Kopfschmerzen, ohne mir anzuhören, wie Mommy und Daddy sich gegenseitig an die Kehle gehen.«

Soll mir recht sein. Ich löste meinen Sitzgurt und achtete nicht auf Chubs' Knurren, als dieser dasselbe tat.

»Was ist los?«, grollte er und kam mir um den Wagen herum entgegen, sodass wir uns vor dem Kühler trafen. Seine Stiefel rutschten im Schnee, der an dem dunklen Straßenbelag klebte, und sein Atem dampfte heiß vor Zorn; er wölkte weiß und feucht gegen meine brennenden Wangen.

»Was sollte *das* denn?«, wollte ich wissen. »Wolltest du da wirklich durchbrechen?«

Es war die Art und Weise, wie er mit den Schultern zuckte, als sei das egal, als sei doch gar nichts dabei, die mich hochgehen ließ.

»Ich fasse es nicht«, stieß ich hervor. »Wach auf! *Wach auf!* Das passt doch überhaupt nicht zu dir!«

»Es wäre ja auch nicht nötig gewesen, wenn du mir nicht diese bescheuerten Kids aufgehalst hättest – dann hätte ich einfach ein paar Papiere vorzeigen können, und wir wären drin gewesen!« Er fuhr sich mit der Hand durch den dunklen Haarbusch. »Und weißt du was? Selbst *wenn* ich da durchgebrochen wäre, die hätten uns nicht eingeholt. Ganz ehrlich, waren du und Lee nicht diejenigen, die immer gesagt habe, wir müssen Risiken eingehen, wenn wir klarkommen wollen?«

»Ist das dein …« Ich brachte das Wort kaum heraus. »Ist das dein *Ernst*? Risiken? Wo hast du denn deinen Kopf gelassen? Eigentlich bist du doch viel klüger!«

Spielte es eine Rolle, dass ich brüllte oder dass er sich alle

Mühe gab, mich mit seiner Körpergröße klein zu machen? Spielte es eine Rolle, dass die beiden anderen uns durch die Windschutzscheibe zusahen?

»Klar, wir wären durch die Sperre gekommen, vielleicht sogar ein paar Kilometer weit, aber wenn die nun dein Kennzeichen durchgegeben hätten? Wenn ein Stück die Straße rauf noch eine Sperre gewesen wäre und sie da auf uns gewartet hätten? Was hättest du dann gemacht? Du bist der Einzige mit Papieren, dir wäre nichts passieret – aber wenn sie mich einkassiert hätten? Oder Jude, oder Vida? Hättest du damit leben können?«

»Und was ist mit *Liam*?«, schrie er. »Du weißt schon, der, dem du das Gehirn gegrillt hast? Der tot ist oder verschollen oder kurz davor, weil du beschlossen hast, ihn zu verarschen? Erinnerst du dich noch an *den*?«

Jeder Quadratzentimeter meiner Haut fühlte sich an wie die die Äste der Bäume über uns, nackt und von Reif überzogen. »Du gibst *mir* die Schuld daran?«

»Wem soll ich sie denn sonst geben?«, brüllte er. »Es ist ja auch deine Schuld, verdammt noch mal! Und jetzt kommst du mir so? Tust, als wären die beiden da dir wichtiger als *wir*? Ja, ich musste ein paar Dinge ändern. Na und? Ich bin sehr gut damit klargekommen, selbst zu entscheiden. Die ganze Zeit tust du so, als würde ich dir immer noch unter den Händen verbluten, aber mir geht's *gut*! Mir geht's besser als *gut*! Du bist diejenige, die falschliegt! Du bist …«

Ich hatte nicht einmal gehört, wie die Tür aufging, doch plötzlich stand Vida neben mir, die Schulter gegen meine gedrückt.

»Zurück.« Ich spürte, wie sich ihre Hand um mein Handgelenk schloss. »Du willst uns hier nicht haben, du Scheißclown? Schön. Wir sind weg.«

Jude war weiß im Gesicht, als er mit unseren wenigen Habseligkeiten in den Händen ums Heck des Wagens gehuscht kam. »Ich bin so weit«, verkündete er, und seine Stimme verriet nichts von der Furcht, die ich in seinen Augen sah. »Gehen wir.«

Ich nahm die Lederjacke, die Jude mir reichte, während mein Verstand sich abmühte, bei dem, was hier geschah, mitzukommen. Chubs' Finger hakte sich in die Jackentasche und hielt fest. »Was machst du denn?«

»Ich glaube ...« Mein ganzes Gesicht fühlte sich taub an. »Ich glaube, das hier war keine gute Idee.«

Nein, schrie mein Verstand. *Nein, nein, nein!*

»Ruby!«, stieß er schockiert hervor. »Sag, dass du nicht ... *Ruby!*«

»Du denkst, wir sind nichts wert? Du willst beweisen, dass du so verdammt mutig bist?«, brüllte Vida zurück. »Geh doch, und lass dich umbringen, du blöder Arsch. Wir werden ja sehen, wer Stewart zuerst findet.«

Vida hakte mich ein und zerrte mich die sanft abfallende Straßenböschung hinunter, in den verschneiten Wald vor uns hinein. Der Wald war dunkel und tief und schön. Ich konnte weder Anfang noch Ende erkennen.

»Arschloch«, knurrte sie vor sich hin. »Verdammtes Arschloch, ich hasse seine dämliche Fresse und seine dämliche Fahrerei – tut, als wären wir total bescheuert. So ein Arschloch!«

Jude trabte, um mit uns Schritt zu halten. Zweige knackten rund um mein Gesicht, hakten sich in mein Haar. Das Aufblitzen des Sonnenlichts brachte mich ganz durcheinander, eben noch blendend rot und dann wieder orange, und alles, was ich denken konnte, war *Feuer*. Alles, was ich sehen konnte, war Chubs' Gesicht ganz dicht vor meinem, als wir uns unter dem Steg von East River aneinanderklammerten, während die Welt über uns in Flammen stand.

Ich fühlte eine Hand im Kreuz, und ich konnte einfach nicht

mehr. Meine Beine gaben nach, und ich schaffte es gerade noch, mich an einem Baum festzuhalten, ehe ich völlig zusammenbrach.

Was machst du denn?, dachte ich. *Das ist doch Chubs. Das ist doch trotzdem immer noch Chubs.*

Mehrere qualvolle Minuten lang konnte ich nur mein eigenes raues Atmen hören. Mir war richtig schlecht, als würde ich gleich alles auskotzen, was ich im Magen hatte.

Das ist doch Chubs. Der ständig Sachen sagt, die er bereut, auch wenn es die Wahrheit ist. Der sich von seiner Wut leiten lässt – vor allem, wenn er Angst hat. Und du hast ihn zurückgelassen. Du bist weggegangen. Das war Chubs, und du hast ihn verlassen.

Ich fühlte eine Hand an meiner zerren. Jude stand neben mir, seine Rettungshelferjacke knisterte.

»Ich glaube, ihr liegt beide falsch«, sagte er leise. »Er gibt dir nicht die Schuld an dem, was letzten Endes mit Liam passiert ist. Er gibt sich selbst die Schuld. Er benimmt sich bloß so, weil er an dem Punkt angekommen ist, wo er bereit wäre, alles zu tun, um das wieder in Ordnung zu bringen.«

»Wieso sollte er denn denken, irgendwas von alldem wäre seine Schuld?«, fragte ich.

»Der hat sie doch nicht alle«, meinte Vida und schaute über die Schulter. »Er ist angeschossen worden und hat überlebt. Ein Teil von ihm hält sich für unbesiegbar und denkt, er kann bescheuerte Fehler machen und damit durchkommen. Es gäbe andere Möglichkeiten, wie er sich durchschlagen könnte, aber der hat beschlossen, mit den Scheißwölfen zu jagen. Wenn er nicht verzweifelt ist, wenn er sich nicht selbst hasst, dann ist er wirklich nichts anderes als ein beschissener Vollidiot.«

»Ihr kennt ihn doch gar nicht«, wandte ich ein.

»Nein«, antwortete Jude behutsam, »aber wir kennen dich.«

»Und wenn du glaubst, du hast dich die ganzen letzten sechs Monate nicht genauso aufgeführt, dann bist du auch eine verdammte Vollidiotin.« Vida drehte mich wieder zur Straße herum und versetzte mir einen heftigen Schubs. »Jetzt geh ihn schon holen. Wenn du in fünf Minuten nicht wieder da bist, gehen wir Stewart allein suchen. Du hast gesagt, du hättest keine andere Wahl gehabt, als dich der League anzuschließen? Also, gratuliere. Jetzt hast du eine. Komm mit uns zurück oder nicht, aber ich bin durchaus in der Lage, diesen Einsatz durchzuziehen, ohne dass deine ganzen sentimentalen Problemchen mich ausbremsen.«

Ich verstand klar und deutlich, was sie meinte. »Ich bin gleich wieder da«, beteuerte ich. »Ich komm gleich wieder, ich schwör's.«

Damit machte ich einen stolpernden Schritt vorwärts, den Blick fest auf unsere Fußspuren im Schnee geheftet. Nach vorn und nach unten, weil ich es nicht ertragen konnte, daran zu denken, dass die anderen mir nachsahen.

Ich kann sie nicht verlassen. Keinen von ihnen. Nicht Vida, um ein Vielfaches eigensinniger, als gut für sie war. Nicht Jude, der Stille oder Dunkelheit nicht aushalten konnte. Nicht Chubs, nicht nach allem, was geschehen war.

Der Geländewagen war noch da, parkte schief auf dem Randstreifen. Er saß ans Lenkrad gelehnt auf dem Fahrersitz. Ich ging um das Heck des Wagens herum, schaute nach rechts und links die Straße hinunter, um mich zu vergewissern, dass uns sonst niemand beobachtete, und zog dann Liams Jacke als seelische Unterstützung enger um mich.

Er sah mich nicht. Seine Schultern bebten, doch ich war mir nicht sicher, ob er nur schwer atmete oder tatsächlich weinte. Ich klopfte ans Fenster. Und Chubs – mein Chubs – sprang vor Schreck fast auf den Beifahrersitz.

Es tut mir leid, formte ich durch die Fensterscheibe mit den Lippen.

Er hatte geweint. Irgendetwas in meinem Inneren verdrehte sich, heftig und nachdrücklich, als Chubs die Tür aufmachte. »Du hast mich zu Tode erschreckt!«, schrie er. »Weißt du eigentlich, wie leicht es ist hinzufallen und sich den Fuß zu brechen, wenn man ohne Wegbeschreibung durch die Gegend läuft? Oder in einen eisigen Fluss zu fallen? Weißt du, was passiert, wenn man unterkühlt?«

Ich beugte mich in den Wagen und legte ihm die Arme um die Schultern.

»Ich … ich meine …«, fing er an, und ich spürte, wie seine Hände sich hinten in Liams Jacke krallten, um mich mit aller Gewalt festzuhalten. »Ich bin nicht mehr derselbe. Das bin ich nicht, und das weiß ich. Ich find's nicht okay, wer ich bin und was ich tun musste, aber ich find's auch *nicht* okay, dass wir uns wieder trennen! Mach so was nicht! Verschwinde nicht einfach! Wenn du sauer auf mich bist, dann knall mir eine oder so was – glaub einfach nicht, dass ich nicht bei dir bleiben will. Ich werde *immer* bei dir bleiben wollen!«

Ich fasste ihn fester, drückte mein Gesicht an seine Schulter.

»Du bist auch anders«, sagte er. »Jetzt ist alles anders. Ich will einfach nur, dass es wieder so ist wie früher, als wir in diesem dämlichen Minivan rumgefahren sind – Herrgott noch mal, würdest du bitte mal was sagen?«

»Wehe«, sagte ich, »du nennst Black Betty noch mal dämlich.«

Ich weiß nicht, ob er lachte oder nur von Neuem weinte, doch wir wurden beide davon geschüttelt. »Er fehlt mir«, sagte er. »Er fehlt mir so – ich weiß, das ist blöd. Ich bin nur, ich hab einfach nur Schiss …«

»Er ist nicht tot«, fuhr ich dazwischen. »Er ist nicht tot. Er kann nicht tot sein.«

Chubs löste sich langsam von mir und hob seine Brille an, um sich mit dem Arm über die Augen zu wischen. »Das meine ich ja gar nicht. Ich hab Schiss davor, was er sagen wird, wenn er's rausfindet … das hier.« Seine Hände legten sich abermals auf das Lenkrad. »All das hier.«

»Wahrscheinlich wird er auf deine Kosten irgendeinen bescheuerten Witz reißen«, meinte ich, »und dir einen neuen blöden Spitznamen verpassen.«

»Nein«, wehrte er mit sichtlicher Mühe ab. »Er wird Bescheid wissen …«

Urplötzlich war ich ganz still. Es gibt keine andere Beschreibung für die Furcht, die mich beschlich, als Chubs sich von mir abwandte.

»Ich hab dir doch von all den Formularen erzählt, die man ausfüllen muss, um sich als Skiptracer registrieren zu lassen«, sagte er. »Aber das ist nicht alles.«

»Nicht alles?«, wiederholte ich.

Er nickte und sah elend aus. »Um anerkannt zu werden, muss man ein Kind ausliefern. Anders bekommt man seinen Namen nicht auf die Liste. Man kann das System nicht bescheißen. Glaub mir, ich hab's versucht.«

Es dauerte unermesslich lange, bis das, was er sagte, durchdrang. Mit jeder Sekunde, die verstrich, war seine Miene leichter zu lesen. Seine Gedanken und Ängste huschten ungebremst vorbei.

»Wen?«, fragte ich schließlich.

»So einen kleinen Grünen, den ich in New York gefunden habe.« Chubs schluckte heftig. »Er war … Er hat ein paar Jahre auf der Straße gelebt, ich hab's ihm angesehen. Hat gejagt ausgesehen, weißt du? Hungrig. War praktisch ausgemergelt. Ich hab ihn nur gesehen, weil er versucht hat, in so einem Freiluft-Einkaufszentrum einen Automaten aufzubrechen. Mitten am

Tag. Jede Menge Leute haben ihm zugeschaut, und keiner ist zu ihm hin.«

»Was ist passiert?«

»Er … Ich weiß nicht, er hat sich nicht mal besonders gewehrt«, berichtete Chubs mit vor Emotionen heiserer Stimme. »Er hat mich bloß angeschaut, und ich konnte sehen, dass er aufgegeben hat. Und damals, weißt du, da habe ich gedacht, dass er im Lager wenigstens was zu essen kriegen würde. Dass er ein Bett haben würde. Er war doch bloß Grün. Die würden ihn nicht schlecht behandeln, wenn er nicht aufmuckt.«

»Du konntest nicht anders.« Was konnte ich sonst dazu sagen. »Das war doch die einzige Möglichkeit.«

»Soll ich das Lee so erklären? Oh, tut mir leid. Dein Leben war wichtiger als seins? Das wird er doch nicht verstehen.« Chubs räusperte sich. »Die Sache ist die, ich hätte noch was viel Schlimmeres getan. Ich hätte alles getan, um euch zu finden. Das macht mir Angst. Ich hab das Gefühl, wenn niemand da ist, der mich zurückhält, dann weiß ich nicht genau, was ich tun würde.«

Das war ein Gefühl, das ich gut kannte – das Gefühl, im freien Fall in eine dunkle Grube zu stürzen und nicht zu wissen, wann man unten ankommt oder ob es da überhaupt einen Boden gibt.

»Das wird keine Rolle spielen«, sagte ich. »Am Ende nicht. Wenn wir Liam gefunden haben und das Material haben, fackele ich jedes einzelne Lager ab, das kannst du mir glauben.«

Er sah so unsicher aus, dass es mir das Herz brach.

»Ich muss. Machst du mit?«, flüsterte ich.

Nach kurzem Zögern nickte Chubs. »In Ordnung.« Wieder räusperte er sich und bemühte sich, seinen üblichen schroffen Tonfall anzuschlagen. »Wo sind die anderen?«

»Die warten auf uns.«

»Dann gehen wir also zu Fuß?«, fragte er. »Dann muss ich versuchen, den Wagen zu verstecken.«

Einen Moment lang starrte ich ihn verwirrt an. Dann verstand ich. *Er überlässt dir die Führung.*

»Ja«, sagte ich. »Ich glaube, wir sollten versuchen, zu Fuß in die Stadt zu kommen.«

Chubs nickte, und danach gab es keine Diskussionen mehr. Wir fuhren das Auto ein ganzes Stück den Highway hinunter, bis wir eine kleine Zufahrtstraße fanden. Nachdem der Ford Explorer gut hinter Bäumen und unter allem, was wir an Laub und Zweigen finden konnten, versteckt war, machten wir uns auf den Weg in den Wald.

»So was hab ich schon seit einer ganzen Weile nicht mehr gemacht«, meinte Chubs und rückte einen der beiden Rucksäcke zurecht, in den wir Vorräte und eines der zig Erste-Hilfe-Päckchen gestopft hatten, die er unbedingt dabeihaben musste. Er lächelte, nur ein ganz schwacher Anflug eines Lächelns, aber es war da.

»Ich wünschte, ich könnte dasselbe sagen«, erwiderte ich und hielt mich an seiner Schulter fest, während ich die Beine über einen umgestürzten Baum hob.

»Wo sind die anderen?«

Ich hatte gar nicht gemerkt, dass wir wieder auf derselben kleinen Lichtung waren wie vorhin, bis ich das Gewirr von Fußspuren erblickte, die in den Schlamm und den Waldboden getrampelt waren. Also hatten sie Wort gehalten. Sie waren weitergegangen, und wir würden sie einholen müssen.

Ich blickte zu Chubs hinüber, um ihm das klarzumachen, doch er schaute mit zusammengezogenen Brauen auf den Schnee hinunter.

Dort waren mehr als drei Spuren. Mein Verstand hatte einen Blick darauf geworfen und angenommen, dass Jude wie immer auf und ab getigert oder dass Vida ungeduldig auf der Lichtung im Kreis marschiert war. Doch dafür waren hier viel zu viele Fußabdrücke.

Da erkannte ich es, sah, wie es abgelaufen sein musste. Ein immer enger werdender Kreis aus Schritten, wo Vida versucht hatte, sich zur Wehr zu setzen, der an dem Flecken nackter Erde endete, wo sie zu Boden gegangen war. Gegenüber lagen abgebrochene Zweige auf dem Boden – ich machte einen weiteren Schritt vorwärts, folgte der Fährte, bis meine Füße auf einen kleinen, leuchtend roten Blutspritzer auf einem schmelzenden Schneeflecken stießen.

Nein. Der Wind wurde in meinen Ohren zu einem leisen, drohenden Grollen. Sie waren nicht vorausgegangen.

Sie waren gefangen genommen worden.

13. Kapitel

Es kam mir gar nicht in den Sinn, dass Chubs vielleicht nicht würde mithalten können, als ich losrannte. Die Gruppe hatte sich einen Weg durch Schlamm und hartnäckige Schneehaufen gebahnt und alles einigermaßen festgetrampelt. Ich sog einen großen Schwall Luft ein und versuchte, nicht auf den Schnee zu achten, der von den niedrigen Ästen der Bäume und von den Büschen rutschte, während ich mich dort hindurchdrängte. Meine Jacke und meine Hose waren klatschnass, als ich endlich schliddernd zum Stehen kam. Die Fährte, so breit und unübersehbar, endete am Rand eines vereisten Baches.

Chubs keuchte heftig, als er zu mir aufschloss, die eine Hand fest gegen seine Schulter gepresst. Ich drehte mich um, um ihm seinen Rucksack abzunehmen, überlegte es mir dann jedoch anders. Der, den er mir gegeben hatte, war genauso schwer, und mit beiden würde ich nicht durch den Schnee kommen, jedenfalls nicht besonders schnell.

»Und was jetzt?«, japste er. »Sind die hier rüber?«

»Nein, das kann nicht sein«, erwiderte ich und kniete mich hin, um das Eis zu prüfen. »Die waren bestimmt mindestens zu zehnt. Unmöglich, dass sie's alle bis nach drüben geschafft hätten, ohne dass das Eis bricht.«

Seine Augen wurden schmal, während ich mich erhob. »Das kannst du alles an ein paar Fußspuren erkennen?«

»Nein«, wehrte ich ab. »Ich weiß nicht, wie viele es genau

waren. Zehn oder mehr. Von weniger hätte Vida sich nicht unterkriegen lassen.«

Chubs machte ein zweifelndes Gesicht, bestritt jedoch nicht, dass das möglich wäre.

Ich ging ein Stück an dem Bach entlang und hielt Ausschau nach verirrten Spuren, menschlichen und anderen. Die konnten hier doch nicht einfach verschwunden sein.

Scheiße, dachte ich und wühlte die Finger in den unordentlichen Knoten, zu dem ich mein Haar geschlungen hatte. *Scheiße!*

»Könnten …« Chubs schluckte und rückte den Rucksack unbehaglich auf seinen Schultern hin und her. »Glaubst du, sie sind von Soldaten gefangen genommen worden? Die von der Straßensperre hinter uns hergeschickt worden sind?«

Ich schüttelte den Kopf. »Die hätten die Straße genommen. Wir hätten sie gesehen.« Oder zumindest redete ich mir das ein. »Skiptracer vielleicht?«

Diesmal war er es, der diese Theorie abschmetterte. »Zehn Mann? Wieso sollten die alle hier im Nirgendwo auftauchen?«

»Dann …«, setzte ich an. Chubs' Augen wurden groß, als er begriff, was ich dachte.

»Die Horde Blaue, nach der wir suchen?«, fragte er. »Aber warum haben sie sich dann gewehrt?«

Ich kämpfte das erste Brennen panischer Tränen nieder. *O Gott, Jude muss solche Angst gehabt haben.* »Sie wissen nicht, wie das läuft. Sie haben kein Leben außerhalb der League – ihnen, ich meine uns, ist beigebracht worden, nur anderen aus der League zu trauen.«

Es war reines Glück, dass ich mich ausgerechnet in diesem Moment wieder zum Bach umdrehte, dass der Wind die immergrünen Zweige der Bäume auf der anderen Seite bewegte. Sonst hätte ich das silberne Schimmern eines Gewehrlaufs dazwischen nicht bemerkt.

Ich warf mich über Chubs, als der erste Schuss fiel, drückte ihn bäuchlings zu Boden. Dabei spürte ich, wie etwas an meinem Rucksack riss und drehte mich von der kleinen Schnee- und Dreckexplosion weg, mit der die Kugel neben mir in den Boden fetzte.

Die Geschosse zischten durch die Luft, folgten uns, als ich uns beide wieder in den Schutz der Bäume rollte.

»Kopf runter!«, flüsterte ich Chubs zu und schubste ihn fast mit Gewalt hinter dichtes Unterholz. Die Pistole, die ich aus dem Handschuhfach geholt hatte, war warm in meiner Hand, als ich sie aus dem Hosenbund zog. Ich schoss einmal zurück, zielte auf die Stelle, wo ich den Betreffenden gerade gesehen zu haben glaubte, auf der anderen Seite des Baches. Die Schießerei von dort hörte jäh auf.

Die Nachmittagsluft hing blass und still zwischen uns. Etwas Scharfes lag darin, es roch nach Schnee.

»Ruby!«

Ein dunkler, verschwommener Schemen fiel aus dem Baum hinter mir. Ohne nachzudenken, fuhr ich herum und schlug mit dem Ellenbogen zu. Er traf etwas Weiches, das hörbar knirschte, als ich mein ganzes Gewicht in den Schlag legte.

Ein spitzer Schmerzensschrei ertönte, gefolgt von einem schweren Aufprall. Schneewolken wirbelten empor. Ich drehte mich wieder zu Chubs um, streckte durch den weißen Dunst den Arm nach ihm aus und spürte, wie sich eine Hand um meinen Unterarm schloss. Die Haut war hell, sämtliche Fingerknöchel waren entweder aufgerissen oder verschorft.

Ich machte einen Schritt rückwärts und riss das Knie hoch, um den nächsten Angreifer abzuwehren, doch der Kampf war zu Ende, bevor er begonnen hatte. Ich fühlte, wie sich eine kalte, scharfe Klinge in mein Rückgrat drückte, und ließ die Arme sinken. Dann wandte ich mich ein wenig zur Seite, um über die

Schulter hinweg nach Chubs zu sehen. Er kauerte im Schlamm; sein Gesicht war aschfahl.

»Wer seid ihr?«, fragte ich und drehte mich langsam zu demjenigen hinter mir herum, hielt Abstand zu dem Messer.

»Verdammte Scheiße!«, zischte der Junge. Seine Stimmlage hatte ausgereicht, um mir zu verraten, wie alt er wirklich war: so alt wie ich. Höchstens ein oder zwei Jahre älter.

Der Junge, dem ich eins verpasst hatte, kam taumelnd auf die Beine und wischte sich die Nase mit dem Ärmel seines abgetragenen Mantels ab, wobei ein langer, dunkler Streifen Rot darauf zurückblieb. Der andere mit dem Messer trat zurück, steckte die Waffe jedoch nicht weg.

Blutige Nase streckte die Hand aus, und ich hob den Arm und tat, als wäre ich im Begriff, meine Pistole hineinzulegen. Im letzten Moment ließ ich sie fallen, ergriff stattdessen seine Hand und tauchte in seinen Verstand ein. Sein Körper zuckte unter meiner Kontrolle. Ganz kurz sah ich Judes verängstigtes Gesicht in seinen Gedanken aufblitzen, und das genügte mir.

»Was habt ihr mit den beiden gemacht?«, fragte ich. »Mit dem Jungen und dem Mädchen von vorhin? Wo habt ihr sie hingebracht?«

Auf Chubs' Gesicht lag ein merkwürdiger Ausdruck, während er mir zusah, doch er schwieg.

»Die anderen …«, antwortete der Junge, die Stimme gequetscht vom eklig schiefen Winkel seiner Nase. Mein Ellenbogen tat angemessen weh. »Die anderen haben sie zum Flüchtling gebracht.«

Natürlich.

Das war das erste Wort, das mir in den Sinn kam, das durch das Eis brach, das mich festhielt. *Natürlich.* Clancys System hatte doch beim ersten Mal so gut funktioniert – wieso sollte er es nicht wieder versuchen? *Natürlich.* Es würde keine Rolle spielen, wer die Kids waren, nur dass sie bereit wären – oder durch seine Kräfte leicht dazu zu bringen wären –, mit Präsident Gray in den Krieg zu ziehen.

Natürlich.

Ich musste den Jungen loslassen, als vier weitere Gestalten aus dem Wald auftauchten und näher kamen, um nachzusehen, was geschehen war. Eine Person konnte ich kontrollieren, aber ich war nicht Clancy. Mehr als einer war unmöglich, und jeder Versuch hätte lediglich den einzigen Vorteil offenbart, den ich im Moment hatte. Ich trat vor, zeigte ihnen, dass ich unbewaffnet war und bedeutete Chubs, dasselbe zu tun.

»Wir wollen den Flüchtling sprechen«, sagte ich. »Wir machen euch keinen Ärger.«

»Ach ja?«, fragte einer und schaute auf den benommenen Jungen zu seinen Füßen hinab. »Michael, hast du das gehört, oder sind bei dir nach dem Nasenstüber die Schrauben locker?«

Blutige Nase – Michael – schüttelte in einem offenkundigen Versuch, wieder klar denken zu können, den Kopf. Eine Schädelverletzung war eine brauchbare Tarnung für das, was ich mit ihm gemacht hatte, doch sein Gehirn brauchte so lange, um sich zu erholen, dass ich mir Sorgen machte, die anderen Jungen um uns herum würden misstrauisch werden. Sie schienen nicht gewillt oder nicht in der Lage zu sein, ohne seine Erlaubnis irgendetwas zu unternehmen.

»Wir nehmen sie mit«, sagte Michael. »Beeilt euch. Zwei von euch bleiben hier auf Posten. Ich schicke jemanden, der euch abholt.«

Dieser Typ war der Anführer?, dachte ich. Unlogisch war es nicht. Nicht zuletzt seine Größe würde anderen Angst machen.

Sie stießen Chubs zu mir herüber, als wir zu dem Bach zurückgingen. Ich schlang einen Arm um seine Taille, um ihn dicht bei mir zu halten. Dann nahmen sie unsere Rucksäcke und hängten sie sich über die Schultern.

»Tja«, brummte Chubs halblaut. »Scheiße.«

Wir waren wieder auf freiem Gelände, dicht bei dem vereisten Bach – und, was noch wichtiger war, im Blickfeld des Scharfschützen drüben im Baum.

Hände waren an mir zugange, tasteten mich ab, befühlten das Futter meiner Stiefel. Ich versuchte, keine Reaktion zu zeigen, als der Junge mein Taschenmesser aus meinem Stiefel holte. Die eisige Luft brannte auf meinem Gesicht, doch es war der Gedanke daran, was sie in Chubs' Taschen finden könnten, bei dem mir kalt wurde bis ins Mark.

Chubs musste die Frage in meiner Miene richtig gedeutet haben, denn er schüttelte ganz leicht den Kopf. Der Junge, der ihn durchsuchte, fand nur sein Messer und eine Tasche voll Bonbonpapiere. Also war er schlau genug gewesen, seinen Skiptracer-Ausweis während des Angriffs im Wald wegzuschmeißen oder ihn im Auto zu lassen. Gott sei Dank.

Ich wandte mich um, blickte über den Bach und entging nur knapp Chubs' strampelnden Füßen, als er in die Luft gehoben wurde, außer Reichweite für mich.

Er zappelte heftig während des einen Augenblicks, den der Junge mit der vorgestreckten Hand brauchte, um ihn hochzuheben und aufs andere Ufer zu schmeißen, alles nur mit seinen Kräften.

Ich spürte das warme Ziehen in der Magengrube und erkannte das Gefühl wieder. Mir blieb keine Zeit zu protestieren, ehe ich in die Höhe gezerrt und ebenfalls über den Bach befördert wurde, wo ich mit einem völligen Mangel an Umsicht auf Chubs fallen gelassen wurde.

Die anderen Kids lachten laut und schwebten einer nach dem anderen über den Bach, so sanft wie eine Sommerbrise.

Abgesehen davon sprachen sie nicht, gaben keinerlei Erklärungen oder Bestätigungen ab, wo sie uns hinbrachten. Zwei blieben zurück, um die Spuren in dem weichen weißen Schnee zu verwischen.

Schweigend marschierten wir dahin. Es begann zu schneien, die Flocken blieben an meinen Wimpern und in meinem Haar hängen, und die Kälte kroch durch das Leder von Liams Jacke. Chubs verspannte sich, rieb sich geistesabwesend die schmerzende Schulter. Ich fing seinen Blick auf und konnte Beklommenheit in seinen dunklen Augen sehen.

»Ich fass es nicht«, murmelte er leise. »Schon wieder.«

»Ich kümmere mich schon um ihn«, sagte ich leise und hakte mich bei ihm unter.

»Weil das ja letztes Mal so toll geklappt hat?«

»Hey!« Michael hielt seine silberne Pistole hoch. »Klappe halten!«

Wir waren lange genug unterwegs, dass ich mich allmählich fragte, ob wir das Lager wohl je erreichen würden, oder wo immer sie uns sonst hinzubringen gedachten. Dabei merkte ich gar nicht, dass wir uns auf Nashville zubewegten, bis der große Fluss in Sicht kam.

Sofort war mir klar, warum sie die Stadt ursprünglich abgeriegelt hatten; obgleich der Fluss schon vor Monaten über die Ufer getreten sein musste, war das meiste Wasser noch immer nicht gefroren oder ganz auf normale Höhe zurückgewichen. Die Uferränder waren aufgequollen, ertränkten die umliegende Landschaft. Der Fluss war ein Ungeheuer, das nur immer größer wurde, je näher wir kamen. Er war das Einzige, was sich zwischen uns und einem hoch aufragenden weißen Lagerhaus auf der anderen Seite befand.

Drei kleine Flöße, die aussahen, als wären sie mit knallblauen Vinylstricken aus Kisten und Brettern zusammengestoppelt worden, warteten am Ufer auf uns. Auf jedem stand ein in Weiß gekleideter Jugendlicher und hielt eine lange Stange in der Hand. Nachdem sich unsere Gruppe auf die drei Flöße verteilt hatte, stakten die Jungs mit den Stangen uns mit langsamen, methodischen Bewegungen durch das schlammige Wasser.

Meine Hände ballten sich zu Fäusten. Eines der Ladedocks des Lagerhauses stand offen, wartete. Mit einer Stabilität, die ich nicht erwartet hatte, glitt das Floß die letzte Strecke bis zu dem silbernen Rolltor und dem dunklen Raum dahinter.

Die Ladeplattform war hoch genug, dass die Flöße nicht mehr notwendig waren. Ich wurde um die Taille gepackt, hochgehoben und in den Armen einer weiteren Jugendlichen deponiert, die dort wartete. Das Mädchen, das mich in Empfang nahm, war ein dürres, blasses Ding; ihre grünen Augen quollen aus den vorspringenden Knochen ihres Gesichts hervor. Sie gab ein rasselndes Husten von sich, das tief aus der Brust kam, sagte jedoch nichts, als sie mich am Arm packte und mich ins Innere des Lagerhauses bugsierte.

Wände und Böden waren aus Beton und bis zum Anschlag mit verblichenen Graffiti bedeckt. Das Gebäude war ungefähr so groß wie eine Schulsporthalle, und es fanden sich noch immer ein paar Hinweise auf sein früheres Leben – Schilder wiesen darauf hin, wo Kabel und Drähte abgelegt werden konnten. Die hintere Wand, die, auf die wir zuhielten, war in einem sanften Hellblau gestrichen worden, und obwohl jemand versuchte hatte, sie mit einer Schicht weißer Farbe zu übermalen, konnte ich die schwarzen Buchstaben darunter noch immer entziffern: »Johnson Electric«.

Chubs fasste neben mir Tritt und deutete mit einem Kopfnicken auf die braune Linie, die sich an sämtlichen Wänden entlangzog, ungefähr auf halber Höhe zur Decke. So hoch hatte also das Wasser des Flusses gestanden?

Jeder Schritt, den ich machte, jede Stimme um uns herum, jeder Wassertropen aus den Rissen in der gewölbten Decke schien widerzuhallen. Die Geräusche wurden von den nackten Wänden und den mit Brettern vernagelten Fenstern um uns herum zurückgeworfen. Obwohl wir nicht mehr dem Schnee und dem Wind ausgesetzt waren, war das Gebäude nicht isoliert, um die hartnäckige Kälte abzuhalten. Alte Mülltonnen aus Metall waren zu Feuerfässern umfunktioniert worden, doch die meisten davon befanden sich am anderen Ende des Lagerhauses, nicht bei den Grüppchen Jugendlicher, die um den Eingang herum standen, durch den wir gekommen waren.

Das hier war überhaupt nicht so wie damals East River.

Und der Junge, der dort hinten auf der erhöhten Plattform saß und immer wieder in einem Dunst aus Zigaretten- und Feuerrauch verschwand, war nicht Clancy Gray.

»Wer zum Teufel bist du?«

Es war gedämpftes Gemurmel allgemeinen Interesses zu hören gewesen, als wir hereingebracht worden waren, doch bei meinen Worten verstummte es. Mein Blick war geradewegs zum Gesicht des Jungen geschnellt, war so rasch darüber hinweggezuckt, dass ich die anderen Teenager um ihn herum gar nicht bemerkt hatte, bis sie vortraten, um uns genauer in Augenschein zu nehmen. Mädchen bibberten in T-Shirts und Shorts, lehnten sich an den Fuß des Podests oder lagen dekorativ auf den Kisten, die hinter ihm aufgestapelt waren, mit nichts als ein paar Decken. Jungen standen in kleinen Gruppen um sie herum und lachten; ein paar trugen mit ihren Zigaretten zu dem stinkenden grauen Qualm bei.

Dieser Junge musste den zwanzig näher sein als die anderen. Die Anfänge eines rötlichen Bartes zeigten sich auf seinem Gesicht, und er rieb diesen Bart geschäftig an der Wange eines

Mädchens mit langem, schmutzig blondem Haar, das auf seinem Schoß hockte. Sie zitterte, doch ich konnte nicht erkennen, ob vor Angst oder vor Kälte. Als sie mir das Gesicht zuwandte, sah ich, dass der blaue Fleck neben ihrem Mund sich bis zum Unterkiefer erstreckte.

Das blonde Haar des Jungen war lang, aber ordentlich hinter die Ohren gekämmt. Seine Militärstiefel und die schwarze PSF-Uniform waren mit Schlamm bespritzt, sahen ansonsten aber makellos aus – ein bisschen zu makellos, um je wirklich in Gebrauch gewesen zu sein.

»Wie bitte?« Ein Südstaatenakzent.

»Wer zum *Teufel* bist du?«, wiederholte ich.

Sämtliche Teenager auf der Plattform wandten sich gleichzeitig zu ihm um, doch er starrte mich nur an. Wieder spürte ich jenes warme Ziehen im Bauch, und obwohl Chubs versuchte, mich zu packen, rutschten meine Füße über den staubigen Boden auf ihn zu. Ich schaffte es gerade noch, mich abzustützen, ehe ich gegen die Vorderseite des Podests knallte. Alte, übereinandergestapelte Kisten, auf die eine vom Wasser verzogene Pressspanplatte genagelt worden war – mehr war diese Plattform nicht. Sein Stuhl war nichts anderes als ein Klappstuhl, über den eine flauschige Decke gebreitet worden war, wahrscheinlich um des Effekts willen.

Der Junge erhob sich und stieß das Mädchen weg. Als sie überrascht aufschrie, schob er ihr abrupt die Schale mit dem hin, was er gerade gegessen hatte, um sie zum Schweigen zu bringen. Ich kämpfte gegen das Bedürfnis an, in den Schatten, die sich an uns heranpirschten, nach Vida und Jude zu suchen.

»Wo habt ihr die denn gefunden?« Er hockte sich am Rand des Podests hin, um mir ins Gesicht zu starren. Seine Augen waren größtenteils grün – ein großer brauner Fleck bedeckte die obere Hälfte des rechten.

»Oben am Bach«, antwortete Michael.

»Du da«, sagte der Anführer an eines der Mädchen auf der Plattform gewandt. »Gib ihm die Decke, bevor er noch erfriert. Der Kerl ist heute ein König, schaut euch den Fang an, den er gemacht hat.«

Das Mädchen schien nicht zu verstehen, wie oder warum er so etwas von ihr verlangen konnte. Stumm starrte sie seinen Rücken an, bis einer der Jungen eine Handvoll ihres kastanienbraunen Haares packte und sie nach vorn stieß, zum Rand der Plattform. Unter der warmen braunen Wolldecke trug sie ein fleckiges gelbes T-Shirt und irgendjemandes alte Boxershorts. Keine Schuhe, keine Strümpfe.

Michael riss ihr die Decke aus der Hand und schnalzte angesichts ihres Widerstands missbilligend mit der Zunge. Einer der anderen Jungen gab ihm die Wasserflasche, die er in der Hand gehalten hatte, und sah mit ausdruckslosem Blick zu, wie der Größere den Rest austrank, ehe er ihm die zerdrückte Flasche wieder zuwarf. Dann nahm er seinen Posten zur Rechten seines Anführers ein. Wie jemand es schaffte, in eine Wolldecke gehüllt so selbstgefällig und stolz auszusehen, mit dem ganzen Gesicht voller angetrocknetem Blut, war mir unbegreiflich.

Der Anführer warf uns seine Zigarette vor die Füße; das eine Ende glomm noch rot. Ich hielt den Blick fest auf den kleinen Streifen entblößte Haut über dem Kragen der PSF-Jacke gerichtet.

Eine brandneue Jacke. Ich hatte in der Fabrik an so vielen von den Dingern gearbeitet, dass ich das mit einem Blick erkennen konnte. Keine Flicken, nicht einmal die übliche amerikanische Fahne. Es sei denn, er hatte das alles abgerissen, was unwahrscheinlich war, denn der Stoff war nicht ausgefranst. Er hatte sich die Jacke wohl eher aus einer Warenlieferung beschafft als von einem Soldaten.

Er wandte den Blick lange genug ab, um Michael zu mustern. Ein verkniffenes Haifischlächeln zog seine Lippen in die Breite.

»War der das?« Mit einer Kopfbewegung deutete er auf Chubs.

Der andere Junge wischte mit seiner neuen Decke an dem verkrusteten Blut herum, das seine Oberlippe bedeckte. Er öffnete den Mund, zog es dann aber eindeutig vor, nicht zuzugeben, dass ein Mädchen, das halb so groß war wie er, ihm das Gesicht neu ausgerichtet hatte.

Der Erste lachte leise auf, während er sich zu mir umwandte. »Ellenbogen, Faust oder Fuß?«

»Ellenbogen«, sagte ich. »Ich mach's gern an dir vor, wenn du möchtest.«

Das Gemurmel war wieder da, wölfisches Kichern stieg hier und da um mich herum auf. Ich biss die Zähne zusammen, um nicht noch etwas ebenso Blödes zu sagen. *Lass stecken*, befahl ich mir. *Taste dich ran.*

»Eine Kämpferin?«, fragte er und zog die Brauen hoch. »Was bist du für eine Farbe, Baby?«

Ich hatte gar nicht gemerkt, dass Chubs sich in Bewegung gesetzt hatte, bis er neben mir stand. »Sie ist Grün. Ich bin Blau. Und du?«

»Man nennt mich Knox«, antwortete er. »Sagt euch die Bezeichnung Flüchtling was?«

»Wenn du der Flüchtling bist«, meinte Chubs, »dann bin ich der verdammte Osterhase. Soll das hier etwa East River sein?«

Daraufhin richtete Knox sich jäh auf; sein belustigtes Lächeln verhärtete sich. »Na, was hast du denn erwartet?«

»Wir haben sie an derselben Stelle erwischt, wo wir die beiden anderen geschnappt haben, ganz dicht beim Highway«, erklärte Michael so was von hilfsbereit. »Das Mädchen war auch eine Blaue. Wir könnten doch heute Abend eine Aufnahmezeremonie …«

Knox brachte ihn mit einem Blick zum Schweigen. Über uns war der Schnee anscheinend zu Regen getaut. Er rann das Metalldach hinunter; abgesehen vom eifrigen Flüstern der Kids um uns herum war das das einzige Geräusch.

»Was wisst ihr von East River?«, fragte er barsch.

»Also, zuerst mal …«, setzte Chubs an und verschränkte die Arme vor der Brust.

»Wir haben gehört, es wäre in Virginia«, fiel ich ihm ins Wort. »Da wollten wir hin, als deine Freunde uns mitgenommen haben.«

Die Sache war die – dieser selbstgefällige Bengel, wer auch immer er war, war eindeutig nicht der echte Flüchtling. Wir wussten das. Knox wusste es auch. Doch wenn er herausfand, dass wir es wussten, dann würde Knox uns beseitigen, ehe wir auch alle anderen in dieses Geheimnis einweihen könnten. Der Name war Legende; jemand, der so viele Jugendliche um sich scharen, der so einen Laden aufziehen konnte – warum sollten sie nicht glauben, dass er der Flüchtling war?

»Tolle Operation hast du hier laufen«, fuhr ich fort und verrenkte mir fast den Hals, um hinter mich zu schauen. Kein Jude. Keine Vida. Aber das hier war eindeutig die Horde Blaue, vor der Cate uns hatte warnen wollen. »Nette kleine Hütte. Sind das alle?«

Knox schnaubte und winkte einen der jüngeren Teenager zu sich heran. Der Junge, vielleicht zwölf oder dreizehn, lief angesichts solcher Aufmerksamkeit knallrot an. Knox sagte ihm leise etwas ins Ohr, und der Kleine nickte einmal, dann nahm er Anlauf und sprang von der Plattform. Das Letzte, was ich von ihm sah, war sein Rücken in der dunkelblauen, rußigen Jacke, der in einem der Nebenräume verschwand.

»Ich bin Ruby«, sagte ich und deutete dann mit dem Daumen auf Chubs. »Das ist Charles. Wie gesagt, wir sind nur auf der Durchreise, wir wollen nach Osten.«

Knox kehrte zu seinem Stuhl zurück, und ohne dass jemand es ihr gesagt hätte, kam das Mädchen von vorhin angehuscht und reichte ihm die Schale mit dem Essen darin. Suppe, nach den Spritzern zu urteilen, die auf seiner Jacke landeten. Es entging mir nicht, wie sich die Halbwüchsigen um ihn herum vorzubeugen schienen und zusahen, wie die Brühe einen Löffelvoll nach dem anderen verschwand.

Schau bloß nicht Chubs an, befahl ich mir. Ich hätte mich nicht zurückhalten können. Das Mädchen in seinen fadenscheinigen Klamotten bestand nur aus Haut und zarten Vogelknochen.

Knox winkte Michael vorwärts, und er und ein anderer Junge knallten unsere Rucksäcke auf die Plattform. Zwei andere Mädchen, jünger als das erste, machten sich eilig darüber her. Stück für Stück holten sie die Vorräte hervor, die wir so sorgsam verstaut hatten. *Lebt wohl, Proteinriegel, leb wohl, Erste-Hilfe-Päckchen, lebt wohl, Wasserflaschen und Decken und Streichhölzer …*

Jedes Stück, das sie hervorzogen, reichte, um die dürftige Kontrolle zu sprengen, die ich über meinen Zorn hatte. Ich schaute zu Knox hinauf, der dem Treiben zusah, und überlegte, wie toll es sich wohl anfühlen würde, seinen Verstand genauso auseinanderzunehmen. Es wäre ganz leicht, wenn ich nur an ihn herankäme.

Als Knox zu uns herüberblickte, lag ein vollkommen neuer Ausdruck auf seinem Gesicht. Ein hungriger Ausdruck. Erregt. »Wo habt ihr das Zeug her?«

»Wir haben eine aufgegebene Tankstelle ausgeräumt«, erwiderte ich und trat einen kleinen Schritt näher. »Das gehört uns. Wir haben's gefunden.«

»Was dir gehört, gehört auch mir, Baby«, meinte er. »Hier muss sich jeder seine oder ihre Sachen verdienen.«

Chubs grummelte etwas in sich hinein.

»Schaff das alles ins Vorratslager«, wies Knox Michael an. »Dann könnt ihr essen, du und deine Jungs. So viel ihr wollt.«

Michael grinste und zog die Decke fester um seine Jacke. Sein Team überschlug sich fast vor Freude; sie schubsten sich gegenseitig durch dieselbe Seitentür, durch die der Kleine eben hinausgegangen war. Alle außer einem, dem, der sich im Hintergrund der Meute hielt. Er war durchschnittlich groß und hatte einen grünen Army-Parka an, der zu klein war und offen getragen werden musste. Sein Haar war genauso lang und verwildert wie das der anderen, doch er hielt es mit einer Jagdmütze aus Fleece aus seinem Gesicht. Kurz bevor die Tür sich schloss, war ihm wohl irgendetwas aufgefallen, denn er machte kehrt und lehnte sich dort gegen die Wand.

»Gehört ihr zu den beiden, die meine Leute vorhin einkassiert haben?«, wollte Knox wissen. Eine schwere Goldkette rutschte aus seinem Unterhemd und seiner Jacke, als er sich vorbeugte. »Die heiße Sahneschnitte und die Vogelscheuche?«

Nun ja – so konnte man sie wohl auch beschreiben.

»Nein«, antwortete ich. Noch ein Schritt näher. Noch einer. »Ich hab keine Ahnung, von wem du redest.«

»Ruby!«

Jeder Kopf im ganzen Lagerhaus drehte sich zu der Seitentür. Erleichterung brandete durch mich hindurch – dort standen Vida und Jude und sahen ein bisschen mitgenommen, aber intakt aus. Beide hatten keine Jacke an. Jude hatte es aufgegeben, so zu tun, als fröre er nicht, Vida jedoch biss die Zähne zusammen und presste die Arme fest gegen den Körper. Ich sah etwas in ihren Augen aufflackern, doch sie sagte nichts. Ich wünschte, man hätte dasselbe auch von Jude behaupten können.

»Siehst du?«, sagte er und boxte sie gegen den Arm. »Ich hab doch gesagt, sie kommen!«

Ich seufzte und wandte mich Knox und der Plattform zu.

»Willst du's noch mal versuchen, Süße?«, fragte er kalt.

Ich zuckte die Achseln und antwortete nicht. *Verdammt.*

»Da kommen also eine Grüne, zwei Blaue und ein Gelber in meinen Wald marschiert ...«, setzte Knox an. Er stand auf und sprang von der Plattform.

Vida und Jude wurden zu uns herübergeschoben.

Knox schritt vor uns auf und ab, zur Erheiterung der anderen Kids. Gerade eben außer Reichweite. »Also, die beiden Blauen – ihr seid hier sehr willkommen, aber natürlich müssen wir herausfinden, wer von euch stark genug ist, um bei der Aufnahmezeremonie in die Jagdtrupps einzutreten.«

Aufnahmezeremonie?

»Ich muss gegen den antreten?«, fragte Vida verdrießlich. »Du hast doch gesagt, es gibt einen Kampf?«

Knox lachte – und als Knox lachte, lachten alle anderen auch.

»Jetzt mal ehrlich«, sagte Vida und warf ihre grelle Haarmähne über die Schulter zurück, »ihr könnt ihn auch laufen lassen. Der taugt überhaupt nichts – den hab ich in drei Sekunden plattgemacht. Ich sag's ja nur.«

Jude trug seine Verwirrung offen zur Schau, er begriff nicht, dass dies ihr verschrobener Versuch war, Chubs vor einem Kampf zu bewahren, den er niemals gewinnen konnte. Ich war verblüfft, dass ihr das wichtig genug war, um es überhaupt zu versuchen.

»Sie sagt die Wahrheit«, meinte ich. »Wenn ihr scharf auf den besseren Kämpfer seid, das ist sie, auf jeden Fall. Aber er hat eine Ausbildung in Erste Hilfe. Er hat mich mehr als einmal zusammengeflickt. Schau mal.« Ich hob das Haar von der Narbe an meiner Stirn.

Knox schluckte den Köder nicht und kam nicht näher. Er faltete die Hände und legte sie in den Nacken, während er sich dies anscheinend durch den Kopf gehen ließ. »Die Frage ist eher, was machen wir mit dir und dem Gelben.«

Die Richtung, die diese Unterhaltung nahm, gefiel mir ganz und gar nicht. Und Jude auch nicht. Ich spürte, wie er zu zittern begann, nur ein ganz kleines bisschen, und umfasste mit einer Hand sein Handgelenk.

»Schwache nehmen wir nicht auf«, erklärte Knox. »Das hier ist keine Mitleidsnummer und kein Obdachlosenheim. Ich hab nicht vor, Lebensmittel an eine *Grüne* oder einen *Gelben* zu verschwenden. Niemand hier kann für euch bürgen, das heißt ihr müsst euch anderweitig beweisen.«

Chubs fuhr zu ihm herum, die Hände geballt, doch eine andere Stimme ertönte, bevor er etwas sagen konnte. Sie war leise, zaghafter, als ich sie in Erinnerung hatte, doch ich erkannte sie.

»Ich bürge für sie.«

In East River hatte Clancy die Sicherheit seines Lagers zwei sehr verschiedenen Jugendlichen anvertraut – Hayes, dem riesenhaften Schlägertypen, der Überfälle leitete, um Vorräte zu beschaffen, und Olivia, die die Wachen an den Lagergrenzen koordinierte. Zu sagen, dass ich erleichtert war zu sehen, wie sich ein Kopf mit langem, honigblondem Haar durch die Menge drängte, war eine Untertreibung, aber ihr Gesicht … Ich erkannte einzelne Teile von ihr, doch es war, als seien sie auseinandergerissen und mit achtloser Hand neu zusammengesetzt worden. Sie hinkte schwer, als sie auf uns zukam.

Doch. Das war Olivia. Aber gleichzeitig auch wieder nicht.

Ihre runden Wangen, stets gerötet vom Laufen oder den Befehlen, die sie gerade gebrüllt hatte, waren so eingesunken, dass ihre Augen eulenhaft wirkten. Die goldene Bräune ihrer

Haut war zu fahlem Aschgrau verblasst – und als sie sich umwandte und mich ansah, schoss ein Ruck des Grauens von meinem Herzen bis in die Magengrube. Fast die ganze rechte Seite ihres Gesichts bestand aus knotigem Narbengewebe; es zerrte den Augenwinkel nach unten, zog sich am Kiefer entlang. Es sah aus, als wäre sie von einem wilden Tier angefallen worden oder jemand hätte sie mit einer Handvoll Flammen geohrfeigt.

»Olivia«, stieß ich hervor. »O mein Gott!«

Wie … Nein, ich wusste ja, dass sie entkommen war, das hatte Liam uns erzählt. Als das Feuer und die PSFs über East River hergefallen waren, war es einigen von der Wache gelungen, rechtzeitig zu fliehen, einschließlich Olivia. Liam war der Einzige gewesen, der zurückgekommen war, um nach uns zu suchen.

»Großer Gott«, sagte Chubs und machte automatisch einen Schritt auf sie zu. »Du …«

»Die vier waren dabei, als wir vor dem PSF-Laster getürmt sind, der uns gestellt hatte«, sagte Olivia und achtete nicht auf die Hand, die Chubs nach ihr ausgestreckt hatte. Aus dem Augenwinkel sah ich, wie der Junge in dem grünen Parka sich von der Wand abstieß, durch die Menge kam und dicht neben Knox stehen blieb. »Auf der Flucht durch den Wald haben wir uns aus den Augen verloren.«

Die Olivia, die ich gekannt hatte, war so voller Feuer gewesen, dass sie das ganze Lagerhaus in einen glimmenden Aschehaufen hätte verwandeln können. Jetzt senkte sie bloß mit einer Demut, die überhaupt nicht zu ihr passte, den Kopf. »Ruby war diejenige, die die Flucht geplant hat, Sir.«

»Genau«, meinte der Junge in dem grünen Parka. Er schob die Hände in die Taschen und verlagerte sein Gewicht auf die Fersen. »Ich dachte doch, dass die mir bekannt vorkommen. Ein paar sind uns damals durch die Lappen gegangen.«

Olivias Blick huschte zu ihm hinüber, und sie furchte die Stirn, entweder verblüfft oder verwirrt. Dankbarkeit war das da in ihrer Miene jedenfalls nicht.

»Tatsächlich.« Knox' Stimme war noch immer ausdruckslos, doch ich spürte, wie sein Blick sich wieder auf mich richtete. »Und ihr seid die letzten Monate einfach so in meinem schönen Staat herumgestromert?«

»Wir haben uns versteckt, uns Vorräte beschafft und nach Olivia gesucht«, antwortete ich rasch und riskierte einen schnellen Blick auf den Jungen. Was zog der hier ab?

»Warum hast du Michael nichts davon gesagt, Brett?«, wollte Knox wissen. »Oder schon früher den Mund aufgemacht?«

Der Junge – Brett – zuckte die Achseln. »Ist mir wohl eben erst klargeworden. Ihre Haare waren kürzer«, mit einem Kopfnicken deutete er auf mich, »und der andere war anders angezogen.«

»Sie können mir helfen«, sagte Olivia, die Augen noch immer niedergeschlagen. »Wenigstens bis sie sich dir gegenüber bewiesen haben.«

Knox stieß einen gereizten Seufzer aus. Dann begann er von Neuem auf und ab zu gehen, jeder Schritt dröhnte in der Stille im Lagerhaus wie ein Donnerschlag. Er hopste fast ein wenig beim Gehen. »Na schön«, meinte er und blickte auf. »Nimm den Gelben und die Grüne mit. Und Charles auch.«

Und damit war er außer Reichweite. Ich konnte nichts tun, um uns hier herauszuholen.

»Die heiße Sahneschnitte bleibt hier und leistet uns Gesellschaft«, verkündete Knox und strich sich grinsend das Haar hinter die Ohren. Dann nickte er den Jungen zu seiner Linken zu. »Zieht ihnen die Jacken aus, nehmt alles an Wertsachen, was sie noch bei sich haben, und lasst sie draußen – wo der Müll hingehört.«

14. Kapitel

Die Seitentür des Lagerhauses führte auf einen großen Parkplatz hinaus. Aus dem schwarzen Asphaltmeer ragten ein paar Zelte von düsterem Aussehen, die alle unter den Wasserlachen, die sich in ihren Dächern sammelten, fast zusammensackten. Holzpaletten bildeten eine Art schwimmende Plattform für jedes und verbanden sie in einer windschiefen Schleife miteinander. Ich erkannte sofort, wieso sie nötig waren – sie hoben uns jene paar kostbaren Zentimeter aus dem trüben Wasser, das den ganzen Parkplatz überschwemmte.

Rauch stieg träge von den schwelenden Überresten einiger Feuer auf, mischte sich mit dem sauren Geruch nach abgestandenem Wasser. Ich verschränkte die Arme vor der Brust und spürte, wie der letzte Rest Wut und Verzweiflung über den Verlust von Liams Jacke von mir abfiel. Ganz hinten am linken Ende des Parkplatzes waren zwei kleine graue Gebäude; aus einem davon kamen gerade Michael und sein Team geströmt, die Arme voll Brot und Chips. Auf dem Weg ins Lagerhaus begegneten sie Brett, klopften ihm auf die Schultern, versuchten, ihn zum Umkehren zu bewegen. Er winkte ihnen einfach weiterzugehen und strebte auf das Gebäude zu, aus dem sie gekommen waren, und auf das daneben, das mit einem auf die Tür gesprühten roten X gekennzeichnet war. Den Schlössern an den Türen nach zu urteilen kam dort keiner raus und keiner rein.

Olivia wartete, bis die Jäger wieder im Lagerhaus verschwunden waren, bevor sie jäh auf dem Absatz kehrtmachte und mich an den Schultern packte.

»O mein Gott!«, stammelte sie, und ihre Stimme zitterte wie wild. »Nicht du auch noch … Er ist …«

»Was ist passiert?«, flüsterte ich.

Chubs war augenblicklich da, zog sich einen von Olivias Armen über die Schultern. »Was zum Teufel ist hier los?«

»Moment mal, ihr kennt euch wirklich?«, rief Jude.

Chubs zerrte ihn vorwärts, zog ihn nahe zu uns heran.

»Nachdem ich aus East River weg bin … Ich war, na ja …« In ihren Worten lag eine ordentliche Portion Wut. »Ich hab mit ein paar von den anderen ein Auto aufgetrieben, und wir sind bis Tennessee gekommen.«

Ich nickte und wartete, dass sie weitersprach.

»Natürlich ist die Karre verreckt. Die PSFs haben uns die ganze Zeit im Nacken gesessen, und wir konnten eigentlich gar nicht anders. Wir haben uns getrennt und sind abgehauen. Ich bin in den Wald getürmt und von einer von den Jägertruppen des ›Flüchtlings‹ aufgegriffen worden.«

»Aber ich dachte, Fancy ist der Flüchtling.« Jude schlang in einem vergeblichen Versuch, sich zu wärmen, die Arme um den Körper. Ich versetzte ihm einen heftigen Stoß mit dem Ellenbogen.

»Fancy?«, fragte Olivia verblüfft.

»Sein Spitzname für Clancy«, erklärte ich mit einem langen Seufzer.

Ein ganz schwaches Lächeln umspielte ihre Lippen und wurde sofort von einem Aufflammen heftigen, finsteren Schmerzes verdrängt. Ihre Hand hob sich an ihren Hals und drückte heftig auf das eine Schlüsselbein, als versuche sie, etwas mit Gewalt zurückzuhalten.

»Du weißt, was passiert ist, nicht wahr?«, flüsterte ich. »Du weißt, dass er dafür verantwortlich war?«

Sie nickte. »Zuerst wollte ich es nicht glauben, aber an dem Abend, als ihr wegwolltet, da konnte ich sehen, wie er uns manipuliert hat. Uns kontrolliert hat. Unser Sicherheitssystem war fast perfekt, und wir haben immer gewusst, dass Gray Clancy lieber in Ruhe lassen würde, als zu riskieren, dass er auffliegt. Die hätten uns nur finden können, wenn jemand ihnen die Koordinaten gesteckt oder Gray provoziert hätte, und der Einzige, der die Möglichkeit hatte, das zu tun, war … war …«

Sie fuhr mit der Hand an ihrem Hals hinauf, bemüht, das Zittern dort zu verbergen.

Damals, in East River, war ich mit Olivia nur flüchtig bekannt gewesen. Die meisten unserer Begegnungen wurden dadurch beeinflusst, ob Clancy oder Liam dabeiwaren; wenn sie nicht da waren, hatten wir einander kaum zur Kenntnis genommen. Auf verschiedene Weise war sie beiden zugetan gewesen. Liam war jemand, mit dem man leicht zusammenarbeiten konnte, der sie herausforderte, darüber nachzudenken, was sie für die Lager tun könnten, anstatt einfach nur tief im Wald abzuwarten. Aber Clancy – Clancy war derjenige gewesen, den sie hatte schützen, den sie hatte beeindrucken wollen.

Wie für alle anderen Jugendlichen in diesem Waldlager war er ihr Retter gewesen. Ihr Ein und Alles.

»Fancy passt irgendwie zu ihm«, sagte sie schließlich.

Vorsichtig suchten wir uns einen Weg über die schwankenden Paletten hinweg. »Als dieser Jagdtrupp mich gefunden hat, bin ich nur deswegen freiwillig mitgegangen, weil ich zu Clancy wollte«, sagte Olivia halblaut. »Ich fand's nicht mal komisch, dass er so schnell ein neues Lager aufgebaut haben sollte oder dass er überhaupt entkommen war. Ich wollte ihn bloß fragen, warum er uns das angetan hat. Ich glaube, ich hätte ihn umgebracht.«

»Das ist doch eine vollkommen logische Reaktion«, tröstete Chubs. »Und noch logischer, wenn du's ganz langsam getan hättest, mit ganz viel Feuer und Eispickeln.«

Irgendwie fand Olivia das nicht witzig. »Stellt euch vor, wie ich von den Socken war, als sie mich vor dieses Landei geschleift haben«, meinte sie. »Das Erste, was der zu mir gesagt hat, war, dass ich seine Horde nur dann verlassen könnte, wenn sie beschließen, meine Leiche in den Fluss zu schmeißen.«

Ich schüttelte den Kopf, versuchte, das zornige Summen zwischen meinen Ohren abzustellen und mich aufs Hier und Jetzt zu konzentrieren, und nicht darauf, was ich mit diesem Arschloch anstellen würde. »Wo kommt er her?«

»Knox?« Olivia blickte sich um, doch wir waren allein. »Ich weiß es nicht genau. Angeblich ist er vor ein paar Jahren den PSFs entkommen und hat sich bis zum Hochwasser in verschiedenen Ecken von Nashville versteckt. Ich weiß nicht, wie er die Ersten hier dazu überredet hat, sich ihm anzuschließen, aber ich kann dir sagen, dass die meisten von uns seiner Horde nicht freiwillig beigetreten sind.«

Jude hatte die dichten Brauen zusammengezogen. »Warum hasst er die andern Farben so? Was ist passiert?«

Olivia hob eine Schulter. »Wer weiß? Niemand ist bereit zu riskieren, dass er wütend wird, indem er danach fragt. Wir müssen sowieso schon um jeden Happen Essen kämpfen.«

»Das fand ich auch merkwürdig. Sieht aus, als würde er nicht mal die Blauen hier besonders gut behandeln«, sagte ich. »Bleiben die aus Angst?«

Sie deutete mit einem Kopfnicken auf die Bäume am Ende des Parkplatzes, hinter den Zelten. »Wenn man versucht abzuhauen, begegnet man der Patrouille, die er ausgeschickt hat, und wenn man denen begegnet, kommt man nicht wieder. Ist schon schlimm genug, dass er einem alles wegnimmt, was man hat, und einen zwingt, es sich ›zurückzuverdienen‹, aber wenn man nicht hart genug arbeitet oder sich nicht genug einschleimt oder ihm *Gesellschaft leistet*, dann schickt er einen da raus. Oder man wird eingetauscht.«

»Eingetauscht?«

Olivia war den Tränen näher, als ich es bei ihr je erlebt hatte. »Er … So kriegt er Lebensmittel. Du hast doch die Straßensperren rund um die Stadt gesehen, oder? All die Soldaten? Da bringt er die hin, die er für wertlos hält, und er tauscht sie gegen Zigaretten und Essen. Aber jetzt verlangen die immer mehr Kids und geben ihm immer weniger dafür. Mich wundert's ja, dass die hier nicht einfach eingefallen sind, aber er's hat's wohl geschafft, diesen Laden hier geheim zu halten.«

Ich dachte, sie wäre diejenige, die zitterte, bis ich auf meine eigenen Hände hinunterblickte.

Olivia biss sich auf die Lippe. »Und natürlich … *natürlich* nimmt er immer die aus dem Weißen Zelt, die, die keiner vermisst. Er weiß genau, dass ich nichts dagegen machen kann und dass die sich nicht wehren können. Das eine Mal, als ich's versucht habe, hat er zwei Jungen mitgenommen statt einem.«

»Was ist mit diesem Typen – Brett?«, erkundigte ich mich. »Der ist doch für dich eingetreten. Könntest du …«

»So läuft das nicht«, wehrte Olivia ab. »Er ist anders als Michael, aber Michael ist Knox' Stellvertreter. Brett bringt mir vielleicht manchmal Sachen für die Leute hier, aber wenn Michael ihn dabei erwischt, dann ist er als Nächster weg.«

Das Weiße Zelt machte seinem Namen Ehre – ein großes, windschiefes Zelt aus fleckigen weißen Planen, ein Stück abseits von den anderen. Wir rochen seinen Gestank, fast bevor wir es sahen. Olivia zog sich ein rotes Tuch über den Mund, das sie um den Hals trug. Die Luft war schwer, und es stank so sehr nach menschlichen Exkrementen, dass man kaum noch atmen konnte.

»Du musst ihn hier rauschaffen, solange er noch eine Chance hat«, sagte Olivia gerade. »Solange deine Freundin im Lagerhaus ist, könnt ihr sie nicht holen. Aber wenigstens ihn könnt ihr mitnehmen. Ich kann euch helfen. Zusammen könnt ihr die Patrouille vielleicht überwältigen.«

Judes Hand schloss sich fest um meinen Oberarm. »Ist schon okay«, sagte ich zu ihm. »Das kommt nicht infrage. Wir lassen sie nicht zurück.«

Er nickte, das Gesicht vor Beklommenheit ganz verkniffen, als er über seine Schulter zu dem Lagerhaus zurückschaute. »Werden die ihr was tun?«

Ich zog eine Braue hoch. »Ich mache mir sehr viel mehr Sorgen, was sie *denen* antun könnte.«

»Olivia?«, rief Chubs leise. »Alles okay?«

Sie war vor dem Zelt stehen geblieben, ihre Hände krallten sich in die Plane. Dann senkte sie den Kopf und lehnte die Stirn dagegen.

»Er ist … Es tut mir leid, ich hab's versucht, ich hab mir solche Mühe gegeben, aber …« Ihre Stimme war schmerzerfüllt. »Ich bin die Einzige, die ihnen hilft. Er hat's eine Zeit lang versucht, aber …«

»Er«, wiederholte ich und spürte, wie mein Herz ganz still wurde. »Wer?«

Olivia blinzelte, die Narben auf ihrem Gesicht machten ihre Verwirrung weniger deutlich. »Bist du etwa … bist du denn nicht wegen Liam hier?«

Ich erinnere mich nicht daran, mich an ihr vorbeigedrängt zu haben, aber ich erinnere mich an meine Hände, so weiß wie die Planen des großen Zeltes, wie sie das alte Bettlaken beiseiteschoben, das als Zeltklappe diente. Drinnen wurde der Gestank noch schlimmer, kombiniert mit dem widerlichen Geruch von Schimmel und fauligem Wasser. Ich blinzelte und versuchte, mich an das trübe Licht zu gewöhnen. Die Paletten unter meinen Füßen knarrten, als ich eintrat, eine brach ganz durch.

Es waren so viele – mindestens fünfundzwanzig Jugendliche, in Reihen auf beiden Seiten des Zeltes. Manche lagen zusammengekrümmt auf der Seite, andere hatten sich in den dünnen Betttüchern verheddert, mit denen sie zugedeckt waren.

Und dort war Liam, genau mittendrin.

Ich hatte gelogen.

Ich hatte Cate angelogen. Die anderen. Mich selbst. Jeden Tag. Jeden einzelnen Tag.

Denn hier war die Wahrheit. Hier war sie, brach empor und aus mir heraus, zwang meine Füße in die gegenüberliegende Ecke des Zeltes, stieg auf wie ein Wimmern.

Ich bereute es.

Als ich jetzt sein Gesicht sah, sah, wie seine aufgesprungenen, zerschundenen Hände sich sanft um die blassgelbe Decke bogen, die über ihn gebreitet war, da bereute ich es so sehr, mit einem so heftigen Schmerz, dass ich merkte, wie ich mich vornüberkrümmte, noch ehe ich auch nur einen einzigen Schritt auf ihn zugemacht hatte.

Monatelang hatte sein Gesicht nur auf Computerbildschirmen gelebt, seine finstere Miene, für alle Zeit in digitalen Dateien festgehalten. Es war fest in meinem Gedächtnis eingeschlossen – doch ich wusste aus eigener Erfahrung, wie Erinnerungen sich im Laufe der Zeit verzerren und verblassen. Es war so egoistisch von mir, so schrecklich und abartig, aber drei endlose Herzschläge lang konnte ich nichts anderes denken als: *Ich hätte ihn bei mir behalten sollen.*

Er fehlte mir. Er fehlte mir, er fehlte mir – o mein Gott, er fehlte mir so sehr.

Das Zelt um uns herum war so ruhig und still. Ich strich mit dem Finger über den Rand der fusseligen Decke. Irgendjemand hatte ihn bis auf ein graues T-Shirt ausgezogen. Seine nackten Füße ragten mir unter der Decke hervor entgegen, ganz leicht bläulich verfärbt. Ich fühlte, wie der Atem schlagartig aus mir entwich. Als ich ihn das letzte Mal gesehen hatte, war sein Gesicht voller blauer Flecken und Schrammen gewesen, das Ergebnis eines missglückten Fluchtversuchs aus East River.

Dies hier jedoch war das Gesicht, an das ich mich erinnerte, das Gesicht, das ich an jenem ersten Tag in dem Minivan gesehen hatte. Das Gesicht, das nie auch nur einen einzigen Gedanken verbergen konnte. Mein Blick wanderte ziellos von seiner breiten, klaren Stirn abwärts, am Rand des kräftigen, unrasierten Unterkiefers entlang. Diese volle Unterlippe, rau und aufgesprungen vor Kälte. Das Haar war verfilzt und dunkler – zu lang, selbst für ihn.

Die Luft, die seinen Brustkorb füllte, kam mit einem fürchterlichen, keuchenden Rasseln wieder heraus. Ich streckte die Hand aus, versuchte, sie am Zittern zu hindern, als ich sie auf seine Brust legte. Ich wollte den Abstand zwischen den Atemzügen messen, mich vergewissern, dass diese flachen Atembewegungen immer noch Bewegungen waren. Es war nur eine ganz leichte Berührung, doch seine Augen öffneten sich. Das Himmelblau war glasig, fieberhell in seinem ansonsten schmutzigen Gesicht. Langsam schlossen sie sich wieder, und ich hätte schwören können, dass sich die Mundwinkel zu einem schwachen Lächeln verzogen.

Wenn ein Herz einmal brechen konnte, dann sollte das doch nicht noch einmal geschehen können. Doch hier war ich, und hier war er, und es war alles so viel schrecklicher, als ich es mir je hätte ausmalen können.

»Lee«, sagte ich und drückte abermals die Hand auf seine Brust, fester diesmal. Dann legte ich die andere Hand an seine Wange. Das war es, was ich fürchtete – sie waren nicht von der beißenden Kälte gerötet. Er fühlte sich heiß an. »Liam, mach die Augen auf.«

»Da …«, murmelte er und rührte sich unter seiner Decke, »da bist du ja. Kannst du … Die Schlüssel sind … Ich hab sie liegen lassen, sie sind …«

Da bist du ja. Ich versteifte mich, nahm aber die Hand nicht weg.

»Lee«, sagte ich noch einmal. »Kannst du mich hören? Verstehst du, was ich sage?«

Seine Lider hoben sich flatternd. »Ich brauch nur …«

Die Paletten knarrten, als Chubs neben mir niederkniete. »Hey, Kumpel«, sagte er, und der Atem stockte in seiner Kehle, als er den Arm ausstreckte, um Liam den Handrücken auf die Stirn zu legen. »Da hast du Idiot dich ja sauber in die Scheiße geritten.«

Liams Blick wanderte zu ihm hinüber. Die Anspannung in seinem Gesicht schien davonzufließen, wich einem dümmlichen Ausdruck reiner Freude. »Chubsikowski?«

»Ja, ja, mach bloß nicht so ein dämliches Gesicht«, knurrte Chubs, ungeachtet der Tatsache, dass er ganz genau dasselbe Gesicht machte.

Falten bildeten sich auf Liams Stirn. »Aber du bist doch … Deine Eltern?«

Chubs schaute kurz zu mir herüber. »Kannst du mir mal helfen, ihn aufzusetzen?«

Wir nahmen jeder einen Arm und zerrten seinen bleischweren Körper in eine sitzende Haltung hoch. Liams Kopf kippte nach hinten, sackte in die Wölbung zwischen meiner Schulter und meinem Hals.

Meine Finger glitten über seine Rippen, blieben an den Knochen hängen. Er war so dünn; ich drückte die Fingerspitzen gegen die Knochenfortsätze seines Rückgrats und gab mir große, große Mühe, nicht zu weinen.

Chubs drückte das Ohr gegen Liams Brust. »Hol mal tief Luft, und atme wieder aus.«

Liams rechte Hand streckte sich schlaff aus, tätschelte ein paarmal unbeholfen und liebevoll das Gesicht seines Freundes. »Hab dich auch lieb.«

»Einatmen«, wiederholte Chubs. »Ganz tief und ganz lange.«

Es war nicht lange, und es war auch nicht tief, doch ich sah, wie sein Atem weiß hervorwehte.

Chubs richtete sich auf, rückte seine Brille zurecht und bedeutete mir, ihm zu helfen, ihn wieder hinzulegen. Ich glaubte, ihn halblaut »Hier?« sagen zu hören, doch Chubs schob mich beiseite, um sein Handgelenk zu fassen und den Puls zu zählen.

»Wie lange geht das schon so?«, fragte er.

Zum ersten Mal war ich imstande, den Blick von Liams Gesicht abzuwenden. Olivia stand hinter uns; ihr Gesicht war fleckig von den Narben und der Eiseskälte. Jude stand wie erstarrt im Zelteingang, mit offenem Mund und einer Miene völligen Entsetzens.

»Er ist vor anderthalb Wochen geschnappt worden, und er hatte eine richtig fiese Erkältung, die er einfach nicht losgeworden ist«, erklärte Olivia. Ihre Stimme zitterte ein wenig. »Ich habe gleich gewusst, dass irgendwas nicht stimmt. Ständig habe ich ihn mit Fragen nach euch gelöchert, und er kam mir so desorientiert vor. Dann hat er Fieber bekommen, und dann … das hier.«

»Was fehlt ihm denn?«, fragte Jude. »Warum ist er denn so?«

Als wolle er ihm selbst antworten, drehte sich Liam plötzlich auf die Seite; sein Gesicht verzerrte sich vor Anstrengung, als er hustete. Tiefes, gurgelndes Husten, das seinen ganzen Körper erschütterte und ihn nach Luft ringen ließ. Ich behielt eine Hand auf seinem Bauch, getröstet von dem langsamen Puls, den ich dort spürte. Mein Gott, sein Gesicht – immer wieder kehrte mein Blick zu seinem Gesicht zurück.

»Ich glaube, er hat eine Lungenentzündung«, sagte Chubs. »Sicher bin ich mir nicht, aber das scheint das Wahrscheinlichste zu sein. Wenn ich raten müsste, würde ich sagen, die meisten anderen hier haben dasselbe.« Er erhob sich mit wackligen Beinen. »Womit behandelt ihr sie?«

Von dem Augenblick an, als wir das Zelt betreten hatten, bis jetzt hatten der Schock und das Entsetzen bei Liams Anblick ausgereicht, um mich sogar meinen Zorn vergessen zu lassen. Doch die bittere Realität nahm um mich herum wieder Gestalt an, und ich konnte spüren, wie Hitze in meiner Brust aufstieg, höher und höher und höher, bis es sich anfühlte, als würde ich beim nächsten Ausatmen Feuer speien.

Olivias Worte purzelten heraus, eins über das andere. »Mit gar nichts. Es gibt nichts. Ich muss um Essen betteln, wir sind von Wasser umgeben, wir ersaufen in Wasser, und ich kann nicht einen Tropfen sauberes Trinkwasser auftreiben!«

»Ist schon gut«, beschwichtigte er sie. »Liv, es ist okay. Ich weiß, du gibst dir Mühe.«

»Hast du irgendwas im Auto?«, fragte ich und blickte zu Chubs hinauf.

»Nichts, was dafür stark genug wäre«, antwortete er. »Zuallererst müssen wir dafür sorgen, dass er warm und trocken liegt und genug Flüssigkeit bekommt.«

Olivia schüttelte noch immer den Kopf. »Ich hab's so oft versucht, aber er holt die Kranken nicht ins Lagerhaus. Die meisten sind keine Blauen, und es geht ihnen bloß deshalb so schlecht, weil er sich geweigert hat, ihnen Arbeit zu geben, und wenn man nicht arbeitet, kriegt man nichts zu essen. Man darf nicht ins Lagerhaus. Ich glaube wirklich, er versucht, sie vor den anderen zu verstecken.«

Na schön. Vor mir konnte er sie nicht verstecken. Er konnte nicht verbergen, was er *Liam* angetan hatte. Jäh fühlte ich, wie mich reine, unaufhaltsame Wut packte; ich hätte sie nicht abschütteln können, selbst wenn ich gewollt hätte. Ich war auf den Beinen und hielt auf die Zeltklappe zu, und in meinem Kopf war nur ein Gedanke, strömte wieder und wieder und wieder hindurch, trieb den Zorn tiefer in mich hinein, bis ich das Gefühl hatte, ich würde gleich bersten.

»Wo willst du denn hin?«, fragte Jude und trat mir in den Weg. »Ruby?«

»Ich gehe das regeln.« Es war die Stimme einer Fremden. Ruhig, sicher.

»Auf gar keinen Fall«, widersprach Chubs. »Was passiert, wenn jemand mitbekommt, wie du ihn umstimmst? Was glaubst du, was er dann mit dir macht?«

»Ihn umstimmen? So wie Clancy es getan hätte?« Olivias Augen wurden groß. »Oh, ich dachte … Ich hab mich gefragt, warum er sich so für dich interessiert. Warum er sich solche Mühe gegeben hat, dich davon abzuhalten wegzugehen.«

»Jude«, sagte ich. »Hilf Chubs. Ihr müsst herausfinden, ob es eine Möglichkeit gibt, hier ein Feuer anzuzünden, ohne dass alles niederbrennt. Du weißt doch noch, wie das geht, oder?«

Er nickte und machte noch immer ein bekümmertes Gesicht. »Du musst was unternehmen. Wir müssen ihn aufhalten, ihm klarmachen, dass das nicht richtig ist. Bitte.«

»Ruby«, rief mir Olivia nach. Ihre Stimme war klar und deutlich, jedes Wort aus Stein gehauen. »Mach ihn fertig.«

Mein Verstand surrte, erwachte aus einem unwillkommenen Schlaf. Es war schon eine ganze Weile her, nicht wahr? Meine rechte Hand ballte sich zur Faust, als würde jeder einzelne Finger sich vorstellen, wie es sich anfühlen würde, sich um seine Kehle zu legen. Es würde ganz leicht sein – ich brauchte nur nahe an ihn heranzukommen.

Mir war klar, dass dies genau das war, was Clancy getan hätte. Er fand, es sei unser Recht, unsere Kräfte einzusetzen, dass sie uns nicht ohne Grund verliehen worden waren. Wir müssen sie einsetzen, hatte er gesagt, um die anderen in Schach zu halten.

Der seidige Ton seiner Stimme glitt durch mich hindurch, ein Schaudern folgte ihm wie ein Echo. Seine dunklen Augen hatten wild geglüht, als er das gesagt hatte, hatten vor Überzeugung gebrannt. Damals hatte ich fürchterliche Angst vor ihm gehabt. Davor, was er tun konnte – und mit welcher Leichtigkeit.

Auch ich besaß diese Kräfte. Aus irgendeinem Grund – was immer auch an wissenschaftlichen Erkenntnissen auf den Servern von Leda Corp verborgen lag – hatte ich die Möglichkeit, fast alles, was Knox über diese Kids gebracht hatte, zum Guten zu wenden. Und Jude hatte sich ohne Zögern an mich gewandt, in vollem Glauben. Als wäre es das Natürlichste der Welt, dass ich mich darum kümmerte. Allmählich verstand ich, dass es wirklich so war.

Mach ihn fertig. Ich würde mehr als das tun. Ich würde ihn demütigen, ihn erniedrigen, ihn als leere Hülle zurücklassen, deren einzige Erinnerung mein Gesicht war. Ich würde ihn bis in den Schlaf verfolgen, ich würde dafür sorgen, dass er den Augenblick bereute, in dem er beschlossen hatte, Liam hierzubehalten und ihn draußen krepieren zu lassen.

»Sei vorsichtig«, flüsterte Jude und trat zur Seite, um mich vorbeizulassen.

»Mach dir keine Sorgen«, erwiderte ich. »Schau mal, ob du hier irgendwo eine schwarze Jacke findest. Und taste das Futter ab, nicht dass er den USB-Stick gefunden und den auch genommen hat.«

»See you later, Gator«, sagte er.

»In an hour, Sunflower«, antwortete ich leise.

Ich konnte Chubs' Blick auf meinem Rücken spüren, doch ich drehte mich nicht um. Ich konnte nicht, nicht ohne zu fürchten, dass ich für alle Zeiten wie angewurzelt genau hier stehen und zusehen würde, wie Liam vor meinen Augen dahinsiechte.

Ich bin hier, dachte ich, als ich in den Regen hinaustrat. *Er ist hier. Wir sind alle hier.*

Und wir würden zusammen fortgehen. Noch heute.

15. Kapitel

Der Junge, der die Tür zum Lagerhaus bewachte, konnte nicht älter sein als ich, doch er war ein gutes Stück größer und breiter. Vor ein paar Monaten wäre das ein echtes Hindernis gewesen.

»Bleib, wo du bist!«, rief er, als er mich auf sich zukommen sah. »Du darfst hier nicht mehr rein, erst wenn Knox es sagt.«

Sie hatten ihm eine Pistole gegeben, doch so wie er sie hielt, wusste er entweder nicht, wie man damit umging, oder er wollte sie nicht benutzen. Ich hob den Arm und streifte seine ausgestreckte Hand mit den Fingern, würgte die Erinnerungen ab, ehe sie emporbrodeln konnten. Zorn verlieh meinen Kräften irgendwie mehr Schärfe, machte sie effizienter.

»Hinsetzen und unten bleiben«, blaffte ich ihn an und drückte die Tür auf.

Unser Nahkampf-Ausbilder hatte einmal gesagt, wenn man versuchen würde, einen Disput ohne Gewalt zu lösen, wäre Zorn die »unproduktivste« Emotion, der man nachgeben könnte. Niemand kann vernünftig mit einem anderen reden, wenn er kaum geradeaus schauen kann. Also, ich fand Zorn ziemlich produktiv, wenn es darum ging, meinen Willen zu bekommen. Ich ließ den Wind die Tür hinter mir zuknallen.

Dann stand ich im Dunkeln und blinzelte, damit sich meine Augen an die Lichtverhältnisse gewöhnten. Ich spürte eine Bewegung neben mir – eine feste, massige Schulter tauchte direkt vor mir auf, verstellte mir den Weg und nahm mir die Sicht. Ich folgte dem grünen Parka mit den Augen aufwärts bis zu Bretts grimmigem Gesicht.

»Du darfst nicht hier sein«, flüsterte er.

Ich merkte, wie er versuchte, mir etwas in die Hand zu drücken, und schaute nach unten. Er hatte seine Mütze abgenommen und sie mit kleinen Cracker-Päckchen vollgestopft. »Nimm das hier, und geh zurück, bevor er …«

Ich hatte gerade die Finger um sein Handgelenk gelegt, als die Augen auf der Plattform mich schließlich inmitten der schattenhaften Menge fanden.

»Na sieh mal einer an«, rief Knox. »Schaut doch mal, was der Wind da reingeweht hat.«

Rasch blickte ich mich um und war überrascht, fast doppelt so viele Jugendliche in dem großen Raum zu sehen wie vorhin. Die meisten waren vorn bei dem Podest, saßen in mehreren Kreisen auf dem Boden, mit Chipstüten und Cornflakes-Packungen vor sich. Sie waren in Weiß und Grautöne gekleidet – Jäger, die von der Jagd heimgekehrt waren? Die Jungen und Mädchen am anderen Ende des Lagerhauses lagen ausgestreckt auf dem Beton und regten sich gerade genug, dass ich erkennen konnte, dass sie atmeten. Ich sah weder Essen noch ein Feuer in ihrer Nähe.

Jetzt zwang ich mich, tief durchzuatmen und mein Gesicht zu einem falschen Lächeln zu entspannen. Das hier musste ich langsamer angehen; ich musste ihn dazu bringen, seine Deckung aufzugeben, damit ich an ihn herankam. Jeder Nerv in meinem Körper schrie mich an loszurennen, ihn zu packen. Mein Herz pochte den Refrain: *sofort, sofort, sofort.* Doch es waren zu viele Menschen zwischen uns. Zu viele Hände mit Pistolen.

Knox beugte sich auf seinem Stuhl vor: »Willst du uns was sagen?«

Da bemerkte ich Vida; ihr grellblauer Haarschopf leuchtete über seiner Schulter. Sie schob sich bedachtsam vorwärts, ihre langen Glieder bewegten sich anmutig, als sie die Leiber auf dem Podest umkurvte.

Der Ausdruck auf ihrem Gesicht verriet mir alles, was ich wissen musste. Wenn Knox jetzt den Fehler machte, sich zurückzulehnen, hätte sie mit Freuden eine Möglichkeit gefunden, ihm das Genick zu brechen.

Alles okay?, formte ich mit den Lippen.

Vida nickte, und ihr Blick zuckte zu Knox hinunter und kehrte wieder zu mir zurück. Ich wusste, was sie von mir wollte.

Michael, der gerade die Brüste irgendeines armen, zitternden Mädchens betatscht hatte, stand auf und verstellte mir damit wieder den Blick auf Vida.

»Ich hab mich nur gefragt, was nötig wäre, um dich zu überreden, mich jagen gehen zu lassen«, sagte ich und schob die Hände in die Gesäßtaschen meiner Hose, während ich auf die Plattform zuging. »Mich losziehen und Lebensmittel für alle besorgen zu lassen?«

Knox warf den Kopf zurück und lachte. Etliche der jüngeren Mädchen und Jungen, die zu seinen Füßen auf dem Podest saßen, lachten ihrerseits kehlig und gezwungen auf. Meine Haut kribbelte; das Lachen hörte sich an, als versuche eine Meute Hunde mit durchtrennten Stimmbändern zu bellen.

Ich spürte, wie sich jemand hinter mir bewegte, an mich herantrat, doch ich drehte mich nicht um, um zu sehen, wer es war. Diese Halbwüchsigen würden mich hier nicht rauskriegen, indem sie mich einschüchterten. Michael konnte mich schlagen, Brett konnte mich mit Gewalt nach draußen zerren, doch was ich mit ihnen machen konnte, ging weit über reinen Körpereinsatz hinaus.

»Dich?«, spottete Michael. »Eine *Grüne*?«

»Was ist denn?«, fragte ich. »Sag bloß nicht, du hast Schiss, dass ich beweise, dass an euch Blauen eigentlich doch nichts Besonderes dran ist. Ich hab immer gehört, ihr hättet nur 'ne große Klappe und nichts in der Birne.«

Genau wie ich gedacht hatte – er war es definitiv nicht gewohnt, dass jemand so mit ihm sprach. Wahrscheinlich weil alle um uns herum aussahen, als fragten sie sich allmählich, warum ich denn nicht losziehen und ihnen die Lebensmittel besorgen durfte, die sie ganz offenkundig benötigten.

Knox erhob sich langsam und schnippte seine Zigarettenasche auf den Boden.

Komm her, dachte ich. *Komm her, und lass mich dem Ganzen hier ein Ende machen.*

Das Prickeln begann ganz hinten in meinem Verstand und wurde zu einem regelrechten Brüllen. Ich konnte es schaffen. Einen Schritt näher, und ich würde ihm zeigen, warum meinesgleichen als Orangene eingestuft wurde und seinesgleichen nur als Blauer. Knox' Haar rutschte nach vorn, über seine Ohren. Als er es wieder nach hinten schob, sah ich, dass er bunte Papierstückchen als Ringe um jeden Finger gewunden hatten. Das sah fast aus ... es sah fast aus wie etwas, das ein gelangweiltes Kind aus Bonbonpapieren basteln würde. Ich wusste nicht, was zum Teufel das für Dinger waren oder warum er sie trug, doch sie brachten mich auf eine Idee.

»Wie wär's mit einem Tausch?«, meinte ich. »Keine Arbeit, nichts zu essen, stimmt's? Du lässt mich bei einem Jagdtrupp mitmachen, damit ich zu essen kriege, und ich besorge genug Lebensmittel, dass alle durch den Winter kommen.«

Knox lachte spöttisch und verdrehte die Augen.

»Ich lüge nicht«, beharrte ich. »Du hast doch gesehen, was wir in unseren Rucksäcken hatten. Und das war nur das, was reingepasst hat. Wir mussten tonnenweise Zeug dalassen.«

Vidas volle rosige Lippen öffneten sich, eine stumme Frage kam hervor.

Natürlich log ich. Das wusste sie. *Komm schon*, dachte ich. Er musste einfach annehmen. Ich merkte, wie die Stimmung der Jugendlichen um uns herum in eifrige Zustimmung umschlug. Sie betrachteten mich mit einem ganz neuen Leuchten in den Augen.

»Da gab's Konservendosen ohne Ende und literweise Trinkwasser. Sogar Toilettenpapier«, fügte ich hinzu, denn, seien wir doch mal ehrlich, es gibt Dinge, die man haben möchte, aber nicht unbedingt braucht. »Klamotten, Decken, was du willst. Du könntest den Laden hier ordentlich aufstocken.«

Als ich endete, war es so still, dass ich das Tropfen des Wassers hörte, das ganz in der Nähe durch ein Leck im Dach rann.

»Ach ja? Und wo ist dieses Wunderland? Auf halbem Weg ins Nirgendwo und dann geradeaus in deine Fantasiewelt?« Knox lief wieder auf der Plattform auf und ab; noch immer waren die Kids, die am Rand des Podests saßen, im Weg. Wenn er nicht bald anbiss, würde ich da raufspringen müssen.

»Warum sollte ich dir das sagen?«, fragte ich. »Wenn du mir nicht gibst, was ich will?«

So lief das dieser Tage in zwischenmenschlichen Beziehungen. Niemand tat etwas für andere, es sei denn, er hatte irgendeinen Nutzen davon. Knox hatte eindeutig genug von der Welt gesehen, in der wir lebten, um das ebenfalls begriffen zu haben.

Doch es gefiel ihm nicht.

Na los, dachte ich und kochte innerlich. *Komm schon!*

Mit einem Satz war er von dem Podest herunter, und ich wurde von einem unsichtbaren Paar Hände rücklings auf den Beton gestoßen. Meine Zähne schlugen klackend aufeinander, und um ein Haar hätte ich meine Zungenspitze dazwischen eingebüßt. Michaels Lachen dröhnte, als halle es von den schweigenden, verschüchterten Gestalten wider, die uns umstanden.

»Du glaubst, ich muss irgendwas mit dir tauschen?«, fauchte Knox. »Du glaubst, ich habe keine anderen Mittel und Wege, dich und deine Freunde zum Reden zu bringen?«

Meine Hände pressten sich flach gegen den Boden, die Handgelenke vibrierten von dem Aufprall. Dieser Typ wurde mehr von Stolz getrieben als von Habgier – etwas, womit ich nicht gerechnet hatte. Er kapierte nicht einmal, dass es mehr Macht für ihn bedeutete, wenn er mehr Lebensmittel und bessere Ausrüstung zur Verfügung hätte. Alles, was er sah, war ein kleines Mädchen, das behauptete, es besser zu wissen als er, das ihm eine Lösung für ein Problem anbot, das er selbst geschaffen hatte, und in den Kids um ihn herum unerwünschte Fragen weckte. Selbst wenn die anderen mir nicht glaubten, sie *wollten* mir glauben.

»Na klar hast du Mittel und Wege«, ließ sich Vidas Stimme vernehmen. »Aber bist du bereit, das Risiko einzugehen zu warten, wenn irgendwann die Nationalgarde kommt und hier alles abräumt?«

Sie hatte es sich auf Knox' Stuhl bequem gemacht, zu sichtlichem Entsetzen sämtlicher Jugendlichen in ihrer Nähe.

Michael fuhr herum; Wut stieg von seinen Schultern auf wie Dampf. »Knox! Lässt du dir so was von ihr bieten?«

»Sag bloß nicht, du hast Angst vor ein paar kleinen Soldaten«, fuhr Vida fort und begutachtete ihre abgebrochenen Fingernägel. »Versuchst du deswegen zu beweisen, dass sie unrecht hat? Weil du Schiss davor hast, was passiert, wenn sie recht hat?«

»Jetzt komm schon«. Das war Bretts Stimme, irgendwo rechts von mir. »Du musst doch zugeben, das hört sich zu gut an, um wahr zu sein. Wir sind auf der Suche nach Lebensmitteln zigmal den Fluss rauf und runter und haben nicht mal eine leere Chipstüte gefunden.«

»Dann würdet ihr euch also so eine Gelegenheit durch die Lappen gehen lassen?«, fragte ich. »Nachdem ihr die Beweise gesehen habt?«

Ungeachtet seines derben Äußeren war Brett erstaunlich vernünftig, wenn es darum ging, etwas eingehend zu besprechen. »Ich könnte ja mit ihr gehen – dafür sorgen, dass sie nicht versucht, uns über den Tisch zu ziehen. Ich geh gern noch mal mit einem Team zurück und hol die Sachen …«

»Ach, *du* könntest das?«, fauchte Michael. »*Du* machst das gern? Von wessen Team redest du hier – von meinem? Glaubst du, ich weiß nicht, was du hier abzuziehen versuchst, Arschgesicht? Dass ich deine kümmerlichen Versuche, mich zu übertrumpfen, nicht mitkriege?«

Knox hob die Hand und brachte beide zum Schweigen, ehe sie anfangen konnten, einander wie ausgehungerte Wildkatzen zu umkreisen. »Die Antwort lautet Nein. Nicht jetzt, niemals.«

»Ich hätt's wissen müssen«, bemerkte ich und stemmte mich auf die Beine. »Du lässt die anderen da draußen in der Eiseskälte verrecken. Wieso solltest du dir aus allen hier genug machen, um ihnen die Lebensmittel und all das andere zu besorgen, was sie brauchen?«

Man kann bei einem Menschen immer wieder denselben Knopf drücken, um zu kriegen, was man will, aber es kommt der Moment, wo der Finger abrutscht und man schließlich den falschen Knopf erwischt.

»Michael«, sagte Knox plötzlich sehr leise.

Vida hatte den Raum so sehr in ihren Bann gezogen, dass sein Name zweimal aufgerufen werden musste, damit er aufwachte. »Schaff diese beiden Traumfrauen hier raus.«

»Knox«, setzte Brett an, »was ist mit den Lebensmitteln?«

Knox' Faust schnellte vor und traf den anderen unter dem Kinn. »Schafft sie *raus*. Wenn sie so verdammt scharf darauf sind, Jäger zu sein, dann können sie das heute Abend bei der Aufnahmezeremonie beweisen, so wie es alle tun mussten.«

Vida erhob sich von dem Stuhl und landete neben Knox auf dem Boden. Ob er es gewollt hatte oder nicht, sein Blick zuckte an ihrem Gesicht und ihrem Körper hinunter. Über jeden Quadratzentimeter glatte dunkle Haut. »Wenn ihr durchkommt, könnt ihr mitmachen. Aber wenn ich eure Gesichter noch einmal sehe, bevor ich euch holen lasse, dann brenne ich sie euch eigenhändig weg.«

»Handschlag«, verlangte ich und gab mir alle Mühe, nicht zu feixen.

Dann streckte ich die Hand aus, und mein Kopf schwirrte vor Vorfreude darauf, wie es sich anfühlen würde, was genau ich tun würde, um ihn so zu erniedrigen, wie er jeden um sich herum erniedrigt hatte.

Knox kam auf mich zu, mit stählernem Gesicht und verkrampftem Kiefer. Er hob seine Hand meiner entgegen, und gerade als seine Finger in Reichweite waren, packte er plötzlich das Ende meines locker geflochtenen Zopfes. Letzten Endes lief es darauf hinaus, dass er eine Sekunde schneller war als mein Instinkt. Er rammte die rot glühende Spitze seiner Zigarette in meine Handfläche, drückte sie auf meiner Haut aus, ehe er mich wegstieß.

Der grelle Schmerz blendete mich; ich schrie nicht auf, schenkte ihm nicht einmal ein Aufkeuchen. Doch von dem Moment an, als er sich mit diesem höhnischen Grinsen über die Schulter hinweg nach mir umsah, wusste ich, dass ich ihn auch nicht zu fassen bekommen hatte.

Sie brachten uns zur anderen Seite des Lagerhauses, außer Sicht der Zelte und der Tür, zu einem Geviert mit Gitterwänden und -decke, in dem unbrauchbare Generatoren und Klimaanlagen eingeschlossen waren.

Vida warf einen Blick auf ihr neues Habitat und fing an, fauchend um sich zu treten und sich gegen die beiden Kerle zu wehren, die sie festhielten. Sie kreischte ohrenbetäubend auf, als sie sie hochhoben und dort hineinschmissen. Ich hatte solche Schmerzen, dass der Junge, der meinen Arm hielt, mich nur vorwärtszustoßen brauchte, damit ich in den Maschendrahtkäfig trat.

Ich wartete, bis sie die Tür abgeschlossen hatten und zum Lagerhaus zurückgingen, ehe ich auf die Knie sank und meine verbrannte Handfläche in eine Schneematschpfütze drückte. Die Brandwunde hatte sich durch jeden anderen Gedanken in meinem Kopf gesengt.

Neben mir rappelte Vida sich auf und zog die Beine nach, damit sie sich an den Zaun lehnen konnte. Sie holte tief Luft und schloss die Augen.

»Lass mich raten«, knurrte sie, nachdem sie sich wieder gefasst hatte. »Du hast im Weißen Zelt den Märchenprinzen gefunden?«

»Ihn und so ungefähr zwanzig andere«, antwortete ich und hasste es, wie meine Stimme zitterte. Meine ganze Hand fühlte sich an, als stünde sie in Flammen. Ich versuchte, das Feuer durch Schütteln zu löschen, doch es war, als fräße es sich durch jede einzelne Hautschicht hindurch.

»Zeig mal her«, sagte Vida.

Als ich die Hand nicht umdrehte, tat sie es für mich. Ich war verblüfft, sie vor Wut beben zu fühlen.

»Verdammt. Ich bring ihn um.« Behutsam legte sie meine Hand wieder in den Schneematsch.

»Ich hab's versaut«, sagte ich. »Ich war doch da; *er* war da. Ich hätte einfach die andere Hand nehmen sollen, oder …«

»Bitte«, wehrte sie ab. »Wenn du dich da schnell genug hättest fangen können, um irgendwas zu unternehmen, dann wärst du wirklich nicht menschlich.«

»Sondern?«

Sie zuckte die Achseln. »Eine Schaufensterpuppe? Ein gefühlloses, herzloses Miststück, das sich am Unglück anderer hochzieht und unfähig ist zu weinen, es sei denn, es sind Tränen aus Blut?«

Ich beugte und streckte die Finger meiner unverletzten Hand in meinem Schoß. »Ist das der Ruf, den ich in der League habe?«

»Sie nennen dich Medusa«, sagte sie. »Ein falscher Blick, und dein Gehirn wird zu Stein.«

Kreativ. Und außerdem passend.

»Wo sind die anderen?«, wollte sie wissen.

»Draußen im Weißen Zelt.« Ich lehnte mich gegen die stählernen Klimaanlagenblöcke, damit ich Vida ansehen konnte. »Die sind alle echt richtig krank. Die Hälfte sieht aus, als wären sie schon tot.«

»So schlimm?«, fragte sie. »Stewart auch?«

»Ja.«

»Verdammt«, knurrte sie. »Das erklärt auch, warum du so sauer ausgesehen hast.«

»Ja«. Ich spürte, wie mein Zorn von Neuem zu prickeln begann. Ich hatte ihn doch gehabt – er war doch *genau vor mir* gewesen, und ich war zu blöd und zu langsam gewesen, all dem ein Ende zu machen.

»Hey, Bubu«, sagte sie. »Ich steck hier jetzt auch mit drin, und ich hab echt eine Menge Erfahrung darin, irgendwelche Arschlöcher abzuzocken. Wenn du Verstärkung brauchst, ich bin da. Hör auf, dir einzureden, du müsstest das hier alles allein machen.«

Verblüfft blickte ich auf.

»Aber nur damit du's weißt«, fuhr sie fort und hörte sich wieder an wie Vida, »wenn sich herausstellt, dass wir bei dieser Scheißaufnahmezeremonie gegeneinander antreten müssen, dann trete ich dir trotzdem in den Arsch.«

16. Kapitel

Wir waren lange genug eingeschlossen, dass das bisschen Sonnenlicht, das vorhanden war, dem frühen Winterabend wich. Lange genug, dass sich der Hunger meldete, dass feiner Nieselregen sich in Schneegeriesel verwandelte und ein besorgter Jude den Schutz des Weißen Zeltes verließ und uns suchen kam.

Ohne Strom für die Parkplatzlaternen war es verdammt noch mal fast unmöglich, etwas anderes zu erkennen als den ungefähren Umriss von irgendjemandem oder irgendwas. Ich gab es auf, nach einem freundlichen Gesicht Ausschau zu halten, richtete meine ganze Aufmerksamkeit wieder auf die Jungen, die an der Ecke des Lagerhauses standen, ungefähr hundert Meter von da entfernt, wo wir eingesperrt waren. Ich war so damit beschäftigt, ihrer schrecklichen Unterhaltung darüber zu lauschen, wie Knox einen verwilderten Hund getötet hatte, dass ich Jude erst sah, als er am anderen Ende des Käfigs auftauchte.

»Ruby«, flüsterte er. »Ruby.«

Vida fuhr herum und griff nach einer Pistole, die nicht da war. »Wie kommst du denn …?«

»O Mann, o Mann. Ich musste um das ganze Gebäude herum, damit die mich nicht sehen.«

Ich schaute ein letztes Mal über die Schulter zu unseren »Wachen« hinüber und kroch dann auf sein glühendes Gesicht zu. Ihm zu Ehren sei gesagt, dass er schlau genug war, sich zu ducken, sodass Vida und ich den anderen die Sicht auf ihn versperren konnten.

»Was ist passiert?« Der Maschendrahtzaun klapperte, als er sich dagegendrückte. »Ich dachte, du redest nur mit ihm, aber du warst so lange weg, o mein Gott, warum seid ihr denn da drin, was habt ihr *gemacht*? Chubs war …«

»Jude«, versuchte ich, ihn zu unterbrechen, »Jude!«

»… und ich sag ›Nie im Leben, Ruby lässt es bestimmt nicht zu, dass was Schlimmes passiert‹, aber Olivia hat angefangen, von all so schrecklichen Sachen zu reden, die Knox gemacht hat, und wir konnten den USB-Stick nicht in seinen Sachen finden, das heißt, der muss immer noch in der Jacke …«

»Jude!«

Er hielt mitten im Plappern inne. »Was denn?«

»Du musst gehen und Olivia fragen, wo sie die Jacken und das ganze Zeug aufbewahren, das sie den Kids klauen, die sie rekrutieren.«

»Warum denn?«, wollte Jude wissen. »Damit wir versuchen können, Liams Jacke zu finden?«

Vida schnippte mit den Fingern und brachte ihn so zum Schweigen. Ich warf ihr einen dankbaren Blick zu.

»Nein, nein, wir haben keine Zeit, die alle zu durchsuchen, und vielleicht hat sich ja ein anderer Junge Liams Jacke gekrallt. Ich möchte, dass du die Jacke suchst, die *ich* anhatte – die aus Leder, weißt du noch? In der linken Innentasche steckt der Chatter – das ist das Einzige, was du holen musst.«

Er starrte mich an und verstand eindeutig nicht.

»Der Chatter«, wiederholte ich. »In der linken Innentasche. Kannst du mir den holen?«

»Du … du willst, dass ich …«

»Ja«, zischten Vida und ich einstimmig.

Er zögerte den Bruchteil einer Sekunde lang, dann verzog

sich sein Gesicht zu einem so breiten, dümmlichen Grinsen, wie ich es seit Langem nicht mehr gesehen hatte.

»Okay, voll cool!«, stieß er hervor. »Na klar kann ich das! Aber glaubst du, ich muss da ein Schloss knacken? Weil, im HQ hab ich die Tür nie aufgekriegt, als Ausbilder Biglow versucht hat, mir das beizubringen und … äh, Moment mal.« Jude blickte von Vidas Gesicht zu meinem, und das eifrige Leuchten in seinen Augen verging rasch, zusammen mit seinem Lächeln. »Wieso sitzt ihr denn in einem Käfig?«

Schnell berichtete ich ihm, was geschehen war.

»Das heißt, du kannst nicht jetzt gleich suchen gehen, okay?«, sagte ich. »Du musst bis heute Abend warten, wenn sie diese Aufnahmezeremonie abziehen.«

»Was ist das für eine Zeremonie?«, fragte er. »So eine Art Zweikampf?«

»Das ist egal«, erwiderte ich. »Du kriegst das schon hin. Es ist ganz einfach. Die meisten werden nur auf uns achten, du musst dir also nur den richtigen Moment aussuchen, um dich wegzuschleichen. Und dann musst du dich mit Cate in Verbindung setzen und ihr sagen, sie soll Nico suchen lassen, wo wir alles an Medizin abstauben können, was Chubs braucht. Sag ihr, wir brauchen das Zeug jetzt sofort und es muss irgendwas in der Nähe sein. Kannst du dir das merken?«

»Okay.« Jude trat einen Schritt zurück und wippte auf den Fußballen. Wieder erschien ein rasches, nervöses Grinsen auf seinem Gesicht. »Ich kümmere mich um alles.«

Instinktiv hob sich seine Hand dorthin, wo sein Kompass hätte sein sollen.

»Wo ist denn das Ding?«, fragte ich verdutzt.

»Sie haben ihn mir weggenommen. Als sie uns hergebracht haben. Alles cool – ist okay. Ich finde ihn schon. Er ist wahrscheinlich in dem Raum mit den Sachen.«

»Sind die anderen in Ordnung?«, erkundigte ich mich. »Liam?«

»Äh …« Er zögerte und biss sich auf die Lippe. »Dem geht's gar nicht gut. Er sagt's zwar nicht laut, aber ich glaube, Chubs macht sich echt Sorgen. Er sagt, wenn wir keine Medizin kriegen, wär's durchaus möglich, dass Liam und die anderen sterben könnten. Und ich glaub's ihm. Ruby, es ist schlimm, es ist echt voll schlimm …«

Ich drückte die Hand gegen die Stirn und schloss die Augen, versuchte, die Galle zurückzudrängen, die mir in die Kehle stieg. *Du hattest ihn doch, und du konntest ihn nicht stoppen. Liam wird sterben, und du konntest nichts machen. Nach allem, was war, wird Liam sterben, und du bist schuld.*

»Jude«, sagte ich, steckte die Hand durch eine aufgebogene Masche im Draht und griff nach seinem Hemd, um ihn zu mir heranzuziehen. Er war ein Stück größer als ich, aber ich war ein paar Jahre älter und um einiges erfahrener, wenn es darum ging, unbemerkt irgendwo hinein- und wieder hinauszuschlüpfen. »Ich weiß, du schaffst das. Ich *verlasse* mich auf dich. Aber wenn du denkst, dass du geschnappt wirst, dann brich den Einsatz ab, hörst du? Dann denken wir uns was anderes aus.«

»Ich krieg das hin, Ruby«, versicherte er mit vor Verheißung schwerer Stimme. »Ich werde dich nicht enttäuschen.«

Damit schob er sich rückwärts und hob den hochgereckten Daumen, was für mich mehr oder weniger bewies, dass er nicht im Mindesten begriffen hatte, wie ernst die Lage wirklich war. Ich stieß langsam die Luft aus und sah, wie der Abend ihn in einer Wolke aus Weiß verschwinden ließ; der wirbelnde Schnee änderte seine Bahn, um ihm zu folgen. Er flitzte schnell dahin, mit so viel ungebremster Energie, dass sogar der Wind die Richtung änderte, um ihm auf den Fersen zu bleiben.

Ich wusste, dass er es schaffen konnte; im Training war ein

Einbruch eine der ersten Situationen, die sie uns hatten üben lassen. Und ganz ehrlich, die furchtbare Wahrheit war, dass dieser Junge, auch wenn er ungefähr so verstohlen war wie ein umkippendes Geschirrregal, gleichzeitig die Sorte Mensch war, deren Abwesenheit einem normalerweise nicht auffiel. Nicht in einer Menge, jedenfalls nicht sofort.

»Maximal fünf Minuten«, knurrte Vida und lehnte sich neben mir an den Zaun. »So lange gebe ich ihm, ehe sie seinen dürren Arsch zu fassen kriegen und versohlen.«

»Dann sollten wir lieber eine ordentliche Show abziehen«, erwiderte ich und schloss wegen der Schneeflocken die Augen, »damit er eine Chance hat.«

Sie kamen lautlos, tauchten wie Geister aus den feuchten Händen der Nacht auf.

»Hör auf«, sagte ich leise zu Vida.

Die Jugendlichen, die uns voranstießen, insgesamt sechs, eine Hälfte Jungen, die andere Mädchen, alle in ihren besten weißen Klamotten, sagten kein Wort. Der alte Stoffsack glitt leicht über meinen Kopf, Vida aber war nicht bereit, auch nur einen ihrer Sinne beeinträchtigen zu lassen.

»Es ist okay«, versicherte ich ihr. »Bleib ruhig.«

Jede Gliedmaße und jedes Gelenk fühlten sich bleischwer an; schon das Gehen ließ Schmerzen durch Schultern und Hüften schießen. Ich fühlte, wie das Wasser auf dem Parkplatz über den Rand meiner Stiefel schwappte und verzog das Gesicht. Bald würden wir drinnen sein. Wenigstens war es da trocken.

Doch die schwere Metalltür knarrte nicht. Sie öffnete sich nicht.

Vida folgte bestimmt einem ganz ähnlichen Gedankengang, denn ich hörte sie auf einmal meinen Namen sagen; es kam als undeutliches Nuscheln über ihre Lippen.

»Ganz ruhig«, antwortete ich erneut, denn was konnte ich denn sonst sagen? Es wird alles gut?

Als ich klein war, erinnerte ich mich, hatte mein Dad mich oft zu den Sportveranstaltungen in der Highschool mitgenommen. Meistens Football, manchmal auch Baseball. Er stand total auf spannende Spiele – egal, was für welche –, was mir jedoch am besten gefiel, war, ihm einfach nur *zuzusehen*. Zu sehen, wie sein ganzer Körper sich drehte, um die Flugbahn eines unglaublichen Passes zu verfolgen, das Grinsen, wenn der Baseball über den Zaun gegenüber flog. Dad kannte die Fangesänge für jedes Team auswendig.

Deshalb erkannte ich das Geräusch, als ich es hörte, das Grollen einer hungrigen Menge. Der pulsierende Beat klatschender Hände, als diese schließlich denselben Rhythmus fanden. Es ging mir durch und durch, lange bevor mir der Rauch in die Nase drang.

Ich stolperte immer wieder, als die Jungen mich vorwärtsstießen, mich über den bröckelnden Rand von Asphalt auf weichen, nachgiebigen Boden zerrten, und dann wieder auf Untergrund, der härter war. Fester. Eine Woge sengender Hitze streifte meine Arme, als sie mich an etwas vorüberführten, das sich anfühlte wie eine Feuerwand.

Durch die Stimmen aller Anwesenden hindurch konnte ich meine eigenen Gedanken nicht verstehen. Einen Augenblick, nur eine Sekunde lang, glaubte ich, Chubs meinen Namen brüllen zu hören, und eine sanftere Mädchenstimme, die ihn wie ein Echo wiederholte. *Ruby, Ruby, Ruby, Ruby* – und noch etwas anderes.

Sie trieben uns mitten in ein kleines Gedränge aus menschlichen Leibern hinein, und es fühlte sich an, als stemme jeder Einzelne davon sich gegen uns, um uns daran zu hindern, dort hineinzugelangen.

Sobald mein Gesicht frei war, sog ich warme Luft tief in meine Lunge und versuchte, das Gefühl loszuwerden, dass Tausende Stecknadeln durch meine Adern pumpten. Um mich herum waren zu viele Gesichter – zu viele große Augen, aufgesprungene Lippen, narbige Gesichtszüge. Ihr Anblick, der *Geruch* ihrer ungewaschenen Kleider und Körper verband sich mit dem erdigen Rauch, bis das alles zu etwas vollkommen anderem wurde. Ich reckte den Hals, suchte durch die Hände hindurch, die sich nach uns ausstreckten, nach Chubs' Gesicht. Feuerschein flackerte in der Finsternis.

Schließlich entdeckte ich ihn, Olivia an seiner Seite. Jude war Gott sei Dank nirgends zu sehen oder zu hören, doch die Erleichterung, die mich bei diesem Gedanken durchströmte, hielt nur so lange an, bis sich das Entsetzen über ihre Gesichter legte, über ihre Lippen, ihre ganzen Körper, während sie versuchten, sich vorzudrängen. Die Panik, die ganz hinten in meinem Verstand summte, überflutete meine Ohren mit etwas, das sich fast wie Weißrauschen anhörte.

Olivia hatte die Hände um den Mund gelegt und schrie uns etwas zu. *Tot*, dachte ich.

Wir befanden uns in einem anderen Gebäude, wahrscheinlich in dem, das ich ein Stück abseits von dem Lagerhaus gesehen hatte. Ein Teil des Daches und der östlichen Wand waren eingestürzt, und wir waren gezwungen, unsere erschöpften Körper über Haufen aus heruntergefallenen Betonbrocken und verdrehtem Metall zu schleppen. Das Ganze war eine kleinere Version des Lagerhauses, so wie es aussah fast völlig ausgebrannt. Die Wände und der Betonboden waren kahl, abgesehen von den schwarzen Schatten, die die Jugendlichen darauf warfen. Genau in der Mitte des Raumes war ein großer Ring aus Mülltonnen; goldene Flammen loderten daraus hervor und reckten sich nach den Kids in Weiß, die von oben zusahen.

In Thurmond war die Fabrik auf ganz bestimmte Art und Weise errichtet worden, um sicherzugehen, dass sämtliche PSFs in der Lage sein würden, ein Gebäude voller Freaks beim Arbeiten zu beaufsichtigen. Es war ein einziger großer Raum gewesen, ganz ähnlich wie hier, ebenfalls mit zwei Ebenen. Über uns waren die beiden verbliebenen metallenen Laufgänge – eigentlich eher tief hängendes Dachgebälk.

Dort oben war ein Meer aus Weiß; Knox hatte sich komfortabel mittendrin positioniert und saß am Rand des Laufgangs. Michael hatte zu seiner Rechten Platz genommen und grinste hämisch auf uns herab, neben sich hatte er eine Getränkedose. Beim Anblick ihrer feixenden Gesichter pochte meine Hand schmerzhaft. Ich drückte sie flach gegen mein Hosenbein; mein Verstand raste, als sie Vida und mich in die Mitte des Feuerringes schoben.

Verdammt. Wir würden wirklich gegeneinander kämpfen müssen.

Rasch schaute ich zu ihr hinüber und sah, wie Vida sich den Sack vom Kopf riss und ihn in die nächste brennende Mülltonne schmiss. Die Adern an ihrem Hals traten vor Zorn hervor, und ich hatte sie den Tränen noch nie so nahe gesehen. Das war der Moment, in dem ich zum ersten Mal wirklich Angst verspürte. Ich brauchte Vida jetzt – ich brauchte ihre wache Intuition und ihre unerschütterliche Weigerung, sich aus einem hoffnungslosen Kampf zurückzuziehen, und sei es nur für eine Sekunde.

»Ganz ruhig«, wiederholte ich abermals.

Sie rang ihre Hände ineinander, als könne sie so ihre Angst bezähmen.

Dann erhob sich eine Stimme über alle anderen.

»Hallo, Ladys«, rief Knox. »Wart ihr auch schön brav?«

Der Ring nahm den größten Teil der unteren Ebene ein,

doch es war genug Platz, dass die Kids, die draußen standen, die, die kein Weiß trugen, sich hier hätten hereinquetschen können, wenn sie gewollt hätten. Stattdessen hielten sie Abstand – sogar Chubs, dessen Umriss ich durch die Wand aus heißer, flimmernder Luft, die von den Feuern aufstieg, gerade noch ausmachen konnte.

»Ich könnte ihn hier runterholen«, flüsterte Vida. »Ihn überrumpeln und ihn dir direkt in die Hände liefern.«

Ich schüttelte den Kopf. »Zu viele Pistolen.« Und alle auf unsere Rücken gerichtet. Und außerdem zu viele Blaue. Wir würden warten müssen, bis er freiwillig herunterkam, dann würde ich ihn mir schnappen. Ich spürte das stetige Anwachsen der Wut und ließ mich davon ausfüllen, ließ sie durch mein Blut strömen, jeden einzelnen Gedanken an Erbarmen vertreiben. Ich kam mir vor wie ein Raubtier, bereit, aus dem Schatten zu treten und mein wahres Gesicht zu zeigen.

»Die Regeln hier sind ganz einfach«, verkündete Knox. »Wenn ihr aus dem Ring gedrängt werdet, seid ihr raus. Wenn ihr k. o. geschlagen werdet, seid ihr raus, und ich kann mit euch machen, was ich will. Um Gnade bitten gibt's nicht. Der einzige Ausweg ist, auf den Beinen zu bleiben oder sich verbrennen zu lassen. Oh, und wie konnte ich das vergessen? Weil ihr beide es seid, verstoße ich gegen meine eigenen Regeln. Keine Kräfte. Das hier ist ein Faustkampf für euch beide, Mädels, also lasst es krachen.«

Vida und ich wechselten einen raschen Blick. Ich konnte nicht erkennen, was sie dachte, ich wusste nur, wie sie mich am schnellsten besiegen könnte, ohne zu betrügen. Den Kampf schlicht zu verweigern würde bedeuten, dass der ganze Deal hinfällig war, aber ich war nicht gerade angetan von der Vorstellung, dass Vida mich im wahrsten Sinne des Wortes durch einen Feuerring kicken würde.

»Was ist mit dem Deal?«, rief ich hinauf. »Lebensmittel, dafür, dass ich bei einem Jagdtrupp mitmachen darf?«

Knox versteifte sich bei dem Wort *Lebensmittel* – und was noch wichtiger war, die Kids um ihn herum beugten sich vor. Eine kleine Erinnerung für sie daran, was ihr Anführer ihnen vorenthielt.

»Verdammt noch mal«, knurrte er, »du bist echt lästig. Wenn du gewinnst, denke ich vielleicht darüber nach.«

Ich trat ein paar Schritte zurück und schloss die Augen. Wie fest würde sie zuhauen müssen, um mich mit einem Schlag niederzustrecken?

»Bringt ihn rein!« Als er unsere Reaktion sah, lachte Knox. »Wie? Ihr habt echt gedacht, ihr würdet *gegeneinander* antreten? Mein Gott, das ist ja zum Brüllen.«

Vida fuhr wieder zu mir herum, zu dem geborstenen Loch in dem Gebäude. Ich folgte ihrem Beispiel nicht; an ihrer Miene erkannte ich, dass es schlimm war, was immer es war.

Von oben war ein Flüstern zu vernehmen, das verstummte, als ein neues Geräusch an seine Stelle trat. Ein Stöhnen, das lang gezogene Scharren von etwas Schwerem, das über den Boden geschleift wird.

Ein Schweißrinnsal rieselte mir bei diesem angestrengten Ächzen den Rücken hinab, bei dem kehligen Aufschrei, dem Klirren, das nur von Ketten stammen konnte.

Der Verstand ist etwas Seltsames, meiner noch mehr als die meisten anderen. Er ist selektiv, wenn es darum geht, was er sich merkt, und sogar noch heikler bei der Frage, welche Erinnerungen so klar und scharf erhalten bleiben wie eine Glasscherbe. Das waren die Erinnerungen, die einem blieben, die ein einziges Geräusch oder ein Geruch hervorholen konnte. Ich hatte so viel von meinem Leben vergessen, von dem Leben, bevor die Soldaten mich abgeholt hatten, doch ich wollte verdammt sein, wenn ich es je geschafft hatte, auch nur eine einzige schwarze Erinnerung aus dem Lager zu verbannen.

Das Einstufen ließ sich nicht vergessen, der Test, den ich fast nicht bestanden hätte.

Sams Gesichtsausdruck ließ sich nicht vergessen, in dem Moment, als ich mich vollständig aus ihrem Gedächtnis gelöscht hatte.

Das Schimmern schwarzer Gewehre im Sommer ließ sich nicht vergessen oder der Schnee, der sachte auf den Elektrozaun fiel.

Die lange Reihe der aneinandergeketteten Gefährlichen ließ sich nicht vergessen, die Gesichter hinter ledernen Knebelmasken verborgen

»Was zum Teufel … Scheiße, was soll *das* denn?«, hauchte Vida, und ihre Hand streckte sich vor, um mich zu ihr herüberzuziehen, hinter sie.

Dort war er, bleich wie der Morgenhimmel, in die zerlumpten Überreste einer Tarnfleckhose und ein Hemd gekleidet, das schlaff von seiner eingesunkenen Brust herabhing. Auf den ersten Blick dachte ich, dass er bestimmt so alt war wie ich, doch das ließ sich unmöglich genau sagen. Jetzt sah er zusammengeschrumpft und weich aus, doch so, wie seine Hose von etwas gehalten wurde, das wie eine durch die Gürtelschlaufen gefädelte Plastiktüte aussah, nahm ich an, dass er früher einmal viel massiger gewesen war.

Knox hatte dafür gesorgt, dass er richtig hübsch verpackt war, mit Stricken und Ketten. Über den Mund war ihm ein Halstuch gebunden worden, das zwischen gelben Zähnen klemmte, und alles, was ich denken konnte, war: *Ich wünschte, sie hätten ihm stattdessen die Augen verbunden.*

Verkrustet und von dunklen Prellungen umgeben durchbohrten seine Augen die Schatten zwischen uns, schwarz und bodenlos. Er sah uns an, sah geradewegs durch uns hindurch, in uns hinein.

Jetzt wusste ich, was Olivia mir zugerufen hatte; ich konnte ihre Stimme hell und klar in meinem Kopf widerhallen hören.

Rot. Rot, Ruby, Rot.

17. Kapitel

Es gibt solche und *solche* Albträume.

Der Rote senkte das Gesicht, ein dicker Vorhang aus dunklen Ponyfransen fiel ihm in die Stirn. Doch seine Augen verbarg er trotzdem nicht. Sie beobachteten uns durch die Lücken in den wirren Locken. Sein Körper zuckte heftig, als krampften seine Muskeln, und er blinzelte, um den Anfall abzuschmettern. Als sich seine Augen wieder öffneten, waren sie größer, glasig – doch ein weiterer Ruck durchfuhr seinen Körper, und der Anflug von Menschlichkeit war dahin.

»Ladys, darf ich euch Twitch vorstellen.« Knox schien sich an unseren schockierten Mienen zu weiden. »Ich hab ihn in Nashville aufgelesen, nachdem er dem PSF, der ihn an der Leine hatte, ausgekniffen war. Er ist durch die Gegend gestolpert und hat herumgezuckt wie ein Speed-Junkie. Hat sich ganz schön gemacht, seit ich angefangen habe, ihn abzurichten.« Knox winkte einem Jungen, der mit einer Miene unbestreitbarer Todesangst hinging und begann, die Fesseln des Roten zu lösen.

»Ich glaube, ihr werdet euch verdammt gut verstehen«, rief Knox. »Viel Spaß!«

Ich glaube, ich habe noch nie einen Teenager schneller rennen sehen als diesen, als die letzte Kette in einem Knäuel zu Twitchs Füßen lag. Der Rote machte einen Schritt vorwärts und schritt durch die Feuerwand, die die Mülltonnen bildeten.

Der leuchtende Kreis waberte und wurde ganz kurz dunkler, dann flammte er blendend weiß auf.

»Dieser abgefuckte Drecksack«, knurrte Vida. Sie drehte sich um und sah mich an. »Der hat doch tatsächlich eine lebende Brandbombe auf uns gehetzt.«

Twitch machte seinem Namen alle Ehre. Sein Kopf bog sich nach rechts und ruckte dann so nach links, dass es richtig schmerzhaft aussah. In den Augenblicken – jenen kostbaren Sekundenbruchteilen – zwischen den Bewegungen war das Aufblitzen von etwas wie Verwirrung in seinen Augen die einzig sichtbare Veränderung.

Knox steckte die Finger in den Mund und pfiff. Und dann gab es kein Nachdenken mehr.

Vida und ich hechteten voneinander weg, als der erste Feuerstoß aus den brennenden Mülltonnen auf den Boden zwischen uns fauchte. Ich rollte über den Boden, versuchte, den schwelenden Saum meines rechten Hosenbeins zu löschen. Die Verbrennung in meiner Handfläche fühlte sich an, als würde sie gleich mit einem eigenen Feuerschwall aufbrechen.

Die Luft über meinem Kopf wurde heiß – heißer – und dann tödlich, fraß den Sauerstoff und zwang mich, mich abermals wegzurollen. Das Feuer in der Tonne, gegen die ich krachte, flutete über den Metallrand und strömte auf mich zu, raste in unsere Richtung über den Beton.

Der Rote hob eine Hand und schnippte mit den Fingern. Flammen explodierten zwischen seinen gekrümmten Fingern, und er warf damit nach mir wie mit einem Ball.

Hoch mit dir, hoch mit dir, hoch mit dir, schrie mein Verstand. Der Schweiß an meinen Händen glitschte über den losen Schutt. Ich stemmte mich hoch und blickte mich nach Vida um.

Sie rannte auf den Roten zu, zielte auf seine Körpermitte.

»Nein!«, schrie ich.

Wieder loderten die Flammen in den Mülltonnen empor, verbanden sich zu Brücken über den Kreis hinweg. Vida zischte vor Schmerz, als eine Peitschenschnur aus Feuer davon abzweigte und auf ihre Schulterblätter niederzuckte.

Einen Augenblick lang dachte ich wirklich, Vida würde geradewegs durch die Flammenlinien vor ihr stürmen. Nur zwei davon waren zwischen ihr und dem Roten, doch sie waren da, brannten goldrot und verliehen ihrer Haut einen warmen, erdigen Braunton.

»Vi!«

Sie landete seitlich und rutschte das letzte Stück auf der Hüfte, geradewegs in die Beine des Roten. Mit einem unmenschlichen Aufbrüllen ging er zu Boden, ein Laut, der von den Kids in Weiß, die über uns zusahen, zu ihm zurückhallte. Ich riskierte es aufzublicken.

Die meisten Mülltonnen brannten noch immer, und auch einzelne Betonflecken dort, wo die Feuerlinien in sich zusammengesunken waren. Ich trat einen davon aus, als ich auf Vida zurannte.

Twitch kam vom Boden hoch und schleuderte Vida mit wildem, pulsierendem Hass von sich, der den Raum zwischen uns ausfüllte. Ich war da, um sie aufzufangen, ehe ihr verbrannter Rücken auf den Boden knallen konnte. Ganz kurz wurde mir schwarz vor Augen, als ihr Kopf gegen meinen Unterkiefer stieß, doch ich ließ nicht zu, dass wir fielen; ich zerrte sie sofort wieder auf die Beine.

Im Training war ich nur ein einziges Mal gegen Ausbilder Johnson angetreten, und der »Kampf« hatte ganze fünfzehn Sekunden gedauert. Das war ganz zu Anfang meiner Ausbildung gewesen, als er mein Geschick im Nahkampf »bewerten« musste. Ich hatte zwei Wochen lang gehinkt, und zwei handförmige, tiefblaue Quetschungen auf meinen Oberarmen hatten sich doppelt so lange gehalten.

Gegen diesen Roten wäre Ausbilder Johnson eingegangen wie eine Primel.

Twitch zuckte nicht mehr. Seine Bewegungen waren knapp, präzise und geschult – irgendetwas in ihm hatte klick gemacht. Vida und ich tänzelten wieder und wieder von ihm weg, wanden und bückten uns, um seinen Fäusten zu entgehen, die auf unsere Gesichter zukamen.

Und ich hatte gedacht, der Junge sähe ausgemergelt aus.

»Jetzt kommt schon, Ladys!«, spottete Knox. »Das ist ja so was von *langweilig*!«

Ich bekam Vidas Arm zu fassen, ehe sie von Neuem auf ihn losgehen konnte, und zog sie ein paar Schritte zurück. Twitch folgte nicht sofort, sondern blieb stattdessen in seiner Hälfte des Kreises und schritt wie ein Panther auf und ab; seine Militärstiefel quietschten unter seinen Füßen.

Es war das erste Mal während des ganzen Kampfes, dass ich zum Nachdenken kam. Mein Körper zitterte vor Schmerz und Erschöpfung. *Denk nach.*

Er war nicht in einem Rehabilitationslager gewesen, jedenfalls nicht in letzter Zeit. Vielleicht niemals – aber wo kamen dann seine Sachen her? Twitch machte nicht den Eindruck, als könne er selbstständig genug denken, um einen Stützpunkt der Nationalgarde auszurauben. Tatsächlich sah er, abgesehen von dem kurzen Aufflackern der Verwirrung in seinen Zügen aus, als könne er überhaupt nicht selbstständig denken. Was bedeutete …

Das kann nicht sein, dachte ich. *Unmöglich.*

Aber was war denn jetzt noch unmöglich?

»Jamboree!«, keuchte ich Vida zu.

Sie blinzelte. »Ohne Scheiß?«

Vida wusste von Operation Jamboree, so wie manche Kids Gruselgeschichten kennen, aus Geflüster und den finstersten Träumen ihrer eigenen Fantasie. Präsident Grays Geheimarmee aus ausgebildeten Roten war eine in der League allgemein bekannte Tatsache; sie hatten monatelang vergeblich versucht, Informationen darüber an die Öffentlichkeit durchzustechen. Anscheinend war das Ganze zu »absurd«, als dass die Federal Coalition es hätte glauben können, und die Internet-Wachhunde schnappten sich jede Anspielung auf das Projekt und blockierten sie, ehe die Information an die internationale Presse gelangen konnte.

Was Vida nicht wusste, war, dass der Gedanke ursprünglich dem verschrobensten Winkel von Clancys Verstand entstammte. Er war derjenige gewesen, der dem Präsidenten diese Idee in den Kopf gesetzt hatte, und all seinen Beratern auch. Bis zu dem Moment, als sein Vater begriffen hatte, was sein Sohn da tat, hatte Clancy eine Schlüsselrolle im Trainingsprogramm der Roten gespielt.

Mein ganzer Unterkiefer tat weh, Blut tropfte mir von der Lippe. Ich spuckte es auf den Boden und wischte mir mit dem Arm den brennenden Schweiß aus den Augen. Wie hatte Clancy vorgehabt, die Roten zu kontrollieren? Dieser hier benahm sich eben noch, als wäre sein Gehirn von blindwütigem Zorn zerfetzt worden, und im nächsten Moment war er ein sorgfältig gedrillter Soldat. Er war eindeutig desorientiert und folgte ausschließlich seinen Instinkten – die anscheinend alle auf eine einzige Zieleinstellung umprogrammiert worden waren: *töten.*

Mein Gott, dachte ich, und Wut schnitt schnell und sauber durch meine Angst hindurch, als ich Twitch zusah. *Mein Gott, was haben sie diesen Kids angetan …*

Jahrelang war ich so sicher gewesen, dass die PSFs und die

Lagerleitung die Gefährlichen wegschafften, um sie zu beseitigen. Dieses Wissen hatte wie ein Teufel um meinen Hals gehangen, der immer fester und fester zupackte, bis ich keine Luft mehr bekam, wenn ich daran dachte. Ich war so erleichtert gewesen, als Clancy gesagt hatte, dass das nicht stimmte. Jetzt aber – *jetzt* fragte ich mich, ob der Tod nicht letzten Endes doch der bessere Deal gewesen wäre. Wenigstens wären sie keine Tiere. Der Verstand dieses Jungen gehörte ihm ja gar nicht mehr.

»Hey, Bubu«, sagte Vida mit zusammengebissenen Zähnen. »Wir müssen von zwei Seiten gleichzeitig an ihn ran.«

»Was soll das nützen?«

»Er kann Feuer machen und es kontrollieren, aber schau dir doch mal an, wie sehr er sich dabei konzentrieren muss«, antwortete sie. »Sobald man auf ihn losgeht, hört er auf. Als ob sein Gehirn nicht beides gleichzeitig auf die Reihe kriegt.«

Sie hatte recht. Trotz all dem Schaden, den er anrichten konnte, war er doch genau wie wir alle – der Einsatz seiner Kräfte erforderte Mühe und Übung. Dieser Junge jedoch war so kaputt, sein Gefühl für die Wirklichkeit war völlig verschoben. Ob das nun Clancy mit seinem Einfluss bewerkstelligt hatte, oder ob derjenige, der Operation Jamboree leitete, es durch Konditionierung verursacht hatte, Twitch war eindeutig darauf abgerichtet worden anzugreifen, wenn er jemanden sah.

»Haltet die Klappe, und kämpft!«, brüllte Knox.

»Lenk ihn ab«, sagte Vida. »Ich bring das hier zu Ende.«

Knox hatte nur festgelegt, dass wir im Ring bleiben mussten – davon, welche Form dieser Ring haben musste, hatte er nichts gesagt.

Das Publikum über uns schrie erschrocken auf, als ich die am nächsten stehende Tonne umtrat. Die schwelenden Holzreste kippten auf den Boden, doch das Feuer, das über den kalten Beton raste, verzehrte sie binnen Sekunden. Twitch blieb abrupt stehen und starrte verwirrt die sterbenden Flammen an. Inzwischen war ich bereits bei der nächsten Tonne. Ich hörte Vidas leisen Aufschrei, als sie sich abermals auf den Roten stürzte.

»Aufhören!«, brüllte Knox. »Du Dreckstück! Deine Freundin hat Twitch ja ganz für sich allein …«

Ein schriller Laut lenkte meine Aufmerksamkeit wieder auf Vida. Sie schlug auf ihr Haar ein, mühte sich ab, die Flammen zu löschen, die an den Strähnen emporleckten. Keuchend fiel sie auf die Knie und fluchte zwischen den einzelnen Schluchzern nach Leibeskräften.

Ich wollte zu ihr, doch das Feuer in den Tonnen um sie herum wallte abermals empor, breitete sich aus und verwob sich zu schimmernden Netzen aus Gluthitze und Licht.

»Nicht, Ruby!«, schrie Vida.

Twitch hatte sie mit einer Hand am Nacken gepackt, die andere hatte er hoch über den Kopf erhoben. Eine Flammenzunge schlüpfte aus der nächsten Mülltonne empor, wand sich wie eine Schlange um seine Finger und sein Handgelenk. Oben unter dem Dach brüllten sie, doch das eine Wort, was wir hören mussten, kam nicht. Knox würde ihn nicht stoppen.

Niemand wird ihn stoppen. Ich schob die Finger in den Mund und versuchte, das Geräusch nachzuahmen, das Knox gemacht hatte, doch ich konnte nicht genug Luft aus dem Brustkasten pressen. Der Rauch brannte mir in den Augen und schmerzte in meiner Kehle.

Er wird sie umbringen, er wird sie umbringen … Diesmal gab es keine andere Option.

»Roter!«, schrie ich mit heiserer Stimme.

Der Junge blickte auf, und ich hatte ihn.

Es geschah fast unbewusst, das Loslassen; es geschah vollkommen und augenblicklich, als ließe ich nach einem tiefen

Atemzug die Luft ausströmen, von der ich gar nicht gemerkt hatte, dass ich sie angehalten hatte. Ich spürte, wie sich das Fingergewirr in meinem Verstand entfaltete – Zorn, Angst, Verzweiflung lösten jeden einzelnen Kräftefaden aus dem Knäuel, bis ich spürte, wie sich eine Woge prickelnder Wärme an meiner Schädelbasis ausbreitete. Die Feuerwand vor mir waberte im Takt mit Twitchs wildem Zucken. Über mir konnte ich Knox losbrüllen hören, doch jetzt gehörte der Junge mir. Ich war in seinem Kopf, ohne jegliche Berührung.

In einem typischen Verstand hat man das Gefühl, in die Gedanken des oder der Betreffenden hineinzusinken. Ein träges, rutschiges Gefühl, das an meinem Ende normalerweise von einer heftigen Migräne begleitet wird. Manchmal fiel ich ganz langsam, manchmal sehr schnell. Die Farbtöne der Erinnerungen eines Menschen verrieten mir eine Menge, die Schattierungen seiner oder ihrer Träume.

Aber Twitch war zerstört. So unglaublich zerstört.

Ich glitt weniger hinein, als dass ich hineinstach wie ein Messer, das immer tiefer in einen Haufen Glasscherben stößt. Seine Erinnerungen waren scharf und klein, eben noch da und gleich wieder weg, schneller als ein Lidschlag. Ich sah ein dunkelhaariges Mädchen auf einer Schaukel, eine Frau, die sich über einen Backofen beugte, eine Reihe ausgestopfte grüne Eidechsen, einen auf Blockbuchstaben zusammengesetzten Namen auf einem Regal. Dann wurde alles schneller – schwarze Stiefel, Drahtzäune, das grüne Kunstleder eines Schulbussitzes. Schlamm, Schlamm, Schlamm, so viel Graben und Buddeln, das Rasseln von Ketten, das Kneifen einer Knebelmaske, ein Feuer im Dunkeln, das heißer und heißer brannte. Ich musste mich ermahnen zu atmen. Die brennende Luft ließ meine Lunge in Flammen aufgehen.

Ich fand Clancys nobel geschnittenes Gesicht unter den zersplitterten Bildern, er stand allein hinter einer Glaswand, die Hand dagegengedrückt. Er kam immer nur im Dunkeln, wie ein wandelnder Albtraum. Clancy formte irgendwelche Worte mit den Lippen, und jeder Gedanke explodierte zu blendendem Weiß.

Ich konnte mich durch das Gebrüll der Zuschauer hindurch nicht hören. Was sie brüllten, konnte ich nicht verstehen; es war alles wüstes Getöse.

Doch ich hielt diesen Roten in meinen Händen, seine Kräfte standen mir zur Verfügung, und ich fühlte sie so innig, als würde das Feuer durch meine eigenen Adern fließen. Ich wandte mich wieder dorthin, wo Knox und die anderen wie betäubt dastanden, den Blick von ihrer sicheren Zuflucht aus starr auf uns gerichtet.

Keine sichere Zuflucht mehr, dachte ich und drehte mich wieder zu dem Roten um. Was würde Knox tun, wenn ich seinen kleinen Schoßhund auf ihn hetzte? Was würde er tun, wenn er fühlte, wie seine Haut Feuer fing?

Twitch glotzte mich an; seine Pupillen schrumpften, weiteten sich schlagartig zu voller Größe und schrumpften dann abermals. Sein Mund begann stumm zu arbeiten, ein leises Stöhnen des Schmerzes drang daraus hervor, bis er schließlich zu weinen begann. Er wartete auf ein Kommando. Einen Befehl.

Mason.

Das war der Name, den ich an seiner Tür gesehen hatte, der, den seine Mutter liebevoll geflüstert hatte, wenn sie ihn ins Bett gebracht hatte.

Er heißt Mason. Meine Gedanken überschlugen sich, versuchten zu begreifen, was gerade geschehen war. Er hat in einem Haus mit einem blauen Zaun gewohnt. Seine Mom hat jeden Tag Mittagessen für ihn gemacht. Er hatte Freunde und einen Hund, und all das war verschwunden, als die Männer kamen und ihn in dem Lieferwagen mitnahmen. Er hatte Poster von den White Sox an der Wand in seinem Zimmer. Er war auf dem leeren Grundstück hinter seinem Haus Fahrrad gefahren. Er hieß Mason, und er hatte ein Leben.

Ich fiel auf die Knie und drückte die Hand gegen die Stirn. Mit dem nächsten Erinnerungsfetzen, der durch seinen Kopf sickerte, riss die Verbindung ab. Er fiel ein kleines Stück entfernt neben einem Schutthaufen zu Boden. Einen Augenblick lange hörte ich nichts außer meinem rauen Atem und meinem Herzschlag. Dann drang ein hörbares Knacken an meine Ohren – ein widerwärtiges Krachen.

»Hör auf!«, hörte ich Vida schreien. »Lass das!«

Selbst als ich sah, wie Mason den scharfkantigen Betonbrocken nahm und ihn sich gegen den Schädel schmetterte, war es, als könne mein Verstand diese Bewegung nicht begreifen. Vida riss ihm mit einem Aufschrei den Stein aus der Hand. Der Rote hob den Kopf, reckte mit aller Kraft den Hals, und drosch ihn dann wieder auf den Boden. Er hörte nicht auf, erst als ich die Hand zwischen den schweren Schädel und den gnadenlosen Beton schob.

Jäh drang Blutgeruch durch die betäubenden Rauchwolken. Ich fühlte es, heiß und glitschig an seinem feinen Haar.

»Hör auf!« Vida drückte mit beiden Händen seine Schultern hinunter, bemühte sich, ihn festzuhalten. Ich wand ihm einen zweiten Betonbrocken aus den Fingern. Kaum fiel dieser klappernd zu Boden, hatte er meine Hand gepackt.

»Helft mir«, schluchzte der Junge. »Bitte, bitte helft mir doch, bitte, ich kann nicht … bitte nicht mehr, o Gott, sie kommen schon wieder, ich sehe sie, sie kommen im Dunkeln …«

»Ist ja gut.« Ich beugte mich dicht zu seinem Ohr hinunter.

»Helft mir«, flehte er. »Bitte.«

»Ist ja gut, Mason. Es ist gut, du bist in Sicherheit.« Ich konnte abermals in seine Gedanken eintauchen – mein Verstand wirbelte angesichts all der Möglichkeiten. Ich könnte seine Erinnerungen löschen, das, was er durchgemacht hatte, alles, was er gesehen hatte. Ich könnte ihm die aufgeschrammten Knie lassen, sonnige Tage auf dem Spielplatz, das liebevolle Lächeln seiner Mom. Nur das Gute. Das hatte er verdient. Mason musste frei von alldem hier sein.

»Ich hab Angst«, flüsterte er, die Wangen nass von Tränen und Blut. »Ich will nach Hause.«

Die Kugel zischte so dicht an meinem Ohr vorbei, dass sie den Rand meiner Ohrmuschel streifte. Ich spürte einen heftigen Schmerz und ein warmes Blutrinnsal und kippte nach vorn gegen Mason, um ihn zu schützen. Der Schuss war von oben gekommen – ich hörte, wie Vida irgendetwas schrie, doch ich erfasste nicht wirklich, was geschehen war, bis sie mich an den Schultern packte, mich von dem Roten herunterzerrte und zu Boden stieß. Knox, oder wer auch immer auf mich gefeuert hatte, würde nicht noch einmal freies Schussfeld haben, nicht wenn sie dabei mitzureden hatte.

Mein Hemd war vorn von warmer Nässe getränkt und klebte an meiner Haut. Ich wollte es abwischen, doch meine Hände waren wie erstarrt, als ich an mir herabschaute. Halb betäubt fragte ich mich, wie es möglich war, dass mein Ohr jetzt schon derart geblutet haben könnte.

»Nein, verdammt noch mal!« Vidas Stimme übertönte das Summen in meinen Ohren. »Nein, du verdammter Scheißkerl!«

Ich stemmte mich hoch und wandte mich ihrer entsetzten Stimme zu. Das schwache Surren in meinen Ohren wurde stärker, konzentrierter, bis ich das deutliche Weinen und Flüstern der Kids über uns hören konnte. Sie alle sahen den Roten an, sahen zu, wie das Blut aus dem Loch emporsprudelte, wo die Kugel in seiner Kehle stecken geblieben war. Wie er hustete und würgte, wie seine Hände über den Boden scharrten. Die Abstände zwischen seinen Atemzügen wurden länger und länger, bis das letzte Ausatmen als erstickter Seufzer hervorhauchte.

Ich konnte nicht sprechen, konnte nichts hören, konnte nichts sehen außer Mason. Meine Hände hoben sich vor mir in die Höhe, hatten ein Eigenleben, mein Blick war auf die Blutlache geheftet, die sich auf dem Beton ausbreitete, bis ihr Rand meine Knie erreichte.

»Daneben«, sagte Knox. Ich drehte den Kopf, reckte den Hals und sah zu, wie er die silberne Pistole ein klein wenig senkte. »Na ja, Mama hat ja auch gesagt, es wär wichtig, kaputtes Spielzeug wegzuschmeißen.«

Die Wut stieg wie ein Fieber in mir empor, brannte die allerletzten Reste des Zauderns weg. Und ich musste nicht einmal darüber nachdenken; es gab nichts zu entscheiden. Ich kam auf die Beine und fuhr zu ihm herum.

Er brauchte mich nur anzusehen, meinem Blick mit jenem arroganten Grinsen zu begegnen. Ich spürte, wie sich die aufwallenden Zorneswogen zu einem einzigen perfekten Zuschlagen verdichteten.

Knox' Verstand wölbte sich wie eine heiße Blase in meinem empor, schwoll jedes Mal mehr an, wenn ich ihn streifte, bis er schließlich aufplatzte und ein Schwall flüssiger Erinnerungen sich daraus ergoss. Ich hatte weder Geduld noch Interesse, sie näher zu betrachteten. Achtete nicht auf die zähen, geronnenen Erinnerungen an Fäuste und Gürtel und zornige Worte, die wie Bomben in seiner finsteren Welt hochgingen, drängte mich durch Militärakademien, Bürstenschnittfrisuren, Schläge und machte weiter Druck, bis Knox auf die Knie sank.

Es war, als wären sowohl die Luft als auch die Stimmen aller Anwesenden aus dem Raum herausgesaugt worden. Die Feuer knisterten, während sie den letzten Rest Holz in den Tonnen verzehrten. Ich hörte, wie Vida sich auf mich zuschleppte und scharf und schmerzlich nach Luft schnappte. Es war, als befänden ihre Gesichter sich in einer Umlaufbahn um uns herum, als gäbe es niemanden auf der Welt außer ihn und mir.

»Knox?« Der Junge neben ihm hatte noch immer seine Pistole auf uns gerichtet, doch er riskierte einen schnellen Blick auf Knox. Genau wie wir alle sah er zu, wie Knox die Finger in sein Haar krallte und anfing, sich vor- und zurückzuwiegen.

»Komm hier runter«, sagte ich kalt. »Sofort.«

Ein paar Kids machten halbherzige Versuche, ihn festzuhalten, doch er drängte sich an ihnen vorbei. Bei diesem Gedanken verspürte ich eine Flutwelle erregender Macht – ich hatte ihn jetzt so fest im Griff, dass er sie mit Gewalt abgewehrt hätte, um zu mir zu kommen. Er ließ eine Strickleiter über den Rand des Laufgangs fallen und fing an hinabzuklettern.

»Was ist denn los?«, rief irgendjemand. »Knox! Was zum Teufel geht hier ab?«

Knox taumelte an Vida vorbei, die dem Ganzen vom Boden aus mit weit aufgerissenen Augen zusah. Ich weiß nicht genau, ob ihr da schon alles klar wurde oder ob sie einfach nur die Gunst des Augenblicks nutzen wollte, doch sie hob das von Ruß und Schweiß gezeichnete Gesicht. Ihr Fuß schwang herum, brachte ihn ins Stolpern und ließ ihn unbeholfen vor mir auf dem Boden landen.

»Seid ihr jetzt zufrieden?«, schrie sie ihn an, die Kids um uns herum. »Habt ihr's geil gefunden, das zu sehen? Haben wir eure bescheuerte Prüfung bestanden?«

Anscheinend gab es nur eine einzige Person, die entschied, ob jemand die Prüfung bestand oder nicht, und das war derjenige, der gerade vor meinen Füßen auf den Knien gelandet war.

»Ich will, dass du dich entschuldigst«, befahl ich. »Jetzt gleich. Bei Mason. Bei allen hier, dafür, was du ihnen angetan hast, dass du ihnen nie das gegeben hast, was sie gebraucht oder verdient haben. Dafür, dass du sie gezwungen hast, gegen andere zu kämpfen, und so getan hast, als sei das unsere einzige Möglichkeit, in dieser Welt zu überleben.« Ich kniete mich vor ihm hin. »Ich will, dass du dich bei denen entschuldigst, die du draußen gelassen hast, damit sie *verrecken*, bei denen, von denen du gesagt hast, sie sind nichts wert, und die du behandelt hast, als wären sie unsichtbar. Zu deinem großen Pech sind sie nämlich für mich nicht unsichtbar.«

»Entschuldigung.« Es war ein dürftiges Flüstern, ein Schatten eines Wortes.

Etliche Jugendliche schnappten nach Luft, den meisten jedoch hatte es die Sprache verschlagen. Und noch immer konnte ich in ihren Gesichtern erkennen, dass ein einziges Wort nicht einmal annähernd genug war. Es würde niemals genug sein.

»Sag ihnen, wie du wirklich heißt«, befahl ich.

Seine Pupillen weiteten sich schlagartig, als versuche er, sich meiner Kontrolle zu entziehen. Ich fasste fester zu, und meine Lippen wölbten sich zu einem kleinen Lächeln, als er zitterte. »Wes Truman.«

»Und bist du der Flüchtling, Wes?«

Er schüttelte den Kopf und hielt den Blick auf den Boden gerichtet.

»Sag ihnen, wie du dir Lebensmittel beschafft hast«, sagte ich eisig. »Was passiert mit den Kids im Weißen Zelt, wenn du eine Packung Zigaretten brauchst?«

Ich konnte Schritte hören, die durch die herumliegenden Steinbrocken und den Schutt der eingestürzten Mauer heranschlurften, doch ich hielt die Augen fest auf diesen erbärmlichen Halbwüchsigen gerichtet, der da am Boden kauerte.

»Ich … tausche sie ein.«

»Bei den PSFs?«, hakte ich nach.

Er biss sich auf die Lippe und nickte.

Das Schweigen brach und krachte auf uns herab – erschrockene Ausrufe, wortlose Schreie, schwache Proteste, und ein Wort, das wieder und wieder fiel: *Orange.*

»Knall die doch mal jemand ab!«, brüllte ein Junge. »Schießt doch! Sonst macht die das mit uns allen!«

»Jetzt wisst ihr, was ich bin«, rief ich zu ihnen hinauf. »Aber das heißt, ihr wisst auch, dass jedes Wort, das gerade aus seinem Mund gekommen ist, wahr ist. Ihr seid die ganze Zeit angelogen und behandelt worden, als wärt ihr nichts wert und unfähig, selbst zu entscheiden, aber das hört heute Abend auf. Jetzt sofort.« Ich schaute mich nach Knox um, der wie betäubt seine nach oben gedrehten Hände anstarrte. »Ich will, dass du weggehst, noch heute Abend, und nie wiederkommst – es sei denn«, setzte ich an und blickte zu den Gesichtern über mir hinauf, »jemand von euch hat ein Problem damit.«

Ein Teil von mir muss gewusst haben, dass viele nur aus Angst schwiegen. Die Jungen, die eben noch aufbegehrt hatten, verstummten, sobald mein Blick über sie hinwegwanderte; ihre Finger würgten die Pistolen in ihren Händen. *Ihr seid alle einverstanden*, dachte ich. *Ihr seid einverstanden und werdet auch weiterhin einverstanden sein.*

So einfach war das. Das alles. Dieselben Jungen nickten und verschwanden allmählich in den Schatten; ich brauchte nur die richtigen Bilder in ihre Köpfe zu schicken und dabei rasch zwischen den vier oder fünf hin und her zu wechseln, bevor sie merkten, was ich getan hatte. Dann blickte ich wieder auf Knox hinab, und meine Oberlippe hob sich vor Abscheu, als ich seinen Verstand mit meinen ganz eigenen Visionen überflutete: Wie er sich in den kalten Schnee hinausmühte, wie er hustend, schwach, unfähig, sich zu verteidigen, immer weiter nach Westen zog und für alle Zeiten verschwand. Ich wollte, dass er jedes noch so kleine bisschen von der Desorientiertheit, den Schmerzen und dem Fieber am eigenen Leibe erlebte, die Liam durchgemacht hatte. Ich wollte, dass er von der Welt verschluckt wurde, die er geschaffen hatte.

Dann sah ich zu, wie er aufstand und sich dabei die Hände an dem rauen Boden aufschrammte. Langsam setzte er sich in Bewegung, stolperte hinaus, zwischen den Kids hindurch, die sich an der eingestürzten Mauer drängten. Einen Augenblick lang dachte ich, sie würden ihn wieder umdrehen und dann Front gegen mich machen, doch das Mädchen ganz vorn, Olivia, machte einen Riesenschritt zur Seite. Sie verschränkte die Arme vor der Brust und sah ihm mit kaltem, ungerührtem Blick nach. Ein Geräusch stieg von den anderen auf, als sie ihrem Beispiel folgten und einen Weg für ihn frei machten – ein zischendes, spuckendes, fauchendes Geräusch, das ausdrückte, was die meisten Worte nicht artikulieren konnten. Und dann kam es auch von denen, die über uns hockten, und so Monate, sogar Jahre der aufgestauten Wut und Furcht und Hoffnungslosigkeit herausließen. Die Intensität dieses Zischens nahm mir den Atem; ich hob die Hand und drückte sie gegen die Kehle. Mein Puls raste unter meinen Fingerspitzen.

Er war da, und dann war er weg. Ich fühlte, wie die Wut, die mich getrieben hatte, ihm zur Tür hinausfolgte, verging wie eine alte Erinnerung, in der schwarzen Nacht verschwand. Ich dachte daran – ihn wieder hereinzurufen, meine ich. Plötzlich kam es mir vor, als sei das nicht genug. Er hatte so viel Schlimmeres verdient. Warum hatte ich ihm überhaupt eine Chance gegeben, wenn er in seiner verdammten schwarzen Seele keinerlei Bereitschaft gefunden hatte, den Kids eine zu geben?

Vida kam zu mir herübergehinkt und musterte mich mit argwöhnischen Augen. Sie hielt Abstand zu mir, ballte die Hände im Stoff ihrer zerrissenen Hosen. Sah mich an, als hätte sie mich in ihrem ganzen Leben noch nie gesehen. Ich wollte sie gerade fragen, was los sei, als ich spürte, wie sich ein Arm in meinen hakte und mich herumzog.

Chubs' Lippen waren zu einem schmalen Strich zusammengekniffen, seine Augen waren hinter den Lichtspiegelungen in seinen Brillengläsern verborgen. Ich staunte, dass ich nach allem, was an diesem Abend passiert war, noch immer die Kraft hatte, mich von ihm loszumachen und zurückzuweichen. Er versuchte, mich abermals zu packen, mich hinauszulotsen, weg von den Blicken, die sich in meinen Rücken brannten.

Doch ich hatte keine Angst vor diesen Jugendlichen oder davor, was sie jetzt mit mir machen könnten, da sie wussten, was ich war. Hätte ich die richtigen Worte finden können, so hätte ich ihm das gesagt. Ich hätte ihm gesagt, dass ich vorher nicht stark genug gewesen sei, um unsere Gruppe zusammenzuhalten. Ich hatte nicht genug Kontrolle gehabt, nicht genug Macht, ihn und die anderen vor der Welt zu bewahren, die uns auseinanderreißen wollte. Jetzt hatte ich all das.

Die Stimmung im Raum war umgeschlagen, schlug gerade jetzt um – in diesem Augenblick fühlte ich mich mit jedem in diesem heruntergekommenen Lagerhaus so sehr verbunden, dass ich ihre Erleichterung praktisch auf der Zunge schmecken konnte wie kalten, süßen Regen. Es dauerte eine Weile, bis mir aufging, dass sie darauf warteten, dass ich den ersten Schritt machte.

Aus dem Augenwinkel sah ich Jude, der sich durch die Menge drängte, sein Brustkorb pumpte heftig vom Laufen. Der Chatter leuchtete in seiner Hand und vibrierte so laut, dass ich es hören konnte. In einem breiten Grinsen auf seinem Gesicht sah ich die einzige Bestätigung, die ich brauchte.

Doch dann wanderte sein Blick weiter, und es war offensichtlich, dass er mich gar nicht mehr sah. Nur die Zerstörung, nur die Feuer, die sich noch immer auf dem Beton hielten. Nur Mason, dessen ausdrucksloser, leerer Blick auf etwas gerichtet war, das wir nicht sehen konnten.

»Es ist alles okay«, versicherte ich ihm und brach damit das Schweigen. »Wir sind okay.«

Und es war egal, ob die anderen das wirklich glaubten. Sie folgten mir trotzdem alle nach draußen.

18. Kapitel

Wenn du das hier hören kannst, bist du einer von uns. Wenn du einer von uns bist, kannst du uns finden. Lake Prince. Virginia …

Clancys Stimme, die aus den Lautsprechern des kleinen Gettoblasters dröhnte, ließ jedes einzelne meiner Nackenhaare zu Berge stehen. Olivia hatte die Boombox an den Rand von Knox' Plattform gestellt, und Jude hatte die Batterien gerade so weit aufgeladen, dass wir fünf Minuten Zeit zum Zuhören hatten.

»Warum wird das immer noch gesendet?«, fragte ich. »Ich dachte, das kommt aus East River?«

Olivia schüttelte den Kopf. »Er hat mehrere Sendefrequenzen eingerichtet, damit die Botschaft weit nach Westen gesendet werden kann, bis nach Oklahoma. Wahrscheinlich hat er's nicht für wichtig gehalten, die anderen abzuschalten.«

Dies war das erste Mal, dass wir uns alle im Lagerhaus versammelt hatten, und es war das erste Mal, dass ich sie halbwegs zählen konnte. Einundfünfzig Jugendliche standen in einem Halbkreis um das kleine Gerät herum, wie gebannt von den Worten und dem statischen Knistern.

Als schließlich klar wurde, dass Olivia den Gedanken, sich das alles noch einmal anhören zu müssen, nicht ertragen konnte, schaltete sie das Radio aus. Der Bann der Stille und Neugier verschwand. Stimmen stiegen zum Dachgebälk empor, Fragen flogen hin und her, prallten von den wasserfleckigen Betonwänden ab. Sie wollten wissen, wessen Stimme das sei, wo die Boombox herkäme, wieso die Kids aus dem Weißen Zelt hier hereingeholt und die Feuertonnen ganz in ihrer Nähe aufgestellt worden waren.

»Ist das für euch der Beweis?«, fragte ich. »Knox war nie der Flüchtling, jedenfalls nicht der echte, und das hier ist nicht East River.«

Es nervte mich, dass das hier überhaupt nötig war. Die meisten hatten ganz offenkundig geglaubt, was ich gestern Abend gesagt hatte, doch ein paar Sturköpfe aus den Jagdtrupps hielten hartnäckig an ihrer Gefolgschaftstreue Knox gegenüber fest. Vielleicht war es nicht einmal das – ich glaube, sie hatten einfach Angst, dass sie jetzt nicht mehr den Löwenanteil an den Lebensmitteln bekommen würden, da Knox nicht mehr da war, um seine schwachsinnigen Regeln durchzusetzen.

Oder vielleicht hatten sie ihre Herzen wirklich dazu gebracht zu glauben, das hier sei East River.

Ich saß neben Olivia am Rand des Podests. Jetzt, da die Kids alle vor mir standen, konnte ich weitere Spuren von Knox' Grausamkeit erkennen. Verbrennungen. Diesen Hunger, der die Augen hervorquellen ließ. Das Zusammenfahren, wenn der Wind stöhnend durch die Ritzen im Dach fuhr.

»Genügt das allen?«, fragte Olivia und wandte sich an einen Jungen in Weiß, der direkt vor dem alten Radio stand. Brett war nicht länger einer von Knox' Wachhündchen. Er war ein Siebzehnjähriger aus Nashville, der noch nie in einem Lager gewesen war und der sich anscheinend schwer damit tat, wichtige Neuigkeiten zu verarbeiten.

»Noch mal«, sagte er mit heiserer Stimme. »Einmal noch.«

Irgendetwas lag in Clancys Stimme – es war wohl Zuversicht –, das einen dazu brachte, ganz genau auf jedes einzelne Wort zu lauschen, das er sagte. Ich rieb mir mit dem Handrücken die Stirn und stieß schließlich die Luft aus, als er endlich *Virginia* sagte.

»Woher wissen wir denn, dass *das* der Flüchtling ist?«, fragte Brett. Er war es gewesen, der die drei anderen Jagdtrupps und ihre Anführer zurückgerufen hatte – Michael, Foster und Diego. Er war es auch gewesen, der darauf bestanden hatte, uns zu überwachen, als wir uns an die traurige Aufgabe machten, Mason zu bestatten. Er hatte weder Hilfe noch Trost angeboten, auch als die Blasen auf meinen Handflächen bei meinen Bemühungen, die Schaufel ins gefrorene Erdreich zu treiben, aufgeplatzt waren.

Doch ich konnte ihn verstehen. Wir waren Außenseiter. Wir hatten das System über den Haufen geworfen. Ich hatte nur befürchtet, er wäre so beleidigt und wütend über unsere kleine Revolution, dass er die anderen überreden würde, die Medikamente nicht zu holen. Selbst jetzt ertappte ich ihn noch dabei, wie er immer wieder kurz über die Schulter blickte, dorthin, wo Chubs kniete und sich um die Kranken kümmerte.

Für mich wurde immer klarer, dass er ein Schlüsselglied in der Kommunikationskette war. Wenn er sich auf unsere Seite schlug, würden die anderen ganz natürlich folgen. Doch uns lief die Zeit davon. Das erkannte ich daran, wie Chubs jedes Mal die Lippen zusammenkniff, wenn er Liams Fieber maß.

»Ich bin nicht hier, um euch irgendwas anderes zu erzählen als die Wahrheit«, sagte Olivia. »Ich habe lange genug den Mund gehalten, habe gedacht, es würde besser werden oder er würde sich ändern. Hat er aber nicht getan. Er ist nur immer schlimmer geworden, und wenn Ruby ihn nicht weggeschickt hätte … Ich weiß nicht, was er als Nächstes gemacht hätte, aber ich weiß, dass keiner von denen da drüben es überlebt hätte.«

»Hat er die wirklich eingetauscht? Knox hat gesagt, sie hätten versucht abzuhauen und er hätte das geregelt.« Das kam von dem Mädchen, das an dem Tag, als wir hergebracht worden waren, auf Knox' Schoß gehockt hatte. Sie war eine der Ersten gewesen, der ich eine Decke aus dem Vorratsschuppen gegeben hatte. Wir hatten alles aus dem engen Gebäude herausgezerrt und es in der Mitte des Lagerhauses ausgebreitet, damit alle sehen konnten, was noch da war. Ein paar von den älteren Kids waren mutig genug gewesen, ihre Sachen wieder an sich zu nehmen, die meisten jedoch hatten uns nur verständnislos angesehen.

Wieder erhob sich Gemurmel, als Olivia nickte. »Elf von ihnen, zumindest seit ich hier bin.«

»Er hat getan, was er tun musste, um was zu essen ranzuschaffen«, fauchte Michael. »Wir mussten Opfer bringen. Das ist doch nur fair.«

»Wieso ist das fair, dass jemand, der krank ist, hungert, weil er zum Arbeiten zu schwach ist, und weil er nicht arbeitet, kann er nicht gesund werden?«, gab sie zurück. »Was ist daran fair?«

Olivia stemmte sich hoch, sodass sie aufrecht auf der Plattform stand. Sie warf ihr schlaffes blondes Haar nach hinten und richtete sich hoch auf. »Hört zu – so muss es nicht sein. Ich war in East River, und ich hab gesehen, was das alles sein kann. Ich habe Winter dort erlebt und Sommer und alles dazwischen, und ich habe nie gehungert, nicht ein einziges Mal. Ich hatte nie Angst. Es war … es war schön da, weil sich jeder um jeden gekümmert hat.«

Ich wartete darauf, dass die Axt niederfuhr, darauf, ihre Gesichter zu sehen, wenn sie ihnen verkündete, dass es dieses kleine Stückchen Himmel nicht mehr gab, und dass der Mensch dahinter nichts als eine Maske war. Doch Brett, der sichtlich Mühe damit hatte, all dies zu verarbeiten und zu akzeptieren, schaute sie an, und die Anspannung in seinem Gesicht ließ mit jedem Wort mehr nach, bis er schließlich nickte.

»Das können wir hier auch haben«, fuhr sie fort. »Das weiß ich. Es gibt Platz, um Gemüse anzubauen, Möglichkeiten, uns besser abzusichern. Der Flüchtling muss nicht nur eine Person sein, und East River muss nicht nur ein Lager sein. Wir können unser eigenes East River schaffen.«

»Und wie sollen wir das damit schaffen?«, wollte Michael wissen. Er schüttelte den Kopf, und der zerrissene Kragen seines Hemdes klaffte auf und enthüllte die blassen, rosafarbenen Brandnarben, die sich wulstig über Hals und Schultern zogen. Mit dem Daumen zeigte er auf den dürftigen Vorratshaufen. »Du bist genauso blöd, wie du hässlich bist, wie?«

»Hey!«, blaffte Brett ihn an und machte einen großen Schritt auf ihn zu.

Michael wich mit höhnischem Grinsen zurück.

»Wir fangen damit an, dass wir dafür sorgen, dass die da hinten am Leben bleiben«, fuhr Olivia fort, »dass wir *alle* diesen Winter überleben. Wenn ihr Ruby und mir bei diesem Einsatz helft, haben wir für Monate genug zu essen. Wir retten ihnen das Leben – und gleichzeitig auch uns selbst.«

»Und wo ist dieses magische Märchenland, hä?«, bohrte Michael nach.

»In einem der Hangars auf dem John C. Tune Airport«, schoss Olivia zurück und erwiderte unbeirrt seinen Blick. »Weiß jemand, wo das ist?«

Brett hob die Hand. »Das ist ein paar Kilometer westlich von hier, glaube ich – allerhöchstens fünfzehn.«

»Okay«, sagte Olivia. Ihre Jeans hingen ihr locker von den Hüften, halb verborgen von der Jacke, die sie für sich aus dem Haufen gefischt hatte. »Das ist machbar.«

»Nein«, fauchte Michael, »das ist eine *Falle*. Und jeder, der bereit ist, bei diesem Scheiß mitzumachen, verdient, was er kriegt.«

Die Kids in Weiß – die Jäger – begannen, unruhig von einem Bein aufs andere zu treten. Mein Verstand regte sich zur Antwort. Gerade hatte ich meinen Blick auf ihn gerichtet, als Olivia abermals das Wort ergriff.

»Hört zu, wenn das hier klappen soll – und es kann und *wird* klappen –, dann muss sich hier einiges ändern. Wir können keine reine Horde Blauer sein. Nein – nein, *hört doch mal zu*!« Olivia hob die Stimme, um die erschrockenen Proteste zu übertönen. »Hier geht's nicht um Farben. Darum hätte es nie gehen sollen. Das hier muss ein Ort sein, wo wir uns nicht nach Farben unterscheiden. Das hier muss ein Ort des Respekts sein. Wenn ihr einander nicht respektieren könnt und eure jeweiligen Kräfte, wenn ihr nicht bereit seid, einander zu helfen, das zu verstehen, dann ist das hier nicht der richtige Ort für euch.«

»Und wieso hast du das zu entscheiden?« Michael ließ nicht locker. »Wer genau bist du eigentlich, hier einen auf Chefin zu machen? Wir hatten ein System, das bisher verdammt gut funktioniert hat. Willst du etwa, dass wir weich werden? Es gibt einen Grund dafür, dass wir uns nur mit anderen Blauen abgegeben haben – ihr anderen seid so gottverdammt erbärmlich, dass ihr nichts auf die Reihe kriegt, ihr könnt euch ja nicht mal selbst schützen.«

Olivia zögerte, ihre eigenen Selbstzweifel hatten unter der von Narben gezeichneten Haut gebrodelt. Diese Zweifel strahlte sie aus, infizierte jeden, der in ihrer Nähe stand. Sie schien vor meinen Augen dahinzuwelken. Ich fühlte, wie mich ein kleiner Ruck der Panik durchfuhr, wie ein zweiter, unerwünschter Herzschlag. Noch waren wir hier nicht fertig. Ich brauchte ihre Hilfe – sie musste jetzt stark sein.

»Schwarz ist hier die Farbe.«

Ich kämpfte mich durch den Ansturm der Erinnerungen, ließ genau diese Worte über mich hinwegfluten. Hörte sie, sanft von Liams Südstaatenakzent gewellt, genau wie damals, als er das all die Monate zuvor gesagt hatte. »Schwarz ist immer noch die Farbe.«

Sie begriff. Ich brauchte keine großen Worte, um es zu erklären, und eigentlich gab es auch gar keine Worte dafür, was dieser Ort für uns gewesen war. Wir waren zusammen dort gewesen, hatten zusammen gearbeitet, zusammen gelebt, zusammen überlebt. East River war nicht nur ein Lager gewesen – es war eine Idee, ein Leuchtfeuer. Ein Glaube. Clancy mochte der Flüchtling gewesen sein, aber das war auch jeder andere Jugendliche, der das System austrickste. Der sich nicht widerstandslos fügte. Der sich nicht für das schämte, was er war.

»Klug sein heißt nicht weich sein«, fuhr ich fort. »Wenn ihr gehen wollt, jetzt ist der richtige Zeitpunkt. Aber seid euch darüber im Klaren, dass ihr von heute an ständig auf der Flucht sein werdet, bis sie euch kriegen. Immer.«

»Das ist doch bescheuert!«, schrie Michael. »So läuft das doch nicht! Wenn ihr glaubt, irgendeiner von meinen Jungs macht da mit …«

»Dann haut doch ab«, sagte Olivia. »Wenn euch das nicht passt, zieht Leine. Das hier haut nur hin, wenn ihr hier sein wollt. Nehmt, was ihr braucht, und macht euch vom Acker.«

Ich stieß mich von der kleinen Plattform ab und ging direkt auf ihn zu. Michael hatte nur aus scharfen Kanten und stählerner Haut bestanden, als ich weiter weg gewesen war, jetzt jedoch konnte ich sehen, wie er zitterte. Er war einen ganzen Kopf größer als ich, war zig Kilo schwerer, war bewaffnet – und nichts davon spielte eine Rolle. Ich brauchte mich nicht in seinen Kopf zu stehlen, um zu wissen, dass dort der gestrige

Abend von Neuem ablief. Das seine Gedanken immer wieder zu dem zurückkehrten, was ich mit Knox gemacht hatte.

Was ich mit ihm nicht machen kann.

Die Erkenntnis traf mich mit voller Wucht ins Gesicht, ließ mich wie angewurzelt stehen bleiben. Ich konnte ihn beeinflussen, das war überhaupt keine Frage. Doch er hatte so gar kein Blatt vor den Mund genommen und war mir gegenüber so eindeutig feindselig gewesen, dass sein plötzlicher Sinneswandel Verdacht erregen würde, wenn ich ihn jetzt umkrempelte. Alle würden wissen, dass ich mit ihnen dasselbe machen könnte und auch machen würde. Sie hätten immer noch genau so viel Angst vor mir, nur wären sie dann motiviert genug, um etwas zu unternehmen.

Schwer atmend starrte Michael mich an. Olivia war sofort hinter mir, die Arme vor der Brust verschränkt. Er leckte sich die Lippen und setzte sich in Bewegung; das alte Jagdgewehr an seiner Seite klapperte unter der Wucht seiner Schritte.

»Nein, Mann, komm schon«, sagte ein anderer in Weiß gekleideter Junge. »Wir brauchen doch nicht hierzubleiben.«

Michael zuckte die Schultern, schüttelte den Griff des anderen ab. Er schaute zur Tür des Lagerhauses hinüber, dann fuhr er zu Brett herum. »Du auch, wie?«

»Wenn was schiefläuft, muss man's in Ordnung bringen«, sagte Brett leise.

Nur fünf der acht Jungen aus Michaels Jagdtrupp folgten ihm hinaus, ohne ein einziges verdammtes Wort und ohne irgendetwas von dem Ausrüstungshaufen zu nehmen. Ohne auf das Winken der Hände zu achten, die sich in stummem Abschied nach ihnen ausstreckten. Und nur einer drehte sich um und blickte mich an.

Ich sah, wie sich der Plan in seinem Verstand entfaltete, als hätte er ein Buch aufgeschlagen und blättere die Seiten für mich um. Nachts zurückkommen, *umblättern*, sich ins Lagerhaus schleichen, *umblättern*, jede einzelne Kugel in ihren Waffen auf die Kids abfeuern, die in kleinen, unter Decken zusammengekauerten Grüppchen schliefen, *umblättern*, zu fünft sämtliche Lebensmittelvorräte wegschleppen, die wir beschaffen würden.

Mein Rückgrat verwandelte sich von Knochen in Granit und dann in Stahl. Ich schüttelte den Kopf und fegte den Plan glatt aus seinem Schädel.

»Sonst noch jemand?«, fragte Olivia und betrachtete die zusammengedrängten Scharen vor ihr. »Nein? Schön. Dann machen wir uns mal an die Arbeit.«

Die ehemaligen Bewohner des Weißen Zeltes waren neben die Vorräte gelegt worden, in einem Ring aus Wärme von den flammenden Mülltonnen um sie herum. Chubs, der sich über Vidas Schultern beugte, schaute auf, als ich mich durch den Ring hindurchquetschte. Der Rauchgeruch beschwor eine finstere Erinnerung nach der anderen herauf. Ich holte tief Luft und drückte die Hand auf den Mund, bis Masons Gesicht nicht mehr hinter meinen Augen stand, und stieg über die schlafenden Kids hinweg. Er hatte sie wieder in zwei Reihen gelegt, aber diesmal nicht dicht übereinander geschichtet.

»Du machst das echt beschissen!«, grollte Vida. »Wie, hast du deine Harke im Auto vergessen? Kipp einfach Wasser drüber, und lass es verdammt noch mal in Ruhe.«

Sie saß im Schneidersitz vor Chubs, die Ellenbogen auf den Knien und das Gesicht fest in die Hände gedrückt. Es war jetzt jedes Mal ein Schock, wenn ich sie ansah, ein hässliches kleines Andenken an gestern Abend. Als wir ins Lagerhaus zurückgekehrt waren, war uns allen klar gewesen, dass der größte Teil von Vidas langem Haar nicht mehr zu retten war. Glücklicherweise war es ihr gelungen, die Flammen zu löschen, bevor sie ihre Kopfhaut erreichten, doch die blauen Spitzen waren verkohlt und zu ungleichmäßigen Büscheln versengt. Mit einem wilden Blick hatte sie das kleine Messer genommen, das Chubs aus dem Vorratsraum geschmuggelt hatte, und sie eigenhändig abgeschnitten. Jetzt lockte sich ihr welliges Haar um Ohren und Kinn.

»Mit einer Harke ginge das hier wirklich schneller«, brummte Chubs. »Aber ich gehe mal davon aus, dass du Wert auf den Luxus legst, Haut auf dem Rücken zu haben.«

Er leckte sich den Schweiß von der Oberlippe. Der langwierige Prozess, die verkohlten Stücke ihres Hemdes von den Verbrennungen auf ihren Schultern abzulösen, hatte vor einer Stunde begonnen, und wir litten alle Höllenqualen, während wir zuhörten, wie er versuchte, den Bereich zu desinfizieren.

»Verpiss dich!«, zischte sie. »Du riechst nach ungewaschenem Arsch.«

»Wie läuft's?«, erkundigte ich mich und hockte mich neben ihn.

»Könnte besser sein«, knurrte er, »könnte auch schlimmer sein.«

»Ich mach dich kalt«, stieß Vida hervor, und ihre Stimme bebte vor Schmerzen. »Ich mach dich so was von kalt.«

Die Pinzette in Chubs' Hand hielt inne, nur für einen Augenblick. Er räusperte sich, doch als er sprach, war die Hitze aus seiner Stimme verflogen. »Bitte. Wenn das bedeutet, dass ich fünf Minuten Ruhe vor dir habe, kannst du das meinetwegen gern tun.«

»Könnte sehr viel schlimmer sein«, bemerkte ich und schaute mich abermals um. »Ich hab die Liste mit all den Medikamenten, die du Jude gegeben hast, aber soll ich noch nach irgendwas anderem Ausschau halten?«

Er legte das Tuch wieder ins Wasser. »Sterile Mullkompressen für Vidas Verbrennungen, alles, was du an Desinfektionsmittel findest, Alkoholtupfer oder so. Eigentlich sämtliche kompletten Erste-Hilfe-Koffer, wenn sie welche haben.«

»Und wie sieht's mit sonstiger Medizin aus?«, wollte ich wissen und zwang mich, Liams reglose Gestalt nicht anzusehen. »Noch irgendwas, womit man Lungenentzündungen behandeln kann?«

Chubs rieb sich mit dem Handrücken die Stirn und schloss die Augen. »Es gibt sonst nichts, und selbst dann wirkt das Medikament nur, wenn es eine bakterielle Lungenentzündung ist. Wenn's eine Viruspneumonie ist und schon so schlimm, dann weiß ich nicht mal, ob eine Infusion helfen würde.«

»Es gibt sonst nichts, nicht mal in deinem Buch?«

Er hatte darauf bestanden, den ganzen Weg bis zum Auto zurückzumarschieren, um irgendein medizinisches Lehrbuch zu holen, das sein Dad ihm geschenkt hatte, weil er seine Medikamentenliste damit abgleichen wollte.

Chubs schüttelte den Kopf.

Ich spürte, wie der Schrei ganz unten in meiner Kehle heranwuchs. *Nicht er. Nicht Liam. Bitte nimm ihn mir nicht auch noch weg.* Ich überlegte, ob sich so all die Eltern gefühlt hatten, nachdem das mit IAAN öffentlich gemacht worden war und sie wussten, dass eine Chance von achtundneunzig Prozent bestand, dass ihre Kinder es nicht schaffen würden, ganz gleich, was sie unternahmen, um ihnen zu helfen.

»Wann gehst du los?«, fragte Chubs. »Und wer geht mit dir?«

»In ein paar Stunden«, antwortete ich. »Die meisten Jagdtrupps, aber ein paar von den Jungs bleiben hier. Und Vida.«

Die Schüsse, die eben im Kopf des Jungen aufgeblitzt waren, hatten ausgereicht, dass ich mir Gedanken darum machte, was sie vielleicht sonst geplant haben könnten, um sich heute

Nacht ihr früheres Zuhause zurückzuholen. Wenn sie dumm genug waren, irgendetwas zu versuchen, würden sie sich für ihre Mühe bestimmt einiges an Schmerzen und ein ernsthaftes Trauma einhandeln.

»Und inwiefern soll das ein Trost sein?«, wollte er wissen.

Vida streckte den Arm nach hinten und versuchte, irgendeinen Teil von ihm mit der Faust zu treffen, an den sie gerade herankam, egal welchen.

»Das war's«, verkündete sie und gab Fersengeld. Die Streifen des Hemdes, das er zerrissen hatte, um ihre Brandwunden damit zu verbinden, fielen aus seinem Schoß, als er sich nach ihr streckte. Wir sahen, wie sie durch den Feuerkreis um uns herum stolperte; Chubs' Augen wurden bei jedem unbeholfenen Schritt schmaler, den sie machte. Nachdem sie zwischen den Jugendlichen verschwunden war, die um uns herumwuselten, wandte er sich langsam zu mir um.

»Doch«, sagte ich. »Du musst ihr nach.«

Herausfordernd zog er die Brauen empor.

»Das infiziert sich doch sonst«, ermahnte ich ihn.

»Die würde einen Heiligen zum Mörder machen. Zu einem Mörder Marke ›Zehn Stichwunden im Oberkörper‹.«

»Gut, dass du kein Heiliger bist.«

Daraufhin stand er auf, hielt mir ein Handtuch und einen Eimer mit warmem Wasser hin und machte eine vage Bewegung in Richtung der kranken Kids hinter uns. »In fünf Minuten bin ich wieder da. Mach dich nützlich, und hilf ihnen, Wasser zu trinken.«

Ich ging die Reihe der Jugendlichen hinunter, weckte sie aus ihren Fieberträumen, hielt ihnen einen Plastikbecher mit Wasser an die Lippen. Abgesehen davon, ihnen den Mund mit Gewalt zu öffnen und ihnen das Wasser in den Hals zu kippen, konnte ich nicht viel tun, um sie dazu zu bringen, es hinunterzuschlucken. Ich wischte ihnen die Gesichter sauber, so gut ich konnte, und stellte eine Reihe Fragen wie: »Hast du Schmerzen?« Oder: »Geht's dir schlechter als gestern?«

Nur ein Mädchen war imstande, mir zu antworten. *Ja*, hatte sie geflüstert. Auf jede Frage ein schmerzliches, leises *Ja*.

Heftiges Husten lenkte meinen Blick dorthin, wo ein wohlbekannter Kopf mit zotteligem Haar sich abmühte, unter der babyblauen Decke hervorzukommen, die über ihm lag. Er versuchte, sich auf die Ellenbogen hochzustemmen; sein Brustkasten pumpte vor Anstrengung. Es waren seine flachen, flatterigen Atemzüge, die mir Sorgen bereiteten – die Art und Weise, wie seine Arme unter seinem Gewicht zitterten.

»Hör auf«, sagte ich und eilte zu ihm hinüber, »bitte – ist ja gut, leg dich einfach wieder hin.«

Liams Augen waren weit aufgerissen, rot gerändert und von Prellungen umgeben, die noch immer nicht ganz verblasst waren. Seine Arme gaben unter ihm nach, und ich packte ihn an den Schultern und legte ihn sanft wieder hin. Seine Augen wichen nicht von meinem Gesicht, ihr Blau war irgendwie blasser, heller und glasig vor Fieber.

»Vorsicht«, sagte ich leise. Nachdem sie seine brennend heiße Haut berührten hatten, fühlten sich meine Hände ebenso kalt wie leer an, als ich sie wegzog.

»Was ist denn los?«, flüsterte Liam und bemühte sich zu schlucken. »Was läuft denn hier?«

»Chubs ist nur schnell was holen gegangen«, antwortete ich leise. »Er kommt gleich wieder.«

Liam nickte ganz leicht und schloss mit einem leisen Seufzer die Augen. Ich wollte ihm gerade das lockige Haar aus der Stirn streichen, als er mir das Gesicht zuwandte und mühsam die Lider öffnete.

»Du bist … unheimlich hübsch. Wie … wie heißt du?«

Die Worte keuchten und pfiffen aus ihm heraus, dass einem schier das Herz stehen blieb, doch ich war so verblüfft, wie klar er war, dass ich mehrere kostbare Augenblicke brauchte, um zu antworten.

»Ruby«, wiederholte er mit dem warmen, liebkosenden Tonfall seines Südstaatenakzents. »Wie *Ruby Tuesday*. Das ist schön.«

Und dann löste sich Liams Miene vollständig auf. Seine Brauen zogen sich zu einem Ausdruck äußerster Konzentration zusammen, seine Lippen wiederholten wieder und wieder lautlos jenes eine Wort.

Ruby.

Ich kniete mich neben ihn, zog den Eimer heran. Dann stützte ich eine Hand neben seiner nach oben gedrehten Handfläche auf den Boden.

»Ruby«, sagte er noch einmal, und seine hellen Augen waren trübe. »Du, Cole hat gesagt … er hat gesagt, wir sind uns nie begegnet, und ich dachte … ich dachte, es wär ein Traum.«

Ich nahm den Lappen und fing an, ihm mit sanften Strichen Schmutz und Ruß aus dem Gesicht zu wischen. Es war okay so, sagte ich mir. Ich berührte ihn ja nicht direkt. Die Bartstoppeln an seinem Kinn knisterten, als ich mit dem Lappen darüberfuhr. Ich konzentrierte mich auf die kleine weiße Narbe in seinem Mundwinkel. Konzentrierte mich darauf, nicht meine Lippen auf diese Stelle zu drücken, ganz gleich, wie sehr es sich anfühlte, als verginge ich und verschmölze mit ihm.

»Ein Traum?«, hakte ich nach und hoffte, dass er weitersprach. »Was war das denn für ein Traum?«

Es war nicht … nein, das war nicht möglich. Ich hatte erlebt, dass Menschen verwirrt wurden, nachdem ich mit ihren Erinnerungen herumgemacht hatte, dass ihnen Einzelheiten nicht mehr ganz klar waren, aber ich hatte doch jede einzelne Spur von mir säuberlich aus Liams Verstand herausgepickt. Ich hatte mich mit Luft und Schatten ersetzt.

Ein schwaches Lächeln wölbte seine Lippen. »Ein schöner.«

»Lee …«

»Ich brauche … die Schlüssel.« Seine Stimme wurde leiser. »Wir gehen … Ich glaube, Zu ist … Sie ist in dem Gang, mit … in dem mit …«

Gang?

»Ich will nicht, dass die Typen … sie sehen. Sie werden ihnen was tun, beiden …«

Ich wich zurück, doch Liams Hand fand irgendwie auf dem Boden die meine, und seine Finger schlossen sich darum, hielten mich dort fest. »Was denn für Typen? Zu ist in Sicherheit, niemand wird ihr was tun.«

»Der Walmart … Ich hab ihr gesagt, ich hab gesagt, geh mit … Sie ist bei … Nein, wo ist sie? Wo ist Zu?«

»Sie ist in Sicherheit«, beteuerte ich und versuchte, die Hand wegzuziehen. Sein Griff war hartnäckig, als wolle er mir mit aller Kraft etwas verständlich machen, und je mehr er sich abmühte, desto schwerer bekam er Luft. Ich legte ihm meine freie Hand an die Wange, beugte mich über sein Gesicht. »Liam, sieh mich an. Zu ist in Sicherheit. Du musst dich entspannen. Alles wird gut. Sie ist in Sicherheit.«

»Sicherheit.« Das Wort klang hohl. Er schloss die Augen danach. »Geh nicht wieder weg«, flüsterte er. »Geh nicht irgendwohin, wohin ich dir nicht folgen kann, bitte, nicht noch mal.«

»Ich bleibe hier«, versprach ich und fuhr mit dem Daumen über seinen Wangenknochen.

Du musst damit aufhören. Du musst hier weg. Sofort.

»Lüg mich nicht an«, flüsterte er undeutlich, ganz dicht vorm Einschlafen. »Das hier ist … ein Ort, wo wir nicht …«

Ich sah nur dunkle Punkte und hörte hämmerndes Blutrauschen, als ich in die Höhe schoss. Heftig presste ich die Hand auf den Mund und wartete darauf, dass ich wieder klar sehen konnte, versuchte, nicht über die Kids in der Nähe zu stolpern. Ich wusste, was er hatte sagen wollen; ich hatte diese Worte schon einmal gehört, hatte sie selbst ausgesprochen, doch es gab … Es war doch nicht möglich …

Das hier ist ein Ort, wo wir nicht lügen müssen.

»Ruby?«

Vida und Chubs standen vor den Feuertonnen und musterten mich mit besorgten Mienen. Wie lange hatten sie schon da gestanden und zugehört? Chubs machte einen Schritt auf mich zu, doch ich wehrte ihn mit einer Geste ab. »Alles okay, er hat nur …«

Ich hockte mich hin, legte den Kopf in die Hände und holte mit Gewalt zweimal tief Luft.

Unmöglich.

»Bist du sicher?«, fragte Chubs noch einmal, und seine Stimme klang kälter als zuvor. »Bist du fertig mit diesem Spielchen?«

Ich nickte, den Blick auf den Boden vor seinen Füßen geheftet. Mein Magen drehte und wand sich. Ich konnte hören, wie Liam mit der Decke kämpfe, die sich zwischen seinen Beinen verheddert hatte; jäh regte sich mein Verstand.

»Findest du es in Ordnung, jetzt so total lieb zu ihm zu sein und ihn noch mehr durcheinanderzubringen? Du hast doch immer noch vor, dir den USB-Stick zu krallen und uns wegen der League sitzen zu lassen, stimmt's?«, wollte er wissen. »Was passiert, wenn er aufwacht?«

»Dann wird sie hier mit Trauermiene rumlaufen und so tun, als sei sie ihm in ihrem ganzen elenden, jämmerlichen Leben noch nie begegnet«, sagte Vida und ließ sich ein kleines Stück entfernt nieder. »Das hier ist nämlich ein Abgreifen-und-abhauen-Einsatz. Und Ruby *weiß* das doch auch, oder? Sie hat doch gesagt, sie wird nicht zulassen, dass ihre Gefühle ihr hierbei ins Gehege kommen, oder etwa nicht?«

Ich schluckte heftig. »Ich weiß. Kannst du … Sagst du ihm, warum wir hier sind?«

»Die Wahrheit?«, fragte Chubs mit scharfer Stimme.

Es begann als Hustenlaut, doch ich erkannte das heftige Japsen hinter mir als das, was es war. Liam kämpfte gegen seine Decke, versuchte, sich an den Hals zu greifen, während er um den nächsten Atemzug rang. Er schnappte nach Luft, wollte sich auf die Seite drehen, schaffte es jedoch nicht. Unmöglich zu sagen, wer von uns zuerst reagierte. Als ich Liams Seite erreichte, war Chubs ebenfalls da, richtete seinen Freund auf und stützte ihn, damit er nicht erstickte.

»Alles okay«, sagte Chubs und beugte sich vor, damit er ihm auf den Rücken klopfen konnte. Er klang ganz ruhig, doch der Schweiß stand ihm auf der Stirn. »Immer schön einen Atemzug nach dem anderen. Das wird schon wieder. Du bist okay.«

Er hörte sich nicht an, als wäre er okay. Er hörte sich an, als würde er …

Er wird sterben. Meine Hände krallten sich in mein Haar. Nach allem, was geschehen war, würde er hier sterben, würde kämpfen und scheitern und davontreiben an einen Ort, wo ich ihn nicht erreichen konnte.

»Wasser?«, fragte Vida und kam mit einer Plastikflasche in der Hand angehumpelt. Ich hasste ihre harten Augen. Das Urteil, das ich sie über Liams Zustand fällen sah, und den mitleidigen Blick, den sie mir zuwarf.

»Nein«, wehrte Chubs ab. »Dann verschluckt er sich vielleicht. Ruby, er wird wieder; ich sorge dafür, dass er wach bleibt und sich bewegt. Ich brauche diese Medikamente, ich brauche Flüssigkeit, Wärmflaschen, irgendwas. Und zwar schnell.«

Ich nickte, ballte die Hände zu Fäusten und amte wieder und wieder tief und feucht durch.

»Ruby!« Judes Stimme schwebte zu uns herüber, kurz bevor er am Rand des Feuerscheins erschien und eine wohlbekannte schwarze Jacke hochhielt. »Ich hab sie gefunden, ich hab sie gefunden, ich hab sie gefunden!«

»Nicht so laut«, zischten wir alle drei.

»Komm her!« Ich winkte ihn herbei und nahm ihm die Jacke ab, ehe sie aus Versehen Feuer fangen konnte. In Coles Erinnerungen hatte ich die Jacke nur ganz kurz zu Gesicht bekommen, und da war sie von den Schatten, die dort wirbelten, halb verborgen gewesen – doch die hier sah ihr durchaus ähnlich, obgleich sie gar nicht schwarz war. Es war eine dunkelgraue Wachsjacke mit Flanellfutter, und selbst nachdem sie von ihrem gegenwärtigen Besitzer getrennt gewesen war, roch sie immer noch nach ihm. Kiefernadeln, Feuer, Rauch und Schweiß. Ich fühlte sowohl Vidas als auch Chubs' Blick, als ich mit den Fingern den Saum entlangfuhr, bis sie den harten, rechteckigen Gegenstand fanden, den Cole in das dunkle Futter eingenäht hatte.

»Er hat recht.« Ich reichte die Jacke an Vida weiter. »Lass das Ding erst mal da drin, wir schneiden's raus, wenn wir aufbrechen.«

Mein Blick wanderte wieder zu Liams aschfahlem Gesicht. Beim nächsten Hustenanfall verzerrte es sich vor Anstrengung, doch ich fand, es klang kräftiger, als huste er sich frei. Jude stand unschlüssig hinter mir und bekam das alles mit. Der Stolz, der ihm aus dem Gesicht strahlte, verrann, und seine Hand schloss sich fest um meine Schulter, um entweder ihn oder mich zu stützen. Wahrscheinlich beides.

»Kannst du Olivia sagen, dass es von mir aus losgehen kann?«, fragte ich. »Und – *hey!*« Ich bekam ihn hinten am Hemd zu fassen. »Such dir was Wärmeres zum Anziehen, ja?«

Ein unbeholfener Salut war alles, was ich für diese Worte bekam. Vida zog mit einer selbstgefälligen Miene à la »Gott steh dem Kleinen bei« die Brauen hoch, als er davonhopste. Möglicherweise hatte sie ja recht, und ich hätte ihn zwingen sollen hierzubleiben, doch wir konnten unmöglich vorhersagen, mit was für Technik wir es zu tun bekommen würden. Vielleicht traf er ja nicht einmal ein Ziel aus einem Meter Entfernung oder konnte keine dreißig Meter weit rennen, doch als Gelber war Jude gezielt dafür ausgebildet worden, mit elektronischen Schlössern und Alarmanlagen klarzukommen.

Ich half Chubs, Liam wieder hinzulegen, doch er bekam meine Hände zu fassen, ehe ich zurückweichen konnte. Sein Blick huschte vom blassen Gesicht seines Freundes zu meinem.

»Ist das hier wirklich besser, als wenn ihr einfach zusammengeblieben wärt?«

Ich zuckte zurück.

»Meinst du nicht, dass du ihn *vielleicht* überschätzt hast, wenn's darum geht, ohne uns auf seinen lahmen Arsch aufzupassen?«, fragte Chubs. »Nur ein ganz kleines bisschen?«

Besser war es nicht, aber es war auch nicht unbedingt schlimmer. Chubs konnte an diesem Schorf herumpulen, so viel er wollte, konnte jedes Mal mit dem Finger darauf zeigen, wenn die Wunde erneut zu bluten begann, doch er verstand das nicht. Der Liam da vor uns war ein Spiegelbild der Welt, in der zu leben wir gezwungen waren, und so grausam und hart das auch war – wenigstens war es nicht der Liam, zu dem die League ihn gemacht hätte: ein brutales, gnadenloses Spiegelbild dessen, wie die Welt *sein sollte*.

»Mir gefällt das nicht.«

»Ich weiß«, flüsterte ich und beugte mich über Liams hingestreckte Gestalt, um die Arme um Chubs' Hals zu legen. Falls ihn mein Gefühlsausbruch überraschte, so ließ er es sich nicht anmerken. Stattdessen klopfte er mir sanft auf den Rücken, ehe er sich abwandte, um Vida zu Ende zu behandeln. »Du machst mich wahnsinnig, aber wenn dir was passiert, drehe ich durch. Bist du dir hundertprozentig sicher, dass du weißt, was du tust?«

»Ja«, antwortete ich. Unglücklicherweise. »Ich bin doch ausgebildet worden, weißt du noch?«

Sein Mund verzog sich zu einem freudlosen Lächeln. »Wenn ich daran denke, wie wir dich gefunden haben …«

Chubs brauchte den Satz nicht zu vollenden. Ich wusste, was ich gewesen war: ein völlig verängstigtes kleines Mädchen, das schon vor langer Zeit gebrochen worden war. Ich hatte nichts und niemanden und wusste nicht, wo ich hinsollte. Vielleicht war ich noch immer gebrochen und würde es auch bleiben – aber jetzt setzte ich mich wenigstens allmählich wieder zusammen, fügte eine zackige Bruchkante an die nächste, immer eine nach der anderen.

19. Kapitel

Wir warteten gerade eben, bis die Sonne untergegangen war, ehe wir aufbrachen. Der frühe Sonnenuntergang war eine der wenigen Segnungen eines rasch herannahenden Winters. Geistesabwesend versuchte ich nachzurechnen, wie viel Zeit genau vergangen war, seit ich mich auf die Suche nach Liam gemacht hatte. Zwei Wochen? Wenn überhaupt. Es war Dezember; ich erinnerte mich an die Digitalanzeige auf dem Bahnhof in Rhode Island. Ich rechnete rückwärts.

»Wir haben deinen Geburtstag verpasst.«

Wir waren ganz hinten in dem Rudel, waren wie von selbst dorthin gedriftet, während Olivia und Brett vorn das Kommando übernommen hatten.

Irgendein Springsteen-Song, den Jude leise vor sich hin gesummt hatte, wurde mittendrin abgewürgt. »Was?«

»Der war letzte Woche«, erklärte ich und streckte den Arm aus, um ihn zu stützen, als er über einen umgekippten Baum sprang. »Heute ist der 18. Dezember.«

»Echt?« Jude verschränkte die Arme und begann sie zu reiben. »Fühlt sich wohl auch so an.«

»Fünfzehn«, meinte ich mit einem leisen Pfiff. »Du kommst ganz schön in die Jahre, Alter.«

Ich machte Anstalten, mir den Wollschal vom Hals zu winden, doch er winkte ab und marschierte weiter; seine Rettungshelferjacke knisterte beim Gehen. Für eine so große Gruppe bewegten wir uns ziemlich leise durchs Unterholz – ließen hier und da ein paar Zweige knacken, brachen durch verborgene Eiskrusten. Wir befanden uns ohnehin noch immer zu tief in einem Waldgebiet, das laut Brett Cheatham Wildlife Management Area hieß, um große Aufmerksamkeit zu erregen.

»Oh! Du hast ihn wiedergefunden?«, fragte ich, als ich etwas Silbernes in Judes Hand aufblitzen sah.

Jude hielt es mir hin. Es war eine runde, fast völlig flache Scheibe. Das Silber, mit dem sie überzogen war, glitzerte in dem einsamen Mondstrahl, der durch die Äste drang. Ich nahm ihm den Kompass aus der Hand und legte das warme Metallding auf meine Handfläche. Das Glas war an zwei Stellen gesprungen.

»Ja«, sagte er und nahm ihn wieder an sich. »Einen Moment … ach, ist ja egal.«

»Egal?«, wiederholte ich ungläubig. »Was ist los?«

»Es ist nur, einen Moment lang hab ich mich echt gefreut, dass ich ihn gefunden hatte, weißt du? Und dann dachte ich plötzlich, vielleicht sollte ich ihn lieber doch nicht mitnehmen.«

»Weil?«

»Weil Alban ihn mir doch geschenkt hat«, sagte er. »Ein paar Tage, nachdem ich ins HQ gekommen bin. Er hat immer wieder gesagt, wie stolz er wäre, dass ich zur League gehören würde, aber es ist … Ich glaube, jetzt bin ich gar nicht mehr so stolz dazuzugehören.«

Ich stieß einen langen Seufzer aus und versuchte, die richtigen Worte zu finden. Jude zuckte bloß abermals die Achseln und zog sich die Schnur über den Kopf. Der Kompass verschwand unter seiner Jacke, und ich dachte: *Das ist der Unterschied.* Das war der grundlegende Unterschied zwischen uns beiden. Nachdem ich einmal in der Wirklichkeit aufgewacht war, konnte ich nicht wieder zu dem Traum zurück – Jude jedoch konnte noch immer tief in seinem Herzen hoffen, dass der Traum da sein und auf ihn warten würde, wenn er bereit war zurückzukehren. Nach allem, was passiert war, glaubte er immer noch, die League könnte anders sein, besser, geheilt.

Ich war bei Weitem nicht schlecht in Form, aber mit leerem Magen über einen Hügel nach dem anderen zu marschieren, die ganze Zeit durch dicken Mulch aus totem Laub zu stapfen und mich dabei zu bemühen, nicht immer wieder an Liam zu denken, machte mir allmählich zu schaffen. Judes Magen hatte allein in der letzten halben Stunde nicht weniger als viermal geknurrt, und auch wenn er anscheinend immun dagegen war, reizbar zu werden wie der Rest von uns, merkte ich doch, wie ihm langsam die Kraft ausging.

»Wir sind fast da«, versicherte ich ihm und schoss einen bösen Blick auf Bretts Hinterkopf ab. Es war nicht seine Schuld; wir hatten nun mal keine Autos, um die Leute zu transportieren. Es war darüber diskutiert worden, den Cumberland River hinunterzufahren, doch Brett fand, nach dem Hochwasser sei die Strömung zu unberechenbar für ihre Flöße. Also gingen wir zu Fuß, mit aus den Zelten geschnittenen Stoffstücken als behelfsmäßigen Vorratsbeuteln.

Wir marschierten fünfzehn Kilometer, sechzehn, siebzehn. Meine Finger waren steif gefroren, nicht einmal indem ich sie mir unter die Achseln klemmte, konnte ich das Blut darin wieder zum Fließen bringen.

Jude presste die Lippen zusammen und griff nach oben, um seine Mütze zurechtzurücken. Da sie in so einem ungeschickten Winkel auf seinem Lockenkopf saß, bog sie ihm die Ohren nach außen, sodass die noch größer aussahen, als sie in Wirklichkeit waren. Einen bizarren Augenblick lang spürte ich, wie mir bei diesem Anblick das Herz ein ganz kleines bisschen weiter wurde.

»Jedenfalls«, verkündete Jude, der Meister des ungeschickten Themenwechsels, »das hier wird echt voll der Hammer. So was von der Hammer. Wir stürmen voll da rein, so«, er schnippte mit den Fingern, »schnappen uns die Medikamente und was zu essen, und dann sind wir wieder draußen. *Bam!*« Er ballte beide Fäuste und spreizte dann ruckartig die Finger. »Die werden gar nicht merken, dass wir da sind, bis wir schon wieder weg sind. Wir werden voll die Legende sein!«

Jude redete immer von »die«, aber das war das Problem – wir wussten nicht, wer für den Flugplatz zuständig war oder warum sie dort Vorräte horteten. Ich hatte versucht, Cate und Nico noch eine Nachricht zu schicken, aber sie hatten noch nicht geantwortet, als wir aufgebrochen waren.

Wir gingen noch immer nach Osten, auf das Stadtzentrum von Nashville zu, doch der Fluss folgte keiner geraden Bahn. Er bildete abermals eine Schleife, genau vor uns.

Ich schob mich zur Spitze der Gruppe durch. Meine ausgestreckte Hand fand schließlich Olivias Schulter, und sie griff nach hinten und zog mich an den Rand des Cumberland River.

»Mann«, lautete Judes einziger Kommentar.

Bis wir auf jene erste Barriere stießen, hatte ich nicht wirklich begriffen, wieso die Stadt, Monate nachdem das Hochwasser zurückgegangen war, nach wie vor gesperrt war. Aber es war wie bei allen Katastrophen, das Aufräumen war fast immer schlimmer als der Stress des eigentlichen Desasters. Kein Wunder, dass der Boden unter meinen Stiefeln mehr oder weniger zu einem Sumpf geworden war, kein Wunder, dass der Fluss noch immer über die Ufer trat. Die anfänglichen Unwetter waren so heftig gewesen, dass sie ganze Häuserteile in den Fluss geweht und gewaltige Flusskähne umgekippt hatten, die gestrandet in der Sonne rosteten. Das Ganze war wie ein fürchterlich verstopftes Abflussrohr. Das Wasser konnte nicht seinen natürlichen Lauf in die Stadt hinunternehmen, und das hieß, dass es noch immer die nahe gelegenen Wiesen und Wälder überschwemmte.

»Es ist gleich da drüben«, sagte Brett und zeigte auf ferne weiße Umrisse. Wie aufs Stichwort fing ein rotes Licht auf einer dieser Silhouetten regelmäßig zu blinken an. »Schön, dass Gray und seine Jungs dazu gekommen sind, diese Schweinerei zu beseitigen, so wie er's hoch und heilig versprochen hat.«

»Sollen wir ... schwimmen?«, fragte ich und gab mir Mühe, keine Grimasse zu schneiden.

Olivia drehte sich zu mir um und hob unsere einzige Taschenlampe. Die narbige Hälfte ihres Gesichts verzog sich zu einem aufrichtigen Lächeln. »Nein. Wir spielen Bockspringen.«

Wie sich herausstellte, hieß »Bockspringen« bei einem Haufen Blauer im Großen und Ganzen, dass man sich damit abfand, wie eine Stoffpuppe von einem schwimmenden Gegenstand zum nächsten geschmissen zu werden. Das System, das sie ausgearbeitet hatten, war beeindruckend. Der Fluss war zu breit, als dass die Blauen einen anderen Jugendlichen mithilfe ihrer Kräfte bis ganz nach drüben hätten bugsieren können. Stattdessen bediente sich Brett des Schadens, den die Flut angerichtet hatte; er hob Olivia hoch und setzte sie mit beachtlicher Präzision und Behutsamkeit auf dem emporragenden Bug eines halb gesunkenen Lastkahns ab. Sie wiederum schickte den nächsten Blauen noch ein Stück weiter, auf das Dach von etwas, das wie ein abgesoffener Wohnwagen aussah. Nachdem die drei in Position waren, konnten sie jeden von uns ohne große Schwierigkeiten weiterreichen. Endlich landete ich auf den Knien am anderen Ufer.

Wir bahnten uns abermals einen Weg durch eine dichte Baumgruppe und kamen schlammverschmiert und nass vom neuerlichen Regen heraus. Die Startbahn war kürzer als die,

die ich auf größeren Flugplätzen gesehen hatte, und mit Flugzeugen aller Art und Größe vollgestellt. Zwischen den Hubschraubern und den kleinen Ein-Mann-Maschinen standen grün-braune Militärfahrzeuge. Der Flugplatz wurde also doch nicht mehr benutzt – und wenn die Flugzeuge und Lastwagen hier draußen standen, dann hieß das, es bestand wirklich eine gute Chance, dass Cates und Nicos Informationen stimmten und in den Hangars etwas gelagert war.

Irgendjemand – dem Aussehen der Fahrzeuge nach die Nationalgarde – hatte halbherzig einen Maschendrahtzaun um die Startbahnen und Hangars gezogen, mit Schildern, auf denen Sachen wie »Kein Zutritt« und »Hochspannung« standen. Olivia warf einen Stein, der mit einem ganz leisen Klappern abprallte und im Matsch landete. Jude entwand sich dem Griff, mit dem ich sein Hemd gepackt hatte, und kroch auf dem Bauch durchs Gras.

»Hey«, flüsterte ich. »Jude!«

Er tippte den Zaun mit dem Finger an und dann zur Sicherheit gleich noch einmal, ehe er zu uns zurückgehastet kam. »Da ist ungefähr so viel Strom drauf wie auf meinem Schuh«, wisperte er.

Da stimmt doch was nicht, dachte ich. Wenn es hier etwas gab, was sich zu besitzen lohnte, dann wären doch Leute hier, um es zu bewachen, oder?

Wieder suchte ich mit dem Blick das Flugfeld vor uns ab, während Ausbilder Marchs Stimme in meinen Ohren hallte. *Wenn's zu gut aussieht, zu einfach, dann stimmt das nie und nimmer.* Und die Simulation, die wir danach durchgeführt hatten – bei der Vida und ich ein Lagerhaus gestürmt hatten –, hatte den Beweis dafür geliefert. Sicher, draußen war die Luft rein gewesen. Die Agenten, die die Rolle der Nationalgardisten übernommen hatten, hatten drinnen auf uns gewartet.

»Ruby«, stöhnte Jude. »Jetzt *komm* schon.«

Zwischen den Bäumen und den Hangars gab es keine richtige Deckung, doch das hielt Brett und ein paar andere nicht davon ab, an uns vorbeizuhuschen und weiterzurennen. Selbst Olivia schaute genervt zu mir herüber, ehe sie aufstand und hinter den anderen herjoggte.

»Na schön«, sagte ich zu Jude. »Bleib dicht bei …«

Doch er war bereits auf den Beinen und stürmte ebenfalls los, wand sich zwischen den Wagen und Flugzeugen auf der Startbahn hindurch. Ich holte die anderen ein, als sie schließlich am Rand des Asphalts anhielten und sich hinter die letzte Fahrzeugreihe kauerten.

»Ich nehme Brett und Jude mit«, sagte ich und nahm die Taschenlampe von Olivia entgegen. »Zweimal blinken für ›Alles klar‹, einmal für ›Haut ab‹. Okay?«

»Hier *ist* doch niemand, Ruby.«

»Und das kommt euch nicht komisch vor?«, zischte ich zurück. Überall um uns herum waren Reifen- und Fußspuren; wären die alt gewesen, so wären sie doch nach tagelangem Regen weggewaschen worden. Die nahe gelegenen Parkplätze waren weitgehend leer oder standen voller großer Fernlaster. Hin und wieder flackerte ein Licht über sie hinweg, doch abgesehen davon war der Flugplatz dunkel.

Jeder Nerv meines Körpers kribbelte, als ich nach einer Runde um das Gebäude wieder mit Brett zusammentraf. Mit dem Kinn deutete ich dorthin, wo wir Jude wartend zurückgelassen hatten.

»Das ist zu einfach«, gab Brett endlich zu und schulterte sein altes Gewehr. »Wo zum Teufel sind die denn alle?«

Bitte nicht in den Hangars, dachte ich. *Bitte.* Das hier war meine Idee – ich hatte sie dazu gedrängt, und es wäre an mir, uns hier rauszuholen, wenn uns das Ganze um die Ohren flog.

Cate hätte uns nicht hergeschickt, wenn sie es für zu gefährlich gehalten hätte, sagte ich mir, nicht wenn die Möglichkeit bestand, dass wir erwischt wurden.

»Ruf die anderen her«, wies ich Jude an und brachte jene kleine Stimme zum Schweigen, ehe sie mir echte Angst machen konnte.

Ich zählte die anderen noch einmal, als sie auf uns zugerannt kamen. Eins, zwei, drei – bis einundzwanzig.

Der Jagdtrupp drückte sich in den Schatten von Hangar I., die Rücken an der Wand, während sie mit den Augen das dunkle Flugfeld absuchten. Das Hangartor war mit einer Serie eindrucksvoller Ketten verrammelt, die wir unmöglich durchschneiden konnten, doch es gab noch einen Nebeneingang, und diese Tür hatte, genau wie ich es vorausgesagt hatte, eine Art elektronisches Schloss, das aussah, als sei es aus fernerer Zukunft herbeigebeamt worden.

»Geh mal zur Seite«, sagte Jude und scheuchte mich mit beiden Händen weg. »Hier kommt der Chef.«

»Vorsicht«, warnte ich. »Wenn das Ding komplett verschmort, löst das wahrscheinlich auch Alarm aus.«

»Ganz ehrlich«, erwiderte er und betrachtete das Display mit zusammengekniffenen Augen. Es leuchtete instinktiv auf, als er davortrat, und zeigte eine digitale Zahlentastatur. »Du tust, als hätte ich so was noch nie gemacht.«

»Hast du ja auch nicht«, gab ich zurück. »Normalerweise legt Nico die Alarmanlage per Fernsteuerung lahm.«

»Kleinigkeit.« Jude winkte mit einer Hand ab und legte die andere flach auf den Bildschirm. »Sei still, auf dass der Meister sein Werk verrichten kann.«

»Kann der Meister sich vielleicht mal beeilen?«, zischte Brett und hüpfte von einem Bein aufs andere, die Arme vor der Brust verschränkt. Auch ich spürte allmählich den Biss des Winters.

Der Schweiß, der mir übers Gesicht lief, fühlte sich an, als wäre er nur zwei Grad davon entfernt, zu festen Eiskristallen zu gefrieren.

»Zähl bis drei«, hauchte Jude, »und drück dann auf die Türklinke. Fertig?«

Ich schlüpfte um ihn herum und packte die Klinke. »Los.«

Bei drei wurde der Bildschirm der Anlage schwarz, und ich wartete gerade lange genug, um das Schloss knacken zu hören, bevor ich die Tür mit der Schulter aufdrückte. Als das Display wieder aufleuchtete, warf es einen unheimlichen roten Schein auf herabrieselnde Schneeflocken.

Ich wartete auf das schrille Kreischen eines Alarms, auf das blendende Aufleuchten von Scheinwerfern, die unsere kleine Gruppe in ihrem Lichtkreis sichtbar machten. Ich wartete darauf zu spüren, wie Jude sich neben mir voller Furcht gegen die Wand drückte. Ich wartete, wartete, wartete. Doch da war nichts, worauf man warten müsste.

»Okay«, rief Jude. »Ich hab das System überlistet; es denkt, die Tür wäre zu – wir müssen nur dafür sorgen, dass sie offen bleibt, dann kriegen wir keine Probleme.«

»Nicht schlecht!«, flüsterte ich.

Die anderen rannten an uns vorbei und hinterließen eine Spur aus Schlamm und Schneematsch auf der Betonrampe. Wir rochen wie nasse Hunde, die sich in einem Aschenbecher gewälzt hatten.

Jude grinste, als er hinter den anderen hineinflitzte. Irgendjemand schaltete die Deckenbeleuchtung ein und überflutete den Raum mit makellosem Weiß. Ich hielt mir mit einer Hand die Augen zu und versuchte, mich an das grelle Licht zu gewöhnen.

Jetzt lag eine seltsame Spannung in der Luft; ich spürte, wie Judes Stimmung von freudiger Erregung zu jener Art von

Schock umschlug, die sich immer so anfühlt, als kriege man einen Ziegelstein ins Gesicht. Das geschah so schnell und unverhofft, dass ich mich fast nicht traute, den Hangar selbst in Augenschein zu nehmen.

»Heiliger Scheißdreck.«

Metallregale zogen sich durch den hallenden Raum; sie waren so ähnlich aufgestellt wie in einer Bibliothek, waren aber bestimmt zwei- bis dreimal so groß. Die Soldaten hatten sie in ordentlichen Reihen ausgerichtete; der dicke pfirsichfarbene Anstrich des Betonbodens wies noch die Schrammen und Schleifspuren auf, die das bewiesen. Auf den Regalen stapelten sich Paletten und Kartonpyramiden. Viele waren unbeschriftet, noch mehr waren fest in durchsichtige Plastikfolie verpackt.

»Was ist denn das für eine Sprache?«, wollte Olivia wissen. Sie trat gegen die nächste Kiste und stieß mit der Stiefelspitze Staub und Dreckklumpen herunter. Die Kiste war an einer Seite eingedrückt; das dünne Holz splitterte, als sei sie aus großer Höhe herabgestürzt und verkehrt herum auf einer Wiese gelandet.

»Chinesisch?«, riet Jude. »Japanisch? Koreanisch?«

Ich kannte die Worte nicht, die dort standen, doch das schlichte rote Kreuz, das darüber aufgedruckt war – *das* kannte ich.

Dem amerikanischen Roten Kreuz waren, so man den Nachrichten Glauben schenkte, das Geld und die Vorräte ausgegangen, nachdem alle Im- und Exportgeschäfte mit den Vereinigten Staaten gestoppt worden waren. Die Leute hatten Angst, IAAN könnte ansteckend sein und in der Fremde unerlaubt von Bord gehen, könnte als blinder Passagier in einem Paket oder einem Menschen mitreisen, um ein anderes, gesünderes Land heimzusuchen. Als die Wirtschaft erst am Boden lag, hatte die

Organisation kaum noch genug Geld, um sich zwei weitere Jahre über Wasser zu halten.

Was zum Teufel war das hier also?

»Liv, schau dir das an!«, rief einer der Jungen. Er und ein paar andere hatten die Plastikfolie aufgeschnitten und ließen mithilfe ihrer Kräfte Kartons von den oberen Regalborden herabschweben. Einer davon war bereits aufgerissen, sein feuermelderroter Inhalt rutschte über den Boden. Ich hob eins der roten Pakete auf, die herausgefallen waren, und war verblüfft über sein Gewicht und die rechteckige Form. Darauf war eine Zeichnung von einem Mann, der sich Essen in den Mund schiebt und einer Fahne, beides unter den Worten »Tages-Hilfsration«.

»›Dieser Beutel deckt den kompletten Nährstoffbedarf einer Person für einen Tag ab‹«, las Olivia vor. Darunter waren noch weitere Zeilen – vielleicht auf Französisch und Spanisch?

»›Lebensmittelspende des chinesischen Volkes‹«, las ich zu Ende und reichte ihr das Päckchen zurück.

Einige um uns herum schnappten nach Luft, doch die meisten anderen hatten sich auf das nächste Regal gestürzt, zerrten Kartons herunter, auf denen »10 24-Stunden-Rationen, NATO-Freigabe« stand.

»Das Zeug hier ist aus England, glaube ich.« Jude hatte einen der Kartons aufgerissen und begutachtete ein Merkblatt, das darin gewesen war. »Das … das ist ja so viel. Streichhölzer, Suppe, Schokolade … o mein Gott, sogar Tee!«

»Nimm mit, was wir brauchen«, wies ich ihn an, »aber schau dich nach den Medikamenten um. Siehst du irgendwelche?«

»Das hier kommt aus Russland!«, hörte ich Brett aus dem nächsten Gang rufen.

»Hier ist Zeug aus Deutschland, Kanada, und ich glaube, aus Japan«, rief Olivia zurück.

»Und aus Frankreich und Italien auch«, meldete sich eine weitere Stimme. »Da steht überall Tagesrationen drauf!«

Ich zog das dünne Blatt Papier, auf das Chubs seine Liste gekritzelt hatte, hervor und hielt es ins Licht. Seine Handschrift war so schlampig und unleserlich wie eh und je, der Stift, den er aus dem Haufen gefischt hatte, hatte angefangen zu klecksen, als er bei *Penicillin* angekommen war. Er hatte sämtliche verschiedenen Unterarten unter diesem Wort aufgelistet: *Amoxicillin (Amoxil), Ampicillin (Imacillin), Benzylpenicillin (Crystapen) …*

Ich joggte die Gänge hinunter, musterte die Kartons und Kisten mit wachsamen Augen. Noch mehr Lebensmittel, Müllsäcke, die anscheinend voller Decken waren, alles verpackt, alles mit Flaggen gekennzeichnet, die ich nicht kannte. Überall waren rote Kreuze, auf allem. Schmutz und abgestorbene Grasbüschel klebten an den Kanten. Das hatte alles mal draußen gelegen, ging mir auf. Vielleicht von Flugzeugen abgeworfen? Cate hatte mal Gerüchte erwähnt, von ausländischen Hilfsgütern, die in manchen Teilen des Landes abgeworfen wurden, doch diese Gerüchte waren verstummt, als niemand Beweise dafür gefunden hatte.

»Noch eine Minute!«

Das Herz schnellte mir aus dem Brustkorb bis in die Kehle; die Luft, die zwischen meinen Zähnen hindurchpfiff, klang laut in meinen Ohren. Hier hinten war es ruhiger, unter den Plastiktrögen, die an der Hinterwand des Hangars hoch aufgestapelt waren. Ich bückte mich und wischte den Staub von der durchsichtigen Seite eines Behälters. Noch mehr von diesen komischen roten Paketen. Ich ging zum nächsten und lauschte dabei halb dem beklommenen Geflüster, das von der anderen Seite des Hangars herüberdrang.

Ich hörte erst auf zu suchen, als mein Blick über den wohlbekannten gebogenen Hals des goldenen Schwans der Leda Corp glitt. Chubs' Liste flatterte zu Boden, als ich mich auf die Zehenspitzen stellte, um nachzusehen, was in diesem Behälter war. Leda Corp bedeutete Medizin, das hatten mich meine Erfahrungen als Passagier in Frachtflugzeugen gelehrt. Ich packte den Plastikdeckel, so gut ich konnte, und fing an, das Ding hervorzuzerren. Jude rief nach mir, seine Stimme übertönte die der anderen.

»Komm schon, komm schon«, knurrte ich, während meine Arme vor Anstrengung zitterten.

Der Behälter öffnete sich jäh, als er auf dem Boden landete; ich wühlte in den in durchsichtige Folie gehüllten Päckchen mit Ampullen und sterilen Kanülen, bis ich einen der Penicillin-Namen wiedererkannte, die Chubs aufgeschrieben hatte. Von denen nahm ich so viele, wie ich nur konnte, schaufelte sie in meinen Beutel. Auf einem anderen Behälter stand »Impfstoff«, doch in dem darunter waren Mullbinden, Wattepads und Wundbenzin.

»Ich brauche hier mal ein bisschen Hilfe!«, rief ich. Einer meiner Beutel war bereits voll, und der zweite füllte sich ebenfalls rasch. Wir brauchten mehr. Liam brauchte mehr.

Schritte hallten schwer und schnell auf dem Beton. Ich merkte, wie jemand hinter mir vorbeistürzte und dabei etwas vor sich hin murmelte, das ich nicht ganz verstand. Ein Blick über die Schulter zeigte mir, dass die Hälfte der Gruppe eine letzte Runde durch die verschiedenen Gänge drehte und dabei schwer an den neuen Lasten ihrer Beutel schleppte.

»Ruby!«

Es war nicht das Kieksen in Judes Stimme, das mich herumfahren ließ – es war der plötzliche, überwältigende Gestank nach abgestandenem Zigarettenrauch.

Ich war nicht schnell genug. Hastig bog ich mich zur Seite,

wollte den Arm hochreißen, um den Schlag abzuwehren, doch das Messer traf mich noch, bevor der Faustschlag gegen meinen Hinterkopf knallte.

Ich weiß nicht, ob ich aufschrie. Mein Unterkiefer sackte bei der Schmerzexplosion herunter; ich versuchte, mich abzustützen, als ich vornüber gegen die Behälter kippte, doch eine Hand schloss sich um meinen Pferdeschwanz und riss mich zurück. Ich hatte keine Chance, das Gleichgewicht wiederzufinden. Die Pistole wurde mir hinten aus dem Hosenbund gerissen, ehe ich klar genug denken konnte, um sie zu ziehen.

Michael atmete schwer und unregelmäßig, mehr aus Wut, dachte ich, als vor Anstrengung. Das Messer, oder was auch immer er benutzte, drehte sich ganz unten in meinen Rücken, und diesmal schrie ich, das wusste ich. Der Arm, der quer über meiner Brust lag, rutschte hoch, um sich gegen meine Kehle zu pressen, meine Pistole hielt er fest in der Hand. Er rammte sie mir unters Kinn, drückte es so hoch, wie es meine Halswirbelsäule zuließ, ohne zu brechen. Ich konnte nicht atmen, konnte nicht schlucken, konnte mich nicht bewegen.

»Vermisst du mich?«, zischte er.

Ich versuchte, den Kopf nach hinten zu rammen, mich ihm zu entwinden, irgendetwas, um mich zu befreien. *Du bist okay*, sagte ich mir. Nicht die Wirbelsäule, nicht die Nieren, nur …

»Danke, dass du den Laden hier gefunden hast«, fuhr Michael fort und stieß mich heftig vorwärts gegen die Behälter. Er beugte sich herab und schob die Lippen dicht an mein Ohr heran. »Du und die anderen, ihr könnt euch richtig vollfressen, bis die PSFs kommen, ja?«

Die Wucht, mit der Jude mit der Schulter voran in uns hineinkrachte, war nicht groß genug, um Michael ganz von mir wegzustoßen, doch sie reichte aus, dass ich mich umdrehen und ihm das Knie in den Leib rammen konnte. Ich hörte, wie das Messer mit einem saugenden Geräusch aus meiner Haut glitt und klappernd zu Boden fiel. Judes Lockenkopf hechtete im selben Moment danach wie Michael. Meine ganze rechte Seite brüllte vor Schmerz, als mein Fuß auf sein Gesicht zuschnellte.

»Dreckstück!«, schrie er, und dann flog ich rückwärts, knallte gegen die Regale gegenüber. Jude wurde in eine andere Richtung geschleudert, auf Brett und Olivia zu, die den Gang hinunterkamen, um nachzusehen, was los war. Ein Schuss fiel – noch einer –, und das Licht wechselte von Weiß zu blinkendem Rot, und danach wurde alles von einem pulsierenden Kreischen verschluckt.

20. Kapitel

Ich weiß nicht, wie ich aus dem hinteren Teil des Hangars in den vorderen kam, nur dass Jude mich unter der einen Schulter stützte und Olivia unter der anderen, als sich die schwarzen Fusseln von meinem Gehirn lösten und das übelkeiterregende grelle Licht der Deckenbeleuchtung sich zu unerträglicher Helligkeit erwärmte. Und dass wir zusahen, wie Michael und vier andere unsere Waffen und unsere Beutel mit Lebensmittelrationen einsammelten.

Rechts von ihnen stand mit leerem Blick Knox und zitterte wie das letzte Blatt an einem Baum im Herbst.

Das hatten Michael und die anderen also vorgehabt – ihren ehemaligen Rudelführer zu suchen. Schien ihnen jetzt allerdings nicht allzu viel zu nützen. Knox brabbelte vor sich hin und wiegte sich vor und zurück, und seine Lippen formten immer wieder dasselbe Wort: *weggehen, weggehen, weggehen.*

»Eure Entscheidung!«, brüllte Michael gerade. Der Lärm hatte aufgehört, nicht aber das Blinken. »Ihr habt doch Wildfremde Knox vorgezogen! Und *mir*! Ihr wollt uns alles wegnehmen und uns rausschmeißen? Wir haben dieses verdammte Lagerhaus gefunden! Wir haben das alles aufgezogen!«

Jude zitterte – nicht vor Angst oder Kälte, sondern vor flammendem Zorn. »Wenn ihr das Zeug also nicht haben könnt, dann darf es überhaupt niemand haben – so läuft das?«, fragte er, und sein Arm fasste meine Taille fester. »Ihr findet euer Leben zum Kotzen, also müssen alle anderen genauso mies drauf und erbärmlich und ausgehungert sein wie ihr?«

»Ich *bin* nicht erbärmlich – keiner von uns ist erbärmlich! Wenn sie ihn nicht total fertiggemacht hätte, würde Knox euch das sagen. Schau ihn dir doch an – *schau ihn dir an!* Willst du etwa, dass die das mit dir macht? Möchtest du ihre Freakshow noch mal vorgeführt bekommen?«

»Glaub mir …« In einem schwachen Versuch, die dunklen Flecken vor meinen Augen zu vertreiben, schüttelte ich den Kopf. »Wenn ihr die Beutel da nicht hinlegt und euch in zwei Sekunden vom Acker macht, seid ihr die Nächsten.«

Er hob die Pistole, doch Olivia und Brett stellten sich vor mich.

Links von mir bewegte sich etwas. Ich schaute gerade noch rechtzeitig hin, um zu sehen, wie einer aus Michaels Team die Tür wieder aufriss. Einer von ihnen musste sie zugemacht haben, begriff ich. Deshalb war der Alarm überhaupt erst losgegangen.

»Wir müssen weg!«, schrie der Junge. »Sie fahren gerade vor!«

Mein Innerstes erstarrte zu Stein. Wenn *sie* hier waren, war es schon zu spät.

»Nicht!«, warnte Brett, doch Michael packte Knox und folgte den anderen trotzdem in die Nacht hinaus. Zwei Herzschläge lang herrschte Schweigen. Ich schloss die Augen und wandte mich von dem Gebrüll und dem Jaulen der Automotoren ab, von den Gewehren und den Uniformen. Ein Schuss fiel. Hundert antworteten.

»Runter!«, befahl ich und riss Jude zu Boden. Die Kugeln prallten größtenteils von dem großen Hangartor ab, gleich rechts von dem Nebeneingang, durch den wir gekommen waren, ein paar jedoch durchschlugen das dünne Metall und blieben in ebenjenen Vorratsregalen stecken, die wir gerade geplündert hatten.

Mein Verstand ging allmählich aus den Fugen, hämmernde Kopfschmerzen bildeten ein Echo für jeden Schmerzstich in meinem Rücken. Ich wischte mir den Schweiß von der Oberlippe; ich brauchte gar nicht mit Brett aufzustehen oder eine Möglichkeit zu finden, einen Blick nach draußen zu werfen. Mir war klar, was ich sehen würde – vier dumme, tote Jungen und eine Horde in Schwarz und Tarnfleck, die gerade eine Verteidigungslinie bildete.

»Ich zähl bis dreißig«, meldete einer der Blauen. *Ich weiß nicht mal, wie du heißt,* dachte ich wie betäubt, *und du bist trotzdem mitgekommen. Du wirst meinetwegen draufgehen.*

Als ich mich erhob, verspürte ich einen überwältigenden Brechreiz. *Wir sind tot. Ich habe uns getötet.*

»Das wird ein Kinderspiel, nicht wahr?«, bemerkte Brett und räusperte sich. »Die haben Knarren, aber wir haben Grips. So mag ich das.«

»Ein ordentlicher Schubs sollte reichen«, pflichtete Olivia ihm bei. »Ich kann die Hälfte über den Fluss schaffen, so wie wir gekommen sind, aber jemand anders sollte versuchen, mit den anderen den Umweg zu nehmen.«

Brett fuhr sich mit der Hand durch sein dunkles Haar und lachte leise auf. »Meinst du mit *jemand anders* mich? Bist du so scharf darauf, mich loszuwerden?«

Die Blauen teilten sich in zwei Gruppen auf, nahmen ihre Plätze hinter Brett und Olivia ein, und angesichts der Absurdität dessen, was wir gleich tun würden – die da draußen umschubsen wie Spielplatzrabauken und dann versuchen, vor den Kugeln davonzurennen, die folgen würden –, hätte ich am liebsten laut geschrien.

Ich stand ganz am Rand des Gewusels und des Lärms und

fühlte mich seltsam losgelöst von dem, was um mich herum vorging. Jude jedoch – der marschierte zielstrebig durch die allgemeine Panik und drängte sich durch die anderen zum Sicherungskasten an der Wand.

»Stellt euch alle an der Tür auf«, sagte er, während er das kleine Schloss am Deckel des Kastens mit einem Feuerlöscher zertrümmerte, der ganz in der Nähe gehangen hatte. Dann warf er das verbogene Metallteil hinter sich und zog den grauen Deckel auf. Mit den Zähnen zog er seinen rechten Handschuh aus und legte die bloße Hand auf das Sicherungssortiment. Die Anzeigen darüber fingen an, sich wie wild zu drehen, ihre winzigen roten Zeiger verschwammen.

»Ihr schubst sie um, und ich leg mit einem Schwinger nach.« Er klang ganz ruhig – viel zu ruhig für ihn.

»Was machst du denn da?«, fragte ich. Die Luft fühlte sich wärmer an, kitzelte auf meinem Gesicht. Der rotbraune Haarschopf vor mir fing an, sich aufzustellen und zu knistern. Ich trat einen Schritt zurück, doch erst als das Licht plötzlich ausging und der Alarm verstummte, konnte ich die blauen Funken sehen, die an seinen Händen und Armen entlangzuckten.

»Ruby, du musst den Türöffner drücken.« Schon wenn ich neben ihm stand, stellten sich die Haare an meinen Armen auf.

»Was machst du denn?«, fragte ich noch einmal. Er schien sich vor meinen Augen in zwei Judes aufzuspalten. Ich blinzelte, doch der Lichtschein, der ihn umgab, verschwand nicht.

»Verlass dich auf mich«, erwiderte er, und in seiner Stimme lag diese unnatürliche Ruhe. »Ich krieg das hin.«

Er zählte von drei rückwärts und zwang die Blauen so, sich hastig so aufzustellen, wie er es befohlen hatte. Jude, genau in der Mitte der Reihe, achtete sorgfältig darauf, niemanden zu berühren; die anderen schienen sich um ihn herumzubiegen, reagierten auf seine Aufladung und die veränderte Stimmung.

Nein, dachte ich und schluckte das Wort wieder hinunter. *Nein, nicht da*. Nicht da, wo sie dir etwas tun können.

»Eins!«, ertönte Judes Stimme.

Meine Hand klatschte gegen den Türöffner.

Der Schnee hatte sich in heftigen Regen verwandelt, während wir hier drinnen gewesen waren. Er fiel in dichten Schwaden, verzerrte die Lichtkegel der Spots, die die Soldaten aufgestellt hatten. Die weißen Strahlen fluteten auf unsere Füße zu und wanderten unsere Beine hinauf, während sich das enorme Rolltor immer weiter hob. Jude wartete, bis das Licht seine Brust traf, dann ballte er beide Fäuste.

Da waren gar keine Spots, begriff ich. Bloß die Scheinwerfer der vier Lastwagen, die im Halbkreis um das Hangartor herum geparkt hatten. Die meisten Soldaten hatten hinter den grünen Fahrzeugen Stellung bezogen, stützten die Gewehrläufe auf den Kühlerhauben ab, um sicherer zielen zu können. Gut zwei Dutzend knieten vor den Lastwagen auf dem Boden, die Gewehre im Anschlag, die Helme auf dem Kopf.

Über uns kam das Tor kreischend zum Stehen.

Ein paar der in Tarnfleck gekleideten Soldaten setzten sich unwillkürlich auf die Fersen zurück oder hoben die Gesichter von den Visieren ihrer Waffen. Bestimmt waren sie überrascht, lediglich ein kleines Häuflein Freaks zu erblicken. Einer der Männer in der vorderen Reihe drehte sich um und schrie den anderen etwas zu, doch der Regen verschluckte seine Worte.

Lautes statisches Knistern war zu vernehmen. Irgendjemand hatte ein Megafon geholt, für einen älteren Mann in der hinteren Reihe. »Ihr kommt jetzt mit«, verkündete er, »auf Befehl von Psi Special Forces Commander Joseph Taylor. Wenn ihr nicht kooperiert, wenden wir Gewalt an.«

»Ach ja?«, rief Brett zurück. »Sie können Joseph Taylor sagen, er kann auf Befehl von uns Scheiße fressen!«

Das war das Stichwort, ob er es nun so geplant hatte oder nicht. Die Blauen machten einen Schritt vorwärts und rissen die Arme hoch. Selbst die Soldaten, die begriffen, was hier geschah, waren zu langsam, um richtig zu reagieren. Das *Rat-tat-tat* einer Automatik wurde von erschrockenen Schreien übertönt, als die ganze Soldatenschar und ihre Lastwagen wie von einer unsichtbaren Flutwelle emporgehoben und zurückgeschleudert wurden.

Und dann trat Jude in den Regen hinaus.

Es war gleichzeitig schön und grauenvoll anzusehen – irgendwie vertraut, die donnernde Energie, die er aus dem Hangar abgezogen hatte, wie eine blaue Sonne um ihn herumwabern zu sehen. Das Licht breitete sich aus, brach durch seine Haut und raste in sengend hellen Lichtströmen an den Regenpfützen auf dem Asphalt entlang. Judes Gestalt wurde zu einem Schatten, einer simplen Silhouette, als die Elektrizität aus ihm hervorwallte und anwuchs wie eine lautlose, blendende Explosion.

Die Nacht büßte ihren frischen Regengeruch ein und trug stattdessen einen neuen Gestank nach verbrannter Haut und versengtem Haar herbei, und den unverkennbaren, widerlichen Geruch von bis zur Weißglut erhitztem Gummi. Die Elektrizität knisterte, während sie zuschlug. Sie sprang an den gummibesohlten Stiefeln vorbei empor, entzündete Kleidung, Knochen und Haut, erhitzte die metallenen Pfefferspraybehälter, bis sie explodierten. Jene Soldaten, die beim Angriff der Blauen nicht k. o. gegangen waren, begannen, sich am Boden zu winden. Einer schaffte es, das Gewehr zu heben und ungefähr in Judes Richtung zu zielen, nur um von Brett noch weiter zurückgestoßen zu werden.

Jude blieb auf den Beinen, so lange er konnte, zitternd und bebend wie ein nasses Kaninchen in der eisigen Kälte. Dann klappte er zusammen, Knie auf den Asphalt, Brust auf den Asphalt, Gesicht auf den Asphalt, so vollkommen haltlos, dass ich aufschrie und mich an den anderen vorbeidrängte, um an ihn heranzukommen.

Ich drehte ihn auf den Rücken und achtete nicht auf das scharfe Prickeln unter meinen Fingern. Sein Gesicht fühlte sich glühend heiß an, selbst unter der eisigen Regenhülle. Als er zusammengebrochen war, hatte die elektrische Aufladung es ihm gleichgetan; die knisternden blauen Elektrizitätsströme lösten sich auf wie Dampf.

Olivias Gruppe kam als Nächste heraus, die Kids suchten hastig alle Waffen zusammen, an die sie herankamen, kickten hingestreckte Soldaten weg, um die Gewehre zu erreichen.

»Olivia!«, brüllte Brett.

Ich blickte auf, als er und die anderen hinter der ersten Gruppe her aus dem Hangar gestürzt kamen. Sie blieb stehen, ihre Füße rutschten auf dem Asphalt, als sie sich umdrehte. Er hatte eine Hand um ihren Oberarm gelegt, die andere in ihren lockeren Zopf gekrallt. Dann beugte er sich zu dem vernarbten Gesicht hinunter und küsste sie; nicht länger als einen Herzschlag. Eine entschlossene, exakte Botschaft.

»Und jetzt lauf!«, sagte er und schubste sie auf die anderen zu.

Ich mühte mich mit Judes unhandlicher Länge, versuchte, ihn hochzuheben. Brett schob mich mit der Schulter weg; er hatte nicht die Geduld oder ganz eindeutig nicht die Zeit, den Jungen aus seinem erschöpften Betäubungszustand zu wecken. Stattdessen hievte er sich Jude auf den Rücken. Der Beutel, den er getragen hatte, wurde zu einem anderen Blauen hinübergekickt, der ihn im Laufen aufhob.

»Hier entlang!«, rief er.

Die Flucht war so viel schlimmer, so viel schwerer, als ich gedacht hatte. Motoren erwachten hinter uns aufheulend zum

Leben. Ich sah weitere Autos, die nahe der Straße heruntergerast kamen, doch nur die letzten beiden in dieser Karawane sahen uns früh genug, um auf das Feld abbiegen zu können, ehe sie in den kleinen Flugplatz einfuhren. Die Scheinwerfer tanzten, als die Geländewagen jeden Sandhügel und jede Grube nahmen. Aber die Bäume, die Bäume waren vor uns, ihr dunkler, dichter Saum hell beleuchtet …

Eine Hand schloss sich um mein Handgelenk, riss mich zurück. Ich ging hart zu Boden; meine Füße rutschten auf einer Mischung aus Schlamm, Reif und Eis unter mir weg. Ein Schwall grauer Flecken erblühte hinter meinen Augenlidern, als mein Hinterkopf auf den Boden knallte.

Die Soldatin leuchtete mir mit einer Taschenlampe ins Gesicht, so nahe an den Augen, dass ich sie schließen musste, um dem grellen Licht zu entgehen. Ihr Knie rammte auf meine Brust hinab und presste den letzten Rest Luft heraus. Ich wand mich und trat um mich; ein hilfloser, zorniger Aufschrei entrang sich meiner Kehle.

Dann verschwand das Licht, und ich konnte die Augen wieder öffnen. Sie war jung – was aber noch wichtiger war, sie war stinkwütend. Die Soldatin zerrte einen orangefarbenen Gegenstand von ihrem Gürtel und hielt ihn mir direkt vors Gesicht. Dabei brüllte sie etwas, das ich nicht verstand. Der Regen – es war nur Regen, der mir den Mund, die Nase, die Augen, die Ohren füllte. Wieder tauchte das orangefarbene Gerät vor meinen Augen auf und verschwand abermals in einem neuerlichen Aufflammen weißen Lichts.

Ich wusste sofort Bescheid, als das Gerät mein Profil aufrief. Das Gesicht der PSF erschlaffte vor Entsetzen, ihr Blick huschte von Neuem zu meinem Gesicht hinab.

Ich drehte den Kopf und grub die Zähne in die rosig verbrannte Haut ihres Handgelenks. Sie schrie auf, doch ich war bereits in ihrem Kopf. Die hellen Scheinwerfer eines Autos schnitten durch die Finsternis, beleuchteten die Gestalten, die auf uns zukamen, in den Wald rannten.

»Geh runter!« Ich trat ein letztes Mal zu, so fest, dass selbst Ausbilder Johnson zufrieden gewesen wäre.

Die Soldatin sackte von mir auf den Boden, landete hart im Dreck. Ihre Augen waren offen und leer, starrten mich an. Warteten auf einen Befehl.

Ich machte mir nicht die Mühe, sie aus meinen Klauen zu entlassen. Es war mir egal. Jeder Teil meines Körpers fühlte sich schwer und träge an. Es bedurfte meiner vollen Konzentration, es bis zu den Bäumen zu schaffen, und sogar noch mehr, meine Glieder durch knackendes Unterholz und Eis zu schleppen. Das Gelände stieg an; bei jedem Hügel schien ich noch weiter hinter den anderen zurückzufallen.

Ich rannte. Oder versuchte es zumindest. Ich versuchte alles, was ich zustande brachte, um mich durch den Nebel hindurchzutreiben, der sich über meinen Verstand legte, und durch das Zittern, das in meinen Beinen begann und mit jedem Gefälle höher stieg. Ich dachte an Liam, an Chubs, an Vida, an Jude. Wir mussten es zum Lagerhaus zurückschaffen und den anderen Bescheid sagen, wir mussten sie wegbringen, für den Fall, dass ein paar der Soldaten unserer Fährte folgten.

»Jude«, murmelte ich, als mein Fuß unter mir wegrutschte. Etwas kochend Heißes rann über meine Hüfte. »Jude … Vida … Chubs … Liam … Jude …«

Brett hatte ihn doch mitgenommen, oder? Wenn er mit der Last des Jungen auf dem Rücken den Weg durch die wuchernden Bäume finden konnte, dann konnte ich es auch. Ich konnte wieder aufstehen.

Das warst du. Wir waren erledigt. Sie würden uns schnappen, und ich würde keinen von ihnen jemals wiedersehen.

Ich hauchte ihre Namen hervor, bis kein Atem mehr in meiner Brust war, ging weiter, bis meine Beine unter mir nicht mehr da waren. Ich sah, wie die letzten Umrisse der Kids vor mir auf einer Hügelkuppe verschwanden, sich in der tiefen Finsternis des Waldes auflösten. Daran, dass ich hingefallen war, erinnerte ich mich nicht, nur an das Gefühl, dass ich plötzlich meinen halben Körper verloren und im Schutz der Bäume hinter mir zurückgelassen hatte.

Ich rollte mich auf den Rücken; meine Hand tastete unbeholfen an meiner Taille, suchte nach einer Pistole, die nicht da war. *Akzeptieren, anpassen, agieren.* Ich schluchzte vor Schmerz auf, als ich mich hochstemmte und mit dem Rücken gegen einen Baumstamm lehnte. So würde ich jeden kommen sehen. Jetzt konnte ich mich ausruhen.

Ich konnte durch die kahlen Gebeine der alten Bäume um mich herum hinaufblicken und zusehen, wie der Regen Stück für Stück den Himmel einriss, bis außer Dunkelheit nichts mehr übrig war.

21. Kapitel

Ich wurde mitten im finsteren Herzen eines heftigen Winters geboren.

Das sind Grams' Worte und die meiner Eltern, nicht meine. Sie und Dad tischten gern die Geschichte von jener todesverachtenden Heimfahrt vom Krankenhaus auf, wenn ich abends nicht zur Ruhe kam oder bei Familienessen hippelig wurde und mich langweilte. Mit dem Schneesturm kriegten sie mich jedes Mal. Ich ließ mich davon einhüllen, wie ihre Worte vor Gefahr nur so zu triefen schienen, wie sie mit den Händen zeigten, wie hoch der Schnee gelegen hatte. Dabei konnte ich kaum Schritt halten; jedes Mal versuchte ich, jedes einzelne Wort in mich aufzunehmen, so tief, dass ich davon träumen würde, wenn ich schließlich einschlief. Jetzt war da nur überwältigende Verlegenheit. Ich fand es furchtbar, wie blöd ich gewesen war – zu glauben, dass ich überlebt hatte, hieße, ich wäre irgendwie besonders. Dass ich es je für einen unwiderlegbaren Beweis dafür gehalten hatte, dass es da etwas gab, wofür ich am Leben bleiben, was ich später tun sollte.

»Der Himmel hatte die Farbe von Asche«, pflegte Dad zu sagen, »und sobald ich vom Parkplatz runter war, schienen die Wolken ganz tief herabzusinken. Ich hätte gleich umkehren sollen, aber deine Mom wollte nach Hause zu Grams. Die hat eine mordsmäßige Willkommensfeier für uns gegeben, weißt du?«

Sie waren so weit gekommen, wie sie konnten; Dad hatte

auf dem Fahrersitz versucht, sich einen Weg durch einen erstickenden weißen Vorhang zu bahnen, während Mom mit mir hinten saß und schrie, er solle rechts ranfahren und anhalten, ehe er uns noch von irgendeiner nicht existierenden Klippe stürzte. Diesen Teil der Geschichte erzählte er am liebsten – Dad war der Einzige, der jene hohe Stimme perfekt nachahmen konnte, die Mom immer bekam, wenn sie kurz vor dem Ausrasten war.

Die Scheinwerfer des Wagens waren dem Schnee nicht gewachsen, doch trotzdem versuchten noch Leute, sich jenes Stück Highway hinunterzukämpfen. Dad fuhr wirklich rechts ran, doch irgendjemand, der aus der Gegenrichtung kam, kam von der Spur ab und krachte frontal in den Kühler unseres Autos. Ich weiß nicht, wer es war oder warum derjenige bei starkem Wind und null Sicht zu schnell fuhr, doch er schrottete unseren Wagen gründlich, schob uns vom Randstreifen in eine immer höher werdende Schneewehe. Der Motor und die Batterie waren hin.

Es gab kein Handynetz – sie konnten nicht mal das Radio anmachen. Diesen Teil der Geschichte erzählte Mom immer mit gepresster Stimme; ihre Fantasie biss sich in allem fest, was hätte passieren können. Wir drei hockten drei Stunden lang auf dem Rücksitz, bemüht, nicht in Panik zu geraten, drängten uns aneinander, um warm zu bleiben. Ich verschlief das Ganze.

Ich glaube, Grams gefiel die Geschichte, weil sie die Heldin spielen durfte. Sie hatte die Nachbarn mobilisiert, einen Suchtrupp organisiert und den Wagen meiner Eltern mit ihrem Truck wieder auf den Highway gezogen.

»So ist das Leben nun mal, Bienchen«, sagte sie Jahre später zu mir. »Manchmal ist man derjenige, der in Panik zu schnell fährt, zu viel macht, nicht aufpasst und alles Mögliche kaputt macht, was man gar nicht kaputt machen wollte. Und manchmal passiert einem das Leben einfach, und man kann ihm nicht ausweichen. Es kracht voll in einen rein, weil es sehen will, aus was für einem Holz man geschnitzt ist.«

So beängstigend diese Geschichte als Kind auch für mich gewesen war, ich liebte den Winter trotzdem. Die Kälte machte mir nichts aus, weil ich wusste, dass die Jahreszeiten sich binnen Monaten, Wochen, Tagen wieder ändern würden. Es ist leicht, selbst die kältesten Tage nur mit diesem Versprechen und der Wärme der Menschen um einen herum abzuwettern.

Die Kälte jedoch, die ich jetzt verspürte, drang bis in meine Knochen vor; es war eine Taubheit, die sich nicht abschütteln lassen würde. Davor gab es kein Entkommen.

Der Boden rutschte unter meinem Rücken weg, Schlammflecken wichen Eisplatten und dann wieder Felsen, die sich in mein Steißbein bohrten und an meinem Rückgrat emporschrammten. Ich hörte bereifte Blätter knistern, als sie an meinen Ohren vorbeiglitten, fühlte das scharfe Zerren, als mein Haar an irgendetwas hängen blieb. Eine Hand versuchte, sich um eine Wurzel zu schließen, in diesem Erdstrom Anker zu werfen, doch ich bewegte mich zu schnell. Die Sonne blitzte rot hinter meinen Augenlidern auf, stach durch den hämmernden Schmerz in meinem Schädel. Ich konnte mein rechtes Bein nicht fühlen – eigentlich konnte ich auf meiner rechten Seite überhaupt nicht viel fühlen. Erst als das Licht nachließ und ich endlich die Augen öffnen konnte, erfasste mein Verstand, dass *ich* mich bewegte, nicht der Erdboden.

Der Himmel über mir war blau hinter hoch aufgetürmten weißen Wolken. Das konnte ich durch die kahlen Bäume gerade noch erkennen. Ich zog die Brauen zusammen, roch heftigen Schweißgeruch. Ein angestrengtes Ächzen war zu hören, als etwas Großes, Raues unter meinem Rücken dahinglitt. Dann wieder glatte Erde, ein Abhang, jäh und ohne Vorwarnung, wie das erste Durchsacken eines zur Landung ansetzenden Flugzeuges. Mein Magen und mein Blick wanderten abwärts.

Der Mann trug eine dunkelrote Daunenjacke, abgewetzt und fadenscheinig von den Jahrzehnten. Der Saum an der einen Hüfte war aufgerissen; die weiße Füllung quoll durch das Loch hervor. Seine Jeans waren zu eng. Sie knarrten jedes Mal, wenn er sich umdrehte, um mein Bein fester zu fassen.

»Nicht …« Meine Stimme war weg. Ich versuchte, seine Hand mit dem anderen Bein wegzutreten, doch keins meiner Glieder funktionierte. Der Mann hatte bestimmt gefühlt, wie ich mich anspannte, denn er schaute über die Schulter. »Na, wieder wach?«

Ich sah ihn doppelt, dann dreifach, dann vierfach. Konzentrier dich, befahl ich mir. Der Kerl sah ungefähr so bedrohlich aus wie ein Kaufhaus-Weihnachtsmann – sein Bart war zwar lang und flusig, den passenden Wanst jedoch hatte er. Dad hatte mir früher immer Bücher vorgelesen, in denen vom freundlichen Glitzern in den Augen des Weihnachtsmanns die Rede war und von seinen rosigen Wangen. Also, in den Augen von dem Kerl hier glitzerte tatsächlich etwas. Nämlich Dollarzeichen.

»Wenn du irgendwas versuchst, brech ich dir das Genick, verstanden?«

Beweg dich. Ich versuchte, die Hüften anzuheben. Ausbilder Johnson hatte uns gezeigt, wie man sich aus einem solchen Griff befreite, mehrmals sogar. Ich versuchte, nach einem Stein zu tasten, mit dem ich ihn an jener empfindlichen Stelle treffen konnte, wo die Schädelbasis an den Nacken grenzte, nach dem Taschenmesser, das nicht mehr in meinem Stiefel steckte. Mein Körper reagierte nicht. Ich hatte mir den Kopf angeschlagen – aber doch nicht so fest, oder? Die gestrige Nacht war in Schatten gehüllt. Ich erinnerte mich an den langen Marsch, daran, dass Jude die Alarmanlage umprogrammiert hatte, an all die Kisten und Kartons mit den Fahnen und den Aufdrucken in fremden Sprachen darauf. Und an Knox. Knox war doch da gewesen, oder nicht?

Die Kopfschmerzen explodierten hinter meinen Augen, und ich kniff abermals die Lider zu. Die Sonne schien – wieso war mir so kalt, so dermaßen kalt?

»Da gibt's jemanden, der ist *superscharf* drauf, dich kennenzulernen«, fuhr der Mann fort. »Kam heute Morgen an und hat rumgeschnüffelt und gefragt, ob wir irgendwelche Kids gesehen hätten. Hat gesagt, oben am Flugplatz hätt's Riesenärger gegeben, 'n paar hätten vielleicht abhauen können. Und ich hab mir gedacht, Joe Hiddle, dieser Mann könnte übergeschnappt sein, oder er könnte recht haben. Also bin ich jagen gegangen wie immer, na, und was find ich da?«

Ich ließ meine Hüften herabsacken, um so viel Reibungswiderstand wie möglich zu erzeugen, als es den nächsten Hügel hinunterging. Vielleicht konnte ich mich nicht wehren, aber leicht würde ich es ihm nicht machen.

»Was«, begann er und verdrehte mir den Knöchel, »hab ich gerade gesagt?«

Das bisschen, was mein Hals an Beweglichkeit hergab, verwandte ich darauf, nach vorn zu schauen, als wir den letzten Hügel hinunterkamen. Zelte, sogar noch mehr als bei dem Lagerhaus. Die meisten waren weiß oder trugen die Aufschrift »Eigentum der US-Army«. Entsetzen durchfuhr mich und ermöglichte mir einen festen Tritt in die Kniekehle des Mannes. Der Schmerz, der dabei meine rechte Seite hinabzuckte, war nichts im Vergleich zu dem Tritt in die Rippen, den mir der Kerl versetzte. Ich fügte mich, weil mir nichts anderes übrig blieb. Der Anflug von Energie, den ich verspürt hatte, tropfte aus mir heraus, und ich konnte mir fast vorstellen, wie sie sich hinter uns herzog wie eine Blutspur.

»Sandra!«, brüllte der Mann. »Sandy, ist der Typ noch da?«

Von dem Augenblick an, als wir in das Zeltlager kamen, waren Füße und Gesichter um uns herum. Die Gerüche hier kamen schubweise – geräuchertes Fleisch, schmutzige Wäsche, abgestandenes Wasser. Vor den Zelteingängen war alles voller Schlamm, drinnen jedoch waren Teppiche, Kerzen, Stapel alter Matratzen und Bettzeug zu sehen.

»Joe, ist das …?«, rief jemand.

»Pfoten weg, Ava«, warnte Joe. »*Ich* hab sie gefunden. Sandra!«

»Er ist gerade weg«, meldete sich eine andere Frauenstimme; ihr Akzent machte die Worte fast völlig unverständlich. »Ich schau mal, ob sein Truck noch auf dem Highway steht. Du behalt die mal hier.«

Mein Sweatshirt war hinten hochgerutscht, und der Schlamm dort fühlte sich ebenso schleimig wie eiskalt an. Irgendetwas – irgendjemand – berührte meine linke Hand mit dem Fuß. »Ist sie … ist die Kleine …«

Das gerötete Gesicht einer Frau in mittleren Jahren beugte sich über mich. Sie zog einen ihrer nicht zueinander passenden Handschuhe aus und machte Anstalten, mir den Handrücken auf die Stirn zu legen. Joe knurrte sie an und drängte sie einen Schritt zurück. Meine Augen schlossen sich, und als ich sie wieder aufbekam, hatten andere Gesichter ihren Platz eingenommen. Es war eine Galerie hemmungsloser Emotionen. Porträts von erschöpfter Furcht, Landschaftsmalereien von Traurigkeit, Miniaturen von Neugierde. Abermals versuchte ich, mich zu bewegen, doch ich konnte die beklemmenden Schmerzen in meinem Kopf nicht lindern.

»Sie zittert ja«, sagte einer der Männer. Ich sah seine vergilbten Nikes, nicht sein Gesicht. »Ich hol ihr mal eine Decke.«

»Ist sie krank? Sie ist ja so blass!« Diesmal eine Frau. »Mein

Gott, die kann doch nicht älter sein als sechzehn – schau sie dir doch an, Joe. Die willst du diesem Mann überlassen?«

Die Sache mit Schusswaffen ist die – die sind wie der Redestock, den meine Lehrerin in der ersten Klasse herumgehen ließ. Derjenige, der den Stock hatte, war der Einzige, der sprechen durfte. »Geht wieder in eure verdammten Zelte zurück.« Joes Redestock war ein glänzender silberner Revolver, und niemand war gewillt herauszufinden, wie viele Patronen noch in der Trommel waren.

Eine Frau – Sandra – kreischte auf. »Das ist er! Da ist er!« Der Wind wehte ihre Worte geradewegs zu uns herüber. Das unverkennbare Motorengeräusch eines Autos folgte, wurde lauter und lauter, als der Wagen um die Zeltstadt herumfuhr.

Ich leckte mir die aufgesprungenen Lippen, versuchte, tief durchzuatmen, doch es ging nicht. Dieser Mann, wer auch immer er war, war wie ein Stein, der in einen stillen, tiefen See geworfen wurde. Selbst diejenigen, die Joes Entscheidung infrage gestellt hatten, verdrückten sich. Mein Bein wurde fallen gelassen. Das Blut schoss wieder hinein; es fühlte sich an, als sei es mit Glassplittern gefüllt.

»Und *meine* Kohle?«, fragte Joe gerade. »Ich will wissen, wie Gray mir das erstattet. Als der Fluss sich alles geholt hat, was ich hatte, hat er jedenfalls einen Scheiß getan.«

»Ihr Name wird ins Skiptracer-System eingegeben. Die finden Sie schon. Ich bin nur für den Transport zuständig. Halten Sie sie mal, ja?«

Der Nebel wich schlagartig aus meinem Gehirn. Ein Fuß senkte sich auf mein Handgelenk, nagelte mich am Boden fest.

»Nein!«, stieß ich erstickt hervor, suchte mit dem Blick die Zelteingänge nach einem mitfühlenden Gesicht ab, nach einem unentschlossenen – nach jemandem, der nicht Rob Meadows war.

Sie sahen zu. Alle, jeder Einzelne in dieser Zeltstadt. Ihre Furcht waberte in der Luft und regte sich in meinem Kopf. Ihr Schweigen jedoch – das war ohrenbetäubend laut.

Wenn ich die Augen wieder öffnete, würde es Wirklichkeit werden, doch so wollte er es ja haben. Seine Faust schloss sich um das, was von meinem Pferdeschwanz noch übrig war, packte zu und riss mir den Kopf zurück, um mich besser ansehen zu können. Er lächelte.

»Hallo, Schätzchen«, fauchte Rob. »Ist ja schon 'ne Weile her.«

Ich würgte an dem Wort *Nein*.

»Hier.« Geistesabwesend hielt Rob dem Mann ein Tablet hin. »Tippen Sie Ihren Namen und Ihre Sozialversicherungsnummer da ein – die Belohnung wird geteilt, sechzig zu vierzig.«

»Sechzig zu vierzig?«, stammelt Joe. »Das ist ja … Großer Gott, stimmt die Zahl da?«

»Wie viel?«, rief jemand von etwas weiter weg. »Vergiss nicht, ich hab dir meine Knarre geliehen – du schuldest mir noch die Kohle für die Rationen vom letzten Monat.«

»Halten Sie sie fest!«, blaffte Rob ihn an. »Sie braucht die richtigen Fesseln!«

Meine Hände wurden zusammengezerrt und von Plastikbändern festgehalten. Dann fühlte ich, wie er meinen Kopf hob, atmete den Geruch von Leder ein.

Ich schrie auf. Es war ein heiserer, hässlicher Laut, der mir die Kehle zerriss. »Nein«, flehte ich, warf den Kopf hin und her, verdrehte den Hals, um mich ihm zu entwinden. Robs Knie krachte auf meine Brust herab, und mein nächster Atemzug kam als Aufschluchzen hervor.

»O ja, *daran* erinnerst du dich doch noch, oder?«

»Nein«!«, schluchzte ich. »Bitte!«

Letzten Endes brachte das ganze Training nichts. Ich konnte

zappeln und weinen und schreien, doch es fühlte sich an, als würden meine Rippen eingedrückt. Die ganze Welt stürzte ein, zermalmte alles und löste die Gesichter all derer auf, die dastanden und zusahen. Rob streifte ein Paar dicke Gummihandschuhe über, ehe er mir die Knebelmaske über den Mund rammte und den Riemen um den Hinterkopf festzog, und ich war wieder ein kleines Mädchen. Ich war das Monster in der Geschichte.

Mein Atem war heiß und dampfte. Joe reichte Rob das Tablet und trat mehrere Schritte zurück. Er sah die weißhaarige Frau zu seiner Rechten an und sagte: »Mein Gott, wenn ich das gewusst hätte … Ich hätte das doch nie angefasst.«

Rob bückte sich und versuchte, mich aus dem Schlamm hochzuzerren. Ich kam nicht weiter als bis auf die Knie, der Rest meines Körpers war noch immer nicht tragfähig. Mit einem gotteslästerlichen Fluch und einem angewiderten Grunzen hob er mich hoch und schleppte mich unter dem einen Arm davon, ließ meine Füße über den Boden schleifen. Ich bäumte mich auf, versuchte, den Kopf gegen den Muskelballen in seinem Arm zu rammen, doch er lachte nur.

»Ich versteh die Welt ja nicht immer«, sagte er. »Aber manchmal behandelt sie mich echt gut. Dein Gesicht, als du mich gesehen hast – ich sag's dir, das war echt der Hammer.«

Ich wand mich, während er mich hinten in seinen alten roten Jeep zerrte.

»Ich wusste doch, wenn ich das Skiptracer-Netzwerk im Auge behalte, baust du irgendwann Scheiße, und dann komm ich dazu, dich zu fragen, warum du wirklich aus dem Einsatz abgehauen bist – was Cole und Cate damit zu tun haben. Ich wollte derjenige sein, der dich schnappt, dich auf kürzestem Weg in dein kleines Lager zurückkarrt und zuschaut, wie sie dich da reinschleifen.«

Ich schrie in den Lederknebel hinein, trat gegen die Lehne des Vordersitzes.

»Wir beide?«, sagte er und holte ein langes Plastikband aus dem Rucksack, den er trug, um mir die Füße zu fesseln. Wieder versuchte ich auszutreten, was mir ein neuerliches Auflachen einbrachte. »Wir werden auf der Fahrt zurück nach West Virginia ja so viel Spaß haben. Ich werde nicht mal eine Belohnung verlangen.«

Die Heckklappe knallte vor meiner Nase zu und verbarg mich schließlich vor der kleinen Schar Erwachsener, die in einer Reihe vor ihren Zelten standen und zusahen. Der Wagen schaukelte, als er die Fahrertür aufriss und einstieg.

»Du willst wissen, warum ich diese Kids kaltgemacht habe, Miststück?«, rief er nach hinten. »Das waren keine Kämpfer. Keiner von euch ist ein Kämpfer, aber in letzter Zeit seid ihr diejenigen, die in der League die ganze Macht haben. Ihr dürft uns glatt überrennen, die Einsätze aussuchen, Alban in einen wertlosen, gurrenden Haufen Scheiße verwandeln. Aber ihr kapiert es nicht, keiner von euch. Ihr kapiert nicht, wie diese Welt sein muss, wenn wir das hier überleben wollen. Sogar die Skiptracer, die kapieren einfach nicht, dass ihr tot für dieses Land sehr viel mehr wert seid als lebendig.«

Trotz des ruckelnden Protests des Jeeps fuhr Rob viel zu schnell und ließ dabei ZZ Top so laut dröhnen, wie die Stereoanlage es hergab. Er habe es satt, mich flennen und schniefen zu hören, schrie er mir zu. So ein Zufall. Ich hatte *La Grange* und den Abgasgestank auch ziemlich satt.

Ich versuchte alles Erdenkliche, um die Knebelmaske loszuwerden, doch der Riemen um meinen Hinterkopf gab nicht nach. Er hatte ihn bis zur Schmerzgrenze festgezurrt und ihn so, wie es sich anhörte, mit einem kleineren Kabelbinder gesichert. Ich ächzte und drehte mich, um an meinen Stiefel heranzukommen.

Irgendetwas zerrte ganz unten in meinem Rücken, und es fühlte sich an, als risse etwas. Ich biss mir auf die Lippe und achtete nicht auf die warme Flüssigkeit, die meine Jeans durchtränkte.

Michael. Ich hatte ganz vergessen, dass er mich überrumpelt hatte. Kein Wunder, dass ich mich fühlte, als wäre ich unter einen Lastwagen geraten. Ich hatte die Klinge gesehen – sie war klein gewesen, ungefähr so groß wie eine an meinem Taschenmesser. Ich musste durch den Schmerz hindurchbrechen – mich weiter vom Adrenalin tragen lassen, damit ich nicht wieder ohnmächtig wurde.

Es war eng dort hinten, fast zu eng, doch wenn ich wollte, konnte ich klein sein. Ich schob die Finger an den Schnürsenkeln vorbei in den engen Lederschaft, krümmte mich um meine Knie herum, ehe mir wieder einfiel, dass dort nichts zu holen war: Ich hatte mein Taschenmesser nicht wiederbekommen, hatte es unter den anderen Ausrüstungsgegenständen nicht finden können. Unwillkürlich schluckte ich heftig. *Es ist okay. Es ist okay. Krieg jetzt keine Panik.* Doch genau das tat ich. Ich konnte fühlen, wie sie in meiner Brust emporbrodelte, und ich wusste, wenn ich zuließ, dass sie außer Kontrolle geriet, würde sie mich ersticken. *Du bist okay.*

Der Song ging zu Ende – *endlich.*

»Die Vorbereitungen für den Gipfel der Einheit gehen weiter«, war Präsident Grays bedrohlich ruhige Stimme zu vernehmen. *»Ich freue mich darauf, mich mit diesen Männern zusammenzusetzen, von denen ich viele zutiefst respektiere, und …«*

Rob schaltete auf einen anderen Sender um. »Komisch, wie?«, rief er nach hinten. »Dass der Präsident plötzlich so viel revolutionärer drauf ist als Alban? Dass er etwas *Neues* will?«

Ja, wollte ich erwidern, *zum Brüllen*. Der Mann hatte das Pech, eine Organisation zu leiten, der ein zweiter Kopf gewachsen war, einer mit schärferen Zähnen.

»Alban hat eine Ewigkeit gebraucht, um einzusehen, was für ein Fehler es war, euch aufzunehmen, und trotzdem schickt er euch Schwachköpfe los, um einen Job zu machen, den *jeder* von uns hätte erledigen können. Seine Vergangenheit kann er haben, aber *meine* Zukunft wird er ganz bestimmt nicht ändern.«

Ich sah mich nach etwas um, das scharf genug sein könnte, um die Kabelbinder um meine Handgelenke durchzusägen.

»Und Conner – die wollte einfach nur den Babysitter für euch spielen, aber dafür haben wir keine Zeit. Wir haben keinen Platz für euch, hier oder sonst wo. Der einzige Platz für euch ist in den Lagern oder im Grab, zusammen mit dem Rest. Hörst du?« Jetzt brüllte er. »Ich brauche keine Ausrede für das, was ich getan habe! Ich bin eingetreten, um Gray loszuwerden, nicht um mit einem Typen, der verdammt noch mal zu viel Schiss hat, um sich auch nur aus seinem Erdloch rauszutrauen, Vater, Mutter, Kind zu spielen. Er glaubt, wir sind der League *euretwegen* beigetreten? Er will wissen, warum wir euch nicht *respektieren* können? Aber er lässt nicht zu, dass wir euch für das Einzige benutzen, wozu ihr gut seid?«

Für Menschen wie ihn zu sterben, dachte ich. *Das meint er.*

»Ich hab getan, was nötig war, und ich würde es wieder tun. Ich würde das mit jedem verdammten Balg in der League machen, bis die wieder klar im Kopf sind, und mit deinem Team würde ich anfangen.«

Zorn durchpulste mich, wetteiferte mit Abscheu.

Reiß dich zusammen, befahl ich mir. *Er weiß es doch nicht.* Ich brauchte ihn nicht zu berühren. Rob konnte mich zum Schweigen bringen, aber er hatte keine Macht über meinen Verstand.

»Was würde Jude wohl von dem Elektrozaun um dein früheres Zuhause halten, Ruby?«, überlegte er laut. »Was würden die Wachen wohl mit Vida machen, wenn sie sehen, wie *hübsch*, wie *gut gebaut* sie für ein Mädchen ihres Alters ist? Und Nico – na, der ist doch ein ziemlich leichtes Ziel, nicht wahr?«

Ich schloss die Augen, zwang mich, mich zu entspannen, daran zu denken, dass ich hier, jetzt und immer das Raubtier war. Das hier war es, was Clancy gemeint hatte, als er behauptet hatte, ich würde meine Kräfte niemals kontrollieren können, weil ich zu viel Angst davor hatte, was sie aus mir machen würden. Früher hatte ich das nicht gekonnt – nicht weil ich es nicht genug gewollt oder mir nicht genug Mühe gegeben hatte, sondern weil ich die Kontrolle darüber nicht aufgeben konnte, wohin es mich führte.

Mason oder Knox hatte ich nicht berühren müssen, um in ihre Köpfe einzudringen. Ich hatte nicht aus Angst versucht, meine Kräfte zu zügeln, und als Gegenleistung hatten sie mir gegeben, was ich wollte.

Alles, was ich jetzt wollte, war, aus diesem verdammten Auto rauszukommen. Ich wollte Rob zeigen, was für eine verheerende, grauenvolle Entscheidung es gewesen war, mir nachzustellen. Die Menschen zu bedrohen, die mir wichtig waren.

Allmählich fand ich heraus, dass es glatter ging, leichter als zuvor, wenn ich schon einmal in jemandes Kopf gewesen war. Alles, was ich jetzt tun musste, war, das *Verlangen* heraufzubeschwören, das ein Loch in die Mitte meiner Brust brannte, und ein Bild von Robs Gesicht, und die unsichtbaren Hände entfalteten sich friedlich, schlüpften wie dünne Rauchfahnen unter den Sitzen zwischen uns hindurch. Ich hatte ihn; ich sank mit der Anmut und der Stetigkeit eines Ankers im Wasser in seinen Verstand.

Damals hatten sich seine Erinnerungen und Gedanken nur langsam geöffnet, samten und mit jeder Windung ausgedehnter. Jetzt platzten sie auf wie schwarze Teerblasen, ein wirres Durcheinander aus Gesichtern, Zahlen, Händen und Schusswaffen.

Ich dachte daran, wie die beiden ausgesehen hatten; ich brauchte mich nicht an irgendwelche Details zu erinnern, ich brauchte lediglich das Bild aufzurufen, wie sie bei ihm im Auto saßen. Das Mädchen saß vorn neben ihm, und der Junge saß hinter ihr.

»Was … was zum Teufel?«

Ich forcierte das Bild, wie das Mädchen ihn anstarrte, genauso, wie sie es in dem Augenblick getan hatte, bevor er abgedrückt hatte. Der Wagen schwenkte nach links, nach rechts, während Rob fluchte. Jetzt konzentrierte ich mich auf den Jungen, holte ihn in unserer beider Gedanken ganz nach vorn.

Mehr.

Das war nicht genug, nicht für *ihn*. Mörder, Killer, Bestie – jemand, dem die Jagd abartiges Vergnügen bereitete, der jedoch noch viel mehr auf das eigentliche Abschlachten abfuhr. Ich hatte sein Gesicht in jener Nacht gesehen, als er die beiden umgebracht hatte. Ein befriedigtes Feixen, mit einem Hunger darin, den ich nicht verstanden hatte, bis jetzt nicht. *Mehr.*

Was hätte er mit Jude gemacht, wenn ich es zugelassen hätte? Hätte er ihn erschossen so wie die anderen? Ihm die Kehle durchgeschnitten? Ihn mit seinen riesigen Händen gewürgt, bis er schließlich gesehen hätte, dass er den letzten Funken seines Lebens erstickt hatte?

Ich ließ das Mädchen nach ihm greifen, und er sah von Neuem, wie es geschah, so wie ich es gesehen hatte. Wie ihre rechte Augenhöhle aufgebrochen war, als die Kugel hindurchfetzte. Blut spritzte über sein Gesicht und über die Windschutzscheibe, und die Halluzination war so stark, so wunderbar mächtig, dass der Jeep schleuderte und ich hörte, wie die Scheibenwischer angingen.

»Hör auf!«, schrie er. »Gott verdammt noch mal, hör auf!«

Ich stellte mir vor, wie das Mädchen die Hand ausstreckte und ihm über den Arm strich, und weil sein Verstand ihm sagte, dass er das fühlte, fühlte er es auch. Der Wagen schlingerte abermals heftig nach links, als er versuchte, sich ihr zu entziehen. *Mehr.*

Er hatte die beiden umgebracht, doch es war gar nicht nur das. Zuerst hatte er sie aus ihrem Lager befreit. Er hatte ihnen Hoffnung gemacht, hatte sie auf Freiheit hoffen lassen, darauf, eines Tages ihre Familien wiederzusehen. Er hatte ihre Träume genommen und sie zertrümmert.

»Ich weiß, was du machst!«, fauchte er. »Ich weiß genau, dass du das bist!«

Freudige Befriedigung durchzuckte mich bei seinem ersten Aufkeuchen. Ich ließ den Jungen vom Rücksitz kriechen, über die Armlehne, ließ ihn die Arme um Robs Hals legen. Er beschmierte das Hemd des Mannes vorn mit Blut und kuschelte sich dagegen. Rob musste das warme Pulsieren fühlen, eine klebrige, brennende Flüssigkeit, die sich niemals aus dem Stoff würde herauswaschen lassen, geschweige denn von seiner Haut. Der Junge und das Mädchen begannen zu jammern, zu schluchzen, um sich zu schlagen … Ich ließ alle Wut, alle Angst und alle Verwüstung dort hineinströmen, bis auf den allerletzten Rest.

Ein Schuss vom Fahrersitz zerschmetterte das Beifahrerfenster; Rob versuchte, sein gesamtes Magazin auf das Mädchen leer zu feuern, das dort saß, doch mit jedem Schuss holte ich sie näher an ihn heran, bis ihre Hand auf der Pistole lag, auf seiner Hand, und sie beides herumdrehte, auf seine Brust zu.

Ich kann es so zu Ende bringen, dachte ich, *durch seine eigene Hand*. Es wäre richtig. Jetzt hatte ich die Macht zu bestrafen. Nicht der Mann mit der Pistole, nicht der ausgebildete Killer oder die Soldaten oder die Wachen, die an den Elektrozäunen von Thurmond entlangpatrouillierten. Ich. Der Gedanke reichte aus, um elektrisch aufgeladenes Blut durch meine Adern strömen zu lassen; ich spürte die Schmerzen in meinem Kopf und in meinem Rücken nicht mehr. Ich fühlte mich leicht und berauscht und schwerelos. Ich könnte seinem Leben mit seiner eigenen Hand ein Ende machen, ein einziger Schuss ins Herz. Dasselbe Herz, dieselbe Hand, die so viele Leben zerstört und mich hierhergebracht hatten – an diesen Ort des Schmerzes und der vernichtenden Angst. Die mich gefesselt hatten wie ein Tier.

Er war das Tier. Eine stupide Kreatur, genau wie Knox es gewesen war. Die beiden brauchten einen Führer, jemanden, der für sie entschied, der dafür sorgte, dass sie nie wieder jemandem wehtun konnten.

»Aufhören – hör auf!«, schluchzte er und klang selbst wie ein Kind. »Bitte, o Gott, bitte …«

Seine Todesangst drang ihm aus allen Poren, der Geruch seines schweißsauren, keuchenden Atems war sogar noch stärker als der Ledergestank. Er brannte mir in der Nase, als ich ihn noch fester packte, das Mädchen näher und näher an ihn heranschob, bis ihre geisterhaft blasse Hand emporschwebte und seine Wange liebkoste, kindliche Muster in imaginäres Blut und imaginären Schmutz zeichnete.

Wir müssen sie benutzen, um die anderen in Schach zu halten.

»Du bist … du bist ein Monster«, würgte Rob hervor. »Ihr alle, ihr werdet uns fertigmachen, ihr werdet alles ruinieren, *verdammte Monster*!«

Eine Eruption aus Krach und Bewegung erschütterte den

hinteren Teil des Wagens, schleuderte mich gegen den Sitz. Dann folgte die kleine Explosion, und dann drehten wir uns, drehten uns, bis es nicht mehr weiterging.

Die Wucht des Aufpralls ließ die hinteren Fenster zerspringen und überschüttete mich mit Glassplittern. Davor hörte ich einen letzten Aufschrei von Rob, und dann nichts mehr als ein kratzendes Metallknirschen, als das vordere Ende des Autos sich in eine Baumgruppe neben der Straße wühlte.

Ich knallte gegen die Lehnen der Vordersitze, und meine Zähne schlugen klackend aufeinander. Der Schlag gegen die Stirn ließ jeden Gedanken zu blendendem Weiß verblassen. Die Bilder von dem Jungen und dem Mädchen wurden hinter meinen Augenlidern herausgerissen. Sie verschwanden, Robs Gesicht verschwand, und nur ich war noch da – nur ich und das, was ich getan hatte.

O mein Gott. Ich bemühte mich, Luft durch die Knebelmaske zu saugen, doch in den letzten paar Minuten war sie unter dem schrillen Geschrei in meinem Kopf immer enger und enger und enger geworden. Ich drosch das Gesicht gegen den Teppich, und der erste Schluchzer kam heraus, als hätte jemand in mich hineingegriffen und ihn mir aus der Kehle gerissen. *O mein Gott.*

Clancy wäre ja so stolz auf mich gewesen. Wie ich diese beiden Kids benutzt, sie verzerrt, sie manipuliert hatte, in Robs Verstand vorgestoßen war, bis er zerbrach. Clancy hätte mir ins Gesicht geschaut und dort sein eigenes Spiegelbild gesehen.

Wir müssen sie benutzen, um die anderen in Schach zu halten.

Mein Magen rebellierte, Galle brannte in meinem Mund, bis ich mich daran verschluckte. Ich wollte mich übergeben, ich wollte die Schwären aus mir herauskriegen, ich brauchte Luft, ich musste weg von Rob, von dem hier, von dem, was er aus mir gemacht und was ich getan hatte.

Monster, Monster, Monster, Monster, Monster. Ich trat gegen die Heckklappe, wieder und wieder, bis die Plastikverkleidung Risse bekam. Wo war Rob? Warum sagte er nichts?

Das Kreischen von Bremsen und das Zuschlagen von Autotüren waren zu hören. Ich trat nur noch fester zu, ein stetiges *Bang, Bang, Bang,* wie der Beat eines alten Rock-'n'-Roll-Songs, wie Schüsse in der Nacht.

Ich schluchzte noch immer, als die Heckklappe endlich aufflog und ich hinausrollte und mit einem gedämpften Schmerzensschrei bäuchlings auf der Erde landete. Selbst im Freien war die Knebelmaske erstickend eng, und sie ging nicht ab, ich würde sie nie runterkriegen.

»Anstrengender Tag, Schatz?«

Vida stand über mir; ihr Schatten lag dicht vor meinem Gesicht auf dem Boden.

Ich versuchte mit aller Kraft, diese verdammte Knebelmaske loszuwerden, schmeckte Leder und meine eigenen salzigen Tränen. Mir war klar, dass ich hyperventilierte, doch ich bekam die aufsteigende Panik nicht in den Griff, die schließlich durchgebrochen war, als der Jeep verunglückt war. Ich wollte nicht, dass sie mich so sah, ich wollte nicht, dass überhaupt einer von ihnen mich so sah. *Bitte geht weg, bitte lasst mich in Ruhe, ich darf nicht in eurer Nähe sein, bitte, bitte, lasst mich einfach hier …*

»Ruby«, sagte sie und drehte mich um. »Okay, okay, Ruby, ich mach's ab.«

Ihr Messer durchtrennte die Kabelbinder um meine Handgelenke, doch ich spürte, wie ihre Finger unbeholfen abglitten, als sie versuchte, die Riemen der Maske zu lösen. Ich schrie sie an, flehte: *Lass mich! Lass mich!* Aber alles, was herauskam, war nur ein leises Stöhnen.

»Scheiße!« Sie musste das Leder mit dem Messer bearbeiten. Es riss unter ihren behutsamen Fingern, ein Riemen, dann der nächste, und dann war die Luft in meinem Mund, sie war kalt und schmeckte nach Auspuffgasen.

»Nein«, schrie ich, »ich kann nicht … Du musst … Ihr müsst …«

»Vida!« Jude hörte sich an, als wäre er weit weg. »Ist sie okay?«

Wild wogendes Grau war immer wieder alles, was ich sehen konnte. Die Kälte war eine Schlange, die meine Glieder entlangglitt, sich eng um meine Brust schlang, während ich versuchte, wieder zu Atem zu kommen. Schuhe scharrten eilig auf dem bröckeligen Asphalt des Seitenstreifens. Ein weiteres Paar Hände, ein neues Gesicht, das über meinem schwebte. »Schau mal nach ihm!«, bellte Chubs.

»Aber gerne«, knurrte Vida und ging ums Heck des Jeeps herum.

»Kannst du aufstehen?« Chubs' Gesicht tauchte dicht vor meinem auf, seine Hände legten sich fest an meine Wangen. »Hast du Schmerzen? Kannst du sprechen?«

Ich versuchte, mich von ihm wegzuschieben, hustete den bitteren, brennenden Geschmack aus, der mir den Rachen hinunterrann.

»Ruby, Herrgott noch mal.« Chubs packte mich an den Schultern, hielt mich fest. »Du bist okay. Wirklich. Ich versprech's dir. Wir sind da, okay? Tief durchatmen. Schau mich an. Schau mich einfach nur an – du bist okay.«

Ich drückte die Stirn auf den Asphalt, versuchte, die Worte hervorzubringen, die Warnung. An den Rändern meines Gesichtsfeldes flackerte es schwarz, doch mein Kopf fühlte sich an, als hätte mir jemand den Hinterkopf aufgespalten. Meine Nägel bohrten sich in die Straße, als könne ich tief genug wühlen, um mich selbst dort zu begraben. Ich hörte Stimmen, Gebrüll ganz in der Nähe und weit weg, doch ich hörte auch

Clancy, dessen seidige Stimme mir ins Ohr flüsterte: *Jetzt gehörst du mir.*

»Und?«, fragte Chubs gerade.

Mein Blick hob sich langsam zu Vidas Gesicht empor, das einen krankhaften Grauton angenommen hatte. Sie wischte sich mit dem Handrücken über den Mund.

Zusammen hoben sie mich vom Boden auf; Vida wuchtete sich mich mehr oder weniger über die Schulter.

»Kannst du fahren?«

»Wie ein verdammter Profi«, gab sie bescheiden zurück. »Warum?«

»Nein!«, heulte ich auf. Verzweifelt zerrte ich am Kragen meines Shirts, versuchte zu verhindern, dass sich der Stoff in ein Würgehalsband verwandelte. »Nein, ihr müsst ... müsst mich ... hierlassen ...«

»Ruby!«, schrie Jude. »Was ist denn mir ihr?«

»Mach die Tür auf!«, befahl Chubs. »Nein, nicht du, du Idiot – du bleibst im Auto!«

»Ist sie okay? Chubs?«

Liam ... Das war doch Liam, oder? Es hörte sich an wie er, am anderen Ende eines Tunnels. Wie war das möglich? Die Medikamente?

Die hintere Wagentür ging auf, Chubs kroch zuerst hinein und zerrte mich hinter sich her auf den Sitz. Ich biss vor Schmerz die Zähne zusammen, und vor meinen Augen verschwamm alles bei dem Anblick, wie Jude ins Auto sprang und sich unter meine ausgestreckten Beine schob. Ich wollte die Hand heben, um mir das Haar aus den Augen zu wischen, doch von den Schultern abwärts konnte ich überhaupt nichts fühlen.

Wieder sah ich schlagartig nur Weiß. Der Schmerz war lebendig, schrie gellend, übertönte die Gewissensbisse, die innere Vernichtung, sogar die Angst. Und ich wusste, dass es zu Ende ging, es war zu Ende, denn es hörte sich an, als ob Liam ebenfalls schrie.

»*Chubs!*« Ich drehte den Kopf und sah eine weiße Hand, die sich gegen das Gitter presste. Liams flehende Stimme zu hören war ebenso schmerzhaft wie das raue Husten, das darauf folgte. »Hör auf, du tust ihr weh!«

»Oh, verdammt, nein, du machst die Tür nicht auf!«, brüllte Vida. »Setz dich auf deinen Arsch, Blondie, sonst verpass ich dir 'ne Dröhnung!«

»Wo?«, fragte Chubs, während seine Hände mir das Haar von Nacken und Rücken strichen.

Ich verstand nicht, was er meinte, bis Jude antwortete: »Am Rücken – ich weiß nicht, wie schlimm es ist, aber er hat sie erwischt.«

Der Wagen rollte flott rückwärts, holperte, bis er auf den glatten Asphalt des Highways traf, und dann schossen wir los, unter einem erschrockenen Protestlaut von Chubs.

»Ist sie okay? Ist sie verletzt? Herrgott noch mal, Chubs, sag schon!«

Chubs schob Hemd und Sweatshirt hoch und gab meinen Rücken der warmen Luft preis, die aus dem Gebläse kam. Ein verblüfftes Zischen war zu hören, doch ich wusste nicht genau, ob es von ihm oder von mir gekommen war. Seine Finger fühlten sich an wie Eis, als sie sich mitten in das pulsierende Zentrum des Schmerzes pressten.

»O mein Gott!«, stieß Jude hervor. »Ruby, es tut mir leid, ich wusste doch nicht …«

»Was ist?«, flehte Liam. »Ist sie okay?«

Chubs log nicht – oder wenn er es doch tat, handelte es sich zumindest um bedeutsame Lügen, normalerweise, um einen von uns oder uns alle zu schützen. Doch wir beide, wir waren das Reality-Team, und wir beschönigten grundsätzlich nichts.

Es musste also schlimm sein, denn er beschloss, nicht zu antworten.

»Was ist mit dem Kerl?«, erkundigte er sich. Was immer er da auf meinen Rücken getan hatte, war eiskalt und fing dann ohne Vorwarnung plötzlich an zu brennen. Er reinigt die Wunde, dachte ich, und vor meinen Augen verschwamm erneut alles.

»Der macht bestimmt keine Probleme mehr«, erwiderte Vida mit belegter Stimme.

»Wie meinst du das?«, wollte Chubs wissen.

»Jackson Pollock ist ein Dreck gegen die Windschutzscheibe da hinten«, sagte sie schlicht.

»Du hast doch nicht etwa …«, setzte Jude an.

»Nein«, wehrte sie ab, und ich konnte das Bedauern in ihrer Stimme hören, »für dieses Meisterwerk waren die Bäume und das Lenkrad zuständig.«

»Du kennst Jackson Pollock?« Chubs' Hand hielt tatsächlich regungslos inne, nur einen Augenblick lang.

»Überraschung, Arschloch«, knurrte sie, »ich kann verdammt noch mal lesen.«

»*Chubs!*« Es hörte sich an, als wäre das Wort Liam brutal aus der Kehle gerissen worden. Nackte Angst lag darin, und mein Herz kam bei dem Klang tatsächlich ins Stottern. »*Sag, dass sie okay ist!*«

»Okay«, krächzte ich.

Ich spürte, wie ich dahintrieb, auf einer Woge aus betäubendem Eis davonglitt, die mir das Gefühl in den Händen raubte, in den Beinen, in der Wirbelsäule.

Chubs brauchte nur die Spitze einer Nadel in meine Haut zu drücken, und der Schmerz griff empor und zog mich in die Finsternis hinab.

22. Kapitel

Das Aufwachen fühlte sich gleichzeitig vertraut und verkehrt an. Als hätte sich eine Erinnerung mit einer anderen verheddert, und beide mühten sich unter der seltsamen Last eines Déjà-vu. Fest, eben, kalt – ich lag auf dem Boden, harter, fester Erdboden. Es waren der Geruch nach feuchter Erde und etwas einzigartig Menschlichem, das mir in die Nase drang, nicht der künstliche Zitronengeruch aus Black Bettys früherem Leben als Wagen eines Reinigungsservice. Es war nicht das monotone Gebrabbel eines Radiosprechers, der die schrecklichen Nachrichten des Tages verkündete, das an meine Ohren drang, sondern das gleichmäßige Atmen von vier anderen in tiefem Schlaf.

Das Bewusstsein wiederzufinden war, als zöge ich mich vom Grund eines dickschleimigen Sumpfes empor. Erst als ich durch die Oberfläche brach, traf mich der Schmerz. Er begann ganz unten am Rücken und zuckte meine ganze rechte Seite hinauf und hinunter, spannte unterwegs jeden Muskel und jede Sehne bis kurz vorm Zerreißen. Auf einmal waren der Erdboden, die Decken, die Dunkelheit einfach zu viel. Ich spürte den Phantom-Klammergriff des Lederriemens um meinen Kopf, schmeckte den bitteren Geschmack von Metall im Mund. Da wurde mir klar, dass es möglich war, an einer Erinnerung zu ersticken, zu fühlen, wie sie sich rasch und eng um die eigene Kehle schloss. Leder. Alles, was ich riechen konnte, war Leder.

Chubs' Zelt, begriff ich. Das war alles wirklich passiert. Sie hatten mich gefunden.

Jude, Vida … Ich stemmte mich hoch und achtete nicht auf die Proteste steifer Muskeln und den heulenden Schmerz in meinem Rücken. Da waren sie, schliefen quer über unseren Köpfen, lagen praktisch aufeinander.

Chubs. Liam.

Eisiger Wind wehte mir hinten das Hemd hoch, doch im Vergleich zu der abgestandenen, warmen Luft im Zelt fühlte sich das erfrischend an. Undeutlich kam mir der Gedanke, dass ich meine Stiefel suchen müsste, doch das schien nicht halb so wichtig zu sein wie einfach wegzukommen. Einen Ort zu finden, wo ich allein sein konnte, um den Schrei loszulassen, der sich aus meinem tiefsten Inneren emporarbeitete. Direkt vor mir waren die schwelenden Überreste des Lagerfeuers in der Mitte der Lichtung – vielleicht ein alter öffentlicher Campingplatz – und eine Wäscheleine mit steif gefrorenen Shirts und Sweatshirts daran.

Es fühlte sich kälter an als an dem Tag, als wir in Tennessee angekommen waren. Sie hatten eine ebene Lichtung gefunden, um den Wagen zu parken, doch ein schneller Rundblick verriet mir, dass die Hügel hier schroffer waren als vorher. Das abgestorbene Gras war feiner, länger, unter alten, braun verfärbten Steinhaufen begraben. Also definitiv nicht Nashville.

Ich atmete ein paarmal tief durch den Mund ein und aus und ging um den Haufen aus verkohltem Holz und Asche herum, der ihr Lagerfeuer gewesen war. Chubs hatte eine Feldflasche draußen stehen lassen, doch sowohl die als auch die Plastikflasche daneben waren leer.

Meine Socken waren nass und schmutzig, rutschten auf dem Schlamm. Ich stolperte voran und gab halblaut ein paar erlesene Flüche von mir, wenn meine Beine schlappmachten. So brauchte ich länger, als ich es jemals zugeben würde, um den Geländewagen zu erreichen, doch als ich gegen die Beifahrerseite rempelte, hatte ich eine Chance, wieder zu Atem zu kommen. Unter dem Vordersitz hatte ich eine Wasserflasche gelassen; ich erinnerte mich, wie das Plastik mir jedes Mal gegen die Fersen gerumpelt war, wenn Chubs scharf abgebogen war. Ich brauchte nur einen kleinen Schluck. Eine einzigen kleinen Schluck, um den widerlichen Geschmack auf meiner Zunge loszuwerden.

Die Türen waren abgeschlossen. Ich trat von dem Wagen zurück und ging kopfschüttelnd wieder zur Feuerstelle hinüber. Eine dünne graue Decke lag über einen abgewetzten Baumstumpf gebreitet, und ich nahm sie und legte sie mir fest um die Schultern.

Wir haben keinen Platz für euch, hier oder sonst wo. Der einzige Platz für euch ist in den Lagern oder im Grab, zusammen mit dem Rest.

Wieder schüttelte ich den Kopf, um die ungebetene Stimme zu vertreiben; das offene Haar fiel mir um Wangen und Schultern. Es fühlte sich sauber an. Ganz weich, sogar an den Wangen. Ich zog eine Hand unter der Decke hervor und betastete die Spitzen. Keine Blätter oder Knoten. Irgendjemand hatte es gebürstet.

Großer Gott, dachte ich und zog die Decke wieder enger um mich. Dieser Kerl … Er hatte mich hinter sich hergeschleift, geradewegs …

Meine Kehle schmerzte. Jetzt konnte ich das plötzlich statische Knistern deutlicher hören, durch den immer schneller werdenden Puls in meinen Ohren hindurch. Eine grauenvolle Sekunde lang war ich sicher, dass Rob wieder da war, dass er ein Weißrauschen-Gerät mitgebracht hatte. Dieses Geräusch jedoch war leise und fern und überhaupt nicht schmerzhaft.

Ich folgte dem Rauschen von der Lichtung herunter und sah den alten Wanderweg sofort. Schnee bedeckte den unebenen Boden und verbarg scharfkantige Felsen und heimtückische Löcher, doch ich sah den gewundenen, baumlosen Pfad. Ich stützte mich mit den Händen an den festen Leibern der Eichen und Ahornbäume ab. Die Sonne berührte gerade den Horizont, die ersten blassgelben Lichtstrahlen fächerten über den Schnee.

Als ich es zum Wasser hinunter geschafft hatte, kam ich mir blöd vor, je gedacht zu haben, das sei so etwas Beängstigendes und Schreckliches – etwas so Unnatürliches wie Weißrauschen.

Wasserfälle. Sprudelnde, donnernde Wasserfälle in einer Rinne, die wie ein Miniatur-Canyon aussah. Das Wasser schoss über die gebogenen Ränder der Felsklippen und verzweigte sich zu kleineren Wasserfällen zu beiden Seiten des größeren. Die dunklen Felsen umgaben den Teich und beugten sich vor, fast wie ein menschlicher Körper, die Schultern hochgezogen, um sich der Kälte zu erwehren.

Der Weg führte zu etwas hinunter, das wie ein hölzerner Steg aussah, der über den Rand der kleinen Wasserfläche hinausragte. Ich stieg über ein Rinnsal hinweg, das von dem Teich abzweigte, und zerbrach die dünne Eiskruste, die sich an seinen Seiten gebildet hatte.

Der Steg war feucht und hier und da von Schneeplacken bedeckt. Ich schob einen glitzernden Haufen weg und setzte mich ganz vorn an den Rand, wo ich den besten Blick auf das wilde, donnernde Wasser hatte, das von oben herabgestürzt kam. Der Wasserfall versprühte einen feinen Nebel über die glitzernde Oberfläche des Teiches. Ich griff nach unten, schöpfte das eiskalte Wasser mit den Händen und wusch mir das Gesicht.

Dann schob ich eine Hand wieder unter die Decke und unter mein Sweatshirt, versuchte, jene Quelle weiß glühenden

Schmerzes zu finden. Der Wulst aus sauberen, gleichmäßigen Stichen hörte erst auf zu brennen, als meine kalten Finger ihn berührten und betäubten.

Zuerst dachte ich, es wäre nur Dunst, der sich auf meinen Wangen niederschlug. Dass der Wind Gischt von den Wasserfällen herübergeweht hatte. Doch der ziehende Schmerz in meiner Kehle war immer noch da, fest und unverrückbar, und etwas, das große Ähnlichkeit mit einem Aufschluchzen hatte, wollte aus meiner Brust hervorbrodeln. Es war niemand da, der mich weinen sehen konnte, und es hatte keinen Sinn, die Tränen zu unterdrücken.

Ich drückte das Gesicht in die Decke, ballte sie vor meinem Mund, um dem Schrei zu ersticken. Und es war, als käme, nachdem ich erst einmal angefangen, die Schleuse geöffnet hatte, der ganze Rest herausgeströmt, und ich konnte nicht mehr aufhören. Jeder Gedanke, der durch mich hindurchraste, war mit Blut besudelt; ich konnte es richtig schmecken, ganz hinten im Rachen.

Ich habe diesen Mann getötet.

Nein, es war nicht nur das. Ich hatte ihn mit Furcht gefoltert. Nicht dass er es nicht verdient hätte, für die Verbrechen bestraft zu werden, die er begangen hatte, es ging darum, *wie* ich es getan hatte – wie ich die beiden Jugendlichen benutzt hatte, sie und ihr Andenken manipuliert hatte, obwohl sie doch bereits Opfer waren. Und es hatte mir Spaß gemacht. Ich hatte Freude daran gehabt, wie einfach es gewesen war, seinen Verstand zu verzehren, ihn Stück für Stück mit Entsetzen zu füllen, bis ich spürte, wie er vollständig zerbrach. Die Finsternis, die in diesem Moment nach mir gegriffen hatte, war warm gewesen. Erregend. Der Rausch hatte ein kribbelndes, unruhiges Gefühl in meinen Gliedern hinterlassen, das ich noch immer nicht recht abschütteln konnte.

Ich hatte Knox für das vertrieben, was er Liam angetan hatte, doch ich hatte dabei stur ignoriert, dass Liam das nie, niemals für die richtige Entscheidung gehalten hätte. Ich war davon ausgegangen, dass er unrettbar böse war, aber er war doch ein Junge – Knox oder Wes oder wie immer er sich auch nennen wollte, war einer von uns. Inwiefern war es leichter zu verzeihen, ihn in die Kälte hinauszuschicken, damit er krepierte, als andere Kids auszuliefern, um Lebensmittel zu beschaffen? Und Mason … Ich hätte Mason helfen können. Ich hätte ihm seine schmerzlichen Erinnerungen nehmen können, doch mein erster Instinkt war gewesen, ihn als Waffe zu benutzen. Als wäre er gar kein Mensch und verdiene es nicht, selbst zu entscheiden.

Vielleicht … vielleicht hatte die Lagerleitung ja recht daran getan, mit den Gefährlichen so zu verfahren. Vielleicht mussten wir ja geknebelt, angekettet, darauf abgerichtet werden, Befehle zu befolgen – es war mir so natürlich erschienen, Rob herumzukommandieren – Knox und jeden anderen, der mich im Lagerhaus herausgefordert hatte.

Und das machte mich zu Clancy. Zu Martin. Es machte mich zu jenem Orangenen im Bus nach Thurmond, der die Frau dazu gebracht hatte, sich mit ihrer eigenen Pistole umzubringen. Es machte mich zu unzähligen anderen, die die PSFs und die Lagerleitung gequält hatten, indem sie ihre Köpfe mit fürchterlichen Bildern überflutet hatten.

Ich war kein Stück anders als die. Ich war kein Stück besser. Die ganze Zeit hatte ich geglaubt, meine Kräfte besser unter Kontrolle zu bekommen hieße, mein Leben zurückzubekommen. Doch das stimmte nicht, überhaupt nicht, oder? Es war durchaus möglich, dass keine Kontrolle darüber zu haben – Angst davor zu haben – der einzige Grund gewesen war, warum ich den anderen Orangenen damals nicht auf ihrem Weg gefolgt war.

Jetzt sah ich, wieso die League gut für mich gewesen war. Sie hatte mich Disziplin gelehrt, Zielstrebigkeit und Richtlinien, wie und wann ich meine Fähigkeiten einsetzen musste. Das Ganze bewies nur, dass ich recht gehabt hatte, als ich Cate gesagt hatte, ich sollte nicht Teamführerin sein – wir brauchten Leute, die stark waren, Leute, die noch etwas Gutes ihr Eigen nannten. Oder Menschen, die zumindest darauf vertrauen konnten, dass ihre Instinkte sie nicht in solche Finsternis führen würden.

Mörderin. Genau wie all die anderen Agenten in der League.

Die Decke war heiß und feucht von meinen Tränen. Ich hob den Kopf und versuchte, mein brennendes Gesicht und meine schmerzende Lunge zu kühlen, doch nichts half. Nichts löschte die Vorstellung davon aus, wie Rob ausgesehen haben musste, als Vida ihn zum letzten Mal gesehen hatte. Nichts löschte die allerletzten Gedanken, die in den Sekunden, bevor sein Leben endete, durch seinen Verstand gelodert waren. Eine schöne Frau in einem karierten Kleid, ein rotes Fahrrad, ein weites Feld, der Sonnenuntergang über Los Angeles.

»Aufhören«, würgte ich hervor, »aufhören!«

Und es tat weh. Alles an mir, angefangen von den rasenden Kopfschmerzen hinter meinen Augen bis zu den Schrammen und Prellungen auf meinem Rücken. In meiner Lunge war nicht genug Platz für die Luft, die ich brauchte. Ganz gleich, wie heftig das Schluchzen meinen Körper schüttelte, ich konnte den Druck dort nicht lindern. Es fühlte sich an, als würde ich wieder und wieder zusammengefaltet, bis mir nichts anderes mehr blieb, als zu zerbrechen.

Das Rauschen des Wassers verschluckte alle anderen Geräusche, einschließlich der Schritte, die langsam und zögerlich über das Holz hinter mir tappten. Doch ich wusste, dass er da war.

»Hey«, sagte Liam mit leiser Stimme.

Der Nebel der Wasserfälle sank zwischen uns herab, verwob die großen Schneeflocken zu einem reinweißen Wandschirm. Als dieser mit der nächsten eisigen Brise davonwehte, stand er immer noch da, hielt noch immer meine schwarzen Stiefel an die Brust gedrückt, hatte noch immer diesen gequälten Ausdruck auf dem ohnehin schon verhärmten, aschfahlen Gesicht. Er öffnete den Mund und trat einen kleinen Schritt vor. Seine Beine waren noch wacklig, doch es war die Art und Weise, wie er mich ganz offen ansah, in meinem Gesicht forschte, die mir Angst gemacht hatte.

Aber er war am Leben. Er stand auf seinen eigenen zwei Beinen. Der glasige Blick war aus seinen Augen verschwunden. Sein Atem ging flach, aber gleichmäßig – ruhig ein, ruhig aus, mit nur einer kleinen Unterbrechung, um zu husten.

Liam war schon immer leicht zu lesen gewesen. Er konnte nichts von seinen Gedanken oder Gefühlen verbergen, ganz gleich, wie viele Lächeln er sich abrang. Sein Gesicht war offen wie immer, so herzzerreißend vollkommen, auch wenn Schmerzen seinen Mund zusammenkniffen. Seine Augen waren … sie waren so hell in diesem Licht, huschten von meinen Augen zu meiner Nase und meinen Lippen, als hätte er mich noch nie gesehen, wolle aber nie aufhören hinzuschauen. Ein dumpfer Schmerz begann tief in der Mitte meiner Brust und wühlte sich nach außen, verdrehte alles in mir, bis ich wegsehen musste.

»Ich weiß nicht …«, setzte er an, und in den Worten lag leise Verzweiflung. »Wie kann ich dir helfen? Was … was kann ich tun, damit es nicht mehr wehtut? Damit es besser wird?«

Liam, du kannst gar nichts tun. Diesmal nicht. Bei dem Gedanken fühlte ich mich irgendwie woandershin versetzt, als sähe ich ihn von oben über den Wasserfällen auf mich zukommen.

»Erzähl ihnen einfach nichts hiervon«, flüsterte ich. »Bitte.«

Ich wischte mir die Tränen vom Gesicht. Sie brannten, als sie meine Wangen hinunterrannen, über mein Kinn und auf meinen Hals. Es war peinlich und überwältigend, aber irgendwie auch richtig, dass er derjenige war, der mich gefunden hatte.

Aus dem Augenwinkel sah ich, wie Liam nickte. Natürlich verstand er – er war auch öfter weggegangen, damit wir nicht sehen sollten, wie er aus den Fugen ging. Wenn sich Leute auf einen verlassen, dann darf man nichts anderes zeigen als ein tapferes, entschlossenes Gesicht, sonst untergräbt man auch noch ihre Zuversicht.

»Bei den Medikamenten muss doch irgendwas sein, in dem Beutel«, sagte er gerade, »irgendwas, das dir hilft, dich auszuruhen, oder … oder das …«

Sie hatten die Medikamente also ins Lager zurückgeschafft. Chubs hatte sie verabreicht. Die Tatsache, dass Liam überhaupt so klar war wie jetzt, hieß, dass der Einsatz nicht umsonst gewesen war – ein bisschen hatte er sich doch gelohnt.

Ich nahm die Stiefel, als er sie mir hinhielt, und zog sie an. Das taube Gefühl kroch allmählich von meinen Zehen in meine Knöchel und Waden hinauf, und ich wartete darauf, dass es sich ausbreitete. Ich war so müde; ich hatte solche Schmerzen. Ich spürte, wie ich unter eine flache, graue Eisdecke glitt, und hatte nicht die Kraft, mich selbst wieder darunter hervorzuziehen. Also holte ich tief Luft und legte den Kopf zurück, als würde das reichen, um den Tränen Einhalt zu gebieten.

»Erzähl's mir doch«, flehte er. »Ich kann nicht … Das … Es ist zu viel …«

Zu viel. Mein Verstand klammerte sich an diesen einen Begriff. *Zu viel, zu viel, zu viel.*

Er kniete neben mir nieder, und sein Adamsapfel hüpfte, als er schluckte. Ich konnte den Blick nicht davon losreißen, erst als er die Hand ausstreckte und mit dem Finger über die Narbe an meiner Stirn strich. Als ich nicht wegzuckte, spürte ich, wie seine Fingerspitze federleicht seitlich an meinem Gesicht hinabfuhr, über meine Wange. Seine Hände waren rau und von dem erbarmungslosen Wetter aufgesprungen, als sie durch mein Haar nach hinten strichen, zu den Kuhlen hinter meinen Ohren. Ich schloss die Augen und ließ seine Daumen die winzigen Schneeflocken wegwischen, die in meinen Wimpern hängen geblieben waren.

Beweg dich, befahl ich mir, während ich mich zwang, die Augen zu öffnen. *Beweg dich* – weil er sich nämlich nicht rührte. Ich konnte spüren, wie er sich zu mir herüberbeugte, den Kopf zu meinem herabsenkte, und ich tat es ihm gleich, hob das Gesicht, um ihn auf halbem Wege zu treffen. Liams Augen waren geschlossen, und es hatte den Anschein, nur ganz kurz, als sei er in irgendeinem Traum gefangen. Ich fühlte seinen warmen Atem auf meinen Lippen.

Die Berührung war so sicher, und ich hatte mich so lange danach gesehnt, dass es in diesem winzigen Stückchen Morgen beinahe leichtfiel zu vergessen, was ich getan hatte.

Dass er mich doch eigentlich gar nicht kennen sollte, geschweige denn, dass ich ihm wichtig genug sein sollte, so etwas zu versuchen.

Zu viel.

»Was machst du denn?«, flüsterte ich.

Alles an ihm schien sich schlagartig zu verkrampfen, und ich erkannte den Schrecken in seinem Gesicht, als ich ihn ansah. Liam riss die Hände weg und verlor dabei das Gleichgewicht. Er versuchte, hastig auf die Beine zu kommen, doch er war langsam und schwach, und das Beste, was er zustande brachte, war wegzuschauen, während seine Ohren knallrot wurden. Er war auf den Füßen und trat zurück, noch ehe das Gefühl seiner Berührung von meiner Haut verschwand.

Kopfschüttelnd brummte er irgendetwas, die Hände in die Achselhöhlen geklemmt. Dabei trat er immer zwei Schritte auf einmal zurück, und ich fragte mich, was für ein Gesicht ich wohl gemacht hatte, dass er seinerseits so verloren aussah.

»Ist schon in Ordnung«, versicherte ich ihm, obgleich das von der Wahrheit so weit entfernt war, dass ich gelacht hätte, hätte ich nicht bereits geweint. Es war erstaunlich – ich hatte keine Ahnung, dass man auch dann noch weitersinken kann, wenn man schon am finsteren Grund seines Lebens angekommen ist. Aber ihn so nahe heranzulassen, ihn mich trösten zu lassen, nach allem, was ich getan hatte, das war ein brutaler Tiefpunkt.

Ehe ich den Satz vollenden konnte, redete Liam schon wieder, und seine Stimme hatte abermals jenen merkwürdigen Tonfall.

»Ruby – du heißt doch Ruby. Chubs hat gesagt, du und Vida und unser kleiner Freund, ihr habt ihm geholfen, nach mir zu suchen. Er sagt, du und ich, wir sind uns nie begegnet, aber das kann nicht sein, weil, ich kenne dein Gesicht, ich kenne deine Stimme. Wie geht das?«

»Ich hab mit dir geredet, als du krank warst«, erwiderte ich und fühlte, wie Panik sich um meinen Magen krallte. »In dem Lagerhaus in Nashville.«

»Nein – ich meine, ja, ich weiß.« Liam stammelte, fast schon übererregt, und er tigerte auch auf dem kleinen Holzsteg hin und her. »Das ist es nicht, das weiß ich genau.«

Beende das. Treib es nicht noch weiter. Ein sauberer Schnitt, und du kannst gehen und das hier zu Ende bringen.

»Ich gehöre zur League«, stieß ich hervor, weil das das Einzige war, von dem ich wusste, dass es ihn davon abhalten würde näher zu kommen. Das Einzige, was seine Miene des Mitgefühls in eine voller Verachtung verwandeln würde.

»Du?«, begann er. »Was? Das ist doch nicht … ist nicht möglich.«

Die Lager. Ich musste an die Lager denken, die wir befreien würden, sobald ich das Datenmaterial zu Cole und Cate zurückbrachte. An das Gute, das daraus erwachsen würde, das sich über das Blut erheben würde, das Pfützen unter meinen Füßen bildete, und über die Spur aus Rauch und Feuer, die meine Schritte hinterließen. Das war jetzt meine Zukunft. Das war das Einzige, was es für mich gab.

»Aber du hast recht. Wir sind uns wirklich schon mal begegnet«, sagte ich. »In einem sicheren Haus in Maryland. Ich habe dir das Geld von deinem Bruder gegeben, weißt du noch?«

Jetzt wusste er es wieder. Ich konnte es in seinem Gesicht sehen, daran, wie er die Schultern straffte. Resolut hielt ich den Blick auf die Bäume hinter seinem Kopf gerichtet, die Arme fest um meine Mitte geschlungen, um jenes letzte bisschen Wärme dort festzuhalten. Liam sah aus, als würde ihm gleich schlecht werden.

»Aber du bist ausgestiegen, stimmt's?«, fragte er. »Weil, sonst hätte Chubs mir das doch gesagt. Das hätte er mir doch nicht verschwiegen. Du warst in der League, aber jetzt bist du …«

»Ich bin in der League und Vida und Jude auch.« Ich kannte Chubs gut genug, um genau zu wissen, warum er diese Information nicht preisgegeben hatte. »Er hat's dir nicht gesagt, weil er wusste, du würdest dann abhauen wollen. Aber er und ich haben einen Deal.«

»Ich … ich kapier's nicht«, brachte Liam mühsam hervor. Er wich von Neuem zurück, fuhr sich mit der Hand übers Gesicht. »Einen Deal?«

Ich hatte ihm das Messer doch schon in die Brust gerammt. Es jetzt herumzudrehen würde es für alle Zeit beenden.

Tu's nicht, flüsterte eine kleine Stimme. *Nicht noch mal.*

Er starrte mich an, wartete und zitterte, ich wusste nicht, ob vor Kälte oder vor Zorn. Ich trat auf ihn zu, und er ließ es zu. Liam amtete jetzt heftiger, ein keuchendes, rasselndes Pfeifen, als ich nach dem Saum der Jacke seines Bruders griff und die Naht aufriss, die Cole so hastig zusammengestichelt hatte. Der USB-Stick war ein einfaches schwarzes Rechteck, auf das der goldene Schwan der Leda Corp aufgeprägt war. Er war warm, weil er während der letzten Stunden so dicht an seinem Körper gewohnt hatte – vielleicht auch während der letzten paar Tage.

Liam stolperte rückwärts, alle seine Gedanken brandeten über sein Gesicht hinweg. »Was zum Teufel ist *das* denn?«

»Dein Bruder«, erwiderte ich. »Er hat uns losgeschickt, um dich zu suchen. Du hast seine Jacke genommen anstatt deiner, als du in Philly abgehauen bist. Und das hier hast du mitgenommen.«

»Und was ist das?«, wiederholte er und versuchte, danach zu greifen. Ich schloss die Faust und stopfte das verdammte Ding in die Tasche, ehe ich in Versuchung geriet, etwas Dämliches zu tun. Und das alles für ein kleines Stück billiges Plastik.

»Geheimes Datenmaterial«, erklärte ich und zwang meine Füße vorwärtszugehen, den Weg hinauf. »Von dem Einsatz, auf dem dein Bruder war.«

Halb hoffte ich, er würde mir nicht nachkommen. Dass er dort unten bleiben würde und ich zurückgehen könnte und durch das Lager, durch den Wald, in dem wir hier waren, marschieren und einfach verschwinden könnte. Doch nichts in meinem Leben würde jemals so leicht sein. Stattdessen drängte er sich auf dem Weg an mir vorbei, machte jene ersten Schritte, als stolpere er aus knietiefem Wasser heraus, ganz wacklig, und dabei hustete er die Flüssigkeit heraus, die noch in seiner Lunge festsaß. Instinktiv streckte ich die Hand aus, um ihn zu stützen, doch er riss seinen Arm weg, drängte weiter und rief Chubs' Namen.

Der hatte bestimmt schon nach uns gesucht. Wir trafen ihn auf dem Weg, kurz bevor dieser zum Lagerplatz abbog. Der Junge bestand nur aus verschlafenen Augen und zerknitterten Klamotten; sein Gehirn war bestimmt noch nicht richtig warmgelaufen, denn er hatte weder eine Jacke noch Schuhe angezogen, trotz der eisigen Temperaturen.

»Was ist denn?«, rief er und schaute von Liam zu mir und zurück. »Was ist los?«

»Ich glaub's echt nicht«, knirschte Liam. »Was für eine Nummer ziehst du hier eigentlich ab, verdammt noch mal?«

Chubs blinzelte. »Was?«

»Ich weiß Bescheid!« Liam kam auf ihn zu; er atmete noch immer schwer von dem Anstieg. »Wie lange hattest du vor, mir das zu verschweigen? Die League. *Im Ernst?* Großer Gott – eigentlich solltest du doch der Kluge sein! Du hast mit *denen* einen Deal gemacht?«

»Oh.« Chubs rieb sich mit der Hand über das dunkle Haar und stieß einen genervten Seufzer aus. Ich hatte ungefähr drei Sekunden Zeit, Liams Zorn wieder auf mich zu lenken, ehe Chubs etwas sagte, was ihm wirklich leidtun würde.

»Ja, *das*!« Liam marschierte zum Lager hinauf und ging zu dem gelöschten Feuer hinüber. Er ließ mich nicht einmal nahe genug heran, dass wir dieselbe Luft atmeten.

»Würdest du mir bitte mal zuhören?«, sagte ich. »Das Ganze war meine Idee – alles. Dein Bruder hat uns den USB-Stick suchen geschickt, und dabei haben wir deinen Freund gefunden. Wir haben uns bereit erklärt, keinerlei Informationen über dich an die League weiterzugeben, wenn er uns hilft, dich zu finden. Und wir würden dir helfen, nach Kalifornien zu kommen und Zu zu suchen.«

Zuerst dachte ich, der Blick mit den weit aufgerissenen Augen, den Chubs mir zuwarf, zeige, dass er schockiert über meine Fähigkeit war, mir eine Lüge nach der anderen aus den Fingern zu saugen. Doch irgendein Teil von mir musste gewusst haben, dass ich gerade den falschen Nagel auf den Kopf getroffen habe, noch während ich es aussprach.

»Und woher weißt du das?«, verlangte Liam zu wissen. »Woher kennst du sie?«

Ich schluckte und schlang die Arme um den Körper; mein Verstand ratterte Ausreden durch, eine mieser als die andere.

»Antworte!«

Ich zuckte zusammen. »Ich hab nur ... Geschichten gehört – von Chubs, meine ich.«

Liam fuhr zu Chubs herum, Wut und Ungläubigkeit flammten in seinem Gesicht. »Was hast du ihr noch erzählt?«

»Gar nichts! Lee, du musst dich wieder einkriegen – bitte, setz dich hin. *Hör zu.*«

»Ich fasse es nicht! Begreifst du denn nicht, dass die Mittel und Wege haben, sie zu finden? *Willst* du etwa, dass sie sie schnappen? Zu ... wir haben versprochen, dass wir ... Ich dachte ...«

»Er hat mir nichts über sie erzählt, nur dass ihr eine Weile zusammen unterwegs wart«, sagte ich ruhig. Liam hatte sich auf unterschiedliche Weise als unser aller Beschützer gefühlt; Zu jedoch war ein ganz besonderer Fall gewesen.

»Halt dich da raus, Grüne!« Er war noch immer ganz und gar auf Chubs fokussiert. »Was hast du ihr sonst noch erzählt? Was hat sie sonst noch aus dir rausgeholt?«

Ich fuhr zurück; ein einziges Wort brachte mich völlig aus dem Gleichgewicht.

»Wie hast du sie gerade genannt?«, unterbrach Chubs ihn. Natürlich war es ihm auch aufgefallen.

»Wie? Darf ich jetzt nicht mal ihren Namen benutzen?«, fragte er. Sein Gesichtsausdruck triefte geradezu vor Hohn. »Wie soll ich sie denn nennen? Was für einen cleveren Decknamen hat sich die League denn für sie ausgesucht? Pumpkin? Tiger? Tangerine?«

»Du hast mich Grüne genannt«, sagte ich.

»Nein, hab ich nicht«, wehrte er ab. »Warum zum Teufel sollte ich dich denn so nennen? Ich weiß doch, was du bist.«

»Doch«, beharrte Chubs. »Du hast sie wirklich Grüne genannt. Weißt du das wirklich nicht mehr?«

Mein Herz sprengte das Eis, das es umgab, drosch gegen meine Rippen, schlug mit jedem Moment des Schweigens heftiger, der darauf folgte. Sein Zorn war schnell verflogen, hatte Verwirrung Platz gemacht, die zu offener, unverhohlener Angst wurde, während sein Blick zwischen uns hin und her wanderte.

»Ist schon okay«, beteuerte ich und hob in einem schwachen Versuch, ihn zu besänftigen, die Hände. »Alles in Ordnung. Du kannst mich nennen, wie du willst; das ist wirklich egal ...«

»Machst du etwa mit ihm rum? Zwingst du ihn, nett zu dir zu sein?«, fragte Liam. Sein Gesicht war gerötet, und es hatte fast den Anschein, als schlüge sein Zorn allmählich in Furcht um. Er schaute seinen Freund an und sah einen Fremden vor sich.

Ich konnte mit seinen jähen Stimmungswechseln nicht mithalten und fragte mich plötzlich, ob sich überhaupt die Energie lohnte, es zu versuchen. Die Erinnerung an das, was passiert war, als er mich unten bei den Wasserfällen gefunden hatte, verdunstete wie Nebel im Sonnenlicht. Vielleicht hatte ich mir das ja auch alles nur eingebildet.

»Willst du mich verdammt noch mal auf den Arm nehmen?«, fragte Chubs. »Nach allem, was in East River passiert ist? Muss ich dich daran erinnern, dass Clancy Gray an mich nicht rangekommen ist, auch wenn er dich zu seinem Schoßhund gemacht hat?«

»Ich weiß nicht … Was?« Liam stieß heftig den Atem aus. »Wovon redest du eigentlich?«

Oh, dachte ich, *verdammt.*

Als ich mich selbst aus Liams Gedächtnis gelöscht hatte, hatte ich ein paar von seinen Erinnerungen ein bisschen verändern müssen, sonst wären sie ja nicht logisch gewesen. Der Abend, an dem wir versucht hatten, aus East River wegzugehen, war eine davon gewesen. Weil nämlich die ganze beängstigende Episode dadurch ausgelöst worden war, dass ich unvorsichtig gewesen war und Clancy vertraut hatte, was ich nicht hätte tun dürfen. Ich war ein wesentlicher Teil dieser Geschichte.

Jetzt jedoch – was hatte ich stattdessen eingefügt? Hatte ich diesen Abend einfach komplett gelöscht? Mein Verstand raste, versuchte, die Bilder auszugraben, die ich in jenen leeren Raum gepflanzt hatte, doch es war alles schwarz, schwarz, schwarz.

Chubs wandte sich zu mir um und sah mich mit einem Blick an, bei dem ein Berg zu Asche zerfallen wäre.

»Wieso siehst du *sie* an?«, explodierte Liam. »Ich weiß ja nicht mal, was du hier überhaupt machst, und noch dazu mit denen!«

»Wir haben versucht, *dich* zu finden!«, gab Chubs zurück. »Wir wollten *dir* alle einfach nur helfen!«

»Ach, Scheiße noch mal!«, ertönte Vidas schrille Stimme aus dem Zelt. »Könnt ihr beiden mal die Klappe halten und weiterkuscheln? Wir brauchen uns diesen Scheißstreit doch nicht zum zehnten Mal vor fünf Uhr morgens anzuhören!«

Jude machte einen sehr mutigen Versuch, sie zum Schweigen zu bringen, doch der Schaden war angerichtet.

»Du … du … ich glaub's nicht«, stammelte Chubs, zu wütend, um einen vernünftigen Satz zustande zu bringen. »Komm raus. Sofort!«

»Komm mich doch holen, großer Junge«, sang sie. »Ich weiß, ich hab nicht das, worauf du stehst, aber wir kriegen das schon hin.«

»Ach, zum Beispiel ein funktionsfähiges Gehirn?«, brüllte er.

»Chubs!«, zischte ich. Er wusste doch, wie sie war – er spielte ihr doch nur in die Hände. »Vida, bitte komm raus. Du auch, Jude.«

Die Decke wie das wallende Gewand einer Königin um sich geschlungen kam sie aus dem Zelt. Der Effekt wurde ein wenig dadurch verdorben, dass ihr blaues Haar, dessen Farbe allmählich verblasste, auf beiden Seiten ihres Kopfes senkrecht emporstand wie Hörner. Jude sah nicht viel besser aus – ich glaube nicht, dass ich schon mal so dunkle Augenringe gesehen habe. Er kam in seiner Rettungshelferjacke hinter ihr hergeschlendert und setzte sich auf der anderen Seite der Feuerstelle hin.

»Ich werde meine Meinung nicht ändern, also fangt gar nicht erst an, eure kleine Lügengeschichte zu erzählen, von wegen, wie *toll* die League ist und wie *supernett* die Agenten sind«, knurrte Liam und verschränkte die Arme vor der Brust. »Sagt Cole, er kann mich mal. Er braucht nicht auf mich aufzupassen und *ihr* auch nicht!«

»Sagt der Typ, der zwei Schritte von den gierigen Griffeln des Todes entfernt war, als wir ihn gefunden haben«, bemerkte Vida und verdrehte die Augen. »Keine Scheißursache übrigens.«

»Ich verspreche dir, wir wollen nichts anderes als den USB-Stick holen und unseren Teil der Abmachung einhalten«, beteuerte ich und sah, wie sein Brustkorb vor Anstrengung pumpte, genug Luft einzusaugen. Es war leichter, mit ihm zu reden, als wäre er ein Fremder. Und so blass, dünn und unrasiert wie er war, war es auch gar nicht so schwer, sich das vorzustellen.

Das ist nicht Liam, dachte ich. *Irgendwas stimmt hier nicht.*

»Ach ja?«, erwiderte Liam kalt. »Ich hab um nichts von alldem hier gebeten, und das Letzte, was ich je wollen würde, ist jemand wie *dich* als Babysitter.«

Ich brauchte einer Sekunde länger als die anderen, um zu begreifen, dass dieser letzte Hieb für mich gedacht war.

»Hey!«, ging Jude dazwischen. »Wir versuchen nur, dir zu helfen. Deswegen brauchst du nicht gemein zu werden.«

»Lee, du dramatisierst das alles«, sagte Chubs.

»Und du … Gott, es ist, als legst du dir mal eben eine neue Brille zu, ein neues Auto und ein bisschen Technikkram, und prompt denkst du, du bist Rambo im Dschungel. Ich hätte nie gedacht, dass *du* da mitspielen würdest.«

»Wenn er uns vertraut«, versuchte Jude es noch einmal, »wieso kannst du's dann nicht auch?«

»Der League?« Liam gab ein bellendes Auflachen von sich. »Seid ihr alle wirklich so dämlich?«

Er hob die Hand, um das abzuwürgen, was Vida gerade erwidern wollte. »Die reden von Rehabilitation und tun nichts anderes, als Kinder als Geiseln zu nehmen. Sie reden davon, den Kids beizubringen, wie sie sich verteidigen können, und dann schicken sie sie los, sich umbringen zu lassen. Entweder wir sind in Lagern, oder wir sind bei der League, oder wir sind auf der Flucht, und dabei hat man noch nicht mal selbst die Wahl. Ihr wollt wissen, was ich will? Die Wahl haben. Nur *einmal*. Und die treffe ich jetzt. Für euch ist es vielleicht okay, euch diesen Mördern wieder in die Arme zu werfen, aber ich halt mich verdammt noch mal fern von denen. Von *euch*.«

Damit rempelte er an Chubs und mir vorbei und ging den Pfad zu den Wasserfällen wieder hinunter. Chubs schaute mich rasch von der Seite her an, doch ich hielt den Blick auf Liam gerichtet, während ich mich behutsam auf dem Baumstumpf niederließ und geistesabwesend die Stiche in meinem Kreuz rieb.

»Glaubst du wirklich, er will diesmal auch, dass ich ihm nachgehe?«, fragte ich.

Chubs seufzte, rieb sich die Arme kräftig mit den Händen und folgte seinem Freund. Beide kamen nicht weit; wenn ich mich auf die Zehenspitzen stellte, konnte ich sehen, wo Liam stand, schwer gegen einen Baum gelehnt. Zuerst sah es aus, als hielte Chubs vorsichtig Abstand, als wolle er Liams Jähzorn nicht erneut provozieren. Doch dieser musste irgendetwas gesagt haben, musste sich entschuldigt haben, denn gleich darauf stand Chubs dicht bei ihm; seine eine Hand lag auf Liams Rücken, die andere zeigte in unsere Richtung.

»Ich fass es nicht, dass er diesen ganzen Blödsinn abgelassen hat?«, maulte Vida. »Bei dem Typ kippt die Stimmung echt öfter als bei einem Kleinkind auf 'nem Kindergeburtstag.«

»Mir war nicht klar, dass er uns dermaßen hasst«, sagte Jude.

»Er hasst euch nicht«, beteuerte ich. »Er hasst die League. Er denkt, ohne sie sind wir besser dran.«

»Na ja, er hat auf jeden Fall uns gebraucht«, bemerkte Vida, »und zwar genau in dem Moment, als er in seinem eigenen Schleim ertrunken ist.«

Jude schwieg und beobachtete mich dabei, wie ich die anderen beobachtete. Als ich mich nach ihm umblickte, um zu fragen, was los sei, schaute er lediglich weg und beschäftigte sich damit, Chubs' Jacke aus dem Zelt hervorzuwühlen. Ich zwang mich, wieder auf einem der Baumstümpfe um die Feuerstelle herum Platz zu nehmen; mein ganzes Gehirn pochte im Takt mit meinem Puls.

Es dauerte zehn Minuten, bis Chubs und Liam zu uns zurückkamen. Chubs schüttelte noch immer eindeutig frustriert den Kopf. Liam hielt den Kopf gesenkt und vermied es, einen von uns anzusehen. Der beißende Wind oder Verlegenheit hatte seine Ohren knallrot anlaufen lassen.

Er behielt die Hände tief in den Taschen, als er an uns vorbei auf das Zelt zuschlurfte.

»Fürs Erste hat er sich bereit erklärt zu bleiben«, sagte Chubs. »Er möchte wirklich nach Kalifornien und Zu suchen, aber er will nicht, dass einer von euch in der Lage ist, uns zu folgen – wahrscheinlich werden wir uns trennen müssen, bevor wir irgendwelche Staatsgrenzen überqueren.«

»Dem Jungen fehlen schon ein paar Farben im Regenbogen, wie?«, meinte Vida und verdrehte die Augen. Jude hielt sich dicht bei den beiden und reichte dem schlotternden, dankbaren Chubs die Jacke. »Schickt uns auf jeden Fall 'ne Postkarte, wenn sie eure Ärsche schnappen und wieder ins Lager stecken.«

»Ich bearbeite ihn weiter«, versprach Chubs. »Er muss nur ein bisschen runterkühlen.«

»Ich weiß«, sagte ich. »Danke.«

Doch ich wusste, dass das nicht reichen würde.

23. Kapitel

Der Natural Falls State Park lag in Oklahoma, in jenem Gebiet, das für die meisten Leute als die Highlands der Ozarks galt – ganz in der nordöstlichen Ecke des Bundesstaates, wo es im Dezember echt megakalt war. Chubs führte mich kurz auf dem Campingplatz herum, als wir zu den anderen zurückgingen. Hier und dort ein paar Picknicktische, Wohnmobilparkplätze, eine Anzahl Wanderwege, die in Schleifen umeinander herumführten. Das Einzige, worauf es wirklich ankam, war, dass der Platz verlassen war.

»Hast du irgendwo Schmerzen?«, erkundigte er sich und warf noch einen Ast in das Feuer.

»Alles okay. Ich möchte nur wissen, was passiert ist.«

Ich rutschte zur Seite und bot ihm den halben Baumstumpf an, damit er nicht im Schnee sitzen musste; dann warf ich ihm das eine Ende der Decke um die Schultern und zog ihn zu mir heran. Er roch noch immer ganz schwach nach Waschpulver und Händedesinfektionsmittel, nur nahm ich jetzt auch die erdigeren Gerüche wahr – die, die verrieten, wie viele Nächte er, ohne zu duschen, auf dem Boden geschlafen hatte. Der arme Junge fühlte sich wahrscheinlich sterbenselend.

»Okay«, sagte er und holte tief Luft.

Sie hatten sofort gewusst, dass irgendetwas nicht stimmte, als Olivias halbes Team allein zurückkam. Sie und ihre Gruppe aus zehn Leuten hatten es weitgehend unversehrt geschafft, mit so vielen Vorräten, wie sie übers Wasser hatten transportieren können. Brett tauchte erst zwei Stunden später auf, mühte sich über den überschwemmten Parkplatz und trug Jude dabei immer noch über den Schultern. Seinem Team war es nicht so gut ergangen – nur fünf hatten es geschafft.

»Ich hab Olivia gezeigt, wie sie den anderen die Medikamente verabreichen muss, hab Lee eine Dosis verpasst, und dann haben wir ihn zum Auto getragen. Den größten Teil der Nacht sind wir herumgefahren und haben versucht, irgendwo eine Internetverbindung zu finden, um ein Update vom Skiptracer-Netzwerk runterzuladen. Wir waren uns alle sicher, dass die PSFs dich erwischt hatten.«

»Fast«, flüsterte ich, doch ich glaubte nicht, dass er es hören konnte.

Noch bevor sie eine Verbindung fanden und sich Zugang zum Netz verschaffen konnten, hatte Cate via Chatter eine Nachricht geschickt. Wie sich herausstellte, rief ein Profiler – das Gerät, mit dem die PSF-Soldatin mein Gesicht fotografiert hatte – die Einträge des Abgebildeten nicht nur für die PSFs und die Skiptracer auf. Er aktualisierte eben jene Einträge *außerdem* automatisch sowohl im PSF- als auch im Skiptracer-Netzwerk, mit Zeit- und Ortsangaben.

Daher wusste Rob also, wo er suchen musste, dachte ich.

»Aber woher habt ihr gewusst, dass ihr nach Rob Ausschau halten müsst?«

»Das wussten wir zuerst nicht. Er war unter falschem Namen unterwegs.« Chubs schaute kurz auf seine ineinander verschränkten Finger hinunter. »Er hat das Skiptracer-Netzwerk upgedatet und gemeldet, du seist *in Gewahrsam*. Danach konnte ich sein Profil aufrufen und sehen, was für ein Auto er registriert hat, mit welchem Kennzeichen. Wir waren gar nicht so weit weg, aber ich wundere mich immer noch, dass wir lange genug durchgehalten haben, um dich zu finden. Danach sind wir hierhergekommen – wir haben fast vier Tage hier draußen campiert.«

»Danke«, sagte ich nach einem kurzen Schweigen. »Dafür, dass ihr mich nicht aufgegeben habt.«

»Hast du ernsthaft gedacht, wir würden das tun?«, fragte er. »Dass wir nicht alles getan hätten, um dich zu finden?«

»Das hab ich nicht gemeint«, erwiderte ich. »Es ist nur …« *Vielleicht wäre es ja besser gewesen, wenn ihr zugelassen hättet, dass sie mich mitnehmen.* Das Summen in meinen Ohren übertönte die Welt, und ich spürte, wie die ersten Panikfühler sich vortasteten. »Wenn es ihn so ankotzt, uns dabeizuhaben, dann wär's vielleicht das Beste, wenn wir uns trennen.«

»Nein. Das ist doch unlogisch«, wehrte Chubs ab. »Ich komme bei seinen Stimmungsschwankungen nicht mit. Als wir dich gefunden haben, war er voll am Ausflippen – das war ein waschechter Nervenzusammenbruch. So hab ich ihn noch nie gesehen. Vielleicht hat ja irgendein Teil von ihm irgendwie gewusst, dass ihr bei der League seid, bevor du's ihm gesagt hast … Das ist das Einzige, was mir einfällt, das erklären würde, warum er sich so benimmt. Der Liam, den ich gekannt habe, hätte nicht einen Haufen Kids einfach sitzen lassen wollen, wenn er geglaubt hätte, dass wir alle miteinander klarkommen könnten – ich meine, du bist doch der Beweis dafür. Aber es ist, als wäre er total sprunghaft, seit es ihm besser geht. Total reizbar.«

»Er hat doch keinen Grund, uns zu vertrauen«, wandte ich ein. »Ich verstehe das schon.«

»Hör zu, ich werde mich nicht zwischen euch und ihm entscheiden«, sagte Chubs. »Ich kann ihn nicht wieder allein losziehen lassen, aber euch werde ich auch nicht sitzenlassen. Also musst du dir was ausdenken, wie das Ganze funktionieren kann, verstehst du? Du musst ihn dazu bringen, dir zu vertrauen. Moment – wieso schüttelst du den Kopf?«

»Ich hab's ernst gemeint, was ich zu ihm gesagt habe«, erklärte ich. »Es war nicht die ganze Wahrheit, aber besser krieg ich's nicht hin. Ich helfe euch, dahin zu kommen, wo ihr letzten Endes hinwollt, dann geh ich zu Cole zurück und bring das hier zu Ende.«

Chubs packte meine Hand, doch es waren der Schock, der Schmerz und die Angst, die er ausstrahlte, die mir die Kehle zuschnürten, während ich mich abmühte weiterzusprechen.

»Du weißt ... Du *weißt* doch, wie wichtig das ist. Ich hab das Gefühl, wenn ich nicht dabei bin und dafür sorge, dass das auch wirklich passiert, wenn ich nicht selbst sehe, was *das hier* ausgelöst hat«, ich machte eine Geste zwischen uns beiden, »dann verzeihe ich mir das nie. Wenn ich nicht mehr in Liams Nähe sein kann, dann kann ich doch wenigstens das für ihn tun. Das war doch sein Traum, weißt du noch?«

»Nein«, flüsterte er. »Ich kann das nicht noch mal mitmachen – es kann nicht wieder so laufen wie mit Zu, so, wie's in den letzten sechs Monaten war. Ich weiß, das ist egoistisch, aber ich muss einfach wissen, dass du in Sicherheit bist, und das wirst du bei denen niemals sein. Denk wenigstens darüber nach, okay? Gib mir auch eine Chance, dich umzustimmen.«

Nein, dachte ich und lächelte aufmunternd. Selbst wenn Liam mich nicht mit so hasserfüllten Augen angesehen hätte, selbst wenn er mich unten bei den Wasserfällen geküsst hätte, nichts davon hätte eine Rolle gespielt. Ich war nicht mehr das unbeschriebene Blatt, das ich gewesen war, als Liam, Chubs und Zu mich gefunden hatten. Damals hatte ich Dinge getan, für die ich mich schämte, sicher, jetzt jedoch war ich an einen Ort geraten, von dem ich nicht zurückkehren konnte, und es war zu viel Licht in ihnen, um sie mit dort hinunterzuziehen.

»Wir werden sehen«, sagte ich und drückte seine Finger. »Wir werden sehen.«

Ungeachtet der Tatsache, dass er keine Karten hatte und keinerlei Updates vom Skiptracer-Netzwerk herunterladen konnte, um damit zu navigieren, drängte Chubs trotzdem darauf, den Nationalpark so schnell wie möglich zu verlassen. Noch eine Nacht würden wir zum Ausruhen bekommen und dann gleich am frühen Morgen nach Westen weiterfahren.

Ich bezweifelte, dass er es eilig hatte, nach Kalifornien zu kommen. Chubs hatte die absolute Grenze seiner Belastbarkeit erreicht, wenn es darum ging, mit dieser Kälte klarzukommen – sowohl im physischen als auch im emotionalen Sinne. Ich wusste nicht, was genau Vida tun würde, wenn sie sich noch einen Vortrag über Unterkühlung anhören musste, doch ich konnte mir vorstellen, dass Chubs, die Feuerstelle und ein kräftiger Schubs dazugehören würden. Sie hatte nicht begriffen, dass er sich nicht um sich selbst sorgte.

Das kalte Wetter wirkte sich verheerend auf Liams Lunge aus. Er keuchte und japste und hustete jedes Mal, wenn er versuchte, sich schneller als im Schneckentempo vorwärtszubewegen. Anstatt zu versuchen, die verstreuten Vorräte einzusammeln, hockte er sich neben Jude, half ihm, das Feuer zu schüren und debattierte mit ihm, ob Springsteens *Born in the U.S.A.* besser war als *Born to Run.*

Als sie damit fertig waren, gingen die beiden zum Geländewagen, um sich noch weitere Kleidungsschichten vom Rücksitz zu holen. Ohne nachzudenken, griff Liam nach seiner alten Lederjacke und zog sie an.

»Aber das ist doch …«, setzte Jude zu einem Protest an.

Ich schüttelte heftig den Kopf und duckte mich weg, ehe Liam sich umdrehen und nachschauen konnte, warum er plötzlich verstummt war. Danach achtete ich darauf, ihm Raum zu geben, bog rechts ab, wenn er nach links ging, sorgte dafür, dass immer das Feuer zwischen uns war. Als Jude schließlich heftige Andeutungen machte, dass er dringend etwas zum Abendessen benötigte, schien Liam sich entspannt zu haben. Zumindest so weit, dass er lächelte, als Chubs stolperte und mit einem Aufquäken lang hinschlug, wobei die Essensrationen in seinen Armen in alle Richtungen flogen.

»Ich hab mich schon gefragt, was wohl aus dem Zeug geworden ist«, meinte ich, als ich ihm half, die Folienpackungen wieder einzusammeln.

»Das meiste mussten wir zurücklassen«, sagte Chubs, als wir wieder zu den anderen zurückgingen, die um die Feuerstelle hockten. »Im Großen und Ganzen war's nur das, was wir uns in die Taschen stopfen konnten. Okay, wer möchte was?«

»Ich nehm so einen chinesischen Feigenriegel, wenn du einen siehst«, antwortete Jude.

»Französisches Studentenfutter«, meldete sich Vida. »Silberne Packung.«

»Hat irgendjemand rausgefunden, wo das Zeug hergekommen ist?«, erkundigte ich mich. »Oder warum es einfach so da lag und vergammelt ist?«

»Wir haben beschlossen, das der Tatsache anzukreiden, dass der Präsident ein hinterhältiges Arschloch ist und dass der Rest der Welt nicht halb so scheiße ist, wie wir gedacht haben«, verkündete Vida. »Ende der Durchsage.«

Die ganze Zeit hatte Präsident Gray bei seinen allwöchentlichen Ansprachen hartnäckig behauptet, die Amerikaner würden ihre missliche Lage aus eigener Kraft meistern und schon für sich und ihre Landsleute sorgen. Wieder und wieder hielt er den Vereinten Nationen die Wirtschaftssanktionen vor, die sie gegen das Land verhängt hatten. Niemand machte Geschäfte mit uns, also würden wir eben untereinander Geschäfte machen müssen. Niemand würde finanzielle Hilfe gewähren, also waren die wenigen, die nicht den Großteil ihres Vermögens eingebüßt hatten, als der Markt zusammengebrochen war, eben diejenigen, die spenden müssten. Amerikaner würden Amerikanern beistehen.

Großbritannien, Frankreich, Japan, Deutschland – *die verstehen einfach den American Way nicht*, hatte er einmal gesagt. Die waren nicht von IAAN betroffen, sie fühlten unseren Schmerz nicht. Ich hatte ihn im HQ im Fernsehen gesehen, auf einem der Fernseher im Atrium; sein Gesicht sah älter und grauer aus als noch vor einer Woche. Es sah aus, als säße er im alten Oval Office, doch Nico hatte mich auf das Schimmern am Bildrand aufmerksam gemacht, das auf Greenscreen-Technik hindeutete. Obwohl er unendlich viele Möglichkeiten hatte, sich zu schützen, war er seit den Bombenattentaten nicht ein einziges Mal in Washington gewesen – er zog einfach nur in Manhattan von einem Hochhaus ins nächste.

Die verstehen nicht, dass in Zeiten wie dieser gewisse Opfer gebracht werden müssen, hatte Gray weiterdoziert. *Dass wir uns darüber erheben können, genug Zeit und Hingabe vorausgesetzt. Wir sind Amerikaner, und wir werden dies auf unsere Art tun, so wie wir es immer gehalten haben ...* Und es war, als hätten die Worte immer weniger Bedeutung, je länger er sprach und je mehr von diesen Begriffen er gebrauchte. Das Ganze war ein endloser Strom aus Ideen, die ebenso nichtssagend waren wie seine Stimme. Alles, was sie dieser Tage taten, war, uns wieder und wieder und wieder im Kreis herumzudrehen, bis wir zu schwindlig waren, um darauf zu hören, was sie wirklich sagten.

»Und was ist mit dir?«, fragte ich Liam. »Hunger?«

Die Zeit, das Schweigen und die offenkundige Verlegenheit wegen seines Ausbruchs von vorhin hatten Liam ein ganz klein wenig weich gemacht – zuerst Jude gegenüber, der Liam ungeachtet dessen, was dieser ihm vorhin an den Kopf geknallt hatte, anschaute wie ein kleiner Junge vielleicht seinen Lieblings-Baseballspieler ansieht. Dann Vida gegenüber, deren charmante Persönlichkeit nicht zuließ, dass irgendjemand sie lange ignorierte. Zwar konnte ich sehen, dass er noch immer wütend auf Chubs war, doch selbst das ließ jetzt allmählich nach, nachdem der anfängliche Schock vergangen war. Ich war froh, dass Vida und Jude einen kleinen Eindruck davon bekamen, wer er wirklich war – ohne diesen merkwürdigen, zerschundenen Schutzpanzer, in den er sich selbst eingenäht hatte.

»Ja … irgendwas, ist egal.« Er blickte nicht von dem schwarzen Büchlein in seiner rechten Hand auf.

Ich setzte mich wieder neben Chubs und ließ mich von ihm umsorgen, ohne ein einziges Wort von dem mitzubekommen, was er sagte.

Rechts von mir baute Jude gerade einen Miniatur-Schneemann und benutzte seine M&Ms, um ihn lächeln zu lassen – allerdings war das Lächeln so schief, dass es eher dement als niedlich aussah. Er summte irgendeinen Springsteen-Song.

»Joseph Lister?«, fragte Liam schließlich und sprengte die Stille. »Echt jetzt? *Der?*«

Chubs versteifte sich neben mir. »Der Mann war ein *Held*. Er hat Pionierforschungen betrieben, über die Ursachen von Infektionen und über Sterilisation.«

Liam starrte den Kunstlederdeckel von Chubs' Skiptracer-Ausweis unverwandt an und wählte seine nächsten Worte mit Bedacht. »Du hättest dir wohl nicht was Cooleres aussuchen können? Jemanden, der vielleicht kein toter Weißer ist?«

»Seine Arbeit hat zu einer Verringerung postoperativer Infektionen und zu sicheren chirurgischen Praktiken geführt«, beharrte Chubs. »Wen hättest du ausgesucht? Captain America?«

»Steve Rogers ist doch ein absolut legitimer Name.« Liam gab ihm den Ausweis zurück. »Das ist … Ich weiß nicht recht, was ich sagen soll, Chubsie.«

Sag, dass es okay ist, dachte ich und musste an die Furcht in Chubs' Stimme denken, als er mir gestanden hatte, dass er damals den Jungen ausgeliefert hatte. *Sag ihm, dass du verstehst, dass er das tun musste, auch wenn's nicht stimmt.*

»Wie?«, spottete Chubs, und seine Stimme klang ein wenig fröhlicher. »Hat's dir ausnahmsweise mal die Sprache verschlagen?«

»Nein, ich bin nur …« Liam räusperte sich. »Dankbar, denke ich. Dass du mich suchen gekommen bist und dass du … *das* machen musstest. Ich weiß, das kann nicht leicht gewesen sein.«

»Jetzt haltet schon die Klappe, und fangt an zu knutschen«, knurrte Vida und lehnte sich unbeholfen gegen den Baumstumpf. Sie würde es nie zugeben, doch mir war klar, dass die Schmerzen der Brandwunden auf ihrem Rücken sie bei lebendigem Leibe auffraßen. »Ich versuche hier gerade, den Schlaf nachzuholen, der mir flöten gegangen ist, als ihr beide angefangen habt, euch anzukreischen wie rollige Katzen.«

»Miss Vida«, meinte Liam, »hat dir schon mal jemand gesagt, dass du echt das Sahnehäubchen auf der Torte des Lebens bist?«

Sie funkelte ihn wütend an. »Und hat dir schon mal jemand gesagt, dass dein Kopf dieselbe Form hat wie ein Bleistift?«

»Das ist doch physisch gar nicht möglich«, meckerte Chubs. »Da müsste er doch …«

»Ehrlich gesagt, Cole hat wirklich mal versucht … Was denn?«, setzte Liam an.

»Oh, entschuldige«, brummte Chubs. »Anscheinend hat die Mitte meines Satzes den Anfang von deinem unterbrochen. Bitte, erzähl doch weiter.«

»Ihr wollt wahrscheinlich nicht hören, wie er mal versucht hat, meinen Kopf durch den Gartenzaun zu rammen?«

»Hat's ordentlich geblutet?«, wollte Vida mit plötzlichem Interesse wissen. »Hast du dir ein Ohr abgerissen?«

Liam hielt die Hände an die Ohren, um zu zeigen, dass beide noch fest an seinem Kopf saßen.

»Dann nicht«, sagte sie. »Niemand will deine langweilige Geschichte hören.«

Die Nacht brach schnell herein. Ich folgte mit den Augen dem Weg der Sonne durch das Geäst über uns. Der schwache orangerote Schein zog über den verschneiten Waldboden, bis er schließlich zu einem schläfrigen Grau verblasste und die Kälte uns wieder ins Zelt zwang.

Vida lag auf dem Rücken und hielt den Chatter hoch, bewegte ihn hin und her, um ein Netzsignal zu finden. Sie versuchte schon die ganze Zeit, die Nachricht ALLES KLAR // ZIELOBJEKT GESICHERT zu senden, als Antwort auf die Nachricht ERBITTE STATUSMELDUNG, die auf uns gewartet hatte, als sie das Ding vor ein paar Tagen eingeschaltet hatte. Wenn Cate auch nur halb so wild darauf war wie Vida, Kontakt aufzunehmen, dann würden uns wohl zehn weitere Nachrichten erwarten, wenn das Gerät wieder Anschluss ans Chatternetzwerk bekam.

»Nichts?«, fragte ich.

Mit einem verärgerten Aufseufzen ließ sie den Chatter auf die Brust sinken und schüttelte den Kopf.

»Vielleicht wenn wir aus den Bergen rauskommen«, meinte ich, doch der Gedanke schien Vida nicht zu trösten. Von der anderen Seite des Zeltes her sah sie mich mit zusammengekniffenen Augen an.

»Wann hast *du* denn angefangen, aus dem halb vollen Glas zu trinken?«

Ich knurrte und drückte beim nächsten scharfen Schmerzstich in meinem Rücken das Gesicht wieder auf die Arme.

»Tut das weh?«, fragte Chubs. Eine seiner Hände lag flach auf meinen Schulterblättern, damit ich liegen blieb, während er mit der anderen an den Stichen herumhantierte.

Ich brachte ein weiteres Knurren als Antwort zustande.

»Ich desinfiziere es noch mal«, warnte Chubs.

»Na super.«

Wir fanden zu einer Ruhe, die gar nicht zu dem heftigen Wind draußen passte. Nachdem er mit mir fertig war, nahm Chubs ein Buch zur Hand, *Wolfsblut*, und streckte sich damit auf seinem Schlafsack aus. Ich blieb auf dem Bauch liegen und versuchte, mich mit Gewalt zum Schlafen zu zwingen.

Jude tauchte mit der Taschenlampe, die er aus dem Auto hatte holen sollen, wieder am Zelteingang auf. Eine dicke Schneeschicht bedeckte sein lockiges Haar, das er daraufhin über uns zu schütteln beschloss. Es war das erste Mal, dass ich ihn grinsen sah, seit … Tagen? Wochen? Doch als er meinen Blick auffing, schaute Jude weg und setzte sich neben Liam, um weiter mit ihm Karten zu spielen.

Je länger das Schweigen zwischen uns herrschte, desto überwältigender wurde die allgemeine Verlegenheit. Und in Vidas Augen tauchte allmählich jenes gefährliche Leuchten auf; ein Lächeln, das immer boshafter wurde, je länger sie Chubs' Profil anstarrte.

»Mir ist da ein Gedanke gekommen«, verkündete Liam unvermittelt.

»Der hatte es bestimmt weit«, bemerkte Chubs und blätterte um.

Liam verdrehte die Augen. »Es wird spät, und ich hab nur gedacht, wir sollten abwechselnd Wache schieben. In Schichten. Hört sich das gut an?«

Ich nickte.

»Jude und ich können ja die erste Wache übernehmen«, meinte Liam. »Ruby und Chubs die zweite, und Vida kommt ganz zum Schluss dran.«

Ich überlegte, ob ich gegen die Einteilung protestieren sollte, doch Liam sah aus, als wäre er durchaus bereit für eine Herausforderung, und ich hatte einfach keine Lust.

Die ganze Nacht wachte ich immer wieder auf, drehte mich unter den Decken hin und her, die im Zelt als Bettzeug dienten. Ich war wach, als ich Liam Jude ganz leise von einem Horrorfilm erzählen hörte, den er sich als Kind mit religiöser Inbrunst angeschaut hatte.

Die Decken raschelten, als sie wieder darüberkrabbelten. Jude war zwischen Chubs und mir fast vor Erschöpfung auf die Knie gesackt und klopfte uns auf die Schultern, bis wir wach waren und uns aufsetzten. Er stieß einen seligen Seufzer aus, als er sich unter den Decken zusammenrollte. Liam jedoch ging das Ganze bedächtiger an, fast zögernd. Ich konnte spüren, wie sich sein Blick auf mich heftete, so wie man einen Sonnenstrahl spürt, der durchs Fenster fällt. Warm. Fokussiert.

Ich stand auf, als er unter das andere Ende der Decke schlüpfte und sich so weit entfernt von mir ausstreckte, wie er nur konnte, ohne die Wärme und den Komfort der Fleeceunterlage unter uns aufzugeben.

Um uns zu beschäftigen und den Kreislauf in Gang zu bringen, machten Chubs und ich eine rasche Runde ums Lager und waren froh, dass Wind und Schneetreiben nachließen, und sei es nur für ein paar Minuten.

»Bist du auf dem Weg da gekommen?«, fragte ich und zeigte auf einen Weg, der breiter zu sein schien als die anderen.

Chubs nickte. »Der macht eine Biegung und führt auf einen Highway. Dieser Teil hier war gesperrt, wahrscheinlich weil niemand da ist, um die Straßen freizuräumen. Ich hoffe ja, dass es morgen anfängt zu tauen, sonst hab ich keine Ahnung, wie wir hier wegkommen sollen.«

Ein paar Stunden später, kurz vor dem Morgengrauen, war Vida an der Reihe. Sie erhob sich im Zelt und versuchte, die Müdigkeit im wahrsten Sinne des Wortes abzuschütteln, ehe sie in den kalten Morgen hinausstolperte. Ich warf einen Blick auf die winzige Lücke zwischen Liam und Chubs, machte prompt auf dem Absatz kehrt und folgte ihr nach draußen.

Vida hörte auf, angespannt über die Lichtung zu blicken, als ich mich neben sie setzte, doch sie schien nicht überrascht zu sein.

»Ich hab im Auto zu lange geschlafen«, log ich und wärmte mir die steifen Hände am Feuer. »Ich bin überhaupt nicht müde.«

»Hm«, erwiderte sie und verdrehte die Augen. »Magst du mir erzählen, was dir wirklich zu schaffen macht?«

»Wieso?«, fragte ich. »Ist dir das etwa wichtig?«

»Wenn's was mit dem Märchenprinzen zu tun hat, dann nein, eigentlich nicht«, antwortete Vida und lehnte sich zurück. »Aber wenn's was damit zu tun hat, dass du dich mit den beiden vom Acker machst und Judith und mich den Einsatz allein zu Ende bringen lässt, dann will ich's hören.«

Ich schüttelte den Kopf. »Tut mir leid, dir das sagen zu müssen, aber ich mache mich nicht vom Acker.«

»Echt?« Jetzt klang Vida doch überrascht. »Und was sollte dann all das Geflüster zwischen dir und Großmütterchen?«

»Er hat mich gebeten mitzukommen«, gab ich zu. »Aber ich kann nicht.«

»Kann nicht oder will nicht?«, wollte Vida wissen.

»Kann nicht«, flüsterte ich. »Will nicht. Ist doch egal.«

Darauf hin setzte Vida sich auf. »Was geht denn bei dir ab?«

Ich zuckte die Achseln und rieb den abgewetzten Rand der Decke, die ich mir umgelegt hatte, zwischen den Fingern.

»Seit wir dich aufgegabelt haben, benimmst du dich wie eine verschreckte Katze …« Ich sah, wie ihr Verstand hinter den dunklen Augen arbeitete, die schmal wurden, als sie begriff.

Mir ist nicht ganz klar, wieso es leichter war, Vida das alles zu erzählen, oder warum ich es ihr erzählen wollte, nachdem ich nicht imstande gewesen war, Chubs gegenüber auch nur ein Wort davon herauszubringen. Vielleicht weil ich wusste, dass sie bereits eine so schlechte Meinung von mir hatte, dass es keine Rolle spielte, wenn sie mich dann noch mehr hasste.

»Ich bin zu weit gegangen«, sagte ich. »Bei Knox, bei den Kids im Lagerhaus – und bei Rob.«

»Wieso zu weit?«, fragte sie. »Du meinst die Tatsache, dass du die Leute nicht anfassen musst, um dein Gehirn-Voodoo durchzuziehen?«

»Es ist kompliziert«, sagte ich leise. »Für dich klingt das bestimmt nicht logisch.«

»Wieso? Weil du mich für blöd hältst?« Vida trat nach meinem Fuß. »Gib mir eine Antwort, klar und deutlich, und wenn mein Spatzenhirn dann Fragen hat, kann ich sie ja stellen.«

»Das ist es doch gar nicht …« Abrupt hielt ich inne; ich musste aufhören, mich wegen jedem Dreck mit ihr zu streiten. »Es ist nur … Für dich sind deine Kräfte doch okay, nicht wahr? So okay, wie sie eben sein können, meine ich«, verbesserte ich mich, als ich ihren scharfen Blick sah. »Aber ich find's zum Kotzen, was ich tun kann. *Zum Kotzen*, jeden Tag, jede Minute. Inzwischen ist es besser, da ich sie im Griff habe, aber vorher …« Jede Minute war ein Albtraum gewesen. Ich hatte mein Leben von Sekunde zu Sekunde gelebt, hatte den Atem angehalten, auf den unvermeidlichen Ausrutscher gewartet, der alles von Neuem ruinieren würde. »Es ist nicht richtig, okay? Ich weiß, dass das nicht richtig ist. Ich mag's nicht, wie es sich anfühlt, andere Leute zu irgendwas zu bringen, vor allem wenn ich weiß, dass es das Gegenteil von dem ist, was sie normalerweise tun würden. Ich mag es nicht, ihre Erinnerungen oder ihre Gedanken zu sehen oder die Sachen, die sie für sich behalten wollen.«

Vidas Blick wich nicht einen Moment von meinem. »Ich sehe das Problem nicht.«

»Ich bin einfach zu weit vorgedrungen«, sagte ich. »Ich konnte fühlen, wie ich immer tiefer und tiefer gegraben habe, aber es hat mir nichts ausgemacht. Ich hatte die volle Kontrolle. Ich konnte jeden dazu bringen, alles zu tun, was ich wollte. Ich konnte diejenigen bestrafen, die mir was angetan hatten und dir und Liam – und ich wollte trotzdem noch mehr. Als ich die Leute nicht mehr anfassen musste, um sie benutzen zu können, das war, als ob die letzte Bremse gelöst wird.«

Sie seufzte. »Nicht dass es dir damit besser gehen wird, aber dieser Knox hat letzten Endes gekriegt, was er verdient hat.«

»Es war ja nicht nur er«, erwiderte ich. »Ich war in Masons Kopf – und ich habe daran gedacht, ehrlich, ich habe daran gedacht, ihn auf Knox zu hetzen. *Das* war mein erster Impuls, nicht, ihm zu helfen. Und dann, bei Rob …«

Vida reagierte nicht, als ich in lebhaften Einzelheiten schilderte, was genau sich in dem Jeep abgespielt hatte – was ich mit ihm gemacht hatte. Ich beichtete ihr alles; die Worte strömten hervor und lösten den Knoten, der sich seither in meiner Magengrube immer fester zusammengezogen hatte.

»Ich will nicht er sein, Vida«, hörte ich mich sagen. »Ich will meine Kräfte nicht einsetzen, wenn es nicht sein muss – aber wie soll ich mich davon abhalten?«

»Hat du deswegen geschrien, wir sollten dich dalassen?«, fragte sie. »Und was das betrifft, kannst du mich übrigens mal. Hältst du mich wirklich für *so* ein Arschloch?«

»Was ist, wenn ich es nicht lassen kann, und wenn dann dir was passiert? Oder Jude oder Nico oder Cate oder Chubs oder …«

Liam. Bei dem Gedanken drehte sich mir der Magen um.

Das Schweigen, das darauf folgte, überraschte mich. Vida legte die Hände in den Schoß und heftete den Blick fest darauf, während sie sich über ihre blutigen Nagelhäute hermachte.

»Dieser andere Orangene«, sagte sie, »das war voll der abartige Freak.«

»Ja«, bestätigte ich. »Das stimmt. Der hat nie davor zurückgeschreckt, sich zu nehmen, was er wollte.«

»Ich fand den voll gruselig«, sagte sie halblaut. »Hat sich immer in meinen Kopf geschlichen und all so widerliches Zeug geflüstert. Hat versucht, mich dazu zu bringen, dass ich … so Sachen mache.«

»Ich weiß, er …«, setzte ich an. Dann holte mein Mund schließlich mein Gehirn ein. »Moment mal – was?«

»Dieser Typ. *Martin*«, presste sie hervor. »Ich wollt's Cate sagen, aber er hat mich nie nahe genug an sie rangelassen.«

Ich weiß nicht, was es war, was daraufhin in mir emporstieg – Verblüffung vielleicht, dass ich mir Martin nie im Zentrum meines Teams vorgestellt hatte. Wie er mit Nico redete, sich bei jeder Gelegenheit mit Vida anlegte, Jude ärgerte. Ein winziger Anflug von Eifersucht, dass er sie alle um sich gehabt hatte, auch wenn es nur ein paar Wochen gewesen waren. Größtenteils Grauen, dass Cate die anderen diesem Ungeheuer ausgesetzt hatte.

Ich hatte immer noch Albträume von jener gemeinsamen Autofahrt, wie ich das erste Streifen seines Einflusses durch mein Blut hatte zucken fühlen. Er hatte mit mir gespielt, mich mit seinen Klauen hin und her gestupst, und ich hatte verdammt noch mal überhaupt nichts dagegen tun können.

»Ich habe gedacht, du würdest genauso sein.« Ihre dunklen Augen begegneten den meinen. »Aber du bist ganz okay, glaube ich.«

Ich gab ein freudloses Lachen von mir. »Danke, glaube ich.«

»Aber der Sohn vom Präsidenten, der war auch so?«, fragte sie. »Mann, was geht bei denen ab?«

»Irgendwas stellt das mit einem an«, sagte ich. »Was mir Angst macht, ist, dass irgendein Teil von mir versteht, wieso die so drauf sind. Sie haben uns alles weggenommen, verstehst du? Warum sollten wir es uns nicht zurückholen können, wenn wir die Fähigkeit dazu haben?«

»Willst du mich verarschen?«, fragte Vida. »Allein schon die Tatsache, dass du so was überhaupt fragst, zeigt doch, dass du nicht so tief gesunken bist wie die, und das wahrscheinlich auch nie tun wirst. Ich versteh schon – ich meine, ich verstehe, warum du Angst hast. Aber du siehst den entscheidenden Unterschied zwischen dir und den beiden nicht.«

»Und der wäre?«

»Du bist *nicht allein*«, antwortete sie. »Auch wenn es sich manchmal so anfühlt. Du hast Leute, die auf deiner Seite sind, denen du wahnsinnig wichtig bist. Nicht weil du sie gezwungen hast, so zu empfinden, sondern weil sie es so wollen. Kannst du mir allen Ernstes erzählen, dass diese beiden anderen Arschnasen so was haben? Glaubst du, die wären auch nur halb so schlimm, wenn's Leute gegeben hätte, die eingeschritten wären und ihnen gesagt hätten, dass sie aufhören sollen?«

»Ich muss die ganze Zeit an diese beiden Kids denken.« Tränen brannten in meinen Augen.

»Gut«, meinte Vida. »Es ist an dir, dich an sie zu erinnern, und daran, wie sich das anfühlt, aus der Dunkelheit wieder hochzukommen und zu sehen, was man getan hat. Verzeih dir, aber vergiss es nicht.«

»Und wenn das nicht reicht?«

»Dann sorge *ich* dafür, dass du aufhörst. Ich hab keine Angst vor deinen abgedrehten Kräften. Jedenfalls jetzt nicht mehr.« Vida stand auf und klopfte sich die Hose ab. »Ich dreh mal eine Runde. Wenn ich zurückkomme, solltest du lieber pennen, sonst schlag ich dich eigenhändig k. o.«

»Danke«, sagte ich. »Fürs Zuhören, meine ich.«

»Keine Ursache.«

Ich wartete, bis Vida den Weg hinunterging, ehe ich mich zum Zelt umdrehte und zwischen Liam und Chubs kroch. Ich war zu müde und zu ausgelaugt, um mich zu fragen, ob das eine schlechte Idee war, oder um mich auch nur darum zu scheren. Leise streckte ich mich aus und schloss die Augen, ließ meine Gedanken langsamer werden und in einen sanften, blassblauen Traum hinüberschwappen.

24. Kapitel

Ich war so sehr an den Kurzschlaf gewöhnt, der jetzt zu meinem Zeitplan gehörte, dass ich nicht genau wusste, was mich eigentlich aufweckte. Kein Geräusch. Vida war wieder im Zelt und summte leise vor sich hin, irgendeinen alten Song, den ich halb wiedererkannte. Desorientiert sah ich zu, wie sie voller diebischer Freude Fetzen von den Seiten von *Wolfsblut* abriss, sie zu kleinen Kugeln zusammenrollte und diese eine nach der anderen in Chubs' Mund warf, der im Schlaf offen stand.

Ich setzte mich auf und rieb mir das Gesicht, versuchte, den Dreck aus den Augen zu kriegen. »Wie spät ist es?«

Sie zuckte die Achseln. »Viertel nach keinen blassen Dunst? Schlaf weiter.«

»Okay«, antwortete ich und ließ mich auf die Ellenbogen zurücksinken. Chubs' rasselndes Schnarchen ertönte im Takt mit dem hartnäckigen Reißen jeder einzelnen Seite. Sowohl er als auch Liam schliefen flach auf dem Rücken, Schulter an Schulter. Ich rutschte wieder unter die Decke und rollte mich abermals auf die linke Seite. Die Decke drehte sich mit mir und ließ Liam nicht einen Zentimeter.

Wieder setzte ich mich auf, bleischwere Glieder und alles, und befreite mich aus dem weichen Wollstoff. Als ich Liams Hälfte der Decke schließlich unter mir hervorgezerrt hatte, warf ich sie behutsam wieder in seine Richtung und sah ungläubig zu, wie sie herabsank und sich über den leeren Boden breitete.

»Wo ist Lee?« Eben war ich nicht richtig wach gewesen. Jetzt schon.

»Er ist rausgegangen«, antwortete Vida, ohne von ihrer Tätigkeit aufzublicken.

»Raus«, wiederholte ich; das Wort schmeckte wie Blut auf meiner Zunge. »Wohin raus?«

»Er wollte eine Weile herumlaufen. Hat gesagt, er kann nicht schlafen.«

»Du hast ihn allein weggehen lasen?« Hastig tastete ich nach meinen Stiefeln; meine Hände zitterten, als ich sie anzog. »Wie lange ist er schon weg?«

»Was 'n los?«, nuschelte Chubs.

»Liam ist weg«, sagte ich.

»*Was?*« Seine Hände tappten auf dem Boden herum, bis sie seine Brille fanden. Er setzte sie grob auf. »Bis du sicher?«

»Ich hole ihn«, sagte ich und zog das dunkelblaue Sweatshirt und eine zu große, staubige schwarze Jacke an, die sie aus Versehen gegriffen hatten, als sie das Lagerhaus in Nashville verlassen hatten. »Vida, hat er gesagt, wo er hinwollte?«

»Lass ihn in Ruhe, Bubu«, sagte sie, ohne sich umzudrehen. »Er ist doch ein großer Junge. Zieht immer schön Unterwäsche an und all so was.«

»Du verstehst das nicht«, beharrte ich, »*er kommt nicht wieder.* Er geht für immer weg.«

Vidas Lippen öffneten sich; die Wucht der Erkenntnis verschlug ihr den Atem. »Na ja, du hast doch den USB-Stick, oder? Dann ist es ja keine totale Katastrophe …«

»Soll das ein Witz sein?«, brüllte ich. Jude fuhr blinzelnd in die Höhe, doch ich hatte keine Zeit, seine Fragen zu beantworten. »Wo würde er hingehen? Er bräuchte doch ein Auto oder ein Motorrad – hat er zu einem von euch irgendwas gesagt?«

»Nein!«, beteuerte Chubs. »Das hätte ich dir doch gesagt!«

»Definitiv nicht«, bekräftige Jude. »Er hat die ganze Zeit davon geredet, dass wir morgen alle zusammen losfahren. Vielleicht … Ich meine, er könnte ja doch noch zurückkommen, oder? Wenn wir ihm ein paar Minuten Zeit lassen?«

Er könnte recht haben. Ich drückte die Hand fest gegen meine Brust, um meinen flatternden Herzschlag zu beruhigen. Er könnte einfach nur zu den Wasserfällen hinuntergegangen sein. Das war doch möglich, oder nicht? Liam wäre doch nie ohne Chubs weggegangen, oder ohne irgendeine …

Ich hielt mitten im Denken inne und bemerkte zum ersten Mal den kleinen Streifen Papier, der aus der Brusttasche von Chubs' Hemd hervorschaute. Der Taschenknopf war aufgeknöpft worden, damit Platz für den zusammengefalteten Zettel war. Ich streckte die Hand aus und zog ihn heraus, ehe Chubs mich daran hindern konnte.

Tankstelle neben Highway, 3 km südlich. Komm um 6.

Ich zerknüllte den Zettel in der Faust und schmiss damit nach ihm.

»Davon wusste ich nichts!«, versicherte er, noch ehe er ihn gelesen hatte. »Wirklich nicht!«

Wir hatten insgesamt zwei Pistolen, die Vida und ich abwechselnd trugen, weil sowohl Chubs als auch Liam sich aus moralischen Gründen weigerten. Der Revolver lag neben Vidas Füßen auf dem Boden, und die schwarze Halbautomatik lag auf dem schlaff zusammengesunkenen Rucksack. Was bedeute, dass Liam keine davon bei sich hatte.

Natürlich – *natürlich* würde er genau dorthin gehen, wo die Chance, dass jemand ihn sehen würde, am größten war. Was dachte er sich eigentlich? Dass ihm im Schutz der Nacht schon nichts passieren würde?

Stolpernd stürzte ich los und stieß die Zeltklappe auf. Die dicken Sohlen meiner Stiefel krachten durch den Schnee.

»Warte auf mich!«, rief Vida. »Ruby!«

Außerhalb unseres kleinen Unterschlupfs traf mich die kalte Luft wie ein Baseballschläger mitten ins Gesicht. In den kostbaren paar Sekunden, die ich brauchte, um mich zu orientieren und auf die kleine Straße zuzuhalten, die Chubs vorhin beschrieben hatte, waren mir bereits dicke Schneeflocken am offenen Haar entlang in den Jackenkragen gerutscht. Doch sie waren nicht annähernd dick genug, um die achtlosen Fußspuren zu verbergen, die er hinterlassen hatte.

Ich rannte los. Durch das Schneegestöber, durch den Morgendunst, die überwucherten Pfade entlang, bis ich den Highway fand. Die Schneedecke auf der Straße war bei Weitem nicht so dick wie die auf dem Waldboden. Ich verlor seine Spur aus den Augen, als ich auf den vereisten Asphalt hinausschlidderte und die Stiche in meinem Rücken so heftig zerrten, dass es mir einen Augenblick lang den Atem verschlug. Mit brennender Lunge taumelte ich voran. Die Sonne ging im Osten auf, das war der einzige Grund, warum ich wusste, wo Süden war.

Es dauerte weitere zwanzig Minuten, ein ganzes Leben voller giftiger Furcht, ehe die kleine Ansammlung von Geschäften weiter unten an dem dunstigen Highway Gestalt annahm und ich die Tankstelle erblickte, an der sie auf dem Herweg vorbeigekommen sein mussten.

Ich war außer Atem, und der untere Teil meines Rückens schrie jedes Mal vor Schmerz, wenn ich das Bein nach vorn setzte. Die Straße verschwand und wurde zu sulzigem Matsch, der mir gegen die Schienbeine spritzte. Die Zapfsäulen, ein halbes Dutzend, lagen umgekippt auf dem aufgerissenen Pflaster.

Ein paar Fahrzeuge parkten hinter dem Tankstellengebäude; bei einem – einem Truck – stand die Motorhaube offen, als hätte jemand gerade einen Blick darunter geworfen. Falls er dort drin irgendetwas gefunden hatte, was nicht in Ordnung war, bestand eine gute Chance, dass er in der Werkstatt nach einem Ersatzteil suchte. *Oder nach etwas Essbarem*, dachte ich und wandte mich wieder dem Tankstellengebäude zu. *Um Proviant zu bunkern, bevor er sich absetzt.*

Die Hintertür war nicht abgeschlossen; wenn ich es ganz genau nahm, waren Schloss und Türknauf glatt weggesprengt worden. Sie knarrte, als ich sie aufdrückte und hineinschlüpfte.

Der Laden war größer, als ich erwartet hatte, dafür jedoch in schlimmerem Zustand. Irgendjemand hatte hier ziemlich gründlich geplündert, doch hier und da lagen noch Jumbo-Chipstüten herum, und ein Getränkeautomat leuchtete noch immer in der einen Ecke und knisterte unter allerletzten Stromwallungen. Die Pistole blieb in meiner Hand, kalt und massiv, auf die Glastüren der Getränkekühlschränke und die endlosen Graffiti gerichtet, die alles darin vor den Blicken verbargen.

Ich folgte den Regalen, vorbei an der Kasse und an leeren Süßigkeitenkartons, zum vorderen Teil des Ladens und in einen recht neuen Teil des Gebäudes mit einem Schild daran, auf dem »Komplettservice« stand.

Der kurze Flur zwischen dem Laden und der Werkstatt war mit Fotos und Postern von alten Autos dekoriert, auf denen Mädchen im Bikini hockten. Ich holte langsam und tief Luft. Es roch nach Gummi, Benzin und Öl, noch so viel Bleiche würde diesen Geruch nicht tilgen.

Es gab noch einen anderen Zugang zu diesem Teil des Gebäudes, von außen. Auf dem Schild an der Glastür stand noch immer »Bin nicht da – 15 Min.«, und Besucher wurden angehalten, doch freundlicherweise in der Werkstatt nachzufragen, wenn es sich um einen Notfall handeln sollte. Stühle und Fotos von leer dreinblickenden Angestellten säumten die Wände neben Modellreifen – doch es waren keine Fußspuren zu sehen, kein Laut war zu hören, kein Liam weit und breit.

Angst durchzuckte mich, als ich die Werkstatttür mit der Schulter aufdrückte. Rasch drehte ich mich um, versuchte, das schwere Ding abzufangen, bevor es zuknallte, und genau das war der Fehler – ich wusste es, noch während ich mich umdrehte, noch während Ausbilder Johnsons Lieblingssatz in meinen Ohren hallte: *Kehrt dem Unbekannten niemals den Rücken zu.*

Ein kribbelndes Gefühl im Rücken, das ich eine Sekunde zu spät wiedererkannte. Eine Druckwelle krachte gegen mich, schleuderte mich vorwärts, als sei jemand von hinten mit voller Wucht in mich hineingelaufen. Meine Stirn knallte gegen den Türrahmen, und vor meinen Augen blitzte Schwarz, Weiß, Schwarz auf, während ich zusammensackte. Die Pistole klapperte davon, schlidderte über den Beton, außer Reichweite.

Und dann eine warme, vertraute Stimme voller Angst: »O mein Gott! Entschuldige, ich dachte …« Liams blasse Gestalt kam hinter der ausgeweideten Karosserie eines Autos mitten in der Werkstatt hervorgeschossen. »Was machst du denn hier?«

»Was machst *du* hier?«, fragte ich und suchte unter den Werkbänken und Tischen nach der Pistole. Überall lagen Werkzeuge und Ersatzteile umher, verstaubten und verdreckten immer mehr. »Du kommst ganz allein hier raus, ohne jede Möglichkeit, dich zu verteidigen …«

»Keine Möglichkeit, mich zu verteidigen?«, wiederholte er und zog eine Braue hoch.

»Du weißt genau, was ich meine!« Ich hockte mich hin, blinzelte die schwarzen Flecken vor meinen Augen weg und tastete unter dem Metalltisch herum, bis sich meine Finger um den Pistolenlauf schlossen. Dann fuchtelte ich der Deutlichkeit halber damit vor ihm herum. »Was wolltest du gegen so was hier unternehmen?«

Er wandte sich wieder dem Auto zu, den Mund zu einem angewiderten Strich zusammengekniffen. »Ich hab dich doch ganz leicht entwaffnet. Was würden die Ausbilder wohl *dazu* sagen?«

Das traf tiefer, als ich es erwartet hatte. Schweigend sah ich zu, wie er die Kühlerhaube des Autoskeletts hochklappte; ein Werkzeug blitzte silbern in seiner Hand auf. Doch er arbeitete nicht damit, seine Hände stützten sich auf den grünen Rahmen der Karosserie. Die Lederjacke schmiegte sich an seine Schultern, als er sich vorbeugte und den Kopf herabsinken ließ. Ich hielt den Rücken weiter gegen die Tür gedrückt, eine schweigende Wächterin gegen alles, was vielleicht hereinkommen mochte.

»Du hast mich also gefunden«, sagte er halblaut mit angespannter Stimme. »Das hab ich wohl Chubs zu verdanken.«

Seine Gedanken durchliefen eine wüste Abfolge von Emotionen, sprangen binnen Sekunden zwischen etwas hin und her, das sich wie heiße Wut, trübe Schuldgefühle und niederschmetternde Hoffnungslosigkeit anfühlte. Es fühlte sich an, als riefe sein Verstand nach meinem, als schrie er nach mir.

Ich drückte den Handrücken gegen die Stirn. Seit ich nachgegeben hatte und nicht mehr versuchte, sie zu unterdrücken, waren meine Kräfte ruhiger geworden. Richtig beständig. Dies war nicht der richtige Zeitpunkt, dieses bisschen Ruhe zu verlieren.

»Ich weiß …«, fing ich an und leckte mir die Lippen. »Ich weiß, du kannst selbst auf dich aufpassen. Aber wir wissen doch überhaupt nichts über diese Stadt. Wir wissen nicht, wer vielleicht vorbeikommen könnte, und der Gedanke, dass du hier draußen ganz allein …«

»Ich *wollte* allein sein«, erwiderte er schroff. »Ich wollte einfach nur … Ich musste einen klaren Kopf bekommen. Musste weg von den anderen. Weg von *dir*.«

Ich starte ihn an und bemühte mich, das, was er gerade gesagt hatte, mit diesem Ausdruck völliger Verzweiflung auf seinem Gesicht in Einklang zu bringen.

»Hör zu«, sagte ich. »Ich hab's ja kapiert. Du kannst mich nicht leiden, aber …«

»Ich kann dich nicht leiden?«

Er gab ein leises, tonloses Lachen von sich. Ein Auflachen purzelte ins nächste, und es war grauenvoll – es passte überhaupt nicht zu ihm. Er verschluckte sich fast vor Lachen, als er sich kopfschüttelnd umdrehte. Eigentlich klang es fast wie Schluchzen, wie die Luft aus ihm hervorbrach.

»Ich kann dich nicht leiden«, wiederholte er mit trostloser Miene. »Ich kann dich nicht *leiden*?«

»Liam …«, setzte ich erschrocken an.

»Ich kann … ich kann an nichts und niemand anderes mehr denken«, flüsterte er. »Ich kann nicht klar denken, wenn du in der Nähe bist. Ich kann nicht schlafen. Es fühlt sich an, als ob ich keine Luft kriege … Ich … Es ist einfach …«

»Liam, bitte«, flehte ich. »Du bist übermüdet. Du warst doch gerade erst krank. Lass uns doch … Können wir einfach zu den anderen zurückgehen?«

»Ich liebe dich.« Er wandte sich zu mir um; der gequälte Ausdruck lag nach wie vor auf seinem Gesicht. »Ich liebe dich, jede Sekunde jedes einzelnen Tages, und ich weiß nicht, warum oder was ich dagegen machen soll.«

Er sah aus, als wäre er halb irre vor Schmerz; sein Gesicht ließ mich regungslos verharren, noch ehe das, was er gesagt hatte, in meinem Verstand ankam.

»Ich weiß, dass es falsch ist, das weiß ich verdammt noch mal genau. Und ich fühle mich, als wäre ich krank. Ich versuche ja, ein guter Mensch zu sein, aber ich kann nicht. Ich kann nicht mehr.«

Was ist hier los? Der unverhohlene Schmerz in seinem Gesicht war zu viel, mein Verstand konnte nicht schnell genug arbeiten.

Meine Hände ballten sich in den Jackentaschen zu Fäusten. Ich merkte, wie ich zur Tür zurückwich, wie ich versuchte, diesem Blick zu entkommen, mein Herz daran zu hindern, aus meiner Brust hervorzubrechen. Er ist durcheinander. Erklär's ihm. Er ist doch bloß durcheinander.

»Sieh mich an.«

Ich konnte mich nicht rühren, es gab keinen Ausweg. Er versteckte sich nicht länger vor mir. Ich spürte, wie sich seine Gefühle um ihn herum entwirrten, eine Flut aus Wärme und durchdringendem Schmerz, die durch die Benommenheit drang, als er dicht an mich herantrat.

Meine Hände blieben in den Jackentaschen, seine hingen neben dem Körper herab. Wir berührten einander nicht, nicht wirklich. Urplötzlich erinnerte ich mich überdeutlich daran, wie seine Finger vor ein paar wenigen Stunden meine gestreift hatten. Er senkte das Gesicht auf meine Schulter; sein Atem drang durch drei Kleidungsschichten und wärmte dort die Haut. Einer seiner Finger hakte sich in eine Gürtelschlaufe meiner Jeans und zog mich ein ganz klein wenig näher an ihn heran. Dann glitt seine Nase meinen Hals hinauf, meine Wange entlang, und ich sah nichts davon. Ich kniff die Augen fest, zu, als seine Stirn sich endlich an meine lehnte.

»Sieh mich an.«

»Lass das«, flüsterte ich.

»Ich weiß nicht, was mit mir los ist«, hauchte er. »Ich hab das Gefühl … Ich hab das Gefühl, als würde ich den verdammten Verstand verlieren, als wäre mir dein Gesicht ins Herz gemeißelt worden, und ich weiß nicht mehr, wann, und ich verstehe nicht, wieso, aber die Narbe ist da und verheilt nicht. Sie geht einfach nicht weg. Ich kann sie nicht verblassen lassen. Und du willst mich noch nicht einmal ansehen.«

Meine Hände schlüpften aus der sicheren Zuflucht meiner Jackentaschen und packten das weiche Leder seiner Jacke. Darunter trug er noch immer die von Cole. »Ist schon okay«, brachte ich mühsam hervor. »Wir kriegen das schon hin.«

»Ich schwör's«, flüsterte er, während sein Mund dicht über meinem verharrte. »Ich schwör's, wir waren da an einem Strand, und du hattest so ein hellgrünes Kleid an, und wir haben stundenlang geredet. Ich hatte ein Leben, und du auch, und wir haben unsere Leben zusammen gelebt. Das passt doch nicht zusammen. Dieser Teil passt nicht. Claire war da, und Cole hat Stein und Bein geschworen, das wäre nie passiert. Aber dann … Ich sehe dein Gesicht im Feuerschein, und ich erinnere mich an andere Feuer, an andere Lächeln, an alles Mögliche. Ich erinnere mich an dich in dem grünen Kleid, und dann wird es zu einer grünen Uniform, und das ergibt überhaupt keinen Sinn.«

Grünes Kleid – der Strand? Virginia Beach?

Eine Träne drängte sich durch meine Wimpern, dann noch eine. Es war so schnell gegangen; ich hatte mich in jenem himmelblauen Zimmer so sehr beeilen müssen. Was er jetzt sagte – nichts davon war passiert, nicht in Wirklichkeit, doch so, wie er es damals erzählt hatte, hatte es sich *für mich* angefühlt, als wäre es Wirklichkeit. Wir hätten uns in jenem Sommer begegnen können, an jenem Strand, wo uns nur ein kleines Stückchen Sonne und Sand voneinander getrennt hätten. Bestimmt hatte ich daran gedacht, während ich mich aus seinen Gedanken und Erinnerungen herauslöste. Dieses winzige Teilchen meiner selbst musste ich übersehen haben, oder ich hatte es dort eingefügt, oder …

»Ich bin … Es ist die reine Folter.« Seine Stimme klang angespannt, war kaum mehr als ein Flüstern. »Ich glaube, ich drehe langsam durch – ich weiß nicht, was hier abgeht, was passiert ist, aber ich sehe dich an, und ich liebe dich so. Nicht wegen irgendwas, was du gesagt oder getan hast oder überhaupt wegen irgendwas. Ich sehe dich an, und ich liebe dich ganz einfach, und das macht mir Wahnsinnsangst. Es macht mir Wahnsinnsangst, was ich für dich tun würde. Bitte, du musst mir sagen … Sag, dass ich nicht verrückt bin. Bitte schau mich doch einfach mal *an.*«

Mein Blick hob sich, begegnete dem seinen, und es war vorbei.

Seine Lippen fingen meine in einem heftigen Kuss ein, drängten sie unter der Wucht des Zusammentreffens auseinander. Es war nichts Sanftes an diesem Kuss. Ich spürte, wie die Tür hinter meinem Rücken klapperte, als er sein Gewicht verlagerte, mich dagegendrückte, mein Gesicht zwischen seine Hände nahm. Jeder Gedanke in meinem Kopf explodierte zu reinem, hämmerndem Weiß, und ich fühlte, wie dunkles Verlangen in mir aufzuwallen begann, all meine Regeln aushebelte, die letzten zitternden Reste meiner Beherrschung durchbrach. Ein letztes Mal versuchte ich, mich von ihm loszumachen.

»Nein«, sagte er und holte meinen Mund zu seinen Lippen zurück. Es war genau wie damals – ich schob die Hände unter seine Jacke, um ihn fester an mich zu ziehen. Das leise Aufstöhnen ganz hinten in seiner Kehle, ein flehender Laut, der jeden Quadratzentimeter meiner Haut in Flammen aufgehen ließ.

Dann veränderte es sich. Ich löste mich von ihm, schnappte nach Luft, und als ich wieder zu ihm fand, war es tiefer, weicher und süßer. Es war ein Kuss, an den ich mich erinnerte, von der Sorte, wie wir sie erlebt hatten, als es sich angefühlt hatte, als hätten wir alle Zeit der Welt, als die Straße sich nur für uns vor uns erstreckte.

Ich ergab mich diesem Gefühl. Es war mir egal, was das aus

mir machte – eine schwache, egoistische, dumme, schreckliche Person. Ich erinnerte mich an jenes winzige bisschen warmen Frieden, bevor ich ihn kaputt gemacht, seinen Verstand in heillose Verwirrung gestürzt hatte. Jetzt war so viel Dunkelheit darin, die freien, hellen Erinnerungskorridore waren eingestürzt. Ich kämpfte mich hindurch, riss dünne Lagen aus Schwarz und verbranntem Braun herunter. Ich ertrank in dem Kuss, in ihm, und es war so anders, so seltsam, dass ich gar nicht merkte, dass ich in seinem Verstand war, bis es zu spät war.

Hör auf, hör auf, hörauf hörauf hörauf …

Ich stieß ihn weg, löste die physische Verbindung zwischen uns. Wir stolperten beide; mein Kopf brüllte vor Schmerz auf, als ich auf die Knie fiel. Liam sackte auf die nächste Werkbank, sodass Hunderte kleiner Werkzeuge und Schrauben, die dort aufgehäuft waren, mit grellem Getöse zu Boden fielen, das immer weiter und weiter zu gehen schien, ein Echo des letzten Reißens, mit dem sich mein Verstand von seinem löste.

Scheiße, dachte ich und rang nach Luft. Mir war schlecht, richtig sauschlecht, während die Welt unter mir emporhüpfte. Mehrere beängstigende Sekunden lang war das Brennen in meinem Verstand so schlimm, dass ich überhaupt nichts sehen konnte. Ich kroch mehr oder weniger über den Boden, suchte nach der Pistole, die mir aus der Hand gefallen war, als er mich gepackt hatte. Dann versuchte ich, mich an einem der Regale hochzuziehen, schaffte es aber lediglich, das ganze Ding von der Wand zu reißen, sodass die Radkappen darauf auf mich herabregneten.

Schließlich gab ich einfach auf, lehnte mich gegen die Wand und zog die Knie an die Brust. Der Kopfschmerz war in den Nacken hinabgerieselt, tropfte Stück für Stück ins Zentrum meines Brustkorbs hinunter. *Scheiße, Scheiße, Scheiße.* Ich presste die Handballen an meine Augen, holte abermals tief Luft.

»Ruby.«

Ich schaute auf, suchte in der Dunkelheit nach seinem Gesicht.

»Ruby, du …« In Liams Stimme schwang jetzt ein Anflug von Panik mit, als er nach mir griff und mich zu sich heranzog. Ich sackte gegen ihn, zu betäubt, um mich zu rühren, als er die Arme um meine Schultern schlang und das Gesicht in meinem Haar vergrub. »Wir … dieses sichere Haus …«

O mein Gott.

»Du hast irgendwas gemacht … du … O Gott, *Chubs*!« Liam fuhr zurück, fasste mein Gesicht mit beiden Händen. »Chubs war angeschossen worden! Sie haben ihn geholt, und uns auch. Wir waren in dem Zimmer, und du … Was hast du gemacht? Was hast du mit mir *gemacht*? Warum sollte ich weggehen? Warum sollte ich ohne dich weggehen?«

Das Blut wich aus meinem Gesicht, aus meinem ganzen Körper. Ich strich ihm mit den Fingern durchs Haar, zwang ihn, mir direkt in die Augen zu sehen. Jeder einzelne seiner Muskeln zitterte. »Er ist okay. *Liam!* Chubs ist okay, ihm fehlt nichts! Wir sind nach Nashville gekommen, um dich zu suchen, weißt du noch?«

Er sah mich an, und zum ersten Mal seit Wochen waren seine Augen klar. Konzentriert. Er sah mich an, und ich merkte es genau, als ihm klar wurde, was ich mit ihm gemacht hatte. Das Haar fiel ihm ins Gesicht, als er den Kopf schüttelte; seine Lippen arbeiteten in stummem Unglauben. Ich brachte es nicht über mich, irgendetwas zu sagen.

Das ist doch nicht möglich.

Wie viele Erinnerungen hatte ich inzwischen gelöscht? Dutzende? Hunderte? Und von Anfang an, seit jenem Ausdruck nackter Angst auf dem Gesicht meiner Mom, hatte ich gewusst, dass es kein Zurück geben würde. Als es mit Sam abermals passiert war, bestätigte das lediglich, dass es so war. In ihren Verstand zu schlüpfen, zu versuchen, das, was ich getan hatte, wieder in Ordnung zu bringen, hatte lediglich bewiesen, dass es nichts gab, was ich tun könnte. Dass keine Spur von mir mehr da war, die man ihr wieder ins Gedächtnis hätte rufen können.

Jetzt jedoch – ich hatte ihm diese Erinnerungen nicht in den Kopf gepflanzt. Wie sich das anfühlte, wusste ich. Das hier war etwas anderes; es musste etwas anderes sein. Alles, was ich getan hatte, war, mich loszumachen, ehe ich zu tief in seinen Verstand sinken und richtigen Schaden anrichten konnte. Das hier konnte unmöglich passieren. Auf gar keinen Fall.

Er trat zurück, außer Reichweite. Weg von mir.

»Ich kann dir das erklären«, begann ich mit zitternder Stimme.

Doch er wollte nichts hören. Liam wandte sich wieder dem Auto in der Mitte der feuchten Werkstatt zu, hob einen kleinen Rucksack auf, den ich nicht kannte, und schwang ihn sich über die Schulter. Mit schnellen Panikschritten war er an der Tür. Er musste sich mit eigenen Augen davon überzeugen, dass Chubs nichts fehlte, begriff ich. Dass alles, was geschehen war, seit wir ihn gefunden hatten, wirklich passiert war.

»Warte!«, rief ich und schickte mich an, ihm zu folgen. »Lee!«

Ich hörte seine Schritte über das Linoleum vorn im Büro poltern und sein verärgertes Ächzen, als er gegen den Schreibtisch knallte.

Ich hörte die Schüsse. Das Doppelkrachen, das eine Glaswand zerbersten und meine Welt zusammen mit dieser Wand einstürzen ließ.

25. Kapitel

Ich hastete durch den Warteraum; die Pistole schwang beim Laufen in meiner Hand. Liam war gerade um die Ecke zum Laden gebogen – ich sah ihn auf dem Boden liegen, flach auf dem Rücken. Glassplitter bedeckten ihn; fast sah es aus, als habe jemand eine Eisplatte an seiner Brust zerschmettert.

Mehr war nicht nötig. Etwas Kühles, Gefasstes nahm seinen Platz ein. Der Schrecken, der mich fast in die Knie gezwungen hatte, wurde zu etwas Nützlichem destilliert, zu etwas Berechnendem, zu etwas, das die Children's League sorgsam gehegt und gepflegt hatte.

Kontrollierte Panik.

Ich wollte geradewegs in den Laden stürzen, doch aus zahllosen Simulationen wusste ich, wie dieses Szenario ablaufen würde. Also streckte ich den Kopf stattdessen gerade so weit vor, dass ich erkennen konnte, welcher Getränkekühlschrank zu Bruch gegangen war. Nur der allerletzte, der, der mir am nächsten war.

Der Schütze befand sich wahrscheinlich bei der Hintertür – er oder sie hatte Liam bestimmt um die Ecke kommen sehen und gefeuert.

Ich schaute gerade lange genug nach unten, um zu sehen, wie seine Rippen sich hoben und senkten. Seine Hand hob sich und sank auf seine Brust, während er nach Luft rang. Er war am Leben.

Wo war der Schütze?

Ich schluckte den brennenden Zorn hinunter; meine Finger würgten die Pistole, während ich die vordere Wand nach einer spiegelnden Oberfläche absuchte. Gleich hinter der Kasse war ein runder Überwachungsspiegel angebracht, und so schmutzig er jetzt auch war, ich hätte sie nie übersehen. Die Frau war stämmig, vielleicht Ende fünfzig, Anfang sechzig, wenn ich mich hätte festlegen müssen. Das drahtige graue Haar, das nur zur Hälfte unter ihrer Mütze und im Kragen ihrer grünen Jagdjacke steckte, verriet sie.

Sie zitterte heftig und fluchte, als sie die Patronen fallen ließ, die sie gerade nachladen wollte, und tauchte hinter dem Regal ab, um sie aufzuheben. Ich ging über Liam in Position und zielte zwischen den goldenen Rahmen der Kühlschranktüren hindurch. Als sie wieder hochkam, war ich bereit – ich feuerte zweimal; die Kugeln schlugen in die Wand hinter ihr.

Ich glaube, sie sah mich gar nicht an, bevor sie den letzten Schuss abgab und das Weite suchte. Instinktiv duckte ich mich, obwohl sie offenkundig weit danebengezielt hatte. Das Schaufenster des Ladens zerbarst, als die Schrotladung durch das Glas fetzte. Und alles war Donner und Krach, Angst und Schrecken und Glasscherben. So viele Glasscherben.

Liam stöhnte zu meinen Füßen. Ich kauerte mich hin, wischte ihm die Splitter aus dem Haar und von der Brust. Meine Hände glitten abermals unter seine Jacke, tasteten nach Blut. Auf dem Boden war keins und auf meinen Fingern auch nicht. Unverletzt. Der Gedanke huschte flüchtig vorbei, als ich ihn in eine sitzende Stellung hochzerrte. Eindeutig benommen sackte er gegen den Kühlschrank. Seine Ohren dröhnten bestimmt ganz furchtbar.

Ich nahm sein Gesicht in beide Hände, drückte die Lippen auf seine Stirn, auf seine Wange. »Alles okay?«

Er nickte. Bei dem Sturz war ihm die Luft weggeblieben. »Alles okay.«

Ein Automotor erwachte draußen aufheulend zum Leben. Ich schnellte zurück und hob die Pistole auf.

»Ruby!«, rief Liam mir nach, doch ich rannte bereits, rammte die Schulter gegen die gesplitterte, pendelnde Hintertür. Die Rücklichter leuchteten rot, wurden immer kleiner und kleiner, je weiter die Frau sich von uns entfernte. Ich rannte hinter ihr her, so lange ich konnte, getragen von einer Flut des Zorns. Sie war *so nahe* daran gewesen, ihn zu verletzen, ihn zu töten.

Schließlich blieb ich breitbeinig stehen und hob ein letztes Mal die Pistole, zielte auf den linken Hinterreifen. Wenn sie einen von uns gesehen hatte und noch hinreichend klar im Kopf war, um uns zu melden …

Nein. Mein Arm sank schwer herab, und ich schob mit dem Daumen den Sicherungshebel der Pistole vor. Auch wenn sie uns gesehen hatte, auch wenn ihr klar war, was wir waren, wir befanden uns hier mitten im Herzen von Nirgendwo. Das hier war keine Stadt, geschweige denn ein Ort, wo sich Skiptracer oder gar PSFs herumtreiben würden. Melden konnte sie uns, doch es würde Stunden, vielleicht sogar Tage dauern, bis jemand etwas unternahm.

Ich rieb mir mit dem Handgelenk den Schweiß von der Stirn. Großer Gott. Diese Frau war wahrscheinlich auf der Suche nach etwas zu essen gewesen, vielleicht auch nach einem Unterschlupf. Sie war nicht ausgebildet gewesen, und angesichts dessen, wie ungeschickt sie die Flinte gehalten hatte, fragte ich mich, ob sie die ersten Schüsse nicht vielleicht aus Versehen abgefeuert hatte. Liam und ich waren in der Werkstatt nicht gerade leise gewesen. Vielleicht hatte sie uns ja gehört, hatte ihn kommen hören und war bei dem Gedanken, beim Stehlen erwischt zu werden, in Panik geraten?

Es lohnte sich nicht, das auszuknobeln, und ich hatte auch nicht die nötige Energie dafür. Meine Probleme lagen nicht mehr vor mir. Sie standen genau hinter mir.

Langsam drehte ich mich um und ging zurück zur Tankstelle, wo Liam wartete. Da die Sonne hinter ihm emporstieg, lag sein Gesicht im Schatten. Noch immer schimmerten feine Glassplitter auf seinen Schultern, und ich hielt den Blick fest auf den Rucksack gerichtet, um den er die Finger gekrallt hatte. Auf seine weißen, kantigen, aufgeschürften Fingerknöchel.

Auf dem Nasenrücken hatte er eine frische Schramme, und Blut sickerte aus einer Schnittwunde an seinem Kinn, doch das war auch schon das Schlimmste, was die umherfliegenden Glasscherben angerichtet hatten. Ich brauchte ihm bloß einmal ins Gesicht zu schauen, um zu wissen, dass *ich* ihn bis ins Mark getroffen hatte.

Er wartete, bis ich bei ihm war, immer einen qualvollen Schritt nach dem anderen. Ich spürte, wie Scham heiß in mir aufwallte, mir die Kehle zuschnürte, Tränen in meinen Augen prickeln ließ. Röte stieg ihm den Hals hinauf, ins Gesicht, bis zu den Ohrenspitzen. Liam sah mich kommen, und die Sehnsucht auf seinem Gesicht reichte bis in die Knochen hinunter. Ich wusste, wie sehr er damit kämpfte, denn ich bemühte mich mit aller Kraft, die ich hatte, nicht nach seiner Hand zu greifen, mit dem Daumen über den warmen Puls in seinem Handgelenk zu streichen. Es war unerträglich, das hier zwischen uns. Wie gern hätte ich so getan, als hätten wir niemals ein Leben außerhalb dieses Augenblicks geführt.

»Wolltest …« Liam drückte einen Finger gegen den Mund, kämpfte mit den nächsten Worten. »Wolltest du einfach nicht mit mir zusammen sein?«

Es war fast zu viel für mich. »Wie kannst du so was denken?«

»Was soll ich denn sonst denken?«, fragte er. »Ich hab das Gefühl, ich war … unter Wasser. Ich kann kaum einen klaren Gedanken fassen, aber *daran* erinnere ich mich. Ich erinnere mich an das sichere Haus. Wir waren zusammen, wir wären doch klargekommen.«

»Du weißt genau, dass das nicht stimmt«, erwiderte ich. »Es war das Einzige, was ich tun konnte. Sonst hätten sie dich nicht gehen lassen, und ich konnte nicht zulassen, dass du bleibst.«

Fast von Anfang an hatte zwischen Liam und mir eine Art Abmachung bestanden, die ohne Worte auskam, nur mit Blicken und Gefühlen. Ich wusste instinktiv, warum er sich so entschied und nicht anders, und er konnte meinen Gedanken so mühelos folgen, wie man einer hell erleuchteten Straße folgt. Ich hätte nie gedacht, dass dieser Augenblick kommen würde, doch ich hatte auch nie geglaubt, dass er nicht einfach *wissen* würde, warum ich mich so entschieden hatte.

»Es tut dir noch nicht einmal leid«, hauchte er.

»Nein«, brachte ich heraus. »Zuzusehen, wie sie dich jeden Tag mehr brechen, bis du nicht mehr du selbst wärst, bis sie dich schließlich zu einem Einsatz losschicken, von dem du nicht zurückkommst, wäre nämlich das Einzige gewesen, was schlimmer wäre, als ohne dich zu sein.«

»So wie sie's mit dir gemacht haben?«, fragte Liam harsch. »Und jetzt soll ich das einfach akzeptieren? Du hast mir keine Wahl gelassen, Ruby – und warum? Weil du gedacht hast, ich wäre nicht stark genug, um in der League zu überleben?«

»Weil *ich* nicht stark genug bin, um es zu überleben, dich in der League zu sehen!«, erwiderte ich. »Weil ich wollte, dass du nach allem, was du durchgemacht hast, eine Chance bekommst, deine Eltern zu finden und dein Leben zu leben.«

»Verdammt noch mal – ich wollte *dich*!« Liam packte mich an den Armen, und seine Finger fassten mit aller Kraft zu, als könnte er mich so dazu bringen, seinen Schmerz zu verstehen.

»Mehr als alles andere! Und du bist einfach durch meinen Verstand gefegt und hast alles weggesperrt, als hättest du das Recht dazu, als würde *ich* dich nicht brauchen. Was mich echt fertigmacht, ist, dass ich dir vertraut habe – ich war mir so sicher, dass du das wusstest. Ich wäre klargekommen, weil du bei mir gewesen wärst.«

Wie oft hatte ich mir das in der einen oder anderen Form selbst gesagt? Es allerdings zu hören – das war ein Messer an der Kehle, die Schneide einer Rasierklinge, gegen die ich mich lehnen musste; mir blieb nichts anderes übrig.

»Mein Kopf ist so verdammt durcheinander, ich krieg nichts auf die Reihe.« Er trat einen Schritt zurück, sank in die Hocke. »Chubs war angeschossen worden, und Zu ist immer noch da draußen, und East River ist abgebrannt, und … Alles danach ist wie ein Albtraum. Und du … du warst die ganze Zeit bei diesen Typen. Dir hätte doch alles Mögliche passieren können, und ich hätte es nie erfahren. Weißt du, wie sich das anfühlt?«

Ich fiel vor ihm auf die Knie, kam so hart auf dem Boden auf, dass sich die Tränen, die an meinen Wimpern hingen, endlich lösten. Ich fühlte mich ausgelaugt. Leer.

»Ich kann das nicht wieder reparieren«, sagte ich. »Ich weiß, ich hab alles versaut, und es gibt kein Zurück von dieser Geschichte, okay? Aber dein Leben war mehr wert als das, was ich wollte, und es war das Einzige, was mir eingefallen ist, wie ich dafür sorgen kann, dass du dir nicht in den Kopf setzt, nach mir zu suchen.«

»Wer sagt denn, dass ich das getan hätte?« Ich wusste, das sollte gemein sein, dass dies ein schwacher Moment war und er nur wollte, dass ich genauso viel Schmerz empfand wie er, doch seine Worte enthielten nicht genug Gift, um wehzutun. Dazu war er einfach nicht imstande.

»Ich hätte das ganze verdammte Land in Stücke gerissen, um

dich zu finden«, sagte ich leise. »Vielleicht wärst du ja wirklich weggegangen. Vielleicht wärst du mich nicht suchen gekommen. Vielleicht hab ich ja alles falsch verstanden. Aber wenn du auch nur ein Viertel von dem empfunden hast, was ich gefühlt habe …« Meine Worte gerieten ins Wanken. »Ich habe mich immer gefragt, weißt du, die ganze Zeit, ob das alles nur war, weil ich dir leidgetan habe. Weil du Mitleid mit mir hattest oder wieder jemanden gesucht hast, den du beschützen kannst.«

»Und einen anderen Grund konntest du dir nie vorstellen?«, flüsterte er. »Es hätte nicht daran liegen könne, dass ich Respekt davor hatte, wie du mit aller Kraft ums Überleben gekämpft hast? Weil ich gesehen habe, wie gut und freundlich dein Herz ist? Oder dass du witzig warst und tapfer und stark, und ich mich in deiner Nähe gefühlt habe, als wäre ich das auch, auch wenn ich's nicht verdient hatte?«

»Liam …«

»Ich weiß nicht, was ich hier sagen oder tun soll«, meinte er und schüttelte den Kopf. »Es fühlt sich an, als wär's für mich nie zu Ende gewesen. Kapierst du das? Ich kann nicht vergessen, dass das passiert ist. Ich kann dich nicht hassen – nicht wenn ich dich so verdammt gern küssen möchte.« Und dann, so gebrochen, dass ich es kaum verstand: »Warum konntest du nicht alles löschen? Nicht nur die Erinnerungen, sondern auch das Gefühl?«

Ich starrte ihn an und begriff gar nichts.

»Das macht einem Angst – Wahnsinnsangst –, jemand Wildfremdem zu begegnen und etwas so Starkes für ihn zu empfinden, dass einem echt das Herz stehenbleibt, und man hat überhaupt keine Basis dafür. Keinerlei Kontext. Die Gefühle sind da, und es ist, als ob sie einem in der Brust rumtoben und rausmüssen. Sogar jetzt, wenn ich dich nur *ansehe*, kommt's mir vor, als würden sie mich zerquetschen – so sehr will ich dich und liebe ich dich und brauche ich dich. Aber es tut dir nicht mal leid, du erwartest einfach, dass ich mich damit abfinde, dass du meinetwegen dein Leben weggeworfen hast.«

Die Welt um uns herum hatte sich so weit von unserer kleinen Blase des Unglücklichseins zurückgezogen, dass ich vergessen hatte, dass sie überhaupt noch existierte. Dass wir uns am Rand eines offenen Highways befanden, der Eiseskälte und jedermanns Blicken ausgeliefert. Die Wirklichkeit brach in Gestalt eines Motorgeräuschs, gellendem Hupen und blinkenden Scheinwerfern über uns herein, die direkt auf uns zukamen.

Ich zog Liam auf die Beine und griff nach der Pistole, die in meiner Jackentasche steckte – doch jetzt sah ich das Auto, das vertraut staubige Braun von Chubs' Geländewagen. Schleudernd kam er ein paar Meter entfernt zum Stehen und riss eine Schneewolke hoch.

Chubs sprang vom Fahrersitz und ließ den Motor laufen. »Oh, Gott sei Dank. Ich hab euch beide da unten am Boden gesehen und gedacht, ihr hättet euch gegenseitig umgebracht.«

Ich wandte beiden Jungen den Rücken zu und wischte mir die Wangen mit den Jackenärmeln ab. Hinter mir hörte ich Chubs scharf Luft holen, doch es war Liam, der das Wort ergriff; seine Stimme klang beängstigend gefasst.

»Komm mal kurz mit rein. Da gibt's noch was zu essen, das können wir mitnehmen.«

Ich wollte ihnen nicht folgen, und ich wollte nicht in den Wagen steigen. Ich konnte mich nicht rühren; der Streit, wenn ich es denn so nennen wollte, hatte mich so erschöpft, dass ich Jude doppelt sah, als er aus dem Wagen sprang und auf mich zukam.

»Ruby?« Er klang ziemlich verängstigt.

Ich schüttelte mich, um den Kopf freizubekommen. »Ist schon okay.«

»Was ist denn passiert?«, flüsterte er und drückte mir eine tröstliche Hand auf den Rücken. »Habt ihr euch gestritten?«

»Nein«, antwortete ich. »Er erinnert sich jetzt wieder.«

Wir drehten uns um und sahen zu, wie Chubs über seine eigenen Füße stolperte, als Liam ihn zu der Tankstelle hinüberschleifte. Er blickte sich mit großen Augen nach mir um, während Liam die Tür mit einem Fußtritt aufstieß. Der Knall, mit dem sie gegen die Wand schlug, reichte, um Vida ebenfalls aus dem Auto zu locken.

Es dauerte zwei, vielleicht drei Sekunden, bis das gegenseitige Anbrüllen losging. Sie waren so weit in den Laden gegangen, dass wir nicht verstehen konnten, was genau sie sagten; besonders hitzige Worte stachen hier und da heraus: *Wie konntest du? Warum? Sie, sie, sie.*

»Meine Fresse.« Vida wandte sich wieder zu mir um, die Hände in die Hüften gestemmt. »Ich hab's dir doch gesagt, lass den Jungen in Ruhe. Was hast du denn mit dem gemacht?«

Die Haut auf meinem Gesicht fühlte sich stramm und heiß an, so sehr bemühte ich mich, nicht in Tränen auszubrechen.

»... ein verdammter Idiot!«, schrie Liam. »Weil ich mir vorkomme wie ein Volltrottel!«

»Er weiß Bescheid?«, fragte Vida. »Du hast es ihm gesagt?«

»Nein. Ich glaube, er erinnert sich. Ich glaube, ich hab es rückgängig gemacht. Oder ich hab's gar nicht wirklich hingekriegt. Ich weiß nicht. Er redet nicht mit mir. Er wird nie wieder mit mir reden.«

»Das glaube ich nicht«, meinte Jude. »Wahrscheinlich ist er einfach nur total überwältigt. Es scheint, als ob ...«

»Als ob was?«, fragte Vida.

»Als ob sich ein Teil von ihm an dich erinnert hat. Er war doch so fertig, als wir dich gefunden haben und er gedacht hat, du stirbst, weißt du noch?«

»Und warum hat er sich dann so dämlich benommen?«, wollte Vida wissen.

»Denk doch mal nach – er wusste, dass Ruby in der League ist, aber er hat sie anders behandelt als uns, stimmt's? Vielleicht hat es ihn durcheinandergebracht, in deiner Nähe zu sein – sein Kopf hat ihm das eine gesagt, und sein Instinkt was ganz anderes?«

Genauso hatte Liam es erklärt; Jude war aufmerksam genug gewesen, um etwas zu bemerken, das ich nie für möglich gehalten hätte. Bei meinen Eltern und bei Sam … Sie waren kalt gewesen, nachdem ich ihre Erinnerungen gelöscht, ihre Erinnerungen weggesperrt hatte, oder was immer es sonst war, was ich letzten Endes tat. Ich war damals so jung gewesen, ich war einfach davon ausgegangen, dass ein Teil von ihnen erkannte, was ich war, und dass sie mich deswegen hassten.

Vielleicht lag ich damit ja vollkommen falsch. Wenn ich ihnen ihre Erinnerungen an mich genommen hatte, aber nichts von ihren Gefühlen, war es für sie dann genauso wie für Liam? Das, was sie empfanden, machte ihnen Angst und verwirrte sie ganz einfach? Meine Mom war damals nicht gerade stabil gewesen – sie hatte Panikattacken gehabt, wenn ich auch nur einen Augenblick zu spät von der Schule nach Hause gekommen war. Und Dad, mein ruhiger, verlässlicher Dad – der konnte doch Angst davor gehabt haben, was sie tun könnte, und er hatte mich deswegen nicht wieder ins Haus lassen wollen.

Vielleicht kann ich es bei ihnen ja auch rückgängig machen. Die Stimme war ganz klein, aber sie war da, zupfte an meinem Ohr.

»Das ändert aber nichts daran, was Lee jetzt empfindet«, sagte ich. Oder was meine Eltern empfinden würden, wenn sie herausfanden, was ihre Tochter wirklich war.

Ich ließ mich von den anderen zum Wagen zurückbringen

und rutschte auf den Rücksitz. Sie hatten das Zelt zusammengepackt und das Lager abgebrochen, bevor sie uns holen gekommen waren. Nicht nur weil sie sich Sorgen machten, sondern weil Vida es endlich geschafft hatte, ihre Nachricht an Cate zu schicken.

Und sie hatte eine Antwort bekommen.

Anstatt sich auf einem der Vordersitze niederzulassen, glitt Vida neben mich. Jude machte gerade Anstalten, ihr zu folgen, als sie ihn mit dem Fuß wieder hinausschob und sagte: »Kannst du mal zu Großmütterchen gehen und ihm sagen, er soll sich beeilen?«

Jude maulte, doch Vida schlug bereits die Tür zu.

»Was ist denn?«, fragte ich und war sehr viel wacher, als ich den Chatter in ihrer Hand sah. »Was schreibt sie denn?«

»Ich weiß nicht – irgendwas kommt mir da komisch vor«, sagte Vida. »Hier, lies mal.«

Das blauweiße Licht des Chatters erhellte den Rücksitz, als ich durch die letzten Nachrichten scrollte.

FROH, DASS IHR IN SICHERHEIT SEID // MÜSSEN UNS SO SCHNELL WIE MÖGL TREFFEN // GEGENW AUFENTHALTSORT?

Vida hatte zurückgeschrieben:

GEGENW AUFENTHALTSORT OK // KÖNNEN MORGEN IN KALIF SEIN

Die Antwort war augenblicklich gekommen:

HOLE EUCH AB UND BEGLEITE EUCH // PUEBLO, CO. // ZIELPERSON ABHÄNGEN

Ich weiß, durch kurze, knappe Nachrichten geht die Stimme eines Menschen verloren. Und genau darum ging es bei dem Chatter ja: Informationen oder Daten so schnell wie möglich weiterzugeben. »Zielperson abhängen« kam mir allerdings extrem kurz angebunden vor. Und nicht nur das, warum sollte Cate – oder Cole – das Risiko eingehen, das HQ zu verlassen und so andere auf ihren Plan aufmerksam zu machen?

SAGT ZIELPERSON NICHTS VON TREFFPUNKT

Darunter stand eine Adresse.

»Glaubt du, es ist was passiert?«, drängte Vida. »Warum zum Teufel sollte sie riskieren, das HQ zu verlassen, wenn das den ganzen Einsatz versauen kann?«

»Vielleicht denkt sie, wir kommen ohne ihre Hilfe nicht über die Grenze nach Kalifornien.« Es war eine dürftige Erklärung, aber eine plausible. »Vida, hat sie dir den Chatter selbst gegeben? Ich meine, ihn dir persönlich in die Hand gedrückt?«

»Ja«, sagte Vida. »Nico hat die beiden Dinger selbst verlinkt.« Ich sah, wie ihre dunklen Augen groß wurden, als ihr endlich dieselbe grauenvolle Möglichkeit aufging, die ich gesehen hatte. »Du glaubst, jemand hat ihn ihr abgenommen? Dass ihr was passiert ist? Oder dass Cole das Ding hat?«

»Ich halte es für möglich, dass jemand sich in den Link zwischen unseren Chattern eingehackt hat«, erwiderte ich, und meine Stimme klang viel ruhiger, als mir zumute war. »Und der Betreffende hat unsere sämtlichen Nachrichten abgefangen.«

»Das kann nicht sein«, wehrte Vida ab. »Es geht doch gerade darum, dass man die Verbindung nicht hacken kann. Gibt's eine Möglichkeit, das zu überprüfen?«

Vielleicht – eine. Ich biss die Zähne zusammen und tippte jedes einzelne Wort sorgfältig und mit Bedacht.

MELDE MICH BEI ANKUNFT // LATER, GATOR

Die Sekunden schleppten sich dahin, und das Display wurde dunkler, weil nichts geschah, doch ich schaltete das Gerät nicht aus, und Vida wich nicht zurück, bis es von Neuem aufleuchtete. Die Vibration schien meine Knochen hinaufzuzucken und zog eine Gänsehautwoge hinter sich her.

GUT // AFTER A WHILE, CROCODILE

Es dauerte weitere zehn Minuten, bis die Jungen im Eingang des Tankstellenladens erschienen, jeder mit etwas anderem in den Armen. Chubs schmuste beinahe mit einer Packung Toilettenpapier. Jude balancierte fünf verschiedene Riesentüten Chips, und Liam mühte sich ab, seine zehn Sodaflaschen nicht fallen zu lassen.

»Weiteratmen, Bubu«, ermahnte mich Vida. »Ganz cool bleiben. Wir müssen nur nach Colorado.«

Und dabei die ganze Zeit lügen, dachte ich und lehnte die Stirn gegen die Tür. Viel hatte es da nicht zu entscheiden gegeben. Wenn es nicht Cate oder Cole war, der dort auf uns wartete, dann hieß das, dass ihnen etwas zugestoßen war – entweder ihr Plan mit dem USB-Stick war aufgeflogen, oder irgendjemand hatte herausgefunden, dass sie genau wussten, wo wir waren, und nichts unternahmen, um uns zurückzuholen. So viele mögliche Verdächtige zuckten durch meinen Kopf: Alban, seine Berater, Jarvin, all seine Freunde. Ich wurde das Gefühl nicht los, dass alles auf den USB-Stick hinauslief, wurde den Gedanken nicht los, dass jemand wie Jarvin das Datenmaterial eher für seine eigenen Pläne nutzen als uns helfen würde. Und das Schlimmste war, wir würden nicht wissen, ob es sicher war, mit dem Stick zum HQ zurückzukehren, es sei denn, derjenige, der in Colorado wartete, bestätigte es uns zuerst.

Und wenn das wirklich Cate war, schön. Wir konnten uns ebenso gut in Pueblo, Colorado, von den Jungen trennen wie anderswo. Es war genauso, wie Vida gesagt hatte – es brachte nichts, sich an sie zu klammern, wenn ich die Verbindung irgendwann doch würde kappen müssen.

Ein kalter Luftzug traf uns, als sie die Heckklappe öffneten und die Vorräte dort verstauten. Jude krabbelte neben Vida und versuchte, ein bisschen Gefühl in seine Hände zu reiben. Kalte Luft drang aus den Falten seiner Jacke, als er sich zu den Gebläsen vorbeugte und sie alle in seine Richtung drehte.

Chubs beanspruchte abermals den Fahrersitz für sich und warf dabei einen raschen Blick nach hinten, als sei er überrascht, dass der Sitz noch frei war. Ich begegnete Liams Blick, kurz bevor er die Beifahrertür öffnete und einstieg.

Ich hatte keine Ahnung, worauf Chubs wartete, doch wir saßen bestimmt gute fünf Minuten lang schweigend da, ehe Liam schließlich sagte: »Können wir mal kurz so tun, als sei das hier nicht oberpeinlich, und kann irgendjemand mir bitte erklären, was hier wirklich läuft?«

Endlich löste Chubs die Handbremse. »Später. Ich kann nicht sicher und effizient auf der Straße operieren, wenn hier keine Ruhe herrscht.«

»Großmütterchen«, bemerkte Vida, »das ist erbärmlich, sogar von dir. Möchtest du, dass einer von den Großen fährt?«

»Ich könnte fahren«, erbot sich Jude, klappte den Deckel seines Kompasses zu und setzte sich auf. »Ich hatte im HQ Fahrstunden.«

»Du hattest eine Fahrstunde«, stellte ich fest, »und die hat damit geendet, dass du an drei anderen Autos entlanggeschrammt bist, als du versucht hast, einzuparken.«

»Du hast den schönen Mercedes hingerichtet«, sagte Vida. »Dieses wunderschöne, tolle Auto.«

»Das war doch nicht meine Schuld!«

Chubs beachtete uns nicht, und wir fuhren mit seiner üblichen vorsichtigen Geschwindigkeit wieder auf den Highway. Ich machte mich daran, noch einmal zu erzählen, was Cole mit dem USB-Stick plante. Alles kam heraus, von dem Augenblick an, als sie Blakes Leichnam zurückgebracht hatten. Die Flucht in Boston, die Begegnung mit Chubs und wie wir ihn in Nashville gefunden hatten. Liam hatte Fragen – gute Fragen – dazu, wie Cole und Cate die Forschungsergebnisse als Druckmittel einsetzen wollten, um die League auf den richtigen Weg zu bringen.

»Okay«, brummte er, als ich geendet hatte; er sprach mehr mit sich selbst als mit mir. »Okay. Es ist nur, eine Frage habe ich noch. Wenn du deinen Hals riskiert hast, indem du von diesem Einsatz abgehauen bist und versucht hast, mich zu finden, was ist für dich dabei rausgesprungen?«

War das nicht offensichtlich?

»Das habe ich dir doch gesagt. Cole sagt, wenn ich den USB-Stick zurückbringe, gibt ihm Alban alles, was er will. Und dazu gehört, daran zu arbeiten, die Lager zu befreien«, antwortete ich. »Und in der Zwischenzeit hätte ich dafür sorgen können, dass dir nichts passiert und dass Alban keinen Grund hat, dich zu suchen und dich zurückzuholen.«

Als Liam schließlich wieder etwas sagte, war seine Stimme fast heiser. »Nicht … dass sie dich aus der Abmachung rausgelassen hätten? Dass sie dich gehen lassen hätten?«

Er fasste mein Schweigen als das *Nein* auf, das es war.

»Hast du überhaupt daran gedacht zu fragen?«, flüsterte er, und die ersten Ansätze von Zorn machten sich wieder bemerkbar. »Du gehst zurück, einfach so – als wären diese Agenten nicht wild entschlossen, andere Kids umzubringen?«

»Ich muss das zu Ende bringen«, sagte ich.

»Ja, und wer passt auf dich auf?«, gab er zurück. »Du gibst ihnen einfach das Material und hoffst das Beste, du *hoffst*, dass sie ihr Versprechen nicht brechen oder dich umbringen, weil ihnen gerade danach ist? Ich will einfach nur wissen, *warum*. *Warum* denen das Material geben, wenn eine Chance besteht, dass wir uns damit selbst helfen können? Wenn es stimmt, was Cole sagt, und die wirklich einen Anlass gefunden haben, haben wir es dann nicht verdient, das Material zu haben? Zu entscheiden, was wir damit machen?«

Liam war so ernst, so leidenschaftlich, als er das sagte, es war, als würde er allmählich wieder der alte. Sogar die Farbe kehrte in sein Gesicht zurück.

»Das steht nicht zur Debatte«, wehrte ich ab. »Tut mir leid, aber wir müssen realistisch sein. Früher … früher haben wir gedacht, wir schaffen es allein, dass wir keine Hilfe bräuchten – und schau, was daraus geworden ist. Wir brauchen Hilfe. Wir können trotzdem kriegen, was wir wollen, aber wir können es nicht allein machen.«

»Und die Hilfe, die du dir aussuchst, ist die League?«

Ich sprach weiter, ohne auf seine Worte und auf den empörten Laut zu achten, den Vida von sich gab. »Sämtliche Horden sind zerstreut, und wir haben keine Möglichkeit, sie zu irgendeiner nennenswerten Truppe zusammenzutrommeln – und selbst wenn, das wäre doch nur ein Köder für die PSFs, uns einzukassieren. Ich weiß, ich *weiß*, du findest das zum Kotzen, das hier ist nicht das, was du dir aussuchen würdest, aber ganz ehrlich, was glaubst du, was wir mit den Forschungsergebnissen machen könnten? Sie auf der ganzen Welt bekannt machen? Hast *du* die nötige technische Ausrüstung dafür? Die Mittel? Ich versuche hier, daran zu denken, was für die Kids in den Lagern das Beste ist …«

»Nein«, sagte er kalt. »Nein, du denkst überhaupt nicht.«

»Der Drops ist gelutscht, Liam«, erwiderte ich. »Vielleicht brechen sie ihr Versprechen ja, aber ich bin nicht bereit, meins zu brechen. Nicht wenn so viel auf dem Spiel steht. Es wird mir nicht gefallen, aber ich verstehe es, wenn du dich jetzt absetzen willst, und nicht erst in Colorado. Das Ganze sollte nicht dein Problem sein.«

»Colorado?«, fragten Chubs und Liam wie aus einem Mund.

»Wir haben endlich eine Nachricht von Cate bekommen«, verkündete ich und hielt den Chatter hoch. »Sie will sich in Pueblo, Colorado, mit uns treffen.«

»Echt?« Jude starrte mich an. »Aber warum?«

»Wann hattet ihr denn vor, uns das zu erzählen?«, fuhr Chubs dazwischen.

Und so wütend er auch auf seinen Freund war, Liam war nur allzu gern bereit, ihm hierbei die Stange zu halten. »Du erwartest, dass wir euch einfach hier raussetzen? Was ist aus dem Plan geworden, dass wir zusammenbleiben, bis wir in Kalifornien sind?«

»Wenn sie uns abholen kommt, dann wahrscheinlich, weil sie denkt, es gibt für uns keinen sicheren Übergang über die Grenze«, log ich und hasste mich dafür. »Wahrscheinlich will sie fliegen. Sie lässt euch bestimmt mitkommen …«

»Den Satz brauchst du gar nicht erst zu beenden«, knurrte Liam.

»Okay, okay, okay!«, überbrüllte Chubs uns und bog scharf nach rechts ab. »Können wir um Himmels willen bitte mal fünf verdammte Minuten still sein und uns daran erinnern, dass wir eigentlich Freunde sind, die sich was aus einander machen und sich nicht gegenseitig an die Kehle gehen wollen? Das hört sich nämlich gerade richtig gut an!«

»Irgendwie«, meinte Vida, nachdem lange, ungemütliche

und schweigende fünf Minuten vergangen waren, »ist es jetzt noch schlimmer.«

Liam war bestimmt ihrer Meinung, denn er streckte die Hand aus und machte das Radio an. Er summte leise vor sich hin, während er durch das statische Rauschen, das spanische Geplapper und die Werbesendungen schaltete, bis er schließlich bei einer tiefen, ruhigen Frauenstimme landete.

»*... Children's League hat zu dem Weihnachtsgipfel folgendes Statement abgegeben ...*«

»O nein, kommt nicht infrage«, sagte Chubs und streckte den Arm aus, um das Radio auszuschalten. »Damit fangen wir gar nicht erst wieder an.«

»Nein!«, protestierten wir alle drei vom Rücksitz her. Jude rammte sein Gesicht förmlich gegen das Metallgitter zwischen ihm und dem Sendersuchknopf, und sobald Albans Stimme aus den Lautsprechern drang, war Vida neben ihm.

»Das ist ja ...«, fing Jude aufgeregt an.

»*Wir glauben nicht, dass der Frieden, den Gray uns verordnen möchte, in irgendjemandes Interesse ist, außer in seinem eigenen. Wenn diese unechte Zusammenkunft verwandter Geister zustande kommt, werden damit sämtliche Anstrengungen zunichtegemacht, die einfache Amerikaner unternommen haben, um sich das Leben wieder aufzubauen, das er zerstört hat. Wir werden nicht tatenlos zusehen, wie die Wahrheit unter einem Haufen Lügen begraben wird. Die Zeit zum Handeln ist gekommen, und wir werden handeln.*«

Es war eine hübsche kleine Rede. Bestimmt von Froschlippe verfasst. Der Mann schrieb fast jedes einzelne Wort, das Alban zwischen seinen lächelnden Zähnen hervorquetschte. Ich brauchte nicht einmal die Augen zu schließen, um den Glatzkopf des alten Mannes vor mir zu sehen, über seine handgeschriebenen Karteikarten gebeugt, während das Licht der Kameras seiner dünnen Haut einen bläulichen Schimmer verlieh.

»... auf die Bitte um einen Kommentar hin antwortete der Minister: ›Jedes Wort aus dem Mund eines Terroristen dient dazu, die Angst und die Unsicherheit zu verstärken, die heute immer noch existieren. John Alban meldet sich jetzt zu Wort, weil er Angst hat, dass die Amerikaner seine Gewalttaten und sein unpatriotisches Verhalten nicht länger hinnehmen werden, wenn Frieden und Ordnung wiederhergestellt sind.‹«

»Er hat keine Angst«, zischte Vida. »Die sind diejenigen, die richtig Schiss haben sollten.«

Jude brachte sie mit wedelnden Händen zum Schweigen. »Kannst du mal lauter machen?«

»Ich habe Bob Newport am Telefon, den leitenden politischen Berater von Senatorin Joanne Freedmont aus Oregon, um mit ihm darüber zu sprechen, wie die Federal Coalition den Gipfel der Einheit anzugehen gedenkt – Bob, sind Sie da?«

Die Leitung knisterte, und etliche Sekunden lang erfüllte nur das leise Summen der Reifen des Geländewagens auf dem Highway meine Ohren.

»Hi, ja, Mary? Entschuldigen Sie. Unser Handynetz in Kalifornien ist nicht ...« Seine Stimme verstummte abrupt, nur um gleich wieder da zu sein, lauter als vorher. *»Während der letzten Monate.«*

»Die Sendemasten und Satelliten in Kalifornien waren in letzter Zeit nicht besonders zuverlässig«, erklärte ich den Jungen. »Alban glaubt, irgendjemand manipuliert daran herum.«

»Bob, ehe die Verbindung zusammenbricht, können Sie uns etwas über die Pläne der FC sagen, wie Sie dieses Treffen angehen wollen? Können Sie uns eine Vorschau der Gesprächsschwerpunkte geben, die Senatorin Freedmont und die anderen vorzutragen hoffen?«

»Sicher. Ich kann nicht groß ins Detail gehen ...« – abermals war die Verbindung weg, kam aber gleich wieder zustande – *»... definitiv über die Anerkennung der Federal Coalition als nationale Par-*

tei diskutieren, und natürlich werden wir auf eine ganze Reihe von Wahlen im nächsten Frühjahr drängen.«

Nachrichtensprecherin Mary gab ein kleines Auflachen von sich. »*Und was glauben Sie, wie der Präsident auf Ihre Forderung reagieren wird, dass er seine dritte Amtszeit verkürzt?«*

Bob hatte auch ein falsches Lachen zu bieten. »*Das müssen wir sehen. Die Wehrpflicht wird natürlich ebenfalls ein großes Diskussionsthema sein. Wir würden gern hören, ob der Präsident konkrete Pläne hat, sie langsam zurückzufahren, ganz besonders das Psi Special Forces Program, das, wie ich weiß, landesweit ein größerer Streitpunkt war.«*

Auf diese Worte hin wandten wir uns alle fünf dem grün schimmernden Radiodisplay zu. Jude umklammerte meinen Arm. »Glaubst du …?«, flüsterte er.

»*Werden Sie auch über die Rehabilitationsprogramme sprechen?«* Mary witterte einen ganz leisen Hauch von Blut, und jetzt hatte sie die Nase am Boden und wollte der Fährte folgen. »*In letzter Zeit sind nur wenige Informationen über den Status der Programme und über die Kinder herausgegeben worden, die dort aufgenommen worden sind. Zum Beispiel schickt die Regierung keine Briefe mehr an registrierte Eltern, um sie über die Fortschritte ihrer Kinder auf dem Laufenden zu halten. Halten Sie das für ein Zeichen, dass irgendwelche Veränderungen an dem Programm vorgenommen werden sollen?«*

»Die haben tatsächlich Briefe verschickt?«, fragte ich. Davon hörte ich zum ersten Mal.

»Ganz am Anfang – nur so ein kurzer Vordruck: *Ihr Kind macht gute Fortschritte und macht keine Probleme*«, meinte Liam. »Alle haben denselben gekriegt.«

»*Im Augenblick liegt unser Hauptaugenmerk darauf zu besprechen, welche Pläne wir Präsident Gray gern in die Tat umsetzen sehen würden, um die Wirtschaft anzukurbeln und neue Gespräche mit unseren ehemaligen internationalen Partnern aufzunehmen.«*

»*Aber um noch einmal auf die Psi …*« Marys Stimme wurde jetzt undeutlich, knisterte, unterlegt mit einem unnatürlichen metallischen Jaulen.

»Halt an«, drängte Vida. »Sonst haben wir gleich keinen Empfang mehr.«

»*… werden Sie von ihm verlangen, Ihnen reinen Wein darüber einzuschenken, was für Forschungsprogramme laufen und ob sie irgendwelche Fortschritte dabei gemacht haben, die Ursache von IAAN zu analysieren oder nicht? Ich weiß, dass ich als Mutter eines Kleinkindes besonders großes Interesse daran habe herauszufinden, ob mein Sohn, der bereits jede Woche zu Tests und Beobachtungsterminen geht, aufgrund der IAAN-Registrierung in ein spezialisiertes Programm aufgenommen werden muss. Bestimmt sind doch genug Politiker auf beiden Seiten in einer hinlänglich ähnlichen Situation, um Verständnis für die unzähligen Eltern zu haben, die keine Antworten bekommen haben – manchmal jahrelang nicht. Ich glaube, ich spreche für alle, wenn ich sage, dass das inakzeptabel ist.*«

»Genau!«, sagte Jude. »Kauf ihn dir, Mary. Lass ihn nicht das Thema wechseln!«

»*Ich glaube, die FC würde … das Programm … gern modifizieren …*« Wieder statisches Rauschen. Es konnte nicht annähernd darüber hinwegtäuschen, wie unbehaglich Bob bei diesem Thema klang. »*Wir würden gern damit fortfahren, Fünfjährige ein Jahr lang in einer der Einrichtungen zu überwachen, doch wenn sich keine … gefährlichen Nebeneffekte von IAAN bei ihnen zeigen, würden wir es vorziehen, dass sie nach Hause geschickt werden, anstatt automatisch in eines der Rehabilitationslager …*«

Mit einem scharfen Klicken brach die Verbindung ab. Die Nachrichtensprecherin wiederholte seinen Namen wieder und wieder, »*Bob? Bob? Bob?*«, als könne sie seine Stimme irgendwie wieder aus der Leere herbeizerren.

26. Kapitel

Die Schilder waren geradezu schmerzhaft aufrichtig gewesen, als sie diesen Teil des Landes als Niemandsland bezeichnet hatten. Es hätte sich ja mehr wie eine Erleichterung angefühlt, als wir Oklahoma verließen und nach Kansas hineinfuhren, wenn wir die beiden Staaten hätten auseinanderhalten können. Stundenlang nichts als ehemals grünes hohes Gras, von Eis und Schnee niedergedrückt. Kleinstädte, aus denen das Leben und die Menschen herausgequetscht worden waren. Rostende Autos und Motorräder entlang des Highways. Weiter, leerer Himmel.

Ich hatte in Südkalifornien Wüsten gesehen, aber das hier – das hier zog sich scheinbar endlos und geradezu schmerzhaft preisgegeben hin, selbst der Himmel schien sich tiefer herabzubeugen, um auf den Highway zu treffen. Wir hielten nur zweimal an, beide Male, um in stehen gelassenen Autos am Straßenrand nach Benzin zu suchen. Es gab zwar funktionierende Tankstellen, aber bei über fünf Dollar pro Liter erschien es uns nicht so dringlich, unseren Tank auf legale Weise zu füllen.

Die meiste Zeit herrschte kaum Verkehr. Gelegentlich kam ein einsames Polizeiauto der Highway Patrol an uns vorbeigerast und hatte es schrecklich eilig, seinen Bestimmungsort zu erreichen, wo immer das war. Trotzdem fuhr Chubs die ganzen fünf Stunden mit fest ums Lenkrad gekrallten Händen. Als wir das nächste Mal Toilettenpause machten, schnappte sich Vida den Fahrersitz und verriegelte die Tür, sodass er gezwungen war, auf dem Beifahrersitz Platz zu nehmen und Liam sich hinten neben mich setzen musste.

Wir verließen die flache Ebene und hielten auf die in Dunkelheit gehüllten Berge zu. Das war die einzige Warnung, dass wir uns Colorado näherten. Es würde noch Stunden dauern, bis wir in Pueblo ankamen, doch den Knoten in meinem Bauch schien das egal zu sein. Vor uns ließen Linien aus Lichtern ferne Städte Gestalt annehmen, die immer größer und heller wurden, je tiefer wir ins Tal hinunterkamen. Ich war zu unruhig, um zu schlafen wie Jude und Chubs. Meine Hand umklammerte in meiner Jackentasche den Chatter und den USB-Stick, und ich versuchte, mich auf das zu konzentrieren, was vor uns lag, mir sämtliche verschiedenen Szenarien vor Augen zu führen, und wie wir sie bewältigen würden.

Vida und ich würden den Treffpunkt auskundschaften; wenn es nur einer war, Jarvin oder einer der anderen Agenten, dann konnten wir ihn mit Leichtigkeit unschädlich machen. Sie würde ihn auf ihre Weise attackieren, und ich würde ihn auf meine überwältigen. Wenn eine ganze Gruppe bewaffneter Agenten auf uns wartete, würden wir unentdeckt das Weite suchen. Das würde klappen. *Das wird klappen*, sagte ich mir. Die einzige wirkliche Frage war, was würden wir tun, wenn es mittlerweile gefährlich wäre, den USB-Stick ins HQ zu bringen? Wenn Cole und Cate nicht mehr da waren? Wenn sie tot waren?

Liams Augen waren geschlossen, und sein Atem ging so leicht wie seit Tagen nicht mehr. Hin und wieder füllten die Scheinwerfer eines einsamen entgegenkommenden Lastwagens das Fenster, an dem er lehnte, und beleuchteten sein blondes Haar. Und in diesen wenigen kostbaren Sekunden konnte ich die Schrammen und blauen Flecken auf seinem Gesicht nicht sehen. Nicht einmal die dunklen Ringe unter seinen Augen.

Der Beatles-Song, der aus dem Radio drang, machte einem sanften Fleetwood-Mac-Stück Platz, das schließlich in die fröhlichen Gitarrenriffs am Anfang von *Wouldn't It Be Nice* von den Beach Boys überging.

Ich weiß nicht, ob ich bis zu diesem Moment wirklich begriffen hatte, dass dies das Ende war. Dass es nur eine Frage von Kilometern war, von Stunden, bis ich aus diesem Wagen steigen und die Tür zum letzten Mal hinter mir zuschlagen würde. Damals war es schon schwer genug gewesen loszulassen, und jetzt *das hier*. Vielleicht war das ja meine eigentliche Strafe für das, was ich getan hatte – in einer Welt festzusitzen, in der ich die beiden wieder und wieder und wieder verlassen musste, bis nicht mehr genug von meinem Herzen übrig war, um brechen zu können.

Da war es mir nicht peinlich zu weinen, und ich schämte mich auch nicht dafür. Lieber raus damit, während die anderen schliefen und Vida sich auf die dunkle Straße konzentrierte. Ich ließ mich tiefer in den Schmerz hineinsinken, dieses eine Mal. Erlaubte mir, mich zu fragen, warum mir – uns allen – all das passierte, bis ich mir sicher war, dass der Umriss des USB-Sticks in meine Hand eingeprägt bleiben würde.

Wenigstens würden wir jetzt hoffentlich wissen, was … wer … für all das verantwortlich war. Ich würde etwas haben, dem ich die Schuld an dem Schlamassel, das jetzt mein Leben war, geben konnte, anstatt immer nur mir selbst.

Und dieser Song, er nahm kein Ende. Er lief immer weiter, dieses dämliche, fröhliche Gemenge aus Stimmen und Gitarren, das Versprechen einer Zukunft, die niemals die meine sein würde.

Zuerst war die Berührung so zögerlich, dass ich dachte, er

schliefe bestimmt noch, bewege sich im Traum. Liams Hand legte sich dicht neben meiner auf den Sitz, seine Finger krochen einer nach dem anderen hinüber, hakten sich über meine, ebenso zärtlich wie schüchtern. Ich biss mir auf die Lippe und ließ es zu, dass seine warme, raue Haut meine umfasste.

Seine Augen waren immer noch geschlossen und blieben es auch, obgleich ich sah, wie er mühsam zu schlucken versuchte. Es gab jetzt nichts zu sagen. Unsere ineinander verhakten Hände hoben sich, als er sie an seine Brust zog, und dort blieben sie, während das Lied, die Berge und die Städte vorbeizogen. Bis zum Ende.

»Pueblo – Heimat der Helden« oder »Stahlstadt des Westens«, je nachdem, welchem Schild man Glauben schenkte – war so gut wie verlassen, jedoch nicht leer genug, um mich zu beruhigen, als wir an einer Reihe flackernder Straßenlaternen und leerer Autohäuser vorbeifuhren. Die Stadt sah mehr oder weniger genauso aus wie das, was wir bisher gesehen hatten, in allen Richtungen von Bergen umgeben, die sich aus der ansonsten flachen, trockenen Landschaft erhoben. Ich hatte mir den Staat Colorado wohl immer als einen einzigen riesigen Berg vorgestellt, dick mit verschneiten Nadelbäumen und Skipisten bedeckt. Schnee war da, das stimmte, er bedeckte die fernen Rockies, hier im Tageslicht jedoch gab es keine Bäume, die uns Deckung geboten, keine blühenden Blumen, die für ein wenig Schönheit gesorgt hätten. An einen Ort wie diesem kam einem Leben unnatürlich vor.

Vida ließ den Geländewagen gegenüber der Adresse, die »Cate« uns geschickt hatte, unspektakulär ausrollen und parkte.

»Bist du sicher, dass das richtig ist?«, wollte Chubs wissen und schaute auf sein Tablet hinunter. Er hatte nicht unrecht. Ein

Treffen in einem verlassenen Fast-Food-Restaurant war wirklich merkwürdig – es schien zwar zu dem zu passen, was ich bisher von Coles Sinn für Humor gesehen hatte, doch das Zufällige daran ließ mich an mir selbst zweifeln.

»Ich sehe da drinnen niemanden«, sagte Chubs zum zehnten Mal. »Ich weiß nicht … Vielleicht sollten wir noch mal eine Runde um den Block fahren.«

»Reg dich ab, Großmütterchen – deinetwegen krieg *ich* noch gleich ein Magengeschwür«, knurrte Vida und stellte den Automatikhebel auf »Parken«. »Wahrscheinlich wartet sie in einem von den Autos da.«

»Ja«, meinte Liam, »aber in welchem?«

Die meisten der Wagen waren kleinere Limousinen von unterschiedlicher Form und Größe. Das Einzige, was sie – abgesehen von dem Schaden, den ihr Lack in der Sonne genommen hatte – gemeinsam hatten, war, dass jeder zentimeterdick mit Staub bedeckt war. Dächer, Fenster, Kühlerhauben. Die einzige Ausnahme war ein weißer Geländewagen – die Räder und die untere Hälfte des Wagens waren völlig verdreckt, der Rest jedoch war sauber. Er stand noch nicht lange hier.

»Sie hat gesagt, wir treffen uns drinnen«, sagte ich und löste meinen Sitzgurt. »Da fangen wir an.«

»Moment.« Ein Hauch von Panik schwang in Chubs' Stimme mit. »Können wir nicht ein paar Minuten warten?«

»Wir dürfen sie nicht warten lassen«, wandte Jude ein. »Wahrscheinlich macht sie sich wahnsinnige Sorgen.«

Ich begegnete im Rückspiegel Vidas Blick. »Warum bleibst du nicht hier und packst schon mal eine Tasche mit Vorräten zusammen?«, schlug ich in ganz sachlichem Tonfall vor. »Vida und ich lassen uns von ihr alles erzählen; wir sehen, was sie vorhat und ob es sicher für euch ist, mit uns weiterzufahren.«

»Okay«, meinte Jude. »Wir treffen uns dann gleich da drin!«

»Lass dir Zeit«, sagte ich, während ich über seine langen Beine hinwegstieg. »Überleg dir, was wir brauchen.«

»Aber Cate hat doch wahrscheinlich alles, was wir brauchen«, protestierte er. »Und überhaupt, ich will sie sehen. Kommt mir vor, als wär's eine Ewigkeit her.«

Vida folgte meinem Beispiel und löste ihren Gurt.

Ich schloss die Autotür hinter mir und achtete darauf, Liam nicht ins Gesicht zu sehen, als ich Vida um das Heck des Wagens herum entgegenging. Ein leises Klicken war zu hören, als sie das Magazin der Pistole in ihrer Hand überprüfte.

»Wir gehen da nicht rein, solange wir nicht sicher sind, dass wir nicht in eine Wand aus Knarren reinlaufen, kapiert? Rein und wieder raus, gerade lange genug, dass du dein Gehirn-Voodoo abziehen und gucken kannst, ob die anderen okay sind«, sagte sie. »Wie lange dauert's, bis Judith quengelig und ungeduldig wird und uns nachkommt?«

»Maximal zehn Minuten.« Vielleicht auch zwölf, wenn Liam ihn ablenkte.

Wir hielten uns in den Schatten, wanden uns zwischen den Autos hindurch. Bis zu dem Moment, als ich eine kurze Bewegung und ein Lichtflackern im Fenster des Restaurants zu bemerken glaubte, war ich nicht nervös gewesen. Doch Vida packte mich am Arm und zerrte mich zu den gewaltigen Müllcontainern und ihrem vergammelnden, vergessenen Inhalt hinüber. Ein kleiner Stein hielt die Hintertür offen. Vida verschwendete nur eine Sekunde damit, mich anzusehen, dann huschte sie geduckt in die dunkle Küche des Restaurants. Die Tür schloss sich hinter uns, und ich drehte so leise, wie ich nur konnte, den Schlüssel herum.

Vidas Spiegelbild tauchte in der Edelstahltür des Kühlschranks auf der anderen Seite des Raums auf, und ich drehte mich um und sah sie geduckt an den silbernen Fritteusen und den leeren Regalen entlangschleichen. Wir trafen uns an der Tür, die zum Service-Tresen und zum Essbereich hinausführte.

Ich entsicherte meine Pistole, duckte mich und schob mich an dem Tresen entlang, vorbei an den Lücken, wo die Eismaschinen hätten stehen sollen. Nein – trotz des Lichts und des leicht süßlichen Geruchs, der noch immer in der Luft hing, dieses Restaurant war nicht mehr in Betrieb.

Und die einzige lebende Seele im Essbereich vor uns war nicht Cate.

Er saß in einer der weißen Plastiksitznischen, die man von den großen Glasfenstern her nicht einsehen konnte und blätterte träge in einer zerfledderten Taschenbuchausgabe von Friedrich Nietzsches *Gesammelte Werke*. Bekleidet war er mit Kakihosen und einem grauen Pullunder über einem weißen Button-down-Hemd mit ordentlich aufgekrempelten Ärmeln. Das dunkle Haar war ein wenig länger, als ich es in Erinnerung hatte; es fiel ihm jedes Mal in die Augen, wenn er sich vorbeugte, um umzublättern. Und trotzdem war das Seltsame an diesem Bild von Clancy Gray nicht die Tatsache, dass er hier war, in der Wüste, in einem Schnellrestaurant unter einem verblassten Plakat, das irgendeine neue Eiswaffel anpries – es war die Tatsache, dass er entspannt genug war, die Füße auf die Sitzbank gegenüber zu stützen.

Er wusste, dass ich da war – er musste es wissen –, doch Clancy rührte sich nicht, als ich von hinten an ihn herantrat und ihm den Pistolenlauf an den Hinterkopf setzte.

»Kannst du wenigstens warten, bis ich mit dem Kapitel hier fertig bin?«, fragte er, und seine Stimme klang so freundlich wie eh und je. Ich spürte tatsächlich, wie es in meinem Bauch ein ganz klein wenig zuckte. Außerdem spürte ich noch etwas anderes – das nur allzu vertraute Kitzeln ganz hinten in meinem Verstand.

»Leg die Pistole weg, Ruby«, sagte Clancy und klappte das Buch zu.

Ein Teil von mir hätte am liebsten gelacht. Versuchte er das im Ernst? Eine einzige Sekunde lang ließ ich es zu, dass die unsichtbaren Finger seines Verstandes den meinen streiften, ehe ich die rasiermesserscharfe Wand dazwischen niederkrachen ließ. Diesmal rührte Clancy sich – er ruckte nach vorn und zischte vor Schmerz auf, als er zu mir herumfuhr.

»Netter Versuch«, bemerkte ich und achtete darauf, dass weder meine Stimme noch meine Hand zitterten. »Du hast dreißig Sekunden Zeit, mir zu sagen, was zum Teufel du hier zu suchen hast und wie du in unseren Chatter reingekommen bist, bevor ich das tue, was ich schon vor Monaten hätte tun sollen.«

»Du hast eindeutig keine Ahnung, wie man verhandelt«, mahnte er. »Da springt doch für mich nichts bei raus. Wenn ich's dir sage, gehe ich drauf, und wenn ich's dir nicht sage auch. Wie soll das denn motivierend wirken?«

Clancy bedachte mich mit seinem schönsten Politikersohn-Lächeln, und ich spürte, wie der Zorn, der schon seit Langem in mir brodelte, überkochte. Ich wollte sehen, dass er Angst hatte, ehe ich sein Leben beendete. Ich wollte, dass er ebenso viel Angst hatte und ebenso hilflos war, wie wir es in jener Nacht gewesen waren.

Stopp, befahl ich mir. *Krieg dich wieder ein. Du darfst das nicht noch mal machen. Beherrsch dich.*

»Weil es eine dritte, schlimmere Option gibt«, antwortete ich.

»Was denn? Mich an die PSFs auszuliefern?«

»Nein«, erwiderte ich. »Dich vergessen zu lassen, wer du bist. Was du tun kannst. Dir sämtliche Erinnerungen aus dem Kopf zu reißen.«

Clancys Mundwinkel zuckte. »Ich hab deine leeren Drohungen echt vermisst. Ich hab *dich* echt vermisst. Nicht dass ich über deine Aktivitäten nicht auf dem Laufenden geblieben bin. Die letzten paar Monate war's echt faszinierend.«

»Oh, ganz bestimmt«, sagte ich und fasste die Pistole fester.

Er lehnte sich zurück. »Ich behalte alle meine guten Freunde im Auge. Olivia, Stewart, Charles, Mike, Hayes. Vor allem dich.«

»Wow. Du verstehst es wirklich, einem Mädchen zu schmeicheln.«

»Aber eins musst du mir sagen – warum habt ihr euch getrennt, du und Stewart? Ich hab den Bericht auf den Servern der League gelesen. Ihr seid doch beide einkassiert worden, aber da stand nichts davon, warum er laufen gelassen wurde.«

Ich schwieg. Clancy faltete die Hände auf dem Tisch, und ein wissendes Lächeln machte sich auf seinem hübschen Gesicht breit.

»Jetzt schau sich einer dich an, trifft die unmögliche Entscheidung«, meinte er. »Das sagt deine Betreuerin in deiner Akte über dich, weißt du, das war ihre Begründung dafür, dass sie dich zur Anführerin deines jämmerlichen kleinen Teams gemacht hat. *Ruby hat einen ausgeprägten Beschützerinstinkt und besitzt die nötige Willensstärke und Belastbarkeit, um unmögliche Entscheidungen zu treffen.* Das fand ich toll. Sehr poetisch.«

Er rutschte aus der Nische und hob die Hände zur klassischen Pose des Aufgebens. Sie war ungefähr so echt wie sein Lächeln.

»Ruby.« Seine Stimme war sanft, und seine Hände sanken herab, er hielt sie so, als wolle er jemanden umarmen. »Bitte. Ich freu mich ja so, dich zu sehen.«

»Bleib, wo du bist«, warnte ich und hob abermals die Pistole.

»Du schießt nicht auf mich«, fuhr Clancy fort, und seine Stimme nahm jenen seidigen Ton an, den sie immer hatte, wenn er versuchte, jemanden zu beeinflussen. Ich bekam eine Gänsehaut und feuchte Hände davon. Ich hasste ihn – hasste ihn für alles, was er getan hatte, noch mehr aber hasste ich ihn dafür, dass er recht hatte.

Mein Gesichtsausdruck musste mich verraten haben, denn er fuhr auf mich los und griff nach meiner Pistole.

Der Schuss war nur Licht und Donner; die Kugel fetzte durch die Luft und streifte ihn am Arm, und die Explosion folgte eine Sekunde später. Clancy heulte vor Schmerz auf und fiel auf die Knie. Seine linke Hand umklammerte die Stelle, wo die Kugel seinen rechten Unterarm angekratzt hatte.

Ich konnte Jude gegen die Hintertür trommeln hören, sein gedämpftes Rufen, doch es war Vida, die in meinem Blickfeld auftauchte. Sie kam hinter dem Tresen hoch; die Pistole in ihren Händen zielte genau auf seinen Kopf.

»Sie hat gesagt, du sollst bleiben, wo du bist«, sagte sie kalt, als sie hinter mich trat. »Den nächsten kriegst du in die Eier.«

Ich erkannte die Gefahr zwei Sekunden zu spät, als Clancy den Kopf hob.

»Halt!«

Vida gab ein Geräusch von sich, das wie ein leises Japsen klang; ihr Gesicht verzerrte sich unter der Wucht von Clancys Eindringen. Sie erschauerte, setzte sich zur Wehr – ich sah es in ihren Augen, kurz bevor sie unter der Berührung seines Verstandes glasig wurden. Ihr Arm zitterte, als sie die Waffe wieder hob und jetzt damit auf mich zielte.

»Leg deine Knarre weg, und hör zu«, befahl Clancy. Er hatte sich wieder hochgezogen, sodass er am Rand seiner Sitznische hockte und auf das Blutrinnsal schaute, dass sein eben noch makelloses Hemd dunkel färbte. Ich rührte mich nicht, kämpfte gegen jeden Impuls in meinem Körper an, ihn auf der Stelle abzuknallen und es hinter mich zu bringen. Vida zitterte hinter mir; ich fühlte, wie der Pistolenlauf bebte, der gegen meinen Hinterkopf drückte. Ihre Wangen waren nass, doch ich sah sie nicht lange genug an, um zu erkennen, ob das Schweiß oder Tränen waren.

Es überraschte mich, wie unheimlich wenig Angst ich in diesem Moment hatte, außer vor dem, was mit Vida geschah. Wenn Clancy einen solchen Aufwand betrieben hatte – hierherzukommen, sich in unsere Chatterverbindung zu hacken, sich zu erniedrigen, indem er ausgerechnet in einem Fast-Food-Restaurant wartete –, dann hatte er das aus einem bestimmten Grund getan. Er konnte nicht mit mir reden, wenn ich tot war.

»Ah«, sagte er leise, als hätte ich meine Gedanken laut ausgesprochen.

Clancys Blick wanderte zu Vida hinüber. Die Pistole löste sich von mir und richtete sich auf ihre eigene Schläfe.

»Das machst du nicht«, flüsterte ich.

»Willst du mich wirklich auf die Probe stellen?« Er zog lediglich die Brauen hoch und deutete mit einer großen Geste auf die andere Seite der Sitznische. Lud mich ein, Platz zu nehmen. Ich blieb stehen, sicherte meine Pistole wieder und schob sie hinten in meinen Hosenbund.

Ich kann die Verbindung unterbrechen, dachte ich und ließ meinen Verstand nach dem ihren greifen. Doch es war, als sei eine Stahlplatte um Vidas Gedanken herumgeschweißt worden – egal, wie heftig ich mich dagegen warf, ich wurde zurückgestoßen. Abgeblockt.

»Du bist sehr viel besser geworden«, bemerkte Clancy. »Aber glaubst du wirklich, du könntest meinen Griff aufbrechen, bevor ich sie feuern lasse?«

Nein, dachte ich und hoffte, dass meine Augen ausreichten, um Vida wissen zu lassen, wie leid es mir tat, dass ich aufgegeben hatte.

»Wie lange überwachst du die Chatterverbindung schon?«, fragte ich und wandte mich wieder zu ihm um.

»Rate mal, und dann rate gleich noch mal, wann genau ich angefangen habe, in Catherine Conners Namen zu antworten.« Er fing an, mit den Fingern auf den Tisch zu trommeln, und Vidas Hand wurde still, ihr Finger bog sich um den Abzug. Ich ballte die Fäuste, setzte mich ihm aber trotzdem gegenüber, wobei ich mir keine Mühe gab, den Abscheu in meiner Miene zu verbergen.

»Sie macht sich große Sorgen um euch alle. Eins muss man ihr zugutehalten, sie ist früher darauf gekommen, dass ich nicht du bin, als du gemerkt hast, dass ich nicht sie bin. Und noch besser, sie hat dich nach Nashville geschickt. Ich nehme an, du bist da diesem kleinen Poser begegnet. Hast du dich um den gekümmert?«

Ich brauchte einen Moment, um zu begreifen, dass er Knox meinte.

»Das muss dir doch den Rest gegeben haben«, meinte ich, »zu wissen, dass da ein unbedeutender kleiner *Blauer* mit der Identität herumstolziert, die du dir aufgebaut hast. Wusstest du, dass er einen von deinen Roten hatte?«

»Ich habe so Gerüchte gehört.« Clancy winkte geringschätzig ab. »Ich wusste, dass der Rote einen Schaden hatte, sonst wäre ich selbst hingegangen und hätte ihn geholt. Es wäre wahnsinnig nützlich gewesen, ihn dabeizuhaben, aber ich habe keine Zeit herumzusitzen und den Jungen ganz neu abzurichten, die ganzen mentalen Konditionierungen rauszureißen und alles neu aufzubauen.«

»Sie haben ihn völlig kaputt gemacht – *du* hast ihn völlig kaputt gemacht«, sagte ich. »Einfach nur, indem du deinem Vater dieses Programm vorgeschlagen hast. Dieser Junge war – er war wie ein Tier.«

»Und was für eine Option hatten die sonst?«, wollte Clancy wissen. »Wäre es besser gewesen, sie von den Leuten von meinem Vater ermorden zu lassen, so wie die es mit den Orangen gemacht haben? *Ist es besser, ungeheurer zu sein als das Ungeheuer oder still verschlungen zu werden?*« Er befingerte die Ränder seines alten Taschenbuchs. »Eine gute Frage von Nietzsche. Ich kenne meine Antwort. Kennst du deine?«

Ich wusste nicht, wer Nietzsche war, und es war mir auch ziemlich egal, doch ich hatte nicht vor, ihn das Gespräch aus dem Gleis bringen zu lassen.

»Sag mir, warum du hier bist. Geht's wieder um die Roten? Oder ist es dir endlich doch zu langweilig geworden, andere Menschen zu bescheißen? Ich wette, es ist ganz schön einsam so, nur mit deinem Ego als Gesellschaft.«

Clancy lachte tatsächlich. »Ich bin der Erste, der zugibt, dass mein East-River-Plan kindisch war. Da fehlte total die nötige Raffinesse, um Erfolg zu haben. Ich habe mich übernommen, habe was ausprobiert, was noch nicht reif war. Nein, jetzt bin ich hier, weil ich dich sehen wollte.«

Jedes einzelne Gelenk meines Körpers schien vor kalter Furcht zu erstarren.

Seine Attacke kam wie ein Dolch im Finstern; das merkwürdige, unangenehme Gefühl ganz hinten im Hinterkopf war die einzige Warnung. Doch ich war auch schnell. Genau wie Ausbilder Johnson gesagt hatte – manchmal macht der Gegner seine Deckung nur auf, wenn er gerade zuschlägt. Also zögerte ich nicht; jetzt wusste ich, wie es ging. Ich blockierte seinen Angriff mit einem Gegenangriff, rammte geradewegs in die tiefsten Gefilde seins Verstandes hinein.

Bilder und Gefühle huschten vorbei, barsten wie weiß glühende Lichtblitze, veränderten sich jedes Mal, wenn ich scheinbar eins zu fassen bekam. Ich konzentrierte mich auf jenes, das immer wieder auftauchte – das Gesicht einer Frau, von blondem Haar umrahmt –, und packte zu, zerrte es ganz nach vorn.

Die Szene nahm um mich herum Gestalt an, zuerst wackelig und verfärbt, doch sie wurde stärker, je länger ich sie festhielt. Mit jedem Atemzug wurde ein neues Detail sichtbar. Der dunkle Raum flimmerte in meinem Kopf, ehe ein Ring aus Edelstahltischen erschien. Ebenso schnell füllten sich diese Tische mit blinkenden Apparaten und komplizierten Mikroskopen. Die Frau war nicht mehr nur ein Gesicht, sondern ein ganzer Mensch und stand mitten zwischen all dem. Obgleich ihre Miene gefasst war, hatte sie die Hände in einer beschwichtigenden Geste vor dem Körper erhoben, als wolle sie jemanden besänftigen oder sich verteidigen.

Beim Zurückweichen stolperte die Frau über irgendetwas hinter ihr und fiel zu Boden. Das Glas, das um sie herum auf den Fliesen zerbarst, leuchtete hell auf, als sich das Licht eines nahen Feuers darin fing. Ich beugte mich vor und bemerkte die kleinen Blutspritzer auf ihrem weißen Kittel, sah, wie ihre Lippen die Worte formten: *Clancy, bitte, Clancy ...*

Wie wir beide schließlich auf dem Boden endeten, weiß ich nicht genau; mit schwachen, zitternden Gliedern krochen wir voneinander weg. Wieder hörte ich Jude von draußen meinen Namen brüllen und mit den Fäusten an die Hintertür trommeln. Ich drückte die Hand gegen die Brust, als würde mein galoppierendes Herz dadurch langsamer schlagen. Clancy konnte nicht aufhören, den Kopf zu schütteln – vor Fassungslosigkeit vielleicht oder um wieder klar denken zu können. Einen ausgedehnten, schrecklichen Moment lang starrten wir einander nur an.

»Ich nehme doch an, das ist Stewart, der da draußen an die Tür klopft, weil er reinwill, wie der Hund, der er ist?«, erkundigte er sich schließlich.

»Nein«, erwiderte ich und biss die Zähne zusammen. »Er ist weg. Sie haben uns hier abgesetzt.«

Wieder huschte Clancys Blick zu Vida hinüber, und ich hörte ein Wimmern.

»Ich sage die Wahrheit!«, beteuerte ich. »Glaubst du vielleicht, ich würde ihn freiwillig in diese ätzende Geschichte verwickeln? Er ist weg. *Weg.*«

Er starrte mich an, und sein Blick folgte den Linien meines Gesichts mit leichter Belustigung und einer gehörigen Portion Verdruss.

Die Glasschiebetür des Restaurants zerbarst, aufgesprengt von einer Kraft, die ich nicht sehen konnte. Clancys Blick richtete sich schlagartig von mir auf Vida; Zorn blitzte in seinen dunklen Augen auf. Ich kam nicht einmal darauf, mich zu fragen, wer hier einbrach – mein Körper war meinem Gehirn bereits voraus. Ich warf Vida zu Boden und riss ihr die Pistole aus der Hand, ehe Clancy irgendetwas unternehmen konnte.

Dann rollte ich mich auf den Rücken und zielte vom Boden aus mit beiden Pistolen auf ihn. Vida fluchte und tobte vor Verwirrung, während sie aus seinem Nebel emportauchte, doch mein Blick war fest auf Clancy gerichtet – und seiner auf die beiden Jungen, die mit solcher Wucht hereingestürmt kamen, dass sie über die Scherbenhaufen schlidderten. *Nein!*, dachte ich. *Nein, nicht hier!*

»*Er ist weg*«, ahmte Clancy mich mit hoher Stimme halblaut nach. »Weg.«

Liams Blick wanderte von der Stelle, wo ich am Boden lag, zu Clancy, der entnervt die Augen verdrehte. Dann war Liam in Bewegung, ging auf ihn los, das Gesicht zu einer Maske purer, hemmungsloser Wut verzogen. Ich sah seinen Entschluss dort, las ihn in der Art und Weise, wie seine Faust sich hob, auf Blut aus war. Und Clancy sah es auch.

»Lass!«, schrie ich.

Liam kam mit einem Ruck zum Stehen; jeder Muskel seines Körpers verkrampfte sich, als Clancy tief in sein Bewusstsein sank. Ich sah zu, wie er schlaff zu Boden sank, ohne jede Möglichkeit, seinen Sturz abzufangen.

Hastig kam ich auf die Beine, während der Sohn des Präsidenten auf Liam herabblickte und die Arme vor der Brust verschränkte. Das Blut aus seiner Wunde tropfte auf Liams Lederjacke. Liams Gesichtsausdruck wechselte von Unbehagen zu einer Schmerzgrimasse und dann zu rot glühender Qual, und ich wusste, dass es anders war als damals. Clancys kühles Lächeln, mit dem er auf ihn hinabschaute, war so viel grauenvoller als seinerzeit in East River.

»Hör auf!«, stieß ich hervor und schob mich zwischen sie. Die eine Pistole unter seinem Kinn, drängte ich Clancy zurück. »Lass ihn los, Clancy!«

Ich weiß nicht genau, wieso er daraufhin klein beigab und losließ; ich ließ meine Augen deutlich verkünden, was ich alles mit ihm machen würde. Und Clancy, dem war klargeworden, ebenso wie mir, dass ich ihn nicht töten würde, um mich zu schützen, wohl aber, um die Menschen zu retten, an denen mir etwas lag. Und wenn er nicht mehr in meinen Verstand eindringen konnte, dann hatte er außer diesen Menschen keine Möglichkeit, mich zu kontrollieren. Die Wut ließ seine Augen dunkel werden, als er mit zusammengebissenen Zähnen zurücktrat.

Ich drängte ihn in die Sitznische, ließ ihn hören, wie ich die Waffe entsicherte. Meine Hände zitterten, nicht vor Angst, sondern wegen meines urplötzlich rasend schnellen Pulsschlags. Der Machtschub, den ich fühlte, als ich sah, wie er zurückwich, ohne dass auch nur ein Wort zwischen uns fiel, war berauschend. Ich würde es tun – wenn er noch einmal versuchte, einen meiner Freunde zu manipulieren, würde ich ihn töten, und das Letzte, was er sah, würde das Lächeln auf meinem Gesicht sein. Wir mussten hier weg. Solange wir noch den USB-Stick und die Oberhand hatten.

Ich sah, wie der Gedanke hinter Clancys Augen aufblitzte, wie sein ganzer Körper sich zu entspannen schien, als ihm genau die richtigen Worte einfielen, um am Leben zu bleiben. »Wenn du mich jetzt erschießt, erfährst du nie, was mit deinen Freunden in Kalifornien passieren wird. Nicht bevor die auch draufgehen.«

27. Kapitel

Es war Jude, der zuerst die Sprache wiederfand, wenn auch mit schwacher Stimme. Ich sah, wie seine Hand emporzuckte, den Kompass gegen seine Brust drückte. »Was quatschst du da eigentlich?«

Ich hielt Clancy den Pistolenlauf dichter vors Gesicht. »Antworte ihm.«

In diesem Moment wurde mir ebenso klar wie Clancy, dass er noch nie in einer solchen Situation gewesen war – eine, aus der er sich nicht herauswinden konnte und die er erst recht nicht unter Kontrolle hatte. Widerstreben und hilflose Wut brannten einen hässlichen Ausdruck in sein Gesicht. »Ich habe eine Quelle in der League, die sagt, dass sie die Kids in die Luft sprengen wollen. Bringt mich um, und ihr habt keinen blassen Schimmer, wann und wie das passiert.«

Ich schüttelte den Kopf, doch in meinem Innern krampfte sich mein Magen zusammen. »Wer ist die Quelle? Diese Pläne könntest du auch aus einem Computernetzwerk haben.«

Sein höhnisches Feixen war genug, dass ich am liebsten abgedrückt hätte. Er zog den Namen in die Länge, dehnte die Vokale. »Unser gemeinsamer Bekannter Nico.«

»Nein!«, schrie Jude auf. »Nein! Ruby, er lügt …«

»Nico und ich kennen uns schon lange«, fiel Clancy ihm ins Wort. Und schaute kurz zu Liam hinüber, der sich hustend wieder auf die Beine mühte.

»Sagst du eigentlich je die Wahrheit?«, fragte ich. »Du wärst doch nie an Nico rangekommen. Er war im Leda-Testprogramm, bevor die League ihn da rausgeholt hat, und seither hat er das HQ nicht verlassen.«

Clancy sah mich an, als könne er es nicht fassen, dass ich nichts begriffen hatte. »Ruby. Denk doch mal nach. Wo war er denn *davor*? Oder wisst ihr das alle wirklich nicht?«

»Ich weiß, dass ich dir gleich die Haut vom Gesicht fetze und Haarbänder daraus mache«, fauchte Vida vom Boden her und hatte noch immer sichtlich Mühe, wieder auf die Füße zu kommen. Sie musterte ihn abfällig, zog ihre Wut wie einen Panzer um sich.

»So ist's recht«, meinte Chubs halblaut und wartete darauf, dass sie sich endlich von ihm aufhelfen ließ – was sie natürlich nicht tat.

»Was?«, fragte Jude und trat hinter mich. »Wovon redet er da?«

Mir war schlecht, schlecht genug, dass ich mich beinahe wieder hingesetzt hätte. »Nico war in Thurmond? Als du da warst?«

»Und sie hat's kapiert. Endlich.« Clancy applaudierte mir. »Wir waren Skalpellgenossen. Die sind voll darauf abgefahren, unsere Gehirne zu vergleichen – Jugendliche an entgegengesetzten Enden des Farbspektrums zu studieren. Sie haben uns damals sogar am selben Tag ins Lager geschafft, vor langer Zeit.«

Meine Gedanken rasten, versuchten zu begreifen, wie ich das bisher nicht hatte wissen können, ob Nico jemals etwas Derartiges angedeutet hatte. Doch ich wusste nicht mehr, ob ich ihm je erzählt hatte, dass ich in Thurmond gewesen war. Hatte Cate es ihm gesagt?

»Willst du damit sagen, dein Vater hat sie an dir herumexperimentieren lassen?« Liams Stimme klang rau, als er sich hinter mich stellte.

Clancy tippte mit den Fingern auf die Tischplatte. Er hatte keinerlei Beweise. Sein Vater hatte nur unter der Bedingung zugestimmt, dass die Experimente keine Narben hinterließen. »Nachdem ich aus dem Lager raus bin, hab ich mich ja schon gefragt, was wohl aus den anderen geworden ist – ich hab mir gedacht, die haben die Experimente bestimmt woandershin verlegt, nachdem sie angefangen haben, das Lager zu erweitern und Kids aufzunehmen wie deine Freundin Ruby. Es hat eine Weile gedauert, bis ich herausgefunden habe, dass sie im Labor der Leda Corp in Philadelphia weitergemacht haben.«

Mir drehte sich der Magen um. Ich bemühte mich, etwas zu sagen, irgendetwas, doch die Vorstellung, wie Nico – der kleine, verängstigte Nico – auf einem der Krankenbetten festgeschnallt war, war zu viel, als dass mein Verstand sie hätte bewältigen können.

»Noch vor East River«, fuhr Clancy fort und faltete die Hände vor sich auf dem Tisch, »war mir klar, dass die Einzigen, die jemals wirklich verstehen würden, was ich vorhatte, die Kids waren, die mit mir da drin gewesen waren. Ich dachte, sie könnten nützlich sein. Aber als ich sie schließlich bei der Leda Corp aufgespürt hatte, war Nicolas der einzige Überlebende, dessen Gehirn nicht vollständig im Eimer war.«

»Und du brauchtest nur zu warten, bis die League ihn rausgeholt hat, damit er *nützlich* wird«, sagte ich angewidert. »Wolltest du ihn überreden abzuhauen und sich in East River mit dir zu treffen, bevor dieser Plan den Bach runtergegangen ist?«

»Ich hab auf gar nichts gewartet. Was glaubst du denn, wer der League gesteckt hat, was die da in diesem Labor getrieben haben? Wer, glaubst du, hat ihnen vorgeschlagen, wie sie die Kids rausholen sollen? Ich musste natürlich Geduld haben und abwarten, bis sie mit ihm wieder in Kalifornien waren, ehe ich ihn kontaktiert habe. Und nein – es war nie geplant, ihn nach

East River zu holen. Für mich war er dort nützlicher, hat mir alles an Material über die League beschafft, was ich haben wollte.«

»Nein«, stammelte Jude und fuhr sich mit den Händen durchs Haar. »Nein, das würde er nie …«

»Ihr habt ihn alle verkannt. Ihn unterschätzt. Niemand hatte ihn je in Verdacht, egal, wie viel ich ihn habe rumwühlen lassen.«

Clancys Blick ruhte auf der Pistole, als er fortfuhr: »Er ist derjenige, der mir erzählt hat, dass die League den Kids wirklich Sprengstoff umschnallen will. Deswegen hat er auch die Chatterverbindung für mich gehackt. Damit wir uns treffen können. Damit ich ihm diesen Gefallen tun kann.«

»Er hat dir von dem USB-Stick erzählt«, sagte ich. »Deswegen bist du doch eigentlich hier, stimmt's?«

Das eifrige Funkeln trat wieder in seine Augen. »USB-Stick? Und was soll auf diesem USB-Stick drauf sein? Etwas, das mir gefallen würde?«

»Du …« Ich kam nicht weiter.

Clancy sah uns alle an, als würde er überlegen, in wessen Verstand er einbrechen sollte. In welchem er am leichtesten an die Wahrheit herankäme. Mit der Pistole zwang ich ihn, sich wieder auf mich zu konzentrieren.

»Er hat gesagt, ihr sucht nach Stewart, weil er in Gefahr sei. Meine Rolle war bloß, euch hierherzuholen, euch zu erzählen, was passiert ist. Aber da geht's noch um was anderes?«

»Rede schon«, sagte ich, »pack aus, und vielleicht – *vielleicht* – bleibst du am Leben.«

Clancy seufzte, sein Widerwillen dämpfte seine freudige Erregung über die potenzielle Goldmine, auf die er hier gestoßen war. »Vor zwei Tagen haben mehrere Agenten revoltiert, Alban umgebracht und die Kontrolle über die Organisation übernommen. Alle, die sich gegen sie gestellt haben, sind entweder eingesperrt oder umgebracht worden.« Er blickte kurz zu Liam hinüber, und ein kleines Lächeln zog sich um seine Mundwinkel.

Cole. Cate. Die Ausbilder. Sogar Albans verwittertes Gesicht und sein gelbliches Lächeln blitzten in meinem Kopf auf.

Als der anfängliche Schock nachließ, fing Liam an zu zittern – ich legte ihm die Hand auf den Arm, um ihm Halt zu geben. Doch es war Vida, wegen der ich mir hätte Sorgen machen sollen. Sie rammte die Faust auf Clancys selbstgefällige Visage zu. Chubs bekam sie gerade noch um die Taille zu fassen, und die Kraft, die nötig war, um sie zurückzuzerren, ließ sie beide zu Boden gehen. Sie heulte – heulte im wahrsten Sinne des Wortes –, während sie sich wehrte und nach ihm trat, versuchte, sich aus seinen drahtigen Armen zu befreien.

Für Liam war die Nachricht von seinem Bruder ein Schock gewesen, und Vida war in ihrem eigenen feurigen Zorn untergegangen. Jude jedoch … er verlor sich in jenem Land tiefer Trauer, das nur von stummen Tränen gekennzeichnet ist.

»Was haben sie vor?«, wollte ich wissen. »Was genau?«

»Sie bringen sie morgen früh um sechs aus L. A. weg.« Vor Schreck trat ich einen Schritt zurück, und der Raum zwischen uns füllte sich mit fühlbarem Entsetzen. Ich spürte, wie es an meiner Haut leckte, eine eisige Schweißschicht hinterließ. *So schnell.* Ich versuchte, im Geist die Fahrzeit zu überschlagen, die zusätzlichen Stunden im Tag zu finden, die wir brauchen würden, um es rechtzeitig zu schaffen. »Die andern Kids haben laut Nico keine Ahnung, was los ist. Anscheinend hat eure geliebte Cate nur ihn warnen können, ehe sie sie auch weggeschafft haben.«

Und irgendwie … irgendwie war das am schlimmsten, war es am schwersten, das zu hören.

»Wohin?«, wollte Vida wissen. »Sag schon, du verdammter Drecksack, sonst reiß ich dir …«

»Warum morgen früh um sechs?«, fragte Chubs, der sich immer noch bemühte, Vidas Arme festzuhalten.

»Weil Weihnachten ist«, antwortete Clancy, als wäre es das Logischste der Welt. »Dieser jämmerliche Anlauf, den mein Vater da bei einem Friedensgipfel nimmt? Warum sollten sie nicht ein bisschen was von all der Aufmerksamkeit klauen wollen? Alles unterminieren, was die Federal Coalition vielleicht mittragen muss?«

Nein, nein, nein, nein, flehte ich innerlich, als könne das die Situation irgendwie ändern. Als könne dieses kleine Gebet die Furcht vernichten, die durch meinen ganzen Körper kroch.

»Viel Glück bei der Rückfahrt«, bemerkte Clancy, und jedes Wort troff vor Bosheit. »Wisst ihr, wie lange ich gebraucht habe, um ein Flugzeug und Benzin aufzutreiben, um hier rauszukommen? Tage. Fast eine ganze Woche hab ich gesucht, und dann noch einen Tag, um einen Piloten zu finden. Selbst wenn ihr die Fahrt in sechs Stunden schaffen könntet, müsstet ihr immer noch durch die Straßensperren, die mein Vater und die Federal Coalition auf beiden Seiten der Grenze von Kalifornien errichtet haben, ohne geschnappt zu werden. Das geht einem doch runter wie Öl, wie? Zu wissen, dass ihr diese Kids hättet retten können, wenn ihr nur ein paar Stunden mehr Zeit gehabt hättet.«

Ich war mir so sicher, dass mein Hass auf Clancy ein natürliches Ende hatte und dass ich es eines Tages erreichen würde – ein Punkt, an den ich kommen könnte, nicht wenn ich ihm verzieh, sondern wenn ich akzeptierte, was geschehen war und das alles hinter mir ließ. Aber so lief das nicht, das sah ich jetzt. Das Gefühl war wie Rauch, es wechselte im Laufe der Monate und Jahre. Ich würde niemals frei davon sein. Es würde nur wachsen und wachsen und wachsen, bis es mich schließlich eines Tages erstickte.

Ich ließ keinem der anderen die Chance, seine oder ihre Meinung zu äußern; ich wollte nicht, dass einer von ihnen es mir ausredete. Nicht wenn in Kalifornien zwanzig andere Jugendliche demnächst in den Tod geschickt werden würden und wir keine Zeit hatten. Keine Zeit. Mein Blick huschte zu Jude hinüber, der zusammengesunken an der Wand hockte. Seine Finger umklammerten den Kompass, seine Miene war ein so vollendetes Abbild der Trauer, dass ich mir Mühe geben musste, nicht genauso ein Gesicht zu machen.

Stattdessen ließ ich den Zorn von Neuem durch mich hindurchfluten. Ich drosch Clancy die Pistole ins Gesicht und packte den Kragen seines Hemdes. *Das ist die einzige Möglichkeit,* sagte ich mir, als ich ihn auf die Beine zerrte. Seine Nase blutete, und er sah aus, als könne er es nicht fassen.

»Na, dann los«, zischte ich. »Du verschaffst uns die Stunden, die wir brauchen.«

»Wird irgendjemandem auffallen, dass das Ding hier weg ist?«

Ich schaute mich nach Chubs um, während wir die Treppe zu dem kleinen Charterjet hinaufstiegen. »Wahrscheinlich.«

Ein Teil von mir hatte lachen wollen – richtig, aufrichtig lachen wollen –, als Clancy schließlich zugegeben hatte, dass es in der Stadt einen Flugplatz gab und er auf diese Weise hergekommen war. So wie es aussah, war der Flugplatz umfunktioniert worden und diente jetzt ausschließlich für Privatflugzeuge, obwohl eine einsame Frachtmaschine gerade auf eine der Startbahnen hinausrollte. Bei diesem Anblick hatte ich einen Anflug von Panik verspürt; ich hatte gedacht, unsere Mitfahrgelegenheit höbe gerade ohne uns ab.

Aber nein, natürlich nicht. Wieso sollte Clancy auch wie ein ganz gewöhnlicher Mensch reisen, wenn er jeden manipulieren und dazu bringen konnte, ihm alles zu geben, was er wollte?

Der Jet war geradezu lächerlich schön eingerichtet. Beim Anblick des flauschigen Teppichs und der gewaltigen beigefarbenen Ledersitze seufzte ich tatsächlich auf, nur ein ganz kleines bisschen. Strahlend helle ovale Fenster und warme, gemütliche Lampen säumten beide Seiten des Privatflugzeugs. Die Täfelung an den Wänden war aus so einem glänzenden Holzimitat, das sehr teuer aussah. Soweit ich sehen konnte, gab es ein komplett ausgestattetes Getränkeregal zwischen den beiden Toiletten, hinter den acht riesigen, dick gepolsterten Ledersitzen.

»Wem hast du das Teil denn geklaut?«, fragte ich Clancy, während ich ihn ins Flugzeug stieß, die Pistole in seinem Kreuz.

»Spielt das eine Rolle?«, knurrte er und ließ sich in den nächsten Sitz fallen. Dann hob er seine gefesselten Hände und deutete mit einem Kopfnicken auf den Kabelbinder, den Chubs mit dem größten Vergnügen herausgerückt hatte. »Kannst du das jetzt abmachen?«

»Kann er fliegen?«, wollte ich wissen und zeigte mit dem Daumen in Richtung des Piloten. Die meisten Menschen wussten kaum noch ihren eigenen Namen, wenn ich in ihrem Kopf war, geschweige denn, dass sie komplexe Maschinen bedienen könnten.

Clancy legte die Hände in den Schoß. »Jedes Mal, wenn er uns anschaut, sieht er sechs Erwachsene auf Geschäftsreise, die ihn alle gut dafür bezahlen, dass er die Reisedetails geregelt hat. Gern geschehen.«

Liam fing meinen Blick auf, als er den anderen in die Maschine folgte. »Wann kippen wir den Kerl ab?«

Es war das erste Mal, seit wir das Restaurant verlassen hatten, dass er etwas zu mir sagte. Ich hatte ihn nicht einmal anschauen können, weil ich Angst vor der Enttäuschung hatte, von der ich wusste, dass sie dort zu sehen sein würde. Liam hätte sich wegen dieser Nummer hier mit mir angelegt, wenn ich es zugelassen hätte, genauso, wie ich darum gekämpft hätte, dass er und Chubs in Colorado blieben, weit weg von der bevorstehenden Auseinandersetzung.

Doch ich glaube, wir wussten beide, dass das hoffnungslos war.

»Während des Fluges?«, fragte Chubs mit hoffnungsvoller Stimme. »Über einer Wüste?«

Vida rutschte auf den Platz neben mir, ehe Liam es tun konnte. »Erst mal noch nicht, stimmt's, Bubu?«

Sie wusste genau, was ich dachte. Das war es, was die League uns gelehrt hatte, wenn wir auf einen wertvollen Agenten stießen: Man nahm ihn mit, zapfte ihm die Informationen ab und tauschte ihn gegen etwas Besseres ein. Ich schüttelte den Kopf und gab mir alle Mühe, angesichts des Erschreckens in seinen dunklen Augen nicht zu lächeln. »Nein.«

Bei dem Blick, den er mir daraufhin zuwarf, fühlte es sich an, als spanne sich meine Haut straff um meine Knochen. Doch was konnte er tun? Nichts, was ich ihm nicht fünffach mit gleicher Münze vergelten konnte.

Ich merkte, dass Chubs am liebsten gefragt hätte, was genau wir damit meinten, doch die Stimme des Piloten unterbrach uns und verkündete, dass er die letzten Checks durchgeführt habe und startklar sei.

Ich hielt die Pistole weiter fest umklammert, bis wir in der Luft waren und hoch über den schroffen Gipfeln der Rockies dahinschwebten. Trotz all seines Gemaules, wie viel wahrscheinlicher es sei als bei einem normalen Passagierflugzeug, dass so ein Jet abstürzte, schlief Chubs auf seinem Platz ein, als die Maschine gerade mal fünf Minuten in der Luft war. Ich warf einen kurzen Blick über die Schulter und sah zu, wie er langsam zu weit nach rechts sackte, nur um kurz aufzuschrecken und sich wieder gerade hinzusetzen. Die anderen hatten ihre Sitze nach hinten gekippt oder sich mit den Decken, die wir in einer der Gepäckluken gefunden hatten, darauf zusammengerollt.

Clancy löste seinen Sitzgurt und stand auf.

»Wo soll's denn hingehen?«, fragte ich.

»Nach hinten auf die Toilette«, fauchte er. »Warum, musst du mitkommen und zusehen?«

Nein, aber ich folgte ihm trotzdem nach hinten und bedachte ihn mit einem bedeutungsschweren Blick, als er die Tür zuknallte und abschloss.

Dann lehnte ich mich gegen das Regal mit Getränken und Service-Waren hinter mir. Mein Blick wanderte von Liam zu Vida, zu Chubs und dann schließlich zu Jude hinüber, der ganz in der Nähe saß. Bisher war er so still gewesen, dass ich angenommen hatte, er sei eingeschlafen, so wie die anderen.

»Hi«, flüsterte ich.

Er hatte aus dem Fenster auf die Landschaft gestarrt, die sich endlos dort unten erstreckte, und er bewegte sich auch nicht, als ich ihn an der Schulter berührte. Jude, dem Stille verhasst war, dessen Vergangenheit sich dann hinterrücks an ihn heranschlich wie ein Schatten über Glas, sagte kein einziges Wort.

Ich setzte mich auf die Armlehne seines Sitzes und schaute kurz hinüber, um mich zu vergewissern, dass sowohl Liam als auch Chubs immer noch schliefen. Ich hatte den beklommenen Jude kennengelernt, den zu Tode geängstigten Jude und den ekstatischen Jude, dieser Aspekt von ihm jedoch war mir noch nie begegnet.

»Sag doch was«, bat ich ihn.

Jude brach in Tränen aus.

»Hey!« Ich packte seine Schulter. »Ich weiß, es fühlt sich nicht so an, aber es wird alles gut.«

Es dauerte etliche Minuten des guten Zuredens, bis er sich

beruhigte und sich wieder gerade aufsetzte. Seine Haut war fleckig, und seine Nase lief hartnäckig; er wischte sie sich mit dem Jackenärmel ab.

»Ich hätte da sein sollen. Bei ihnen. Ich hätte doch … Ich hätte ihnen doch irgendwie helfen können – Cate und Alban. Sie haben mich gebraucht, und ich war nicht da.«

»Und Gott sei Dank dafür«, erwiderte ich. »Sonst würdest du da jetzt auch festsitzen, mit all den anderen.« *Oder du wärst tot.* Es war zu grauenvoll, um auch nur darüber nachzudenken.

Ich legte den Arm um ihn, und die unsichtbare Schnur, die ihn aufrecht gehalten hatte, riss prompt. Noch immer schluchzend lehnte er sich an meine Schulter.

»O mein Gott«, sagte er halblaut, »das ist ja so was von uncool. Es ist nur … Ich habe echt Angst, dass Cate auch tot ist. Dass sie alle tot sind. Das ist genau wie bei Blake, und ich bin genauso schuld daran. Wäre irgendwas von alldem je passiert, wenn ich nicht so blöd gewesen wäre? Wenn uns Rob und Jarvin damals nicht beim Lauschen erwischt hätten?«

Ich stieß die Luft aus – mir war gar nicht klar gewesen, dass ich sie angehalten hatte – und rieb seinen Arm. »Nichts davon ist deine Schuld. Überhaupt nichts. Du bist nicht dafür verantwortlich, was andere Leute tun, Gutes oder Böses. Jeder trifft doch einfach nur die Entscheidungen, von denen er denkt, sie helfen ihm weiter.«

Er nickte und wischte sich mit dem Handrücken über die Augen. Lange war nur das Brummen der Motoren und Chubs' Schnarchen zu hören.

»Aber ich hätte doch was bewegen können«, flüsterte Jude. »Ich hätte doch kämpfen können. Ich …«

»Nein«, unterbrach ich ihn. »Entschuldige. Ich verstehe, warum du das so siehst, und das sind auch alles gute Gedanken, aber ich glaube einfach, das lohnt sich nicht. Es lohnt sich nicht abzuwägen, was du hättest tun können oder sollen, wenn's unmöglich ist, irgendwas zu ändern. Und es lohnt sich nicht, deswegen dein Leben zu riskieren. Nichts ist wichtiger oder wertvoller als dein Leben. Verstanden?«

Er nickte, schwieg jedoch wieder. Ein bisschen ruhiger als vorher, dachte ich bei mir.

»Das ist einfach nicht fair«, sagte Jude. »Nichts von alldem ist fair.«

»Das Leben ist auch nicht fair«, erwiderte ich. »Ich habe eine Weile gebraucht, um das zu kapieren. Es wird einen immer auf die eine oder andere Weise enttäuschen. Man macht Pläne, und es schiebt einen in eine ganz andere Richtung. Man liebt andere Menschen, und sie werden einem weggenommen, egal, wie sehr man sich bemüht, sie zu behalten. Man will etwas haben und bekommt es nicht. Du musst gar keine Bedeutung darin erkennen, du musst nicht versuchen, irgendwas zu ändern. Du musst einfach nur die Dinge akzeptieren, die du nicht in der Hand hast, und versuchen, auf dich aufzupassen. Das ist dein Job.«

Er nickte. Ich wartete ab, bis er tief durchgeatmet hatte und ein wenig gefasster zu sein schien, ehe ich aufstand und ihm das strubbelige Haar zauste. Dabei war ich mir sicher, dass er genervt aufstöhnen oder meine Hand wegstoßen würde, doch er fing sie ein und hielt sie fest.

»Ruby«, sein Gesicht war verhärmt. Nicht direkt traurig, nur müde, dachte ich. »Wenn man nichts ändern kann, was soll's dann überhaupt?«

Ich fasste seine Hand und drückte sie fest. »Ich weiß es nicht. Aber wenn ich's herausfinde, bist du der Erste, der es erfährt.«

28. Kapitel

Ich hätte nie gedacht, dass ich so froh sein würde, Kaliforniens unregelmäßiges, lückenhaftes Freeway-Netz zu erblicken, als wir auf die schimmernden Hochhäuser der Innenstadt von Los Angeles zuhielten. Die Fahrt war holprig wie nur was, und der vertraute Benzingestank wirkte durch die Lüftungsschlitze seinen Zauber und erstickte sogar den Neuwagengeruch, der den Ledersitzen anhaftete. Doch das war uns allen ziemlich egal.

Ein großer schwarzer Geländewagen hatte neben der Landebahn auf uns gewartet, als wir am Flughafen von L. A. aus der Maschine stiegen. Ich schnitt Clancys Handfesseln durch, damit er den Schlüssel entgegennehmen konnte, den ein Mann in Anzug und schwarzer Sonnenbrille ihm hinhielt, doch er fand sich von Neuem am falschen Ende meiner Pistole wieder, ehe er Gelegenheit hatte zu türmen. Nachdem wir fünf so lange unter uns gewesen waren, merkte ich, wie Jude bei dem Blick zurückzuckte, den der Mann über ihn hinwegwandern ließ.

»Wir müssen uns über einen Plan unterhalten«, meinte ich, als wir schließlich im Auto saßen, kilometerweit vom Flughafen entfernt. Es war kurz nach sieben Uhr abends. Wenn im HQ alles normal gewesen wäre, hätte gerade die erste von zwei Stunden Abendunterricht angefangen. Dann würde es noch zwei Stunden dauern, bis alle das Licht ausmachen mussten, und noch eine weitere, bis die Agenten sich in ihre Quartiere zurückziehen mussten. Es wäre ungefährlicher und einfacher, die Kids aus einem einzigen Gebäudeteil zusammen zu holen – die Schlafsäle auf der zweiten Ebene –, aber da gab es Kameras in jeder Ecke.

Ganz zu schweigen davon, dass der Erfolg von drei sehr großen »Wenns« abhing. *Wenn* wir so weit kamen. *Wenn* wir den Eingang fanden. *Wenn* wir beim Hineinschleichen nicht geschnappt wurden.

»Und das gilt nur, wenn sie ihren üblichen Zeitplan einhalten«, meinte ich. »Hat Nico irgendwas darüber gesagt? Hey«, ich packte Clancy bereits zerrissenen Hemdkragen fester, »ich hab dich was gefragt.«

Clancy knirschte mit den Zähnen. »Auf meine letzten Nachrichten hat er nicht geantwortet. Ich nehme an, sie haben die Chatter einkassiert, damit sich keine Gerüchte verbreiten.«

»Die fahren bestimmt ihren üblichen Zeitplan«, bemerkte Vida voller Überzeugung vom Fahrersitz her. »Die wollen sicher nicht, dass irgendwer merkt, dass Alban weg ist. Das würde doch eine Riesenpanik auslösen, oder? Und sie würden keinem von den anderen Kids sagen, was sie wirklich vorhaben.«

»Wie wollen sie denn das mit dem Sprengstoff hinkriegen, ohne dass die Betroffenen es merken?«, fragte Liam. »So eine Weste mit dem ganzen Zeug drin, das wäre anscheinend doch ein ziemlich deutlicher Hinweis.«

»Das ist der einfache Teil«, sagte Clancy. »Man teilt sie in kleine Gruppen ein, zu zweit oder zu dritt, näht den Sprengstoff in ihr Jackenfutter ein und versieht ihn mit einem ferngesteuerten Zünder. Man braucht nur bis ganz zum Schluss zu warten, ehe man den Kids die Jacken gibt.«

Er sagte das ganz beiläufig, ohne einen Hauch von Abscheu – als ob ein Teil von ihm den Plan tatsächlich bewunderte.

»Das heißt, die Vorbereitung im HQ wird nur ganz kurz sein. Wenn sie die Kids um sechs rausbringen, dann werden sie sie um fünf wecken …« Ich drehte mich um und sah Vida an. »Ist es sinnvoller, um drei reinzugehen oder um vier?«

»Um vier«, sagte sie.

»Um vier?«, wiederholte Clancy, als sei es das Bescheuertste, was er je gehört hätte. »Klar, wenn ihr eure Chancen verbessern wollt, erwischt zu werden.«

»Vorgeschriebene Stromabschaltungen«, erklärte ich den anderen, ohne auf ihn zu achten. »So versucht Kalifornien, Energie zu sparen. Finden in unserer Gegend immer zwischen drei und fünf Uhr morgens statt. Die Alarmanlage und die Kameras sind das Einzige, was an den Notstromgenerator angeschlossen ist, aber wenigstens wird's auf den Fluren dunkel sein, wenn wir da durchmüssen.«

»Wenn wir drin sind, kann ich mich um die Agenten im Überwachungsraum kümmern«, meinte Vida. »Wir brauchen das System gar nicht abzuschalten. Wie lange, glaubst du, dauert es, durch deinen Eingang rein- und wieder rauszukommen?«

»Ich weiß nicht, ich bin da nie durchgegangen. Ich hab nur gesehen, wie sie Leute rein- und rausgebracht haben.«

»Wo führt der denn hin?«, wollte Jude wissen. »Und wieso weiß ich nichts davon?«

Ich blickte auf meine Hände hinunter und versuchte, ganz locker zu klingen. »Da haben sie Schlüsselpersonen und Verräter zum Verhör reingebracht. Und dann … wieder raus.«

»Meine Fresse, die haben dich echt Leute foltern lassen«, stieß Vida hervor. Sie sah sowohl fasziniert als auch beeindruckt aus. Clancy auch. »Wo ist denn dieser Eingang?«

»Ich hab sie nicht gefoltert«, protestierte ich schwach, »nur … befragt. Eingehend.«

Liam hielt den Blick fest auf irgendetwas draußen vor seinem Fenster gerichtet, doch ich spürte, wie er sich neben mir fast bis zum Zerreißen anspannte.

»Es ist dieser abgeschlossene Raum auf der dritten Ebene, nicht wahr?«, fragte Jude. »Hinter dem Computerraum.«

»Alban hat mir mal erzählt, da geht's zu einem Eingang in der Nähe der Seventh Street Bridge über den Los Angeles River«, sagte ich. »Wenn sie welche von den anderen Agenten festhalten oder Beweise für das verstecken, was sie getan haben, dann da drin.«

»Okay, also lassen wir mal die Tatsache beiseite, dass die League einen geheimen Folterkeller hat«, meinte Liam, »wissen wir genau, dass sie diesen Weg rein und raus nicht blockiert haben?«

»Warum sagt ihr eigentlich alle immer ›wir‹?«, fragte Clancy. »Ich hoffe doch, ihr glaubt nicht, dass ich mit euch in dieses verschissene Loch einsteige.«

»Da hast du aber Pech, du bist nämlich der Einzige, dem nichts anderes übrig bleibt«, erwiderte ich. »Du willst sehen, was in der League läuft? Du willst mal wieder mit deinem Freund Nico plaudern? Kannst du haben, du kriegst einen Platz in der ersten Reihe.«

Bestimmt hatte er die ganze Zeit geahnt, dass es dazu kommen würde, doch er sah nicht aus, als hätte er Angst. Vielleicht war er nach allem, was passiert war, noch immer nicht überzeugt, dass ich bereit war, ihn der League auf einem Silbertablett zu präsentieren, damit sie mit ihm machen konnten, was sie wollten. Vielleicht wusste er bereits, dass ich ihn bei Jarvin und den anderen eintauschen würde, wenn das hieß, dass wir die anderen Kids da rausbekamen. Wenn dieser Plan auch nur eine winzige Schwachstelle aufwies, würde er eine Möglichkeit finden, dort hindurchzuschlüpfen.

Was bedeutete, dass ich ihn sehr viel genauer im Auge behalten und ihm immer drei Schritte voraus sein musste, anstatt nur einen.

»Und was passiert, wenn wir nicht unentdeckt rauskommen?«, fragte Chubs.

»Dann müssen die anderen das tun, wozu sie ausgebildet worden sind«, antwortete ich, »und sich wehren.«

Der Los Angeles River war ein siebenundsiebzig Kilometer langer Betongraben. Irgendwann in seinem langen Leben war er wahrscheinlich mal ein richtiger Wasserlauf gewesen – doch die Menschheit war über ihn hereingebrochen und hatte seinen Lauf auf einen einzigen Betonkanal verengt, der sich um die Außenbezirke der Stadt herumwand, mit Eisenbahnschienen auf beiden Seiten.

Cate hatte ihn mir mal gezeigt, als wir zu einem Einsatz aufgebrochen waren, und mir erzählt, da drin hätten sie früher Auto-Verfolgungsjagden gefilmt, für Filme, von denen ich noch nie gehört hatte. Ging man jetzt jedoch im Flussbett entlang, das für gewöhnlich genauso ausgedörrt war wie die Erde in Pueblo, hätte man große Mühe, dort irgendetwas anderes zu finden als die grellen Farben der Graffiti und umherziehende Obdachlose, die einen Platz zum Übernachten suchten. Wenn es zufällig doch mal regnete, was in Südkalifornien selten vorkam, wurde alles Mögliche aus den Gullys in den Fluss gespült: Einkaufswagen, Müllsäcke, schlaffe Basketbälle, Stofftiere, gelegentlich mal eine Leiche …

»Ich seh überhaupt nichts«, brummte Chubs und hob die Taschenlampe höher, sodass ich den Blick abermals über die Brückenträger wandern lassen könnte. »Bist du sicher …«

»Hier!«, rief Vida von der anderen Seite des Kanals her.

Liam winkte einmal mit seiner Taschenlampe, damit wir sie sehen konnten. Die Straßenbeleuchtung war aus, und ohne die übliche Lichtverschmutzung durch die Innenstadt hatten wir beide Mühe, irgendetwas zu erkennen, was weiter als einen

Meter vor uns war, und uns nicht von irgendjemand anderem sehen zu lassen.

Ich nahm Chubs am Arm und lotste ihn die Uferböschung hinunter und dann auf der anderen Seite wieder hinauf, dorthin, wo der Bogen der Brückenunterseite auf den Boden traf. Dabei hielt ich die Taschenlampe auf Clancys Rücken gerichtet und sorgte dafür, dass er die ganze Zeit vor mir herging.

Jude, dachte ich und zählte sie mit den Augen durch. *Liam, Vida, Chubs.*

»Ich glaube, das ist es.« Vida trat zurück und hielt den Strahl ihrer eigenen Lampe auf die riesigen, wirbelnden Graffitimuster gerichtet. In der Mitte war ein blauer Stern, doch es war das Aussehen der Farbe, das die Geheimtür verriet – sie war dort dicker, so viel dicker, dass sie fast klebrig aussah. Ich tastete nach einem versteckten Türgriff, ehe ich die Schulter dagegenstemmte. Die Betonplatte schwang nach innen, schrammte über den losen Schotter auf der anderen Seite. Vida, Liam und ich beugten uns hinein und leuchteten mit den Taschenlampen die Metalltreppe hinunter.

Dann streckte ich den Arm aus und zerrte Clancy nach vorn. »Du zuerst.«

Wenn das überhaupt möglich war, so war dieser Tunnel irgendwie sogar noch primitiver als der, den wir sonst als Zugang zum HQ nutzten. Außerdem war er ungefähr zehnmal so lang und zehnmal so dreckig.

Vor mir stolperte Clancy und fing sich mit einem leisen Fluch gerade eben noch. Die Wände, die am Anfang genug Platz geboten hatten, dass wir zu dritt nebeneinander hergehen konnten, rückten aufeinander zu, bis wir hintereinander gehen musste. Liam war hinter mir; die feuchte, stinkende Luft pfiff beim Atmen in seiner Lunge, dass ich mir allmählich Sorgen machte.

Ich wurde langsamer, ließ ihn aufholen, und er schob mich wieder vorwärts. »Alles okay«, beteuerte er. »Weiter.«

In der fernen Dunkelheit hörte ich Wasser plätschern; allerdings war der Matsch, durch den wir stapften, schon lange genug hier, um zu faulen und allmählich fest zu werden.

Wie viele Gefangene hatten sie auf diesem Weg hineingebracht, überlegte ich, und wie viele Leichen waren hier hinausgeschafft worden? Ich bemühte mich, nicht zu schaudern und nach unten zu leuchten, um zu sehen, ob das Wasser so rot war, wie mein Kopf es sich ausmalte. Ich bemühte mich, mir nicht vorzustellen, wie Jarvin und die anderen Alban hier hinausgeschleift hatten – Cate hinausgeschleift hatten, Cole hinausgeschleift hatten, während ihre offenen, leblosen Augen auf die Kette kleiner Lichter starrten, die über uns flackerten.

»Nach dieser Nummer baden wir alle in Desinfektionsmittel«, ließ Chubs uns wissen. »Und die Klamotten werden verbrannt. Ich überlege die ganze Zeit, warum es hier so nach Schwefel stinkt, aber ich glaube, ich hab beschlossen, das fürs Erste nicht weiterzuverfolgen.«

»Das ist wahrscheinlich das Beste«, bemerkte Clancy. Sein Gesicht war knochenweiß, als er sich in meinen Taschenlampenstrahl drehte, sodass seine ohnehin schon dunklen Brauen und Augen aussahen wie Rußflecke. »Wie viele von diesen Tunneln hat die League angelegt?«

»Ein paar«, erwiderte ich. »Wieso? Planst du schon deine Flucht?«

Er schnaubte.

»Wie spät?«, rief ich nach hinten.

»Drei Uhr dreiundfünfzig«, antwortete Vida. »Kannst du das Ende sehen?«

Nein. Ich spürte, wie mir der erste Anflug von Panik kalt das Rückgrat hinunterrieselte. Nein, das konnte ich nicht. Wir waren seit fast einer halben Stunde unterwegs, und es fühlte sich an, als wären wir überhaupt nicht vom Fleck gekommen. Dieselben Betonwände, dasselbe Platschen unserer Schritte – hin und wieder fing einer unserer Taschenlampenstrahlen eine Ratte ein, die zur Wand huschte oder in irgendeiner dunklen Bodenritze verschwand. Der Tunnel schien uns in die Finsternis hineinzuziehen wie ein tiefer Atemzug. Wände und Decke drängten sich dichter an unsere Köpfe und Schultern heran, sodass ich mich bücken musste.

Wie viel länger konnte es noch dauern? Noch mal eine halbe Stunde? Eine ganze Stunde? Würden wir wirklich weniger als eine Stunde Zeit haben, die anderen zu finden und sie nach draußen zu schaffen?

»Wir sind fast da«, flüsterte Liam. Er nahm meinen Arm und richtete die Taschenlampe tiefer in den Tunnel hinein, wo der Weg aus dem Matsch anzusteigen begann.

Wo sich eine große Metalltür befand.

»Ist es das?«

Ich nickte; Erleichterung und Adrenalin rauschten durch mich hindurch, während ich mich zu den anderen umdrehte. »Okay«, rief ich leise. »Da ist es. Vida, der Countdown läuft. In fünfzehn Minuten rein und wieder raus. Wissen alle noch, was sie zu tun haben?«

Jude quetschte sich an uns vorbei, um an das elektronische Türschloss heranzukommen, das aufblinkte, als er näher kam.

Ich ließ den Blick über die Decke wandern, suchte nach einer Kamera und war nur halb überrascht, als ich keine fand. Interessant. Entweder war Alban sehr darauf erpicht gewesen, dass der Verhörblock für alle außer seinen ranghöchsten Mitarbeitern und Beratern ein streng gehütetes Geheimnis blieb, oder er hatte Angst gehabt, jemand könnte an Beweise herankommen, was für Leute er ins HQ und wieder hinausschaffte. Wahrscheinlich beides.

Gut. Eine Sorge weniger.

Gerade hatte ich die Taschenlampe ausgemacht, als ich spürte, wie sich eine warme Hand um meinen Arm legte. Ich drehte mich um, direkt in Liams wartende Arme hinein.

Der Kuss war vorüber, noch ehe er richtig begonnen hatte. Eine schmerzhaft harte Berührung, von genug Dringlichkeit erfüllt, genug hilflosem Zorn und *Verlangen*, dass mein Blut raste. Ich bemühte mich noch immer, wieder zu Atem zu kommen, als er sich von mir löste, die Hände um mein Gesicht gelegt und die Lippen so dicht an meinen, dass ich spürte, wie er ebenfalls keuchte.

Dann trat er zurück, weg von mir, ließ wieder Abstand zwischen uns fluten. Seine Stimme war leise und rau. »Mach sie fertig, Schätzchen.«

»Und in Gottes Namen, Miststück, lass dich diesmal nicht wieder fast abstechen!«, fügte Vida hinzu.

Ich hätte gelächelt, wenn ich nicht rechts von mir Clancys leises Lachen gehört hätte. »Wenn du irgendwelchen Ärger machst, ist das der einzige Grund, den ich brauche, um das hier zu benutzen«, warnte ich ihn und drückte die Pistole gegen die Wölbung seines Schädels. »Der einzige Grund, den ich brauche, um deine Leiche hier unten liegen zu lassen, damit sie von den Ratten gefressen wird.«

»Alles klar«, erwiderte Clancy mit seiner leisen Samtstimme. »Und wenn ich brav bin, krieg ich dann auch einen Kuss?«

Ich stieß ihn vorwärts, behielt die Hand an seinem zerrissenen Kragen.

»Okay, ich bin so weit«, verkündete Jude und legte die Hand auf das Sensorfeld des Schlosses, um es kurzzuschließen. »Dann führ uns mal, Teamführerin.«

Die Luft tief unten im Verhörblock war nicht frischer oder sauberer als die im Tunnel. Der wohlbekannte Gestank nach menschlichem Erbrochenen und Exkrementen drehte mir den Magen um, als ich durch die Tür trat und eine kleine Treppe hinunterstieg. In der einen Hand hielt ich die Taschenlampe und in der anderen die Pistole; beides war auf die Tür am anderen Ende des von den Metalltüren mit ihren Sichtfenstern gesäumten Flurs gerichtet. Ich ließ den blassen Lichtstrahl umherwandern, und als ich nichts entdeckte, winkte ich die anderen herein.

»Bin direkt hinter dir«, meldete Vida; ihre schweren Schritte folgten meinen.

Irgendwo hinter uns im Dunkeln gingen die anderen von Tür zu Tür und suchten nach Gefangenen – suchten nach Cole.

An der Tür angekommen hockte ich mich hin, ließ Clancys Hemdkragen los und bedeutete Jude, sich hinter mich zu kauern. Ob ich es nun aus den Tiefen meines Gedächtnisses hervorkramte, oder ob es mir ganz natürlich schien, all das Training bei der League ließ mich die Tür einen Spalt weit aufdrücken und den Flur dahinter mit vorgehaltener Pistole absuchen, ehe ich auch nur daran dachte hindurchzutreten.

Der Puls hämmerte mir in den Ohren, zuckte zusammen mit meinen Nerven, als ich in den Flur hinaustrat und Jude mitzog.

Vida löste sich von uns, als wir um die Biegung des Flurs kamen, und flitzte die erste Treppe hinauf. Eine Ebene höher, dachte ich. Die fünfte Tür rechts. Sie hat hier die schwere Aufgabe, nicht du. Du musst eine Ebene rauf, sie zwei, um in den Überwachungsraum zu kommen. Eine Ebene, die fünfte Tür rechts.

Links von mir war lautes Klappern zu hören. Schlitternd kam ich zum Stehen; Jude krachte gegen meinen Rücken. Das

Herz schlug mir bis zum Hals, als ich mich wieder umdrehte und Clancy ein Stück vor mir stehen sah. Ich trabte los, um zu ihm aufzuschließen, und winkte ihn vorwärts.

Wir folgten weiter der Biegung, strebten auf die andere Treppe zu. Ohne das sanfte statische Summen im Computerraum fühlte es sich an, als würde ich zum ersten Mal einen Fuß hier hineinsetzen. Deswegen war es wohl auch angemessen, dass das erste unfreundliche Gesicht, das wir erblickten, als wir die Treppe hinaufstiegen und die Tür öffneten, eins war, das ich nicht kannte.

Es gab Dutzende Agenten im League-Hauptquartier in Georgia, und noch mehr in dem in Kansas. Ich hätte wissen müssen, dass Jarvin und die anderen jeden Gleichgesinnten herbeischaffen würden, den sie auftreiben konnten, um Alban auszuschalten.

Ich roch den Alkohol an ihm, die Gewürze seines Abendessens. Bestimmt war er auf dem Weg zu den Agentenquartieren auf der ersten Ebene gewesen, doch unser Anblick reichte eindeutig aus, dass er das völlig vergaß. Das zottelige blonde Haar fiel ihm in die Augen, als er bei unserem plötzlichen Auftauchen zusammenfuhr. Das träge, dümmliche Lächeln auf seinem Gesicht verwandelte sich in eine finstere Miene.

»Warum zum Teufel seid ihr nicht im Bett?«, wollte er wissen und streckte die Hand nach mir aus. Ich war schneller, schlug ihm den Pistolengriff ins Gesicht und zerrte ihn ins Treppenhaus. Jude bekam die Tür zu fassen, ehe sie zuknallen konnte, und spähte durch den Spalt, um den Flur zu überwachen.

In einen betrunkenen Verstand zu schlüpfen war, als führe man mit einem Löffel durch Pudding. Die einzige Herausforderung war, in dem Gedankengewirr das zu finden, wonach ich suchte, da drin lief anscheinend alles ineinander.

»Ruby«, flüsterte Jude. »Komm, weiter.«

Wenn die Erinnerungen des Mannes zutrafen, befanden sich noch andere Agenten auf dieser Ebene. Die meisten davon auf der Krankenstation; einer jedoch war ganz sicher zwischen den Türen der beiden Schlafsäle postiert.

Ich zerrte den Agenten an den Rand der Treppe und stieß dabei fast mit Clancy zusammen, der schweigend dort wartete. Rasch schob ich den Mann in eine Ecke und nahm ihm das Messer ab, das er in der Gesäßtasche bei sich trug.

»Bleib hinter mir«, wies ich Jude an und beobachtete angespannt, wie Clancy immer wieder fast in den Schatten zu verschwinden schien. »Die ganze Zeit.«

Der Strom war nach wie vor abgeschaltet, und der Flur war nicht viel mehr als ein dunkler Vorhang, durch den wir uns hindurchzuwühlen versuchten. An den Bodenrändern und um die Schlösser herum war fluoreszierendes Klebeband angebracht, doch das gesamte Licht im Flur war nicht einmal ein Bruchteil dessen, was es gewesen wäre, wenn ich meine Taschenlampe hätte einschalten können.

Ich zählte im Gehen die Türgriffe. Eins, zwei, drei …

Das wird tatsächlich klappen.

… vier, fünf.

Bitte lass es klappen.

Die Agentin, die vor den Schlafsälen postiert war – Agent Clarkson –, war keine Fremde. Sie war groß und schlaksig, mit dunklem Gesicht und einer seit Jahren unangefochtenen Vorliebe für den Messerkampf. Sie hatte sich sehr darum bemüht, zur leitenden Agentin befördert zu werden, und ihre Zuversicht hatte sich in Verzweiflung verwandelt und dann in eine Frustration, die sie nur an denen auslassen konnte, die unter ihr standen: an uns. Auf so vielerlei Art und Weise, die jetzt nicht mehr wichtig war, war sie das genaue Gegenteil von Cate gewesen.

»Andrea«, rief ich leise. »Andrea?«

»Chelle?«, fragte sie. »Ist es schon Zeit? Ich dachte, Wecken ist um fünf?«

Ungefähr zweieinhalb Meter links vor mir bewegte sich etwas. Ich konnte ihr nicht in die Augen sehen, um sie unschädlich zu machen, doch sobald ich den Hauch von Waschpulver roch und den warmen Atem spürte, der die Luft vor mir in Bewegung brachte, schnellte mein Arm vor und erwischte sie quer über die Brust.

Ihre Pistole klapperte laut auf dem Boden, ihr Körper jedoch war weich und still, als ich das Bild in ihren Kopf trieb, wie sie sich hinsetzte und in tiefen Schlaf fiel. Sie sackte gegen mich, und ich ließ sie behutsam zu Boden sinken.

Jude schoss an mir vorbei auf die Tür des Jungenschlafsaals zu. Ich packte den Knauf der Mädchenschlafsaaltür, der Tür, die ich monatelang – ohne nachzudenken – aufgemacht hatte, und trat ein. Dann schloss ich die Tür leise hinter Clancy und knipste meine Taschenlampe an.

»Auf«, setzte ich an und leuchtete in das nächste Bett.

Der Raum war nicht groß. Er brauchte nur zwölf Mädchen zu beherbergen, obwohl dort rechts an der Wand immer ein zusätzliches Stockbett gestanden hatte, für den Fall, dass die League noch jemanden einsammelte. Das Stockbett, das Vida und ich uns geteilt hatten, in der hinteren rechten Ecke, war ordentlich gemacht; die Laken waren mit Vidas militärischer Präzision fest über die Matratze gespannt. Alle Betten waren so gemacht. Fast so, als …

Als gäbe es niemanden mehr, der hier schlief.

Zu spät.

»Sag's nicht«, warnte ich Clancy. »Kein verdammtes Wort.«

Er starrte die leeren Stockbetten an; auf seinem Gesicht lag ein kalter Ausdruck, doch er blieb stumm.

Meine Knie knickten ein wenig ein, spiegelten das Gefühl in

meinem Herzen wider, als es wie ein Stein in meiner Brust abstürzte. *Zu spät.*

Die Mädchen waren … alle … Sie waren …

Ich drückte die Handballen gegen die Stirn. Drosch sie wieder und wieder dagegen, während ein stummer Schrei in meiner Kehle aufstieg. *O mein Gott. Alle.*

Zu spät.

Ich riss die Tür wieder auf und ließ Clancy vor mir hinausschlüpfen, dann gingen wir zum Jungenschlafsaal. Jude würde nicht wissen … Er würde nicht daran denken, leise zu sein … Er würde die ganze Basis aufwecken …

Während es im Mädchensaal kalt und dunkel gewesen war, war dieser Raum von Taschenlampenlicht und den natürlichen Ausdünstungen von zwanzig Jugendlichen erfüllt, die sich hellwach und vollständig angezogen auf den Stockbetten drängten.

Mein Blick zuckte über jedes einzelne ihrer Gesichter, ehe er an dem kleinen Haufen Waffen hängen blieb, der mitten im Zimmer vor Judes und Nicos Füßen lag.

»Nein, nein, nein!«, stieß Nico hervor. »Was macht *ihr* denn hier?«

»Ich hab's dir doch gesagt: Wir sind hier, um euch zu holen«, antwortete Jude. »Was zum Teufel geht hier eigentlich ab?«

»Ich dachte, du wüsstest von ihren Plänen?«, fragte ich. »Von den Bomben und den Lagern? Hast du etwa gedacht, wir würden nicht kommen und euch rausholen, nachdem *dein Freund* uns erzählt hat, was passiert ist?«

Clancy hatte bloß wieder dieselbe unergründliche Miene aufgesetzt, während er sich im Raum umsah.

»Natürlich hab ich das gewusst!« Nico stöhnte leise auf. »Wir haben doch die ganze Zeit per Chatter kommuniziert. Ihr solltet doch wegbleiben! Ich hab ihm gesagt, er soll euch sagen, ihr sollt nicht zurückkommen, ehe es sicher ist! Erst *morgen*!«

»Was läuft hier, verdammt noch mal?« Ich fuhr zu Clancy herum. »Was für ein Spielchen spielst du hier?«

Die Gesichter um mich herum sahen genauso verwirrt aus, wie mir zumute war. »Mit wem redest du denn?«, fragte Jude.

»Na, mit ihm!«, fauchte ich gereizt. Ich versuchte, Clancy zu packen, bevor er wieder zur Tür hinausschlüpfte. »Mit wem denn sonst?«

»Ruby«, begann Jude mit weit aufgerissenen Augen, »da ist doch niemand.«

»Clancy ist ...«

»Clancy?«, fragte Nico. »Er ist hier? Er ist hergekommen?«

»Er ist doch genau *hier*«, beharrte ich und griff nach Clancys Arm. Meine Finger gingen glatt durch ihn hindurch – wie durch kalte Luft. Seine Gestalt waberte und flackerte.

Verblasste und verschwand.

Er ist doch ... Panik krallte sich um meinen Verstand. Ich konnte den Gedanken nicht zu Ende denken.

»Ich hab ihn nicht abhauen sehen«, meinte Jude. »Hat Vida ihn mitgenommen, die Kameras sabotieren? Ruby?«

»Die Kameras sind doch schon außer Betrieb, wir haben uns schon vor Stunden ins Programm gehackt!«, sagte Nico.

»Wir müssen hierbleiben«, meinte einer der anderen Jungen. »Sie haben gesagt, wir sollen in unsere Schlafsäle gehen und da drin bleiben, bis alles vorbei ist. Ihr seid zu früh gekommen.«

»Bis was vorbei ist?«, fragte Jude. Ich konnte ihn durch das Donnern des Blutes in meinen Ohren kaum verstehen. »Was passiert denn um sechs?«

Nico ließ ganz kurz den Kopf nach hinten sinken und holte tief und frustriert Luft.

»Dann kommen Cate und die anderen uns holen.«

29. Kapitel

Das Ganze war ein Trick.

»Okay«, sagte ich und mühte mich ab, einen der Gedanken, die mir durch den Kopf schossen, lange genug festzuhalten, um ihn in Worte zu fassen. »Okay, wir müssen einfach …«

Er war da. Im Tunnel, da war er noch da. Er war mit uns hineingegangen. Wenn er sich absetzen würde, warum hatte er es dann nicht vorher getan? Clancy konnte mehr als einen Menschen beeinflussen. Er hätte uns alle überlisten können, indem er gar nicht erst aus dem Flugzeug gestiegen wäre. Doch das hatte er getan. Ich hatte ihn selbst die Stufen hinuntergezerrt, hatte gespürt, wie sein Puls schneller ging, als ich ihn die Leiter in den Tunnel hinabgeschubst hatte. Warum war er da nicht abgehauen? Es war draußen doch genauso dunkel gewesen.

»Was machen wir jetzt?«, wollte Jude wissen.

Weil er wollte, dass ich ihn hier reinbringe. Bevor Cate und die anderen zurückkamen.

»Ihr müsst hierbleiben, hier ist es sicher«, dozierte Nico weiter. »Wenn ihr wieder da rausgeht …«

Ich habe mich wieder von ihm reinlegen lassen.

»Ruby, Ruby!« Jude packte mich an der Schulter und drehte mich zu ihm herum, zwang mich, den Blick von einem Riss in der gegenüberliegenden Wand abzuwenden. Sein Haar und sein Blick waren beide gleichermaßen wild, seine Sommersprossen waren einander überlappende Punkte auf einer Landkarte, die ich erst vor Kurzem zu lesen gelernt hatte. Er war angespannt, aber er hatte keine Angst. Dies hier war ein sehr brauchbarer Jude.

»Geh nach unten, hol Chubs und Liam«, sagte ich. »Aber komm sofort zurück, wenn du nur *eine Sekunde* lang glaubst, du könntest geschnappt werden. Verstanden?«

Er nickte eifrig.

»Vida wird gleich hier sein«, sagte ich zu den anderen. Und wahrscheinlich supermies drauf sein, wenn ihr aufging, dass ich sie umsonst losgeschickt hatte, um die Kameras zu sabotieren. »Wenn die vier wieder da sind, schiebt die Betten als Barrikade vor die Tür. Niemand sonst kommt hier rein.«

»Und was ist mit dir?«, fragte Nico.

»Ich muss mich um *deinen Freund* kümmern«, erwiderte ich und hoffte, meine Stimme würde zum Ausdruck bringen, wie tief Nicos Verrat uns in diese Scheiße geritten hatte.

»Ich sollte mitkommen«, flüsterte Nico. »Er ist hier? Wirklich?«

Diesen Blick hatte ich in East River hundert Mal gesehen, tausend Mal – die großäugige, hingebungsvolle Bewunderung von jemandem, der entweder nicht wusste, dass Clancy Schlangenschuppen unter der Haut hatte, oder der zu sehr neben der Spur war, als dass es ihn gekümmert hätte. Ich dachte an Olivia und daran, wie sie sich beinahe an den Hals gegriffen hatte, als sie seinen Namen ausgesprochen hatte. Ich hatte meinen Zorn auf Nico von dem Augenblick gehegt, als Clancy uns gesagt hatte, dass er ihn die ganze Zeit mit Informationen versorgt hatte. Hatte ihn zu Gedanken anwachsen lassen wie: *Das verzeihe ich ihm nie.* Doch als ich ihn jetzt ansah, vergaß ich das alles sofort. Der Kummer riss es einfach weg, und was blieb, war die aufrichtige Erkenntnis, wie beschädigt dieser Junge vor mir war. Seine Paranoia, sein nervöses Herumgezappele, seine schweigsamen, düsteren Phasen. Natürlich war Clancy sein Held. Er hatte ihn aus einer Hölle gerettet, die selbst für Albträume zu grauenhaft war.

»Hat er dich in letzter Zeit irgendwas über das HQ gefragt?«, wollte ich wissen. »Über irgendwelche spezielle Akten oder Leute?«

So, wie Nicos Mund sich zu verziehen schien, sah es mehr und mehr so aus, als würde seine Loyalität Clancy gegenüber sein Erschrecken darüber aufwiegen, dass der dreist gelogen und uns trotz seiner Warnung hergebracht hatte.

»Er hat mir eine Liste mit Wörtern und Leuten gegeben, nach denen ich Ausschau halten soll«, sagte Nico. »Das waren viele. Einer davon ist vor ein paar Wochen im System aufgetaucht. Ein Agent namens Professor.«

Ich verspannte mich. »Professor? Bist du sicher?«

»Der Agent hat in unserer Basis in Georgia irgendwelche Forschungen betrieben – das ist einfach so vor ein paar Wochen auf dem Geheimserver aufgetaucht. Ich glaube, er wusste, wer das war, weil er wollte wissen, wo die Basis ist.«

Was hatte der Berater gesagt, als er vor all den Wochen in Albans Büro gekommen war? Irgendetwas von einer Situation in Georgia mit Professor – und einem Projekt namens Snowfall.

»Und was ist mit Sachen hier im HQ?«

»Er hat nach den verschiedenen Tunneln gefragt und den Stromsperren.«

»Was sonst noch?«, bohrte ich nach. Ich war mir der tickenden Uhr durchaus bewusst, auch wenn er es nicht war.

»Er wollte wissen, ob so Sachen wie die Türschloss-Sensoren abgeschaltet werden, oder der Hornhautscanner.«

Ich machte auf dem Absatz kehrt und stieß Jude weg, als ich die Tür aufriss und in den Flur hinausstürzte. Grelle Punkte blitzten vor meinen Augen auf, als diese sich bemühten, sich von Neuem an die Dunkelheit anzupassen. Wieder zählte ich im Laufen Türgriffe, hielt mich auf der Außenseite der Biegung. Ein Auge immer auf die dunklen Krankenstationsfenster zu meiner Rechten gerichtet. Sie hatten sämtliche Vorhänge zugezogen. Nicht einmal die Lichter der Apparate schimmerten durch.

Tatsächlich kam das einzige Licht auf der ganzen zweiten Ebene anscheinend von der Taschenlampe, die Clancy zwischen den Zähnen hielt, während er die Aktenschränke in Albans Büro durchsuchte.

Sämtliche Türschloss-Sensoren und der Hornhautscanner waren wirklich an den Notstromgenerator angeschlossen, und normalerweise hätten die gereicht, um selbst Clancy den Zutritt zu verwehren, wären sie denn noch mit der Tür verbunden gewesen. Jemand hatte sich mit irgendetwas – einem Brecheisen, einer Axt, einer kleinen Sprengladung – darüber hergemacht und sie so abgesprengt.

Ich glitt vorwärts und drückte die Tür weiter auf, während ich meine Pistole aus dem Jeansbund zog.

Clancy gab einen kleinen triumphierenden Laut von sich, als er eine dicke rote Akte herauszerrte, die zwischen Hunderten anderen festgeklemmt gewesen war. Er verschwendete keine Zeit damit, die Seiten durchzublättern, während er sich wieder zu Albans Schreibtisch umwandte. Irgendwer hatte den auf die Seite gekippt, als das Büro geplündert worden war. Er benutzte eines der breiten, flachen Tischbeine, um den Aktendeckel darauf zu legen und die Hand für die Taschenlampe freizuhaben. Sein Gesichtsausdruck war so fürchterlich fasziniert, dass mir mulmig wurde.

»Hast du gefunden, was du gesucht hast?«

Clancys Kopf fuhr im selben Moment hoch, als seine Hand

die Akte vom Tischbein schob, hinein in einen metallenen Papierkorb. Einen Augenblick lang kämpften Zorn und Empörung auf seinem Gesicht um die Vorherrschaft, doch er verlegte sich auf ein umwerfendes Lächeln, während er in den Lauf der Pistole starrte.

»Ja, aber hast du nichts Wichtigeres, um das du dir Sorgen machen musst?« Seine Stimme klang wie Rauch. »Andere Leute, die wichtiger sind als ich?«

Dabei neigte er den Kopf zum andern Ende von Albans Büro, und noch ehe ich mich umdrehte, war der metallische Geruch von warmem, klebrigem Blut überall. Ganz knapp außerhalb meines ursprünglichen Blickfelds sah ich die beiden am Boden liegen. Chubs war zusammengesackt, hatte sich eingerollt, so wie ein Blatt es tut, bevor es im Herbst vom Baum fällt. Liam lag schlaff über ihm; sein Gesicht hatte die Farbe von Eis. Und er sah mich an, mit Augen, die nicht blinzelten und sich von Hellblau zu einem stumpfen Grau verfärbt hatten. Ein Arm lag ausgestreckt über Chubs, als hätte er versucht, ihn mit dem eigenen Körper zu decken, und jene Hände, die mein Gesicht so sanft gehalten hatten … jetzt lagen sie in einer Lache aus dunkler Flüssigkeit, die über den Betonboden floss.

Die Pistole glitt mir aus der Hand.

Clancy kam um Albans Schreibtisch herum und betrachtete mich mit jenem schwachen Lächeln. Er ließ etwas in den Papierkorb fallen, das wie ein Feuerzeug aussah.

Nicht echt. Ich trieb die Worte mit Gewalt durch meinen Verstand. Das sind nicht die beiden. Ich zwang mich, noch einmal hinzusehen. Richtig hinzusehen, ganz gleich, wie grauenvoll das Bild war. Chubs' Brillengestell war golden statt silbern. Liams Haar war länger als jetzt – Clancy hatte sich eindeutig nicht so genau eingeprägt wie ich, wie sich Liams Haar lockte.

Es war eine schmerzhaft ähnliche, fast makellose Imitation.

Aber sie waren es nicht. Ich erlaubte Clancy, neben mich zu treten, und ließ ihn drei Sekunden glauben, er könne sich unbemerkt an mir vorbeischleichen, abgelenkt von meiner Trauer. Er sagte leise etwas mit seiner gedämpften, rauchigen Stimme. Jetzt war er nahe genug, dass ich seinen Atem auf meiner Wange spüren konnte – was bedeutete, dass er auch nahe genug war, um ihn mit der Faust an der Kehle treffen zu können.

Zusammen mit dem Schlag schleuderte ich ihm meine Gedankenkräfte entgegen, riss sie abwärts wie ein Messer und zerfetzte das Bild von Chubs und Liam, das er dort eingefügt hatte. Nach Luft ringend stolperte Clancy in den Flur hinaus und hielt sich mit beiden Händen den Kopf. Das Bild von der Frau im weißen Kittel tauchte abermals in unserer Verbindung auf, doch ich zwang mich, es fürs Erste beiseitezuschieben. Ein Rauchfaden stieg aus dem Papierkorb auf; ich kippte ihn um, verstreute die brennenden Seiten auf dem Boden und trat die Flammen aus. Wenn er wollte, dass diese Unterlagen verschwanden, dann wollte ich sie sehen.

»Verdammt noch mal!« Er keuchte, als ich ihn im Flur einholte; dann rang er mit aller Kraft nach Luft und fiel auf die Knie. Zwischen unseren Gedanken bestand ein dünner, zerfasernder Verbindungsfaden. Ich griff danach, ehe er vollständig abreißen konnte, und überflutete sein Gehirn mit der Illusion von Hitze. Im Dunkeln konnte ich ihn nicht sehen, doch ich konnte hören, wie er wie irre mit den flachen Händen auf seine Arme und Beine einschlug – auf die Gliedmaßen, die laut seinem Verstand gerade bis auf die Knochen verbrannten.

Dann wurden seine Hände langsamer und hielten schließlich inne.

»Du …«, setzte Clancy an, »du willst dieses Spiel wirklich spielen?«

Kaltes Metall küsste meinen Nacken – so plötzlich, dass ich

mir bereits eingeredet hatte, dass das wieder eins seiner Kopfspielchen war. Doch wenn einem eine Sinneswahrnehmung wie das Sehen abhandenkommt, dann ist es genauso, wie die Leute sagen: Die restlichen Sinne werden zu erbarmungsloser Effizienz geschärft. Ich spürte den warmen Atem, hörte das Quietschen weiterer Stiefel, roch seinen Schweiß. Agenten – sie hatten uns entdeckt.

Clancy wandte sich um und wollte davonlaufen; ich sah nicht, wie es passierte, hörte nur das widerliche Krachen, als etwas Hartes gegen seinen Kopf knallte und ihn zu Boden sinken ließ.

Und da war Jarvins Stimme im Dunkeln: »Ich wusste doch, dass du zurückkommst.« Da waren seine Hände; die eine schloss sich um meinen Nacken und drückte mich grob auf die Knie nieder. Der Pistolenlauf fand jene empfindliche Stelle, wo mein Rückgrat und mein Schädel aufeinandertrafen. »Rob hat gesagt, wir brauchen nur zu warten.«

In ihren Tarnfleckuniformen waren er und der andere League-Agent hinter ihm eine Spur heller als die Luft um sie herum.

Mit einem Klicken wurde die Waffe entsichert.

»Das willst du bestimmt nicht tun«, warnte ich und spürte, wie sich die unsichtbaren Hände in meinem Verstand entfalteten. Ich war angespannt, doch ich hatte keine Angst. Beherrschte Ruhe.

»Nein«, pflichtet Jarvin mir bei. »Ich würde viel lieber das hier tun.« Ein weiteres leises Klicken war zu hören – die einzige Vorwarnung, ehe das Weißrauschen durch den Flur flutete und mich bei lebendigem Leibe ertränkte.

Es war also doch möglich, solche Qualen zu vergessen.

Es hatte eine Zeit in meinem Leben gegeben, als ich gerade ein paar Monate in Thurmond gewesen war, da hatten sie das Weißrauschen fast jeden Tag eingeschaltet. Damals, als es noch Rote unter Kontrolle zu halten und Orange zu bestrafen galt, hatte schon ein einziger falscher Blick ausgereicht, damit ein PSF den Kontrolltower anfunkte. Es war ein fester Bestandteil meines Lebens gewesen; vielleicht hatte ich mich einfach so daran gewöhnt, dass die eigentliche Wirkung mit der Zeit nachließ.

Jetzt jedoch war dergleichen Monate her, und der jähe Schmerz drehte mir den Magen so sehr um, dass ich mich fast übergab. Ich brach zusammen, landete so dicht neben Clancy auf dem Boden, dass ich sehen konnte, wie Blut aus der Platzwunde auf seiner Stirn sickerte. In meinem Kopf waren Gedanken, da war eine Stimme, die sagte: *Du kannst es mit Jarvin aufnehmen, du kannst ihn dir kaufen, du kannst ihn fertigmachen.* Doch selbst diese Stimme wurde zum Schweigen gebracht, als das Weißrauschen emporstieg und wie eine Welle über uns hereinbrach, zermalmend auf meine Brust herabstürzte.

Und es war erstaunlich – alles, wozu wir imstande waren, die Macht, die wir über andere haben konnten –, das alles hatte nichts zu bedeuten. Es war alles vergebens.

In Thurmond hätten wir zwei Sirenentöne als Warnung gehört, und einen Herzschlag später wäre das Rauschen aus den Lagerlautsprechern hervorgebrochen. Es war nicht leicht zu beschreiben – ein kreischendes, statisches Knistern, bis zum Anschlag aufgedreht, grell genug, um sich einem durch den dicksten Teil des Schädels zu bohren. Es fuhr durch uns hindurch wie ein Stromschlag, ließ unsere Muskeln zucken und krampfen und vibrieren, bis man nur noch versuchen konnte, den Kopf in den Boden zu rammen, um ihm zu entkommen. Wenn ich Glück hatte, würde ich nicht ohnmächtig werden.

So viel Glück war mir nicht beschieden. Ich merkte, wie ich

das Bewusstsein verlor und dann in die Finsternis des Flurs zurücktrieb. Die Arme konnte ich nicht bewegen, sie klemmten unter meiner Brust. Meine Beine hatten sich in Luft aufgelöst. Als er schließlich sah, dass ich nicht einmal mehr den Kopf heben konnte, schaltete Jarvin das Weißrauschen aus. Ich trieb von einem Moment zum nächsten; in meinen Ohren dröhnte es. Die Schwärze des Flurs sog mich ein, drückte meinen Kopf unter ihre trübe Oberfläche.

Als ich wieder zu mir kam, hatte jemand meinen Arm gepackt. Ich konnte Jarvin nur deshalb mit den anderen um ihn herum sprechen hören, weil er jetzt brüllte. »Mach doch mal das verdammte Licht an! Es ist mir egal, was du tun musst – mach's an, verflucht noch mal! Irgendwas läuft doch hier. Kann mal jemand für Licht sorgen, verdammt noch mal?«

Eine warme Südstaatenstimme antwortete ihm. »Geht klar, Bruder. Sollst du haben.«

Ein Schnappen war zu vernehmen, nur ein einziges Mal, und eine winzige Flamme erschien in der Dunkelheit und beleuchtete Coles wütendes Gesicht.

Zuerst dachte ich, er hätte ein Streichholz angerissen, doch das Feuer an seinen Fingerspitzen flammte auf, verschlang seine Hand, den Arm, den er auf Jarvins Gesicht zuschnellen ließ. Schreie ertönten, so viele Schreie, als das Feuer um uns herum emporloderte, die Soldaten hinter ihm erfasste und sie in eine Hitzewoge hüllte, die sie den Flur entlangstürzen und übereinander stolpern ließ, bis sie schließlich zusammenbrachen. Mein Magen krampfte sich bei dem Gestank von verbranntem Fleisch zusammen; ich konnte dem Geruch nicht entkommen.

»Scheiße, du bist ja …!«, rief einer der Agenten.

Einer von uns, sagte mein Verstand und schottete sich bei dem Anblick ab, wie Feuer zwischen Coles Fingern aufloderte, wie er eine Flammenkugel nach dem Mann schleuderte, der gerade gesprochen hatte. Wie er es anfachte, es über den Körper des schreienden Mannes fahren ließ, bis ich nur noch die schwarze Silhouette sehen konnte, gefangen in den Flammen, die über seine Haut tanzten.

Rot.

Nein ... nein, er war doch ... Cole war zu alt, er war doch gar nicht ...

»Hey!« Das Feuer war jetzt verschwunden, doch Coles Hände fühlten sich immer noch heiß an, als er sich abmühte, mich auf die Beine zu zerren. Meine Beine waren noch immer nicht vorhanden. Er versuchte es mit ein paar leichten Ohrfeigen. »Scheiße, komm schon, Kleine. Du schaffst es, ich weiß, dass du's schaffst.«

»Du ...«, versuchte ich zu sagen, »du hast gerade ...«

Erleichtert stieß Cole die Luft aus, die er angehalten hatte. Dann hob er mich über seine Schulter und klatschte mir gereizt mit der flachen Hand hinten auf die Schenkel. »Verdammt noch mal, Süße, mich so zu erschrecken. Ich war unten im Flur und hab die Calm Control gehört, aber ich musste warten, bis sie's ausgemacht haben. Ich konnte nicht nahe genug rankommen. Entschuldige, tut mir echt leid.«

Er trat die Tür von Albans Büro auf, ließ mich hinter dem Schreibtisch zu Boden plumpsen und rückte mich so zurecht, dass ich zumindest halbwegs aufrecht dasaß. Dann zog er eine seiner Pistolen aus dem Halfter und drückte sie in meine schlaffe Hand.

Schließlich nahm er mein Gesicht zwischen beide Hände. »Du darfst es niemandem sagen, hörst du? Niemand sonst darf es wissen, nicht einmal Liam, vor allem nicht Lee – okay? Nick mit dem Kopf.«

Großer Gott – Liam wusste nichts davon? Niemand sonst wusste davon?

»Du, ich, Cate und Alban«, meinte Cole, als lese er meine Gedanken. »Das sind alle. Und jetzt sind wir nur noch drei. Wenn du es jemandem erzählst, bin ich geliefert.«

»Andere …«, stammelte ich schwach und neigte den Kopf in Richtung Flur.

Cole knurrte. »Ich zieh diese Bedrängte-Jungfrau-Nummer doch nicht bei Typen ab.«

Ich bedachte ihn mit etwas, von dem ich hoffte, dass es ein böses Anfunkeln war und kein schielender Idiotenblick. Er seufzte, erhob sich und straffte die Schultern, so wie Liam es immer tat, wenn er sich etwas fest vorgenommen hatte. Cole verschwand kurz, huschte geduckt hinaus, um sich Clancy zu schnappen. Ich bezweifelte, dass er ihm überhaupt ins Gesicht sah, ehe er ihn neben mir ablud.

»Die Grünen haben uns gemeldet, dass du hier bist, also haben wir beschlossen, früher mit der Party anzufangen«, erklärte er. »Du konntest es nicht noch einen Tag abwarten, diese hübsche Visage zu sehen, wie?«

Ich hustete, versuchte loszuwerden, was in meiner Kehle steckte, was immer es auch war.

»Wenn du weißt, was gut für dich ist, bleibst du hier drin«, sagte er knapp. »Verlass dieses Zimmer, bevor wir Entwarnung geben, und ich reiß dir den Arsch auf.«

Als er sich zur Tür umwandte, war es, als kehrten seine Zuversicht und seine Selbstbeherrschung schlagartig zurück. Seine Bewegungen waren geschmeidig und sicher.

Ich weiß nicht, wie viel Zeit verstrich, bis der Lärm der Schießerei zu uns drang – fünf Minuten, zehn, vielleicht auch fünfzehn. Das Gefühl kehrte in stechenden, kribbelnden Hitzewellen in meine Glieder zurück, doch der Schmerz war mir lieber als die schlaffe Nutzlosigkeit. Als ich dazu in der Lage war, stemmte ich mich auf die Knie und machte mich daran, Albans alten Schreibtisch vor die Tür zu schieben. Ich wusste, er würde nicht viel Deckung bieten oder eine große Herausforderung für jemanden darstellen, der auf Teufel komm raus hier hineinwollte, doch es fühlte sich besser an, als gar nichts zu tun. Und um ehrlich zu sein, er diente auch als Sichtbarriere für mich. Als Erinnerung daran, dass ich warten und Cole und die anderen Jarvins Ungeziefer ausräuchern lassen musste, ehe ich mich auf die Suche nach den anderen machte.

Ihnen passiert nichts, ihnen passiert nichts, dir passiert nichts …

Ich kroch wieder zu den Aktenschränken hinüber, zog die Knie an die Brust und schlang die Arme darum, versuchte, die Gefühle einzusperren, die sich in meinem Innern viel zu groß anfühlten.

Sie sind okay.

Clancy regte sich neben mir, eine verirrte Haarsträhne fiel ihm in die Augen. So viel Zeit wir in East River auch miteinander verbracht hatten, ich hatte ihn noch nie schlafen sehen – er hatte nie jemanden in seiner Nähe geduldet, während er derart angreifbar war, begriff ich.

Mein Blick wanderte zu dem Papierkorb und zu den Unterlagen hinüber, die ich ausgekippt hatte. Auf Händen und Knien kroch ich hin und hob dabei die Taschenlampe auf, die Clancy fallen gelassen hatte. Draußen vor diesem dunklen Zimmer wurde so viel gebrüllt, dass ich nicht verstehen konnte, was die einzelnen Stimmen sagten.

Ich holte tief Luft, als die Schießerei nachließ und die Türen zum Treppenhaus wiederholt auf- und zukrachten. *Sie sind okay, du bist okay.*

Dann leuchtete ich mit der Lampe von der Tür weg und auf die angesengten Seiten hinunter, die ich in meinem Schoß zusammengerafft hatte. Ungefähr ein Viertel der Blätter war unleserlich – Papier und Fotografien wiesen große Brandlöcher auf. Abgesehen von Rußschlieren und Rauchverfärbungen auf den oberen Seiten waren die unteren in sehr viel besserer Verfassung. Das meiste waren Tabellen und Grafiken, alle in demselben merkwürdigen Wissenschafts-Fachchinesisch, an dem selbst Chubs gescheitert wäre. Das waren Medizinwörter – medizinische Fachbegriffe; genauso komplizierte Namen wie auf der Liste mit Medikamenten, die Chubs mir in Nashville gegeben hatte. Hin und wieder fiel mein Blick auf ein paar verirrte normale Allerweltswörter.

Versuchsperson A ist nach dem Verfahren frei von Symptomen …

Zeigt Anzeichen von passivem Verhalten …

Endgültige Resultate stehen noch aus …

Ganz oben jedoch standen fett und schwarz zwei Wörter, die ich wiedererkannte: Projekt Snowfall.

Ich hörte erst auf, die Seiten durchzublättern, als ich zu den Fotos kam. Zu dem, das das Gesicht der Frau zeigte.

Das war eine der unerwarteten Schattenseiten daran, das halbe Leben ohne Zugang zu irgendwelchen Medien in einem Lager eingesperrt zu sein. Man hatte das Gefühl, dass jedes Gesicht, das man im Fernsehen oder in der Zeitung sah, einem irgendwie bekannt wäre, aber der Name entglitt einem, ehe man ihn erfassen konnte. So ging es mir jetzt, als ich die blonde Frau anstarrte, die mir durchaus vertraut war.

Die Aufnahme an sich war seltsam – sie schaute über die Schulter, aber nicht in die Kamera. Hinter ihr befand sich ein Ziegelgebäude ohne irgendwelche Schilder, das im Vergleich zu ihrem ordentlichen Kostüm in klassischem Marineblau sonderbar heruntergekommen aussah. Ihre Miene drückte nicht so sehr Angst als viel mehr Nervosität aus, und ich überlegte kurz, ob sie berechtigterweise dachte, dass jemand ihr nachstellte. Das nächste Foto war kleiner und teilweise zerrissen, so, dass ich dachte, Alban hätte angefangen, es zu zerreißen, und es sich dann anders überlegt. Darauf saß sie zwischen dem ehemaligen Anführer der League und einem sehr viel jüngeren Präsidenten Gray.

Die Erkenntnis verschlug mir den Atem.

Clancy, nein, bitte, Clancy …

»Heilige Scheiße«, flüsterte ich. Die Frau, die ich in seinen Gedanken gesehen hatte, das war …

Die First Lady der Vereinigten Staaten.

Ich griff nach den anderen verstreuten Seiten, raffte sie zu einem Stapel zusammen. Völlig durcheinander ergaben die Dokumente und Berichte nicht viel Sinn, aber es waren Diagramme von Gehirnen dabei, mit kleinen, sauberen Kreuzen darauf.

Ich überflog die Zeitungsartikel, die die Arbeit für wohltätige Zwecke beschrieben, die Lillian Gray überall im Land geleistet hatte; irgendjemand hatte unterschiedliche Schlüsselsätze mit Leuchtstift markiert, über ihre Familie (»eine Schwester in Westchester, New York«, »Eltern im Ruhestand auf ihrer Farm in Virginia«, »ein kürzlich verstorbener Bruder«) und ihre diversen Universitätsabschlüsse, darunter auch ein Dr. med. in Harvard, Fachgebiet Neurologie. Außerdem hatte sie beim Begräbnis des Vizepräsidenten eine »rührende« Grabrede gehalten, »flankiert von den rauchenden Trümmern des Kapitols«, und hatte keinen Kommentar zum Widerstreben des Präsidenten abgegeben, den Toten sofort zu ersetzen.

Der letzte Artikel, den ich fand, befasste sich mit ihrem Verschwinden aus der Öffentlichkeit kurz nach den Attacken auf Washington. Darin wurde der Präsident mit den Worten zitiert: »Die Sicherheit und der Schutz meiner Frau sind für mich das Allerwichtigste«, ohne dass weitere Details genannt worden waren.

Und das war ihre Legende. Nicht die zahlreichen Preisverleihungen, an denen sie teilgenommen hatte, nicht ihre bahnbrechenden Forschungen auf dem Gebiet der systemischen Neurowissenschaften oder die Partys, die sie für ihren Mann gegeben hatte. Nicht ihr geliebter einziger Sohn. Laut dem *Times*-Artikel, den Alban in den Aktendeckel gesteckt hatte, gab es Gerüchte, sie sei kurz nach dem Ausbruch von IAAN von einem feindlichen Land getötet oder entführt worden. Besonders erschreckend wurde es, als Clancy im Namen seines Vaters allein durchs Land tourte, um ein Loblied auf das Rehabilitationsprogramm zu singen und sich als deren erstes erfolgreiches Versuchsobjekt zu präsentieren.

Fast zehn Jahre waren vergangen, und noch immer hatte sie ihr Gesicht nicht in der Öffentlichkeit gezeigt.

Doch hier war sie, in dieser Akte, ihr Gesicht, ihre Forschungsunterlagen, ihre handschriftlichen Notizen. Ich ballte die Hände mehrmals zu Fäusten und löste sie wieder, damit sie aufhörten zu zittern.

Drei Zettel befanden sich in dem Wust aus Dokumenten, auf jedem standen lediglich ein paar Zeilen. Umschläge waren nicht vorhanden, aber die Blätter klebten noch ein wenig von dem, womit sie versiegelt gewesen waren. Jemand hatte diese Nachrichten also lieber von Hand übergeben, als es zu riskieren, sie digital zu versenden. Albans saubere Kursivschrift hatte oben das jeweilige Datum eingefügt, wahrscheinlich für seine eigene Ablage. Die erste, von vor fünf Jahren, lautete:

Ganz gleich, was aus uns wird, ich darf nicht in seiner Reichweite sein, wenn ich ihn retten soll. Wenn Du mir hilfst zu verschwinden, helfe ich dafür Dir. Bitte, John.

Die nächste, zwei Jahre später:

Beiliegend die jüngsten Erkenntnisse aus unserer Arbeit; ich bin unglaublich optimistisch, dass das alles bald vorbei sein wird. Sag, dass Du ihn gefunden hast.

Und die letzte, von vor erst zwei Monaten:

Ich werde nicht herumsitzen und auf Deine Zustimmung warten – so war es nie vereinbart. Ich lasse den Standort heute Abend auf dem Server durchsickern. Wenn er mich dann nicht suchen kommt, suche ich ihn eben selbst.

Clancy war noch immer bewusstlos, sein Kopf war schlaff zur Seite gekippt. Ich sah zu, wie sich seine Brust stetig hob und senkte, und etwas Spitzes drehte sich in meinem Innern.

»Du mieser Scheißer«, flüsterte ich.

Deswegen war er hergekommen. Dies hier war die Aufgabe, mit der er niemand anderen betrauen konnte.

Noch einmal ging ich die Unterlagen durch, um herauszufinden, worauf genau sie hingearbeitet hatte. Ein Teil von mir hatte geargwöhnt, dass es etwas mit uns zu tun hatte, als ich die Diagramme gesehen hatte. Doch warum sollte sie heimlich eigene Experimente zur Ursache von IAAN durchführen, wenn die Leda Corp gleichzeitig dasselbe tat? Auf dem ersten Zettel stand, dass sie »nicht in seiner Reichweite sein« dürfe – war es möglich, dass sie glaubte, ihr Mann würde die Ergebnisse, zu denen die Leda Corp kommen würde, manipulieren, und dass die Fehlinformationen Clancys Leben in Gefahr bringen würden?

Aber wieso sollte er dann das hier vernichten wollen? Ich blätterte zu den Tabellen und Grafiken zurück, und dort, am unteren Seitenrand, waren die Initialen L. G. Wieder ging ich die Seiten durch, vergewisserte mich, dass ich jede einzelne anschaute. Warum hatte er das hier verbrennen wollen? Um den Aufenthaltsort seiner Mutter geheim zu halten? Um Beweise zu vernichten, dass sie Alban Informationen über ihre Forschungen zukommen ließ?

Nichts davon erschien mir logisch. Ihre letzte Nachricht besagte, dass sie »den Standort« – ihren Standort? – auf einem Server zu leaken gedachte. Das passte zu Nicos Erklärung von vorhin, dass das Wort *Professor*, ein Wort, nach dem er auf Clancys Bitte hin Ausschau gehalten hatte, auf dem Server aufgetaucht sei. Aber sie hatte es erst durchsickern lassen, als sie bereit war. Als Projekt Snowfall abgeschlossen war.

Sie wollte nicht, dass er wusste, woran sie arbeitete, begriff ich. Aber warum ihn suchen gehen? Warum sich von ihm finden lassen, wenn er doch ganz offensichtlich derjenige war, vor dem sie wirklich beschützt werden musste?

30. Kapitel

Das Licht und sämtliche Apparate um Albans Büro gingen mit einer Explosion aus Krach und statischem Knistern wieder an, und ich war vom Boden hoch, bevor der Radioscanner sich einschaltete und den Raum mit den mitreißenden Klängen eines Weihnachtschors beschallte. In einem schwachen Versuch, mich vor dem grellen Licht zu schützen, hob ich die Hand, während ich auf die Ecke des Büros zustolperte. Meine Augen tränten, und ich konnte die Anzeigen und Knöpfe des Radios nicht erkennen, also drückte und drehte ich einfach an allen herum, bis die Lautstärke endlich auf ein erträgliches Maß zurückging. Nach dem Weißrauschen hätte selbst ein ganz schwaches Kratzen an der Tür wie Donner geklungen. Einen endlosen schrecklichen Augenblick lang zwang ich mich, ganz still zu sein und mich wieder an die Welt des Lichts zu gewöhnen – gerade so lange, wie Clancy brauchte, um leise aufzustöhnen und den Kopf zu schütteln.

Und wie lange ich brauchte, um zu begreifen, dass das Zeitfenster, in dem ich in der Lage sein würde, ihn zu kontrollieren, sich gerade schloss.

Die Kämpfe draußen waren zu einsamem Automatikfeuer eine Ebene über uns abgeflaut. Es war ein Risiko anzunehmen, dass diese Ebene bereits von aufständischen Agenten gesäubert worden war, doch Vernunft hatte die Oberhand über meine Angst gewonnen. Die meisten Agenten dürften auf der ersten

Ebene gewesen sein und in ihren Quartieren geschlafen haben, als Cole und die anderen in das Gebäude eingedrungen waren; ein paar waren wohl auf Patrouille gewesen, so wie Jarvin.

Ich würde schnell sein. Wenn der Flur frei war, könnte ich die anderen suchen gehen, sobald ich das hier erledigt hatte. Mich vergewissern, dass Liam und Chubs wohlbehalten mit Jude und Vida in dem verbarrikadierten Schlafsaal hockten. Ich konnte ihn doch nicht einfach hierlassen, nachdem die Türschlösser schon im Eimer waren.

Ich schlang von hinten die Arme um Clancys Brustkorb, versuchte, ihn richtig zu fassen zu kriegen. »Du bist …«, keuchte ich und fühlte, wie die Stiche in meinem Rücken zerrten, »ganz offiziell die größte Nervensäge, die mir je …«

Ich musste ihn loslassen, um den Schreibtisch wieder wegzuschieben. Dann machte ich einen Schritt aus dem Büro und holte tief Luft, um mich innerlich für den Anblick der Leichen von Jarvin und den anderen Agenten zu wappnen – doch der Flur war leer. Als ich Clancy durch die Tür schleifte, dachte ich ganz kurz daran, ihn in die Krankenstation zu zerren, doch ich konnte Gestalten hinter den Vorhängen sehen, die sich bewegten, und war mir nicht sicher, ob ich es darauf ankommen lassen wollte, dass das Leute aus Coles Team waren. Entlang des Flurs gab es jede Menge Türen; die meisten führten zu Räumen, die ich nie hatte sehen dürfen. Doch es gab nur einen offenen Schrank, und die Gewehrständer darin waren leer – sodass genug Platz war, um dort einen menschlichen Körper hineinzustopfen.

Gerade hatte ich Clancy in den engen Schrank bugsiert, als ich hörte, wie mein Name gebrüllt wurde, laut genug, dass die ganze verdammte Basis es hören konnte.

Ich fuhr herum und suchte nach dem, der da gerufen hatte. Urplötzlich war Cate da; sie kam aus der Krankenstation gestürzt und zog sich dabei den Gewehrriemen von der Schulter. Dann riss sie sich die schwarze Skimaske herunter und ließ sie fallen. Ich wurde in ihre Arme gezogen, in ihre Wärme, noch ehe ich mich gegen den Aufprall ihres Körpers stemmen konnte. Eine Woge der Erleichterung, mit der ich nicht gerechnet hatte, flutete durch mich hindurch, als ich mich an sie lehnte.

»Was machst du denn?«, fragte sie. Und ich war ganz ehrlich immer noch so schockiert über ihr Auftauchen, dass ich die Wahrheit sagte. »Clancy Gray in einen Schrank sperren.«

Sie fuhr zurück und blickte auf die hingestreckte Gestalt zu unseren Füßen hinunter. Und zum ersten Mal in ihrem Leben fragte mich Cate nicht, ob ich darüber reden wolle, wie ich mich fühlte. Ich brauchte nicht zu erklären, warum wir ihn nicht auf der Krankenstation oder in einem der Zimmer lassen konnten, wo er vielleicht abhauen könnte. Sie wusste, was er war und was er wert war.

»Okay, ich hol den Schlüssel.«

»Cate.« Ich fasste sie am Arm. »Ist es vorbei?«

Sie lächelte. »Es ist schon seit zehn Minuten vorbei.«

»Wirklich?« Meine Stimme klang selbst in meinen eigenen Ohren klein und zaghaft. Ich kam mir vor, als wäre ich fünf Jahre alt, so wie damals, als ich mich einmal in einem Einkaufszentrum verlaufen und plötzlich die Hand meines Vaters wiedergefunden hatte, nachdem ich verzweifelt nach ihm gesucht hatte. Mir war klar, dass es blöd war zu weinen, doch die Erschöpfung hatte mich an den Rand meiner Selbstbeherrschung gebracht, und die jähe, unverhoffte Erlösung von Angst und Schmerz stieß mich darüber hinaus.

Cate machte einen Schritt auf mich zu und nahm mein Gesicht zwischen ihre Hände. Es war, als starre man einen aufgehenden Vollmond an, der die Nacht zerschnitt. »Ich hab gewusst, dass du es schaffen kannst.«

Ich kniff die Augen zu. Da war Mason und tat seinen letzten Atemzug. Der Geruch eines starren Lederknebels. Rob, der schrie und schrie und schrie … Ich wollte ihr alles erzählen, es auf sie abladen und sie die zermalmende Last von all dem mittragen lassen. Sie hatte es so oft angeboten, und jedes Mal hatte ich sie auflaufen lassen, hatte ihr ihr Angebot ins Gesicht geschleudert. Selbst jetzt empfand ich noch dasselbe Widerstreben, das sich um meine Brust schlang und versuchte, den schwachen, pochenden Muskel dort zu schützen.

»Es war grauenhaft«, flüsterte ich.

Sie strich mir eine verirrte Träne von der Wange. »Und du warst stärker.«

Ich schüttelte den Kopf. »War ich nicht … Ich war …«

Wie konnte ich es so ausdrücken, dass sie es verstand?

»Da haben Jude und Vida mir aber was anderes erzählt.«

Ich öffnete die Augen, suchte in ihrem Gesicht nach Anzeichen einer Lüge. »Sind sie okay?«

»Alles bestens«, beteuerte sie. »Sie machen sich Sorgen um dich. Ich kann dich zu ihnen bringen, aber ich glaube, zuerst müssen wir uns um unser kleines Problem hier kümmern.« Mit einem Kopfnicken deutete sie auf Clancy. »Okay?«

»Ja.« Ich nickte und holte tief und zittrig Luft. »Okay.

Coles und Cates Team hatte die Jugendlichen ins Atrium gebracht und die Türen zugemacht, um den Blick auf den stetigen Strom der Leichen zu versperren, die aus den Wohnquartieren geholt und zur Krankenstation gebracht wurden. Es waren die Agenten, die Alban gestürzt hatten, alle. Ein Teil von mir fand es lächerlich, dass sie sie uns nicht sehen lassen wollten. Ein anderer Teil war dankbar.

Ich atmete tief durch und schüttelte die Spannung aus meinen Schultern; dann streckte ich die Hand nach der Tür aus.

Sie hatten die meisten Tische an den Rand des Atriums geschoben, sodass in der Mitte Platz für Feldbetten war. Einige der Kids und der Agenten hatten Prellungen und Abschürfungen, die vom medizinischen Personal versorgt wurden. Es kam mir unsinnig vor, dass sie die voll ausgerüstete Krankenstation einfach ignorierten und stattdessen lieber Mullbinden und Jod hier heraufschafften – bis mir wieder einfiel, dass eben diese Krankenstation im Augenblick als behelfsmäßige Leichenhalle diente.

»Sind sie alle tot?«, erkundigte ich mich leise.

Neben den knapp über zwanzig League-Kids, die sich in der Mitte des Raumes drängten und alles Mögliche zum Frühstück vertilgten, das sie sich aus den Küchenvorräten geangelt hatten, waren noch etwa vierzig Agenten da und standen in schwarz gekleideten Grüppchen um sie herum. Dies jedoch waren die Gesichter, mit denen ich gerechnet hatte: Agenten, die Psi-Teams betreuten, Ausbilder, diejenigen, die uns mit traurigen, sehnsüchtigen Augen betrachteten, wenn sie dachten, wir würden es nicht merken.

»Die, die sich nicht ergeben wollten«, antwortete Cate behutsam.

Also – alle?

»Ich weiß, es hat sich bestimmt so angefühlt, als wären alle gegen euch, aber es gab eine ganze Menge Agenten, die von dem Attentat auf Alban vollkommen kalt erwischt worden sind. Die sind nur geblieben, weil es zu spät war, sich abzusetzen, ohne dass Jarvin sich an ihnen gerächt hätte. Sie haben sich nicht gewehrt, als wir die Schlafquartiere gestürmt haben, und durften gehen, wenn sie nicht mitmachen wollten.«

Mein Blick hörte nicht auf, den Raum abzusuchen, bis er sie alle gefunden hatte. Chubs und Liam standen mit dem Rücken zu mir vor einem der Fernseher und sahen sich einen Nachrichtenbeitrag über irgendein weißes Kuppelgebäude an. Jude und Vida waren ganz in ihrer Nähe, sie kauerten vor Nico auf dem Boden, und Nico sah aus, als gäbe er sich alle Mühle, sich ganz klein zusammenzurollen und für immer zu verschwinden.

Cate folgte meinem Blick. »*Darüber* reden wir später.«

»Worüber?«, ertönte es lang gedehnt hinter uns. Ich spürte, wie sich ein schwerer Arm über meine Schultern legte. »Geht's am Ende um meine Wenigkeit?«

Ich versuchte, mich loszumachen, doch er hielt mich fest und zauste mir das ohnehin schon katastrophal wirre Haar. Unwillkürlich zuckte ich zurück, als ich den Rauch an ihm roch. *Rot.*

Psi.

Unmöglich.

Es war einfach … Ich rieb mir mit dem Handrücken die Stirn. Er war so in sich gefestigt, während Mason langsam von innen heraus zerbröckelt war. Und es war ja nicht so, als würde Cole einen nicht einschüchtern – das tat er, auf eine Art und Weise, die einen für ihn einnahm und bei der man am Ende ganz durcheinander war. Es war einfach so, dass jeder andere Rote, dem ich in Thurmond begegnet war, sich verhalten hatte wie ein Tier, das in seiner eigenen Haut eingesperrt worden war. Sie weigerten sich, anderen in die Augen zu sehen, liefen mit diesem leeren Blick umher und lauschten einer Stimme in ihrem Kopf, glaube ich, die wir anderen nicht hören konnten. Hin und wieder kamen sie zu sich, und eine Art Hunger verdunkelte ihre Züge. Man ertappte sie dabei, wie sie ein anderes Kind anstarrten und dabei ein ganz klein wenig lächelten, und man wusste, was als Nächstes kommen würde – man *wusste* es einfach.

Cole jedoch hatte sich nicht nur im Griff behalten, er hatte sich hervorragend entwickelt.

Rot.

Die beiden wechselten über meinen Kopf hinweg einen

Blick. »Er hat etwas davon gesagt, dass dir … etwas anvertraut worden ist. Ein sehr wichtiges Geheimnis.«

Ich schwieg, nicht weil mir keine Antwort einfiel, sondern weil ich mich nicht für eine der tausend Fragen entscheiden konnte, die mir durch den Kopf schossen. Schließlich wandte ich mich ihm zu und entschied mich für: »Wie lange weißt *du* es denn schon?«

»Seit ich zwölf war«, antwortete er. »Ein Spätzünder, verglichen mit euch anderen. Hat mir Wahnsinnsangst gemacht. Mom und Harry haben immer gedacht, ich würde mit Streichhölzern oder Feuerzeugen rumspielen – Sachen abfackeln, um mich *auszuagieren*. Über so was redet man nicht, wenn man nicht in irgendeinem ätzenden Lager landen will, verstehst du?«

»Und warum hast du's Lee nicht erzählt?«, wollte ich wissen. »Wieso hast du's ihm verschwiegen?«

Coles Augen wurden schmal. »Ich hab meine Gründe, und keiner davon geht dich was an. Du hast mir dein Wort gegeben, dass du …«

»Ich sag ihm nichts«, versicherte ich ihm und hasste ihn dafür. Noch etwas, was ich ihm verschweigen musste. Noch eine Lüge. »Ich bin nur … Wie ist das überhaupt möglich? Du bist doch zu alt. Gibt's noch mehr solche wie dich?«

Kein Wunder, dass Alban ihn enorm geschätzt hatte – ein Psi, der sich unerkannt unter Erwachsenen bewegen konnte, weil er die vermeintliche Altersgrenze verpasst hatte.

Cate schaute sich rasch um, ob auch keine Lauscher in der Nähe waren. »Sehr, sehr, sehr viel weniger. Ein paar Hundert Ausreißer in Sachen Altersgruppe. Aber dies ist nicht der richtige Zeitpunkt, um darüber zu sprechen. Im Augenblick haben wir größere Probleme.«

»Da wir gerade davon reden.« Cole senkte die Stimme und beugte sich zu mir herab. »Du hättest nicht mal erwähnen können, dass die Bedrängte-Jungfrau-Nummer zwei der Sohn des Präsidenten war?«

»Schauen wir doch mal, wie viele Worte du rausbringst, nachdem dir gerade das Hirn kaputt geschallt worden ist.«

»Auch wieder wahr.« Er blickte zu Cate hinüber. »Wird der Kerl ein Problem?«

»Er sitzt in Waffenschrank B-2«, sagte sie und zog die Brauen hoch, was für mich wie eine Herausforderung aussah.

»Okay, okay«, knurrte er. »Das hier zuerst, und das dann später. Da waren doch keine Knarren mehr drin, stimmt's?«

Ich weiß nicht, wer bei dieser Idee genervter aussah, Cate oder ich.

Cole feixte immer noch, als er fragte: »Und, hast du außer meinem vertrottelten kleinen Bruder auch noch den Hauptgewinn mitgebracht?«

Ich klopfte meine Taschen nach dem kleinen Plastikrechteck ab und hielt es ihnen hin; plötzlich wollte ich unbedingt, dass jemand anderes sein Gewicht eine Weile trug. Cole warf Cate einen kurzen Blick zu. »Das Ding gehört dir. Du brichst doch immer noch bald auf, oder?«

»Gleich. Ich muss meinen Kids sagen, wohin ich gehe.«

»Weil die sonst nicht wissen, was sie mit sich anfangen sollen, wenn Mommy sie nicht alle zwei Sekunden beglückt?«

Auf diesen Spruch hin machte ich mich wirklich mit einem Ruck von ihm los und fühlte, wie mein Zorn gefährlich aufwallte. Cole hob die Hände und trat einen Schritt zurück. »War doch nur ein Witz, Süße. Lächeln. Heute ist ein schöner Tag, schon vergessen? Ein glatter Sieg.«

»Wo gehst du hin?«, fragte ich Cate.

»Ich gehe mit ein paar Agenten nach Transportmöglichkeiten für uns alle suchen.«

»Aber …«

»In ein paar Stunden bin ich wieder da, ich versprech's dir. Ich glaube, du weißt, dass es wahrscheinlich nicht richtig wäre, nach alldem noch hierzubleiben.«

»Wo fahren wir hin?«, fragte ich. »Nach Kansas? Oder nach Georgia?«

»Ruby!«

Es war beeindruckend, dass wir so lange hier hatten stehen können, ohne dass Judes Radar angesprungen war. Er war auf den Beinen, drängte sich durch die Agenten, die zwischen uns standen, und stolperte fast über ein paar Jugendliche, die eindeutig einfach nur versuchten dazusitzen, sich zu unterhalten und nicht in Tränen auszubrechen. Aus dem Augenwinkel sah ich, wie Chubs und Liam sich umdrehten, doch genauso schnell waren sie wieder weg, und das Einzige in meiner Welt war Jude, der die langen Arme um mich schlang.

»Du hast mir eine Scheißangst eingejagt!«, sagte er. Ich drückte ihn ganz fest. Mein Ein-Jungen-Begrüßungskomitee.

»Ich hab mir auch Sorgen um dich gemacht. Ist irgendwas passiert?«

Er schüttelte den Kopf, dass die Locken flogen. »Hast du ihn gefunden?«

»Ich hab dir doch gesagt, ihr passiert nichts.« Vida legte ihm die Hand auf die Schulter und versuchte, ihn mit Gewalt von mir loszuwinden. »Judith. Loslassen.«

Cate lachte und klopfte ihm auf den Rücken »Komm, ich muss euch beiden und Nico was sagen.«

Das reichte, damit Jude ein wenig runterkam. »Er redet immer noch nicht. Ich krieg ihn nicht dazu, auch nur ein Wort zu sagen. Irgendwie hat er voll dichtgemacht.«

Ich winkte kurz, als sie mit ihm und Vida zu Nico zurückging.

»Ah«, brummte Cole.

Ich merkte, wie er sich versteifte, seine Körperhaltung von locker und entspannt zu fest und solide änderte. Gesammelt. Sogar sein Gesicht schien härter zu werden. Er stieß sich von der Wand ab, an der er gelehnt hatte, und drängte sich ohne ein weiteres Wort an mir vorbei. Dabei warf er mir über die Schulter einen warnenden Blick zu.

Das war weniger, als er für Liam übrighatte – und sogar noch weniger als das, womit Liam *ihn* bedachte –, als die beiden sich aneinander vorbeischoben und in entgegengesetzte Richtungen weitergingen. Ich begegnete Chubs' Blick, und seine Miene reichte, um mich wissen zu lassen, dass es dazu später noch eine Geschichte geben würde.

Am Leben, am Leben, am Leben, sang mein Herz. Ich ließ die giftige Erinnerung an das, was Clancy mir gezeigt hatte, davonrinnen, bis nichts mehr da war außer der schwirrenden Helligkeit in meiner Brust. *Am Leben.* Der Dreck in ihren Gesichtern war nichts weiter. Die Platzwunde an Liams Kinn, die wieder aufgebrochen war, war nichts weiter. Der Sprung in einem von Chubs' Brillengläsern war nichts weiter.

Sie waren alles.

Mit verschränkten Armen standen die beiden vor mir und hatten identische missbilligende Mienen aufgesetzt.

»Seid ihr okay?«, erkundigte ich mich, da sie ganz offensichtlich nicht bereit waren, etwas zu sagen.

»Und *du*?«, schoss Liam zurück. »Was hast du dir dabei gedacht, ihm so hinterherzurennen?«

Sein Ton machte mich sauer. »Ich hab mir gedacht, dass er bestimmt einen Grund gehabt hat, sich hier reinschleifen zu lassen, und ich hatte recht.« Ich griff in die Tasche und holte die Fotos aus den zusammengefalteten Unterlagen hervor. Chubs betrachtete das fleckige Papier, das ich ihnen hinhielt, mit einigem Widerwillen.

»Das Blut da war nicht irgendwann mal in deinem Körper?«

Ich drückte die Fotos gegen seine Brust, sodass er sie nehmen musste. »Ich bin ihm bis in Albans Büro gefolgt. Er war auf das hier scharf.«

Liam beugte sich vor. Anscheinend hatten sie nicht mit derselben mentalen Blockade zu kämpfen wie ich. Begreifen leuchtete in ihren Augen auf. Chubs fiel tatsächlich die Kinnlade herunter.

»Er sucht nach ihr«, erklärte ich. »Die Fotos waren in einer Akte. Ich glaube, da waren auch Ergebnisse von den Forschungen drin, die sie durchgeführt hat. Ich weiß nicht, ob er gedacht hat, sie wäre hier, oder ob er wusste, dass Alban irgendwas weiß, aber …«

Cole stieg auf einen Tisch in der Mitte des Raumes und klatschte zweimal in die Hände. »Darf ich um eure Aufmerksamkeit bitten?«

Sein Ton hatte etwas Förmliches an sich, das irgendwie unnatürlich klang. Der Cole des listigen Lächelns und der aufreizenden Sprüche hatte sich offenbar für diesen Vormittag abgemeldet. Agent Stewart hatte keine Zeit für ihn.

»Also gut, ich mach's kurz.« Die Agenten und Jugendlichen im Raum schoben sich um Tische und Feldbetten herum, sodass sie vor ihm standen. »Was hier passiert ist … es ist vorbei. Ihr habt eure Rolle prima gespielt. Und auch wenn ich gern sagen würde, dass sie ihren Plan am Ende bestimmt doch nicht in die Tat umgesetzt hätten, ich glaube, wir wissen alle, dass das eine verdammte Lüge wäre.«

Liam lehnte sich gegen die Wand, in haargenau derselben Pose, die sein Bruder eben innegehabt hatte. Er hielt den Blick weiter fest auf mich gerichtet und wartete offenbar auf etwas.

»Hört zu, ich hab's nicht so mit schönen Reden. Ich werde euch nichts vorlügen, weil, ihr seid euer ganzes gottverdammtes Leben angelogen worden, und das muss aufhören. Folgendes müsst ihr wissen.« Er räusperte sich. »Als Alban diese ganze Geschichte aufgezogen hat, wollte er eigentlich nur die Wahrheit über IAAN bekannt machen und Gray dazu bringen, das mit den Lagern zuzugeben. Am allermeisten wollte er, dass dieses Land wieder so wird wie früher – das Land, auf das er stolz war und dem er mit Freuden gedient hat. Die Children's League war sein Traum, auch wenn's am Ende nur noch scheiße war. Er wollte dieses Leben wiederhaben. Aber ich sage, wir können nicht zurück.«

Jetzt drehte ich mich vollständig zu ihm um und trat um Chubs herum, um ihn besser sehen zu können. Die anderen Kids schauten wie gebannt. Warum auch nicht? Es war genauso wie bei all den vielen Malen, bei denen ich Liam davon hatte sprechen hören, die Lager zu befreien. Die Leidenschaft hinter ihren Worten untergrub sämtliche Zweifel, die sie angeblich an ihrer Fähigkeit hatten, sich auszudrücken. Sie erlaubten sich zu brennen, wenn so viele von uns Angst davor hatten, sich vom Feuer wärmen zu lassen.

Er ist einer von uns, dachte ich. Die anderen hatten keine Ahnung, und trotzdem hatten sie das Gefühl, dass das hier richtig war. Dass er die Führung übernehmen sollte.

Liam schnaubte abfällig und verdrehte die Augen. Chubs und ich sahen uns an, und ich fragte mich, ob er die Enttäuschung ebenfalls spüren konnte, die Liam Welle um Welle in unsere Richtung schickte.

»Jetzt heißt es für uns vorwärts oder nirgendwohin. Wir – alle, die zurückgekommen sind – lassen diesen Ort und seinen Namen hinter uns. Ich weiß noch nicht, was wir sein werden oder ob wir uns einen neuen Namen zulegen werden, aber ich weiß, was wir tun werden. Wir werden herausfinden, wodurch IAAN verdammt noch mal verursacht wird, werden den oder die Verantwortlichen bekannt machen und diese armen Kids aus diesen Elendslagern herausholen. Wir *gehen*, wir fahren zur Ranch rauf – die wird gerade von Agenten wieder aufgemacht. Wir wollen, dass ihr mitkommt. Wir wollen, dass ihr kämpfen wollt. Wir wollen *euch*.«

Cate, die bei den anderen gesessen hatte, stand auf und winkte mir zu, als sie durch die Tür auf der anderen Seite des Raumes hinausging. Vida, Jude und Nico schauten nicht auf, als sie ging. Sie nickten, ließen sich von Coles Versprechen in den betörenden Rausch des Möglichen hineinziehen. Auch ich fühlte dies Mögliche in meinem Inneren flattern. Es gab keine Berater, die ihm den Text vorgaben, keine verschlossenen Aktenschränke, keine dunklen Flure. Das hier war ehrlich. Real.

»Was ist denn die Ranch?«, flüsterte Chubs.

»Das ehemalige vorübergehende Hauptquartier der League in der Nähe von Sacramento«, antwortete ich. »Das haben sie dichtgemacht, als sie den Laden hier fertig gebaut hatten.«

»Wir wollen euch«, wiederholte Cole, und sein Blick glitt zu uns hinüber. »Aber es ist eure Entscheidung.«

Ich erwiderte seinen Blick, gab mir Mühe, nicht die Augen zu verdrehen, als er mir zuzwinkerte. Er wusste, dass ich angebissen hatte.

Und Liam wusste es auch.

Er stieß sich von der Wand ab, ließ aber zu, dass ich ihn an der Jacke zu fassen bekam, als er vorbeiging. Seine Schultern bebten mit jedem tiefen, rauen Atemzug. Nachdem er tagelang an Kraft und Farbe gewonnen hatte, sah Liam jetzt wieder aus, als wäre er kurz vorm Zusammenbrechen. Seine Haut war aschfahl, und seine Augen brannten, als er mich anstarrte.

»Sag, dass du heute mit uns weggehst«, flüsterte er. »Mit Chubs und mir. Ich weiß, dass du zu klug bist, um auf all diesen Mist reinzufallen. Ich *kenne* dich.«

Er sah die Antwort in meinem Gesicht. Seine Hände packten meine Handgelenke und stießen sie weg.

Kurz bevor Liam die Tür erreichte, drehte er sich um und verkündete mit heiserer Stimme: »Dann habe ich dir nichts mehr zu sagen.«

Cole verschwand nach seiner Rede; er brummte etwas von »mal kurz nachsehen«, ohne weitere Erklärungen dazu abzugeben, wonach er sehen wollte. Halb hatte ich Lust, ihm zu folgen und mich zu vergewissern, dass es nicht Clancy war, doch ich weiß nicht, ob ich vom Tisch hochgekommen wäre, wenn ich es versucht hätte. Wir fünf – Jude, Vida, Chubs, Nico und ich – hatten einen der runden Tische in der Nähe eines der Fernseher in Beschlag genommen, hauptsächlich wohl, um den anderen Agenten nicht im Weg zu sein, die versuchten, das Gebäude »stillzulegen« und alles abzubauen, was sie vielleicht brauchen würden.

Eine Stunde war vergangen. Mehr als genug, dass Jude fragte: »Ist Cate schon wieder da?« Und ich anfing, mich um Liam zu sorgen. Je länger ich dort saß, so schien es mir, desto schwerer fühlten sich meine Glieder an, bis ich Nico imitierte, der mir gegenüber saß, und den Kopf auf die Arme legte, um meine Schultern zu entlasten.

»Sie hat gesagt, es wird eine Weile dauern«, meinte Vida und sah zum wiederholten Male auf dem alten Chatter nach, wie spät es war. »Wir sind siebzig Leute. Dafür muss man eine ganze Menge Autos auftreiben.«

»Wir melden uns live vom Texas State Capitol Building, wo Präsident Gray und Vertreter der Federal Coalition in weniger als einer Viertelstunde den Gipfel der Einheit eröffnen werden …«

Jude streckte die Hand aus, um den Fernseher lauter zu stellen. Er war den ganzen Vormittag ein Abbild der Ruhe gewesen; nicht ein Quengeln, wie müde oder hungrig er sei. In unserem traurigen Grüppchen war er der Einzige, der tatsächlich auf den Bildschirm schaute. Nico hatte sich so weit in sich selbst zurückgezogen, dass er quasi komatös war. Chubs' Blick wanderte immer wieder zwischen seiner Armbanduhr und der Tür hin und her.

Die Berichterstattung vom Weihnachts-Friedensgipfel hatte um Viertel vor neun Ortszeit begonnen. Hauptsächlich Aufnahmen von Zuschauern, aber nur von einem sehr kleinen Teil der Menge. Als der Kameramann aus Versehen eine Gruppe Demonstranten und ihre Schilder ins Bild bekam, die alle so weit wie möglich von dem Gebäude ferngehalten wurden, war das Bild jäh weg.

Cole rutschte in die Lücke zwischen Jude und mir und schubste den Jungen dabei fast von der Bank. »Hey, Süße, ich muss dich mal kurz ausleihen.«

Ich wandte mich ab und vergrub das Gesicht tiefer in den Armen. »Kann das warten?«

»*Es* ist wach und stocksauer, und ich hätte gern ein paar Tipps, wie ich das Ganze angehen soll. Schließlich bist du die Einzige, die mir sagen kann, ob er gerade versucht, mir das Gehirn zu grillen.«

»Die wissen, was er wirklich ist?«, fragte Chubs verblüfft. »Du hast es ihnen gesagt?«

»Alban hat es schon gewusst«, erwiderte Cole. »Er hat mal gesehen, wie Clancy auf einem seiner Pressetermine einen der Männer vom Secret Service beeinflusst hat, nachdem er aus dem Lager gekommen war.«

Da setzte ich mich auf.

Wenn Alban bereits wusste, was Clancy war und wozu er in der Lage war, dann konnte man Lillian Grays erste Nachricht auch ganz anders auffassen. *Ich darf nicht in seiner Reichweite sein, wenn ich ihn retten soll.* Vielleicht hatte Lillian ja sogar noch vor Präsident Gray gemerkt, dass ihr Sohn seine Kräfte dazu benutzte, die Menschen um ihn herum zu manipulieren.

Endlich wurde mir der zeitliche Ablauf klar. Alban musste Clancy dabei beobachtet haben, kurz bevor er sich absetzte, um der League beizutreten – er hatte sich, wie Lillian es nannte, Clancys »Reichweite« entzogen. Hätte sie versucht, ihren Mann oder irgendeinen seiner Berater zu bitten, ihr zu helfen zu verschwinden, so hätte Clancy Zugang zu dieser Information gehabt. Es war wirklich ein Plan aus Verzweiflung gewesen.

»Und warum habt ihr dann nichts mit dieser Erkenntnis gemacht?«, ertönte Liams Stimme hinter uns. Die Furchen in seinem Gesicht wurden tiefer, als er die Brauen zusammenzog. »Das hätte dieser ganzen Lager-Scharade doch den Rest geben können.«

Cole verdrehte die Augen. »Und wie sollte er das beweisen? Der Junge war doch ein Geist. Wir haben versucht, Fühler auszustrecken und zu sehen, ob er freiwillig zu uns kommt, aber er hat nicht angebissen.«

»Weil er euch nicht braucht«, verkündete Nico mit heiserer Stimme. »Er braucht keinen von uns. Er kommt allein zurecht.«

Ich öffnete den Mund, um meine Theorie zu erläutern, doch Liam schnitt mir das Wort ab.

»Solltest du nicht den anderen helfen, den Laden hier auszuräumen?«, fragte er anzüglich und starrte dorthin, wo Coles Hand auf meiner Schuler lag.

Es war irre, die beiden so nebeneinander zu sehen, mit fast identischen zornigen Mienen auf fast identischen Gesichtern.

»Du kannst gern jederzeit gehen, Lee«, sagte Cole und bedeutete ihm mit einer Geste, dass er wegtreten könne. »Niemand hält dich hier. Ich hab dir gesagt, wie du Mom und Harry findest, also geh nur. Lauf weg, und versteck dich. Ich wünschte, ich könnte dabei sein, wenn du ihnen erklärst, wie du es fast geschafft hast, einen ganzen Haufen Kids in die Scheiße zu reiten, weil du zu blöd bist aufzupassen, was du machst und wo du hinläufst. Nachdem du ihnen erzählt hast, was passiert ist, als du versucht hast, aus deinem Lager auszubrechen, natürlich.«

Ich hörte Vida leise fluchen, und sie klatschte die Hand auf Chubs' Arm, um ihn daran zu hindern dazwischenzugehen. Es war niemand da, der mich zurückgehalten hätte.

»Hör auf!«, sagte ich. »Hör dir doch mal selber zu …«

»Du …« Dunkle Röte stieg an Liams Hals empor, und er hatte sichtlich Mühe, sein Gesicht unter Kontrolle zu halten. »Du hast doch *keine* Ahnung.«

»Ach, jetzt heul doch deswegen nicht rum«, knurrte Cole und stand auf. »Hast du mich noch nicht genug blamiert? Geh doch einfach weg. Herrgott noch mal, hau schon ab, wenn du so verdammt dringend hier rauswillst. Hör auf, meine Zeit zu verschwenden.«

»Leute!« Judes Stimme war hoch und kiekste bei dem Wort. »Leute!«

»Bitte«, versuchte ich es noch einmal. »Hört doch einfach …«

Jude beugte sich über den Tisch, packte mich am Arm und riss mich wieder zu dem Fernseher herum. »Halt die Klappe, und schau dir das an!«

Präsident Gray war aus dem Auto gestiegen und blickte sich vor der Menge um, hob die Hand zu einem gut einstudierten Winken. Sein Haar war grauer, als ich es noch von wenigen Monaten zuvor in Erinnerung hatte. Schwerere Tränensäcke hingen unter seinen dunklen Augen. Doch es war trotzdem noch Clancys Gesicht, eine Vorschau darauf, wie er in dreißig oder vierzig Jahren aussehen würde, und schon allein deswegen wollte ich wegsehen.

»Was ist denn …«, setzte Vida an, gerade als die Kamera auf eine kleine Kapuzengestalt hinüberschwenkte, die sich an der hübschen blonden Nachrichtenreporterin vorbeidrängte und über die Polizeiabsperrung sprang.

Der Präsident ging langsam die makellos weißen Stufen des Kapitols hinauf und streckte dem Gouverneur die Hand entgegen. Hinter ihm wallten sowohl die amerikanische als auch die texanische Flagge in der Brise. Er merkte gar nicht, dass etwas nicht stimmte, bis die Anzugträger neben ihm ihre Pistolen zogen und das Gesicht des Gouverneurs kreideweiß wurde.

Die Polizisten, die die Stufen säumten, wurden mit solcher Gewalt nach beiden Seiten weggeschleudert, dass sie durch die Reihen der Kameraleute und Reporter krachten. Er hatte sie nicht berühren müssen, hatte lediglich die Arme vorschnellen lassen, als zöge er einen schweren Vorhang auf.

»Großer Gott!«, stieß Liam hinter mir hervor. »Das ist ja ein Junge!«

Er war zierlich, nichts als drahtige Muskeln und gebräunte Haut, wie ein Langstreckenläufer, der den Sommer auf der Trainingsbahn einer Highschool verbracht hatte. Sein Haar war lang und mit einem Gummiband zusammengebunden, damit es ihm nicht ins Gesicht fiel. So hatte er freie Sicht, als er eine kleine Pistole aus der Tasche seines Kapuzensweatshirts zog und ganz ruhig zwei Schüsse in die Brust des Präsidenten abfeuerte.

Die Fernseher, jeder auf einen anderen Sender eingestellt, dröhnten alle genau im selben Moment los, fingen die Szene aus jedem Blickwinkel ein.

»*O mein Gott, o mein Gott*«, stöhnte die Nachrichtensprecherin. Sie hatte sich zu Boden geworfen; alles, was wir sehen konnten, war ihr Hinterkopf, während sie zusah, wie die Polizei und der Secret Service sich auf den Jungen warfen, ihn unter einem Meer aus Uniformen und Mänteln begruben. Die Menge hinter ihr schrie, die Kamera zitterte, als sie herumschwenkte, um die Flucht der Menschen vom Schauplatz des Geschehens zu filmen. Jeder entsetzte Blick. Jede angewiderte Miene. Alle jetzt nicht mehr auf den Präsidenten gerichtet, sondern auf den Jungen, der ihn gerade getötet hatte.

»Wart ihr das?«, fauchte Liam und fuhr wieder zu seinem Bruder herum. »Habt ihr dem Jungen befohlen, das zu tun?«

»Der ist keiner von uns!«, beteuerte Vida. »Ich hab dieses Stück Scheiße noch nie gesehen!«

Cole wirbelte auf dem Absatz herum und tauchte kopfüber mitten in die betäubte Stille im Atrium hinein. Niemand machte ihm Platz, und ich hatte keine Ahnung, wo er hinwollte. Vida schnappte sich die Fernbedienung und machte den Fernseher lauter.

»Ladys und Gentlemen, bitte …« Die Reporterin kauerte noch immer am Boden und versuchte, sich vor der Horde der fliehenden Zuschauer zu schützen. Das Bild wechselte zu den entgeisterten Gesichtern der Nachrichtensprecher im Studio, aber nur einen Moment lang, ehe der Bildschirm schwarz wurde und Worte in Fettschrift dort erschienen.

NOTFALL-MELDESYSTEM
DIE REGIERUNG DER VEREINIGTEN STAATEN
HAT EINE NOTFALLMELDUNG HERAUSGEGEBEN
SCHALTEN SIE IHREN FERNSEHER NICHT AUS
WICHTIGE INFORMATIONEN IN KÜRZE

Doch die Botschaft blieb auf dem Bildschirm stehen, und das Einzige, was folgte, waren die leisen Sirenentöne der Notfallmeldung, die, die wir Tausende Male gehört hatten, als sie die Probedurchläufe im Radio und im Fernsehen gemacht hatten.

Ein gedämpfter Knall war zu hören, der von irgendwo über uns kam, fast unhörbar durch den Lärm panischer Stimmen im Atrium und der jaulenden Fernseher. Zwei, drei, vier, alle in schneller Folge, wie das Feuerwerk am 4. Juli, das wir uns früher zu Hause immer vom Garten aus angesehen hatten. Sie waren zu weit weg, um einem richtig Angst zu machen. Einen Moment lang überlegte ich, ob das wirklich ein Feuerwerk war. Waren die Menschen wirklich krass genug drauf, Präsident Grays augenscheinliches Ableben bereits zu feiern?

All das wurde von dem überwältigenden Geräusch fließenden Wassers fortgespült – nein, es war mehr statisches Rauschen. Eine gewaltige Geräuschwoge, Knacken, Knistern, Zischen, wie ein anrollender Hurrikan.

Und dann verstummte alles mit einem leisen, mechanischen Jaulen – wie ein Tier es von sich gibt, wenn es seinen letzten Atemzug tut. Das Licht, die Fernseher, die Klimaanlage, alles ging aus, tauchte uns von Neuem in die undurchdringliche Finsternis, die wir gerade verlassen hatten.

Hätte Jude nicht noch immer meinen Arm umklammert, hätte ich ihn nie auffangen können, als er zu Boden taumelte.

»Hey«, begann ich.

Vida war augenblicklich da und half mir, ihn wieder auf seinen Platz zu hieven.

»Es … Irgendwas ist passiert.«

Die Agenten um uns herum knackten Glowsticks und erleuchteten den Raum so ein wenig. Ich konnte seine Hände sehen, die er in sein Haar krallte. Auf seinem Gesicht lag ein Ausdruck der Benommenheit, fast wie betrunken. »Irgendwas Schlimmes.«

»Was meinst du?«, fragte ich und ließ Chubs heran, damit er ihn sich ansehen konnte.

Seine Augen blickten immer noch ein wenig unstet. »Es

war ein großer … ein großes Aufleuchten. Wie eine Leuchtkugel, und dann war es weg. Alles ist so still … Niemand redete mehr.«

Ich suchte den Raum mit dem Blick nach dem Team aus Gelben ab. Sie waren genauso benommen, hingen schlaff da und reagierten nicht auf die Versuche der anderen Kids, sie auf die Beine zu kriegen. Im schwachen, verblassenden Schein der Glowsticks konnte ich ihre Gesichter sehen.

»Was zum Teufel ist denn jetzt?«, hörte ich Chubs fragen. »Wieder Stromsperre?«

Ich bedeutete ihm, still zu sein, und versuchte zuzuhören, wie ein Agent Cole rasch die Lage schilderte, während sie wieder auf uns zukamen. »Der Generator läuft noch, keine Handy- oder Funkverbindungen möglich. Die Kameras oben auf der Straße sind aus. Bennett versucht, sie wieder in Gang zu bringen.«

»Vergiss es«, meinte Cole. »Die sind wahrscheinlich verschmort.«

Verschmort? Aber das hieße ja …

Es war ein zu großer Zufall, dass der Strom ausgerechnet in diesem Moment ausgefallen sein sollte. Doch was Cole andeutete, war, dass jemand am Stromnetz von Los Angeles herummanipuliert hatte – er glaubte, dass irgendjemand jedes einzelne elektrische Gerät in der ganzen Stadt lahmgelegt hatte.

»Du glaubst, das war so eine Art elektromagnetischer Impuls?«, hakte ein anderer Agent nach.

»Ich glaube, wir sollten unsere Ärsche lieber hier wegschaffen, bevor wir es herausfinden.« Cole legte die Hände um den Mund und überbrüllte das panische Geflüster. »Okay, ich weiß, so was habt ihr geübt. Nehmt aus diesem Raum mit, was ihr tragen könnt, und geht auf kürzestem Weg zum Loch. Sonst nichts. Bleibt in euren Reihen. Die Evakuierung beginnt *jetzt*!«

Vida zog Jude an ihre Seite und überließ es mir, Nico von seinem Platz hochzuzerren.

»Das könnte doch bloß wieder ein Stromausfall sein«, protestierte ein Agent. »Das kann doch nichts mit dem Attentat zu tun haben. Am besten gehen wir zu Ebene drei runter und sitzen das Ganze aus.«

»Wenn das ein Angriff ist«, warf ein anderer ein, »dann wäre es am sichersten hierzubleiben.«

»Am sichersten sind wir draußen.«

Drei laute Klopfgeräusche ertönten, als stünde jemand genau über uns und bäte höflich darum, hereingelassen zu werden. Ich weiß nicht, warum ich das tat, aber ich riss Nico zu Boden, und einen Augenblick später merkte ich, wie Vida neben mir dasselbe mit Jude machte.

»Deckung!«, schrie jemand, doch die Welt verschwand in einem weiß glühenden Lichtblitz.

Und dann ließ sie Feuer auf unsere Köpfe herabregnen.

31. Kapitel

Ich spürte die Schmerzen nicht sofort, nur den schweren Druck gegen mein Rückgrat.

Nico schrie meinen Namen, als ich in völliger Finsternis zu mir kam, hielt mich an den Schultern gepackt. Es folgte ein einziger, wundervoller Moment, in dem mein Gehirn noch in Trümmern lag und ich das, was ich sah, roch und fühlte, nicht mit der Realität dessen in Verbindung bringen konnte, was gerade passiert war. Alles wurde durch Dunkelheit gefiltert.

»Nein! Erst muss ich sie finden!«

»Verdammt noch mal, Liam, jetzt mach schon!«, brüllte Cole. »Geh mit den anderen!«

»Sie sind hier«, hörte ich Vida sagen. »Fass mal mit an.«

Das Gewicht, das mich auf Nico drückte, hob sich, und rauchige, staubige Luft flutete in meine Lunge. Ich hustete, und meine Hand rutschte über den Boden, bis sie etwas fand, das sich wie ein Glowstick anfühlte.

Es war kein Glowstick. Es war irgendjemandes Finger, und er war nicht mehr an seinem Körper befestigt.

Ich wurde hochgezerrt, auf die Beine gestellt und festgehalten, bis meine Knie wieder stabil waren. »Alle …«, fing ich an.

»Bunkerbrecher«, sagte Vida. »Wir müssen weg.«

»Jude?«

»Ich bin hier«, sagte er. »Ich kann dich nicht sehen, aber ich bin hier.«

»Alle sind hier, wir sind alle okay«, fuhr Chubs dazwischen. »Sag uns, wo wir hinmüssen.«

»Nach unten.« Ich hustete mir die dicke Staubschicht aus der Kehle und von der Zunge. Meine Augen passten sich jetzt an die Lichtverhältnisse an, und mir wurde klar, dass der trübe orangerote Schein, der uns umgab, nicht von den Glowsticks kam, sondern von den Bränden, die durch die Explosionen entstanden waren. Alles andere stürzte mit der Wucht eines Kopfschusses auf mich ein: Kabel hingen von der teilweise eingestürzten Decke herab, neben Stücken der Decke selbst. Und das Geräusch fernen Donners – es war immer noch da, lauter jetzt, feuerte in einem hämmernden Takt.

Sie bombardieren die Stadt. Es spielte keine Rolle, wer »sie« waren, nicht in diesem Moment. Ich wischte an dem glitschigen Nässeschwall herum, der mir am Unterkiefer herablief und schaute zu Nico hinüber, ob er okay war. Er und Jude kauerten dicht nebeneinander, die Arme umeinandergeschlungen.

Dann drehte ich mich auf der Stelle und zählte dabei durch. Chubs stand da und sah zu, wie die dunklen Gestalten der Agenten und der Kids durch den westlichen Ausgang hinaushumpelten. Liam mühte sich ab, zu uns zu kommen, und stemmte sich gegen Cole, der versuchte, ihn hinter den anderen in die Reihe zu drängen. Und Vida – sie starrte die reglosen Leiber an, die auf dem Boden verstreut lagen, manche halb unter Trümmern begraben, wo die Decke völlig eingestürzt war. Der ganze Raum roch nach verbranntem Fleisch und Rauch. Turnschuhe und Stiefel lagen herum, von blutigen, regungslosen Füßen gerissen.

»Wir können sie doch nicht hierlassen!«, rief Jude und wollte nach Sarah greifen, einer der Blauen. Sarah starrte zu ihm empor, die Brust von einem Dachträger eingedrückt, der auf sie gefallen war. »Wir … Das ist doch nicht richtig, wir können sie doch nicht hier unten liegen lassen! Bitte!«

»Wir müssen«, sagte ich. »Komm.«

Seit ich bei der League war, hatten wir insgesamt zwei Evakuierungsdrills durchgeführt und dabei beide Male verschiedene Ausgänge aus dem HQ benutzt. Einmal durch den Fahrstuhlschacht und den Tunnel, so, wie wir normalerweise hereinkommen würden. Der andere war eine enorme Wendeltreppe, die sich ein kurzes Stück von der Fabrik entfernt, die als unsere Tarnung dienen sollte, zur Erdoberfläche hinaufwand. Beides war jetzt keine Option. Um das zu sehen, brauchte ich Cole nur ins Gesicht zu schauen.

»Vorwärts, vorwärts, vorwärts«, drängte er uns, schubste jeden Jugendlichen und jeden Agenten durch die Tür. »Runter zu Ebene drei, wir gehen auf demselben Weg raus, auf dem wir reingekommen sind. Folgt Agent Kalb!«

Ich versuchte, die anderen zu zählen, als sie vorbeikamen, doch es war zu dunkel, und der Rauch war zu dicht. Das ganze Gebäude erbebte, sodass ich vorwärtstaumelte, auf Liam zu, der bei der Tür wartete.

»Alles in Ordnung?«, stieß er in einem heftigen Atemschwall hervor. »Er hat mich gepackt, ich wollte nicht gehen.«

Cole nahm ihn am Kragen und zerrte ihn vor uns in den Flur hinaus. Es war eindeutig zu erkennen, dass sie genau auf die Gebäudemitte gezielt hatten. Wir stolperten in einer Reihe hinterher, versuchten, uns zwischen den brennenden Betontrümmern und den geplatzten Leitungen hindurchzuwinden, aus denen Dampf zischte und fauchte. Trotzdem, es war ein kleines Wunder, dass der Flur nicht genauso viel abbekommen hatte wie das Atrium.

Das Treppenhaus zur zweiten Ebene hinunter war ebenfalls voller Rauch und Dampf. Mein Hemd war schweißgetränkt.

Ich wollte schon meine Jacke ausziehen und tastete automatisch nach dem USB-Stick, der nicht da war.

Cate, dachte ich. *Wo ist Cate? Was ist mit Cate passiert?*

Dann wurde ich vom nächsten Einschlag vorwärtsgeschleudert, gegen Liams Rücken. Einer der Jugendlichen vor uns schrie auf, doch alles, was ich hören konnte, war Jude, der hinter mir wieder und wieder flüsterte: »O mein Gott, o mein Gott.« Ich weiß nicht, was für Bilder er im Kopf hatte, doch wenn sie auch nur die leiseste Ähnlichkeit mit dem hatten, was ich mir vorstellte, nämlich unter zehn Tonnen Beton und Dreck zerquetscht zu werden, wunderte es mich, dass er überhaupt funktionieren, geschweige denn sich vorwärtsbewegen konnte.

Die Reihe wurde langsamer, als wir die zweite Ebene erreichten, staute sich wegen irgendeines Problems, das wir nicht sehen konnten. Ich schob mich um Liam herum und bekam Cole zu fassen.

»Was ist mit den Leuten auf der Krankenstation?«

»Wenn sie nicht aufstehen und selbst rausgehen konnten, tun wir es nicht für sie«, antwortete Cole. Sein Tonfall hatte etwas Endgültiges.

»Und Clancy?«, fragte ich, obgleich ein Teil von mir die Antwort bereits kannte. »Haben sie ihn rausgelassen?«

»Es war keine Zeit, das Stockwerk zu räumen«, erwiderte Cole.

Ich schaute über die Schulter nach hinten und wünschte, ich könnte im Dunkeln Liams Gesicht sehen. Stattdessen fühlte ich ihn, seine Hände um meine Taille, die mich sanft vorwärtsschoben. Dann seine Stimme in meinem Ohr: »Was würde er tun, wenn es um dich ginge? Oder um mich?«

Das machte es mir nicht leichter, die Galle in meiner Kehle wieder hinunterzuwürgen. Jemanden als Gefangenen hier hereinzuschleppen war eine Sache, ihn höchstwahrscheinlich zum sicheren Tod zu verurteilen war etwas ganz anderes.

»Willst du mich verdammt noch mal verarschen?«, fauchte Vida, während sie und Chubs den in Panik um sich schlagenden Nico packten und ihn weiterschoben. Ich konnte Judes bleiches Gesicht hinter ihnen erkennen; entsetzt sah er ihnen zu.

»Ich hole ihn!«, schrie Nico. »Ich kann ihn holen!«

»Nein!«, rief Jude. »Wir müssen zusammenbleiben!«

Das Nachbeben der nächsten Explosion riss uns alle auf die Knie. Ich stieß mir den Kopf an der Wand; Punkte barsten vor meinen Augen. Mühsam rappelte ich mich auf, und dann rannten wir alle die Stufen hinunter, durch den dunklen Flur, sprangen in den Verhörblock hinunter. Ganze Abschnitte der Wand zu meiner Rechten waren bereits teilweise zusammengebrochen.

»Bleib hinter mir«, sagte Cole und schaute sich nach mir um. »Komm mit, wir müssen nach vorn.«

Er schaffte es, sich durch die Reihe zu schlängeln, doch alles staute sich, als wir die Tür zum Tunnel erreichten. Ich konnte mir nur vorstellen, wie die anderen reagiert hätten, wenn wir sechs versucht hätten, uns vorzudrängeln und ihm zu folgen. Endlich waren wir nahe genug, um zu sehen, was das Problem war. Auf der anderen Seite der Tür musste jeder vorsichtig über die Röhren und die Trümmer klettern, die sich von der Tunneldecke gelöst hatten

Das Blut hämmerte heftig in meinem Kopf, doch meine Glieder fühlten sich vor Panik ganz hohl an, während wir warteten und warteten und warteten, bis wir an die Reihe kamen. Liam wippte auf den Fußballen, als mache er sich bereit, jeden Moment loszusprinten.

Als wir an der Tür waren, blieb ich stehen und trat zur Seite, um die anderen vorgehen zu lassen, doch davon wollte Liam nichts wissen. Er hob mich mehr oder weniger über den Schutt hinweg, dann kletterte er selbst hinüber; sein Körper war die Wand, die verhinderte, dass ich kehrtmachte.

Ich hörte Vida hinter mir fluchen und dann Chubs' angestrengtes Ächzen. Der Tunnel fühlte sich heiß und feucht an, nachdem so viele Leiber dort hineingepfercht worden waren. Die Explosionen über uns hatten Teile der Röhre einstürzen lassen, wodurch unser Vorwärtskommen abermals verlangsamt wurde; was früher ein simpler Weg gewesen war, war zu einem Hindernisparcours geworden.

Ich fühlte die donnernden Vibrationen, noch ehe das Krachen uns erreichte, jedes lauter als das vorherige. Vida brüllte uns irgendetwas zu, das ich durch die brutale Lärmwelle hindurch nicht hören konnte, die darauf folgte. Mein Magen, mein Herz, alles in mir schien abzustürzen, als hätte der Tunnel unter mir nachgegeben. Die Sekunden verstrichen halb so schnell wie sonst, ließen mir gerade genug Zeit, mich von der Explosion abzuwenden, die durch die Tür barst, durch die wir gerade gekommen waren.

Wir warfen uns zu Boden, als ein Schwall aus grauem Staub, Betonbrocken und Glasscherben aus der Türöffnung geschossen kam. Der Tunnel bebte so sehr, dass ich sicher war, er würde einstürzen. Die Kids, die Agenten, alles schrie jetzt durcheinander, doch ich hörte Coles Stimme, die alle übertönte: »Weiter, weiter, weiter!«

Aber ich konnte nicht, ich schaffte es nur, mich auf die Knie hochzustemmen, mich an der Wand hochzuziehen. Ich konnte Vida und Chubs reden, sich über die Dunkelheit beklagen hören, dass sie einander gar nicht sehen könnten.

»Das war das HQ«, flüsterte ich. »Ist es eingestürzt?«

»Ich glaube schon«, antwortete Liam.

»Da hinten ist der Tunnel vollständig blockiert«, rief Chubs hustend nach vorn. Die Kids vor uns gaben die Nachricht nach vorn weiter. Wir hörten den Schock und die tränenerstickten Antworten bis ganz ans Ende der Herde.

Die Agenten, die Kids, die Leichen, die wir hatten zurücklassen müssen, deren Angehörige niemals erfahren würden, was ihnen zugestoßen war, die keine Chance gehabt hatten zu entkommen, die sich vielleicht noch ans Leben geklammert hatten, als …

Das Schluchzen blieb mir im Hals stecken, und ich konnte es nicht weghusten. Ich weinte nicht, doch mein ganzer Körper zitterte heftig, so sehr, dass Liam von hinten die Arme um mich schlang. Ich spürte, wie sein Herz an meinem Rücken raste, fühlte sein Gesicht, als er es in meinen Nacken presste.

Er war fest und real und hier; wir alle, am Leben. *Am Leben, am Leben, am Leben.* Wir waren hinausgekommen. Aber trotzdem, ich sah es die ganze Zeit vor mir, wie die Decke eingestürzt sein musste, die fallenden Glassplitter, der Boden, der plötzlich nicht mehr da war, die jäh herabsinkende Dunkelheit.

Konzentrier dich, befahl ich mir. *Hinter dir sind immer noch andere. Du bist noch nicht draußen. Lass nicht zu, dass es dich auch erwischt. Liam, Chubs, Vida und Jude. Liam, Chubs, Vida und Jude.*

»Schön atmen, einfach nur atmen«, sagte Liam, und seine Stimme zitterte.

Das stetige Muster des Ganzen, das Heben und Senken seiner Brust neben mir, war so beruhigend, dass sich mein Griff um seine Mitte lockerte. Er drückte die Lippen auf meine Stirn, mehr aus Erleichterung als aus irgendeinem anderen Grund, glaube ich.

»Wir sind okay«, stammelte ich. »Wir sind okay. Geht einfach weiter.«

Mein Verstand fing die Worte auf und trug sie vorwärts in

die Finsternis. *Geht einfach weiter.* Je länger wir marschierten, desto schwerer wurde es, meine Furcht, meinen Zorn und meine Gewissensbisse voneinander zu unterscheiden. Sie waren eine aufgedunsene Masse in meiner Brust, ein Geschwür. Vor uns lachte oder weinte jemand; es klang so enthemmt, dass ich nicht wusste, was es war.

Die größte Angst, die, die mein Herz hartnäckig ganz unten in meinem Hals schlagen und meine Knie vorwärtsrutschen ließ, während der Beton sich um meine Schultern krallte, war zu wissen, dass das Ganze jeden Moment auf uns herabstürzen konnte.

Atmen.

Endlich erreichten wir einen Teil des Tunnels, der unbeschädigt war und wo wir aufstehen und aufrecht stehen konnten. Sich so fortzubewegen fühlte sich besser an, als wäre das ein Zeichen, dass wir es beinahe geschafft hatten. Doch es war noch immer so unglaublich dunkel. Egal, wie oft ich versuchte, nach hinten zu blicken, außer dem vagen Umriss von Liams Gesicht konnte ich nichts erkennen.

Geht weiter – Kopf runter, Arme angelegt, nur vorwärts, vorwärts, vorwärts, so schnell ich die Füße bewegen konnte. Jegliches Zeitgefühl kam mir abhanden. Fünf Minuten vergingen, zehn Minuten vielleicht. Fünfzehn. Der Modergeruch wurde zu einem Mordsgestank, als der Abflusskanal abermals enger wurde. Ich hielt die Hände neben mir, ließ sie an dem glatten, triefenden Beton entlangstreichen. Liam gab ein ersticktes Ächzen von sich, als er sich den Kopf an der immer niedrigeren Decke stieß, und gleich darauf musste ich mich ducken.

Das stehende Wasser war dickflüssig und stank nach Fäulnis und Schimmel. Ich hörte, wie jemand zu würgen begann, und es war wie immer – sobald einer anfing, drehte sich auch allen anderen der Magen um.

Blindlings wischte ich mir im Gesicht herum, versuchte, das Haar wegzustreichen, das mir in dicken Strähnen an Wangen und Hals klebte. Das Ersticken schlich sich klammheimlich an mich heran – die dicke, klebrige Luft schien zu verschwinden, die Tunnel wurden immer enger, und ich konnte nichts sehen, verdammt noch mal überhaupt nichts.

Wir werden hier unten nicht abkratzen. Wir würden nicht einfach verschwinden.

Ich versuchte, mich weiter auf das rhythmische, langsame Schlurfen auf dem Beton zu konzentrieren, und darauf, wie das Wasser ebenso zurückzuweichen schien wie die Decke. Wie war es möglich, dass der Tunnel sich beim Rausgehen so anders anfühlte als beim Reinkommen? Ich merkte, wie er wieder breiter wurde, sich senkte; vielleicht gewöhnten sich ja meine Augen allmählich an die Dunkelheit, doch ich hätte schwören können, dass es heller wurde.

Das bildete ich mir *nicht* nur ein. Die Veränderung war zuerst kaum merklich gewesen, die Andeutung eines Lichtscheins. Jetzt jedoch war es hell genug, dass ich Liams verblüfftes Gesicht sehen konnte, als er sich mir zuwandte. Der Tunnel füllte sich mit Lauten der Erleichterung. Ich stellte mich auf die Zehenspitzen, versuchte, über die Köpfe vor mir hinwegzusehen. Ein winziger Lichtpunkt starrte uns den langen Tunnel hinunter entgegen, und mit jedem Schritt wurde er ein ganz kleines bisschen größer. Ein plötzlicher Energieschub erfasste meine Beine, bewegte sie schneller und schneller und schneller, bis ich die Leiter sehen konnte, die Gestalten, die aus der lähmenden Dunkelheit ins Licht hinaufstiegen.

Lange gab es außerhalb des Rauchs gar nichts. Als graubrauner Vorhang hing er um uns herum, nur von der sinkenden Sonne erwärmt. Der Dreck, der von den Bomben aufgewirbelt worden war, hatte sich noch immer nicht wieder gesetzt. Er schwebte durch die offene Tür, feiner, zermahlener Beton, der hochwirbelte, wenn wir ihn in Bewegung versetzten. Meine Arme zitterten, als ich die Leiter hinaufkletterte. Cole wartete am Tunneleingang auf uns; er packte meinen Arm und zog mich heraus, ehe er sich wieder umdrehte, um Liam hochzuzerren.

»Verdammt noch mal, du dämlicher Bengel!«, rief er und schüttelte ihn. Seine Stimme war heiser, und er schien an jedem einzelnen Wort fast zu ersticken. »Du hast mir eine Scheißangst eingejagt! Wenn ich sage, bleib hinter mir, dann meine ich *bleib hinten*. Warum bist du nicht einfach abgehauen, als ich es dir gesagt habe? Warum *hörst* du nicht auf mich?«

Er schlang Liam die Arme um die Schultern, und dieser ließ es in seiner Erschöpfung und Erleichterung geschehen. Ich konnte nicht verstehen, was sie zueinander sagten, als sie dort vor dem Eingang standen, aber Vidas Rufe, »Ein paar von uns wollen hier immer noch raus, ihr Arschlöcher!«, machte diesem Moment ein Ende.

Ein anderer Agent lotste uns die Böschung des Los Angeles River hinunter, dorthin, wo die anderen unter der Mitte der Brücke kauerten. Ich zog mir das Hemd über Mund und Nase hoch, um das Zeug nicht einzuatmen, doch der kreidige Geschmack war bereits in meiner Kehle. Ich hatte das Gift des Tages bereits geschluckt, ließ es sich mit dem Rauch und der Galle vermengen.

Der Anblick von Los Angeles und dem Lagerhausviertel war für uns alle zu viel, als dass wir es hätten begreifen können. Niemand war gewillt, sich umzudrehen und der Zerstörung in der Ferne gegenüberzutreten. Wir wussten alle, dass die Stadt angegriffen worden war, doch die brennenden Wolkenkratzer tatsächlich am Horizont zu sehen, den schwarzen Rauch herausquellen und in den wolkenlosen blauen Himmel steigen zu sehen, war widerwärtig.

Liam und ich setzten uns ein kleines Stück von den anderen Kids entfernt hin, die weinten und einander umschlungen hielten. Für mich war es genug, dass er neben mir saß, dass sich seine Schulter gegen meine drückte. Ich sah zu, wie die Tränen ihnen über die Gesichter strömten, und ich wünschte, ich hätte mir auch gestatten können zusammenzubrechen – die verschlungene Masse der Todesangst hinauszuweinen, die noch immer in mir waberte.

Hier draußen jedoch war ich vor Erschöpfung ganz taub. Der Anblick von alltäglichen Gegenständen, die ganz in der Nähe im Flussbett verstreut lagen, brachte die Gedanken zur Ruhe, die durch meinen Kopf jagten. Der Staub bedeckte Autos zentimeter- und den Boden halbmeterhoch. Er gab unter uns nach wie Spielplatzsand. Wir waren kilometerweit von der Innenstadt entfernt, doch wir fanden Papiere, einen Bürostuhl, Sonnenbrillen, Aktentaschen und Schuhe, die fallen gelassen und vergessen oder aus zerstörten Gebäuden in der Nähe geschleudert worden waren. Der Luftangriff hatte One Wilshire, den alten Wolkenkratzer, der die Federal Coalition beherbergte, als brennende schwarze Hülse zurückgelassen. Ich hatte das Gebäude gesehen, bloß eine Sekunde lang, wie es schwarzen Rauch ausstieß und ganze Straßenblocks dunkel färbte.

Und alles, was Liam sagen konnte, wieder und wieder, war: »Verdammt.«

Ich holte tief Atem, um mich zu fassen. Aus dem Augenwinkel sah ich Jude ein Stück von der Brücke entfernt dastehen, die Augen geschlossen, das Gesicht dem Stückchen Sonne zugekehrt, das durch den Rauch gebrochen war. Ich brachte es nicht über mich aufzustehen, doch ich tat so, als wäre ich auch dort. Legte den Kopf nach hinten, ließ die Wärme meine klebrigen, nassen Haarsträhnen trocknen. Tat so, als wären wir irgendwo weit weg von hier.

Liam stand auf, als Chubs und Vida auf uns zukamen, die dunkle Haut mit silbrigem Staub bedeckt. Er hakte einen Arm um den Hals seines Freundes und zog ihn dorthin, wo ich wartete.

»Wir haben Cole mit einem von den anderen Agenten reden hören, die als Erste aus dem Tunnel gekommen sind. Sie haben gesagt, jedes Auto und jedes Telefon, das sie gefunden hätten, wäre tot. Cole glaubt, es war wirklich ein elektromagnetischer Impuls. Wir haben's nur nicht mitgekriegt, weil wir so tief unter der Erde waren.«

Das war einer der Gründe, warum Alban darauf bestanden hatte, das HQ so tief unter der Erde zu bauen, als Schutz vor so etwas. Wenn Cole recht hatte und sie einen EMP ausgelöst hatten, dann passte alles genauso zusammen, wie Alban es vorhergesagt hatte. Die Detonation hatte das Kraftwerk lahmgelegt, das das HQ mit Strom versorgte, doch der Generator war angesprungen, zumindest eine Zeit lang.

Ich konnte es nicht fassen, dass Gray – oder wer auch immer da das Sagen hatte – so weit gegangen war, dass er jedes Fahrzeug, jeden Computer und jeden Fernseher plattgemacht und dafür gesorgt hatte, dass er vollkommen hilflos war. Wehrlos.

»Wir können Cate nicht erreichen«, sagte Vida.

»Ihr ist schon nichts passiert«, meinte ich und hoffte, dass es nicht so hoffnungslos klang, wie mir zumute war. *Der USB-Stick. Cate hat doch noch den USB-Stick.* Und wenn Cate etwas zugestoßen war, dann …

»Die Stadt?«

»Da wimmelt es anscheinend vor Soldaten«, sagte Chubs. »Das ist nicht gut.«

»Eine richtige Invasion«, stellte Vida fest und ließ sich neben mir zu Boden sacken. Sie zeigte auf Nico, der an der Tür zum Tunnel stand. Er starrte hinunter, als würde er darauf warten, dass noch eine letzte Person herauskäme.

Ich rieb mir mit beiden Händen das Gesicht und versuchte, das Bild von Clancy Gray zu vertreiben, eingesperrt im Finstern. *Da gehört er hin*, meldete sich die erbarmungslose Stimme in meinem Verstand. Er war doch der einzige Grund, warum wir überhaupt hergekommen waren – er hatte gelogen und unser aller Leben riskiert, und wozu? Damit er irgendeinen bescheuerten Mama-Komplex auf die Reihe kriegen konnte?

Ich wollte nicht an die Toten denken, also konzentrierte ich mich auf die Lebenden, auf die Menschen um mich herum, auf die seltene Güte, die uns das Leben erwiesen hatte, indem es uns da herausgeholt hatte, bevor das ganze Gebäude zusammenstürzte. Noch kam mir das Ganze nicht real vor, diese Kids jedoch waren Wirklichkeit. Liam hatte den Kopf zu seinem besten Freund hinübergebeugt und flüsterte: »Wir bleiben bei ihnen, bis wir wissen, wie wir aus der Stadt rauskommen.« Chubs nickte und bemühte sich sichtlich, nicht loszuheulen. Vida lag auf dem Rücken, die Hände auf dem Bauch, fühlte, wie er sich bei jedem tiefen Atemzug hob und senkte.

Und Jude …

Ich drehte mich nach rechts, suchte in den Kreisen der Jugendlichen. Und da war er. Der dunkle Lockenkopf, nach dem ich Ausschau hielt, ging gerade weg und plapperte aufgeregt mit irgendeinem anderen Jungen. Wo zum Teufel wollte er denn hin? Er neigte den Kopf in unsere Richtung und war …

Gar nicht Jude.

Wie war ich denn darauf gekommen? Der Junge da, der sah doch überhaupt nicht aus wie er – das war einer von den Grünen; er war einen guten Kopf kleiner als Jude. Warum hatte ich geglaubt, das wäre er? Ich hatte einen kurzen Blick auf sein

Haar geworfen, und es war, als hätte mein Verstand das Gedächtnis nicht miteinbezogen.

Warum dachte ich so etwas?

Jeder Muskel meines Körpers, jedes Gelenk, jedes Band erstarrte zu Stein. Wieder zitterte ich unter der Anstrengung, mich zu bewegen, mich ein letztes Mal herumzudrehen. Ich versuchte, nach ihm zu rufen, doch es kam als eine Art Keuchen hervor. Heftig presste ich die Hand ganz unten an meinen Hals, versuchte, den Albtraum zu lösen, den ich gerade verschluckt hatte.

»Ruby?«, fragte Chubs. »Was ist denn?«

»Was?« Liam drehte sich zu mir um. »Was ist los?«

»Wo …«, begann ich. »Wo ist Jude?«

Die Jungen wechselten einen Blick, dann wandten sie sich ihrerseits um, um unter den Kids Ausschau zu halten.

»Jude!«, rief Vida und blickte sich um. »Judith! Das ist nicht witzig!«

Ich sah sein Gesicht nicht unter den Jugendlichen, die um uns herumsaßen, und die Agenten sorgten dafür, dass jetzt niemand den Schutz der Brücke verließ. Gesichter wandten sich uns zu, einschließlich das von Cole.

»Er ist doch mit runtergekommen, nicht wahr?«, stieß ich hervor, und meine Stimme war ganz hoch vor Panik. »Er war doch hinten bei euch, oder?«

O mein Gott.

Vidas Brauen zogen sich ruckartig zusammen. Irgendein finsterer Gedanke huschte über ihr Gesicht.

»Vida!« Ich packte sie vorn am Sweatshirt. »Wann hast du das letzte Mal mit ihm gesprochen? Wann hast du ihn zum letzten Mal gesehen?«

»Ich weiß nicht!«, rief sie und stieß mich weg. »Ich weiß es nicht, okay? Es war so dunkel.«

Ich rannte los, drängte mich an Vida vorbei, um zum Tunneleingang oben an der Böschung zu kommen. Nico schaute zu mir hoch, und endlich begriff ich, dass er auf Jude wartete, nicht auf Clancy.

»Ruby«, setzte er an. »Wo ist er denn?«

»Halt«, sagte Cole und hielt mich am Ellenbogen fest. Ich wehrte mich, versuchte, mich ihm zu entwinden. Jude war dort unten. Er war da unten. Und der letzte Ort, an dem ich Jude allein lassen würde, war im Dunkeln.

»Du warst doch hinten, oder?«, fuhr er fort. »Ich hab einen von den Agenten runtergeschickt, um sicherzustellen, dass wir niemanden zurückgelassen haben. Er hat gesagt, das ganze Gebäude muss eingekracht sein …«

»Halt den Mund!« Liam zog mich von Cole weg. »Chubs und ich gehen runter, okay? Bestimmt ist er nur von der Gruppe getrennt worden.«

»Auf gar keinen Fall lasse ich dich noch mal da rein«, verwahrte sich Cole. »Wenn du auch nur einen Schritt näher rangehst, schlag ich dich k. o.«

Liam achtete nicht auf ihn.

»Er könnte sich vielleicht den Fuß verstaucht haben, oder er ist ausgerutscht und hat sich den Kopf angeschlagen«, meinte Chubs, doch er sah elend aus. »Vielleicht ist er einfach im Schutt stecken geblieben …«

»Nein!«, fauchte ich. »Er ist mein …«

»Ruby, ich weiß, okay?«, sagte Liam. »Aber du und Cole und die anderen, ihr müsst euch was ausdenken, wie wir hier rauskommen, und zwar schnell. Lass uns wenigstens das hier für dich tun.«

»Das ist meine Sache«, beharrte ich. »*Ich* bin die Anführerin.«

»Meine Anführerin bist du nicht«, erwiderte er leise. »Weißt du noch? Es geht schneller, wenn Chubs und ich gehen. Wir sind wieder da, bevor du überhaupt mitkriegst, dass wir weg waren. Du und die anderen müsst überlegen, wie ihr uns hier rauskriegt.«

Ich schüttelte den Kopf.

Cole gab einen scharfen, zornigen Laut von sich und klatschte seinem Bruder einen Glowstick gegen die Brust. »Ihr habt eine Stunde, nicht mehr. Dann gehen wir ohne euch.«

Liam warf Chubs einen raschen Blick zu und deutete mit dem Kopf auf den wartenden Eingang.

32. Kapitel

Sie kamen nicht in einer Stunde zurück, und auch nicht in zwei.

Ich versuchte zu schätzen, wie lange wir beim ersten Mal durch den Tunnel gebraucht hatten – das war doch nur wie lange gewesen, eine halbe Stunde? Länger? Es hatte sich wie eine Ewigkeit angefühlt.

Vida und ich saßen zu beiden Seiten des Eingangs, den Rücken an die Wand gelehnt. Sie hatte die Arme vor der Brust verschränkt und die Beine ausgestreckt. Alle paar Minuten bohrten sich ihre Finger in ihre Oberarme, und sie fing an, nervös mit dem Fuß zu wippen.

Cole und die anderen stritten sich zum dritten Mal darüber, die Gruppe aufzuteilen. Die meisten Kids waren eingeschlafen, egal, wie sehr sie dagegen angekämpft hatten. Sie lagen zusammengerollt im Schatten oder lehnten Rücken an Rücken. Hin und wieder trug eine Brise Judes gewisperten Namen herbei, im selben Atemzug ausgesprochen wie die Namen derer, die bei der ersten Explosion ums Leben gekommen waren.

Acht, binnen eines Augenblicks ausgelöscht. Fast die Hälfte unserer Gruppe.

Ich hörte die Schritte als Erste und stemmte mich vom Boden hoch. Vida blieb genauso sitzen wie vorher und behielt für sich, was immer ihr durch den Kopf schoss. Mit zusammengekniffenen Augen spähte ich dorthin, um den Ursprung der Bewegungen auszumachen. Anhand der undeutlichen, schattenhaften Umrisse konnte ich sie zählen, als sie die Leiter heraufkamen. *Eins ... zwei ...*

Zwei.

Zwei.

Liam kam als Erster heraus und streckte mir ohne ein Wort der Erklärung die Hand entgegen. Ich ließ mich von ihm die Böschung hinabführen, ins Sonnenlicht und weg von den anderen. Ein einziges Mal schaute ich über die Schulter zurück und sah, wie Chubs sich neben Vida hinkauerte.

»Ich weiß schon«, hörte ich sie mit rauer Stimme sagen. »Spar dir die Mühe.«

Liam drehte mich wieder zu sich herum und hatte sichtlich Mühe, seine eigenen Emotionen zu beherrschen. Also hatten sie ihn nicht gefunden. Jetzt konnte ich es versuchen. Ich kannte Jude doch besser als sie. Unter der Stadt gab es bestimmt kilometerlange Tunnel, und mir würde es leichter fallen zu erraten ...

Er drehte meine Hand nach oben und drückte etwas Glattes hinein. Seine Augen waren von so hellem Blau, die Iris hatte die Farbe eines ganz neuen Morgenhimmels. Als sie nach unten blickten, folgten meine ihnen. An seinem zerrissenen Hemd hinunter, über die schmutzige Haut seiner Handgelenke zu den verbogenen, verdrehten Überresten eines kleinen silbernen Kompasses.

Und es war so seltsam, wie schnell sich die Taubheit festsetzte. Wie sie jedes Wort erstickte, jeden Gedanken, bis ich vergaß, dass ich weiteratmen musste. Ich fühlte, wie sich meine Lippen im selben Moment öffneten, als meine Brust in sich zusammenzustürzen schien.

»Nein.« Meine Finger ballten sich um den Kompass, verbargen ihn vor unseren Blicken, leugneten, dass er da war. Das

Glas war vollkommen kaputt, die rote Nadel war weg, und die Wucht dessen, was ihn zerquetscht hatte, hatte ihn fast in der Mitte zusammengefaltet. *Nein.* Es war nur das eine Wort, doch es reichte, um ein Aufflammen wütenden Verleugnens zu entfachen. »*Nein!*«

»Wir sind denselben Weg zurückgegangen«, sagte Liam und hielt meine Hand fest wie ein Anker. »Bis ganz zurück zum Eingang. So weit wir konnten, bei all dem Schutt … und …«

»Nicht«, flehte ich. *Erzähl's mir nicht.*

»Ich weiß nicht …« Die Stimme versagte ihm. »Ich weiß nicht, was passiert ist. Ich hätte ihn fast gar nicht gesehen, aber da war … Ich konnte seinen Schuh sehen. Wir haben ihn gefunden, aber wir konnten nichts … Chubs konnte nichts machen. Er war schon tot, und wir haben ihn nicht rausgekriegt. Er war ganz hinten; die Explosion muss ihn erwischt haben.«

Ich warf den Kompass nach ihm, und als ihn das nicht erschütterte, als ihm das nicht wehtat, rammte ich meine Faust hinterher, drosch gegen seine Schulter. Er fing sie mit der anderen Hand ein und drückte meine beiden Hände gegen seine Brust.

Er lügt. Das war nicht möglich. Ich hatte ihn doch draußen gesehen, wie er zum Himmel hinaufgeschaut hatte. Ich hatte ihn gehört, ihn gesehen, ihn *gespürt.*

Ich merkte, wie ich nach vorn kippte, in dem Moment, bevor meine Knie nachgaben. Liam hatte mich fest genug gepackt, um zu verhindern, dass ich vornüberfiel, doch er war auch erschöpft, und es war ein Wunder, dass er uns beide aufrecht halten konnte.

»Wir müssen ihn holen«, sagte ich. »Wir können ihn doch nicht einfach … Er kann da unten nicht bleiben, er mag Dunkelheit nicht, er kommt mit Stille nicht klar, er sollte nicht allein sein müssen.«

»Ruby«, sagte Liam sanft. »Da gibt's nichts zu holen. Und ich glaube, das weißt du auch.« Heftig fuhr ich zurück, versuchte, mich gegen ihn zu stemmen, gegen die Realität. Doch dieser Energieschub verging so schnell wieder, wie er gekommen war. Die Tränen waren ganz heiß auf meinen Wangen, sie vermischten sich mit dem Schmutz, rollten über meine Lippen, tropften mir vom Kinn. Seine Hände hoben sich an meine Wangen, wischten sie weg, noch während ich seine eigenen in mein Haar tropfen fühlte.

»Ich kann … nicht«, stammelte ich, »ich kann nicht …«

Zum ersten Mal fragte ich mich, ob er deswegen nicht gewollt hatte, dass ich mitkam. Nicht weil er gedacht hatte, sie würden Jude nicht finden, sondern weil er damit gerechnet hatte, dass sie ihn fanden.

»Er war ganz allein«, weinte ich. »Es war niemand bei ihm. Bestimmt hat er solche Angst gehabt. Ich hab ihm gesagt, wir würden zusammenbleiben.«

Mein Verstand war völlig auf Judes Gesicht fixiert, darauf, wie seine Ohren vom Kopf abstanden, als passten sie nicht zum Rest seines Körpers. Was war das Letzte gewesen, das ich zu ihm gesagt hatte? Bleib dicht bei mir? Geh weiter? Und was hatte er erwidert? Alles, woran ich mich erinnern konnte, war sein blasses Gesicht im Schein von Coles gelbem Glowstick.

Folgt dem Anführer. Er war mir nach draußen gefolgt, und ich hatte ihn hierhergeführt. Ich hatte ihm das angetan.

»Lee!«, rief Chubs, dann noch einmal, lauter, als keiner von uns beiden sich rührte. Ein Flugzeug flog im Tiefflug über uns hinweg und stieß irgendeine Wolke aus, die wie rotes Gas aussah. Liam hob die Arme über unsere Köpfe, als der Wind es auf uns zuwehte und Tausende flatternde rote Zettel fallen ließ.

Die Kids und Agenten verließen den Schutz der Brücke und versuchten, eins davon einzufangen. Ich schnappte mir eines, als es an uns vorüberflog. Liam beugte sich über meine Schulter, und ich hielt es hoch, damit wir es gemeinsam lesen konnten.

Ganz oben in der Mitte der Seite waren das Präsidentensiegel, eine amerikanische Flagge und die Insignien des Verteidigungsministeriums abgebildet.

Nach dem Attentatsversuch durch einen geistesgestörten Psi-Jugendlichen ist Präsident Gray in ein nahe gelegenes Krankenhaus gebracht worden, wo Ärzte ihn untersucht haben. Da er bei dem Angriff eine kugelsichere Weste trug, hat er lediglich Quetschungen und zwei Rippenbrüche davongetragen. Nachdem er entlassen worden war, gab er folgendes Statement ab:
»Heute haben wir die Bestätigung für zwei beunruhigende Geheimdienstberichte erhalten, obgleich ich darum gebetet habe, dass es sich dabei nur um Hörensagen handeln möge. Erstens, dass die Federal Coalition und ihre Unterstützer mit der Terrororganisation Children's League unter einer Decke stecken und dass sie gemeinsam ein Programm ausgearbeitet haben, das Ihre Kinder – genau die Kinder, die sie aus den lebensrettenden Rehabilitationslagern geraubt haben – darauf konditioniert, Soldaten zu werden und mit einer Hemmungslosigkeit zu kämpfen und zu töten, die ebenso unmenschlich ist wie die Fähigkeiten, die sie besitzen. Da ich keine andere Alternative sehe, habe ich sofort einen Luftangriff auf den Sitz dieser Organisation befohlen, auf Los Angeles.
Hierbei handelt es sich um präzise Luftschläge, die darauf abzielen, die Gefahr für Zivilisten auf ein Minimum zu reduzieren. Trauern Sie nicht um diese verwerflichen Menschen. Es hat in der Geschichte der Menschheit Zeiten gegeben, da Feuer notwendig war, um eine heimtückische Infektion auszubrennen. Dies sind solche Zeiten. Dies ist die einzige Möglichkeit für uns, unsere Nation wieder aufzubauen, stärker als zuvor.«

»Das mit dem *Gott schütze Amerika* hat er vergessen«, brummte Liam und knüllte den Zettel zusammen.

Hinter uns fiel ein Schuss. Ich fuhr herum und packte Liams Arm, um ihn mit Gewalt hinter mich zu ziehen. Die Agenten hatten am anderen Ufer einen Kreis um irgendetwas gebildet – um irgendjemanden. Diejenigen, die bewaffnet waren, hatten ihre Pistolen gezückt. Zielten damit.

»Soll das ein *Witz* sein?«, hauchte Liam hinter mir. Vida rannte auf die Agentenschar zu, schneller, als dass irgendeiner von uns sie hätte einholen können, und schrie dabei vor Wut.

Ein paar der Agenten waren klug genug, aus dem Weg zu gehen, als die Blaue durch ihren Kreis brach, doch nur Cole war so dumm, sie davon abzuhalten, Clancy Gray die Kehle herauszureißen.

»Wie?«, heulte sie, als wir uns durch die Kids und Agenten zwängten und uns nach vorn durchdrängten. »Wie?«

Clancy war verdreckt – voller Abwasserschlick und Staub und Blut, das ihm die geschwollene Nase und die Augen verkrustete. Doch selbst vom Boden aus, wo sie ihn auf alle viere hinuntergestoßen hatten, schaffte er es, selbstgefällig auszusehen. Trotzig.

Zum ersten Mal fiel mir die offene Tür hinter ihm auf. Sie lag dem Ausgang, den wir genommen hatten, genau gegenüber, in einem toten Winkel hinter einer der Säulen und unter einer Schicht Graffiti verborgen.

Clancy gab ein leises, freudloses Lachen von sich. »Durch den Abfluss in der Jungendusche«, sagte er. Seine dunklen Augen begegneten den meinen. »Nachdem ich aus dem Schrank ausbrechen musste.«

»Hattest du von Anfang an vor, so rauszukommen?«, fragte ich. »Nachdem du dir in Albans Büro besorgt hättest, was du haben wolltest?«

Clancy zuckte die Achseln, unbeeindruckt von den Pistolen, die auf sein Gesicht zielten. »Von dem Ausgang hast du nichts gewusst, wie?«

»Großer Gott«, stieß einer der Agenten hervor. »Das ist … das ist wirklich der Sohn des Präsidenten?«

Clancy ist am Leben, dachte ich und drehte mich halb in Liams Seite hinein. *Und Jude nicht.* Er legte mir den Arm um den Hals und zog mich fester an sich. Das ergab doch keinen Sinn – es war nicht möglich.

»Der ist unser Ticket hier raus«, sagte ein anderer plötzlich. »Wir tauschen ihn gegen freies Geleit! Komm schon, Stewart – in der ganzen Stadt wimmelt es von Uniformen, und wir haben kein Transportmittel und keine Möglichkeit, Kontakt mit der Ranch aufzunehmen. Was für andere Trumpfkarten haben wir denn?«

»Na ja, das wird auch nicht gerade ein Spaziergang, um ihn mal eben bei unseren neuen Nachbarn abzugeben. Er ist ein Orangener, er wird eine Möglichkeit finden, sich da rauszuwinden.« Cole warf einen kurzen Blick auf Clancy und achtete nicht auf die schockierten Laute der anderen. »Also ist es vielleicht besser, ihn gleich zu erledigen und denen die Leiche zu schicken. Das wär doch mal 'ne Botschaft an den guten alten Dad. Wir finden schon einen anderen Weg aus der Stadt raus.«

Zustimmendes Gemurmel von einigen anderen war zu hören.

»Aus dieser Stadt kommt ihr nicht raus«, sagte Clancy. »Mein Vater ist kein Reaktionär, so tickt der nicht. Er hat bestimmt jede mögliche Fluchtstrategie in Betracht gezogen. Verlasst euch drauf, das hier ist das Werk von Monaten, vielleicht sogar von Jahren. Als er es satthatte, auf eine Ausrede zu warten, um den Angriff zu rechtfertigen, hat er halt selbst für eine gesorgt.«

Das war zu lächerlich, um es glauben zu können. »Du glaubst, dein Vater hat das Attentat selbst arrangiert?«

»So hätte ich das gemacht. Ich nehme doch an, er hat überlebt?«

Liams Griff um mich wurde fester, bis es fast unerträglich war. Ich zitterte von Neuem, nur diesmal war es der Zorn, der durch mich hindurchflammte. Vida und Chubs blickten beide kurz zu mir herüber, als warteten sie darauf, dass ich ihm widersprach. Ich weiß nicht, was mir mehr Angst machte: dass er nicht falschlag, oder dass dies der alte Clancy war, der, der wusste, dass er immer seinen Willen bekommen konnte.

»Ihr habt mir doch geglaubt, als ich gesagt habe, wir fangen ganz neu an, oder?« Cole wandte sich an die Jugendlichen und die Agenten, die noch immer unter der Brücke saßen und unschlüssig und versteinert aussahen. »Also, wir finden unseren eigenen Weg. Aber er kommt nicht mit.«

»Denk doch mal an all die Infos, die wir aus ihm rauskriegen könnten!«, rief eine Agentin und riss die Hände hoch. »Wir können ihn sedieren …«

»Versuch's doch mal«, forderte Clancy sie heraus. »Wirst ja sehen, wie das für euch endet.«

»Ja, du hast recht«, meinte Cole und verdrehte die Augen. »Wahrscheinlich sollten wir dich einfach kaltmachen.«

»Na, dann los.« An Clancys Zähnen war Blut, als er lächelte. »Bringt es zu Ende. Ich habe zu Ende gebracht, was ich mir vorgenommen hatte. Und ihr alle …« Er wandte sich an die zusammengedrängte Schar Kids um ihn herum; sein Blick heftete sich auf Nico. Der Junge zitterte unter der Wucht seines eindringlichen Blicks. »Ihr könnt mir alle dafür danken, dass ihr euch immer noch wehren könnt. Ich habe uns gerettet. *Ich* habe uns gerettet.«

»Was zum Teufel redest du da?« Cole verlor allmählich die

Geduld. Er sah sich rasch nach mir um, doch ich konnte den Blick nicht von Clancy Gray abwenden. Nicht als ich spürte, wie sich das erste Kribbeln einer Erkenntnis einen Weg durch den Kummer bahnte, der noch immer meinen Verstand vernebelte.

Heute Morgen war eine ganze Stadt zerstört worden, mit ihr unzählige Leben. Es würde so viele Menschen geben, die an diesem Abend nicht zu ihren Lieben nach Hause zurückkehren würden. Doch diese Mütter, Väter, Töchter, Söhne, Ehefrauen und Ehemänner würden den Nachmittag über warten und hoffen, bis weit in die Nacht hinein. Der Rauch würde in den Beton sickern, der jeden Zentimeter dieser Stadt auskleidete, und eine bereits besiegte Stadt für immer zeichnen. In zehn Jahren, in zwanzig Jahren würde es immer noch zu schrecklich sein, darüber zu sprechen, was geschehen war – über einen Morgen, den Tausende andere blendend helle, strahlende Morgen niemals aus dem Gedächtnis löschen würden. Doch als Clancy wieder etwas sagte, waren es seine Worte, die irgendwie alles veränderten.

»Das *Heilmittel* für IAAN«, fauchte er. »Das Mittel, das meine Mutter entwickelt hat, das Alban vor euch versteckt hat, weil er auf die richtige Gelegenheit gewartet hat, es zu seinem Vorteil bei meinem Vater einzutauschen.« Er wischte an dem Blut herum, das ihm aus der Nase lief, und lachte auf jene humorlose Weise. »Das Mittel, das uns unsere Kräfte genommen und uns *hilflos* gemacht hätte. Ich hab es zu Asche verbrannt, und mein Vater hat es begraben, ohne es zu wissen. Und jetzt ist ihre Erinnerung daran weg, und niemand wird je die Forschungsergebnisse in die Hand bekommen – niemand wird uns nehmen, was uns gehört.«

Ein Heilmittel. Das Wort klang wie eine Glocke in meinen Ohren, wieder und wieder. Mein Verstand konnte es nicht erfassen, konnte es nicht erkennen. Ich hatte so viele Jahre damit zugebracht, mich darauf zu trimmen, zu akzeptieren, dass so etwas unmöglich war. Mich zu zwingen, nicht mehr zu denken, dass es eine Welt hinter dem elektrischen Zaun des Lagers gab, zu glauben, dass dieses Wort in meinem Vokabular nicht mehr existierte.

Ich merkte, wie ich Anstalten machte, mich umzudrehen, um zu sehen, wie Jude reagierte – aber Jude war nicht da. Ich hatte ihn zurückgelassen. Ich hatte ihn in die Dunkelheit stürzen lassen. Und es war, als sähe ich abermals Liam und Chubs allein aus dem Tunnel steigen. Es verschlug mir den Atem.

Eines der jüngeren Kinder begann hinter mir laut zu weinen und fragte mit panischer, verwirrter Stimme: »Was? Was sagt er? Wovon redet er denn da?«

Oh, dachte ich. *O mein Gott.*

Ich hatte falschgelegen – so was von falsch. Die First Lady hatte nicht nach der Ursache der Krankheit geforscht. Sie hatte ihr Leben der Frage gewidmet, wie man ihr ein Ende machen konnte.

Ich merkte, wie ich einen Schritt auf ihn zutrat, weg von den anderen. Chubs zitterte sichtlich; er war kurz davor, unter der Last dessen, was hätte sein können, zusammenzubrechen. Ich fing Liams Blick auf, doch seine Miene war so offen, so voller Schmerz und Sehnsucht, dass ich mich abwenden musste. Ich wusste, was er sich vorstellte. In meinem Kopf standen wir auch am Strand, mit dem kristallklaren Himmel über uns und unseren wunderbaren, intakten Familien um uns herum.

Ein Heilmittel.

Alban hatte recht gehabt, als er gesagt hatte, Lillian Gray hätte sich nie von der Liebe zu ihrem Sohn blenden lassen. Sie wusste, dass Clancy seine Fähigkeiten niemals freiwillig aufgeben und dass sie ihn niemals finden würde. Nein. Er musste zu ihr kommen, angelockt von der Befriedigung, sie aufzuspüren, nachdem er so lange ausgeschlossen gewesen, nachdem ihm der Zugang zu ihr so lange verweigert worden war. Er hatte der Erste sein müssen, dem die Behandlung zuteilwurde, denn wenn ihm auch nur eine Andeutung zu Ohren kam, dass dergleichen möglich sei, würde er für immer verschwinden. Unwillkürlich fragte ich mich, ob das der Grund dafür war, dass Alban das Geheimnis so lange gehütet hatte – ob das Teil des Deals gewesen war. Zuerst Clancy. Dann konnte er es der Welt präsentieren. Er konnte der Held der Nation sein.

Eingehend studierte ich Clancys Gesicht, als ich mich vor ihm hinhockte. Sein Blick huschte zu meiner Hand, die zu meiner Jackentasche wanderte.

Hinter all seinen giftbitteren Worten lag der Schmerz des wahren Verrats, ein Schmerz, der so tief reichte, dass er in seinem ganzen Körper zu pulsieren schien. Seine Mutter, *seine eigene Mutter*, hatte die Falle gestellt. Und was hatte er getan? Hatte ihr Labor niedergebrannt, war auf sie losgegangen, hatte ihren Verstand verwirrt und die Lage im HQ zu seinem Vorteil ausgenutzt, um zu vollenden, was er in Georgia begonnen hatte.

Daher hat er also gewusst, dass sie Alban die Ergebnisse geschickt hat, dachte ich und strich die Seiten bedächtig auf meinem Schenkel glatt. Jetzt war mir seine volle Aufmerksamkeit gewiss. *Er muss es in ihren Gedanken gesehen haben.*

Clancy fuhr voll auf die Vorstellung ab, dass sein Vater unwissentlich das Einzige unwiderruflich begraben hatte, das möglicherweise sein Land wiederherstellen und sein Vermächtnis retten könnte. Die wahre Ironie an dem Ganzen jedoch war, dass wir, wenn Clancy nicht hergekommen wäre, um die Forschungsunterlagen seiner Mutter zu vernichten, sie niemals rechtzeitig gefunden hätten. Sie wären wie alles andere bei unserer Flucht zurückgelassen worden.

Er war gekommen, um diese Tür zu schließen, stattdessen jedoch hatte er sie für mich weit offen stehen lassen.

Es gibt ein Heilmittel. Der Gedanke war so irrwitzig, dass ich mir vorkam wie die Nadel von Judes Kompass, die sich drehte und drehte und drehte und nach ihrem Norden suchte.

Er hatte das hier verdient. Ich blinzelte das Tränenkribbeln weg und ließ meinen Zorn aufwallen und den Schmerz fürs Erste verschlingen. Ließ ihn mich vorantreiben. Weil Jude es verdient hätte, diesen Moment mitzuerleben – er hätte hier sein sollen, jetzt, neben mir, und sehen sollen, dass sich plötzlich alles ändern konnte.

Ich hielt die zerknitterten, vom Rauch verfärbten Blätter direkt vor Clancy in die Höhe, hoch genug, dass die Psi-Kids und Agenten, die um uns herumstanden, sie ebenfalls sehen konnten. Und ich weiß nicht, was ich stärker und befriedigender empfand – den Ausdruck des Entsetzens, der über seine Züge huschte, oder die unbändige Freude zu wissen, dass ich endlich meine Zukunft wieder in meinen eigenen Händen hielt.

»Meinst du die Forschungsergebnisse hier?«

Danksagung

Zuallererst muss ich das fantastische Team von Disney-Hyperion mit Liebe überschütten, für die unglaubliche Menge an Schwerarbeit und Enthusiasmus, die sie in diese Serie gesteckt haben. Besonderer Dank gilt meiner Lektorin Emily Meehan, Laura Schreiber, Stephanie Lurie, der Ausnahme-Pressefrau Lizzy Mason, Dina Sherman, LaToya Maitland, Andrew Sansone, Lloyd Ellman, Elke Villa und Marci Senders.

Nichts von alldem wäre ohne meine furchtlose Agentin Merrilee Heifetz möglich gewesen. Es ist keine Übertreibung zu behaupten, dass ich nicht in besseren Händen sein könnte, und ich bin jeden Tag von Neuem dankbar dafür, sie auf meiner Seite zu haben.

Große Dankbarkeit gebührt Anna Jarzab und Erin Bowman, die frühe, erschreckend unordentliche Entwürfe dieser Geschichte gelesen und unglaubliches, kluges Feedback geliefert haben, das die Geschichte so viel besser gemacht hat, als ich es mir je vorgestellt hätte. Ich danke auch Sarah J. Maas, nicht nur für das viele Lesen und die viele Kritik, sondern für die überwältigende Freundlichkeit und Hilfe, die sie mir während eines unvorstellbar schwierigen Jahres hat zukommen lassen.

Alles, alles Liebe an Tyler Infinger und Catherine Wallace – die Freundschaft und die Zuneigung, die sie mir im Laufe der Jahre erwiesen haben, hat mir mehr bedeutet, als sich in Worte fassen lässt.

Und um auf ein Klischee zurückzugreifen, meine Kollegen und Freunde bei RHCB waren wirklich der absolute Hauptgewinn, vor allem Adrienne Waintraub, Tracy Lerner und Lisa Nadel. Ich könnte jeden Einzelnen von ihnen beim besten Willen nicht noch mehr bewundern.

Und zu guter Letzt gehört alle Liebe in meinem Herzen meiner Familie, für ihren Mut, ihre Standfestigkeit und ihre Kraft während dieses letzten Jahres. Immer wenn ich denke, noch toller können sie gar nicht sein, beweisen sie mir, dass ich mich irre.

Alexandra Bracken

wuchs im US-Staat Arizona auf. Nach ihrem Studium am »College of William & Mary« in Virginia zog es sie nach New York City, wo sie derzeit lebt und arbeitet. Ihren ersten Roman schrieb sie schon während des Studiums als Geschenk für eine Freundin. Die Liebe zu Büchern hat sie aber nicht nur dazu gebracht, selbst zu schreiben. Sie arbeitet außerdem bei einem großen amerikanischen Buchverlag und hat jederzeit eine Buchempfehlung parat. Weitere Informationen zur Autorin und ihren Büchern auf www.alexandrabracken.com oder www.thedarkestminds.com.

Von Alexandra Bracken lieferbar:

Die Überlebenden. Band 1. Roman

Furchtlose Liebe. Die Überlebenden. Band 2. Roman

(Alle Romane sind auch als E-Book erhältlich.)

GOLDMANN
Lesen erleben